Margaret Minker

Das Wasserhaus

Ein Roman aus Ligurien

Deutscher Taschenbuch Verlag

Originalausgabe
Juni 2001

www.dtv.de
Umschlagkonzept: Balk & Brumshagen
Umschlaggestaltung unter Verwendung eines Gemäldes von D. Gianola
Satz: KCS GmbH, Buchholz/Hamburg
Gesetzt aus der Aldus 10/11,5'
Druck und Bindung: C. H. Beck'sche Buchdruckerei,
Nördlingen
Gedruckt auf säurefreiem, chlorfrei gebleichtem Papier
Printed in Germany · ISBN 3-423-20428-1

Dem Andenken meines Vaters
Dr. phil. nat. Alfred Kraus (1899–1979)
gewidmet, der meine Wahlheimat Ligurien
nicht mehr kennenlernen konnte.

1.

Es war still in Montegrazie. So still, als hielte das Dorf den Atem an.

Marianne schüttelte das Laken ab, unter dem sie sich seit einer Stunde schlaflos hin- und hergewälzt hatte, glitt mit den Füßen auf den Boden und tastete nach ihrem Nachthemd. Das kupferrote Haar klebte ihr schweißnaß am Rücken, als sie die Vorhänge zur Seite schob und auf die Terrasse ihrer Ferienwohnung hinaustrat, die sie für ein paar Wochen gemietet hatte.

Kein Laut. Auch die Frösche schwiegen, die zuvor den ganzen Juniabend lang in den efeubewachsenen Zisternen geschrien hatten. Zum Meer hin zitterten die Lichter der Hügelkette im nächtlich warmen Dunst. Zart orangefarbener Lampenschein säumte den Kamm, hinter dem der Yachthafen von Porto Maurizio verborgen lag.

Marianne zog die Bordüre des Ausschnitts, die auf ihrer feuchten Haut klebte, ein paar Zentimeter weg und versuchte, mit Augen und Ohren gleichermaßen zu lauschen. Von hier oben wirkte Montegrazie wie verlassen. Aus den Gassen, vom Krummdolch des zunehmenden Mondes nur sehr spärlich beleuchtet, ragten die ineinander verschachtelten Natursteinhäuser wie Granitblöcke empor. Eine Katze, die ihre gewohnten Pfade über die Dächerlandschaft erklomm, verschwand lautlos hinter einem Kaminvorsprung. Dort, wo die steile, löchrig geteerte Straße die ans Dorf grenzenden Gärten umrundete, jagten Fledermäuse um ein paar gelblich glimmende Straßenlaternen und zuckten ins Dunkel zurück.

Marianne ging barfuß über den Terracottaboden, der die Sonnenwärme auch nachts gespeichert hielt, und setzte sich auf die Terrassenumrandung. Halbverdorrte, aber immer noch intensiv duftende Lavendelzweige stachen ihr ins Gesicht, als sie sich vornüberbeugte und über die Ziegeldächer ins Tal hinaussah.

Ein gottverlassenes Nest, wahrhaftig. Und ausgerechnet hier mußte sie sich in ein Haus verlieben.

Ein Haus, das sie empfangen hatte, als hätte es nur auf sie gewartet.

»Halten Sie an, Signor Bocconcino, bitte halten Sie!«

Der Makler, der Marianne Roth nun schon seit mehr als zwei Wochen von Tal zu Tal, von Dorf zu Dorf geleitete, trat auf die Bremse, so daß sein Wagen noch in der gleichen Kurve abrupt zum Stehen kam. Bocconcino warf einen besorgten Blick auf die neben ihm sitzende Kundin; dann lächelte er. Ja, das hätte er sich denken können. Der Blick auf Montegrazie, der sich von dieser Straßenseite aus bot, zwischen silbergrün schimmernden Oliven hindurch, war wirklich sein Geld wert.

Marianne starrte auf die roten Dächer, die sich den Hang hinauf über die Olivenbäume erhoben, die anmutige, etwas schräge Kreuzform, in der das Dorf einst, den Hangmulden folgend, erbaut worden war. Ihr Kreuz des Südens. Sie schluckte. Genau so war es in ihren Wachträumen erschienen, lichterglitzernd; genau dieses Kreuz hatte sie vergeblich am Nachthimmel gesucht. Ein *déjà vu,* ein plötzlich Wirklichkeit werdendes inneres Bild, wie sie es schon ein paarmal in ihrem Leben hatte wahrnehmen dürfen.

Nie würde sie sich an das Gefühl gewöhnen, das sie dabei stets überfiel, das Empfinden, als griffe eine kosmische Hand nach ihr und drehte sie um ihre eigene Achse, bis ihr schwindelte.

Ein ähnlicher Schauer lief ihr auch diesmal über die Kopfhaut bis in den Nacken hinunter, als sie sich vorbeugte, um an dem dickbäuchigen Makler vorbei auf Montegrazie zu schauen.

»Was ... was für ein wunderschöner Anblick«, stammelte sie nach einer Zeit, die ihr endlos erschien. »Es sieht aus, als habe es sich seit Jahrhunderten nicht verändert.«

Und jetzt, hörte Marianne die Worte schon in ihrem Kopf, wird er etwas über Füchse und Hasen erwidern.

»In Montegrazie«, antwortete Signor Bocconcino, »sagen sich Hase und Fuchs gute Nacht.« Mit breitem Lächeln – denn inzwischen glaubte er genau zu wissen, was seiner deutschen Kundin gefiel, dieser hübschen, rothaarigen Italienisch-Übersetzerin, die sich unbedingt an der Blumenriviera niederlassen wollte – setzte er hinzu: »Aber Sie suchen ja die Ruhe, nicht?«

Die Frau auf dem Nebensitz schwieg; ihre großen schwarzen Pupillen hinter der kaum die Augen verdunkelnden Sonnenbrille verrieten, daß sie mit ihren Gedanken ganz woanders war.

Elio Bocconcino ließ den Motor wieder an und fuhr langsam weiter. Als Makler war er ein Meister seines Fachs, wie geschaffen für seinen Beruf, und dazu trotz seines massigen Äußeren von erstaunlicher Eleganz. Alles an ihm strahlte Seriosität aus, sein untadeliger Anzug, den er selbst im Hochsommer nicht gegen Hemdsärmel eintauschte, die nicht zu gedeckte, nicht zu laute Krawatte, der sehr gepflegte Schnauzbart, das silbergraue, stets sorgsam frisierte, naturgewellte Haar. Und seine rasche, exakte Einschätzung der angebotenen Objekte, die er je nach Klientel diplomatisch für sich behielt oder enthusiastisch äußerte.

»Signora Roth«, sagte er nun in seinem sympathisch verdrehten Deutsch, mit dem er das beinahe perfekte Italienisch seiner Kundin gern spielerisch konterte, »das ist, ich glaube, genau das, was Sie gesucht!«

Und er hatte ja recht, mehr, als er ahnen konnte. Kein Ort weit und breit glich diesem.

In Olivenhaine geschmiegt wie in eine offene Hand, sah Montegrazie der Sonne entgegen. Durch ein langgezogenes Tal wand sich die Straße bis zu zweihundertfünfzig Meter

Höhe über dem Meeresspiegel hinauf, wo sie in eine weiträumige *piazza* am Beginn des Ortes mündete.

»Hier ist der beste Platz für Parken«, meinte Bocconcino und lenkte den Wagen geschickt in eine der wenigen Parklücken zwischen zigarettenfiltergelben Traktoren, blauen Fiats und kleinen alten *Ape*, wendigen Transportautos, von denen der Lack abblätterte.

Marianne stieg aus und ging langsam bis zum oberen Ende des Platzes, hinter dem breite Treppenstufen ins Dorf hinaufführten. Ihr bunter Sommerrock verfing sich in einem Oleanderbusch, als sie sich umdrehte und die Augen mit der Hand beschattete.

Südlich, im Taleinschnitt, war der Spiegel des Meeres zwischen den Oliven zu ahnen. Auf dem Hügel linker Hand erhob sich einer der unvermeidlichen Hochspannungsmasten wie ein neuzeitliches Mahnmal. Nur ein paar hundert Meter daneben ragte eine kleine, offenbar sehr alte Kirche aus einer Baumgruppe heraus, die sie wie ein lebendiger Schutzwall umgab.

Das mußte das Santuario sein, die Wallfahrtskirche des Dorfes, von der ihr der Makler unterwegs erzählt hatte. Schöne Fresken aus dem 15. und 16. Jahrhundert sollte es darin geben. Den Schlüssel zur Kirche, hatte Bocconcino gesagt, hüte die alte Küsterin von Montegrazie, die gleich am Ortseingang wohne und noch recht gut zu Fuß sei, trotz ihrer mehr als neunzig Jahre.

Marianne sah ein paar Seeadlern nach, die zum Meer hin über den Bäumen schwebten. So nah schien seine Bläue an diesem Sommernachmittag, als genügten ein paar Flügelschläge, um es zu erreichen; dabei hatten sie im Auto für den Weg herauf doch gute zwanzig Minuten gebraucht. Aber in der ungewöhnlich klaren Sommerluft schrumpften die Entfernungen, und der Blick reichte weiter als sonst.

Nach Osten wie auch nach Westen hin rahmten weich ansteigende Hügel das Meer ein, ab und zu markiert von verstreut wachsenden Eichen und einer Gruppe Zypressen, die sich dunkel gegen das flirrende Graugrün der Umgebung abhoben.

»Dort drüben, Signora Roth, liegt der Friedhof von Montegrazie, sehr wert zu besichtigen«, rief ihr Signor Bocconcino zu, der inzwischen sein Auto abgeschlossen hatte und mit einer Mappe in der Hand den Dorfplatz heraufkam.

Seltsam, daß er als erstes vom Friedhof spricht, wunderte sich Marianne. So begannen Makler doch sonst wohl keinen Rundgang durch ein Dorf, in dem eine Kundin ein Haus zum Leben sucht!

»Wieso? Sind dort berühmte Leute begraben?«

»Ach nein«, schnaufte Bocconcino und wischte sich diskret ein paar Schweißperlen von der Stirn, »keine Berühmten. Nur Leute von hier, Olivenbauern und ihre Familien, und ein paar Widerstandskämpfer, in dieser Gegend sehr beliebt, Partisanen aus dem Zweiten Weltkrieg. Das Dorf, müssen Sie wissen, war einmal ein weithin bekanntes Widerstandsnest, früher im Kampf gegen die Sarazenen, in diesem Jahrhundert dann gegen die Faschisten. Auch heute noch bekommen die Neofaschisten kaum eine Stimme hier.«

Sehr sympathisch, dachte Marianne. Mit älteren Italienern faschistischer Gesinnung, die ihr unweigerlich innerhalb weniger Minuten von ihren Kriegserlebnissen berichteten, sobald sie herausgefunden hatten, woher sie stammte – »nette Leute, die Deutschen damals, so sauber und ordentlich!« –, war sie schon des öfteren zusammengestoßen. Seitdem hielt sie sich, wo sie nur konnte, von ihnen fern.

»Nein, auf dem Friedhof«, fuhr Signor Bocconcino fort, »gibt es ein paar schöne Grabsteine. Und viele Medaillons in der Grabmauer. Sie sehen, wer hat hier gelebt.«

Marianne nickte. Mit dieser Eigenart italienischer Friedhöfe, Särge in breiten Mauern zu verschließen, statt sie mühsam in felsigem Grund zu versenken, hatte sie sich schon vertraut gemacht. Viele Grabplatten zierten Medaillons mit den Fotos der Verstorbenen; davor brannte meist ein Ewiges Licht. Auf ihren nächtlichen Fahrten über die Autobahn hatte sie oft lange Blicke auf solche Mauern nahe der Ortsausfahrten geworfen, an denen zahllose Lichter flackerten, jedes Flämmchen ein Leuchtmal für den Tod.

Marianne schüttelte den Kopf und wandte sich dem Dorf zu. An diesem Nachmittag im hellen Sonnenschein, umgeben von blühenden Gärten und malerischen Hauseingängen, hatte sie nicht die geringste Lust, sich mit Friedhöfen und Todesgedanken zu beschäftigen.

»Zeigen Sie mir bitte das Haus, das hier verkauft werden soll?«

»Ja, natürlich, dort oben entlang!«

Vorsichtig befreite sie ihren Rock aus den Zweigen des Oleanders und begann, neben dem Makler die Treppen emporzusteigen.

Sie wanderten um eine breit angelegte Barockkirche herum, die den Dorfkern überragte. Mit ihren hohen Steinstufen vor dem verwitterten Portal wirkte sie viel zu massig zwischen den paar hundert Häusern, die sich den Hang hinaufzogen und links und rechts aus den Orangen- und Zitronenhainen hervorschimmerten. Enge Gäßchen mit charakteristischen *carrugi* – dicken Steinwölbungen, die an Kreuzungspunkten die gegenüberliegenden Gebäude voneinander wegstützten – führten zu den weiter oben gelegenen, wie Türme aneinandergesetzten Häusern. Marianne blieb bewundernd in einem Bogengang stehen und sah zu den mörtellos gefügten Natursteinen empor. Solche Bögen waren eine zusätzliche Sicherung gegen die Erdbeben, die diese Gegend manchmal erschütterten. Das hatte Bocconcino ihr schon bei Fahrten zu anderen Dörfern im ligurischen Hinterland erklärt. Und immer lächelnd hinzugefügt: »Aber keine Bange, Signora Roth, so etwas kommt nur alle fünfzig Jahre einmal vor!«

Na ja, dieses Dorf schien zumindest sehr solide gebaut zu sein. Mindestens sechshundert Jahre war es alt, wenn das mit den Sarazenen stimmte, doch das statistische Dutzend Erdbeben hatte es offenbar immer gut überstanden.

Manche Häuser wirkten von außen, als seien sie seit dem Mittelalter nie mehr angerührt, geschweige denn neu aufgebaut worden; andere hatten einen sauberen neuen Außenputz in den sanften ligurischen Erdfarben, die Marianne so liebte, eine Symphonie in verwaschenem Magentarot, Ocker, Sandsteingelb und dem Hellbraun von Pinienzapfen.

Eine uneben gepflasterte Gasse führte durch die Bogengänge hindurch bis hoch in die Weingärten über dem Dorf. Ein Mann, der dort gerade seine Reben bewässerte, sang aus vollem Hals eine bekannte Verdi-Arie.

»*O bella principessa …*«

Marianne und der Makler blieben stehen und lauschten der leuchtenden Tenorstimme, die das ganze Tal zu erfüllen schien.

»Ah, das ist Geraldo«, schmunzelte Bocconcino, »der singt immer, wo er steht und geht!«

Marianne sog mit allen Sinnen das Dorf in sich ein. Nicht zu fassen, dachte sie. Es ist wirklich wie im Film. Malerisches Krähennest im Sonnenschein, Meerblick, Olivenhaine, ein singender Weinbauer. So detailreich war ihr Wachtraum von der kreuzförmigen Lichterkette nicht gewesen; ihr *déjà vu* hatte sich auf einen leicht flimmernden Nachtanblick beschränkt. Jetzt, im hellen Licht der Nachmittagssonne, schien ihr der Ort noch weitaus verführerischer als in ihrer Vision.

Sie räusperte sich die Kehle frei und zückte ihre Videokamera, die sie griffbereit an der linken Schulter trug. Zoom auf einen halbgeöffneten, dunkelgrünen Fensterladen, vor dem Geranien ihr Feuer- und Ferrarirot ausschütteten, dann auf den Kirchturm, dessen vielfach von Simsen unterbrochene phallische Form bis über die weit oben gelegenen Häuser hinauszuragen schien. Wie auf Bestellung begannen auch noch die Glocken zur Messe zu läuten; ein mißtönender Klang, augenblicklich begleitet vom langgezogenen Protestgeheul mehrerer Hunde, das erst nachließ, als das disharmonische Dröhnen abebbte.

Recht haben sie, hatte Marianne an jenem Nachmittag gedacht, dieses Glockengeschepper tut wirklich in den Ohren weh.

Aber das war bis heute auch das einzige, was sie an Montegrazie auszusetzen hatte. Ansonsten stimmte jedes Detail. Das Dorf aus dem Bilderbuch ihrer Träume.

Marianne seufzte und griff nach der Weinflasche, die halb geleert auf dem Terrassentischchen stand. »*Monte delle grazie*«, Berg der Danksagungen, Berg der Gnaden, ein harmonischer Name für einen wunderschönen Ort. Sie schenkte sich noch ein Glas Barbera ein, hob den Kopf und horchte. Eine Schleiereule hatte begonnen, rhythmisch zu rufen, ein nächtliches Sonar, das in den Olivenhügeln widerhallte. Ganz weit weg antwortete ein Eulerich in einer etwas tieferen Tonlage auf den Ruf.

Marianne hörte eine Weile zu, wie die beiden Eulen einander Signale zuwarfen. Das waren die Laute, an die sie sich nachts jetzt wohl gewöhnen mußte. Eulenschreie und Froschgequake. Ab und zu ein verspätetes Auto oder ein Motorrad, das mit lärmendem Motor bis kurz vor den Kirchplatz fuhr, heruntergeschaltet wurde und dann, so leise wie möglich, die Hauptgasse zwischen den Häusern hinaufglitt. Das Motorengeräusch verstummte, eine Tür klappte, dann herrschte wieder Stille wie zuvor.

»Stille, die in den Ohren dröhnt.«

Irgendwo hatte Marianne diesen Satz einmal gelesen und darüber gelächelt. Jetzt fand sie das auf einmal gar nicht mehr komisch.

Wirklich, was war bloß in sie gefahren, sich ausgerechnet hier ein Haus zu kaufen, am Ende der bewohnten Welt? Und das nicht nur für ein paar Ferienwochen im Jahr, wie so viele Leute in ihrem Bekanntenkreis, die sich vom Toskana- oder Umbrien-Fieber hatten anstecken lassen. Nein, das ganze Jahr leben wollte sie hier, die Dorfbewohner kennenlernen, mit ihnen gute Nachbarschaft halten, vielleicht sogar Freundschaft schließen. Italienisch reden, an Übersetzungen arbeiten, duftende Kräuter und Tomaten im Garten anpflanzen. Im nahen Meer schwimmen gehen, von Mai bis November. Und abends den herumstreunenden Dorfkatzen zu fressen geben.

Vom ersten Blick an hatte Ligurien ihr Herz erobert, dieser schmale Streifen Land zwischen Mittelmeer und Seealpen, mit seinen breiten, oft felsigen Buchten, in denen kleine Städte lagen wie helle, halbkreisförmige Ornamente in einem graugrünen Teppich, dem Meer zugewandt. Kein liebliches, großzügiges Land, eher herb und sehr abwechslungsreich, mit wenigen feinsandigen Stränden, zu kantigen Seefelsen abfallenden Steilküsten und langgestreckten Tälern, durch die im Winter der kalte *tramontana* pfiff. In Küstennähe hatte sie der Blütenreichtum bezaubert, der dieser Region ihren Namen gab: Blumenküste, *Riviera dei fiori*. Rote und lilafarbene Bougainvilleen wuchsen aus winzigen Erdlöchern an den Straßenrändern und krallten ihre dunkelgrünen Blätter mit den prächtig gefärbten Scheinblüten ins Mauerwerk, so daß es aussah, als seien die Straßen von riesigen, zweidimensionalen Bäumen gesäumt. In den Gärten wiegten sich hohe Palmen und verschwenderisch blühender Oleander neben dunkelgrünem Rosmaringebüsch, das sich schon im Januar mit einem zartlila Blütenschimmer überzog. An den Steinküsten erhoben sich die Dolden der Aloen in ihrem klaren Rot wie Myriaden kleiner Pagoden, bis sie nach zwei, drei Wochen an ihren Stengeln welkten. Ab Februar öffneten sich dann die Mimosen, breit ausladende Bäume mit knallgelben, üppigen Rispen, die ganze Täler in gelbgrüne Gartenanlagen verwandelten. Ihr intensiver, pudrigkühler Duft durchzog die Luft bis in den März hinein.

Schon ein paarmal hatte Marianne hier kurze Ferien verbracht, noch bevor der touristische Oster- oder Pfingstansturm begann, war unter frühblühenden Kirsch- und Mandelbäumen spazierengegangen und hatte die Fülle der Zyklamen bewundert, die den ganzen Winter und das Frühjahr hindurch aus jedem Krumen Erde, jedem Gärtchen am Fensterbrett sprossen und unbeirrt trotz der Nachtkälte ständig neue Knospen bildeten. Und jedesmal war es ihr schwerer gefallen, wieder nach München zurückzukehren, wo die Biergärten oft noch spät im März in Schnee versanken und eine trügerische Sonne die Wintergesichter kaum zu wärmen schien. Oft hatte sie nachts in ihrer Mietwohnung wachgelegen, hatte sich in die Olivenhaine zurückgesehnt, die kleinen Cafés am Rand der Molen. Und wenn sie gar nicht wieder einschlafen konnte, war sie in die Küche gegangen und hatte sich eine *bruschetta* gemacht, eine Scheibe Weißbrot, mit etwas Knoblauch und Tomatenstückchen belegt, im Ofen kurz geröstet und dann mit köstlichem ligurischem Olivenöl betropft, dick wie gelbgrünes Ambra.

Doch, sie hatte sich richtig entschieden, auch wenn die Dorfstille jetzt noch an ihren lärmgewohnten Großstadtnerven zerrte. In diesem Landstrich wollte sie leben, alle Jahreszeiten genießen, so verschieden von denen jenseits der Alpen. Und vielleicht nahm sie auch wieder ein paar Kätzchen zu sich, um dann abends mit ihnen am Kamin zu sitzen, in dem Olivenholzscheite langsam und stetig brannten, während ihr würziger Duft den Raum erfüllte.

»*Fuoco fa compagnia*«, ein Feuer leistet Gesellschaft; dieses italienische Sprichwort hatte Marianne schon immer besonders anheimelnd gefunden. Ein Holzfeuer im Kamin, ein bequemer Lesesessel und eine oder zwei Katzen davor – so würde sie sich auch an kühlen Winterabenden, wenn die Nebel vom Meer bis ins Dorf hinaufzogen, niemals einsam fühlen.

Seit ihrer Kindheit hatte sie meist mit ein oder zwei Katzenschönheiten gelebt. So anschmiegsam und doch überaus freiheitsliebend, wachsam und wißbegierig. Und wenn es nötig wurde, ziemlich anpassungsfähig. Im Charakter der Katzen fand Marianne manche Gemeinsamkeit mit ihrem eigenen. Nur selten gab es eine, die ihren behutsamen Annäherungen auf Dauer nicht nachgab und in ihren Armen zufrieden zu schnurren begann.

»Na, du willst wohl in Ligurien mal eine Katzenpension eröffnen, auf deine alten Tage?« hatten Freundinnen sie in München geneckt, als sie ins Schwärmen geraten war. Ihre Kollegin Ilona Stamper hingegen, gesuchte Übersetzerin psychologischer Fachliteratur, zeigte sich von Mariannes Liguri-enplänen wenig begeistert.

»Meinst du vielleicht, du kannst dich so einfach in den sonnigen Süden zurückziehen? Weißt du auch, was du da tust? Übersetzerinnen gibt es wie Sand am Meer, und wenn du nicht jeden Tag dranbleibst, bist du bald weg vom Fenster!«

»Mit Telefon, Fax und e-mail ist das heute alles kein Problem mehr«, hatte Marianne sich verteidigt. »Und du wirst mir doch sicher auch mal den einen oder anderen Auftrag zuschanzen können, oder nicht?«

»Ja, wenn du in dem Nest tatsächlich Telefon kriegst, vom Internet-Anschluß ganz zu schweigen! Gibt es da überhaupt einen Provider?«

Die karrierebewußte Ilona war skeptisch geblieben. Aber sie würde ihr natürlich auch weiterhin kollegial zur Seite stehen. Auf ihr gutfunktionierendes Kolleginnen-Netzwerk, das Marianne in München mit aufgebaut hatte, konnte sie sich verlassen. Schließlich hatte auch sie den anderen oft beigestanden, wenn eine in der Klemme saß, vor einem Vertragsabschluß guten Rat brauchte oder dringend Aufträge suchte, um die schon wieder gestiegene Münchner Miete noch aufbringen zu können. Ganz sicher ließen ihre Kolleginnen sie jetzt ebenfalls nicht im Stich.

Nein, vor Arbeitsmangel war Marianne nicht bange. Ganz gleich, was Ilona und ein paar andere meinten: In Ligurien zu leben, konnte ihr beruflich bestimmt nicht schaden.

»Der blanke Neid«, murmelte Marianne und zündete sich eine Zigarette aus dem Päckchen an, das sie vor dem Zubettgehen auf dem Terrassentischchen liegengelassen hatte. Ihr grauscharfer Duft mischte sich mit dem des Lavendelstrauchs, intensivierte den Geruch der Nacht.

Aussteigerin, hatte Ilona sie halb spottend genannt und die

Augenbrauen hochgezogen. Aber das traf den Kern der Sache überhaupt nicht. Nein, ihrem Gefühl nach stieg sie gerade erst richtig ein.

Ein alter Schlager, der schon eine Weile in ihrem Hinterkopf gelauert hatte, dudelte jetzt mit zunehmender Lautstärke in ihrem Bewußtsein. »Morgen/ist alles/vorüber/dadadidada-da/morgen/ist alles/vorbei ...« Nein, morgen ging sie nicht im mindesten fort von hier. Morgen um zehn war Notartermin.

Marianne trank den Rotwein in einem Zug aus und setzte ihr Glas auf der Terrassenbrüstung ab. Morgen, das war schon heute, inzwischen halb zwei vorbei. Morgen würde sie Krähenfüße neben den Augen haben und geschwollene Lider, wenn sie weiter hier im Dunkeln saß und mit sich allein auf morgen anstieß.

Zum Teufel, weshalb war Anja auch nicht mitgekommen? Die weizenblonde, fröhliche Anja Zander, ihre beste Freundin seit Kindertagen, und ausgerechnet jetzt hatte sie was Besseres vor, als Marianne beim ersten Hauskauf ihres Lebens beizustehen.

»Du machst das schon richtig«, hatte sie am Telefon gemeint, als Marianne ihr aufgeregt von dem Haus im ligurischen Hinterland berichtet hatte. »Denk daran, mein Schatz, du kannst dein Geld nicht mit ins Grab nehmen. Gib es vorher aus, für etwas, das du wirklich gerne machen willst.«

Dann hatte Anja aufgelegt. Seit gestern war sie unterwegs in den USA, zu Lizenzverhandlungen für ihre literarische Agentur, die sie in den letzten Jahren mit viel Geschick und treffsicherem Marktinstinkt aufgebaut hatte. Inzwischen lief die »Literagency A–Z« ausgezeichnet und war auch international schon ziemlich bekannt.

Mistberuf, verdammter: Wenn du deine Freundin mal dringend brauchst, kannst du Gift darauf nehmen, daß was Berufliches dazwischenkommt!

Marianne seufzte. In München, das fiel ihr jetzt auf, hatte

sie nie so viel hintereinander geseufzt. Aber in München war sie auch selten ganz allein gewesen. Immer hatte irgend jemand neben ihr gesessen, Anja oder ein paar Kolleginnen oder ihre Mutter oder der jeweilige Freund, irgendeine Person, die ihr zuhörte, mit ihr lachte und redete und ein Glas Barbera trank.

In den letzten zwei Jahren war es Daniel gewesen, der neben ihr gesessen und Glas um Glas getrunken hatte. Bis ihr klargeworden war, daß er vom Alkohol immer abhängiger wurde und es ohne ihn kaum noch aushielt.

Marianne wickelte sich enger in ihr Nachthemd und hörte sich ein drittes Mal seufzen. Nein, Daniel, das Kapitel war jetzt endlich abgeschlossen. Seit einem halben Jahr lebte sie wieder solo. Richtiger gesagt, *sola*. Seltsam, in der weiblichen Form des Italienischen hörte sich das Wort noch viel einsamer an. *Da sola.* Eine Frau ohne Mann. Ein Mann *da solo* ist ganz einfach allein; warum gelten Frauen gleich als einsam, sobald sie ohne Partner sind?

Marianne sog heftig an ihrer Zigarette, deren Ende wie ein rotes Auge aufglühte.

Da sola würde sie es ihnen schon zeigen, all denen, die sie fast immer von Partnern umgeben erlebt hatten. Hier in diesem winzigen Nest zwischen ligurischen Olivenhainen war niemand an ihrer Seite, der ihr dreinreden konnte. Kein Daniel, der mit glasigem Blick auf ihr – hick! – Wohl trank und sie dann mit feuchten Küssen in die Ecke drängte. Kein Mann, der ihr Häuser aus- oder einredete oder mißtrauisch den Kaufvertrag beäugte, stets darauf bedacht, ja den Obergescheiten herauszukehren. Nein, dieses Mal war sie ganz auf sich selbst gestellt.

Und ich genieße, dachte sie und hob ihr Glas, jeden einzelnen Augenblick.

Ach, das Herzflattern, als sie das Haus zum allerersten Mal betreten hatte! Wie ein kurzer elektrischer Schlag war es gewesen, ein Zittern, das sich in ihr Zwerchfell grub und dann in Wellen den ganzen Körper erfaßte. Noch bevor sie den Fuß über die Schwelle setzte, stand für sie unumstößlich fest: Das ist es. Genau dieses Haus in genau diesem Dorf wollte sie haben.

Ein Gemäuer ohne Schnörkel, trotzig vor ein erheblich größeres geklebt, als hätte man einem Herrschaftshaus noch eine Wachburg vorgebaut. Graubraune, meterdicke Natursteinmauern mit vielen rechteckigen Löchern darin, aus denen man ein paar hundert Jahre zuvor einfach die Balken des Baugerüstes herausgezogen hatte und in denen jetzt Schwalbenpaare nisteten. Nach dem Aufsperren der Eingangstür – verkehrt herum, im Uhrzeigersinn, wie es hierzulande früher üblich war – mehrere Türen, die sich alle Richtung Garten öffneten. Im Garten dann ein verwilderter Feigenbaum, ein Zitronenbäumchen und Brombeergestrüpp, das mehr als zehn Jahre lang ungestört hatte wuchern dürfen, seit die alte Besitzerin gestorben und ihr Sohn in die Stadt gezogen war.

Ein verlassenes Erbe. Ein riesiger Kasten, ziemlich heruntergekommen, doch mit schönen antiken Fußbodenkacheln, deren geometrisches Teppichmuster selbst unter den Staubschwaden elegant hervorschimmerte. Im ersten Stock eine geräumige Wohnung, ohne Bad, nur mit Plumpsklo auf dem Küchenbalkon. Im zweiten Stock ein großer, sonnendurchfluteter Raum – »das wird mein Arbeitszimmer!« –, daneben eine überdachte Loggia mit berauschender, unverbaubarer Aussicht über die Dächer und Olivenhaine von Montegrazie bis hin zum blauweißen Meer. Im Untergeschoß breite Kreuzgewölbe über einer Olivenmühle, halb im Erdreich versunken.

»Sehen Sie mal, Signora Roth, die Eichenbalken über dem Mahl-, nein Mühlstein, sehr festes Holz, gut erhalten!«

Marianne durchwanderte das Haus, als kenne sie bereits jeden Winkel darin, und hörte dem Makler, der eifrig halb deutsch, halb italienisch auf sie einredete, nur mit einem Ohr zu.

Das war es, genau das. Dies Gemäuer und kein anderes sollte ihre neue Heimat werden, ihr Rückzugsort. Ein Ruhepol zum Zusichkommen, zum Aufwachen, zum Schreiben. Ein Haus, das sich unter ihren Händen mit einem Ruck öffnete, als sie die Fensterläden aufstieß, und seine Schätze preisgab, als wollte es sie ihr schenken.

Marianne verschränkte die Hände hinter dem Kopf, wie sie es immer tat, wenn sie ganz tief durchatmete, und sah zum offenen Fenster übers Tal hinaus.

»Nun, Signora Roth, habe ich Ihnen zuviel versprochen?«

Der Makler hatte ihre Verzückung längst bemerkt. Nun kramte er in seiner Mappe nach den Unterlagen und breitete sie auf einem wackeligen Küchentisch aus.

»Wohnzimmer – 18 Quadratmeter, 2 Schlafzimmer – je 14, die Küche – rund elf, das *ripostiglio*, wie sagt man bei Ihnen, die Besenkammer?, nicht eingerechnet, auch nicht den Küchenbalkon. Oben ein weiteres großes Zimmer, 22 Quadratmeter, und die Loggia hat mehr als 36. Da können Sie sehr schön in der Sonne baden!«

Marianne ließ die Hände sinken und drehte sich um. »Ja, aber ein richtiges Bad fehlt noch«, erinnerte sie ihn, um doch wenigstens einen kleinen Einwand gegen das Haus vorzubringen. In Gedanken richtete sie es längst mit ihren Möbeln ein. »Sie glauben doch nicht, ich bescheide mich mit einem Plumpsklo auf dem Balkon!«

»Ach ja, die dunkle *cantina*, warten Sie« – Signor Bocconcino blätterte in den Katasterzeichnungen. »Hier ist sie ja. Scheint gar nicht zum Haus dazuzugehören«, murmelte er, »ganz ins Nebenhaus hineingebaut …«

»… und gerade geräumig genug, daraus ein großes Bad zu machen. Mit Hydromassagebadewanne!« setzte Marianne augenzwinkernd hinzu.

»Eine *jacuzzi*? Na, wenn das kein Luxus ist!«

Der Makler lächelte zufrieden. Seine Kundin hatte also

tatsächlich angebissen. Leute, die bei der Hausbesichtigung schon über die Badezimmereinrichtung nachdachten, kauften in aller Regel auch; das hatte ihn die Erfahrung gelehrt.

»Ja, Signor Bocconcino, ich bin angekommen«, bestätigte Marianne, als habe sie Wort für Wort von einem Bildschirm abgelesen, was in ihm vorging.

»Herzlichen Glückwunsch! Ein sehr guter Entschluß!«

Während sie mit dem Makler die Einzelheiten des geplanten Vorvertrags besprach, brach ihr allerdings der kalte Schweiß aus. Bei dem Kaufpreis, den ihr Bocconcino genannt hatte, konnte sie sich wahrscheinlich die nächsten zwanzig Jahre keinen arbeitsfreien Sonntag leisten, von einer geruhsamen Fünf-Tage-Woche ganz zu schweigen. Und sie würde sich gehörig in Schulden stürzen müssen – ein Lebensentwurf, dem sie bislang sorgsam aus dem Weg gegangen war. Sogar damals, beim Schritt in die Selbständigkeit, hatte sie alles so langfristig vorbereitet und jeden Pfennig ihres Angestellten-Einkommens dafür gespart, daß sie den ersten Tag ihres »freien« Lebens auch frei von Schulden genießen konnte. Muß dein Stier-Aszendent sein, hatte ihre Mutter halb bewundernd, halb lachend kommentiert, immer bodenständig, immer sicherheitsbewußt! Jetzt jedoch drängte sich offenbar ihr Sonnenzeichen in den Vordergrund, zwei Fische, die unbedingt ihr eigenes Aquarium wollten, koste es, was es wolle.

Sie lachte auf. Ein teures Goldfischglas! Aber eben genau das, was sie wollte. Irgendwie würde sie die *soldi* dafür schon auftreiben – und trotz Schulden das Leben in Italien genießen. Neuanfänge gelangen nur, wenn man zuerst einmal im eigenen Innern aufräumte, gewohnte Ängste auf den Seelenspeicher packte. Wer dazu nicht bereit war, ließ lieber gleich alles beim alten.

In der Tat, ein Schnäppchen war das Haus keineswegs. Doch fast zu schön, um wahr zu sein. Und auch noch *abitabile,* »sofort bewohnbar«, wie Signor Bocconcino strahlend verkündete, mit Wasser, Strom und Gasöfen, über dicke Gasflaschen beheizbar. Wenn auch die Stromleitungen reparaturbedürftig kreuz und quer über den bröckelnden Innenputz liefen und der Wasserhahn tägliche seine zehn bis zwölf Liter tropfenweise in die uralte Marmorspüle abließ.

»*Ca' dell'aiga*« nannten die Einheimischen das Haus in ihrem seltsamen, viele Wörter fast zur Unkenntlichkeit verkürzenden Dialekt.

»Das ist *il dialetto di Montegrazie*«, erläuterte ihr der Makler, »im nächsten Dorf spricht man das wieder ganz anders aus. Auf normal italienisch *casa dell'acqua*, Wasserhaus.«

Wasserhaus?!

Signor Bocconcino, der sonst so viele Details kannte und sie just im passenden, dem Verkauf förderlich scheinenden Augenblick hervorzuzaubern pflegte, konnte ihr nicht recht erklären, weshalb.

»Regnet es womöglich bei Unwetter überall rein?«

Bocconcinos Stimme klang indigniert, als habe Marianne ihn persönlich beleidigt. »Signora, ein Haus, in das Regen fällt – bei mir ist etwas in der Art nicht im Angebot!«

An seiner gespreizten Redeweise und der Tatsache, daß er sein Lächeln für ein paar Augenblicke vollständig eingebüßt hatte, erkannte Marianne, daß er sich wirklich in seiner Maklerehre gekränkt sah. Beschwichtigend faßte sie ihn am Arm.

»Ich meine ja nur ...«

Schimmel an den Wänden, sonst ein sicheres Zeichen für kaum zu vertreibende Feuchtigkeit, konnte sie tatsächlich nirgendwo im Haus entdecken.

Vielleicht hat es auch nur einmal einen denkwürdigen Wasserrohrbruch gegeben, überlegte sie, ein Ereignis fürs ganze Dorf. Oder der Brunnen im Garten, heute anscheinend längst ausgetrocknet, hat wirklich einmal Wasser geführt.

»Ab morgen heißt es *Casa Marianna.*«

Ein leichter Schauder, wie von einem Windhauch, zog über ihren Rücken. Marianne spürte, wie ihre Nackenhaare sich aufstellten.

Genau so ein Gefühl hatte sie im Olivenmühlgewölbe gehabt. Und im Garten. Und im dunklen, fensterlosen Gelaß, das sich von einem kleinen Nebenflur aus tief ins dahinterstehende Nachbarhaus erstreckte: mein Badezimmer, hatte sie sofort gedacht, ein Badesaal, zwanzig Quadratmeter groß und als bloßer Abstellraum viel zu schade. Für Luft und Licht werde ich schon irgendwie sorgen!

Der Strahl der Taschenlampe war von den rauhen, steinernen Wänden fast aufgesogen worden. Zu spät hatte sie sich geduckt, als die Fledermäuse, die in dem Raum wohnten, aufgeflattert und wie dunkle Blitze umhergeschossen waren. Eine hatte mit ihrem weichen, hautigen Flügel ihren bloßen Hals gestreift.

Marianne schüttelte sich, als spüre sie erneut das Kribbeln des Tierflügels, der dann ebenso rasch wieder weggezuckt war. Mit einer energischen Handbewegung schob sie ihr langes dunkles Haar in den Nacken zurück, damit es sie nicht mehr in der Halsgrube kitzeln konnte. Fledermäuse waren ja sehr niedliche, nützliche Tierchen mit wunderschönen Augen und beneidenswert langen Wimpern darüber, aber mit denen sollten sie fortan bitte woanders klimpern und nicht ausgerechnet in ihrem Bad.

»Wenn das mal kein Hexen-Omen war«, hatte Anja, bestens gelaunt wie immer, am Telefon gelacht.

Hexen-Omen! Marianne verzog das Gesicht und griff wieder nach dem Zigarettenpäckchen. Im großen und ganzen konnte man ihr wirklich nicht nachsagen, abergläubisch zu sein. Eine gestandene Frau von fünfunddreißig, an hartes freies Arbeiten gewohnt, unabhängig und mit praktischem Sinn fürs Machbare. Ganz bestimmt keine Spinnerin, die im Mondlicht nach Alraunen suchte und hinter jeder schwarzen Katze von links ein heimliches Zeichen sah.

Doch hier, im Schweigen des nächtlichen Dorfs, das sie in seiner Kreuzform vorausgeträumt hatte, war sie plötzlich nicht mehr so sicher.

Hier draußen galten vielleicht noch die alten Gesetze, die

man in der Stadt längst überwunden glaubte. Eulen, die im Dunkeln rufen und nahen Tod verkünden. Unheilwörter, die man mit ausgestrecktem Zeige- und kleinem Finger ins Teufelsreich ableiten mußte, damit sie sich ja nicht bewahrheiteten. Kreisrunde Eichenlichtungen in den Olivenhügeln, Orte seltsamer Kraft. Über den Hauseingängen in Montegrazie gab es Nischen mit winzigen, lebendig bemalten Marienstatuen, die mit frischen Blumen bekränzt waren. Doch in der ganzen Zeit, die sie jetzt schon das Ferienappartement ein paar Gassen oberhalb des Wasserhauses bewohnte, hatte sie nie gesehen, daß jemand auf eine Leiter gestiegen wäre, um die Blumen auszuwechseln.

Naja, hier stand man auch mit den Hühnern auf und ging mit ihnen schlafen. Wahrscheinlich kroch sie bloß nicht früh genug aus den Federn, um das Dorfleben richtig mitzukriegen. Marianne gähnte und drückte die halbgerauchte Zigarette in der Untertasse aus, die sie als Aschenbecher benutzte. *Basta* mit den merkwürdigen Gedanken. Das Dorf fing schon an, sie verrückt zu machen.

Oder war es die Stille, die mit bloßen Händen im Dunkeln greifbar schien? Die Eulenrufe? Das *déjà vu,* dessentwegen dieser Ort ihr so seltsam vertraut erschien? Eine Berührung zweier Falten im Saum der Zeit, so daß Zukunft und Gegenwart einen Moment lang miteinander verschmolzen ... Seit Jahren hatte sie das Bild dieses Dorfes mit sich herumgetragen, ohne sich dessen recht bewußt zu sein. Und nun saß sie mitten darin.

»Eins ist jedenfalls klar«, sagte Marianne halblaut ins Dunkel, um sich Mut zuzusprechen, »über den Tisch ziehen lasse ich mich morgen nicht!« Immerhin sprach sie ziemlich gut Italienisch. Sogar das Notariatskauderwelsch. In München hatte sie sich extra ein paar Vertragsformulare übersetzt, um ja für alle Eventualitäten gewappnet zu sein.

Allerdings, ein bißchen mulmig war ihr doch zumute gewesen, als sie den *compromesso,* den Vorvertrag, abgeschlossen und die *caparra* in bar über den Tisch geschoben hatte.

Wahrlich, eine stattliche Anzahlungssumme, fast zwei Fünftel des gesamten Kaufpreises!

»Na, wenigstens sind Sie damit vor unliebsamen Überraschungen geschützt«, hatte der Makler gemeint und ihr freundschaftlich auf die Schulter geklopft. Seit sie sich in das Haus verliebt und für den raschen Kauf entschieden hatte, behandelte er sie fast wie eine alte Freundin, die nach Jahren der Abwesenheit in ihre Heimat zurückgekehrt war.

So ein *compromesso,* im Maklerbüro ganz offiziell zu Papier gebracht und von beiden Parteien unterschrieben, hatte tatsächlich etwas ungemein Beruhigendes: Er sicherte ihr das Recht zu, das Doppelte der angezahlten Summe zurückzuerhalten, falls der Verkäufer im letzten Moment vom Verkauf zurücktrat oder einem anderen Interessenten den Vorzug gab.

Marianne hatte rasch das Kleingedruckte überflogen, aber keine Fußangeln darin gefunden.

»Bedenken Sie allerdings auch, Signora Roth«, hatte der Makler sie gewarnt, »Sie verlieren die Anzahlung ganz, falls Sie vom Vertrag zurücktreten!«

Marianne hatte ihm ihr strahlendstes Lächeln geschenkt und den Kopf geschüttelt. »Nein, nein, Signor Bocconcino, keine Sorge! Ich nehme das Haus, ganz bestimmt!« Ihr Honorar ist Ihnen sicher, hatte sie in Gedanken hinzugesetzt.

Sie würde das schaffen, und wenn sie sich ein paar Jahre lang nur von Wasser, Feigen und Brombeeren ernähren mußte ...

Die Anspannung der letzten Tage begann nachzulassen. Mit einem Mal fühlte Marianne sich sehr müde. Gähnend stand sie auf, warf noch einen Blick ins Tal, an dessen entferntester Krümmung sich ein paar Autoscheinwerfer langsam die Straße zum Dorf hochtasteten. Dann nahm sie Glas und Weinflasche und ging ins Zimmer zurück. Sorgsam schloß sie die Holzläden vor der weit offenen Terrassentür und zog das Nachthemd aus, das ihr am Körper klebte. Ins Dunkel gehüllt, schlüpfte sie unter das kühle blaue Laken. Ja, den Wecker hatte sie gestellt.

»Bis morgen«, murmelte Marianne zu sich selbst und drehte sich seufzend auf ihre Einschlafseite.

Zwei Minuten später saß sie wieder kerzengerade im Bett.

Ca' dell'aiga! Der Dialekt, den man hier sprach. Von dem hatte sie bislang noch kaum ein Wort verstanden.

Elio Bocconcino jedoch konnte ihn perfekt; schließlich war er damit aufgewachsen.

»Makler sind immer mit Vorsicht zu genießen«, hatte ihre Kollegin Ilona sie gewarnt. Und die mußte es wissen; ihr Vater war im Immobiliengeschäft. »Irgendeine Lücke finden sie immer, aus der sie was extra für sich rausschlagen. Irgendein Haken ist meistens dran am Objekt. Du merkst das leider erst, wenn es zu spät ist.«

Galt das wohl auch für Signor Bocconcino?

Ja schon, er wirkte überaus korrekt und seriös, aber was wußte sie wirklich von ihm? Was verbarg sich hinter seinem jovialen Lächeln? Oder schlimmer, was verbarg er vor ihr?

Wasserhaus!

Ein ziemlich komischer Name für einen alten Kasten, um den weit und breit kein Wasser zu sehen war.

Ob der Makler mehr wußte, als er zugeben wollte?

Vielleicht machte sie ja doch einen schrecklichen Fehler mit dem Kauf. Vielleicht steckte irgend etwas dahinter, was ihr das Haus noch gründlich vergällen würde.

Und was hatte der Hausverkäufer – wie hieß er doch gleich, ach ja, Carlo Bonelli – mit dem Makler so rasch im Dialekt zu reden gehabt, als sie handelseins wurden? War es vielleicht gar nicht um das Datum für den Notartermin gegangen, wie Signor Bocconcino ihr sofort entschuldigend übersetzt hatte, sondern in Wirklichkeit um Geld? Immerhin, der Kaufpreis war ziemlich hoch, und Marianne war es nicht gelungen, ihn um mehr als ein paar Millionen Lire herunterzuhandeln.

Hatten die beiden etwa ein Abkommen, von dem sie nichts wußte? War das uralte Haus doch eine Bruchbude, mit Mauern, die von innen her unsichtbar zerfielen? Hatte Bocconcino es schließlich doch geschafft, die alleinstehende deutsche *signora* irgendwie übers Ohr zu hauen, auch wenn sie noch so gut Italienisch sprach?

»Schluß jetzt mit dem Unsinn«, hörte Marianne Anjas energische Stimme im Kopf, als säße die Freundin neben ihr. »Du hast wohl zu viele Mafiageschichten gelesen. Solche Betrügereien gibt es vielleicht noch im tiefen Süditalien, aber doch nicht in Ligurien!«

Nein, hier bestimmt nicht. Hier gab es nur Füchse und Hasen, die sich freundlich eine gute Nacht wünschten. Ein gutes, altes, christliches Dorf. Mit Leuten, die bei der Arbeit Arien singen. Hier kann mir ganz bestimmt nichts Übles passieren.

Jetzt schlaf endlich, sagte sich Marianne streng und zog das Laken über die Schultern. In fünf Stunden mußt du wieder raus, und du weißt doch, wie zerknittert du morgens immer aussiehst.

Aber dann lag sie doch noch lange unruhig wach und lauschte den Eulenrufen, die übers Tal klangen, hoch-tief, hoch-tief, sich überkreuzende Laute, in zwei Rhythmen pulsierend. Der Mond war längst hinter den Hügeln verschwunden. Dazwischen verschob sich die Zeit.

2.

Blaß vor Zorn starrte Marco Baldi auf den Einschreibbrief, den ihm seine Sekretärin hereingereicht hatte.

»*Bastardi!*« stieß er zwischen zusammengebissenen Zähnen hervor. »*Stronzi, maledetti!* Der Teufel möge dich holen, du ... Schwager, du, und deinen geldgierigen Bruder dazu!«

Der Brief war kurz, aber überaus deutlich.

»*Caro Marco,* es geht um das Haus. Tommaso und ich haben uns jetzt doch entschlossen, es zu verkaufen. Eine deutsche Käuferin zahlt einen sehr guten Preis dafür. Ich konnte das meinem Bruder nicht abschlagen; er hat das Geld dringend nötig, und mir kommt es auch sehr recht, weil ich einiges in unserer Wohnung renovieren lassen muß. Am Samstag um zehn ist der Notartermin. Anschließend wollen wir alle nach Colle di Nava zum Essen fahren. Es ist also besser, wenn Du dieses Wochenende erst am Sonntag kommst, um Lucia zu besuchen. Sie schickt Dir einen dicken Kuß. Viele Grüße, Dein Schwager Carlo.«

Das Haus verkaufen! Und das wagte Carlo, ihm einen Tag vorher mal eben so mitzuteilen?

»Scheißfamilie!«

Er konnte sich kaum beruhigen.

Zweierlei liebte Marco Baldi von ganzem Herzen: die antiken Gemäuer seiner Heimatregion und seine kleine Nichte Lucia. Aus tiefer Zuneigung zu den vielhundertjährigen, meist aus Natursteinquadern und handgefertigten Ziegeln erbauten Häusern, die der *Riviera di levante* im Osten wie der *Riviera di ponente* im Westen Liguriens ihr charakteristisches Gepräge gaben, hatte er seinen Beruf als Denkmalpfleger gewählt. Und seit er im Genoveser Ministerium für Kultur und Denkmalschutz arbeitete, konnte er diese Liebe täglich in handfeste Tat umsetzen. Viele alte Bauten hatte er schon vor illegalem Abbruch bewahrt, viele *rustici,* die bezaubernden rustikalen Gewölbehäuser an der Küste und im Hinterland, vor gedankenlosen Verschandelungen durch umbaulustige Erben oder kaufwütige Fremde beschützt. Bei Marco Baldi gab es kein Wegschauen, kein Augezudrücken, wie es bei seinem Vorgänger von der alten politischen Bakschisch-Garde schon mal vorgekommen war. Das hatten die Architekten und Geometer, die ihre Bauprojekte im Ministerium zur Begutachtung einreichen mußten, rasch gemerkt.

Nein, Marcos Luchsblick entging nichts: kein Balkon, den sie im Ausbauplan eines alten *rustico* hinzugeschmuggelt hatten, als sei er immer schon dagewesen. Kein neuer Terrasseneinschnitt in das mit Marseiller Rillenpfannen schön gedeckte Dach eines Hauses, das zweihundert Jahre lang sehr gut ohne Terrasse ausgekommen war. Keine größere Fensteröffnung, wo vorher allenfalls ein Luftloch eine dicke Mauer durchbrochen hatte. Marco fand sie alle, die projektierten Verstöße gegen das Denkmalschutzgesetz, das vor nicht allzulanger Zeit noch verschärft worden war. Und vor dem Gesetz und ihm, seinem Wahrer, waren alle Bauherren und -herrinnen gleich.

In seiner Liebe zu Lucia jedoch fiel alle Strenge, mit der Marco sich im Beruf umgab, augenblicklich von ihm ab. Lucia war sein Augenstern, seine Freude, der Lichtblick seines Junggesellenlebens. Die einzige Tochter seiner ebenso innig geliebten Zwillingsschwester Elisa. Und seine schönste, bestgehütete Erinnerung an sie.

Mit Sicherheit war Marco der großzügigste *zio*, den eine Elfjährige sich nur wünschen konnte. Immer mit Geschenken beladen, wenn er am Wochenende von Genua nach Montegrazie kam, um seine Nichte zu besuchen. Immer voll neuer Ideen, wohin sie gemeinsam fahren, welchen *parco acquatico* mit tollen Wasserrutschen sie diesmal unsicher machen konnten. Lucia liebte es auch, mit ihrem Onkel in halbverfallenen, leerstehenden Häusern herumzuklettern, wie es so viele im hügeligen Hinterland gab, und ihm zuzuhören, wie er voller Begeisterung von der Baukunst der *antichi*, der Leute von damals, und den geheimen Gängen erzählte, die sie einst von einem Gemäuer zum anderen errichtet hatten, stets auf der Hut vor Feinden zu Berg und zur See.

Nie wurde Onkel Marco müde, mit seiner Nichte zu spielen, ihre Sorgen anzuhören, ihr zu helfen, wenn sie brütend über den Schulaufgaben saß. Ja, fast schien es Lucia manchmal, als sei Marco ihr Vater und nicht Carlo Bonelli, der im Umgang mit seiner Tochter oft so unbeholfen schien. Onkel Marco war es, der sich freigenommen hatte, als sie an der Hand ihrer Mutter zum ersten Mal zur Schule getrabt war.

Onkel Marco hatte ihr das Schwimmen beigebracht. Und er war es auch, dem sie sich anvertraute, wenn sie Kummer hatte, und der oft ihre Tränen trocknete, seit ihre Mama nicht mehr da war.

Manchmal hatte Marco selbst das Gefühl, Lucias Vater zu sein. Und das nicht nur wegen der vielen Stunden, die sie, so oft es irgend ging, zusammen verbrachten. Schon als kleines Kind hatte Lucia ihrer Mutter – und damit auch Marco – auf beinahe unheimliche Weise ähnlich gesehen: das gleiche in den blaugrünen Augen beginnende, rasche Lächeln, die gleiche Art, ihre dichten, blauschwarz schimmernden Kräuselhaare mit einem Ruck zurückzuwerfen. Die gleichen feingezeichneten Brauen in einem offenen, fröhlichen Gesicht. Die flinken Bewegungen ihrer Hände beim Reden, mit der sie Worte in die Luft flocht.

Marco hatte seine kleine Nichte vom allerersten Moment an ins Herz geschlossen. Später war er schier vor Stolz geplatzt, als sie nach *mamma* als erstes »*zio Maco*« sagte – Wochen, bevor sie ihren Vater Carlo zum ersten Mal *papà* nannte. Inzwischen rollte sie das »r« in Marcos Namen so ausdrucksvoll, wie es ihre Mutter immer getan hatte, wenn sie von ihrem Zwillingsbruder sprach. »*Zio Marrrco,* da bist du ja endlich«, flog Lucia ihm bei jedem Besuch in die Arme.

Das Band zwischen ihnen war stark. Sogar Carlo räumte das manchmal ein, wobei eine Spur Eifersucht in seiner Stimme mitklang.

»Sie ähnelt dir ebensosehr wie ihrer Mutter. Naja, kein Wunder, bei Zwillingen, auch wenn ihr nur zweieiige wart. Wenn man euch so zusammen sieht, könnte man dich glatt für den Vater halten.«

Aber Marco war nur Lucias Onkel. Und ihr wirklicher Vater stand gerade im Begriff, seine Tochter um ihr Erbe zu betrügen. Carlo Bonelli, der *stronzo,* samt seinem jüngeren Bruder Tommaso, dem Nichtsnutz, dem Widerling.

»*Bastardi!*« Marco hieb mit der Faust auf den Schreibtisch, daß der immer noch eingeschaltete Computer darauf erzitterte. Wagten sie es tatsächlich, das Familienerbe anzurühren! Das Haus vor dem Haupthaus, das Lucia einmal hätte bekommen sollen. Das »Wasserhaus«, *ca' dell'aiga,* wie es in Montegrazie hieß, weiß der Teufel weshalb. Das Haus, das Lucias Urgroßmutter ihr Leben lang bewohnt hatte, bis sie hoch in den Neunzigern gestorben war.

Kurz darauf war auch Onkel Ottavio ausgezogen. Viele Jahre lang hatte der früh Verwitwete sich hingebungsvoll um seine alte Mutter gekümmert. Nun, mit siebenundsechzig, wollte er endlich weg von Montegrazie, hinunter ans Meer, jeden Tag die frische, jodhaltige Luft einatmen, die seiner Schilddrüse guttat, und mit Freunden zum Fischen gehen.

»Wißt ihr was, ihr könnt das Haus gern haben«, hatte er zu seinen Neffen Carlo und Tommaso gesagt. »Macht damit, was ihr wollt. Ich habe ja noch meine kleine Wohnung am Meer, die mir meine Frau damals hinterlassen hat. Die Mieter sind vor kurzem ausgezogen. Ich brauche also das Haus hier in Montegrazie nicht, und euer Geld auch nicht. Meine Pension reicht mir völlig für meine Bedürfnisse aus.«

Ottavio machte nie viel Worte, und er handelte, wie er redete. Einige Wochen später hatte er seinen Neffen sein mütterliches Erbe überschrieben. »So braucht ihr später wenigstens mal keine Erbschaftssteuer zahlen. Und die paar Millionen Lire Verkaufssteuer, die ich dem Staat dafür in den Rachen werfen mußte, die gebt ihr mir eben zurück.«

Nun, zusammen mit den Notar- und Katasteramtgebühren war das alles schon teuer genug gekommen, fünfzehn Millionen Lire.

»Viel zuviel Geld für ein heruntergekommenes Anwesen, das eigentlich niemandem nützt«, hatte sich Tommaso, der an allem etwas auszusetzen fand, sofort beschwert. Auch wenn er nur die Hälfte dieser Summe aufbringen mußte, gerade einmal so viel, wie sein gutgehendes Geschäft im Monat Gewinn abwarf. Damals war Tommaso der Wohlhabendste in der Familie gewesen. Aber gleichzeitig auch der größte Pfennigfuchser, »eben ein echter Ligurier«, wie er grinsend erklärte, die schließlich den Ruf, die Schotten Italiens zu sein, nicht umsonst erworben hätten. »Überleg mal, Carlo, je siebeneinhalb Millionen Lire dafür, daß wir zu zweit eine Ruine besitzen! Und was sollen wir deiner Meinung nach damit anfangen? Am besten, das Haus wird wieder verkauft, dann können wir uns wenigstens das Bargeld teilen!«

Carlo, kein Freund von übereilten Entschlüssen, hatte seinen Bruder beschwichtigt und das Thema Hausverkauf erst einmal vom Tisch gebracht. In seiner Frau Elisa jedoch war eine Idee herangereift.

»Was hältst du davon, Carlo«, hatte sie ein paar Wochen später zu ihrem Mann gesagt, »wollen wir Tommaso nicht seine Hälfte abkaufen und das Haus dann für uns modernisieren lassen? Wir hätten dort viel mehr Platz. Und Lucia hätte ein richtiges Haus, in dem sie aufwächst und das wir ihr einmal vererben können. Und nicht nur eine Wohnung im zweiten Stock deines Elternhauses.«

Marco erinnerte sich noch gut an die Unruhe und die langen Diskussionen, die Elisas Vorschlag ins Familienleben gebracht hatte.

»Kommt gar nicht in Frage!« Tommaso war, wie vorauszusehen, gleich dagegen gewesen. »Wieso wollt ihr hier ausziehen? Ist die Wohnung nicht mehr gut genug für euch? Sie ist sogar größer als unsere im ersten Stock, und eine Terrasse nach Süden hin habt ihr auch!«

»Außerdem«, hatte er Carlo beiseite genommen, »ist der Marktwert von diesen alten Kästen in letzter Zeit ziemlich gestiegen. Dir als meinem Bruder kann ich meine Hälfte nicht gut meistbietend verkaufen. Aber bei den deutschen Touristen, die seit ein paar Jahren wieder in unsere Dörfer einfallen wie die Heuschrecken, habe ich keinerlei Skrupel. Und von dem Geld haben wir allesamt einfach mehr.«

Zuerst schien Carlo den Argumenten seines Bruders nicht abgeneigt. Doch dann hatte Elisa sich durchgesetzt, wie so oft. Ein eigenes Haus, ja, das war schon etwas anderes als die Wohnung im Elternhaus, in der sie seit ihrer Heirat lebten. Zwar schön durchrenoviert, hell und freundlich, doch immer noch bloß eine Etagenwohnung.

Und auch in einem zweiten wichtigen Punkt hatte Elisa zweifelsohne recht: Sie beide hatten eine Tochter, und vielleicht stellte sich ja noch einmal weiterer Nachwuchs ein. Tommaso und seine Frau Flavia hingegen waren kinderlos und würden das auch bleiben. Eine Hodenfehlbildung hatte Tommaso zeugungsunfähig gemacht.

»Wir bräuchten tatsächlich etwas mehr Platz, vor allem auf lange Sicht. Ich rede noch mal mit Tommaso. Er will ja sicher nicht, daß wir womöglich irgendwann aus Montegrazie wegziehen müssen.«

Dieses Argument gab offenbar den Ausschlag. Tommaso sträubte sich nicht länger, ja schien die Aussicht, daß das Wasserhaus auf diese Weise doch dauerhaft in der Familie bleiben würde, mit der Zeit sogar gutzuheißen. »Du hast recht, Elisa«, hatte er eingelenkt, »die Familie hat Vorrang. So bleiben wir wenigstens zusammen.«

Ja, damit er sie alle besser unter Kontrolle halten konnte! Marco hatte sich damals nur allzugut vorstellen können, was hinter Tommasos plötzlichem Familiensinn steckte. Elisa jedoch war überglücklich gewesen. »O Tommaso, vielen Dank! Ich wußte doch, daß du meinen Wunsch verstehst! Sobald wir genug Geld gespart haben, zahlen wir dir deinen Anteil aus. Es ist ja nicht eilig. Laß uns nur noch ein paar Jahre Zeit.«

Doch das war lange her. Elisa konnte sich jetzt nichts mehr wünschen, nichts mehr fürs Haus beiseitelegen. Vor vier Jahren war sie mit dem Auto tödlich verunglückt.

Marco warf den Brief, den ihm sein Schwager geschrieben hatte – auch noch per Einschreiben, damit Marco ja nicht behaupten könnte, er habe von nichts gewußt! –, mit angeekelter Geste auf den Schreibtisch, stand mit einem Ruck auf und fing an, im Raum auf und ab zu gehen. Das tat er immer, wenn er aufgebracht war, auf und ab marschieren, manchmal stundenlang, am liebsten draußen am Kai, wenn das Meer unruhig war und die Wellen hoch gegen die Molen schlugen. Mit großen Schritten laufen, als seien es die Muskeln seiner kräftigen Beine, die seine Gefühle auffangen und verarbeiten mußten. Je länger er lief, desto deutlicher spürte er, welche Gefühle es waren, die ihn zum Laufen zwangen. Und je klarer er sein Inneres sortieren konnte, indem er den Muskeln und Sehnen seines Körpers lauschte, desto mehr ließ gewöhnlich auch seine innere Anspannung nach. Am Ende war er meist erschöpft, aber ruhig, und konnte mit weit größerer Gelassenheit über das anstehende Problem nachdenken.

Auch Elisa war immer aufgesprungen, wenn sie zornig war, und lange draußen herumgelaufen. Später hatte sie graugrüne, entschlossene Augen gehabt und zum Handeln bereite Hände.

»Oh, *merda*, was soll ich bloß tun?«

Marco haßte es, sich so handlungsunfähig zu fühlen. Es war, als werfe jemand ein Netz über ihn, das ihn gefangenhielt und ihm den Zugang zur Luft abschnürte. Verzweifelt ruderten seine Gedanken. Irgend etwas mußte ihm doch einfallen, womit er diesen Verkauf verhindern konnte! Aber was? Ihm gehörte kein Stein an dem Haus. Er war nur der angeheiratete Schwager, Lucias Onkel, ein überzähliger Verwandter, ohne Recht und ohne Stimme in Bonellis Familienrat.

Elisa hätte mit allen Mitteln dafür gekämpft, daß dieser Hausverkauf verhindert würde. Doch nun war seine Zwillingsschwester tot. Lucia hatte niemanden mehr, der das Haus für sie bewahrte, wenn es ihr eigener Vater nicht tat.

Carlo, das Weichei, dachte Marco ingrimmig. Hatte sich mal wieder von seinem Bruder breitschlagen lassen! Und glaubte womöglich noch, ihn damit vor der Pleite zu retten. Dabei würde Tommaso auch von diesem Geld bald keine Lira mehr übrig haben. Dann wäre die ganze Verkaufsaktion vergeblich gewesen.

Der großartige, immer so toll verdienende Tommaso! Daß der Bruder seines Schwagers längst kein so guter Geschäftsmann war, wie er gern vorgab, argwöhnte Marco schon seit langem. Als gelernter Klempnermeister hatte Tommaso zunächst für ein paar größere Firmen gearbeitet, sich dann selbständig gemacht und mitten in Sanremo einen Laden für Sanitärbedarf eröffnet. Doch obwohl das Geschäft von Anfang an ziemlich gut lief und die blonde, freundliche Flavia ihr Bestes tat, auch die schwierigsten Kunden zufriedenzustellen, hatte es irgendwann Ärger mit den Banken gegeben.

»Vermaledeite Mafiosi! Staatlich konzessionierte Diebe!« Tommasos Flüche, wenn er an die hohen Kreditzinsen dachte, die man ihm aufgebrummt hatte, raubten Flavia, wie sie zugab, oft den Schlaf. Mußte ihr Mann auch immer so arrogant auftreten, wenn er mit der Bank über seine Geschäfte sprach? Warum bloß sträubte er sich stets dagegen, seine Frau die Konditionen aushandeln zu lassen, wo sie doch so viel mehr diplomatisches Geschick besaß als er? Und weshalb orderte er immer wieder zuviel der teuersten, innovativsten Ware, die dann nur das Magazin füllte, weil sie sogar in Sanremo unverkäuflich war? Die einst so elegante Stadt am Meer verströmte zwar immer noch morbiden Charme, doch mit ihrer Glanzzeit war es längst vorbei. Reiche Investoren, die ganze Hotels mit sanitären Anlagen auszustatten hatten, wurden immer seltener. Und die ständig wachsenden Steuerlasten drückten auch das bestgehende Familienunternehmen.

Vor kurzem war es so weit gekommen, wie Marco seiner Schwester schon vor fünf Jahren prophezeit hatte. Tommaso, das Großmaul, stand vor dem Konkurs.

Kein Wunder, daß er jetzt alles zu Bargeld machte, was

nicht niet- und nagelfest war. Selbst vor dem Erbe seiner Nichte schreckte der Kerl nicht zurück, nur um seine eigene Haut zu retten.

Wenn nur Elisa noch am Leben wäre! Sie hätte das niemals zugelassen. Irgendeine Lösung war ihr immer eingefallen, an die niemand sonst gedacht hatte. Irgendeine rettende Idee hatte sie in jeder Krise gehabt.

Ach Elisa, Schwesterchen, dachte Marco, es ist verdammt einsam ohne dich.

Er hielt im Herumlaufen inne und starrte auf die Fotografie, die in einem Holzrahmen auf dem Schreibtisch stand. Seine schöne, einzigartige Schwester, dicht an ihre kleine Tochter geschmiegt, die ihr so sehr glich. Noch immer vermißte er Elisa mit derselben schmerzlichen Heftigkeit wie in jenem Sommer, als er, die tränenüberströmte Lucia fest an der Hand, hinter ihrem Sarg hergegangen war.

Elisas Lächeln leuchtete jetzt schwarzweiß und unveränderbar aus dem Medaillon, das er vom gleichen Foto hatte anfertigen und in die Sargmauer des Friedhofs von Montegrazie setzen lassen. Abends warfen die Pinien ihre Schatten darüber und verdunkelten es, lange bevor die Sonne sank.

In den ersten Wochen nach ihrem Tod war Marco mit seiner Nichte noch oft an der Mauer gewesen, hatte mit Lucia zusammen das Ewige Licht neu entzündet, das der Westwind immer wieder ausblies, und frische Blumen in die blaue Vase neben dem Medaillon gesteckt. Dann, mit der Zeit, waren ihre Besuche seltener geworden. Und irgendwann hatte Marco gemerkt, daß Lucia nicht mehr von selbst vorschlug, zum Friedhof zu gehen, und manchmal andere Verpflichtungen vorschützte, wenn er sie fragte, ob sie mit ihm kommen wolle.

Ganz natürlich, hatte er zu verstehen versucht, die Trauer läßt nach, das Kind hat Lust auf Leben. Und das ist ja auch das beste so. Trotzdem tat es ihm jedesmal weh, allein das Medaillon zu betrachten.

Immerhin wußte er, daß Lucia sehr oft an ihre Mutter

dachte. »Sie ist die ganze Zeit hier in mir«, hatte sie einmal abrupt gesagt und auf ihre Stirn gedeutet, dorthin, wo das Dritte Auge sitzt.

Das Surren des Telefons riß Marco aus seinen düsteren Gedanken.

»*Pronto!*«

»Signor Baldi?« Die angenehm tiefe Stimme seiner Sekretärin klang an sein Ohr.

»Ja, was gibt es denn?«

»Vergessen Sie bitte die Abteilungsleitersitzung nicht, um halb elf«, sagte die freundliche Stimme.

»Nein – ja, vielen Dank, Signora Rossini«, murmelte Marco und warf einen Blick auf die Uhr. Kurz vor zehn, das ließ ihm gerade noch Zeit für einen *caffè*.

Marco raffte die Unterlagen zusammen, die er am Morgen für die Sitzung vorbereitet hatte, griff nach seinem Jackett und warf im Hinausgehen die Tür hinter sich zu.

Elsa Rossini, die gerade ein ankommendes Fax aus dem Apparat zog, sah ihm verwundert nach. Was war denn in ihren Chef gefahren? So knallte er doch sonst nicht mit den Türen!

Dann fiel ihr der Einschreibbrief ein, den sie ihm eine halbe Stunde zuvor hereingebracht hatte. Offenbar schlechte Nachrichten. Nach der Sitzung, nahm sie sich vor, würde sie Signor Baldi ein bißchen verwöhnen. Ihren selbstgebackenen Kuchen, von dem sie oft ein paar Stücke mit ins Büro brachte, mochte er immer besonders gern.

Die rundliche Elsa Rossini mit den gescheiten, von Lachfältchen umkränzten Augen konnte ihren Chef, für den sie nun schon fast sechs Jahre arbeitete, gut leiden. Oft sorgte sie sich mütterlich um den Junggesellen, der mit seinen vierunddreißig Jahren immer noch nicht geheiratet hatte. Seine Eltern waren vor einigen Jahren kurz hintereinander verstorben. Und seit auch seine Zwillingsschwester tot war, Gott hab sie selig, stand er praktisch allein auf der Welt.

»Noch immer keine *fidanzata?*« hatte sie ihn ein paarmal, halb hoffnungsvoll, halb mit tadelndem Unterton gefragt, wenn er ihr am Freitagabend ein angenehmes Wochenende wünschte.

»Nein, Signora Rossini, immer noch keine Verlobte!« hatte er dann geantwortet und sein offenes Großejungenlächeln gelächelt. »Sie wissen doch, ich bin mit meiner Arbeit verheiratet.«

»Ja, aber die Arbeit bäckt Ihnen keinen Kuchen, und Kinder kriegen Sie von ihr auch keine!«

Elsa Rossini schüttelte den Kopf. Dieser Baldi! Mit seiner kleinen Nichte Lucia, die er fast jeden Samstag besuchen fuhr, lebte er wahrscheinlich alle Vatergefühle aus, die er verspüren mochte. Manche Männer, das wußte die Mittfünfzigerin mit zwei erwachsenen Töchtern aus schmerzlicher Ehe-Erfahrung, hatten wenig für eigene Kinder übrig und zeugten sie im Grunde nur, weil ihre Frauen sich welche wünschten. Vielleicht dachte ihr Chef ja ebenso und scheute sich deshalb vor einer engeren Bindung …

Doch gegen die Liebe war er bestimmt nicht gefeit. Irgendwann würde es auch ihn erwischen, da war sie ganz sicher. Jedesmal, wenn zwei oder drei Wochen lang immer dieselbe Frauenstimme am Telefon nach Signor Baldi fragte, wurde seine Sekretärin hellhörig. Bis vor wenigen Monaten allerdings ohne Resonanz. »Eine hartnäckige Bauherrin, die ihr Projekt unbedingt durchdrücken will«, hatte ihr Chef meist abgewiegelt, wenn sie ihn gar zu fröhlich mit der Anruferin verbunden hatte. Oder manchmal auch, ein bißchen verlegen: »Sagen Sie doch der *signorina* bitte das nächste Mal, ich sei nicht da.«

Erst seit dem letzten April hatte sich das ein wenig geändert. »Sollte Signorina Carducci anrufen – Gabriella Carducci –, stellen Sie doch bitte gleich durch.«

»Carducci, Gabriella? Natürlich, Signor Baldi.«

Elsa Rossini hatte den neuen Namen sofort in ihrem privaten Kalender vermerkt, den sie für besondere Fälle führte.

Sicherer als der Computer, in den ja jeder x-beliebige Hacker heutzutage eindringen konnte. Den Kalender verwahrte sie stets in ihrer geräumigen Lackledertasche, ohne die sie niemals auch nur zur Toilette ging.

Mehr als den Namen und eine helle, jung klingende Frauenstimme am Telefon hatte allerdings auch Signora Rossini bislang nicht über die *signorina* in Erfahrung bringen können. Marco Baldi, so reizend er als Chef sein konnte, ließ sich über seine Privatangelegenheiten im Büro nur selten aus. Immerhin, so viel schien ihr sicher: Ein- bis zweimal die Woche trafen sich die beiden. Und manchmal, wenn Elsa die Tür zum Büro ihres Chefs öffnete, um ihm ein Dokument vorzulegen, hatte er den Hörer in der Hand und lächelte, während er zuhörte. Ein liebevolles Lächeln, das sein hübsches Gesicht auf seltsame Weise ernster, älter und noch attraktiver machte.

»Na, irgendwann werde ich die junge Dame sicher kennenlernen, falls es was Ernsteres ist«, dachte Elsa Rossini und wandte sich wieder dem Faxgerät zu, das gerade lange Bauentwürfe ausspuckte. Die Seitenfahne kringelte sich schon auf dem Fußboden und wirbelte ein paar Staubkörner auf. Dann gab der Apparat einen langgezogenen Ton von sich und schaltete ab.

Das kleine Café an der Ecke war verraucht und überfüllt wie immer, doch Marco, der hier täglicher Stammgast war, bekam vom *barista* rasch einen dampfenden *caffè stretto* zugeschoben. Um seine Nerven zu beruhigen, rührte Marco zwei gehäufte Löffel Zucker hinein.

Die Wärme und Süße des Kaffees lockerten seine verspannten Halsmuskeln. Marco atmete tief durch und bestellte noch einen nach.

»*Ehi Marco, come va?* Schlecht geschlafen heute nacht, daß du dich so aufputschen mußt?«

Lachend hieb Luigi Massabovi seinem Freund auf die

Schulter, während er ein Glas Mineralwasser neben Marcos Espressotasse abstellte.

»*Ciao* Luigi.«

Mit einem Seitenblick, in langjähriger Freundschaft geschärft, nahm Luigi Marcos Zustand zur Kenntnis. Zitternde Augenlider, zerrauftes Haar, Zornesader an der Schläfe, die noch immer bedrohlich pochte.

»Was ist los, Alter? Hast du Ärger? Kann ich dir irgendwie helfen?«

Marco rührte in seiner Espressotasse und zögerte. Konnte Luigi etwas für ihn tun? Ein Haus vor dem Verkauf bewahren, das morgen vormittag schon verloren war? Ihm helfen, Lucia zu helfen?

Nein, selbst wenn sein Freund ein noch so guter Rechtsanwalt war, stadtbekannt dafür, auch unmöglich erscheinende Prozesse mit Bravour zu gewinnen – hier konnte er wohl nichts ausrichten.

Schließlich rang er sich zu einer Antwort durch. »Ich glaube nicht, Luigi. Es geht um was Privates.«

Luigi trank einen Schluck Mineralwasser und sah Marco aufmerksam über den Glasrand an. Was Privates? Eigentlich machte sein Freund sonst nicht soviel Aufhebens um private Dinge. Meistens ging es um seinen Beruf, wenn Marco wütend war. »*Cherchez la femme?*« Hatte Marco endlich mal eine gefunden, die ihn zappeln ließ? Womöglich die hübsche Gabriella, die er ihm vor ein paar Wochen vorgestellt hatte?

»*Dio mio*, du hörst dich schon an wie Signora Rossini! Die fragt mich auch dauernd, ob ich nicht endlich am Haken hänge. – Nein, Luigi, es hat mit Lucia zu tun.«

»Mit deiner Nichte?«

»Ja. Und mit dem Haus, das ihr als Erbe zusteht. Die Idioten wollen es morgen verkaufen.«

Während Marco seinem Freund berichtete, was passiert war, schweiften Luigis Gedanken zu Elisa.

Auch ihm hatte sie sehr gefallen, damals, als die Zwillinge

noch fast unzertrennlich und Luigi, der mit Marco Abitur gemacht hatte, oft mit ihnen zusammen war. Elisas fröhliche, zupackende Art, ihr Optimismus, ihre süditalienisch anmutende Großzügigkeit. Allein schon, wie sie andere beschenken konnte! *Regali riciclati*, das Geschenke-Recycling, wie man es in Ligurien halb abfällig, halb anerkennend nannte, war Elisas Sache nicht gewesen. Sie hatte stets sorgfältig etwas ganz Persönliches ausgesucht, Empfänger oder Empfängerin liebevoll bedenkend, und niemals das weitergereicht, was vom letzten Weihnachtsfest übriggeblieben war und keinem gefiel.

Elisa war eine wunderbare Frau gewesen, und eine ausgemachte Schönheit obendrein. Ja, er hatte damals einfach zu lange gezögert, wollte sich noch nicht festlegen, fand sich zu jung für eine Bindung. Und plötzlich war sie mit Carlo verlobt, Carlo Bonelli, leitender Angestellter einer großen Olivenölfirma in Imperia. Luigi war als bester Freund der Braut zur Hochzeit geladen worden, hatte tapfer gelächelt, als sie sich zum Brautkuß zu ihm gewandt hatte, und Hunderte von Fotos von Elisa gemacht, in ihrem weißen langen Kleid und mit Blütenkranz im dunklen Kräuselhaar. Doch auf seinem Kaminsims zu Hause stand nicht ihr schönstes Hochzeitsbild, sondern ein Foto aus der Zeit, als sie alle drei noch sehr jung und sehr befreundet waren. Elisa vor dem berühmten Aquarium von Genua, das sie samstags oft besucht hatten, lachend, einen Plastikdelphin im Arm.

»... Lucias Erbe antasten. Ich weiß einfach nicht, was ich dagegen unternehmen soll.«

Luigi riß sich von Elisas Lachen los, sah seinen Freund an und nickte.

»Du hast recht, es ist eine Unverschämtheit. Aber rechtlich läßt sich wohl wenig dagegen machen. Solange Lucia unmündig ist, kann sie keinerlei Rechte geltend machen. – Es sei denn ...«

»Es sei denn was?«

»Es sei denn«, sagte Luigi nachdenklich und stellte sein Mineralwasserglas auf den Tresen, »es gäbe eine eindeutige schriftliche Abmachung zu Lucias Gunsten. Ein Testament von Elisa beispielsweise, in dem sie ihrer Tochter ihren eigenen Anteil am Haus vererbt, mit der Auflage, daß es keinesfalls verkauft werden darf, bis Lucia mündig ist und selbst mit darüber entscheiden kann.«

»Nein, leider.« Marco schüttelte den Kopf. »Elisa hat kein Testament hinterlassen. Und das Haus gehörte auch nicht ihr, nicht mal zum Teil. Carlo und sie hatten Gütertrennung, und sie war nicht als Mitbesitzerin eingetragen.«

»Also nichts zu machen. *Porca miseria!*«

Luigi trommelte mißmutig mit den Fingern auf den Tresen und sah auf die Uhr, die mit beschlagenem Glas an der Wand dahinter hing. »Meine Güte, schon gleich halb elf! Ich muß los, sonst komme ich zu spät zum nächsten Termin.«

Während er dem Barmann sein Glas hinschob, sah er aus dem Augenwinkel, wie Marcos Schultern sich mutlos zusammenzogen. Verdammt, er hätte seinem Freund wirklich gern geholfen! Vielleicht gelang es ihm ja wenigstens, ihn aus dieser üblen Stimmung herauszuholen. Ein bißchen Bewegung würde Marco sicher guttun, und ihm selbst nicht weniger.

»Wollen wir heute abend eine Runde zusammen laufen? Ich hol dich ab«, sagte Luigi und faßte ihn aufmunternd am Arm. »Dann überlegen wir noch einmal, ob wir nicht doch eine Möglichkeit finden, diesen beiden Halunken eins auszuwischen und den Verkauf zu verhindern.«

»*Grazie*, Luigi.« Marco sah seinen Freund dankbar an. Auf ihn war wirklich immer Verlaß. »*Ciao*, bis später!«

Marco blickte Luigi nach, der von draußen noch einmal grüßend die Hand hob. Mit seinem Freund zu reden, hatte neue Lebensgeister in ihm geweckt. Kampflos alles einfach hinzunehmen, was andere hinter seinem Rücken angezettelt hatten, das war sein Stil ohnehin nicht. Erst recht nicht, wenn sein Herz an einer Sache hing. Und dieser Frechheit tatenlos zuzusehen, das konnte er auch vor Lucia nicht verantworten.

»Irgendwas *muß* mir noch einfallen, bevor es zu spät ist!«

Marco legte ein paar Scheine auf den Tresen, warf sich die Jacke über und schlug die Tür des Cafés hinter sich zu. Zwei Stufen auf einmal nehmend, eilte er die Treppe zu seinem Büro hinauf. Die Sitzung hatte sicher schon angefangen; na, machte nichts, bis alle versammelt waren, würde es ohnehin noch ein paar Minuten dauern.

Im Vorbeilaufen winkte er seiner Sekretärin einen Gruß zu. Signora Rossini lächelte und hob ein Stück Kuchen in die Höhe. Für später, bedeutete sie ihm.

Später würde er sich gerne ein bißchen von ihr bemuttern lassen. Später hatte er auch wieder den Kopf frei, um sich noch einmal alles ganz genau zu überlegen.

Vielleicht würde er Gabriella anrufen ... die hübsche, quirlige Gabriella, mit der er in letzter Zeit ein paarmal ausgegangen war. Sie hatte zwar noch nicht viel von seiner Familiengeschichte mitbekommen, ja noch nicht einmal Lucia kennengelernt. Aber sie brachte es meistens fertig, seine Laune zu heben. Und auf den Kopf gefallen war sie auch nicht.

Ja, entschied Marco, nach dem Laufen mit Luigi würde er bei ihr vorbeischauen. Sie könnten zusammen eine Pizza essen, wenn sie nichts anderes vorhatte, und dann würde er ihr erzählen, was los war. Vielleicht hatte sie ja eine Idee, die ihm weiterhalf.

Viel Zeit, das wußte Marco, blieb ihm allerdings nicht. Morgen früh war bereits der Termin beim Notar. Spätestens gegen Mittag war Lucias Wasserhaus verloren, falls ihm nicht noch eine Lösung einfiel.

Verkauft. An eine Deutsche noch dazu.

Eine völlig Fremde.

3.

Autolärm und Abgase erfüllten den engsten Teil der Via Cascione, Hauptgeschäftsstraße von Porto Maurizio, in der sich das Büro des Notars befand. Sommerlich gekleidete Menschen drängten sich auf den schmalen Gehsteigen, an Cafétischchen und Pflanzenkübeln vorbei, in denen zerrupfte Palmen ihre Fächer den spärlich bis hierher gelangenden Sonnenstrahlen entgegenreckten. Aus der Markthalle hörte Marianne den Singsang der Frauen, die ihr selbst angebautes Obst anpriesen, und die beharrlichen Rufe der Eier- und Geflügelverkäufer, die sie zu übertönen suchten.

Über italienische Märkte schlenderte sie sonst sehr gerne, um nach preiswerten Schuhen zu stöbern oder einen ganzen Korb voll frischer, duftender Gemüse und Kräuter zusammenzustellen, den sie dann in Vorfreude auf ein genüßliches Mahl in ihr jeweiliges Ferienappartement schleppte. Heute jedoch warf sie kaum einen Blick auf die angebotenen Köstlichkeiten.

In der Eingangshalle des Notariatsgebäudes holte Marianne tief Luft, überprüfte an einem riesigen, altersblinden Spiegel neben der Treppe noch einmal die Aufsteckfrisur, mit der sie ihren roten Schopf heute damenhaft gebändigt hielt, und stieg dann die breiten, über Jahrhunderte abgetretenen Marmorstufen zum ersten Stock hinauf.

Von oben scholl ihr gedämpftes, aber deutlich wütendes Stimmengewirr entgegen.

Sie zögerte einen Moment und wäre beinahe gestolpert, als im Stockwerk über ihr eine Tür aufging, dann zuknallte und eine zweite mit lautem Hallen ins Schloß fiel. Ein Mann stürmte die Treppe herunter, rannte Marianne blick- und grußlos fast über den Haufen und nahm zum Schluß zwei Stufen auf einmal, bevor er zum Eingangsportal hinauslief.

Du lieber Himmel! War das die temperamentvolle Art, mit der man hierzulande notarielle Akte vollzog?

Marianne zupfte nervös ihr hellgelbes Sommerkostüm zurecht, das sie eigens für diese Gelegenheit gekauft hatte, und war gerade auf den letzten Stufen angelangt, als die Tür im ersten Stock erneut aufflog. Ein distinguiert in Grau gekleideter Mann beugte sich weit übers Treppengeländer und rief zum Eingang hinab, daß es durch das ganze Gebäude schallte: »Marco, he, Marco, komm wieder rauf, renn doch nicht weg, *ti prego*!«

Doch die Halle war leer, Marco – offenbar der Eilige, Zornige von vorhin – längst verschwunden.

Zwei Streithähne, dachte Marianne. Na Mahlzeit, da würde der Notar auch nicht in bester Laune sein. Und das ausgerechnet, bevor sie den Termin bei ihm hatte.

»*Permesso!*« Mit einer gemurmelten Entschuldigung zog Marianne ihre Schultertasche dichter an sich heran und versuchte, hinter dem Graugekleideten vorbei zur Tür des Notarbüros zu gelangen, ohne ihn zu streifen. Der Mann schien ihr sehr erbost, und sie hatte nicht die geringste Lust, ihn durch eine versehentliche Berührung etwa noch mehr aufzubringen.

Obwohl die schwere Eichenholztür mit dem Messingschild »*Notaio Dott. Duca Eraldo*« halb offenstand, hob sie automatisch die rechte Hand zur Klingel. Ein Arm hinter ihr zog die Flügeltür ganz auf, bevor sie läuten konnte.

»*Scusi, ma* ...« Marianne brachte ihren halb fragenden, halb protestierenden Satz nicht zu Ende. Der Mann im grauen Anzug drängte sich an ihr vorbei und ging mit weitausholenden Schritten zu einer holzgetäfelten Tür links neben dem Eingangsbereich, aus dem weiterhin Stimmengewirr drang. Auf der Schwelle hielt er plötzlich inne, als sei ihm etwas eingefallen, drehte sich zu ihr um, musterte sie forschend für einen Moment und gab dann etwas von sich, das dem Ton nach wie eine Entschuldigung klang. Noch bevor Marianne seinen Blick erwidern konnte, hatte er die Tür hinter sich zugezogen.

Marianne zuckte die Schultern. Was die da miteinander zu

streiten hatten, war schließlich nicht ihre Sache; wenn sie nur deswegen nicht warten mußte. Sie strich sich eine widerspenstige Haarsträhne aus dem Gesicht, setzte ihr gewinnendstes Berufslächeln auf und ging zur Rezeption, einem breiten, antiken Tresen, auf dem eine hohe Vase mit üppigen, rosafarbenen Magnolien stand. Dahinter saß eine junge Sekretärin in weißer Bluse und schwarzem Rock und blickte konzentriert auf ihren Computerbildschirm. Wie in einem vornehmen Hotel, dachte Marianne. Fehlt nur noch die Handklingel und ein Page, der mir die Tasche tragen will.

»Bei Notar Duca sind Sie in den besten Händen«, hatte Signor Bocconcino angemerkt. »Das Büro wurde schon von seinem Urgroßvater gegründet. Es ist eins der ältesten und angesehensten der Stadt.« Und bestimmt auch das teuerste, hatte Marianne in Gedanken hinzugefügt. Nun ja, immerhin konnte sie hier wohl sichergehen, daß alles ganz und gar ordnungsgemäß abgewickelt würde.

Und sie war auf die Minute pünktlich, trotz des Beinahezusammenstoßes im Treppenhaus. Pünktlichkeit ist die Höflichkeit der Könige, hatten ihre Eltern sie gelehrt. Und immer hinzugesetzt: »Auch die der Königinnen.«

Es fehlte nicht viel, und sie hätte sich tatsächlich wie ein königlicher Gast gefühlt, als sie bemerkte, wie das Gesicht der Rezeptionistin bei der Nennung ihres Namens erstrahlte.

»Oh, Signora Roth, Sie sind schon da! Bitte nehmen Sie doch einen kleinen Augenblick hier vorn Platz. Darf ich Ihnen etwas bringen? Einen Espresso?«

Schon da? Marianne wunderte sich. Ja, natürlich, sie war pünktlich, aber das konnte doch selbst in Italien, wo man Zeitpläne eher lässig handhabte, nicht derart absonderlich sein.

»*No, grazie*«, winkte sie ab, als die junge Frau aufsprang, um ihr eine Tasse Kaffee zu holen. Sie ließ sich auf einem der schwarzen, gemütlichen Ledersofas unweit des Tresens nieder, das ihr die Sekretärin – kaum älter als neunzehn, aber schon sehr effizient – mit eleganter Handbewegung zuwies, und lehnte sich ins Polster zurück. Anscheinend war der Notar noch mit den Streithähnen beschäftigt. Sie hoffte doch sehr, daß er diese Klientel bald los wurde und sie nicht zu lange warten ließ.

Ein paar Minuten verstrichen, in denen die Stimmen im angrenzenden Raum sich immer wieder erhoben, dann zu Gemurmel herabsanken. Trotz aller Neugier, die sich in ihr regte, verstand Marianne kein Wort der Diskussion. Die Tür war sehr solide gebaut, ein guter Schutz gegen unbefugte Ohren.

Plötzlich öffnete sie sich, und ein kleiner Mann um die Fünfzig, mit Menjoubärtchen und schmalumrandeter Brille, streckte den Kopf heraus.

»Ist die *signora* schon da?« fragte er, zur Rezeptionistin gewandt. Seine Stimme klang erschöpft.

»O ja, *dottore*«, lächelte die junge Frau und deutete diskret auf Marianne. »Signora Roth ist bereits gekommen.«

Marianne zuckte zusammen. Wie bitte? Wartete man da drinnen etwa auf ihr Erscheinen? In dieser Löwenhöhle, in der es so bügelhoch herging?

Der Notar zog die schwere Tür hinter sich ins Schloß und kam mit ausgestreckten Händen auf Marianne zu.

»Entschuldigen Sie bitte vielmals, Signora Roth, daß ich Sie habe warten lassen müssen! Es dauert nur noch einen Augenblick. Da drinnen« – er wandte sich zur Tür, aus der er gekommen war – »gibt es noch ein kleines Problem zu regeln, nur ein *problemino*. Ich versichere Ihnen, wir sind bald fertig. Dann wird hoffentlich alles bereit sein für Ihren Vertrag.«

Ein kleines Problem. Und – hoffentlich?!

Wie ein unangenehmes Echo im Telefonhörer wiederholten sich die Worte in Mariannes Kopf. Sie sah den Notar an, der nervös an seiner Brille fingerte. Dann lächelte sie und reichte ihm aufmunternd die Hand.

»*Piacere, dottore,* es freut mich sehr, Ihre Bekanntschaft zu machen. Aber sagen Sie bitte, stimmt denn etwas nicht?«

Eraldo Duca ergriff die Hand, als sei sie ein rettender Anker, und räusperte sich, bevor er antwortete. Ja, das konnte man wohl sagen, daß etwas nicht stimmte. So eine Streiterei, die der Schwager dieser beiden Hausverkäufer da drinnen angezettelt hatte, zusammen mit seinem Rechtsanwalt, diesem Massabovi aus Genua ... na, zum Glück war zumindest der Schwager schon von der Bildfläche verschwunden. Und Signor Massabovi würde wohl auch bald ausgestritten haben. Ihn, den vielbeschäftigten Notar, derart mit Familienzwistigkeiten aufzuhalten!

Aber das alles konnte Duca natürlich keineswegs laut sagen, schon gar nicht vor dieser netten (und, *per baccho!*, ausgesprochen attraktiven) jungen Dame, der ahnungslosen Käuferin, noch dazu einer Ausländerin.

Der Notar, in vielen Berufsjahren an mancherlei delikate Situationen und ihre diplomatische Bewältigung gewöhnt, setzte seine freundlichste Miene auf und sah Marianne an. Hinter den Brillengläsern wirkten seine kurzsichtigen Augen groß und verletzlich.

»Kein Grund zur Sorge, Signora Roth, das wird sich schon regeln. Es gab nur eine, äh, kleine Meinungsverschiedenheit, einen Punkt, den die Familie noch kurz klären muß. Ansonsten ist alles bestens für Sie vorbereitet. Signor Bocconcino hat mir alle nötigen Daten pünktlich und komplett übermittelt.«

Marianne nickte. Der Makler hatte den Kaufvertrag tatsächlich sehr korrekt in die Gänge gebracht: Vorvertrag, Ausweisdaten, Anschriften aller Beteiligten, und ihr *codice fiscale*, die italienische Steuernummer, ohne die man hier nur ein halber Mensch war. Meine Hundemarke, wie Marianne sie scherzhaft nannte, weil man sie immer bei sich tragen sollte, denn man benötigte sie für Behördengänge und Bankgeschäfte verschiedenster Art. Von ihrer Seite aus fehlte nichts. Auch nicht der dicke Umschlag in ihrer Tasche, der neben einem bankgedeckten Scheck über den Rest der Kaufsumme, auf den Namen des Hausverkäufers ausgestellt, auch etliche Millionen Lire Bargeld enthielt. »Für das Notarhonorar und die Gebühren, die der Notar ans Katasteramt weiterleiten muß«, hatte der Makler erklärt. Auf ihr erstauntes Nachfragen – »so viel Geld bar über den Tisch?« – hatte er ergänzt, daß sie die Zahlungen an den Notar selbstverständlich auch per Scheck begleichen könne. Allerdings gäbe es dann keinerlei Skonto beim Honorar, wie das bei Barzahlung durchaus nicht unüblich sei. Eine Chance, die Marianne sich natürlich nicht entgehen lassen wollte.

»Signor Bocconcino konnte mich ja leider heute nicht begleiten«, sagte Marianne in ihrem besten Italienisch, bemüht, ein wenig Konversation zu machen. Ganz offensichtlich war es dem Notar sehr peinlich, sie hier warten zu lassen, während sich die Familie Brunelli in seinem Büro in den Haaren lag.

»Nein, wirklich schade; er ist eben ein guter Makler, hat sehr viel zu tun!«

Eraldo Duca ging gern auf das Gesprächsangebot ein. Diese junge Dame – eine unverheiratete *signorina*, wie er aus den Unterlagen wußte, auch wenn sie die Anrede *signora* offenbar bevorzugte, wie viele moderne Frauen –, diese Signora Roth war anscheinend wirklich sehr angenehm. Sie machte ihm keine Vorwürfe wegen der Warterei und stellte keine unliebsamen Fragen, auf die er hier im offenen Empfangsraum auch kaum hätte eingehen können.

»*Complimenti*, Sie sprechen ausgezeichnet Italienisch! Sie sind Diplom-Übersetzerin, wenn ich nicht irre?«

Bevor Marianne antworten konnte, wurde die Tür des Büros wieder aufgerissen. Der Graugekleidete, der ihr schon im Treppenhaus begegnet war, kam mit langen Schritten auf den Notar zu. Sein Gesichtsausdruck versprach nichts Gutes.

»Das sage ich Ihnen, *notaio*, diese Angelegenheit wird noch ein Nachspiel haben! Notfalls fechten wir alles an. Sie hören wieder von mir!«

Mit einem kurzen Kopfnicken in Mariannes Richtung wandte er sich zum Ausgang. Auf der Treppe hallten seine Schritte nach.

»Wer war denn das?«

Marianne hatte sich halb aus ihrem Sessel erhoben und

dem Fremden nachgeblickt. Jetzt nahm sie die Hand des Notars, die sich ihr zuvorkommend entgegenstreckte, stand auf und glättete nachdenklich ihren Kostümrock. Auch sie wollte Zeit gewinnen, wie Dr. Duca, der verlegen seine Brille abnahm und sie prüfend auf imaginäre Staubflecken hin musterte.

»Ja, also, die Sache ist die, *signora*, ein Schwager der Familie Bonelli, wie soll ich sagen, er ist mit dem Hausverkauf an Sie nicht ganz einverstanden. Das war sein Anwalt.«

Und der Mann, der sie vorher auf der Treppe fast umgerannt hatte, das mußte dieser Schwager gewesen sein. Ach, so ist das also, dachte Marianne. Deshalb war der Typ so sauer. Na, was hätte das erst für ein Theater gegeben, wenn er gewußt hätte, wer ich bin! Womöglich hätte er mich die Treppe hinuntergestürzt. Dann läge ich jetzt da unten, und die hier hätten einen Mord am Hals.

Ihr Sinn für Situationskomik gewann die Oberhand. »Bloß gut, daß der *signore* es so eilig hatte«, meinte sie lächelnd, »er hat mich auf der Treppe nicht als seine Widersacherin erkannt! Aber«, setzte sie hinzu, als sie bemerkte, daß Dr. Duca nicht recht wußte, was er von dieser Bemerkung halten sollte, »was geschieht nun?«

Fragend sah sie den Notar an, der seine Brille wieder aufsetzte und sich erneut räusperte.

»Gar nichts, Signora Roth. Es hat nichts mit Ihnen zu tun. Und es bleibt auch bei der *compravendita*, dem Kauf und Verkauf des Hauses. Der Herr Schwager und sein Anwalt hatten keinerlei rechtliche Handhabe dagegen.«

Erleichtert lächelte Marianne den Notar an, der seine Fassung wiedergewonnen hatte und sich jetzt höflich vor ihr verneigte.

»Also, Signora Roth, wenn ich bitten darf ...«

Mit einladender Geste hielt er ihr die Eichentür auf. Marianne rückte ihren Rock zurecht, faßte ihre Schultertasche fester und trat in die Höhle des Löwen ein, ihrem Haus entgegen.

Es war fast Mittag, als sie wieder auf der belebten Einkaufsstraße stand, noch ziemlich mitgenommen von der seelischen und akustischen Anspannung der letzten beiden Stunden. Das Notariatskauderwelsch hatte sich doch als recht anstrengend erwiesen. Ihm Wort für Wort zu folgen, als Dr. Duca jeden einzelnen Satz des langen Vertrages verlesen hatte, war ihr schwerer gefallen als gedacht. Aber schließlich hatten sie doch alle erforderlichen Unterschriften geleistet, Carlo Bonelli, sein Bruder Tommaso Bonelli und sie selbst als Käuferin. Dutzende von Unterschriften, wie ihr schien. Ihr eleganter, mit grüner Tinte gefüllter Füllfederhalter, den sie gern für offizielle Zwecke benutzte – Kugelschreiber kamen ihr allzu banal vor und schmierten immer so –, zeigte bereits Ermüdungserscheinungen und mußte dringend nachgefüllt werden.

Und ich könnte jetzt auch was zu trinken vertragen, dachte Marianne. Schade, daß Anja nicht da ist, um mit mir anzustoßen!

Bei aller Euphorie, jetzt wahrhaftig Hausbesitzerin zu sein, war sie doch auch müde und ein wenig melancholisch, wie so oft, wenn sie einen entscheidenden Schritt im Leben hinter sich gebracht hatte. Ja, ein bißchen Gesellschaft wäre jetzt schön; es hätte ihr sehr geholfen, sich zu entspannen.

Doch immerhin, sie hatte es ganz allein geschafft; das war bereits ein Glas Sekt wert, sogar zu dieser Tageszeit, zu der sie sonst prinzipiell nie Alkohol trank.

Sie ließ sich auf eines der schmiedeeisernen, weißen Sesselchen fallen, die unter dem Vordach des nächstgelegenen Cafés standen.

»*Bon dì, signora, cosa desidera?*«

»*Bon dì*«, antwortete Marianne dem jungen Mädchen, das ihr im hiesigen Dialekt einen guten Tag gewünscht hatte, »bringen Sie mir doch bitte einen *aperitivo*. Ich hätte gerne ein Glas guten trockenen Sekt, einen *brut*, und ein paar Nüsse und Oliven dazu.«

»*Subito, signora!*« Das Mädchen lächelte sie freundlich an, wischte mit einem frischen Stück Küchenpapier geschäftig über die kaum bestaubte Oberfläche des Tischchens und verschwand im Innern der Bar. Marianne hörte, wie sie dem Besitzer die Bestellung weitergab.

Ein paar Augenblicke später erschien ein langstieliges Glas voll perlendem Prosecco vor ihr, umrahmt von mehreren kleinen Schälchen, die mit Salzgebäck, Oliven, Nüssen und winzigen Pizzastückchen gefüllt waren.

»*Salute, signora!*«

Das Mädchen schob die Rechnung unter eins der Schälchen und wandte sich dem nächsten Gast zu. Marianne hob ihr Glas und seufzte tief, das Gesicht zur Sonne gewandt. »Auf mein wunderbares Haus, die *Casa Marianna!*«

Während sie den kühlen Schluck ihre ausgetrocknete Kehle hinunterrinnen spürte, sah Marianne aus dem Augenwinkel, daß sich das Portal des Notariatshauses öffnete und die zwei Männer heraustraten. Ah, die beiden Hausverkäufer, Carlo und Tommaso Bonelli. Sie hatten noch etwas mit dem Anwalt zu besprechen gehabt und sich daher nach dem *atto notarile* recht knapp, ja in fast beleidigender Kürze von Marianne verabschiedet. Tommaso sagte etwas zu seinem Bruder, das Marianne auf der anderen Straßenseite nicht hören konnte; dann hob er grüßend die Hand, drehte sich um und verschwand mit raschen Schritten die Via Cascione hoch Richtung Domplatz. Carlo Bonelli blieb einen Moment stehen, blickte sich suchend um, bis sein Blick auf Marianne fiel, und überquerte dann die Straße zwischen hupenden Autos hindurch. Seine Stimme klang verlegen, als er sie ansprach.

»Verzeihen Sie bitte, *mi scusi*, Signora Roth, es war sehr unhöflich von uns, Sie nach all dem Notariatsaufwand nicht wenigstens auf einen *aperitivo* einzuladen! Immerhin sind wir ja jetzt Nachbarn, und ...« Er trat von einem Fuß auf den anderen und fuhr schließlich fort, als sie nicht gleich antwortete: »... und es ist uns natürlich sehr an guter Nachbarschaft gelegen.«

Richtig, und außerdem habt ihr gerade eine ziemliche

Menge Geld von mir einkassiert, dachte Marianne, da hättet ihr mir schon ein Glas ausgeben können! Sie musterte Carlo Bonelli einen Moment, nahm dann ihre Schultertasche vom Sesselchen neben ihr und lud ihn mit einer Handbewegung ein, sich zu ihr zu setzen. Irgendwie mochte sie ihn gut leiden, mit seiner freundlichen Unbeholfenheit, die ihr schon im Notarsbüro aufgefallen war. Stets bemüht, die Atmosphäre zu entspannen – ganz im Gegensatz zu seinem jüngeren Bruder, der die meiste Zeit das Reden übernommen und den Notar häufig beim Vertragsverlesen unterbrochen hatte. Mit dem hätte Marianne weit weniger gern auf ihr neues Haus anstoßen mögen.

»Kommen Sie, Signor Bonelli, es freut mich, wenn Sie mir Gesellschaft leisten! Wissen Sie«, fügte sie spontan hinzu, »es war der allererste Hauskauf in meinem Leben. Ich bin froh, daß alles so gut verlaufen ist.«

Carlo Bonelli verschluckte sich, hustete und errötete dabei bis über beide Ohren. Gut verlaufen! Ach, wenn sie wüßte … Aber sie hatte recht, im letzten Moment war schließlich doch noch alles so gegangen, wie er und Tommaso es gehofft hatten. Schwager Marco war es Gott sei Dank nicht gelungen, das zu verhindern.

Carlo drehte sich zur Bar, um die Bedienung herbeizurufen. »Auch für mich bitte einen Prosecco, und darf ich Ihnen noch einen bringen lassen, Signora Roth?« fragte er, zu Marianne gewandt.

»Ja, gerne.«

»Auf gute Nachbarschaft!« Er hob das Glas, das die junge Bedienung vor ihm auf das Tischchen gestellt hatte, und schaute Marianne an. Sehr schönes rotes Haar hatte diese Deutsche, und große braune Augen, mit ein paar hellen Lichtpunkten darin, wie goldgefleckt. Im Neonlicht der Notarkanzlei war ihm das gar nicht so aufgefallen. Aber da hatte er auch Anlaß genug gehabt, nervös und unaufmerksam zu sein. Nach dem Riesenkrach, den Marco und Luigi dort mit ihnen ausgefochten hatten … nur gut, daß diese reizende junge Dame von alledem offenbar nichts mitbekommen hatte. Welchen Eindruck hätten sie gleich von Anfang an bei ihr hinterlassen!

›*Mai fare brutta figura*‹, nie einen schlechten Eindruck machen, hatten seine Eltern die beiden Brüder ihr Leben lang ermahnt. Tommaso hatte immer nur gelacht und den guten Rat in den Wind geschlagen. Carlo hingegen, fünf Jahre älter als Tommaso und früh mit Verantwortung beladen, hatte sich stets bemüht, die Mahnung zu befolgen.

»Wann dachten Sie denn, in unserem ... pardon, *Ihrem* Haus einziehen zu können?«

»Oh«, sagte Marianne, »erst muß ich das ganze Gebäude ein bißchen herrichten lassen; Sie wissen ja selbst, es gehört gründlich durchrenoviert. Signor Bocconcino hat mir bereits einen Handwerkertrupp empfohlen. Bis zum Ausbau muß ich die Zimmer aber erst einmal entrümpeln ...«

Sie unterbrach sich. Verflixt, das hätte sie nicht sagen sollen! Schließlich waren es die Möbel der Großmutter von Carlo Bonelli, die sie gerade so leichtfertig als Gerümpel abgetan hatte. Größtenteils antike, sicher auch wertvolle schwere Eichenmöbel, die sie aber in ihrer dunklen Massivität eher bedrückten; dazu ein paar patinaüberzogene Ölbilder und dekorativer Krimskrams, einige deckchenbelegte Kommoden, ein gräßlicher Furnier-Eßtisch aus den fünfziger Jahren und ebenso scheußliche sechs Stühle dazu, mit Lederimitat bezogen. Marianne beeilte sich, ihren Fauxpas wiedergutzumachen.

»Vielleicht wollen Sie ja das eine oder andere Stück gern behalten? Für Sie haben die Sachen sicher Erinnerungswert ... Kommen Sie doch morgen nachmittag vorbei, da bin ich im Haus, und Sie können sich nehmen, was Sie wollen! – Und Ihr Bruder natürlich auch«, setzte sie ohne großen Enthusiasmus hinzu.

»Danke, das ist sehr freundlich von Ihnen!« Carlo Bonelli nickte ihr zu. Ja, diese Deutsche schien wirklich sehr sympathisch zu sein. Daß ihr die Möbel seiner Großmutter nicht gefielen, sprach durchaus nicht gegen sie. Auch er, obgleich im großen und ganzen eher konservativ, bevorzugte helle Einrichtungsgegenstände, wie seine Elisa sie geliebt und nach und nach in ihrer Wohnung ausgebreitet hatte. Klare Muster und zarte Vorhänge, die das Sommersonnenlicht zwar dämpften, aber nicht aussperrten, wie es sonst in Ligurien üblich war, wo man tagsüber die Fensterläden zur Sonnenseite hin schloß.

Nein, mit Großmutters Mobiliar wollte Carlo sich nicht belasten. Aber eine so freundliche Einladung auszuschlagen, wäre natürlich töricht. Sie gefiel ihm gut, die junge Frau, die da so selbstbewußt und mutig – und offenbar ohne die Hilfe irgendeines Ehemanns oder Lebensgefährten – das Wasserhaus gekauft hatte. Sogar mit einem Bautrupp hatte sie schon Kontakt aufgenommen! Diese Zielstrebigkeit, diese Lust zu handeln – das hatte Carlo auch an seiner Frau immer ganz besonders geschätzt.

Doch wenn Elisa noch am Leben wäre, fiel ihm ein, säße ich jetzt nicht hier; wir hätten das Haus ja nie hergegeben.

Carlo strich sich übers Haar, wie um einen Schatten abzustreifen, sah seine neue Nachbarin von der Seite an und schenkte ihr ein schüchternes Lächeln. »Ich komme gerne. Sagen wir, so gegen vier Uhr?«

»Ja, das paßt mir ausgezeichnet«, erwiderte Marianne.

Carlo griff nach den Rechnungen unter den Olivenschälchen und rief die Bedienung herbei.

»Bitte, das hier geht auf mich! Und entschuldigen Sie, wenn ich jetzt aufbreche … ich bin mit meinem Bruder und seiner Frau zum Essen verabredet und muß vorher noch ein paar Einkäufe erledigen. Sonst macht meine Tochter mich zur Schnecke, wenn ich ihr heute abend nicht ihre Lieblings-Pasta kochen kann!«

»Sie haben eine Tochter?«

»Ja, Lucia, sie ist elf Jahre alt. Ihre Mutter, meine Frau, ist bei einem Verkehrsunfall gestorben, als sie erst sieben war.«

Marianne, die schon aufgestanden war, um ihre Tasche

umzuhängen, sah Carlo mitfühlend an. »Das tut mir sehr leid ...«

»Ja, und seitdem«, beeilte er sich das Thema zu wechseln, »sorgt Flavia, die Frau meines Bruders Tommaso, wochentags für Lucia, wenn ich in der Arbeit bin. Am Wochenende muß sich aber der Papa in die Küche stellen.« Ein Lächeln kräuselte die Fältchen um seine haselnußfarbenen Augen. »Lucia behauptet, sie sei bloß deshalb so dünn, weil ich immer noch nicht richtig kochen könne. Aber damit will sie mich bloß ärgern. Ich habe nämlich als ersten Beruf Koch gelernt.«

Marianne lachte. Ein Koch als Nachbar – wie praktisch! »Da können Sie mir sicher wertvolle Tips geben! Ich würde zu gerne kochen lernen wie eine richtige Ligurierin.«

»Mit Vergnügen, Signora Roth!« antwortete Carlo. Er wirkte erfreut, wenn auch etwas zurückhaltend, als hätte sie etwas Verwunderliches gesagt. »Sobald Ihr Haus eingerichtet ist, sagen Sie mir Bescheid. Dann gebe ich Ihnen gerne ein paar Lektionen in ligurischer Küche.«

»Nun, das dauert leider noch ... Erst einmal bis morgen. Und vielen Dank!«

»Ich habe zu danken, Signora Roth«, sagte Carlo und verneigte sich, plötzlich wieder sehr förmlich. »*Arrivederci, a domani!*«

»Bis morgen«, wiederholte Marianne.

Mit leisem Lächeln sah sie dem Davoneilenden nach, bis er im nächsten Laden verschwand. Wirklich ein netter Kerl, ein bißchen schüchtern, gute Manieren, und er schien sich tatsächlich zu freuen, daß er sie zur Nachbarin bekam.

Dann verschwand ihr Lächeln, als habe jemand das Licht ausgeknipst. Marianne, du bist echt unmöglich, schalt sie sich. Was hatte sie da mit ihrer impulsiven Art wieder angerichtet? Gute Nachbarschaft, ja – aber mußte sie sie gleich so draufgängerisch vertiefen? Ihren neuen Nachbarn als Kochlehrer einspannen? Was wohl Bonelli jetzt von ihr hielt – eine einsame Deutsche, die sich den Witwer von nebenan einzufangen versucht?

Einen recht jungen Witwer noch dazu; sie schätzte ihn auf Anfang Vierzig. Und nicht unattraktiv, mit seiner immer noch schlanken Figur, den breiten Schultern und den gepflegten, etwas kantigen Händen. Sein Gesicht war zwar nicht schön – die Nase etwas zu klein, die Stirn zu hoch, die Brauen in der Mitte beinahe zusammengewachsen –, doch in seinen Augen sah sie etwas, das ihr Vertrauen einflößte. Eine zurückhaltende Beständigkeit, vielleicht Verläßlichkeit; Eigenschaften, die Marianne instinktiv ansprachen, auch wenn sie sie kaum zu denen gezählt hätte, die ihr bei Männern auf den ersten Blick besonderen Eindruck machten. Auf ihre bisherigen Partner war sie aus völlig anderen Gründen geflogen ...

Nein, dachte sie, als sie ihr Auto aufschloß, das sie ein paar Ecken weiter geparkt hatte, verlieben werde ich mich in diesen Carlo wohl nicht. Aber das ist mir gerade recht. Jetzt, wo ich endlich lerne, ganz auf mich selbst gestellt zu sein!

Ein guter Nachbar, ein Freund – das war etwas anderes. Das würde sie sich wünschen, in diesem Land, in dem sie seit heute anfangen konnte, sich wirklich zu Hause zu fühlen. Und genau das hatte sie eigentlich auch im Sinn gehabt, als sie Carlo Bonelli so spontan in ihre Küche einlud.

Sie konnte nun bloß hoffen, daß er ihre Einladung nicht mißverstanden hatte. Oder, ganz im Gegenteil, für nur so dahingesagt hielt.

Warten wir erst einmal ab, wie sich das entwickelt, sagte sich Marianne. Man redet ja oft viel, lädt einander ein, und am Ende bleibt es doch bei einer lockeren Bekanntschaft. Wahrscheinlich wird auch in Ligurien nichts halb so heiß gegessen wie gekocht.

Sie kicherte über das Wortspiel, das ihr Unbewußtes so prompt produziert hatte. Und falls er ihr wirklich zu nahe rücken sollte, würde sie sich diesen Mann schon vom Leib zu halten wissen. Kochlöffel und Nudelrollen sollten da besonders praktisch sein.

Apropos, fiel ihr ein: Sie wollte doch noch ihre Küche ausmessen, um zu sehen, wo sie die Doppelspüle am besten unterbringen konnte ... und die Geschirrspülmaschine! Ihr Lieblings-Haushaltsgerät, gleich nach der Waschmaschine. In ihrem Wasserhaus hatte sie endlich genügend Platz dafür.

»Mein Haus!« Mit einer plötzlich aufschießenden, innigen Freude, die ihr fast die Tränen in die Augen trieb und jeden Gedanken an Carlo Bonelli überschwemmte, ließ sie den Motor an und fuhr los, daß der Staub hinter ihr aufwirbelte. Mit quietschenden Reifen bog sie in die Abzweigung nach Montegrazie ein.

4.

Marco Baldi, der seinen Wagen kurz vor der Ausfallstraße geparkt hatte und gerade einsteigen wollte, als der rote Toyota mit dem Münchner Kennzeichen an ihm vorüberfegte, sah der Fahrerin kopfschüttelnd nach. Ein ziemliches Temperamentsbündel! Und da behaupteten sie immer, italienische Autofahrer würden von allen Europäern am meisten rasen, vor allem im Stadtverkehr. Was die da wohl so Eiliges vorhatte? Sie war doch sicher bloß in Ferien hier!

Ach ja, wenn er jetzt ein paar Tage Urlaub nehmen könnte ... die würde er bestimmt nicht in Ligurien verbringen. Und schon gar nicht in Montegrazie. Das bezaubernde Dorf, in dem seine Nichte wohnte, war ihm auf einmal zutiefst zuwider. Orte, wurde ihm bewußt, ändern ihre Ausstrahlung, je nachdem, welche Menschen dort leben und wie man mit ihnen zurechtkommt. Streit kann einem die schönste Umgebung verderben; ihre Schönheit nimmt dann etwas Künstliches an, wie Tünche, die morsches Bauwerk verbirgt.

»Heuchler«, murmelte Marco verbittert, während er das Autoradio einschaltete, »geldgierige Bande!« Aber seinen

Schwagern würde er es noch zeigen. Und dieser neuen ausländischen Hausbesitzerin dazu, wer immer sie auch sein mochte. Marco war jetzt schon sicher, daß er sie unsympathisch finden würde. Und früher oder später mußte er ihr in dem Kaff ja mal begegnen. Lucia und ihr Vater wohnten schließlich genau nebenan.

Die Sonne des frühen Nachmittags gleißte über dem Parasio, Porto Maurizios romantischem Vorzeigehügel, dem die Autobahn kurz nach der Auffahrt entgegenkurvte. Dicht aneinandergeschmiegt, von grünen Palmengärten umgeben, stemmten sich die Häuser dem Meer und seinen Salzwinden entgegen. Zwischen ihnen erkannte Marco die feingeschwungenen Bögen des Eingangsportals zum Oratorium von San Pietro. Hoch über der großen Domkuppel auf der anderen Seite des Hügels kreisten ein paar Tauben, oder waren es Möwen? Egal – wer dort wohnte, mußte mit Vogeldreck auf den Balkonen leben und Hundehaufen an jeder Ecke; der nächste Park lag ziemlich weit weg.

Auch der Parasio war nun schon ziemlich fest in ausländischer Hand, ungeachtet der steilen Gäßchen, die dort bis zu den alten *palazzi* und stilvoll restaurierten Wohnungen zu überwinden waren, und ganz ohne Rücksicht auf die Parkplatznot. Im Sommer fanden selbst Einheimische, die jeden Winkel kannten, kaum noch einen Platz für ihr eigenes Fahrzeug. Geschieht ihnen ganz recht, dachte Marco ingrimmig, was müssen sie auch ihre Wohnungen immer gleich an Deutsche verkaufen, kaum daß die Oma unter der Erde ist! Mit ihrer Raffgier sitzen sie dann eben irgendwann in der Scheiße.

Marco schnaubte verächtlich und drehte das Radio lauter. Mit welcher Arroganz diese Touristen daherkamen, sein Land bevölkerten und nach und nach in ihren Besitz brachten! Bald würden die schönsten Dörfer Liguriens vollkommen eingedeutscht sein, eingeschweizert, italienische Außenposten von Österreich, England, den Niederlanden, von den französischen Schnäppchenjägern ganz zu schweigen. Und dann stiegen die Preise immer weiter in den Himmel, und vom alten Erbe seiner Heimat würden nur noch die teuer renovierten Natursteinfassaden bleiben. Drinnen wäre alles aufgerissen und umgebaut, mit Luxusküchen und Hochglanz-Bodenkacheln, großen Thermopenscheiben statt der einstmals so anheimelnden Sprossenfenster, Eisentüren mit Sicherheitsglas statt der antiken Türen aus massivem Pinienholz, das der Holzwurm allenfalls an den Rändern anfraß.

Marco runzelte die Stirn, während er das Autodach öffnete, um die Sonnenwärme erträglicher zu machen, und die Autoscheinwerfer einschaltete. Ein Tunnel nach dem anderen verschluckte ihn und spuckte ihn auf der anderen Seite wieder ins Licht.

Zu seiner Linken breitete sich die Hügellandschaft der *entroterra* aus, das ligurische Hinterland, das er so oft durchstreifte, breite, olivenbewachsene Hügel mit tiefen Einschnitten dazwischen, aus denen sich holprige Teerstraßen bis zu den höchstgelegenen Weilern schlängelten. Hinter jeder Wegbiegung leuchtete ein weiteres Dorf auf, dessen verschachtelte Häuser sich um eine Kirche scharten. Manche der Weiler machten einen halbverlassenen Eindruck; andere protzten mit sorgfältig wiederaufgebauten Natursteinmauern und schmucken Terrassen, von denen Kakteengewächse und Geranien herabwucherten.

Marco erkannte sie stets schon aus weiter Entfernung, diese rundumerneuerten *rustici*, in denen jetzt Ausländer wohnten. Allerdings nur ein paar Ferienwochen lang, maximal – den Rest des Jahres standen die Häuser leer, dicht verrammelt, damit ja kein Dieb die günstige Gelegenheit nutzte. Trotzdem gab es heute mehr Einbruchskriminalität in den Tälern als je zuvor. Und die paar Einheimischen, die der ausländische Hauskauf-Boom noch nicht aus dem Heimatdorf getrieben hatte, machten ebenfalls ihre Türen zu und ließen den Schlüssel zur Sicherheit innen stecken, nicht mehr außen, wie das in seiner Kindheit noch überall üblich gewesen war. Mißtrauen hieß jetzt die Devise. Von der ligurischen Gastfreundlichkeit war, wie er fand, nur wenig übriggeblieben. Selbst italienische Nachbarn beäugten einander mit Vorsicht und luden, wenn man bei ihnen klingelte, kaum je noch spontan in die Wohnung und zu einem Glas Selbstgekelterten ein.

Marco klopfte ein paar Takte der Musik mit, die im Radio rappte, bevor unvermeidliches Werbegekreisch ihn zwang, die Lautstärke herunterzudrehen. Im nächsten langen Tunnel verschwand der Ton vollends.

Das Licht blendete ihn, als er aus der kaum beleuchteten *galleria* wieder in den Sonnenschein fuhr. Marco griff nach seiner Sonnenbrille, die die Welt um ihn augenblicklich verfinsterte und seiner Laune anpaßte. Den üppig rot, weiß und rosafarben blühenden Oleanderbüschen, die dicht an dicht den Mittelstreifen der Autobahn säumten und im Fahrtwind schwankten, schenkte er keinen einzigen Blick. Heim nach Genua wollte er, nichts wie weg von Imperia, dem Ort seiner Niederlage und seines Zorns.

Beim Notar war ihm wirklich der Gaul durchgegangen. Tommasos arrogante Art hatte ihn bis zur Weißglut gereizt. Und als Luigi dann auch noch den Rückzug angetreten hatte, wohl bemerkend, daß sich auf rechtlichem Wege kein einziges Einschlupfloch fand, den Hausverkauf zu verhindern, da war Marco sogar mit seinem besten Freund gereizt umgesprungen.

Mit welcher Geringschätzung Schwager Tommaso ihn angeschaut hatte, als er ihm sein Angebot unterbreitet hatte, das Wasserhaus selbst zu erwerben! Natürlich nicht zu dem Wucherpreis, den diese Deutsche bezahlen sollte. So viel Geld hatte Marco nicht auf der hohen Kante. Aber für einen marktüblichen Preis, noch dazu unter Familienmitgliedern, hätte es gerade gereicht.

»Na, und der Vorschuß, den wir beim *compromesso* bekommen haben«, hatte Tommaso kühl erwidert, »den müßten wir ja dann in doppelter Höhe zurückzahlen! Hast du so viel?«

Marco war erbleicht, als er die Summe hörte. Vierzig Millionen Lire hatte die Käuferin anbezahlt – das hieß, sie müßte achtzig Millionen zurückbekommen! Nein, das ging eindeutig über seine finanziellen Reserven. Selbst Luigi, der diese Kauf-Idee als letzte Möglichkeit, wenn gar nichts anderes mehr gehen sollte, mit ihm ausgeheckt hatte und ihm dazu sogar ein zinsloses Darlehen anbieten wollte, hatte entmutigt den Kopf geschüttelt.

»Ja, und wenn ...« Marco hatte selbst da noch nicht aufgegeben, »wenn ich der Frau in den nächsten Tagen doch irgendwie ihr Geld zurückzahle, mit einem Bankkredit, und ihr beide wartet dann noch ein Jahr oder zwei? In der Zeit treibe ich bestimmt genügend auf, um euch einen anständigen Preis für das Haus zu bezahlen! Aber doch nicht von einem Tag auf den anderen!«

Tommaso war unbeugsam geblieben. »Tut mir leid, Marco, wir brauchen das Geld jetzt, nicht erst in ein paar Jahren.«

»Lucia liebt das Haus! Und Elisa wollte, daß es einmal ihr gehört. Das wißt ihr beide ganz genau!« Marcos Stimme war lauter geworden. »Wie könnt ihr bloß so egoistisch sein! Und außerdem, ein Haus, das schon fast dreihundert Jahre in Familienbesitz ist, das verkauft man nicht so mir nichts, dir nichts an Fremde! Hättet ihr mir bloß rechtzeitig Bescheid gesagt – ich hätte das schon irgendwie hingekriegt!«

»Tja, lieber Schwager«, hatte Tommaso geantwortet, »wir hätten auch nicht gedacht, daß Bocconcino so rasch eine Käuferin findet. Wir hatten ihm den Verkauf erst vor drei Wochen übertragen. Aber eine solche Gelegenheit können wir uns nicht gut entgehen lassen. Das siehst du doch sicher ein.« Dann hatte er mit kaum verhohlener Ungeduld auf die Uhr gesehen. »Wenn du uns jetzt bitte entschuldigen würdest ...«

Am liebsten hätte Marco dem Schwager ins Gesicht geschlagen, wie er da vor ihm stand, selbstherrlich an seiner Krawatte zupfend, ganz das Bild des Geschäftsmanns, der einem listig ausgehandelten Abschluß entgegensieht. Luigi Massabovi hatte die Gemütsverfassung seines Freundes erkannt und ihm warnend die Hand auf den Arm gelegt.

»Laß mich! Ich tu ihm schon nichts, diesem *stronzo*! Auch wenn ich gute Lust dazu hätte!«

Mit diesen Worten hatte Marco sich umgedreht, die Tür aufgerissen, und war grußlos davongestürmt.

Sich derart gehenzulassen! Marco spürte, wie ihm Übelkeit im Magen aufstieg. Ja, es war wirklich zum Kotzen, die ganze verfahrene Situation. Und am meisten ärgerte er sich über sich selbst. Jetzt hatte er nicht bloß den Streit um das Wasserhaus, sondern auch sein Gesicht verloren. Er, der unbeherrschte *zio*, Lucias Onkel, das Gespött der ganzen Familie. Und das Übelste von allem war, daß er sich damit auf Tommasos Niveau hinabbegeben hatte. Sonst war es immer sein Schwager, der durch Jähzorn unangenehm auffiel.

Kilometer um Kilometer haderte Marco mit sich und der Welt. Von Zeit zu Zeit warf er freudlose Blicke auf die Landschaft, die ihn bei seinen Fahrten die Riviera-Autobahn entlang sonst so oft mit schierem Entzücken erfüllte. Zwischen den Hügeln und Kurven entfaltete sich immer wieder, unverändert, der blaue Faltenwurf des Meers, auf dessen langen, flachen Wellen vereinzelte Segelboote dahinzogen. In den palmenbewachsenen Parkbuchten, die man an besonders schönen Aussichtspunkten eingerichtet hatte, stauten sich Fahrzeuge mit ausländischen Nummernschildern; Menschen lehnten an der niedrigen Reling, um den Anblick zu genießen.

»Ja, glotzt ihr nur!« knurrte Marco und gab noch etwas Gas, so daß er dem Wagen vor ihm fast auf der Stoßstange hing. »Blaues Meer und Sauberwasserfahne – daß ich nicht lache! Die sollten diese vielgerühmten Strände mal im Winter sehen!«

In der Tat, in der touristenarmen Jahreszeit boten die meisten ligurischen Küstenabschnitte einen recht erbärmlichen Anblick. Plastikflaschen, angeschwemmte Benzinkanister, Papierfetzen, mit der Strömung herangetragene Bambusstengel und braungrüne Algen übersäten vielerorts den Sand. Wer dort spazierenging, mußte über den ganzen Dreck balancieren, der von Segelyachten das Jahr über weit draußen ins Meer gekippt worden war. Die Wasserpolizei war machtlos dagegen oder drückte einfach beide Augen zu. Na ja, und die einheimischen Fischer nahmen es mit dem Umweltschutz auch nicht besonders genau. Aber ihre Zahl sank ohnehin ständig. Das Meer sei schon fast leergefischt, hieß es oft in den Zeitungen. Von dem bißchen Fang konnte kaum eine Familie noch leben.

Marco ging sehr gerne Fisch essen. Doch es war ihm klar, daß so manche der *orate* oder *branzini*, mit denen ligurische Restaurants auf ihren Speisekarten protzten, durchaus nicht von Rivieraküsten stammten, sondern täglich aus Sizilien eingeflogen wurden. Vielleicht sogar aus Spanien, wie die dicken Miesmuscheln, die im Winter die meisten *spaghetti ai frutti di mare* zierten. An seinen Heimatküsten waren diese *cozze* klein, fest und schmackhaft. Aber in der Nachsaison kaum noch zu kriegen.

Nein, das Leben in Ligurien hatte sich seit dem Ansturm der vielen ausländischen Touristen nicht nur zum Besseren verändert, mochten manche Geschäftsleute und Restaurantbesitzer sich auch in der Hochsaison die Hände reiben. Geld allein wog die vielen Verschlechterungen, mit denen Marco Baldi nicht nur als Bürger der ligurischen Metropole, sondern auch im Beruf unentwegt konfrontiert war, in seinen Augen keineswegs auf. »*Soldi*, immer nur *soldi*!« Und das alles nur der Fremden wegen, und ihrer Zweitwohnsitze im Süden!

Die Autobahnausfahrten von Andora, Savona, Albisola lagen bereits hinter ihm, bevor es Marco gelang, diese finsteren – und, wie er vor sich selbst widerstrebend zugab, nicht ganz gerechten – Gedanken abzuschütteln. Natürlich gab es auch jede Menge Ausländer, die genau das gleiche an Ligurien und seiner Landschaft liebten wie er selbst. Und die sich eben deshalb hier einen Wohnsitz suchten, weil sie sich von ganzem

Herzen in die alten Gemäuer verliebt hatten: die wunderbaren Kreuzbögen, die weißgekalkten Wände, unerwarteten Treppchen und Nischen, die antiken Terracottaböden und den Charme der kleinen Türen und Fenster, deren wurmzernagte Teile sie mit liebevoller Genauigkeit Stück für Stück restaurierten. Zahlreiche seiner eigenen Landsleute hingegen konnten mit den »alten Ruinen«, wie sie sie verächtlich nannten, nicht das geringste anfangen, ja hätten sie am liebsten weggerissen, um an ihrer Stelle moderne, exakt geradwinklige Betonbauten hochzuziehen.

Oft fühlte Marco Baldi sich als einsamer Rufer in der Wüste, wenn er die neuen Denkmalschutzgesetze durchzusetzen half, weithin ungeliebte Gesetze, wie er häufig zu spüren bekam. »Die hemmen bloß den Fortschritt«, hieß es oft, »und kosten uns eine zusätzliche Stange Geld, wenn wir unsere Häuser herrichten wollen!« Zudem hatte der italienische Staat kaum die Mittel, nötige Renovierungsarbeiten an denkmalgeschützten Gebäuden so zu unterstützen, wie das in anderen europäischen Staaten gang und gäbe war. Dort war man sich des kulturellen Erbes, das antike Bauten für ein Land bedeuten, doch wenigstens bewußt!

Ein Autobahntunnel nach dem anderen unterbrach den Radioempfang. Marco schaltete genervt auf Kassettenbetrieb um und wühlte im Fach über dem Aschenbecher nach einer Live-Aufnahme von Fabrizio De André, dem viel zu früh verstorbenen Genoveser Barden, und seiner hochmusikalischen Band. De Andrés aufmüpfige, dennoch so poetische Lieder, viele von ihnen im uralten Dialekt von Genua gedichtet, brachten es meistens fertig, Marcos Seele aufzuheitern. Und er hatte jetzt dringend ein bißchen Entspannung nötig.

Arabisch anmutende Flötenmusik, Handtrommelschläge und die unverkennbaren Geräusche eines Fischmarkts mit seinen Marktschreierinnen erfüllten den Wagen, bevor die sanfte, eindringliche Stimme des Liedermachers einsetzte. »*Umbre de muri, muri de mainé/dunde ne vegni, duve l'è ch'ané* …«

Schatten von Gesichtern, Matrosengesichter, wo kommt ihr her, und wo geht ihr hin … Auch unser schöner Dialekt wird bald verschwinden, dachte Marco, dieses Würzgemisch aus vielerlei Sprachen, die sich in unserem Hafen über die Jahrhunderte hin mit der Salzluft und dem Fischgeruch vermengten. Echte Einheimische wird es in ein paar Jahrzehnten kaum noch geben. Und wer lehrt unsere Kinder dann, was ihr Erbe ist?

Ein Wagen vor ihm scherte unvermittelt von der rechten auf die linke Fahrbahn aus, um einen langsam die Steigung hinaufkeuchenden Laster zu überholen. Marco drückte ungeduldig auf die Hupe und grinste höhnisch, als der Fahrer nach dem Lastwagen erschrocken wieder auf die rechte Seite einschwenkte. Normalerweise war das ja nicht seine Art, im Straßenverkehr so unbeherrscht zu sein. Aber heute fuhr er aggressiv, streitlustig, viel zu dicht auf die Wagen vor ihm auf. Typisch männlich, hätte seine neue Freundin Gabriella in ihrer spöttischen Art gesagt, diese ständige Potenzprotzerei. Wer so fährt, gehört auf den Autoscooter und nicht auf die Autobahn!

Und sie hätte ja recht, dachte Marco ein wenig beschämt. Er fuhr heute wirklich wie ein Straßenräuber. Kein Wunder, nach diesem gräßlichen Vormittag.

Gerade noch rechtzeitig wich er einem Auto aus, dessen Fahrer ohne ersichtlichen Grund auf die Bremse getreten war.

»*Idiota!* Hast deinen Führerschein wohl im Supermarkt gekauft!« Marco tippte sich an die Stirn und umklammerte das Lenkrad. Solchen Leuten sollte man wirklich die Fahrerlaubnis entziehen. Eine Gefahr für sich und die anderen! Empört trat er aufs Gas und schoß an dem Wagen vorbei. Wenn's nach ihm ginge, würde er diesen Lahmärschen Beine machen!

Aber es ging nun mal nicht nach ihm. Bloß was Denkmäler und alte Häuser anbelangte, hatte er was zu sagen.

Marco stutzte und nahm den Fuß vom Gas. Moment mal … was war da gerade für ein Gedanke in seinem Hinterkopf aufgetaucht? Seine Hände entspannten sich und griffen dann wieder fester zu. Ein Lächeln schob sich in seine Mundwinkel. Nachdenklich hob er den Kopf.

Nicht schlecht, die Idee. Ungewöhnlich und auch ziemlich waghalsig für seine Verhältnisse, aber geradezu vorzüglich ... Und auch gar nicht so schwer durchzuführen, falls er dazu ein paar diskrete Helfershelfer gewann ... Lucia zum Beispiel, seine kluge kleine Nichte, sie würde bestimmt mitmachen. Und Gabriella, die ihn gestern abend nach dem Essen im Restaurant so stürmisch in den Arm genommen und mit Küssen in die Nacht entführt hatte. Eine Kraftzentrale, die Frau, genau das, was er jetzt am dringendsten brauchte. Sie wäre mit Sicherheit zu allen Schandtaten bereit.

Entschlossenheit breitete sich in Marco aus wie ein Ölfleck auf dem Meer, der die Wogen trügerisch glättete. O ja, so könnte es zu schaffen sein!

Vor ihm öffnete sich endlich der Golf von Genua; ein paar stattliche Containerschiffe ankerten weit draußen im Blau und warteten auf die Erlaubnis, in den Hafen einzulaufen. Marco fädelte sich in die Spur ein, die zur Stadtautobahn führte, und pfiff unternehmungslustig vor sich hin. Ja, wenn sein Plan aufging, würde er ihnen allen die Suppe versalzen, die sie seiner Nichte da eingebrockt hatten. Und dann würde er, der legal so recht- und machtlose Schwager, das Wasserhaus übernehmen. Und es in ein paar Jahren Lucia überschreiben, sobald sie volljährig war.

Im vierten Gang fuhr er die Autobahnausfahrt hinunter bis knapp vor die Mautstelle, bremste, daß die Reifen kreischten, bezahlte mit seiner Telecard und parkte den Wagen ein paar Meter weiter am Straßenrand.

Die Tür der Telefonkabine klemmte; er riß sie mit einem Ruck auf und schob eine Telefonkarte, die er – einziger standfester Handy-Verächter unter all seinen Kollegen und Bekannten – immer griffbereit in der Hosentasche trug, in den Automaten.

»Gabriella? *Ciao,* ich bin's, Marco. Sag mal, kann ich bei dir vorbeikommen? Ja? Dann erzähl ich dir alles! Und ich hab auch einen Anschlag auf dich vor ... Ja, okay, bis gleich!«

Die fast volle Telefonkarte stak noch im Schlitz, als Marcos grüner Fiat Bravo schon um die nächste Biegung verschwunden war. Eine Halbwüchsige in schwarzen Jeans, schwarzem T-Shirt und klobigen Plateausohlenschuhen, die nach ihm in die Kabine getreten war, hob die Hand, um ihn aufzuhalten, ließ sie aber gleich wieder sinken. Heute war offenbar ihr Glückstag! Fröhlich schob sie die Karte in den Automaten zurück und nahm den Hörer ab.

»*Ciao* Carla, ich rufe aus Genua an, hab 'ne Telefonkarte gefunden, da ist noch ganz viel drauf! Wie läuft's denn so mit deinem neuen Freund, wie heißt er doch gleich ...?«

Gabriella warf den Kimono, in dem sie seit dem Frühstück schläfrig auf dem Balkon in der Sonne gesessen hatte, über einen Stuhl im Badezimmer und drehte die Dusche auf. Zehn Minuten maximal, dann würde Marco vor der Tür stehen, und sie hatte sich noch nicht einmal gewaschen! Vor zwei Stunden waren ihre Eltern zum großen Samstagsmarkt am Hafen aufgebrochen; seitdem hatte sie die Zeit vertrödelt, sich den Bauch bräunen lassen, immer wieder an Marco gedacht und Herzklopfen bekommen wie in ihren Teeniejahren, als das Telefon klingelte und tatsächlich er dran war. Daß er so schnell wieder aus Imperia zurück sein und sie gleich anrufen würde, hätte sie nicht erwartet. Nach einer Nacht wie der gestrigen ließen die meisten *ragazzi* sich erst mal Zeit und ihre neue *ragazza* an der Angel zappeln, damit sie sich ja keine Schwachheiten einbildete.

Marco war da anscheinend ganz anders. Vielleicht lag es daran, daß er schon älter war als die Jungs, mit denen Gabriella bis dahin aus- und auch mal ins Bett gegangen war. Bereits vierunddreißig und ein gestandener Mann – nicht nur in seinem Beruf als Denkmalpfleger. So einer übernahm offenbar Verantwortungen. Oder – Gabriellas Herz machte einen

Doppelsprung – hatte Marco sich womöglich schon richtig in sie verliebt?

In Windeseile seifte sie sich von oben bis unten mit frischduftendem Duschgel ein, verrieb einen Schuß Shampoo in ihren schwarzbraunen Strubbelhaaren, die zum Glück bei dieser Hitze sehr schnell trocknen würden, spülte sich den Schaum aus dem Haar und griff nach dem großen, roten Badehandtuch, um sich abzutrocknen. Himmel, was sollte sie bloß anziehen! Hätte sich ihr neuer Liebhaber nicht ein bißchen früher anmelden können? Na, das würde sie ihm schon noch beibringen, daß Frauen es nicht sonderlich gerne haben, einfach so überrumpelt zu werden. Ein bißchen Zeit fürs Styling braucht doch wohl jede, vor allem, wenn man sich noch nicht besonders lange kennt …

Die Türglocke läutete eine Ding-Dong-Terz, als Gabriella den Reißverschluß ihrer Mini-Jeans hochzog. Im Vorübergehen warf sie einen prüfenden Blick in den Flurspiegel und lächelte ihrem Spiegelbild zu. Ja, so gefiel sie Marco bestimmt, mit dem knappen blauen Top, das ihren hübschen Bauchnabel zeigte, und dem noch naß glänzenden, wie eine Kappe um ihren wohlgeformten Kopf liegenden Haar. Sie zupfte an dem überdimensionalen Ohrring, den sie wie ein persönliches Emblem einzeln am linken Ohr trug, und riß die Eingangstür auf.

»*Ciao, carissimo!*«

Noch zwischen Tür und Angel umarmte sie Marco so stürmisch, daß ihm fast die Luft wegblieb.

»Hey, langsam, laß mich doch erst mal reinkommen! Sind deine Eltern nicht da?«

Gabriella schüttelte den Kopf, daß die Tropfen sprühten. »Nein, weg, zum Markt; sie müssen aber bald wiederkommen.«

Marco hielt die junge Frau, die mit ihren fast fünfundzwanzig Jahren wie eine freche Zwanzigjährige wirkte, auf Armeslänge von sich weg und musterte sie anerkennend. Eine *bella mora mediterranea*, wahrhaftig, mit ihren großen

Brombeeraugen im gebräunten Gesicht und dem vollen Busen über der schlanken Taille, die sich in doppelter S-Form zu runden Hüften verbreiterte. Beim Gedanken daran, wie er diesen Rundungen am Abend zuvor mit den Händen gefolgt war, lebte seine Lust erneut auf. Er zog Gabriella an sich, suchte mit dem Mund ihre Halsgrube, die einen zarten Shampoo-Duft verströmte, und stieß mit dem Fuß die immer noch halb offenstehende Tür hinter sich zu.

»Lüstling! Du willst wohl gleich wieder weitermachen, wo wir gestern aufgehört haben?«

Mit einem Lächeln entwand Gabriella sich seinen Armen und warf ihm im Umdrehen eine Kußhand zu. Nicht, daß sie etwas gegen Liebe am hellichten Tag hätte ... aber ein bißchen wollte sie ihn doch noch zappeln lassen, den Ungeduldigen. Und hier, in der elterlichen Wohnung, die sie auch während ihrer Hotelfachschul-Ausbildung nicht verlassen hatte – brave italienische Mädchen blieben auch in der Großstadt meist zu Hause wohnen, bis sie einen Mann fanden – war ihr das *fare l'amore* auch viel zu riskant. Ihre Mutter, streng katholisch, wie sie war, bekäme glatt einen Herzinfarkt, wenn sie ihre Tochter mit einem Liebhaber erwischte. Und ihr Vater würde den Typen hochkant hinauswerfen. Dann wäre es mit Marco sicher aus und vorbei; in dem Alter ließ er sich bestimmt nicht mehr behandeln wie einen Schuljungen.

Nein, die Beziehung mit diesem Mann, die erst vor kurzem angefangen hatte und sich so gut zu entwickeln versprach, wollte sie sich nicht von ihren lieben, aber konservativen Eltern kaputtmachen lassen. Auch wenn sie schwache Knie bekam, sobald sie ihn nur ansah, und Gelegenheiten wie diese sich selten boten.

Gabriella schüttelte ihre aufkeimende Lust ab wie die Tropfen ihres nassen Haars und hielt Marco mit übertrieben koketter Geste, hinter der sie ihre Verlegenheit verbarg, die Tür zum Wohnzimmer auf.

»Geh schon mal auf den Balkon, ich mache uns rasch einen *aperitivo*!«

Sie tänzelte barfuß in die Küche, in der ein kleiner Recorder auf *Radio Relax* mit sanfter Musik eingestellt war, stellte Gläser, alkoholarmen Aperol, Mineralwasser und ein Schälchen mit Erdnüssen auf ein Tablett und sah zu Marco hinüber, der es sich inzwischen auf einer Sonnenliege bequem machte. Sein schwarzes Kräuselhaar glänzte im Gegenlicht. Seine muskulösen, nur wenig behaarten Beine, die Gabriella besonders sexy fand, ragten über die kurze Liege hinaus.

Gabriellas Grübchen im Kinn vertiefte sich, als sie an den gestrigen Abend dachte. Kaum zu glauben, was alles in Marco steckte, wenn seine coole Haltung erst einmal aufgetaut war. Anfangs hatte sie ihn völlig anders eingeschätzt. »Huh, wieder einer von diesen Krawattentypen«, hatte sie gedacht, als ihr alter Bekannter Luigi Massabovi ihr seinen Freund bei einem gemeinsamen Essen vorgestellt hatte, »hübsch, höflich und kühl bis ans Herz hinan.« Doch dann waren ihre seine schöngeformten Hände aufgefallen mit ihren leichten, beweglichen Gesten, der lachbereite Mund mit dem keck geschwungenen Amorbogen der Oberlippe, und natürlich die meergrüngrauen, von langen dunklen Wimpern umrahmten Augen, die sie manchmal mit entwaffnender Direktheit ansahen, als kannten sie einander längst bis unter die Haut. Als er sie am Ende des Abends gefragt hatte, ob sie wohl Lust hätte, mit ihm noch auf einen *caffè corretto* in die nächste Bar zu gehen, hatte sie keine Sekunde gezögert.

Letzte Nacht war es dann endlich passiert. Fast sechs Wochen waren sie schon miteinander ausgegangen, hatten sich zum Essen und in die Disco verabredet, manchmal auch wie Teenager in Kinos geschmust. Allzuleicht jedoch hatte es Gabriella ihrem neuen Freund nicht machen wollen. Nicht nur, weil sie fürchtete, Marco sonst als Mädchen für eine kurze Nacht zu gelten, die er genießen und rasch wieder vergessen konnte. Nein, auch ihr war es lieber, es diesmal langsamer angehen zu lassen.

Ihr Ohrring schaukelte wie ein Fragezeichen, als sie das Tablett mit den *aperitivi* auf den Balkon trug. Sie beugte sich vor und reichte Marco ein Glas. »*Cin cin*! Jetzt erzähl mal, wie war's in Imperia?«

Als Marco ihr von seinem Auftritt beim Notar berichtete, konnte sie sich des Lachens kaum erwehren. »Dich hätte ich sehen mögen«, prustete sie schließlich los, »knallst mit den Türen und rennst wie ein wütender Truthahn die Treppe runter! Was hat denn Luigi dazu gesagt?«

Marcos Lächeln erstarb. »Er hat mir noch etwas nachgerufen, aber dann bin ich weggefahren, ohne ihn noch mal zu sehen. Er wird ziemlich sauer sein auf mich.«

Gabriella strich ihm tröstend über die Hand. »Ihr kennt euch doch schon so lange, ich glaube nicht, daß er wirklich böse auf dich ist. Aber«, sie zögerte und versuchte, durch Marcos Sonnenbrille hindurch den Ausdruck seiner Augen zu erkennen, »schade ist es natürlich, daß ihr rechtlich nichts gegen den Verkauf machen konntet. Dann hätten wir jetzt etwas zu feiern. Statt dessen ...«

Sie ließ den Satz unvollendet, lehnte sich im Liegestuhl zurück und blinzelte in die Sonne. Marcos Blick folgte ihren hübschen Beinen mit den Härchen darauf, die sie entgegen der Mode nicht abrasierte. Im Licht schimmerten sie wie ein goldbraunes, zartes Fell.

Gabriella beobachtete ihn unter den Wimpern hindurch. Zweifellos, auf ihre körperlichen Reize hatte Marco bereits angebissen. Und daß er ihr so ausführlich von seinem Fiasko am Morgen erzählt hatte, schien ihr ein weiteres gutes Zeichen. Welcher Mann tut das schon, wenn er eine Frau nur fürs Vergnügen will?

Nein, Marco war wirklich anders als ihre bisherigen Freunde. Er genierte sich nicht, auch einmal einen Fehler zuzugeben. Er verbarg seine Sorgen nicht vor ihr, kehrte nicht den starken Mann heraus, bloß um sie gebührend zu beeindrucken. Zum ersten Mal fühlte sie sich nicht nur als *ragazza*, sondern als Partnerin behandelt. Und das, obwohl sie so viel jünger war als er ...

Auch beruflich trennten sie Welten. Zwar hatte Gabriella

ihr Abschlußexamen mit guten Noten bestanden; doch der Arbeitsmarkt war eng. Als man ihr eine Stelle in einem kleinen Genoveser Hotel angeboten hatte, dessen Besitzerin lieber in der Küche stand, als sich um das Management zu kümmern, hatte sie sofort zugegriffen. Viel Geld gab es in diesem ersten Job allerdings nicht, trotz langer, anstrengender Arbeitszeiten, und so mußte Gabriella auf vieles verzichten, was für junge Leute aus bessergestellten Familien selbstverständlich war: jede Woche in die Disco, teure Markenschuhe, die neuesten Klamotten zu Saisonbeginn ...

Seit sie Marco kannte, war ihr das Zusammenleben mit den Eltern zu eng geworden. Gabriella ertrug die fragenden Blicke, die ihre Mutter ihr beim abendlichen Nachhausekommen zuwarf, nur schwer. »O Gott, *mamma*, ich bin jetzt erwachsen!« hatte sie sich ein paarmal beschwert. »Deshalb bist du doch ein Mädchen aus anständigem Hause«, hatte ihre Mutter ihr entgegengehalten. »Was ist das überhaupt für ein *ragazzo*, mit dem du dich da so oft triffst?« hatte ihr Vater sich eingemischt. »Willst du ihn deinen Eltern nicht mal vorstellen?«

»Du liebe Zeit, *papà*, ich bin schließlich nicht dabei, ihn zu heiraten! Was soll das – wir leben doch nicht mehr im neunzehnten Jahrhundert! Im übrigen, das ist kein *ragazzo*, sondern ein erwachsener Mann, und ich bin auch kein kleines Kind mehr!«

Gabriella hatte entnervt ihre Zimmertür hinter sich zugezogen und sich aufs Bett geworfen. Das fehlte ihr noch, daß ihre Eltern nun dringend Marco kennenlernen wollten, den sie ja selbst erst seit sechs Wochen kannte. Viel zu früh, um ihn schon nach Hause zu schleppen. Und außerdem, ob es was Ernsteres würde, war überhaupt noch nicht gesagt. »Heiraten, *figurati*!«

Obwohl, so abwegig wäre das gar nicht, überlegte sie jetzt, während sie noch einmal aufsprang, um ein paar Eiswürfel aus dem Kühlfach zu holen. Wenn Marco sie heiraten würde, käme sie endlich raus aus dieser Wohnung, weg von der Fuchtel der Eltern, so fürsorglich sie ansonsten auch sein mochten. Er sah gut aus, hatte beste Karriere-Aussichten, und seine super renovierte Altbauwohnung mit der Terrasse zum Hafen hin wäre wirklich groß genug für sie beide. Ja, wirklich, vielleicht wäre das überhaupt *die* Idee ...

Gabriella lächelte in sich hinein. Wenn Marco wüßte, welche Kapriolen ihre Gedanken schon schlugen, obwohl sie eigentlich erst seit gestern richtig zusammen waren! Aber im Augenblick war es natürlich am gescheitesten, auf keinen Fall vorwitzig voranzupreschen und sich auch nicht anmerken zu lassen, daß sie sein Montegrazie-Problem ein bißchen merkwürdig, um nicht zu sagen lächerlich fand. Wieso hing er bloß so an einem alten Kasten, der nicht einmal sein eigenes Elternhaus war? Und was machte er so einen Wirbel um seine kleine Nichte – gerade, als ob er der Vater wäre? Na, das würde sich spätestens geben, wenn er selbst einmal Kinder hätte. Zum Beispiel mit ihr ...

Sie sah Marco an, der nachdenklich sein fast leeres Glas mit ein paar Eisstückrestchen schwenkte. »Und was willst du jetzt tun? Ich sehe dir doch an, daß du noch nicht aufgegeben hast!«

Marco stellte sein Glas ab und warf einen Blick auf die Uhr. »Schon halb zwei vorbei! Bist du sicher, daß deine Eltern nicht bald wieder da sind? Können wir überhaupt noch eine Weile in Ruhe reden?«

»Jaja«, beruhigte sie ihn, »mach dir keine Sorgen; da sie bis eins nicht zurück waren, sind sie bestimmt bei der Schwester meiner Mutter einen Happen essen gegangen. Und das dauert immer mindestens bis drei.« Sie sah Marco erwartungsvoll an.

In seinen Meeraugen blitzten ein paar Funken auf wie nächtliche Fluoreszenzen. Er stand von der Liege auf und begann, auf dem Balkon hin- und herzugehen. Dann hielt er inne, als habe er einen Entschluß gefaßt, beugte sich zu ihr hinunter und küßte sie kurz auf den Mund.

»Weißt du – ich hab mir da etwas ausgedacht. Und dazu brauche ich deine Hilfe.«

Gabriella hörte aufmerksam zu, während er seine Idee vor ihr ausbreitete. Dann grinste sie übers ganze Gesicht. »Sehr schlau, *carissimo*! Klar mache ich mit!«

Und dann, mein Lieber, setzte sie in Gedanken hinzu, während sie aufsprang und ihren Mund mit seinem verschmelzen ließ, wirst du bald merken, daß ich dir bei deinen Plänen unentbehrlich bin ... Dich einzufangen, ist mir jede Mühe wert.

»*Amore mio*«, flüsterte sie und schmiegte sich mit dem ganzen Körper an ihn, so fest es ihr üppiger Busen erlaubte, »*amore*, auf mich kannst du zählen!«

5.

Roberto Del Mistero strahlte, als er Marianne die Tür zu seinem *studio* öffnete. »Oh, Marianna, wie schön, Sie zu sehen, kommen Sie bitte herein!«

Sie lächelte ihm zu, erfreut über die herzliche Begrüßung, und folgte dem Architekten in sein Büro am anderen Ende des kleinen Empfangsraums.

Es war weit geräumiger, als der steile Treppenaufstieg in dem alten *palazzo* nahe der Einkaufsstraße von Porto Maurizio hätte vermuten lassen. Aber so war das oft mit den Häusern hier – von außen wirkten sie eher engbrüstig, raumgeizend eins ans andere geklebt; innen jedoch breiteten sich großzügige Wohnungen oder Büroräume aus, mit langen, hohen Wänden, deren Abmessungen von der Straßenseite her kaum zu erahnen waren, dazu schönen Stuck- oder Gewölbedecken und großen Fenstern, die auf reichbepflanzte Innenhöfe oder das Meer hinausgingen.

Höflich rückte Del Mistero ihr einen Stuhl neben dem breiten Zeichentisch zurecht, auf dem er lange Folienrollen und ein paar Schriftstücke ausgebreitet hatte. Marianne setzte sich und warf einen neugierigen Blick auf die Zeichnungen.

Ja, das mußte ihr *progetto* sein, ihr Ausbauprojekt für das Wasserhaus.

»Alles fertig«, sagte der Architekt zufrieden, »schauen Sie her, so werden Ihre Räume einmal aussehen!«

Geschäftig schob er die gläsernen Briefbeschwerer, mit denen die Bauzeichnungen an den Ecken heruntergehalten wurden, ein wenig zur Seite und lehnte sich dabei weit über den Tisch. Eine halbverglimmte Zigarette, die er in einem schon ziemlich vollen Aschenbecher abgelegt hatte, drohte herunterzurollen und die Folie anzusengen. Mit flinker Bewegung fing er sie auf und steckte sie sich zwischen die Lippen. Dann sah er Marianne entschuldigend von der Seite an. »Sie haben doch nichts dagegen ...«

»Rauchen Sie ruhig weiter«, meinte sie belustigt, »da haben wir ein Laster gemeinsam. Solange Sie mir nur mein Haus nicht in Brand setzen!«

Del Mistero grinste. »Jetzt lohnt sich das noch nicht! Aber wenn es erst mal fertig – und schön versichert ist ...«

Marianne grinste zurück. »Gut, dann weiß ich ja, an wen ich mich wenden kann!«

Netter Typ, dachte sie, so unkompliziert, und immer zu einem kleinen Schlagabtausch aufgelegt. Mit solchen *battute* hatte er auch die Gäste des Einweihungsfestes in Dolcedo unterhalten, zu dem sie von einem Freiburger Ehepaar, das sich dort ein Ferienhaus gekauft hatte, vor ein paar Wochen eingeladen worden war. Marianne hatte die beiden bei einem ihrer Behördengänge in Imperia-Oneglia kennengelernt und war, wie unter frischgebackenen Hausbesitzern nicht ungewöhnlich, rasch mit ihnen vom Hundertsten ins Tausendste gekommen. Als das Ehepaar hörte, daß sie für ihr Ausbauvorhaben noch nach einem vertrauenswürdigen Architekten suchte, hatten sie ihr sofort Roberto Del Mistero empfohlen.

»Ein ganz mysteriöser Name – ›*Robert Vom Geheimnis*‹«, hatte Frau Reimann, eine rundliche Mittfünfzigerin mit fröhlichem, sonnengebräuntem Gesicht, schmunzelnd zu Marianne gesagt. »Aber wenn Sie ihn kennenlernen, merken Sie, daß er überhaupt kein Geheimnistuer ist. Ganz im Gegenteil, ein lustiger Bursche. Wenn man von seinen Redeschwällen auch manchmal fast ersäuft wird; unser Italienisch wird dabei oft auf eine harte Probe gestellt. Doch Sie werden ihn bestimmt mögen. Und unser Haus«, setzte sie hinzu und warf ihrem Ehemann einen Blick kaum verhohlenen Stolzes zu, »unser Haus hat er wirklich toll ausgebaut, und er war auch bei der Bauaufsicht sehr zuverlässig.«

In der Tat, ein schönes Haus hat er ihnen da gezaubert, hatte Marianne anerkennend gedacht, als sie am Einweihungsabend die Räume durchstreifte und sich neugierig umsah. »Alles mal Hasen- und Hühnerställe gewesen«, hatte Herr Reimann, der sie herumführte, angemerkt, »und unser Schlafzimmer war ein Unterstand für zwei Esel – in jüngster Zeit wohl auch für ein paar Mopeds.« An der Wand hingen noch die antiken, handgeschmiedeten Ringe, an denen der Bauer seine Esel festgebunden hatte. Frau Reimann nutzte sie nun als Steckringe für große Trockensträuße, deren Gräser, Blumen und Zweige sie selbst in den ligurischen Hügeln pflückte, sorgsam trocknete und band. »Mein liebstes Hobby – neben biologischem Tomatenanbau«, erzählte sie ihren Gästen strahlend und wies auf große Schüsseln tiefroter *cuor di bue*, Ochsenherzen, wie man die faustgroße, gekerbte Sorte nannte, die unter der ligurischen Sonne so üppig heranreifte. Zum Anbeißen appetitlich leuchteten sie aus dem Buffet kalter Speisen hervor, das auf dem Wohnzimmertisch angerichtet war.

Marianne folgte der Hausfrau in die Küche, die mit ihren schwarzen Schiefer-Arbeitsplatten vor den weißgekalkten Wänden wie aus dem Fels herausgeschnitten wirkte. Jeder Gewölbebogen des Hauses, jede schiefwinklige Nische war sorgfältig erhalten worden. Die Hand des Architekten hatte ein wenig geglättet, Ungereimtheiten beseitigt und Durchbrüche gestaltet, wo es nötig war, doch ohne den ligurisch-bäuerlichen Charakter des Gebäudes wesentlich zu verändern.

»Und was die Statik in diesen alten Kästen anbelangt, wo einem so leicht ein bröckeliges Gewölbe auf den Kopf fallen kann«, sagte Frau Reimann, »ist Roberto einfach Gold wert. Kommen Sie, ich mache Sie mit ihm und seiner Frau bekannt.«

Sie mochten einander auf den ersten Blick. Der kleine, drahtige Mann, sonnengebräunt von zahlreichen Baustellenbesuchen, wirkte energiegeladen wie ein Marathonläufer, der täglich seine Übungsmeilen läuft. In seinen Lachfältchen nistete gutmütiger Spott; seine dunkelbraunen Augen schossen wie Mäuse auf Futtersuche in allen Richtungen umher und füllten sich augenblicklich mit lebhaftem Interesse, sobald ihn jemand direkt ansprach. Del Misteros Frau, klein und zierlich wie ihr Mann, mit großen grünen Augen, kurzgeschnittenem Blondhaar und einer ungemein hübschen Figur im knappsitzenden Top und Minirock, lächelte Marianne strahlend entgegen. Dabei enthüllte sie zwei blitzende Reihen Zahnspangen, die sie noch jünger erscheinen ließen, als sie ohnehin wirkte. »*Piacere*, ich bin Sandra Belotti!«

Marianne fand es immer wieder sehr sympathisch, daß Italienerinnen bei der Heirat niemals ihren Nachnamen hatten aufgeben müssen, ganz anders als in den meisten europäischen Nachbarländern. Sie drückte Del Misteros Frau herzlich die Hand. »Angenehm; ich heiße Marianne Roth.«

»Erzählen Sie bloß, daß Sie Ihr Traumhaus schon gefunden haben! Mein Mann schleppt Sie sonst gleich morgen zu einem Immobilienfritzen!« Sandras Humorfältchen um die Augen vertieften sich.

Marianne lachte und schüttelte den Kopf. »Nein, Signora Belotti, das braucht er nicht – ich bin schon versorgt. Eine alte Ölmühle in Montegrazie hat mein Herz erobert. Aber jetzt suche ich einen Architekten, der mir ein *progetto* ausarbeitet ...«

»... und Ihnen als tapferer Ritter im Kampf gegen den Denkmalschutz-Drachen zur Seite steht!«

Roberto Del Mistero hatte den Arm um seine Frau gelegt

und warf sich nun mit ausladender Handbewegung in die Brust. Seine dunklen Augen funkelten. »Stets zu Ihren Diensten, ehrenwerte Dame!«

»Wieso, ich habe immer geglaubt, Drachen seien längst ausgestorben?«

»Aber wo denken Sie hin! Im Denkmalschutzamt von Genua gibt es noch so viele, daß man einen ganzen Jurassic Park damit bevölkern könnte. Und manche von ihnen können richtig Feuer speien, wenn man sie am Schwanz zwickt. Meine Spezialität, übrigens. Ich bin der gefürchtetste Denkmalschutzdrachenschwanzzwicker, den die Provinz Imperia aufzubieten hat.«

»Um nicht zu sagen, ganz Italien«, neckte ihn seine Frau. »Kommen Sie, Marianna – ich darf Sie doch so nennen? Und Sie sagen bitte Sandra zu mir! –, wir gehen jetzt mal das Buffet eröffnen!«

Später, als der erste Gästeansturm abgeebbt war und sie sich mit einem Glas Prosecco in ein ruhiges Eckchen auf der Terrasse zurückziehen konnten, hatte Marianne dem Architekten ihr Haus geschildert und ihre wichtigsten Ausbauwünsche erklärt.

»Die Küche muß völlig umgebaut werden, das Dach hergerichtet, die Außentreppe im Garten verändert – dazu Gas-Zentralheizung, ein Heizkamin und ein Badezimmer, vielleicht auch ein Gäste-WC – und die Ölmühle im Untergeschoß, die mal meine Bibliothek und dazu eine Art Gästezimmer werden soll, braucht bestimmt ein richtiges Fundament. Das Haus scheint auf den bloßen Fels gebaut zu sein.«

»Um einen *geometra,* der Ihnen die Statik berechnet, kommen Sie auf keinen Fall herum, wenn Sie innere Mauern verändern und ein Fundament einziehen lassen wollen, in das von unten keine Feuchtigkeit eindringt. Und der Geometer muß dann seine Berechnungen wiederum von einem Architekten absegnen lassen, zumindest seine Unterschrift einholen. Da können Sie genausogut gleich mir das Geld in den Rachen werfen.«

Robertos flinke braune Augen blinzelten ihr zu.

»Meine Frau hat mir gestattet, für schöne, rothaarige Kundinnen auch mal Sonderpreise zu machen.«

»Besonders hohe Preise, nehme ich an.«

»Sie haben's erfaßt! Schlau ist die Schöne auch noch. Da muß ich natürlich einen weiteren Sonder-Zuschlag erheben. Kluge Bauherrinnen tanzen ihren Architekten immer gern auf der Nase herum. Und meine Nase hat ihren Preis.«

Marianne hatte in sein Lachen eingestimmt und sich zur Hausbegehung mit ihm verabredet. Ein paar Tage später waren sie handelseins geworden. Und nun prangte das *progetto* vor ihr, in fünfzehnfacher Ausfertigung, reif für ihre Unterschrift.

»Wozu brauchen wir eigentlich so unglaublich viele Kopien?« fragte Marianne, während sie die baulichen Veränderungen studierte, die Del Mistero säuberlich mit Rotstift markiert hatte.

Der Architekt rollte die Augen gen Himmel. »Bürokratie, verlaß mich nie! Das ist auch in Italien nicht anders als in Deutschland – vielleicht sogar schlimmer. Drei Ausfertigungen für den Bauausschuß der Gemeinde Imperia«, zählte er auf. »Eine für die Provinz Imperia. Eine fürs Denkmalschutzamt in Genua – das Dorf Montegrazie, als alter Wallfahrtsort, steht ja leider komplett unter Denkmalschutz; die müssen also ihren Senf dazugeben. Ohne Genehmigung dürfen Sie keinen einzigen Außenstein verändern; das sagte ich Ihnen ja schon. Wo waren wir stehengeblieben? Ah ja: zwei Kopien für die ASL, die Hygiene-Behörde, die auf die sanitären Einrichtungen und das Abwasser achtet. Zwei Ausfertigungen gehen später, zusammen mit meinen Berechnungen der Statik und des fürs neue Fundament benötigten Stahlbetons, an das dafür zuständige *Ufficio Cementi Armati* in Imperia.«

Aufseufzend blätterte er in dem Folienpaket. »Zwei Ausfertigungen gebe ich an Baufirmen weiter, die uns einen *preventivo* für den Ausbau machen sollen. So ein Kostenvoranschlag ist natürlich für Sie kostenlos.«

Er stach mit dem Zeigefinger in die Luft. »Eins der wenigen Dinge, die in Italien nichts kosten! Eine weitere Ausfertigung erhalten Sie. Und eine«, er wies auf das letzte Päckchen der wie eine Ziehharmonika zusammengefalteten Folien, »der Maurermeister, der von uns den Zuschlag bekommt.«

»Und die fünfzehnte?«

»*Mio Dio,* die Frau kann auch noch bis fünfzehn zählen!« Del Mistero krümmte sich in komischer Verzweiflung und zündete sich eine neue Zigarette an, die er wie ihre Vorgängerinnen – in einer knappen Stunde mehr als ein halbes Dutzend, wie Marianne kopfschüttelnd vermerkte – gleich darauf im Aschenbecher ablegte, wo sie fast unbeachtet vor sich hin glomm.

»Die fünfzehnte hänge ich mir an die Wand, um täglich meine Zeichenkünste zu bewundern.«

»Und wie lange kann das dauern, bis alle Baugenehmigungen vorliegen?«

Der Architekt warf ihr einen Blick zu, in dem sie Belustigung, gepaart mit aufrichtigem Mitleid, zu lesen glaubte.

»Naja ...«, er räusperte sich, »zwei, drei Monate müssen wir uns schon gedulden.«

»Zwei bis drei Monate?!« Marianne, die höchstens mit einigen Wochen gerechnet hatte, war wie vor den Kopf geschlagen. »Ja, und wo soll ich mich inzwischen duschen? Von anderen Leibesnotwendigkeiten ganz zu schweigen?«

»Im Strandbad, *mia cara,* wie alle ordentlichen Obdachlosen! Aber, Scherz beiseite«, beeilte er sich einzulenken, als er sah, daß Mariannes Gesicht sich verdüstert hatte, »Sie haben immerhin ein Dach über dem Kopf, und zwar ein ziemlich großes. Das auch noch Ihnen ganz allein gehört. Ich schicke Ihnen einen Klempner, der Ihr WC auf dem Küchenbalkon provisorisch instand setzt und Ihnen eine Dusche daneben anbringt. Einen Spiegel fürs Schönmachen müssen Sie dann allerdings selbst aufhängen.«

»Ein echtes WC statt des Plumpsklos wäre schon mal ein guter Anfang! Und die alten Stromleitungen? Hole ich mir da keinen Schlag?«

»Keine Sorge; das Haus war schließlich bis vor wenigen Jahren bewohnt. Und wenn schon die früheren Besitzer nicht vom Stromschlag dahingerafft wurden, können Sie's auch noch ein paar Monate mit den Überputz-Leitungen aushalten.«

»Na gut ...« Marianne suchte nach einer italienischen Entsprechung für *Ihr Wort in Gottes Gehörgang*, fand aber keine. »Wenigstens Telefon und Fax muß ich mir aber legen lassen. Ich kann schließlich nicht monatelang unerreichbar sein.«

»Woran arbeiten Sie denn gerade?« Del Mistero wußte, daß seine neue Klientin Übersetzerin war. Ihr Italienisch, fand er, war ausgezeichnet, wenn sie auch einen leichten Akzent nicht verleugnen konnte und manchmal ins Stocken geriet, weil ihr ein umgangssprachlicher Ausdruck nicht gleich einfiel.

»Ach, an einem Kriminalroman ... nichts besonders Aufregendes, ehrlich gesagt, aber es geht mir leicht von der Hand.« Marianne seufzte. »Ich dachte eigentlich, das sei genau das Richtige während einer anstrengenden Ausbauphase. Aber jetzt ...«

»Jetzt richten Sie erst mal Ihr Haus so her, daß Sie für eine Weile drin wohnen und arbeiten können, und genießen ansonsten noch den schönen Sommer!«

Sorgsam reichte Del Mistero ihr eine Projektkopie nach der anderen zur Unterschrift, die Marianne mit schwungvoller Handschrift, ihren Vornamen stets ganz ausschreibend, leistete.

»Nomen est omen ... Die schöne Frau ist nicht nur eine *bella rossa*, sondern sie heißt auch noch so!«

Der Architekt wies auf ihren dunkelroten Schopf, der von der Hitze und dem Ventilator, der in einer Ecke des Raums kühle Luft herbeizufächeln suchte, ziemlich verstrubbelt war. Marianne wischte sich unwillkürlich ein paar Strähnen aus der Stirn, schraubte ihren Füllfederhalter mit der grünen Tinte zu und steckte ihn zurück in ihre Handtasche. Dann erhob sie sich.

»Nein, auch wenn es so scheinen mag – mein Name hat nichts mit der Farbe Rot zu tun. Die schreibt man im Deutschen übrigens ohne H. Roth kommt eher von *route,* dem französischen Ausdruck für ...«

»... *rotta*«, ergänzte der Architekt. »Ach so, ich sehe schon. Der Weg, die Route.«

»Ja, genau. Wahrscheinlich ein hugenottischer Name.«

»Na, da wird es Ihnen ja leichtfallen, auch in den hiesigen Dialekt einzutauchen, bei solchen französischen Ahnen ... Sie werden es sicher schon bemerkt haben: Bei uns klingt Italienisch im Dialekt oft, als wären wir Südfranzosen. So grenznah, wie wir hier wohnen – und schließlich gehörte die ganze Region bis vor gar nicht so langer Zeit noch zum französischen Hoheitsgebiet. Napoleon kam auch bis nach Oneglia. Er blieb allerdings nur ein paar Tage, dann wurde es ihm hier zu langweilig«, lachte Del Mistero. Geschichte war sein Hobby, das er in fast jedes Gespräch einzuflechten wußte.

»Ja, ist mir schon aufgefallen«, bestätigte Marianne, »der Dialekt, meine ich. *Fai travai?* Bist du am Arbeiten, das rufen sich die Leute im Dorf oft zu. Kommt ganz offenbar von *travailler,* und dabei müßt es doch *lavorare* heißen, wie unser deutsches Wort *laborieren.*«

Sprachvergleiche anzustellen machte Marianne Spaß. Mit solchen Eselsbrücken hatte sie sich schon die eigenartigsten Ausdrücke in den verschiedenen europäischen Sprachen merken können, die sie mehr oder weniger gut beherrschte. »Und im Dorfladen bin ich mir vorgekommen, als sei ich mitten in Frankreich. ›*Onze, duze, treze*‹ hat die Verkäuferin gezählt, elf, zwölf, dreizehn, wie auf Französisch, aber mit fettem italienischem Akzent. Das normale *undici, dodici, tredici* war kaum noch wiederzuerkennen.«

»Wenn Sie auch noch den Dialekt von Montegrazie lernen, werden Sie von den Einheimischen sehr schnell akzeptiert«, bemerkte Del Mistero, während er Marianne zur Tür begleitete. »Immer vorausgesetzt natürlich ...«

»Was denn?«

Marianne, die schon die Türklinke in der Hand hielt, wandte sich fragend zu ihm um.

»... Sie klauen keine silbernen Mokkalöffel, wenn man Sie zum Kaffee einlädt, und den Dorffrauen nicht die Herzen ihrer Ehemänner. Kann leicht passieren, wissen Sie, wenn man so eine *bella strega rossa* ist wie Sie – und noch dazu alleinstehend. Geben Sie nur auf sich acht!«

»Danke für den guten Rat!« Marianne lachte und drückte ihm die Hand. »Aber die rote Hexe, wie Sie mich nennen, hat den Besen in Deutschland eingemottet. Er hätte nicht mehr in meinen bis zur Decke vollgestopften Wagen gepaßt.«

Und mein Herz hütet sich vor Verwicklungen jeglicher Art, hätte sie beinahe hinzugesetzt, ließ es dann aber. So gut kannten sie und ihr Architekt sich nun doch noch nicht.

»Ich rufe Sie an, sobald ich was Neues höre«, rief ihr Del Mistero nach, als sie die enge Treppe hinunterstieg. »Geben Sie mir Ihre Telefonnummer, sobald Sie den Anschluß haben!«

Marianne winkte bestätigend zu ihm hinauf und achtete wieder auf die schmalen, abgetretenen Marmorstufen unter ihr. Ein Beinbruch war das letzte, was sie jetzt gebrauchen konnte.

Vielmehr das vorletzte, dachte sie. Das letzte wäre irgend so ein italienischer Herzensbrecher, womöglich mit einer verärgerten *moglie* zu Hause, die ihr dann die Augen auskratzen kam. Del Mistero hatte schon recht. Am besten schaffte sie sich auch gleich ein neues Haustürschloß an. Das jetzige konnte jeder knacken, der mit einem Schraubenzieher umzugehen wußte. Und vielleicht hatten die Vorbesitzer auch noch

Zweitschlüssel herumliegen, die sie vergessen hatten, ihr auszuhändigen ...

Sicher ist sicher, dachte Marianne; daß Unbefugte in mein Wasserhaus eindringen können, sollte ich lieber von vornherein verhindern.

Der Gedanke rang ihr ein Lächeln ab. Eine echte Großstadt-Attitüde, immer gleich mit Einbruch, Diebstahl und Gott weiß was zu rechnen! War sie hier nicht in einem schönen, alten, friedlichen Dorf gelandet, in dem Fuchs und Hase sich die Pfote reichten? Hatten die Einheimischen wirklich ein solches Mißtrauen verdient?

Doch alte Gewohnheiten ließen sich nicht einfach durch einen Ortswechsel abschütteln. Sie sah auf die Uhr: gleich halb eins. Ob die *ferramenta* in der Via Cascione, ein Laden, in dem sie so gerne nach Farben, Werkzeugen und Haushaltsbedarf herumstöberte, noch offen hatte? Bestimmte Dinge, das wußte sie aus Erfahrung, sollte man auf gute deutsche Art lieber sofort erledigen. Sonst kam später eins zum anderen, und man dachte nicht mehr daran.

6.

Marianne stieß die Eingangstür auf, nahm den Korb mit ihren Einkäufen, die sie noch rasch vor Schluß in der Markthalle von Porto Maurizio besorgt hatte, und trat in den kühlen Hausflur. Irgendwo klappte ein Fenster. Die Tür zur Wohnung bewegte sich im Luftzug und fiel zu.

Marianne stutzte. Eigenartig; sie hatte diese Tür doch hinter sich zugemacht, als sie wegging! Sie wußte das noch ganz genau, denn sie hatte extra den Korb dafür absetzen müssen, weil das Schloß klemmte und nicht richtig zugefallen war. Na ja, wahrscheinlich ging es im Zug auch mal von selbst auf. Wenn sie das nächste Mal in die Stadt kam, sollte sie sicherheitshalber auch für die Wohnungstür ein neues Steckschloß besorgen.

Der Handwerkerladen hatte schon Mittagspause gehabt, als sie nach ihren Obst- und Gemüse-Einkäufen vorbeigekommen war. Marianne war noch rasch eine Runde schwimmen gegangen, an ihrer Lieblingsmole am Prino, Porto Maurizios *spiaggia libera*, der Öffentlichkeit kostenlos zugänglich. Vom Wasser aus hatte man den herrlichsten Blick auf den Altstadthügel und die weißen Bögen der *Logge di Santa Chiara*, in deren Rundbogengang sich abends Liebespaare küßten. Das Meer schlug dort sanft, nur mit winzigen Gischtkrönchen auf den Wellen, an die Felsen zu Füßen des Hügels; im Blau darüber, das horizontlos ins Meerblau überging, zogen Segelflieger behagliche Kreise.

Das Bad im klaren Wasser hatte ihr gutgetan; sie fühlte sich noch immer bis unter die Kopfhaut erfrischt. Geduscht hatte sie, dem launigen Rat Del Misteros folgend, am Strand, wenn auch ohne ihr Haar shamponieren zu können: *NO SHAMPOO* stand in energischen Lettern an den Wänden der Duschkabinen, deren Abflußwasser direkt in Rohre am Strand geleitet wurde. Nun, das ließ sich auch zu Hause erledigen: Mit einer Handdusche am Spülbecken in der Küche und einem provisorisch hergerichteten WC, das ihr ein Klempner in den nächsten Tagen anschließen sollte, konnte sie es durchaus ein paar Sommermonate lang in ihrem Wasserhaus aushalten.

Marianne beschloß, eine Liste all der Dinge anzulegen, die sie aus dem Handwerksladen benötigte. Sie liebte solche Listen und hatte ständig welche auf ihrem Schreibtisch liegen oder an einer Pinnwand in der Küche hängen: Einkaufslisten, Reparaturlisten, Listen der Leute, die sie dringend oder irgendwann mal anrufen mußte, Listen von Wörtern, deren Ursprung sie nachschlagen wollte. Listen, davon war sie überzeugt, erleichterten den Alltag und entlasteten das Gedächtnis. Im Wasserhaus, das an allen Ecken und Enden renovierbedürftig war und heftig nach ordnenden Händen verlangte, konnte Marianne ihrer Listen-Passion ungehemmten Lauf lassen.

Sie ging in die Küche, die noch mit den Möbeln der Vorbesitzerin eingerichtet war – größtenteils Plunder, den sie so bald wie möglich loswerden wollte; selbst Carlo Bonelli hatte neulich höflich abgelehnt, daraus irgend etwas zur Erinnerung an seine Großmutter mitzunehmen –, und verstaute Obst und Tomaten in ein paar geflochtenen Körben, den Rest des Gemüses im Kühlschrank. Er war bislang noch ihr einziges Elektrogerät, außer dem auch auf Batteriebetrieb umschaltbaren Computer, einem kleinen Radio mit CD- und Kassettenfach sowie ein paar Glühlampen, die sie jedoch nur so selten wie möglich anknipste.

Seit der Kühlschrank zusätzlichen Strom fraß, war sie schon ein paarmal unvorhersehbar im Dunkeln gestanden, weil die Sicherung nicht gehalten hatte. Sie war nämlich, wie in vielen alten Häusern Liguriens noch üblich, nur mit 1,5 Kilowatt abgesichert. Um ein bißchen Radio hören zu können, mußte Marianne jedes Mal vorher den Kühlschrank ausschalten, was das Hörvergnügen auf maximal eine Stunde begrenzte.

»Alles eine Sache der Gewöhnung«, hatte sie lachend zu Carlo Bonelli gesagt, »da lernt man wenigstens wieder Stromsparen! In der heutigen Zeit gehen wir viel zu leichtfertig mit dieser teuren Energie um.«

Sie öffnete die Fensterläden, um das Licht des frühen Nachmittags hereinzulassen. Die Sonne war schon zur anderen Hausseite weitergewandert. In tiefen Zügen sog sie die frische Brise ein, die vom Meer heraufwehte und den Raum mit einer Ahnung von Gischt füllte.

Hinter ihrem Rücken klappte eine Tür.

Marianne drehte sich um. Die Wohnungstür stand noch weit offen, so wie sie sie aufgestoßen hatte, als sie hereingekommen war.

Sie hatte bestimmt nicht geklappt.

Hatte sie vielleicht die Haustür nur angelehnt gelassen?

Aber das sähe ihr gar nicht ähnlich ... In der Tat, die Tür war zu, der Schlüssel innen einmal herumgedreht.

Kopfschüttelnd ging sie wieder zurück und schloß auch die Wohnungstür. So, jetzt fühlte sie sich gleich wohler. Zu den Leuten, die am liebsten überall die Türen aushängten, um sich das lästige Auf- und Zumachen zu ersparen oder Räume ineinander übergehen zu lassen, ohne spürbare Grenzen dazwischen, gehörte Marianne nicht. Ihr gefielen Türen, vor allem handgefertigte mit schöngeformten Messingklinken, wie es im Wasserhaus zu ihrer Freude noch einige gab. Und sie schätzte die Rückzugsmöglichkeit, die Zimmertüren boten. Für sie hatte jeder Raum eines Hauses eine eigene Persönlichkeit, mit eigener Sphäre, die es zu respektieren galt. Auch der Lichteinfall war in jedem Zimmer anders, die Schatten an den Wänden, die Proportionen. Marianne mochte es sehr, sich in jedem Raum ein wenig anders zu fühlen und seine Ausstrahlung in sich aufzunehmen. Offenstehende oder gar nicht vorhandene Türen, fand sie, nahmen den Zimmern solche Einzigartigkeit.

Am Vorraum neben dem Wohnzimmer, der zum Fledermaus-Gewölbe führte und den sie einstweilen nur mit einem provisorischen Vorhang hatte abtrennen können, blieb sie stehen und schnüffelte. Ein leichter Modergeruch, der ihr zuvor nicht aufgefallen war, durchzog den kleinen Raum.

Die Tür zum Gewölbe stand einen Spalt offen.

Marianne starrte auf die Klinke. Die Tür bewegte sich in den Angeln.

Sehr seltsam. Wieso stand sie überhaupt offen? Seit Tagen hatte Marianne diesen Raum nicht mehr betreten. Und sie war ganz sicher, daß die Tür stets zugewesen war.

Nicht abgeschlossen; das nicht. Zu diesem Raum existierte kein Schlüssel mehr. Doch die abgewetzte Metallklinke hatte die Holztür immer fest im Rahmen gehalten.

Marianne griff zögernd nach der Klinke. Gern ging sie nicht in dieses dunkle Gelaß; sein Geruch verursachte ihr Übelkeit. Erst mußte dort, wie im Ausbauplan vorgesehen, ein kleines Fenster herausgeschlagen werden, statt des winzigen Lochs in der Wand, nicht größer als eine halbe Schießscharte, gerade ausreichend als Ein- und Ausflugsloch für die Fledermäuse. Kaum gelang es einem Lichtstrahl, bis auf den Boden zu fallen.

Marianne faßte sich ein Herz und stieß die Tür auf. Nach langen Momenten, in denen sie unter dem Türstock stehenblieb, hatten ihre Augen sich halbwegs an das Graudunkel gewöhnt. Ein paar der Flattertiere schossen aufgebracht im Raum umher.

Sie beugte sich vor und versuchte, in alle Winkel zu spähen, konnte aber nichts Bestimmtes erkennen. Schutt, halbverrottete Dosen, zerbrochene Geräte, von Fledermauskot verklebt. In einer Ecke eine wackelige Holzkiste, an deren Existenz Marianne sich nicht erinnern konnte.

Wird vielleicht der Architekt hierhergeschoben haben, dachte sie, neulich, als er den Raum ausgemessen hat.

Ein Geräusch verfing sich in ihrem Ohr. Sie hob den Kopf und lauschte.

Hatte da nicht eben etwas geraschelt, ein Fuß, der am Boden an Papierreste stößt? Ein Atemzug, sofort angehalten?

Marianne spürte, wie ihr wieder die Gänsehaut über Arme und Nacken kroch, wie damals, als sie das Gewölbe zum ersten Mal betreten hatte. Sie schüttelte sich, um das seltsame Gefühl, nicht allein im Raum zu sein, loszuwerden.

Es war, als atme die Vergangenheit, ganz dicht neben ihr.

Marianne zwang sich, ihre Schultern zu entspannen. Komm, mach dich nicht verrückt, schalt sie sich. Was soll hier schon sein. Ängstliche Nudel! Hier gab es nichts als Fledermäuse und Küchenschaben. Sie hörte bereits Gespenster.

Angeekelt von dem strengen Geruch im Raum, wandte sie sich entschlossen um und zog die Tür hinter sich zu.

In der frischen Luft, die vom offenen Wohnzimmerfenster hereinströmte, atmete sie tief durch. Ein Riegel für das Gewölbe kommt auch auf meine Liste, dachte sie. Gleich notieren, sonst vergesse ich es wieder.

Die Nachmittagssonne umfing sie und wärmte ihre Haut, die in der Kühle des Gewölbes gefröstelt hatte. Sie beugte sich zum Fenster hinaus und betrachtete den Sommerhimmel. Aus einem Garten am Hang klang die kräftige Männerstimme, die Marianne auch morgens im Halbschlaf fast jeden Tag vernahm. Geraldo, der seine prächtigen Zucchini und Tomaten goß und dabei aus voller Kehle italienische Lieder sang, als seien Gartenarbeit und Musik für ihn untrennbar verbunden, ja bedinge eins das andere.

Marianne hoffte, ihn bald mal persönlich kennenzulernen. Ob er ihr wohl helfen würde, nach dem Ausbau ihren eigenen Garten anzulegen? Bestimmt wußte er viele nützliche Tricks. Und dann, dachte sie, muß er mir unbedingt ein paar seiner *canzoni* beibringen – vielleicht gedeihen meine Tomaten dann genauso gut!

Bei der Vorstellung, frühmorgens im Garten zu stehen und lauthals singend ihr Gemüse zu bewässern, mußte sie grinsen. Sie hatte zwar einen ganz hübschen Alt und liebte italienische Volkslieder, die sie manchmal abends auf der Gitarre übte. Doch vormittags klang ihre Stimme immer ziemlich eingerostet. Kein Vergleich mit Geraldos volltönendem Tenor.

Nein, ihre Tomaten würden wohl unbesungen reifen müssen. Nächstes Jahr, wenn das Haus endlich fertig wäre. Und das modrige Gewölbe ein helles, freundliches Bad, mit Dusche und Luxus-Massagebadewanne.

Marianne warf noch einen Blick auf die Tür, die still im Halbdunkel hinter dem Vorraum lag.

Sie hätte schwören können, daß die Klinke sich kurz bewegte. Aber das war ganz sicher bloß eine optische Täuschung.

Mit einem Roman von Dacia Maraini bewaffnet, den sie am Vorabend angefangen hatte, zog Marianne die Wohnungstür hinter sich zu, stieg die Treppe zur Loggia empor und ließ sich erleichtert auf einer Liege nieder. Die Sonne, die hoch im Südwesten mit steter Kraft brannte, hatte die Luft unter dem rotbraunen Ziegeldach stark aufgewärmt; ihre Strahlen fielen jedoch nur bis zu Mariannes Füßen. Wohlig die Beine streckend, schlug sie ihr Buch beim Lesezeichen auf.

Puh, was würde sie erleichtert sein, wenn der Ausbau endlich begann! Dann würde die Dunkelkammer unten endlich ausgeräumt. Und sie wäre auch nicht mehr jeden Tag völlig allein im Haus. Der Bautrupp käme morgens um acht und ginge nachmittags um sechs wieder heim. Genau richtig, um die Abendruhe herbeizusehnen.

Heute allerdings machte die Stille, die sie umgab, Marianne eher kribbelig. Gut, daß sie Carlo Bonellis Drängen nachgegeben und seine Einladung zum Abendessen angenommen hatte. Da würde sie doch wieder auf andere Gedanken kommen. Und wäre anschließend froh, erneut *da sola* in ihrem Wasserhaus zu sein.

Sie räkelte sich, griff nach einer Entspannungszigarette und schob ihr Buch in Leseposition. Über der Loggia flitzten Schwalben wie dunkle Funken umher und stießen spitze Schreie aus. In den Gärten unterhalb des Hauses begann ein Hund zu kläffen; gleich darauf rief eine Frau ihm zu, er solle gefälligst das Maul halten.

Das leise Ächzen der Eingangstür einen Stock tiefer, in deren Schloß sich der Schlüssel drehte, hörte Marianne nicht.

Marco Baldi hielt den Telefonhörer zwischen Schulter und Ohr geklemmt, während er mit der Rechten ein paar Briefe unterschrieb, die Signora Rossini ihm einen nach dem anderen auf den Schreibtisch legte. Sein Gesicht verzog sich zu einem Grinsen.

»Toll … hast du wirklich gut gemacht!«

Die helle Stimme im Hörer schnatterte aufgeregt weiter.

»Was? Hat sie dich etwa erwischt?« Sein Lächeln erstarb. Er ließ den Kugelschreiber sinken.

Die Sekretärin raschelte mit den Papieren, um ihm anzudeuten, daß sie noch nicht fertig waren. Er warf ihr einen irritierten Blick zu und bedeutete ihr mit einer Handbewegung, sich einen Moment zu gedulden.

Die Telefonstimme fuhr in ihrem Bericht fort. Elsa Rossini sah, wie die Stirn ihres jungen Chefs sich in besorgte Falten legte.

»Ja, und wie lange … wie lange warst du da drin? – Ach du liebe Zeit! – Und du bist sicher … Entschuldige mal eben einen Augenblick.«

Eine Hand über dem Hörer, sah Baldi seine Sekretärin an. »Ich mach das gleich, Signora Rossini. Wenn Sie mich nur bitte das Telefonat zu Ende führen lassen – es dauert nicht lange.«

Elsa Rossini, in vielen Sekretariatsjahren an Kummer und Störungen jeder Art gewöhnt, zuckte die Schultern und ließ ihren Chef allein. Sicher wieder seine kleine Nichte aus Montegrazie, dachte sie im Hinausgehen, Lucia, die irgendetwas angestellt hatte. In solchen Fällen rief sie immer ihren Onkel an.

Marco streckte die Beine aus und hielt den Hörer etwas vom Ohr weg. Am Telefon hatte Gabriellas Stimme einen unangenehm metallischen, harten Klang, der ihm sonst gar nicht so aufgefallen war.

»Ja … jetzt bin ich wieder dran. Ich wollte nur nicht, daß hier irgend jemand mitbekommt, worüber wir reden. Erzähl weiter, Gabriella.«

Marco war beunruhigt. Seine Freundin hatte sich viel länger als geplant im Wasserhaus aufhalten müssen. Und wenn sie nun von dieser Deutschen ertappt worden wäre?!

»Das ist ja wohl grade noch einmal gutgegangen«, sagte er in den Hörer und wischte sich den Schweiß vom Haaransatz. »Und draußen – hat dich da wirklich niemand gesehen?«

Die metallische Stimme beruhigte ihn. »Gut, gut. – Wie hattest du dich denn verkleidet?«

Er nickte ein paarmal und sah dann auf die Uhr. »Ich muß jetzt weiterarbeiten. Aber wir sehen uns auf jeden Fall heute abend. Erst mal – danke sehr für deine Mühe!«

Gabriella verstaute ihr Handy wieder in ihrem Umhängebeutel und rückte ihre Sonnenbrille zurecht. Der Zug nach Genua mußte gleich einlaufen ... ja, da war er schon. In langem Bogen kam er aus Richtung Ventimiglia auf den verträumten Bahnhof von Porto Maurizio zu.

Sie stempelte ihre Rückfahrkarte ab, stieg ein und ließ sich auf einen Plastiksitz in der zweiten Klasse fallen. Die Klimaanlage funktionierte nicht, wie so oft. Gabriella zog das Fenster weit nach unten.

Heute abend würde Marco ihr eine extrafeine *cena* in einem Restaurant der Spitzenklasse spendieren müssen. Terrasse mit Meersicht, Kerzenlicht und ein vorzüglicher Prosecco dazu. Das mindeste, was er tun konnte, nach ihrer stundenlangen Gefangenschaft in diesem stinkigen Gelaß! Und dann der Streß, ob die Deutsche sie nun entdecken würde oder nicht ... Gabriella hatte so flach geatmet wie irgend möglich und sich tief in den Schatten hinter der Kellertür gedrückt. Die Erleichterung, als die Tür wieder zugefallen war! Zum Glück ohne Schlüssel daran. Sonst säße sie bestimmt jetzt noch dort fest.

Gabriella schnüffelte am kurzen Ärmel ihres engsitzenden Kostüms und rümpfte angewidert die Nase. Der Fledermausgeruch hatte sich im Leinen festgesetzt; na, Marco mußte wohl auch die Reinigung bezahlen.

Sie stutzte. Moment, wo war denn der blaue Schal, den sie um den Hals getragen hatte?

Gabriella nahm ihre Umhängetasche und warf einen prüfenden Blick hinein. Obenauf lag das Tuch nicht. Hatte sie es vielleicht nach unten gestopft, unter den Beutel mit der Strickleiter und dem Schnellkleber? Sie warf einen raschen Blick zur Abteiltür. Der Zug, ein *rapido*, ratterte gerade an Diano Marina vorbei und würde erst in Albenga das nächste Mal halten. Keine Gefahr, daß bis dahin noch jemand in ihr Abteil zustieg.

Gabriella kippte den Inhalt der Tasche auf den Nebensitz. Geldbörse, Schminktäschchen, Kamm, Tempotücher, Leiter,

Schraubenzieher, die Plastikhülle des kleinen Radios. Ein alter, handgeschmiedeter Schlüssel mit dickem Bart. Ihre Fahrkarte samt *rapido*-Zuschlag. Aber kein blaues Halstuch.

Vielleicht habe ich es im Bus liegengelassen, als ich von Montegrazie nach Porto Maurizio fuhr, dachte Gabriella, ja, das muß es sein. Schade; der Schal war aus reiner Seide und nicht billig gewesen. Jetzt schmückte sich bestimmt irgendeine Provinznudel damit, eine Dorftante, die ihn entzückt für den Sonntagskirchgang aufhob.

Aber – hatte sie das Tuch im Bus überhaupt noch umgehabt?

Gabriella starrte auf die Gegenstände aus ihrer Handtasche, bis sie ihr vor den Augen verschwammen, und versuchte sich zu erinnern.

Als sie die Schritte gehört hatte, die zur Loggia hinaufgingen, hatte sie vorsichtig die Tür des Gewölbes geöffnet. Dann war sie wie ein Wiesel zur Wohnungstür hinausgeschlüpft, hatte leise den Schlüssel der Eingangstür umgedreht und war aufatmend ins Freie getreten.

Und das Tuch?

Ganz ruhig, ermahnte sie sich, langsam, alles noch einmal von vorn!

Aber auch der Meditationsfilm, der nun in ihrem Kopf abspulte – jede Geste, jede Sekunde noch einmal wie in Zeitlupe vor sich ablaufen lassen, ein Trick, der ihr oft half, Verlegtes oder Vergessenes wiederzufinden – funktionierte diesmal nicht. Gabriella konnte sich einfach nicht entsinnen, wann sie das Tuch zum letzten Mal an sich wahrgenommen hatte und wo es geblieben war.

»Naja, dann eben nicht!« Sie zuckte mit den Schultern, sammelte die Gegenstände wieder in ihrer Umhängetasche und faßte sich dann, einer Eingebung folgend, ans Ohr. Gott sei Dank, der Ohrring, ihr Markenzeichen, baumelte noch daran.

Nun, dann mußte Marco ihr eben einen neuen Seidenschal schenken. Mal sehen, ob er nicht nur ein feuriger Liebhaber, sondern auch großzügig war ... Mit einem Geizhals hätte sie kurzen Prozeß gemacht.

Unter ihrer rechten Fußsohle drückte etwas in ihrem Sommerschuh. Gabriella zog ihn aus und schüttelte ihn. Ein paar trockene Erdbröckchen landeten auf dem Abteilfußboden. Gabriella betrachtete sie einen Moment; dann überzog ein breites Lächeln ihr Gesicht.

Die deutsche *signora* würde Telleraugen machen. Sehr schade, daß sie nicht dabeisein konnte, um das mitzuerleben!

7.

»*Buona sera, Marianna! Avanti, avanti!*«

Carlo Bonelli hielt die Tür weit auf. Seine freundlichen braunen Augen musterten erst Mariannes Gesicht, das ihm heute besonders apart erschien, obwohl sie nur ihre Lider ein wenig mit zartgrünem Schatten betont hatte, und glitten dann an ihrem Kleid herunter. Beinahe hätte er einen leisen Pfiff ausgestoßen.

»*Mamma mia – che eleganza!*«

»Guten Abend, Carlo!« Marianne nestelte eine Flasche Rotwein aus ihrer Hülle, überreichte sie ihm statt eines Händedrucks und strich sich über den Rock. Ja, dieses Kleid, das sie gestern auf dem Markt in Oneglia gesehen und sofort gekauft hatte, stand ihr wirklich ausgezeichnet, obwohl es, genau betrachtet, nichts so Besonderes war – kein Markenartikel, und auch kein Stoff für die Ewigkeit. Aber ein hübscher Fetzen, wie ihre Freundin Anja sagen würde, italienischer Chic, meergrün mit ein paar verwegenen Wellen am Saum und einem Dekolleté, das ihren schlanken, gebräunten Hals mit dem zarten Goldkettchen, das sie stets trug, besonders gut zur Geltung brachte.

Carlo nahm erfreut die Flasche entgegen und warf einen

prüfenden Blick aufs Etikett. Oh, ein Rossese D.O.C., Jahrgang 1996, aus Dolceacqua, einer der besten Rotweine, die in dieser Gegend angebaut wurden. Seine deutsche Nachbarin war nicht nur attraktiv, sondern verstand sich offenbar auch noch auf Wein. »Danke, aber das wäre doch nicht nötig gewesen!«

Nötig vielleicht nicht, wußte Marianne, aber hierzulande üblich. Wer zum Abendessen eingeladen war, brachte entweder einen guten Tropfen oder ein *dolce* mit, etwas Süßes zur Nachspeise, ein halbes Kilo kleiner Patisserie-Kuchen vielleicht oder, im Sommer, eine leckere Eistorte. Da sie Carlos *dolce*-Geschmack nicht kannte und außerdem annahm, er als Koch habe bestimmt selber etwas zum Nachtisch gezaubert, hatte sie sich für den Wein entschieden.

»Kommen Sie herein, ich mache Sie mit meiner Tochter bekannt! – Lucia«, rief Carlo über die Schulter, »komm doch mal und sag unserer neuen Nachbarin guten Tag!«

Ein schwarzer Kräuselschopf erschien einen Augenblick lang in der Küchentür, nickte kurz und verschwand dann wieder.

Marianne sah Carlo an, dessen Lächeln nun etwas gequält wirkte, als habe er halbseitiges Zahnweh.

»Entschuldigen Sie – meine Tochter hilft mir beim Kochen. Sie bewacht gerade den Pasta-Topf.«

»Kein Problem!« Marianne sah keinen Grund, sich die Laune verderben zu lassen. Daß das Nudelgericht, Stolz jeder italienischen Küche, gut gelang, war natürlich erheblich wichtiger, als irgendeine Frau von nebenan zu begrüßen.

»In England«, fuhr sie fort, »gibt es allerdings ein Sprichwort: *Watched pot never boils.* Ein bewachter Topf kocht nie.«

»Da ist was Wahres dran«, schmunzelte Bonelli, erleichtert, daß Marianne das ungehörige Benehmen seiner Tochter mit einem Scherz überspielte. »Immer, wenn man verzweifelt ins Kochwasser starrt und hofft, daß es endlich zu sprudeln anfängt, scheint es ganze Stunden zu dauern.«

»Ja, und wenn man alle Hände voll mit anderen Dingen zu tun hat, kocht es in zwei Minuten.«

Bonelli nickte und hielt ihr die Tür zum Wohnzimmer auf, in dem auch der Eßtisch gedeckt war. Der große Hauptraum, von vielen italienischen Familien nur zu hohen Feiertagen genutzt und oft eher freudlos eingerichtet, war hier offensichtlich ein gern bewohntes Zentrum des Hauses. Parkettboden, ein paar Olivenholzmöbel mit schönen Maserungen, der unvermeidliche Fernseher unauffällig in die Wohnlandschaft integriert. Ein Regal mit Büchern und Fotografien in Holzrähmchen; ein paar Aquarelle mit ligurischen Landschaften an der Wand. Im hinteren Teil des Raumes sanftfarbene Vorhänge vor einer großen Fenstertür, die sich zu einer Westterrasse hin öffnete. Sie mußte oberhalb von Mariannes Dach liegen, auf jeden Fall von unten uneinsehbar; Marianne konnte sich nicht entsinnen, sie je bemerkt zu haben.

Auf einem hellbezogenen Ecksofa, eingerahmt von zwei bequemen Sesseln der gleichen Farbe, saß ein Paar, das Marianne schon ein paarmal im Dorf gesehen hatte. Der Mann erhob sich bei ihrem Eintreten.

»Marianna, darf ich Sie mit meinen Freunden bekannt machen: Geraldo Garribbi und seine Frau Laretta Di Stella.«

Ob es ihr etwas ausmache, hatte Bonelli sie gefragt, wenn er noch zwei weitere Bekannte zum Abendessen einlüde. Eine taktische Geste, die Marianne dazu bewegen sollte, die Einladung ins Haus des Witwers anzunehmen. Dennoch war er fast enttäuscht gewesen, mit welcher Erleichterung sie daraufhin ihr Kommen zugesagt hatte.

»*Piacere*, sehr erfreut!«

Der hochgewachsene, schlanke Mann – um die Sechzig, schätzte Marianne, und schwere körperliche Arbeit gewöhnt, nach seinen muskulösen Armen unter den kurzen Hemdärmeln zu schließen – begrüßte sie mit festem Händedruck. Seine walnußbraunen, wachsamen Augen waren von einem Kranz feiner Fältchen umgeben. Tiefe Lachfalten kerbten sein

Gesicht, das in eine hohe Stirn mit schütterem Haarkranz links und rechts des schmalen Kopfes überging.

Marianne strahlte ihn an. »Geraldo? Oh, ich glaube, ich kenne Sie bereits – oder wenigstens Ihre Stimme«, verbesserte sie sich. »Sie sind das doch, der jeden Morgen im Garten singt, nicht wahr?«

»Genau! Ich mache den Morgenlerchen Konkurrenz!«

»Ach, mein Mann singt bei jeder sich bietenden Gelegenheit«, lachte Laretta und schüttelte Marianne die Hand. »Machen Sie es ihm ruhig klar, daß er Sie nicht so aus dem Schlaf reißen soll!«

Laretta schien fast zehn Jahre jünger als ihr Mann, eine handfest wirkende, fröhliche Frau mit gutgeschnittener Pagenkopffrisur, die wie ein blondsilberner Helm ihr Gesicht umgab. Ihr blaues, im Licht leicht ins Graue changierende Kleid mit den weißen Streifen paßte genau zu ihrer Augenfarbe und hob ihre fraulichen Formen hervor.

»Ehrlich gesagt«, meinte Marianne, nachdem sie sich in einem der Sessel niedergelassen hatte, »mir ist es lieber, von der Stimme Ihres Mannes geweckt zu werden als von den mißtönenden Pfauenschreien im Gehege nebenan. Die können einem wirklich den letzten Nerv klauen.«

»Ja, nicht? Und dabei sind die Biester zu nichts nutze«, stimmte Laretta ihr zu, »nur zum Herumstolzieren und Krachmachen. Wie manche Männer«, lachte sie und warf ihrem Ehemann einen verschmitzten Blick zu. »Ich weiß auch nicht, warum Marisa jedes Jahr darauf besteht, Pfauen zu halten.«

»Vermutlich, weil sie sie an ihren verstorbenen Mann erinnern. Der hatte eine ganz ähnliche Stimme«, sagte Geraldo und grinste von einem Ohr zum anderen. Seine langen, starken Zähne verliehen ihm das Aussehen eines gutgelaunten Gauls.

»Ihre ist jedenfalls wunderschön!« Marianne freute sich über die Gelegenheit, den Sänger zu loben, der sie Tag für Tag beim Aufwachen daran erinnerte, daß sie jetzt in Italien lebte. In Deutschland kannte sie keinen Menschen, der schon frühmorgens zum Ariensingen aufgelegt war.

»Und wie gefällt es Ihnen in der *ca' dell'aiga*?« Geraldo setzte sich wieder neben seine Frau und sah Marianne neugierig an. »Wie kamen Sie denn darauf, sich ausgerechnet bei uns in Montegrazie niederzulassen?«

Während Marianne den beiden von ihrer Suche nach einem neuen Zuhause mit Blick auf Meer und Olivenhügel berichtete, verschwand ihr Gastgeber wieder in Richtung Küche. Kurz darauf trat seine Tochter ins Wohnzimmer, vorsichtig ein großes Tablett mit *antipasti* balancierend, das sie auf der Mitte des Eßtischs absetzte. Ein Glas fiel mit leisem Klirren auf die Tischdecke.

»Brauchst du Hilfe, Lucia?« Laretta war aufgesprungen und wollte dem Mädchen zur Hand gehen.

»Nein, nein«, sagte die Elfjährige. Ihre Stimme klang mürrisch. »Ich komm schon allein zurecht.«

Marianne unterbrach sich und sah zu dem Mädchen hinüber, das mit schlaksigen Bewegungen auf dem Eßtisch herumräumte. Lange Arme, noch längere Beine, dazwischen ein ranker Körper, der dem Kindsein beinahe schon entwachsen war. Unter ihrem knallbunt bedruckten T-Shirt zeichneten sich die ersten zarten Formen ab.

»*Ciao*, Lucia, ich bin Marianne.«

»*Ciao*.«

Das Mädchen warf ihr einen kurzen Blick unter langen dunklen Wimpern zu. Ein ungewöhnlich schönes Kind, fand Marianne, blaugrüne, hellwache Augen im gebräunten Gesicht, über denen sich dunkle Brauen wie Flügel erhoben. Ihre schwarzen, glänzenden Locken umgaben den Kopf wie eine widerspenstige Aureole. Das Abbild ihrer Mutter, vermutete Marianne; von einer der Frauen des Dorfes, mit denen sie im Laden manchmal ein Schwätzchen hielt, hatte sie gehört, Carlo Bonellis verstorbene Frau sei eine wahre Schönheit gewesen.

Das runde Kinn war kampfbereit erhoben, der feingeschwungene Mund zusammengepreßt, als sich Lucia abwandte, um wieder in die Küche zu entkommen.

»Jaja, so sind Mädchen nun mal in der Pubertät«, kommentierte Laretta, die Mariannes Blick gefolgt war. »Irgendwie bringen sie es immer wieder fertig, daß man sich fragt, was man denn jetzt schon wieder falschgemacht hat.«

»Haben Sie auch Töchter?«

»Ja, zwei. Sie sind beide schon verheiratet; unser erster Enkel ist drei Jahre alt. Und einen Sohn; er studiert Medizin in Bologna.«

»Will mal ein Knocheneinrenker werden«, brummte Geraldo. »Sie wissen schon, Orthopäde. Vom Oliven- und Weinanbau will er nichts mehr wissen. Die Arbeit ist ihm zu schwer.«

»Orthopäde ...«, sagte Marianne einlenkend, »das ist sicher auch ein schwerer – und ein sehr einträglicher Beruf, nicht? Ab und zu fallen doch bestimmt Leute von den Olivenbäumen und brechen sich die Knochen?«

Geraldos Lachfalten vertieften sich. »Oh, an Knochenbrüchen dürfte es hier in der Gegend nicht mangeln. Aber die Leute fallen weniger von den Bäumen als von ihren Mopeds und Motorrädern. Vor allem die jungen, so wie sie hier die Berge rauf- und runterrasen. Ja, falls mein Sohn sich hier niederlassen wollte, hätte er bestimmt eine gutgehende Praxis.«

Eine Spur Bitterkeit schwang in seiner Stimme. O je, dachte Marianne, das klingt ganz nach einem Generationenkonflikt. Enttäuschter Vater, dessen Sohn sein ländliches Erbe verschmäht und lieber in die Stadt will. Höher hinaus. Womöglich hatten die beiden kaum noch gemeinsamen Gesprächsstoff, der nicht in Streit ausartete ... Anja und ihr Bruder, heute ein bekannter Computerfachmann, hatten mit ihren Eltern ganz ähnliche Probleme gehabt.

»Paolo kommt uns alle zwei Wochen besuchen«, warf Laretta ein, als habe sie Mariannes Gedanken gelesen. »Er hängt sehr an seiner Familie.«

»A tavola!«

Bevor Marianne etwas erwidern konnte, stieß Carlo Bonelli die Wohnzimmertür auf. In der Linken hielt er ein großes Holzbrett mit kunstvoll angerichteten *salumi* – hauchdünnen Scheiben Parmaschinken, dicken Röllchen Wildschwein-*bocconcini*, mehreren Sorten saftiger Salami, das Ganze mit Petersilien- und Rosmarinzweiglein verziert. In der Rechten schwang er eine bauchige Rotweinflasche ohne Etikett.

»Setzt euch doch bitte! Und dann ...« Er stellte die Flasche auf dem Eßtisch ab. Im Lampenschein warf der Wein darin einen tiefroten Schatten auf die weiße Tischdecke. »Dann probieren wir erst mal deinen Roten, Geraldo! Bin gespannt, ob er wieder so phantastisch ist wie letztes Jahr.«

Geraldo spitzte genüßlich die Lippen und erhob sich. »Ich bin zufrieden mit ihm! Wirst sehen, einen besseren findest du in ganz Montegrazie nicht.«

Marianne konnte ihm nur recht geben. Da kam selbst ihr Rossese nicht mit. Samtigweich, mit leicht blumigem Bukett, dennoch angenehm trocken, ein Selbstgekelterter vom Feinsten. »Mein Mann ist ein Pefektionist«, sagte Laretta, zu ihr gewandt, »er hat das Keltern von seinem Vater gelernt. Und dann so lange herumprobiert, bis er ihn weit in den Schatten stellte.«

Auch Carlos Essen war ein paar Sterne wert. Nach den kalten *antipasti* – duftenden Honigmelonen zum rotbraunen Parmaschinken, frischgepflückten grünen Feigen zu den Salami, einem kühl-köstlichen *passato di verdura,* einer Art dicker, mit frischen Kräutern abgeschmeckter Gemüsesuppe, die Marianne an die spanische *gazpacho* erinnerte, und ein paar Löffeln delikatem Reissalat – hatten Carlo und Lucia die warmen Vorspeisen aufgetragen: gefüllte, im Ofen gebackene Zucchiniblüten, eine ligurische Spezialität, danach knusprigleichte, in bestem Olivenöl ausgebackene *frittelle* mit gehackten Frühlingszwiebelchen, schließlich gegrillte Zucchini, in lange Streifen geschnitten und mit würzigem Bergthymian bestreut. Dazu gab es ofenwarme *foccaccia*, das beste Pizzabrot, das Marianne je gegessen hatte.

»Das hat meine Tochter gebacken«, sagte Carlo und lächelte Lucia zu, die am anderen Ende des Tisches im Essen stocherte. Bis auf einige »ja«, »nein danke« und »mhm« hatte sie sich bislang nicht am Gespräch beteiligt. Ein paarmal hatte Marianne seltsame Blicke von ihr aufgefangen, ein Gemisch aus unverhüllter Neugier und Abweisung. Jetzt sprang das Mädchen auf, noch bevor Marianne sie lobend auf die *foccaccia* anspechen konnte, und rannte zur Tür. »Der Kalbsbraten! Papa, den hast du glatt vergessen! Er muß gewendet werden!«

»Jetzt schon? Na ja – schau doch mal nach, Lucia!«

Mit einem wehmütigen Seufzer wandte sich Carlo wieder seinen Gästen zu. »Sie muß noch einige Manieren lernen. Ihr fehlt halt die feste Hand der Mutter. Aber«, er hob sein Glas, in dem der Rotwein leuchtete, »zumindest wird sie mal eine gute Köchin. So wie sie mir jetzt schon in die Töpfe guckt ...«

»... und dir auf die Finger schaut«, ergänzte Laretta, »da kann sie wirklich was lernen! Meine Töchter haben sich in dem Alter noch keinen Deut fürs Kochen interessiert. Ich konnte sie mal gerade zum Abwaschen kriegen.«

Aus der Küche rief Lucia etwas Unverständliches. Carlo erhob sich schwerfällig. »Entschuldigt einen Moment.«

Marianne lächelte Geraldo zu, der sich schwungvoll ein weiteres Glas Wein eingoß. Laretta war nach einem winzigen Schluck zum Mineralwasser übergegangen, das in einer Kristallglaskaraffe auf dem Tisch stand. Wie viele Italienerinnen trank sie nur sehr wenig Alkohol. Ihre Hände zerbröselten zerstreut ein Stück Pizzabrot; dann schob sie die Krümel mit der Serviette zusammen.

»Sagen Sie, Marianna ...«

»Ach, wollen wir nicht mit dem Gesieze aufhören?« unterbrach sie Geraldo, »wir sind doch jetzt Nachbarn! Hier im Dorf duzen sich alle!«

»Sehr gern«, sagte Marianne erfreut und hob ihr Glas. »Laretta – Geraldo – auf gute Nachbarschaft!«

»*Salute!*«

»Darf ich mit anstoßen?«

Carlo war mit einer großen, dampfenden Schüssel in der Tür erschienen, der ein wunderbarer Duft nach Salbei und frischem Olivenöl *extra vergine* entströmte. Laretta und Geraldo schnupperten, dann klatschten sie Applaus. »Oh, deine berühmten *ravioli alla salvia*!«

»Die macht er nur zu besonderen Gelegenheiten«, erklärte Laretta und sah Marianne augenzwinkernd an. Jaja, die hübsche neue Nachbarin mit ihren roten Haaren ... Sie konnte sich schon denken, was Carlo im Sinn hatte. Und warum auch nicht, entschied sie, Elisa war schließlich schon lange tot. Und für einen Mann, noch dazu mit so einer ungebärdigen kleinen Tochter, war es nicht gut, immerzu allein zu sein.

Lucia, die inzwischen lustlos die Vorspeisenteller abgeräumt und auf Geheiß ihres Vaters neue Papierservietten ausgeteilt hatte, ließ sich geräuschvoll auf ihren Platz plumpsen. Carlo warf ihr einen bittenden Blick zu; dann begann er, die tiefen Pasta-Teller der Reihe nach mit Ravioli zu füllen. Bei ihrem Anblick lief Marianne, die eigentlich schon halb gesättigt war, wieder das Wasser im Mund zusammen.

»*Buon appetito!*«

Der erste Bissen bestätigte, was Anblick und Duft versprochen hatten. Hauchzarter Teig, so dünn ausgerollt, daß die Kräuterfüllung, in denen je ein paar Blätter Salbei die Hauptrolle spielten, in üppigem Grün hindurchschimmerte. Milder Parmesan, in gelben Flocken über die *al dente* gekochten Teigtäschchen gerieben, vermengte sich mit dem goldtropfenden Olivenöl und dämpfte den strengsüßen Salbeigeschmack.

»Einfach köstlich«, brachte Marianne zwischen zwei Happen hervor, die sie andächtig im Mund zergehen ließ. »Carlo, wie schaffen Sie das bloß, daß die Ravioli beim Kochen nicht aufplatzen? Der Teig ist so unglaublich zart ...«

Er lächelte und hob ihr sein Glas entgegen. »Das verrate ich Ihnen nur, wenn Sie mir ebenfalls das Du erlauben!«

»Wenn's weiter nichts ist ... Ein sehr geringer Preis für ein tolles Rezept!« lächelte Marianne zurück und griff nach ihrem Weinglas. Immer vorausgesetzt, dachte sie, du rückst mir künftig nicht zu nah auf die Pelle. »*Salute,* Carlo!«

»*Salute,* Marianna!«

»*Cin cin!*«

Auch Laretta und Geraldo hatten ihre Gläser erhoben. Carlo blickte zu seiner Tochter hinüber. Die Ellenbogen breit auf dem Tisch abgestützt – eine Essensmanier, die ihr Vater nicht ausstehen konnte –, mümmelte das Mädchen an ihren Ravioli herum. Jetzt hob sie den Kopf und sah ihn unter gerunzelten Brauen an. »Ist was?«

»Willst du nicht auch mit uns anstoßen? Einen winzigen Schluck«, fügte er zu Marianne gewandt hinzu, »darf sie bei besonderen Gelegenheiten schon mal mit uns trinken.«

»Ich wüßte nicht, was an heute abend so Besonderes dran sein sollte«, sagte Lucia spröde. »Jedenfalls, ich mag keinen Wein.«

»Vielleicht Mineralwasser? Damit kann man genausogut anstoßen«, sagte Marianne. Was hatte die Kleine bloß? Ach, vielleicht ist sie eifersüchtig, blitzte es in ihr auf, bewacht nicht nur Pasta-Töpfe, sondern auch ihren Vater mit Argusaugen, damit er ihr ja keine zweite Mama ins Haus schleppt. Besser, sie vorsichtig zu behandeln, bis sie von selbst merkt, daß sie von mir nichts zu befürchten hat.

Doch Lucia lehnte das Friedensangebot ab. »Trinkt nur alleine. Ich habe keinen Durst.«

»Also, Lucia!« Carlos bittendes Gesicht hatte sich in eine zornigkühle Maske verwandelt. »Benimm dich!«

Marianne legte ihm beschwichtigend die Hand auf den Arm. »Laß nur ... wenn sie doch nicht mag. In ihrem Alter war ich auch nicht immer jeden Tag gleich gut drauf. – Wenn ich es recht bedenke, in meinem jetzigen Alter eigentlich auch nicht«, redete sie rasch weiter, um die Spannung im

Raum abzubauen. »Ich ertappe mich immer wieder mal bei ausgesprochen mieser Laune und weiß dann oft gar nicht, warum.«

»Ja, das geht mir auch so«, pflichtete ihr Laretta bei. »Mindestens einmal im Monat gehe ich die Wände hoch. – Oder sagen wir, bin ich sie früher hochgegangen. Jetzt komme ich allmählich in die Wechseljahre ...«

»... und wirfst mir nur noch alle drei Monate ein paar Teller an den Kopf!« Auch Geraldo gab sich Mühe, die abgekühlte Stimmung wieder zu heben. »Trinken wir also ... auf uns, und auf die Wechselja-, äh, die Wechselfälle des Lebens, die uns eine so nette neue Nachbarin beschert haben!«

»*Salute!*«

Während sie den Wein im Mund zergehen ließ, sah Marianne wieder zu Lucia hinüber. Doch ihr Platz war leer.

Mitternacht rückte bereits heran, als sie sich von ihrem Gastgeber verabschiedeten. Marianne blieb noch einen Augenblick mit Carlo im Flur stehen und sah Laretta nach, die ihren Geraldo energisch am Arm gepackt hatte und Richtung Treppe zog. »*O sole mio* ...« Sein Tenor klang rotweingeölt. »Pssst! Du weckst noch das ganze Dorf auf, von Tommaso und Flavia unten ganz zu schweigen!«

»Reizende Leute ... und ein wirklich schöner Abend«, sagte Marianne und sah Carlo an, »herzlichen Dank, auch für das wunderbare Essen!«

»Es war mir ein Vergnügen!« Carlo trat verlegen von einem Fuß auf den anderen. Er wirkte völlig nüchtern, obwohl auch er Geraldos Wein zugesprochen und nach *dolce* und *caffè* noch eine hochprozentige Grappa ausgeschenkt hatte. »Ich, ähm, ich wollte dich fragen ...«

»Was denn?« Ach je, jetzt sind wir soweit, dachte Marianne. Wäre ich bloß schon vor den anderen gegangen!

»Ja, also, ich wollte dich fragen, ob du nächste Woche Lust hast, mit mir zum Theaterfestival nach Apricale zu fahren.

Das Ensemble vom *Teatro della Tosse* in Genua spielt dort jedes Jahr. Es ist wirklich ...« Er suchte nach den richtigen Worten. »Ein Ereignis!«

Von diesem Festival hatte Marianne schon gehört. Richtig, in der ›Riviera-Cote-d'Azur-Zeitung‹ war ein enthusiastischer Artikel darüber erschienen. Sie kaufte sich diese im nahen Menton erscheinende, deutschsprachige Zeitung jeden Monat; nirgendwo sonst, fand sie, wurde man so umfassend über das kulturelle Angebot in den Orten links und rechts der italienisch-französischen Grenze unterrichtet.

»Aber ja – eine gute Idee!«

Als sie sah, wie Carlos Augen aufleuchteten, setzte sie abschwächend hinzu: »Wir könnten ja auch Laretta und Geraldo fragen ...«

»Ja ... könnten wir ... obwohl, ich glaube nicht, daß sie mitkommen würden. Die beiden gehen lieber tanzen als Theater anschauen.« Das Leuchten war aus Carlos Augen verschwunden. Fast tat er Marianne leid, wie er da im Türrahmen stand, verwundbar, ohne sich das anmerken lassen zu wollen. Sie drückte ihm fest die Hand.

»Wiedersehen, Carlo! Ich komme jedenfalls sehr gerne mit!«

»Wiedersehen, Marianna. Und *buona notte*!«

»Gute Nacht!«

Wie ein riesiges, lauschendes Ohr, leicht nach rechts geneigt, stand der Halbmond im Nachthimmel, von einem breiten Hof umgeben. Ein Sturmhof, es wird morgen ziemlich windig sein, dachte Marianne, als sie sich im schwachen Mondlicht die Natursteintreppe vom Grundstück der Bonellis zu ihrem Haus hinuntertastete.

Ein Fellbündel im Schwarz. Beinahe wäre sie darüber gestolpert.

Das Bündel erhob sich, öffnete zwei quittegelbe Augen und mauzte Marianne kläglich an.

»Ja, kleine Katze, wo kommst du denn her?«

Die Katze rieb sich an ihren Beinen und sah mit schräggelegtem Kopf zu Marianne empor. Eine Vorderpfote hielt sie wie bittend erhoben. Marianne bückte sich und nahm sie vorsichtig in die Hand. Die Pfote war geschwollen und heiß unter ihrer Berührung.

»Du Arme – hast du dich verletzt?«

Die Katze, ein struppiges, ziemlich mageres Geschöpf mit schwarzweißer Zeichnung und hervorstehenden Schulterknochen, gab erneut einen Klagelaut von sich, ließ sich aber ohne weiteres von ihrer Finderin hochnehmen.

»Na, wollen wir mal nachsehen, ob ich dir nicht helfen kann! Aber dazu brauche ich mehr Licht«, sagte Marianne. »Am besten, du kommst erst mal mit mir ins Haus.«

Die Katze rieb den Kopf an ihrer Schulter, als begreife sie jedes Wort, und ließ sich widerstandslos die Treppe zur Eingangstür hochtragen. Marianne fummelte mit einer Hand nach dem Schlüssel in ihrer Handtasche, schloß die Tür auf und trat mit der Katze im Arm ein.

Die Glocke am Santuario schlug an, zwölf lange, dunkle Schläge, die weithin durchs Tal hallten.

Mitternacht! Ach nein, erinnerte sich Marianne, die Turmuhr ging ja immer zwei Minuten vor.

»Einen Namen wirst du wohl nicht haben«, sagte sie zu dem Tier, ganz offensichtlich eine der vielen halb wild aufwachsenden Dorfkatzen, um die sich kaum jemand kümmerte. Naja, das änderte sich ja jetzt … Marianne lächelte in sich hinein. Schwarze Katze um Mitternacht – wahrhaft ein Hexen-Omen, wie es im Buche steht, hätte Anja behauptet. Und sie schmuggelte sich genau im richtigen Moment in ihr Leben. Ein Kätzchen zur Gesellschaft, das hatte sie sich schon lange gewünscht.

»Weil wir uns gegen Mitternacht begegnet sind, werde ich dich *Mezzanotte* nennen, wenn du nichts dagegen hast.«

Die Schwarze mit den weißen Hals- und Stirnflecken sah sie von der Seite an und mauzte bestätigend. Dann hob sie ihre verletzte Pfote, als wollte sie Marianne an eine Pflicht erinnern.

»Ja, du hast recht, jetzt sehen wir uns erst mal deine Tatze näher an.«

Sie öffnete die Wohnungstür und tastete nach dem Lichtschalter. Es blieb dunkel; nur der Halbmond warf sein schmales Licht zum Fenster herein.

Oh, Mist, da war wieder mal die Sicherung raus! Sie hatte wohl vergessen, das Radio auszustellen ... und dann mußte der Kühlschrank angesprungen sein.

Mezzanotte drückte sich mit leisem Schnurren an sie. Ihre Augen leuchteten, als wollten sie ihr Licht spenden. Marianne ging durchs Halbdunkel in die Küche und schaltete das Radio aus. Dann griff sie nach dem Sicherungskasten hinter der Tür.

Ein plötzlich einsetzender, schauerlicher Ton ließ ihr das Blut in den Adern stocken.

Es war kein Gesang, keine menschliche Stimme. Ein Ton wie von einem schwingenden Sägeblatt, auf- und abjaulend, verzweifelt, ein scharfer Klang, der sich zu dünnem Winseln steigerte, unvermittelt abbrach, nur um noch höher, noch intensiver erneut einzusetzen.

Marianne standen die Nackenhaare zu Berge.

Der Körper der Katze hatte sich versteift; ihre Ohren schienen zu wachsen.

Die Tonspirale schwang sich bis ins Unhörbare und kreiselte mit nervenzerrender Langsamkeit wieder herunter, bis sie in einem fernen, dumpfen, tief in die Bauchhöhle eindringenden Dröhnen verebbte. Dann blieb es einen Moment vollkommen still.

»Meine Güte – was war denn das?!«

Marianne atmete tief durch und sah die Katze an. Mezzanotte hielt immer noch die Ohren steif; ihr Körper jedoch entspannte sich allmählich. »War das etwa einer von deinen Artgenossen?«

Aber wie Katergeschrei hatte es nicht geklungen. Überhaupt nicht wie etwas Lebendiges. Es war, als habe sich die Unendlichkeit geöffnet und ihre Einsamkeit herausgeweint.

Auf einmal Flüstern. Wisperwisperwisper. Ein Netz von Geflüster breitete sich in der Dunkelheit aus. Es schien im Vorraum zum Gewölbekeller seinen Anfang zu nehmen, kroch hinter dem Vorhang hervor, hängte sich in die Zimmerdecken und schleuderte kleine Echos wie Widerhaken von einer Ecke zur anderen. Marianne spürte fast körperlich, wie es sich in ihrem Haar verfing. Wisperwisper, erst eine, dann mehrere Flüsterstimmen, die einander zuzischelten, sich überlagerten, auseinanderstrebten, einen vielstimmigen Flüsterchor bildeten, dessen Lautstärke schwoll und schwoll, bis das Zischeln schmerzhaft in den Ohren knisterte, wie elektrische Spannungsbögen. Dann ließ es nach, versandete allmählich, als scheide eine Flüsterstimme nach der anderen aus dem Chor aus. Drei Gewisper, Macbeths Hexenstimmen gleich, blieben im Raum hängen, woben das Netz zu Ende, lispelten sich geheime Parolen zu. Schließlich verstummten auch sie.

Marianne fühlte, wie ihr kalte Schweißtropfen den Nacken herunterliefen. Die Katze in ihrem Arm rührte sich nicht. Ihre Augen glühten.

Der Sicherungsschalter. Licht. Sie mußte Licht anmachen!

Noch bevor der Gedanke die Nervenenden überspringen und bis zu ihren erstarrten Fingern gelangen konnte, setzten neue Stimmen ein, Windstimmen, ein unendlich ferner Gesang in fremdartigen Harmonien, der sich endlos um sich selber drehte. Wider Willen begann Marianne zu lauschen, dem Sog der Äolsharfe zu folgen, der irgendwo im Raum entstanden war und sie nun mit sich zog, dem All entgegen. Marianne schloß die Augen; ihr Zwerchfell hob und senkte sich. Verwehte Dissonanzen, Windhauche, die sich zwischen Masten schlängelten und in den Wanten sangen, Meerwellen an einem leeren Kai, über den die Gischt wirbelte. Ein geisterhaftes Lied, das auf ihren Nerven tanzte und ihre Haut kühlte, als hüllte Sprühregen sie ein.

Die Katze auf ihrem Arm gähnte und begann sich mit schmatzenden Geräuschen zu putzen.

Marianne erwachte wie aus einer Trance. Mit unwilliger Bewegung drückte sie auf den Sicherungsschalter. Die Küchenlampe flammte auf. Die Geisterstimmen erstarben.

»*Madonna mia!*«

In der Stille klang ihre Stimme so laut, daß sie zusammenzuckte. Was mochte das wohl gewesen sein?! Wer oder was, um alles in der Welt, gab solche Töne von sich? Und wo waren sie hergekommen?

Oder halluzinierte sie etwa schon? Hatte sie doch zu tief ins Glas geschaut, das Carlo so umsichtig immer wieder mit Geraldos gutem Wein gefüllt hatte?

Ihr schwindelte; aber es war nicht der Drehschwindel, der bei Trunkenheit die Wände zum Schwanken bringt. Eher ein Gefühl, als müsse sie im nächsten Moment vom Boden abheben, ein Summen im Ohr, das die Gehörschnecke entlangspindelte und allen Geräuschen etwas Unwirkliches verlieh.

Marianne setzte die sich sträubende Katze auf dem Küchentisch ab und öffnete die Tür zum Garten. Die steile, geborstene Treppe, die in das verwilderte Grundstück hinunterführte, glänzte im Mondlicht. Draußen war alles ruhig, bis auf ein paar Zikaden, die eintönig ihren Nachtgesang raspelten. Die Fenster ringsum lagen in tiefem Dunkel; nirgendwo brannte eine Lampe hinter Vorhängen; kein Zeichen, daß irgend jemand im Dorf noch auf den Beinen war.

Die Kirchturmuhr schlug vier kurze, tiefe und einen helleren Ton; halb eins.

Ein fernes Rieseln, als bröckelten winzige Steine aus einem Gebälk, drang aus dem Bauch des Wasserhauses. Marianne wandte sich bestürzt um. Was war denn jetzt schon wieder los? Das Rieseln verstärkte sich, als prallten kleine Granitblöcke im Fallen aufeinander. Es klackte, knirschte, polterte, o Gott, ein Erdrutsch, dachte Marianne. Ein trockenes Rasseln, wie steindurchsetzte Erdbrocken, die ins Rollen gerieten, eine Erdlawine! Das Getöse hielt ein paar Sekunden an, dann krachte es, als schlüge die Lawine gegen eine nur lose gefügte Mauer; Steine rutschten und fielen, die Mauer brach zusammen. Danach Totenstille.

Nein, nicht ganz. Tatap, tatap, tatap, Schritte, die sich entfernten, daneben das Aufschlagen eines Stocks, wie ein Zeigestab, der immer wieder gegen eine Tafel klopft. Dann verklang auch dieser Laut.

Mezzanotte war vom Küchentisch gesprungen und kam ihr, auf drei Beinen humpelnd, entgegen. Marianne kniete sich auf den kalten Boden und umfing die Katze mit beiden Armen.

»Dir ist nichts passiert! – Aber dem Haus … es muß doch irgendwo etwas eingestürzt sein!«

Bei dem Gedanken, mitten in der Nacht überall nachsehen zu müssen, wo der Erdrutsch passiert war und welche Schäden er wohl angerichtet hatte, wurde ihr der Mund trocken. Vielleicht im Gewölbekeller?! Brrr, nein, in dieses stinkende Gelaß mit seinen unberechenbaren Fledermäusen brachten sie jetzt keine zehn Pferde hinein. Außerdem hatten sich die Geräusche hohler angehört, so als seien sie von viel weiter unten gekommen. Aus der Olivenmühle im Untergeschoß? Ja … das konnte sein, dort gab es aufgetürmte Erd- und Steinhaufen, die der Bautrupp erst würde wegbaggern müssen, um den gestampften Boden freizulegen. Wahrscheinlich war dort unten etwas ins Rutschen gekommen. Vielleicht durch ein paar Kater, die dort einen Kampf ausgetragen hatten. Oder es hatte tatsächlich ein ganz leichtes Erdbeben gegeben, wie es hier in der Gegend immer wieder vorkam, und einer der Steinhaufen war dabei von selbst vornübergekippt. Ja, das mußte es gewesen sein.

Marianne richtete sich auf. Die Erschöpfung ließ ihre Muskeln zittern.

»Zeig mir mal deine Pfote; das ist jetzt das Wichtigste«, sagte sie laut zu Mezzanotte. »Sobald ich dich verarztet habe, kriegst du noch ein Schälchen Milch. Mehr habe ich im Moment nicht an Katzenfutter im Haus. Und dann gehen wir schlafen!«

Ja, ein kleiner Erdrutsch, sicher nichts Beängstigendes. Über den Ursprung der anderen Töne, der Geistersäge, des Geisterwinds und der sich entfernenden Schritte, würde sie morgen nachdenken. Morgen, wenn sie ausgeschlafen hatte. Im Sonnenlicht. Wo es hell und warm war, hatten Gespenster keine Chance.

Die Katze zuckte mit der Pfote, gab aber keinen Laut von sich, als Marianne mit einer Pinzette einen verkrusteten Stachel herauszog, der sich tief ins Fleisch gebohrt hatte. Noch etwas Alkohol auf die Wunde zum Desinfizieren; ein paar Tropfen Grappa auf Küchenkrepp mußten im Augenblick reichen.

Mezzanotte ließ die provisorische Heilprozedur geduldig über sich ergehen und machte sich anschließend, durstig schlappend, über ein Schälchen mit Wasser verdünnter Milch her. Ein paar weiße Tropfen glitzerten in ihren schwarzen Barthaaren, als sie neben ihre neue Lebensgefährtin aufs Bett sprang. Marianne rührte sich nicht. Sie schlief bereits wie ein Murmeltier.

Morgens um vier, als sich im Gewölbe erneut die Windstimmen erhoben, öffnete die Schwarzweiße irritiert die Augen und bewegte die Ohren im Kreis wie kleine Satellitenschüsseln. Ihre neue Gefährtin murmelte etwas im Tiefschlaf und drehte sich unwillig auf die andere Seite.

Die Katze lauschte noch einen Moment, schloß dann die Augen wieder und legte Ohren und Kopf in Ruheposition. Nur ihre Schwanzspitze zuckte noch in nervöser Erinnerung, als sie den Atem ausstieß und in Schlaf versank.

8.

»Hast du das Frühstück immer noch nicht fertig?«

Tommaso Bonelli hatte eine schlechte Nacht verbracht. Seine Stimmung, dachte Flavia resigniert, ist wieder mal im Keller. Und wenn ihr Mann schlecht gelaunt war, ließ er es meistens zuerst an ihr aus.

»Hier, dein *caffè*, Schatz, paß auf, er ist noch sehr heiß!«

Tommaso trank hastig einen Schluck und stöhnte auf. »*Aia,* verdammt, das brennt ja wie die Hölle! Nächstes Mal kommt die Tasse erst kurz ins Eisfach! Wie oft hab ich dir das schon gesagt!«

Flavia nickte begütigend und stellte die im Ofen aufgebackenen *brioches* auf den Tisch. In einer großen Tasse vor ihr dampfte der Kaffee, in den sie noch einen Schuß warme Milch gab und dann ein Gebäckstück eintauchte.

»Sag mal«, fragte sie, um Tommaso abzulenken, »was war eigentlich heute nacht los? Aus dem Wasserhaus kamen so eigenartige Geräusche ...«

»Hast du das auch gehört? Ich habe die halbe Nacht kein Auge zugetan! Erst haben Carlos Gäste einen Mordskrach auf der Treppe gemacht, so daß ich aus dem ersten Schlaf gerissen wurde, und dann ging es da drüben los! Komische Musik, die sich diese Deutsche da anhört. Und das nach Mitternacht! Und dann noch einmal morgens früh um vier!«

Kein Wort dazu, daß wohl auch Flavias Schlaf nicht der beste gewesen sein konnte.

»Ja, ich bin auch ein paarmal aufgewacht. Aber es klang gar nicht wie Musik ...«

»Na, was soll es denn sonst gewesen sein!« Tommaso biß grimmig in ein *brioche,* daß die Kaffeetropfen auf die Tischdecke flogen. »Irgend so ein elektronischer Kram, Neue Musik, oder wie das heißen soll, mehr Krach als sonstwas! Ist mir ja egal, womit sie sich die Ohren volldröhnt«, er schluckte geräuschvoll den nächsten Bissen herunter, »aber nicht nachts, wenn andere Leute ihren verdienten Schlaf haben wollen!«

Flavia sah zu ihrem Mann hinüber, der wie ein wütender Bulle mit vorgerecktem Kopf die Kaffeetasse von sich wegschob, als sei sie ihm beim Angriff im Wege. »Der müssen wir mal Bescheid sagen, wie man sich in unserem Dorf benimmt!«

Bestimmt nicht dauernd so aggressiv wie du, dachte Flavia und seufzte. Seit der Konkurs über sie hinweggegangen war, hatte Tommasos Laune sich von gelegentlichem Jähzorn zu ständiger Gereiztheit fortentwickelt. Aber eigentlich war das auch kein Wunder. Die Schande, die sie hatten durchmachen müssen! Die Versteigerungs-Plakate an den Wänden, vom Gericht in der ganzen Stadt öffentlich gemacht, als lebte man noch im Mittelalter! Selbst langjährige Freunde hatten sich nach und nach von ihnen abgewandt, weil Tommaso kaum noch imstande war, von etwas anderem zu sprechen als seinem Unglück – völlig unverdient, selbstredend –, und für die Probleme anderer nur ein Schulterzucken übrig hatte.

»Ich rede mal mit dieser *signora*«, sagte Flavia besänftigend und goß sich noch einen Schluck Espresso ein.

»Ja, tu das, sonst steig ich ihr aufs Dach! Und dann fliegen die Fetzen! Was die sich erlaubt … Fremde sollten sich in unserem Dorf nicht so aufführen!«

Ach, mein Lieber, Einheimische auch nicht, dachte Flavia. Der Junge ein paar Häuser weiter zum Beispiel, der sich fast jeden Nachmittag in voller Lautstärke Heavy-Metal-CDs anhört, daß die Wände wackeln. Aber den hörst du nicht, weil du dann in der Arbeit bist. Nur mir und noch ein paar Nachbarinnen, die das Haus und den Garten in Gang halten, fällt er auf die Nerven. Doch das zählt ja nicht.

»Ich gehe nachher mal zu ihr rüber«, sagte sie. »Wird ohnehin Zeit, daß ich sie kennenlerne. Schließlich wohnen wir jetzt sozusagen Tür an Tür.«

Tommaso wischte sich den Mund ab und stand auf. »Ich muß jetzt los. Bis heute abend.« Dann schlug er die Eingangstür hinter sich zu.

Wohin ihr Mann Tag für Tag ging, womit er inzwischen Geld verdiente – Flavia hätte viel darum gegeben, Bescheid zu wissen. Für alle Fälle. Aber Tommaso hatte gebrummt, es sei besser, wenn sie ihren kleinen Kopf damit nicht belaste. »Ich habe so ein paar Jobs, hier und dort. Immerhin bin ich Klempnermeister; tüchtige Leute werden überall gebraucht. Frag nicht weiter, mehr sage ich dir nicht. Ist besser so.«

Schwarzarbeit, zweifelsohne. Doch da er ihr jede Woche das Haushaltsgeld abgezählt auf den Tisch legte – natürlich weniger als früher, aber immer noch ausreichend, so daß sie damit über die Runden kam, ohne sich allzu auffällig einschränken zu müssen –, bohrte Flavia auch nicht weiter nach. Es hätte bloß Ärger bedeutet.

Bang war ihr nur vor dem Tag, wo sie ihn, was Gott verhüten möge, mal erwischten. Für Schwarzarbeit konnte man heutzutage ins Gefängnis kommen. Und was sollte dann werden?

Flavia warf die trüben Gedanken von sich, entschlossen, den Tag, der so schlecht angefangen hatte, noch erträglich zu gestalten. Nachdem sie das Frühstücksgeschirr abgespült, die Betten gemacht, Bad und Küche gesäubert hatte – Putzen, fand sie, beruhigte die Nerven –, griff sie nach einem Glas selbst eingemachter Aprikosenmarmelade, wickelte ein hübsches Papier darum und ging hinüber, um am Wasserhaus zu klopfen.

»Einen Moment – ich komme gleich!«

Die Stimme klang etwas verschlafen. Dann öffnete sich die Tür. Die Deutsche, eine Haarbürste in der Hand, mit der sie offenbar gerade ihren roten, verstrubbelten Schopf zu bändigen versucht hatte, lächelte sie freundlich an.

»*Buon giorno*, ich bin Flavia, die Frau von Tommaso Bonelli. Ich wollte mich Ihnen mal vorstellen, wo wir doch jetzt Nachbarinnen sind.«

»Oh, guten Tag, ich heiße Marianne Roth, kommen Sie herein! – Entschuldigung«, sagte Marianne und wies auf den Küchentisch, auf dem noch ihr Frühstücksgeschirr stand, »ich habe noch nicht aufgeräumt. Heute habe ich nämlich verschlafen. Es war eine eigenartige Nacht …«

Ach ja? Hatte sie also doch nicht bloß Musik gehört? Aber darauf würde Flavia später erst eingehen. Zunächst einmal wollte sie für eine entspannte Gesprächsatmosphäre sorgen.

Sie stellte das Glas Marmelade zu dem Korb mit *panini* auf den Tisch. »Entschuldigen Sie, wenn ich Sie gestört habe … hier, ich habe Ihnen eine Kleinigkeit mitgebracht. Aus unserem Garten«, fügte sie mit einem Unterton hinzu, aus dem berechtigter Hausfrauenstolz klang. »Unser Aprikosenbaum hat diesen Juni so unglaublich viel Früchte getragen, daß ich kiloweise Marmelade einkochen konnte.«

»Danke schön!« Marianne freute sich aufrichtig über diese nachbarschaftliche Geste. Sie hatte eine Schwäche für selbstgemachte Marmelade, vor allem, wenn sie aus Früchten stammte, die nicht mit Chemiedünger und Pestiziden behandelt worden waren. Der Aprikosenbaum im Nachbargarten, von dem Flavia sprach, war ihr schon bei ihrer allerersten Hausbesichtigung aufgefallen – ein knorriger, unbeholfen beschnittener, sicher jahrzehntealter Baum mit reichblättriger Krone, der windgeschützt in der Sonne vor einem Mäuerchen stand. Seine Äste hatten, von Goldfrüchten schwer, bis auf den Boden gehangen. Marianne konnte sich noch gut an den überwältigenden Duft erinnern, der von den reifenden Aprikosen ausgegangen war.

»Setzen Sie sich doch! Kann ich Ihnen einen *caffè* anbieten?«

»Ja, gerne!«

Während Marianne dem Gaskocher blaue Flämmchen entlockte und *la moka*, die kleine Aluminiumkanne, daraufstellte, sah Flavia sich in der Küche um. Ein wackeliger Holztisch mit vier unbequemen, geradlehnigen Stühlen, auf die die neue Besitzerin sonnengelbe Kissen gelegt hatte, damit man das abgeschabte Flechtwerk der Sitzflächen nicht sah; eine breite Resopalkonsole mit Schubladen und ausziehbarer Arbeitsfläche, darauf ein paar Körbe voll Obst und Gemüse; ein zweiflammiger Campingkocher auf einem breiten, in die Wand eingelassenen Marmorbrett, mit einem Schränkchen darunter, das die blaue Gasflasche verbarg. Die antike Marmorspüle war, wie Flavia anerkennend feststellte, so lange geschrubbt und gebürstet worden, daß die ursprüngliche hellgraue Maserung wieder ansehnlich wirkte. In einer Nische, in der offenbar einmal ein holzgefeuerter Herd gestanden hatte – das mit Papier verstopfte Abzugsloch war noch schwarzbraun und schmierig vom Rauch –, war ein schmales, hohes Schränkchen untergebracht, hinter dessen Milchglasscheiben sich Gläser und sauber gestapeltes Geschirr abzeichneten.

»Das müssen noch die Möbel sein, die die Großmutter meines Mannes zurückgelassen hat … wollen Sie sich damit einrichten?«

»O nein«, lachte Marianne, »ehrlich gesagt, sie sind nicht ganz mein Stil. Sobald der Ausbau beginnt, werde ich sie auf den Sperrmüll schaffen und mir dann etwas anderes aussuchen. Auch Ihr Schwager Carlo wollte nichts davon haben.«

Soso, Carlo ging hier also bereits ein und aus. Hatte er die Deutsche nicht auch gestern zum Abendessen eingeladen? Flavia meinte, sich erinnern zu können, wie er ein paar Tage zuvor davon gesprochen hatte. Nun ja, das war seine Sache. Sie ging das im Prinzip nichts an. Nur, warum waren sie und ihr Mann nicht gefragt worden, ob sie noch etwas von den alten Sachen haben wollten?

Aber vielleicht hatte die Deutsche Tommaso bereits angeboten, sich etwas von den Hinterlassenschaften seiner Oma auszusuchen, und er hatte abgelehnt. Wie so oft, ohne ihr etwas davon zu erzählen.

»Tommaso will bestimmt auch nichts«, sagte sie einlenkend, »wir haben eine ganz moderne Küche, mit blauen Einbaumöbeln. Blau, wissen Sie, hält die Fliegen ab. Wir wüßten gar nicht, wohin mit solchen … na, so einem Kram.«

»Echte späte vierziger Jahre«, erwiderte Marianne und lächelte Flavia zu, »nicht einmal die Antiquitätenhändler interessieren sich dafür.« Der Kaffee begann zu brodeln; sie drehte die Flamme herunter und wartete, daß sein Duft die Luft erfüllte, sicheres Zeichen dafür, daß die *moka* randvoll war. Dann goß sie das tiefbraune Getränk behutsam in zwei Täßchen und stellte das Zuckerglas auf den Tisch.

»Nehmen Sie ... ?«

»Danke, zwei Löffel!«

Die beiden Frauen rührten in ihrem Kaffee und musterten einander. Dann öffneten beide gleichzeitig den Mund, um das abwartende Schweigen zu brechen.

»Haben Sie heute nacht ...«

Es klang wie ein zweistimmiger Sprechgesang. Einen Moment sahen sie einander verdutzt an, dann brachen sie in Lachen aus.

»Was wollten Sie sagen?«

»Nein, was wollten Sie sagen?«

»Also zuerst einmal«, sagte Marianne und stellte ihre Espressotasse hin, »würde es mich sehr freuen, wenn wir uns duzen würden. Ich habe gehört, hier im Dorf ist das allgemein üblich.«

»Ja natürlich, gerne!« Flavia lachte noch immer und mußte niesen, weil sie sich am Kaffee verschluckt hatte. Das Angebot kam unerwartet, erfüllte sie aber mit Freude. Diese Deutsche – offenbar eine nette, umgängliche Frau. Carlo hatte ja schon angedeutet, daß er sie sehr sympathisch fand.

»Und was heute nacht anbelangt«, fuhr Marianne fort, »ich weiß ja nicht, was ihr in eurem Haus gehört habt. Bei mir war jedenfalls der Teufel los.«

Eine struppige schwarzweiße Katze, die unter dem Küchentisch gesessen hatte, kam hinkend hervor und kuschelte sich an Mariannes bloße Beine. Marianne beugte sich vor, um sie zu streicheln.

»Darf ich vorstellen – das ist Mezzanotte. Ich habe sie heute nacht vor meiner Haustür gefunden. Sie hatte einen Dorn in der Pfote.«

Flavia besah sich das Tier, das ihr vage bekannt vorkam. »Ich glaube, ich habe sie hier schon öfter herumstreunen sehen. Manchmal stelle ich den Dorfkatzen ein paar Pastareste hin. Sie gehört anscheinend niemandem. Willst du sie behalten?«

Mariannes goldbraune Augen – schöne Augen, fand Flavia, von einer ungewöhnlichen Farbe, wie auch ihr kupferrotes, offenbar ungefärbtes Haar – waren zärtlich auf die Katze geheftet.

»Also, am liebsten würde ich eine Katzenpension aufmachen! – Nein, nein, nicht im Ernst, ist nur so eine Redensart«, beeilte sie sich hinzuzufügen, als sie sah, wie Flavias blaue Augen sich erstaunt weiteten. »Ich mag Katzen einfach sehr gern.«

»Ich auch«, sagte Flavia. »Mein Mann allerdings nicht. Darum kommt uns keine ins Haus.« Auch kein Hund, kein Vogel, ja nicht mal ein Aquarium. Keinerlei Kindsersatz, wie er einmal verächtlich bemerkt hatte. Mit einem Seitenblick auf seine Frau, als sei sie daran schuld, daß sie keinen Nachwuchs haben konnten.

Ein Seufzer entfuhr Flavia. Ja, Tommaso hatte es schwer, mit seiner Hodenfehlbildung fertig zu werden. Beim Lieben merkte man nichts davon, Gott sei Dank. Doch Kinder zeugen konnte er nicht. Die Bitterkeit war in ihm gewachsen wie ein Tumor. Manchmal brach sie in eitrigen Worten aus.

Über die Ehejahre hinweg hatte Flavia gelernt, solche Ungerechtigkeiten nicht so wichtig zu nehmen. Aber ein Tier, wenigstens eine Katze, das hätte er ihr schon gönnen können ...

Ein wenig neidisch sah sie auf Mezzanotte, die jetzt in die Küchenecke strebte, wo ihr Milchnapf stand.

»Bist du eigentlich verheiratet? Oder gewesen? – Oh, entschuldige, ich wollte nicht neugierig klingen ...«

»Kein Problem. Nein, ich war nie verheiratet, und ich habe auch keine Kinder.« Marianne zog ein Zigarettenpäckchen aus der Tischschublade und bot sie ihrer Nachbarin an. »Rauchst du?«

Als Flavia den Kopf schüttelte, nahm sie eine Zigarette heraus und zündete sie genüßlich an. »Nach einem Kaffee schmeckt sie immer am besten ... ja, also, ich lebe allein. Und zwar sehr gern. Seit der Geschichte mit Daniel habe ich erst mal die Nase voll von den Männern.«

»Daniel?«

Während Marianne in kurzen Zügen ihre Ex-Beziehung umriß und dabei kleine Rauchwölkchen in die Luft blies, wie eine Lok, die Dampf abließ, lehnte Flavia sich in ihrem Stuhl zurück. So einen entspannten nachbarlichen Schwatz hatte sie schon lange nicht mehr gehalten. Seit der Konkurs-Geschichte ... Manche Leute im Dorf schnitten sie seitdem. Nicht allzu augenfällig, nichts, worauf Flavia hätte den Finger legen können, aber doch merklich. Über das Grüßen und höfliche Wetter-Bemerkungen war sie mit ihnen nicht mehr hinausgekommen. Die Deutsche hier schien von alledem nichts zu wissen, oder wenn doch, war es ihr vielleicht völlig egal.

So ein offenes Gesicht, dachte Flavia, und so hübsche, bewegliche Hände; wenn sie sprach, malte sie ganze Geschichten in die Luft, wie eine Süditalienerin. Ihre neue Nachbarin mußte mindestens Mitte Dreißig sein, aber sie wirkte kein bißchen wie im mittleren Alter. Als sei sie viel jünger als Flavia ... sicher lag es daran, daß sie nie verheiratet gewesen war, sondern ihr Leben immer einrichten konnte, wie sie es wollte. Und sie hatte lang in der Großstadt gelebt, in Deutschland, da hatten Frauen bestimmt mehr Freiheiten als in so einem kleinen italienischen Provinznest.

»... ja, und dann hab ich mich ins Wasserhaus verliebt. Hast du eigentlich eine Ahnung, warum es so heißt?« Marianne sah die blonde Frau ihr gegenüber, die mit ihren Gedanken weit weg zu sein schien, fragend an.

Flavia runzelte die Stirn, so daß sich die zart eingegrabenen Sorgenfalten zwischen ihren Brauen vertieften. ›*Ca' dell'aiga*‹ ... Da war doch mal was gewesen ... eine alte Dorflegende, irgend etwas mit einem Brunnen oder so ... Sie schüttelte bedauernd den Kopf.

»Ich weiß nicht, nein, ich kann mich nicht erinnern. Onkel

Ottavio, der mit seiner Mutter hier lebte, hat es mir wohl mal erzählt, als ich noch ganz klein war. Ich stamme nämlich auch aus Montegrazie«, setzte sie hinzu. »Mein Mann Tommaso und ich kannten uns schon als Kinder. Bei Gelegenheit frage ich Onkel Ottavio gern danach.«

»Ja, bitte, sei so gut!« Marianne sah zu Mezzanotte hinüber, die es sich im Einkaufskorb bequem gemacht hatte. Nur die Ohren und eine unruhige Schwanzspitze lugten daraus hervor.

»Sag mal ...« Flavia rutschte auf ihrem Stuhl herum, als müsse sie eine unangenehme Nachricht loswerden. »Sag mal, was war eigentlich heute nacht hier los? Du sagtest doch vorhin ...«

»Ach ja, das!« Mariannes Augen verdunkelten sich. Unschlüssig zupfte sie an ihren grünen Baumwollshorts, die an den Rändern auszufransen begannen. Sollte sie Flavia wirklich von den geistergeräuschen erzählen? Bestimmt würde sie denken, Marianne sei nicht recht bei Trost. Von Daniel zu berichten, von ihrer privaten Vergangenheit, das war etwas ganz anderes; einfach ein Gespräch unter Frauen, die einander sympathisch sind. Marianne kannte so etwas gut und fand nicht das Geringste dabei; so hatte sie auch mit Münchner Nachbarinnen öfter zusammengesessen und Lebensgeschichten ausgetauscht. Oft schafften sie eine Atmosphäre fast schwesterlicher Verbundenheit, das Bewußtsein, mit den widerstreitenden Gefühlen, die ihre Alltage durchrankten wie Kletterefeu, nicht allein dazustehen. Mit Geistergeschichten mußte man allerdings vorsichtig sein. Marianne hatte keine Lust, in Montegrazie tatsächlich als seltsame *strega rossa* verschrien zu werden. Und sie kannte Flavia schließlich kaum. Allerdings machte sie ihr nicht den Eindruck, eine gierige Schwatzbase zu sein, die alles sofort auf dem Dorfbasar weiterklatschte. Im Gegenteil, eher ruhig und bescheiden, dabei angenehm humorvoll. Und höflich, ganz ähnlich wie Carlo.

Marianne beschloß, das Wagnis einzugehen.

»Heute nacht habe ich etwas äußerst Seltsames erlebt ...«

Während sie erzählte, kletterte die Katze wieder aus dem Korb, sprang mit elegantem Satz auf Flavias Schoß und begann, vernehmlich zu schnurren. Flavia streichelte sie vorsichtig, erst mit den Fingerspitzen, dann mit der ganzen Hand. Ihre runden Schultern unter dem blumengemusterten Sommerkleid neigten sich wie schützend über das Tier.

»Wirklich gespenstisch, kann ich dir sagen! Mezzanotte ist genau zur rechten Zeit erschienen. Ohne sie hätte ich mich wohl zu Tode gefürchtet«, schloß Marianne.

Flavia legte unwillkürlich den linken Zeigefinger über den Mund, wie immer, wenn sie sich über etwas wunderte. Dann war es also gar nicht ihre Nachbarin gewesen, die diese seltsamen Klänge verursacht hatte ... Aber wer mochte es sonst gewesen sein?

Die Geräusche für Geisterstimmen zu halten, darauf wäre Flavia allerdings nie gekommen. An Gespenster glaubte sie nicht. Dafür war sie zu praktisch veranlagt.

Sie blinzelte. In ihren blauen Augen tanzte der Schalk. »Ehrlich gesagt ... mein Mann dachte, du spielst hier Neue Musik!«

»Wie bitte?« Marianne sah Flavia verblüfft an und brach dann in schallendes Gelächter aus. »Neue Musik! Das ist ja zu komisch!« Sie warf den Kopf zurück, daß ihre Locken sich aus dem Haarband lösten und ihren Rücken hinunterringelten. Auch in Flavias Gesicht zuckte es.

»Naja, er ist kein großer Musikkenner ...«

»Nein, entschuldige«, Marianne prustete erneut los, »das kann man wirklich nicht behaupten! Elektronische Musik etwa, oder was meinte Tommaso? Womöglich sogar Filmmusik«, gluckste sie, »stell dir vor, *Unheimliche Begegnung der vierten Art*, zweiter Teil, in Fortsetzungen ...«

»Und das um Mitternacht!«

»Ja, genau! Zur Geisterstunde! Und zwar überaus pünktlich! Kurz nach dem Glockenschlag ... Du weißt doch, die Kirchturmuhr, sie geht immer zwei Minuten vor!«

Beide Frauen lachten, daß ihnen die Tränen übers Gesicht liefen. Der Schoß, auf dem Mezzanotte saß, bebte und wackelte. Die Katze mauzte gekränkt; dann rettete sie sich mit einem Sprung auf den Fußboden und hinkte zum Korb zurück.

Marianne wischte sich die Lachtränen ab; dann wurde ihr Gesicht wieder ernst.

»Weißt du, Flavia, es war schon sehr gruselig. Und ich habe keine Ahnung, wo die Töne herkamen.«

»Vielleicht war das Serafino«, meinte Flavia nachdenklich, »ein Nachbarsjunge, der ein Stück oberhalb von uns auf der anderen Seite der Gasse wohnt. Neunzehn Jahre, und ziemlich verrückte Ideen im Kopf.«

»Serafino? Was für ein seltsamer Name – Erzengel?«

»Nein, nicht *Archangelo*; den Namen gibt es auch. Mein Großvater hieß so: Giovanni Orazio Archangelo, mit Nachnamen Mangiapane. Und er war tatsächlich ein sehr lieber, hilfsbereiter Mensch. Dieser Junge hingegen, also Serafino, hat überhaupt nichts Engelhaftes an sich. Schon gar nicht die Musik, die er immer spielt, auf voller Lautstärke. Heavy Metal, oder wie das Zeug heißt. Zum Glück verstehe ich die englischen Texte nicht. Die Stimmen haben jedenfalls etwas ... Brutales, Infernalisches.«

Flavia stand auf und begann in der Küche auf und ab zu gehen. »Ich müßte mir Serafino ohnehin mal vorknöpfen. Er raubt uns fast jeden Tag die Siesta-Ruhe mit seinem Krach. Möglicherweise hat er sich da einen üblen Scherz erlaubt ... zuzutrauen wär's ihm.«

»Du meinst, er hat Geräusche zusammengemixt, mit einem Tonband oder so, um die Leute zu erschrecken?« Marianne sah Flavia erstaunt an.

»Naja, mit ein bißchen Technik kann man heute doch wirklich alles hinkriegen!«

An Flavias praktischem Sinn war nicht zu rütteln. Marianne seufzte erleichtert. Das mußte des Rätsels Lösung sein! Daß sie nicht gleich drauf gekommen war ... Geisterstimmen, Windchöre, so ein Unsinn! Elektronisch fabrizierte Geräusche, nichts weiter. Mit ein bißchen Geschick und Musikalität konnte jeder Elektronik-Freak, der eins dieser computergesteuerten Keyboards zu Hause hatte, Klänge jeder gewünschten Art darauf erzeugen, vom Gewittersturm bis zum heulenden Elend.

Marianne kicherte. »Dann hätte Tommaso mit seiner Neuen Musik ja gar nicht so schiefgelegen ...«

»... komponiert vom *grande maestro* Serafino!« Auch Flavia gluckste belustigt. »Aber wir müssen natürlich noch rauskriegen, ob es wirklich Serafino war. Dazu werde ich erst einmal herausfinden, ob außer uns noch andere in der Nachbarschaft heute nacht etwas gehört haben.« Flavia wollte niemanden zu Unrecht beschuldigen, der vielleicht gar nichts mit der Sache zu tun hatte. »Du verstehst schon ... ein Ruf ist leicht ruiniert, in so einem Dorf wie unserem.«

O ja, das war Marianne klar. Als Kind hatte auch sie auf dem Land gelebt, bis ihre Eltern endlich in die Großstadt gezogen waren. In diesem Punkt waren sich Dorfgemeinschaften auf der ganzen Welt sehr ähnlich.

»Du hast ganz recht. Aber«, fragte sie zögernd, »was ist, wenn er es nicht war?«

»Dann hoffen wir, daß der Spuk sich noch einmal bemerkbar macht und wir der Quelle nachgehen können. Jetzt haben wir wenigstens eine Idee, wonach wir suchen müssen.«

Flavias Optimismus tat Marianne gut. Gestern erst hatte sie sich ein bißchen einsam gefühlt, mehr Gesellschaft gewünscht. Und mitten in der Nacht, von all den gespenstischen Tönen umgeben, hatte sie sich an die Katze geklammert, als sei sie ein rettender Balken in hochbewegter See. Aber heute sah die Welt schon ganz anders aus. Da war Carlo, ihr liebenswürdiger Nachbar, der sie zum Essen und zum Theaterfest einlud ... Geraldo und Laretta, mit denen sie einen so fröhlichen Abend verbracht hatte und die sie demnächst bei sich zu einem Glas Wein sehen wollten ... und jetzt auch noch Flavia. Eine patente Person, die ansteckende gute Laune verbreitete und nicht an Geister glaubte. Sehr beruhigend, sie zur Nachbarin zu haben.

Vielleicht, dachte Marianne hoffnungsvoll, würden sie im Lauf der Zeit sogar Freundinnen werden. Gemeinsam über Märkte schlendern, Rezepte austauschen, einander zur Hand gehen, wenn es nötig wäre. Und ab und an vertrauensvoll über die Widrigkeiten des Lebens reden.

Flavia hatte ein paar Kummerlinien im Gesicht, als habe sie davon schon mehr als genug erlebt.

»Ach Flavia«, sagte Marianne, »wie schön, daß du ausgerechnet heute vorbeigekommen bist! Mir lag diese Nacht wirklich auf der Seele. Danke, daß ich mit dir darüber reden konnte.«

Flavia stand auf und gab ihr links und rechts einen freundschaftlichen Kuß neben die Ohren. »Kein Problem! Aber jetzt *ciao,* bis auf weiteres. Ich muß gehen, sonst kriegt Tommaso kein Mittagessen. Und dann ist er noch schlechter gelaunt als ohnehin schon. Weißt du ...« Sie bückte sich, um Mezzanotte im Korb adieu zu sagen. Ihr blondes Haar fiel ihr übers Gesicht und verbarg ihre Augen. »Wir haben zur Zeit auch ein paar Sorgen. Aber das erzähle ich dir ein andermal.«

Sie richtete sich auf und strich energisch ihr Kleid glatt. »Jetzt sehen wir erst mal zu, ob wir rauskriegen, wer dich hier in Angst und Schrecken versetzen will ... das heißt, wenn es überhaupt auf dich gemünzt ist.«

»Du sagst mir dann Bescheid, nicht, wenn du etwas Neues weißt?«

Marianne brachte ihre Nachbarin zur Tür. Die beiden Frauen sahen einander lächelnd an. »Ja, natürlich. Und du läutest sofort bei uns, falls du wieder solche Töne hörst!«

Marianne sah Flavia nach, die behende wie ein junges Mädchen die Eingangstreppe hinunter- und die Steintreppe zum Nachbargrundstück hinaufsprang. An der Ecke winkte sie noch einmal. Ihr helles Sommerkleid wehte in der Mittagsbrise.

Die Katze war zur Tür gehinkt und schaute nun reglos hinaus, als betrachte sie eine alte, fremde Welt, die nicht mehr die ihre war.

»Na, willst du nicht mal ein bißchen raus?«

Mezzanotte sah Marianne an, als habe sie ihr etwas höchst Ungehöriges vorgeschlagen. Dann drehte sie sich auf der Pfote um, stolzierte in die Wohnung zurück und verschwand die Gartentreppe hinunter.

»Na gut«, sagte Marianne ergeben. »Dann nimm halt den Garten in Besitz.« Zum Glück, dachte sie, ist sie wenigstens weiblichen Geschlechts und kein Kater, der überall im Haus sein Revier markiert. Mir reicht schon der Fledermauskeller mit seinem Gestank.

Die Töne heute nacht ... sie hätte schwören können, daß sie aus der Richtung des muffigen Gewölbes gekommen waren. Oder aus der alten Olivenmühle, die das ganze Erdgeschoß einnahm.

Sie beschloß, gleich einmal nachschauen zu gehen. Jetzt, bei Tageslicht, konnte sie auch überprüfen, ob da unten vielleicht doch ein Erdrutsch stattgefunden hatte

Die wurmige Holztür zur Olivenmühle lehnte ausgehängt an der Wand, wie der Architekt sie beim Ausmessen hinterlassen hatte. Aus einem halb zugemauerten Rundbogenfenster auf der Südseite drangen Sonnenstrahlen wie leuchtende Fächer in den riesigen Raum. Spinnweben spannten sich von einem der altersdunklen Mühlbalken zum anderen. Entlang der Gewölbewände türmten sich Erd- und Steinhaufen wie vorsintflutliche Grabhügel.

Die Hügel lagen unberührt, genau wie am ersten Tag, als Marianne sie mit der Videokamera festgehalten hatte. Jeder Steinbrocken an seinem Platz. Von einem Erdrutsch keine Spur.

Entweder habe ich heute nacht akustische Halluzinationen gehabt, dachte Marianne, oder jemand hat versucht, mir einen Höllenschrecken einzujagen.

Aber wer? Und, zum Teufel, warum?

Staub tanzte in den Sonnenstrahlen, die hier und da ein

paar Glimmerstücke im aufgeschütteten Erdreich aufblitzen ließen. Gedankenverloren starrte Marianne zu den Hügeln, deren Konturen sich im hinteren Teil des großen Raums verloren.

Da sah sie es.

Ein Fußabdruck. Oder besser, der Abdruck eines Schuhs. Ein schmaler, flacher Schuh, ohne deutliche Trennung zwischen Vordersohle und Absatz. Wie von einer altmodischen Ledersandale. In der ein rechter Fuß gesteckt hatte. Mitten auf dem ersten Hügel vor ihr.

Marianne folgte dem Schritt, der doch dann gemacht worden sein mußte, mit den Augen. Tatsächlich, einen knappen halben Meter weiter war ein zweiter Abdruck zu erkennen. Diesmal von einem linken Schuh. Und ein weiterer Abdruck, und noch einer. Die Kette der Abdrücke, so leicht, als habe eine beinahe körperlose Gestalt einen Fuß vor den anderen gesetzt, lief über Erde und Steine.

Und endete abrupt im Halbdunkel an der Wand.

Marianne trat näher heran. Wer auch immer dort herumgeklettert war, mußte doch irgendwie wieder zurückgekommen sein! Aber so sehr sie ihre Augen auch anstrengte, sie fand kein Zeichen, daß es einen Rückweg gegeben hatte.

War die – die Gestalt, der Eindringling, vielleicht irgendwo durch eine Öffnung nach draußen geschlüpft? Marianne suchte die Hinterwand ab. Die alte Natursteinmauer ragte graubraun und festgefügt vor ihr empor. Kein Loch, durch das auch nur eine Katze hätte kriechen können, von einem Menschen ganz zu schweigen.

Mariannes Nerven begannen wieder zu kribbeln. Gespenstisch – und unerklärlich. Oder war sie heute einfach nur zu durcheinander, konnte nicht mehr logisch denken, keinen klaren Gedanken mehr fassen? Reiß dich zusammen, mahnte sie sich streng. Flavia hat gesagt, es gibt keine Gespenster. Also gibt es auch keine. *Basta!*

Sie betrachtete die Schuhabdrücke, als bärgen sie des Rätsels Lösung, wenn sie nur genau genug hinschaute. Eine Sandale, ja, wie Frauen sie früher oft getragen hatten. Männer wohl auch; aber diese Abdrücke schienen zu zierlich für einen Männerfuß. An den Rändern waren sie leicht verwischt, als sei, wer immer hier herumgelaufen war, ein wenig auf der losen Erde abgeglitten.

Aber was hatte eine Frau in ihrer Ölmühle zu suchen und auf den Hügeln herumzugehen? Noch dazu eine äußerst dünne, fast gewichtslose Frau, deren Füße in der Erde unter ihr kaum eingesunken waren? Und sich dann in Luft aufzulösen, in der Wand zu verschwinden, als habe es sie nie gegeben?

Tatap, tatap ... Hatte sie nicht heute nacht ein Geräusch gehört, wie von sich entfernenden Füßen? Doch diese Schritte hier, im bröckeligen Erdreich, eher kleine Sprünge als eine gleichmäßige Schrittabfolge, konnten das nicht gewesen sein. Und es war auch kein Abdruck eines Stocks daneben zu erkennen. Marianne erinnerte sich genau an den Laut.

Oder waren die Abdrücke schon viel älter, hatten gar nichts mit der vergangenen Nacht zu tun?

Eine Idee ließ sie innehalten. Auf ihrem Videofilm, den sie am Besichtigungstag vom Wasserhaus gedreht hatte, müßte vielleicht etwas zu erkennen sein. Falls die Abdrücke damals schon dagewesen waren. Marianne atmete tief durch und beschloß, sich die Aufnahmen auf dem eingebauten Mini-Bildschirm der Videokamera augenblicklich genau anzusehen.

Doch schon während sie sich umwandte und ins helle Mittagslicht hinauslief, wußte sie tief in ihrem Innern, daß sie nichts auf dem Film finden würde. Keine alten Ledersandalen. Keine Schuhabdrücke. Keine Spur einer Spur.

9.

»Gut geschlafen, *bella mora?*«

Marco Baldi saß am Rand seines Bettes und betrachtete Gabriella, die sich zwischen den dünnen Laken räkelte und herzhaft gähnte. Über ihrem bloßen Oberkörper hatte sich das Bettuch verschoben und gab eine der vollen, zartbraunen Brüste frei.

Marco berührte die Brustknospe leicht mit zwei Fingern und fühlte, wie sie sich aufrichtete. Gabriella sah ihn abwartend unter halbgeschlossenen Lidern an. Doch bevor sie eine Bewegung machen und ihn wieder zu sich ziehen konnte, entwand er sich und warf einen Blick auf seine Armbanduhr.

»Tut mir wirklich leid, aber ich muß jetzt fort! Du weißt doch, ich treffe mich mit Luigi zum Laufen. In anderthalb Stunden bin ich wieder da; dann können wir ja zusammen frühstücken.«

Gabriella setzte sich auf und zog instinktiv das Laken hoch. Sie schmollte. Konnte er nicht ausnahmsweise mal auf seine Jogging-Runden verzichten, heute, am Samstag, und nach dieser leidenschaftlichen Nacht, die sie miteinander verbracht hatten?

»In anderthalb Stunden ... na, vielleicht. Du wirst ja sehen, ob ich dann noch da bin.«

Marco lächelte. Natürlich würde sie noch dasein. So viel wußte er schon von seiner neuen Freundin: Wenn sie sich etwas in den Kopf gesetzt hatte, führte sie es auch aus. Und dieses Wochenende, hatte sie beschlossen, wollte sie mit ihm verbringen. Ausschließlich mit ihm.

»Wir könnten nach dem Frühstück nach Nervi rausfahren, uns die Sonne auf den Bauch scheinen lassen und im Meer schwimmen gehen«, hatte sie am Abend zuvor gemeint und sich mit verlangendem Blick dicht an ihn geschmiegt. Ihre riesigen Iriden, reifen, schwarzglänzenden Brombeeren so ähnlich, daß er Gabriella manchmal zärtlich *mora* nannte, hatten sich auf seine geheftet, als spannte sich eine Zugleine zwischen ihren Augen. »Und danach ... danach könnten wir ein Eis essen und in den Rosengärten von Nervi spazierengehen. Zwei ganze Tage, Marco, nur für uns allein!«

Die Aussicht war verlockend. Zudem, Gabriella hatte sich wirklich verdient, daß er ihr ein ganzes Wochenende widmete, ohne irgendwelche Bürosachen aufzuarbeiten, wie es sonst oft seine Junggesellengewohnheit war. Die Gelassenheit, mit der sie die Installation in Montegrazie gedeichselt hatte, war bewundernswert. Und dann auch noch in der Ölmühle Gespenst zu spielen ...

»Du erinnerst dich doch an den simulierten Erdrutsch auf dem Band?« hatte Gabriella ihn kichernd gefragt. »Eine geniale Idee von deinem Techniker! Als ich die alte Mühle unten im Haus sah, mit den aufgehäuften Erd- und Steinhügeln, war mir klar, daß sie auf jeden Fall dort drinnen nachsehen würde, ob vielleicht gleich das Haus unter ihr zusammenbricht. Und deshalb habe ich ihr dort noch eine zweite Nuß zu knacken gegeben.«

»Aber wenn sie nun heute nacht noch hineingeht? Im Dunkeln kann sie deine Geisterabdrücke doch gar nicht sehen ...«

»Ach was!« Gabriella hatte abgewunken. »Die Geräusche sind so gruselig, daß sie ganz sicher erst einmal einen Riesenschreck weghat. Und dann die Schritte, tatap, tatap ... sie muß ja annehmen, daß sie nicht allein im Haus ist, sondern daß da unten womöglich irgend jemand auf sie lauert. Nein, nein, glaube mir, die steigt bestimmt nicht nachts da runter. Frühestens am nächsten Morgen, bei Tageslicht.«

»Meinst du, sie wird auch dein Vier-Uhr-Frühkonzert noch mitkriegen?« Marco war nicht sicher gewesen, ob Gabriella es nicht bei einer Kassetten-Einstellung pro Nacht hätte belassen sollen. Wiederholungen, die relativ bald aufeinanderfolgten, erhöhten natürlich das Risiko, daß die Deutsche den technischen Spuk durchschaute.

»Könntest du etwa gut schlafen, nach solcher Geistermusik?!« Gabriella hatte auf die Nervenzermürbung gesetzt, die Schreck und Schlaflosigkeit ihrem Opfer bescheren würden. »Noch dazu ganz allein im Haus, in einem Ort, den du kaum kennst! Also, ich würde mich zu Tode fürchten und könnte bestimmt nicht ruhig einschlafen.«

Nein, bessere Nerven hatte die Deutsche sicher auch nicht; da hatte Gabriella wohl recht.

Die Akribie, mit der sie das alles bedacht und ohne die geringsten Skrupel, ja offenbar sogar mit Lust und Freude ausgeführt hatte, war Marco allerdings etwas unheimlich. Diese Frau hätte er nicht gern zur Feindin gehabt; sie konnte bestimmt auch rachsüchtig sein. Und wer weiß, was sie in so einem Fall alles anstellen mochte ...

»Ich werde heute nachmittag mal Lucia anrufen«, sagte er, als sei ihm das gerade erst eingefallen. »Vielleicht hat sie etwas mitgekriegt. Dann wissen wir, ob alles geklappt hat.«

Mit Lucia stand ohnehin ein Telefonat an. Wenn er das Wochenende mit Gabriella verbringen wollte, mußte er seiner Nichte wohl oder übel absagen. Sein Gewissen drückte ihn; er enttäuschte das Kind nicht gern.

Marco erhob sich abrupt. »Ich gehe jetzt joggen. Wir sehen uns später! *Ciao.*« Er streifte Gabriellas Wange mit einem Hauch von Kuß, der ihr eher höflich als zärtlich schien, und war schon zur Tür hinaus.

Marco blickte sich suchend um, während er aus dem Auto stieg, das er in der Nähe des Stadtparks an den Südhängen über der Stadt abgestellt hatte. Luigi war noch nicht da, mußte aber jeden Moment eintreffen. Unrasiert und ungekämmt wahrscheinlich, wie oft am Samstagmorgen; bestimmt hatte er wieder den Abend mit einer netten Klientin verbracht und heute verschlafen. Ah, da bog er um die Ecke. Seine enganliegenden, kurzen Rennradlerhosen, die er sommers wie winters zum Joggen trug, leuchteten rot und weiß im Morgenlicht.

»*Ciao*, Alter, wie geht's?«

»*Ciao*, naja, ist spät geworden gestern ... Muß ein bißchen Alkohol ausschwitzen. Und du?«

»Muß auch was ausschwitzen. Aber keinen Kater.«

»Hattest wohl ein Kätzchen im Bett, was?« Luigi grinste anzüglich und setzte sich wieder in Bewegung. »Auf geht's, sonst wird es zu warm!«

Es war erst kurz nach acht, doch über Genua dehnte sich bereits die Sommerhitze wie eine Decke, die im Lauf des Tages immer dichter gewoben wurde, bis sie Menschen, Tiere und Pflanzen unter sich zu ersticken drohte. Wie gut, daß sie hier, im lichten Stadtwald, etwas Kühlung fanden; auf den sonnendurchglühten Steinmolen am Meer wäre es jetzt schon viel zu heiß zum Laufen.

Der Fußweg schlängelte sich durch die Laubwaldung hügelaufwärts. Links unter ihnen lagen die Häuser der Altstadt, umrahmt von klotzigen Neubaugebieten, zwischen denen nur wenig Grün sproß. Die Hitze begann bereits in den Straßen zu flimmern; über den graugleißenden Gebäuden, in deren Schluchten sich der Morgenverkehr drängte, lag ein dünner Schleier wie ein Schatten, der sich im Laufe des Tages zu Smog verdichten würde, falls ihn nicht ein gnädiger Meerwind noch rechtzeitig zerwehte. Je höher der Weg zwischen Eichen, Linden und Strauchwerk hinaufführte, desto mehr verwandelte sich das Bild der Stadt, ähnlich einer Frau, die in der Nähe ihre Kummerfalten zeigt, aus größerem Abstand jedoch würdevoll und stattlich wirkt. Die hügelauf, hügelab gedrängten Häuser, den Schwüngen des Hafens auf der Meerseite und den Ausläufern des Turchino-Passes auf der Landseite folgend, sahen von hier oben weit weniger schmutzig und salzzerfressen, ja beinahe anheimelnd aus. Wie ein dicker Daumen ragte der quergestreifte, aus dunkelgrauem und einstmals gelbem Stein erbaute Leuchtturm aus dem Hafenbecken. Davor konnte man, walnußschalengroß, den imposanten hölzernen Dreimaster erkennen, eine ehemalige

Filmkulisse, die dem *Porto vecchio* das beinahe authentische Flair seiner berühmten Vergangenheit verlieh. Gleich daneben erhob sich der kühn geschwungene, blauweiße Bau des Aquariums. Hinter dem Betondeich, der den Hafen zur See hin schützte, lag die blaue Fläche des Meeres und verlor sich in der Ferne unmerklich im Horizont.

Marco und Luigi, beide gut in Form, atmeten gleichmäßig im Rhythmus ihrer Schritte. Ein paar Tropfen rannen unter Luigis blauem Stirnband hervor. Auch Marco spürte, wie der Streß der letzten Tage allmählich in seinen Muskeln zusammenschmolz und mit hellem Schweiß aus seinem Körper herausperlte. Das Laufen tat ihm gut, wie immer; er war froh, nicht Gabriellas wegen darauf verzichtet zu haben. Schade, daß sie nichts vom Joggen hielt … andererseits, wenn er es genau bedachte, lief er am liebsten allein oder zusammen mit seinem besten Freund. Eine Gewohnheit, die sie seit vielen Jahren verband und bei der sie schon so manche Unstimmigkeit zwischen ihnen ausgeräumt hatten – nicht selten, ohne ein einziges Wort darüber zu verlieren. Eine Frau hätte dabei nur gestört.

Ein paar Biegungen weiter, nahe dem Hügelkamm, kam ein Kiosk in Sicht, an dem sie häufig die erste Rast des Morgens einlegten. Die Besitzerin, eine gutaussehende dunkelhaarige Mittdreißigerin in Shorts und weißem T-Shirt, hatte gerade ihre Theke aufgeklappt und war dabei, die grünweiß gestreifte Markise hervorzuziehen.

»Was meinst du – gönnen wir uns einen Energiedrink zum Abkühlen?« Luigi warf begehrliche Blicke auf den Markisenschatten und wischte sich den Schweiß aus dem Gesicht.

»Ja gut, machen wir Pause. Aber nicht lang; zu Hause wartet Gabriella auf mich.«

Luigi musterte seinen Freund von der Seite. Soso, die Kleine, die er ihm vor ein paar Wochen vorgestellt hatte, hatte also schon Marcos Wohnung besetzt. Schien wohl was Ernsteres zu werden! Nun, vielleicht schaffte Gabriella es ja mit ihrer jugendlichen Unbekümmertheit, Marco wieder aus der

Verbitterung herauszuholen, in die er nach dem unglückseligen Hausverkauf in Montegrazie versunken war. Und außerdem, fand Luigi, ein bißchen weibliche Umgarnung hatte Marco schon viel zu lange entbehrt. Seit dem Tod seiner Schwester war er schier zum Arbeitstier geworden – gut für seine Karriere, das wohl, aber bestimmt nicht gut für seine Nerven.

»Was nimmst du?«

»Ein Mineralwasser, aber bitte *frizzante*«, sagte Luigi und warf der Kioskbesitzerin ein Flirtlächeln zu. Sie fuhr sich mit der Hand durchs Haar und lächelte zurück.

»Und ich ein Energade«, fügte Marco hinzu, »möglichst kalt, *grazie.*«

Während sie genüßlich die eisgekühlten Getränke schlürften und die majestätische Aussicht auf Genua betrachteten, hielt Luigi den Moment für gekommen, die Sprache unverfänglich auf das letzte Wochenende zu bringen. Seit dem Fiasko beim Notar hatte Marco das Thema stets peinlich vermieden, und Luigi hatte am Telefon auch nicht nachgehakt.

»Sag mal«, fragte er und fischte nach seinem Strohhalm, der vom Auftrieb des Getränks nach oben gedrückt wurde und ihm immer wieder aus den Lippen glitt, »warst du eigentlich inzwischen schon mal wieder in Montegrazie? Ich meine ...«

»Nach dem Notartermin? Nein.« Marco schluckte den letzten Tropfen hinunter, wischte sich den Mund ab und sah seinen Freund unter gerunzelten Brauen an. Wie kam Luigi denn darauf, ihn ausgerechnet jetzt auf Montegrazie anzusprechen? Von ihren Unternehmungen dort wußte er doch gar nichts! Oder hatte Gabriella ihm etwa davon erzählt? Das hätte sie auf keinen Fall tun dürfen. Die Sache mit der Spuk-Inszenierung ging Luigi nichts an. Besser, wenn er nichts davon mitbekam; er hätte ihm bestimmt nur Vorhaltungen gemacht.

»Dann hast du deine Nichte also versetzt?«

Ach so. Luigi fragte nur wegen Lucia. Marcos Stirn entspannte sich.

»Ich wollte dieses Wochenende eigentlich hinfahren, aber dann hat Gabriella darauf bestanden ...« Er ließ den Satz in der Luft hängen wie eine abgerissene Spinnwebe.

»Hast du Lucia das schon beigebracht?« Luigi wußte, das würde nicht so einfach werden. Lucia war ein sehr eifersüchtiges kleines Ding, die ihrem Onkel nicht so leicht verzeihen würde, wenn er sie wegen einer neuen Beziehung vernachlässigte.

»Nein.« Marcos Gesicht verdüsterte sich erneut. Er rückte etwas zur Seite, um einer jungen Radlerin Platz zu machen, die einen kalten *thé al limone* bestellte, und schüttelte den Kopf. »Nein, ich muß sie noch anrufen. Und ihr absagen. – Und ich fürchte, nächstes Wochenende kann ich auch nicht.«

»Also – hast du angebissen?« Luigi zog sein Stirnband hoch, daß es wie der Bogen eines Fragezeichens sein Gesicht umrahmte.

»Wieso?« schnaubte Marco in gereizterem Ton, als er eigentlich wollte. »Was heißt hier anbeißen! Ich bin doch kein Fisch, der an der Angel zappelt. Und wenn's nach mir geht, bleibt das auch so.«

»Und wenn's nach Gabriella geht?«

»Ach, Gabriella ...« Marco machte eine wegwerfende Handbewegung, als sei das nun wirklich seine geringste Sorge. Ein bißchen verliebt war er schon, zugegeben, aber doch noch längst nicht auf dem Weg zum Standesamt! Er rückte seine weiße Joggingkappe zurecht, unter der sich ein paar schweißnasse Locken hervorringelten. »Ich zahl jetzt mal, und dann laufen wir weiter, okay?«

»Ja, gut«, sagte Luigi beschwichtigend. Ganz offensichtlich wollte Marco dieses Thema im Augenblick nicht vertiefen, und Luigi kannte ihn lange genug, um nicht darauf zu bestehen.

Die Kioskfrau zählte das Wechselgeld auf die Theke und zwinkerte Luigi dabei zu. Er antwortete mit einem breiten

Lächeln, das seine weißen, leicht schiefstehenden Zähne zur Geltung brachte, und wandte sich dann erneut an seinen Freund.

»Du, sag mal, Marco, hab ich dir eigentlich erzählt, daß ich die neue Besitzerin des Wasserhauses kennengelernt habe?«

Marco drehte sich mit einem Ruck zu ihm um. Eine Münze, die er gerade vom Tresen aufnehmen wollte, rollte zu Boden. Beide Männer bückten sich gleichzeitig nach ihr und wären um ein Haar mit den Köpfen zusammengestoßen. Luigi hob das blanke 500-Lire-Stück auf und hielt es seinem Freund mit einem schiefen Grinsen hin.

»Hier – wirfst du immer so mit dem Geld um dich?«

Marco murmelte etwas Unverständliches und legte die Münze als Trinkgeld in einen kleinen Teller, der auf der Theke stand.

»Sie ist ziemlich hübsch«, fuhr Luigi fort, als habe er Marcos Zusammenfahren nicht bemerkt. »Rote Haare, gute Figur … sieht gar nicht sehr deutsch aus, eher wie eine Venezianerin. Der Lucrezia-Borgia-Typ. Nur erheblich umgänglicher, glaube ich.«

»Wo hast du sie denn kennengelernt?« In Marcos Meeraugen war erneut Sturm aufgezogen.

»Na, letzten Samstag, beim Notar in Imperia. Sie kam gerade die Treppe hoch, als du – na sagen wir mal, gegangen bist.«

Eine Frau auf der Treppe … Marco erinnerte sich dunkel daran, an jemandem vorbeigestürmt zu sein. Mehr hatte er allerdings in seinem Zorn nicht mitbekommen.

»Und?« Er konnte sich die Frage nicht verkneifen. »Wie ist sie so?«

»Sag ich ja. Hübsch und nett, soweit ich das beurteilen kann. Anfang bis Mitte Dreißig, maximal so alt wie du.«

Soso, jung und gutaussehend! Marco schluckte unwillkürlich. In seinen Gedanken war die Deutsche, die so mir nichts, dir nichts Bonellis Familienerbe übernommen hatte, irgendwie formlos gewesen, ein grauer Schatten ohne Gesicht. Eine fremde Drohgestalt, auf die er all seine Wut hatte projizieren können, ohne die mindesten Schuldgefühle. Ganz bestimmt keine attraktive Frau mit roten Haaren.

»Geredet hast du nicht mit ihr?«

»Nein, leider, dazu hatte ich keinen Anlaß. Aber sie spricht gut Italienisch; ich habe gehört, wie sie mit dem Notar geredet hat. Ihre Stimme klang sehr angenehm. Weich, kultiviert. Keine ungehobelte Touristin, du weißt schon, was ich meine.«

Auch das noch! Marcos inneres Feindbild, das er sich von der Fremden gemacht hatte, die da so ungebeten in sein Leben eingedrungen war, bekam einen weiteren Riß. Unmutig funkelte er seinen Freund an.

»Und wieso erzählst du mir das?«

Er wandte sich ab und begann, den Weg, den sie gekommen waren, mit großen Schritten wieder hinunterzulaufen. Luigi warf der Kioskbesitzerin noch eine Kußhand zu und beeilte sich, mit seinem Freund aufzuschließen.

»Weißt du, Marco, ich habe mir gedacht ...«

Marco lief unerbittlich weiter. Seine kräftigen Schultern pumpten rhythmisch, als müsse er Anlauf nehmen zu einem Dreiersprung. »Was denn?«

»Naja, vielleicht ...« Luigi schnaufte und wich einem Jogger aus, der den Waldweg heraufgelaufen kam.

»Vielleicht lohnt es sich ja, sie mal kennenzulernen.«

»Und wofür soll das gut sein?« Marcos Atem ging stoßweise, so daß die Laute aus seinem Mund hervorzischten.

»Nur so ... Du willst das Haus doch immer noch, oder?«

»Na und?«

»Vielleicht findet sich ja ein Weg, wenn du mal mit ihr redest ...«

Marcos Arme schwenkten an seinen Flanken auf und ab, auf und ab. Seine Beine wurden schneller. Ohne zu antworten, ließ er Luigi hinter sich.

So ein Idiot! Die Deutsche kennenlernen! Mit ihr reden! Das war wirklich das letzte, was er wollte. Dann konnte er seine Pläne gleich aufgeben. Einer Person, die man nie gesehen hatte, böse Streiche zu spielen und ihr das Haus trickreich wieder abzuluchsen, war eine Sache. Eine ganz andere war es, der Fremden ins Gesicht zu sehen. Sie womöglich sympathisch zu finden. Nein, das konnte er sich nicht leisten! Dafür war er einfach nicht gerissen genug.

Tommaso hätte meine Skrupel nicht, schoß es ihm durch den Kopf. Der würde eher Kapital schlagen aus einer Bekanntschaft. Die schwachen Seiten der Frau ausspionieren und das dann für seine Zwecke verwenden.

Ob Luigi seinen Vorschlag in diesem Sinne gemeint hatte?

Vielleicht gar nicht so absurd, dachte Marco. Wenn man jemanden kennt, kann man ihn – oder sie – auch besser einschätzen. Ihre Nerven testen. Herauskriegen, wovor sie sich besonders fürchtet, oder wo ihre Geduldsgrenzen liegen. Und dann die eigenen Pläne darauf abstellen.

Er verlangsamte seinen Lauf. Durchaus bedenkenswert, Luigis Idee, wenn man's genau betrachtete. Und am allerbesten wäre es wohl, die Dame erst einmal ein bißchen auszuspionieren, ihre Gewohnheiten zu erkunden, mehr Details über sie in Erfahrung zu bringen. Dann konnte er sie auch noch gezielter an ihren wunden Punkten treffen.

Wer weiß, vielleicht fürchtete sie sich ja gar nicht vor Gespenstern. Dafür aber um so mehr vor Schlangen ... oder sie hatte irgendeine andere Phobie, die er zu seinen Gunsten nutzen konnte ...

Er hielt im Laufen inne, bückte sich, wie um ein Band seiner Turnschuhe fester zu schnüren, und wartete dabei, daß Luigis Schritte näher kamen.

»Hast du ... hast du einen Sonnenstich, oder was?« Luigis Stimme verriet die Anstrengung des raschen Laufs. Außerdem klang sie ärgerlich.

»Tut mir leid«, sagte Marco und warf seinem Freund einen forschenden Blick zu. War Luigi jetzt etwa sauer auf ihn? Das hatte er nicht gewollt; er war schon froh gewesen, daß Luigi ihm die Szene beim Notar in Imperia so ohne weiteres verziehen hatte.

»Was bist du denn plötzlich so losgestochen, als sei eine hungrige Meute hinter dir her?«

»Hungrige Meute? Ja, genau – du hast es erfaßt«, lachte Marco, erleichtert, so rasch eine glaubhafte Ausrede für seinen unhöflichen Sprint geboten zu bekommen. »Ich hatte plötzlich Hunger wie zehn Wölfe. Und dann fiel mir ein, daß Gabriella mit dem Frühstück auf mich wartet. Da bin ich ein bißchen schneller gelaufen. Entschuldige.«

»Bißchen schneller!« Luigi war immer noch außer Atem. »Die Untertreibung des Tages. Du bist gerannt wie eine gesengte Sau.«

Seine Stimme hörte sich schon etwas weniger erbost an.

»Willst du nicht mitkommen? Gabriella hat bestimmt frische *brioches* geholt!« Marco gab sich Mühe, sein Angebot aufrichtig klingen zu lassen.

Luigi warf ihm einen halb mißmutigen, halb belustigten Blick zu und setzte sich wieder in Bewegung. »Und dann euch beiden Turteltäubchen beim Schnäbeln zusehen! Nein danke, da gehe ich lieber in meine Stammbar frühstücken.«

»Wie du willst.«

Der Parkplatz war schon in Sicht, als Marco den Gesprächsfaden wiederaufnahm. »Keine schlechte Idee, übrigens, das mit der Deutschen.«

»Was? Sie kennenzulernen?«

»Ja, genau.« Marco gab Luigi einen leichten Schlag auf den Oberarm. »Wenn sie so hübsch ist, wie du behauptest ...«

»Na, mir gefällt sie! Aber ich dachte, du seist fürs erste versorgt?«

»Ja, schon«, sagte Marco. »Aber ich muß ja nicht gleich den *latin lover* spielen. Die Rolle liegt mir sowieso nicht.«

Das stimmt, dachte Luigi. Einen Don Juan konnte man Marco wirklich nicht nennen. Meist stellte er sich dafür einfach zu ernst, zu wenig spielerisch – na, *insomma,* zu blöd an. Daß es mit Gabriella so rasch geklappt hatte, war mit Sicherheit eher ihrer Initiative zu verdanken als Marcos Draufgängertum.

»Nein«, redete Marco weiter, »so hab ich das auch nicht gemeint. Ich dachte nur ...« Er starrte zu seinem Auto hinüber. Der Schatten der riesigen Pinie, in dem er es vor anderthalb Stunden abgestellt hatte, war längst weitergewandert. »Ich könnte herausfinden, ob sie irgendwo eine Schwachstelle hat, die mir nützt. Vielleicht, daß sie sich mit dem Haus zu viel vorgenommen hat. So ein Ausbau kann schließlich unerwartete Probleme mit sich bringen ...« Damit kam er der Wahrheit so nahe wie möglich, ohne Luigi in weitere Einzelheiten einzuweihen.

»Probleme, bei denen du als Denkmalschützer ganz zufällig deine Hände im Spiel hast?« Luigi nickte nachdenklich. Da schau her, Marco konnte also durchaus Ränke schmieden, wenn ihm sehr an etwas lag. So viel Erfindungsgeist hätte er seinem Freund, der seine Kreativität sonst gern hinter Bergen von Bauvorschriften verschanzte, gar nicht zugetraut.

»Ja, genau!« Marco sah seinen Freund verblüfft an. Daß er darauf nicht schon selbst gekommen war ... Natürlich: Um das Wasserhaus zu renovieren, mußte die neue Besitzerin ein *progetto* vorlegen. Und wenn sie auch nur einen Stein am Haus versetzen, den Außenanstrich verändern oder ein Fenster vergrößern wollte, mußte das auch von seinem Amt genehmigt werden. Der alte Wallfahrtsort Montegrazie stand schließlich nicht umsonst komplett unter Denkmalschutz.

Er grinste. »Luigi, du bist ein Genie! Jetzt muß ich nur noch herausbekommen, was sie mit dem Ausbau vorhat. Montag erkundige ich mich gleich mal im Büro, ob bei einem meiner Mitarbeiter eine Akte über sie vorliegt. Und wenn nicht – bis so etwas aus Imperia zu uns kommt, dauert es ja oft Wochen –, werde ich schon einen anderen Weg finden. Vielleicht könnte ja Lucia ein bißchen für mich spionieren gehen ...«

»... und dann bist du mit Denkmalschutz-Paragraphen gerüstet, von denen nicht einmal der Gesetzgeber mehr weiß, daß er sie erlassen hat. Sehr schlau!« Diese Wendung gefiel Luigi. In seiner Anwaltspraxis hatte ihm genau dieses Jonglieren mit juristischen Spitzfindigkeiten so manchen Sieg eingebracht, auch in aussichtslos erscheinenden Fällen. »Und für dich Detektivin zu spielen, wird Lucia Spaß machen. Dann verzeiht sie dir bestimmt auch, daß du sie nicht besuchen kommst.« Luigi warf Marco einen aufmunternden Blick zu.

Sein Freund runzelte die Stirn; dann hellte sein Gesicht sich auf. Ja, so könnte er zwei Fliegen mit einer Klappe schlagen. Und ein ungestörtes Wochenende mit Gabriella verbringen …

»Danke, Luigi! Du bist, wie immer, unschlagbar.«

Er kramte seine Autoschlüssel aus der Tasche, öffnete die Wagentür und fuhr zurück, als ihm die aufgestaute Innenhitze entgegenprallte wie aus einem Höllenschlund. »*Porco cane*, ist das heiß hier drin!«

Er schwang sich hinters Lenkrad, das er zum Glück mit einem Handtuch abgedeckt hatte, kurbelte die Fenster herunter und hielt die Beifahrertür weit auf. »Komm, steig ein, ich fahr dich zu deiner Frühstücksbar. Oder hast du dir's noch mal anders überlegt?«

»Nein, nein.« Luigi schüttelte den Kopf, während er seine langen Beine in dem Fiat Uno verstaute. »Setz mich bei meinem Stammcafé ab. Was ich jetzt brauche, ist ein ordentlicher *aperitivo* und ein paar frische Brötchen mit Mozzarella und Tomaten. Nicht so labbrige *brioches*, wie du sie immer in deinen Milchkaffee tauchst.«

Marco lachte. Seine Laune hatte sich entschieden gebessert; vor ihm lag ein herrliches Sommerwochenende, das lang entbehrte Entspannung, ja sogar Glücksmomente versprach. Mochte Luigi ruhig seinen Bitter trinken gehen; er hingegen hatte jetzt große Lust auf einen guten *cappuccino* mit viel Milch, dazu ein paar kirschgefüllte, warme Hefegebäckstücke. Und auf Gabriella, mit süßen Krümeln um den Kußmund … Danach würde er Lucia anrufen.

Fröhlich pfeifend startete er den Wagen und gab Gas.

10.

Die enge Teerstraße wand sich in scharfen Kurven durchs bergige Hinterland von Vallecrosia, an Dolceaqua vorbei, über dessen elegant geschwungener Steinbrücke aus Römerzeiten eine halbverfallene Doria-Burg thronte wie ein hohler Zahn, von Restaurierungsgerüsten umgeben. Das Wasser des kleinen Flusses, der sie im Bogen umfloß, glitzerte im Licht geschickt aufgebauter Scheinwerfer. Marianne bat Carlo, einen Moment anzuhalten, und zückte ihre Videokamera. Im gleichen Moment schoß vor der Römerbrücke eine Fontäne hoch, in der sich ein Regenbogen bildete.

»Oh, sieh nur«, rief Marianne begeistert, »der Bogen hat fast die gleiche Form wie die Brücke!«

Auch Carlo gefiel die Touristenattraktion immer wieder, obwohl er sie schon viele Male gesehen hatte. Nach Dolceaqua kam er recht häufig; er kannte hier einen Weinbauern, dem er alljährlich einen Teil seiner Produktion abkaufte, ein Dutzend Kisten voll dunkelrotem, schwerem Rossese, mit Abstand Carlos Lieblingswein, direkt vom Erzeuger auch zu erschwinglichen Preisen. Den Namen des Weinbauern, den kein Etikett verriet, gab er allerdings nur seinen besten Freunden preis. Für allzuviel Mundpropaganda war das Weingut zu klein, und Carlo hütete sich, seine guten Handelskontakte aufs Spiel zu setzen.

»Möchtest du aussteigen und einen Schluck trinken?«

»Nein danke. Fahr ruhig weiter; du hast ja selbst gesagt, es wäre besser, möglichst rechtzeitig nach Apricale zu kommen, damit wir noch einen Parkplatz am Dorfrand kriegen.«

»Ja, und etwas zu essen, bevor der Ansturm losgeht.«

Carlo ließ die Seitenscheiben heruntergleiten, damit Marianne auch beim Fahren filmen konnte – am rechten Flußufer käme jetzt bald der befestigte Römerweg zum Vorschein, bröckelige Steinbögen, im Abenddämmern unter dem Gebüsch nur mit Mühe auszumachen –, und versuchte, im

Autoradio eine Station mit leichter Musik zu finden. Doch außer Lautfetzen und Störgeräuschen fing die Antenne in den engen Schluchten nichts ein.

Hinter der Abzweigung von Isolabona wurde die Straße noch schmaler und kurviger, die Landschaft noch herber, wenn auch von üppigem Baumgrün überzogen. »Kaum zu glauben, daß wir hier nur eine gute Viertelstunde vom Meer entfernt sind«, sagte Marianne, »es wirkt, als seien wir mitten in den Alpen.«

»Ja, in den Ausläufern der Seealpen«, nickte Carlo und lenkte den Wagen dicht an den Straßenrand, um einem entgegenkommenden Bus Platz zu machen. »Im Winter brauchen wir von Imperia aus nur eine knappe Stunde in die Skigebiete.«

»Fährst du Ski?«

»Nicht sehr gut ... Lucia lernt es gerade, und manchmal fahren wir am Wochenende in den Schnee. Und natürlich in der *settimana bianca*, im Februar.«

Marianne konnte sich Schöneres vorstellen, als eine »Weiße Woche« in Eis und Schnee zu verbringen, wie halb Italien es so liebte. Auch in München hatte sie sich stets standhaft geweigert, den Run auf die Skipisten mitzumachen und an Liften herumzufrieren.

»Ich gehe lieber am Strand spazieren«, meinte sie, »wenn die roten Aloen blühen ... Das Mittelmeer ist ja wie eine Wärmflasche, und die Sonne hat hier auch im Winter viel Kraft. Ich bin eigentlich froh, den kalten bayerischen Wintern entronnen zu sein.«

»Warst du denn schon öfter im Winter in Ligurien?«

»Ja, ein paarmal. Aber dieses Jahr werde ich das erste Weihnachtsfest hier verbringen ... in meinem Haus. Hoffentlich ist der Ausbau bis dahin schon so weit fortgeschritten, daß es nicht nur eine dreckige Baustelle ist!«

Carlo nickte nachdenklich. »Hast du denn schon die Baugenehmigungen?«

»Nein, noch nicht. Aber es kann sich jetzt nur noch um

einige Wochen handeln, meint mein Architekt. Spätestens Ende September müßte es eigentlich losgehen mit – oh, sieh doch nur!«

Marianne legte Carlo überrascht die Hand auf den Arm. Er bremste und brachte den Wagen in einer Ausweiche zum Stehen.

»Schön, nicht wahr?«

»Unglaublich ...«

Apricale lag im Abendsonnenschein, ein Kleinod wie eine dicke, mehrreihige Bernsteinkette, der Blickfang im Juwelierschaufenster. Ein steiler Hügel ragte in der Talmitte vor ihnen auf, geformt wie ein kleiner Zuckerhut und rundum mit mattgelben und bräunlichen Häusern bewachsen. Hohe, schmale Fenster gleißten nacheinander golden auf, als die letzten Strahlen der Sonne sie trafen. Der Abendschatten glitt langsam die vielstöckigen Hausmauern empor bis zur Trutzburg, die das Geschlecht der Doria vor vielen Jahrhunderten auf dem Felsen erbaut hatte, von allen Seiten uneinnehmbar. Neben der Burg erhob sich ein weißgetünchter Kirchturm wie ein spitzer Finger, der zum Himmel wies. Ein vergoldeter Hahn – oder war es eine Wetterfahne? – auf dem Turmdach blinkte noch einmal auf und verschmolz dann mit dem dunklen Berghang dahinter.

»Und da – da sollen wir zu Fuß rauf?«

Marianne, die sich vor beschwerlichen Wegen sonst nicht fürchtete, erschauerte ehrfurchtsvoll. Wie schafften die Leute von Apricale es bloß, ihre Einkäufe bis in die Häuser zu tragen?

Carlo lachte. »So steil, wie es von hier aus wirkt, ist es gar nicht. Das macht nur die Perspektive.«

Er ließ den Wagen wieder an. Marianne hob die Videokamera vors Gesicht und sah mit einem Auge am Objektiv vorbei, um nicht nur das Gefilmte im Kleinformat, sondern auch die Wirklichkeit mitzubekommen. Je näher sie an das Dorf heranfuhren, desto schroffer schienen die Natursteinhäuser aufzuragen, in Reihen neben- und hintereinandergeklebt, als hätte man sie unmittelbar aus dem Fels herausgeschlagen. Ab und an unterbrachen ein kleiner weißer Balkon oder eine efeubewachsene Terrasse das Bild wehrhafter Geschlossenheit.

»Hier links oben«, Carlo deutete auf eine unbefestigte Auffahrt ein oder zwei Kilometer vor dem Dorf, »liegt eines der besten Restaurants dieser Gegend, *La Favorita*. Es ist auch eines meiner Favoriten – gleich nach dem *Ristorante Al Santuario* über Montegrazie. Man bekommt hier das zarteste Lamm vom Grill und in der Saison die besten *funghi porcini*, die man sich nur vorstellen kann.«

Beim Gedanken an frische, duftende Steinpilze lief Marianne das Wasser im Mund zusammen. Seit der Katastrophe von Tschernobyl hatte sie in Deutschland keine Pilze mehr angerührt. Die hiesigen Wälder jedoch waren, wie Einheimische ihr glaubhaft versichert hatten, vom radioaktiven Regen weitestgehend verschont geblieben. Und die Pilz-Sammelzeit hatte gerade begonnen ...

»Können wir nicht in der *Favorita* zum Essen gehen, bevor die Vorstellung anfängt?«

»Nein, leider nicht.« Carlo schüttelte den Kopf. »Für ein gutes Essen muß man Zeit mitbringen. Vom Dorf hierher zurückzulaufen, das wäre ziemlich weit. Und bis halb zehn, wenn das Theater beginnt, wären wir erst beim *secondo* angelangt.« Er warf noch einen bedauernden Blick in den Rückspiegel. »Du brauchst zwar in *La Favorita* nicht unbedingt vier Gänge zu essen, wenn du nicht willst – aber ich würde dir doch sehr dazu raten. Die Kräuterravioli sind einfach vom Feinsten. Und erst der hausgemachte *zabaglione* zum Nachtisch ...«

Er leckte sich die Lippen, als seien sie in süße, gelbe Weinschaumsauce getaucht. »Ein andermal führe ich dich gern hierher aus!«

»Na gut ... abgemacht.«

Das Restaurant hatte auch ein paar hübsche Gästezimmer anzubieten, falls jemand nach Essens- und Trinkgenuß den weiten Weg mit dem Auto nach Hause scheute. Das erwähnte Carlo aber lieber nicht; es hätte allzu draufgängerisch und direkt gewirkt. Und man konnte ja nicht wissen, wie sich diese neue – nun, *Freundschaft* war sicher noch übertrieben, weiter entwickeln würde. Im Augenblick freute er sich einfach, daß diese junge Frau in ihrem hellgrünen Leinenkleid neben ihm saß und sich an Liguriens Schönheiten gar nicht sattsehen konnte. So lange war es schon her, daß er sich mit einer Frau gut unterhalten, einen schönen Abend verbracht hatte …

Seit Elisas Tod war Carlo kaum noch ausgegangen, es sei denn mit ein oder zwei befreundeten Paaren aus dem Dorf, zu einem Glas Wein, oder mit Geschäftsleuten zu einem vornehmen Abendessen. Gelegentlich führte er seine Tochter in eine Pizzeria ihrer Wahl oder traf sich mit Tommaso und Flavia auf dem Heimweg nach Montegrazie im *Winston Churchill* zu einem guten englischen Bier. Das war's. Selbst das Straßentheater von Apricale, zu dem er früher jeden Sommer mit seiner Frau und der kleinen Lucia heraufgekommen war, hatte ihn nicht mehr verlocken können. Lucia hatte keine Lust darauf, und die Vorstellung, allein gehen zu müssen, hatte ihm die mögliche Freude von vornherein verdorben.

Ein Polizist, der eine kleine Schranke vor dem Ortseingang bewachte, beriet sich über sein Walkie-Talkie mit einem Kollegen am höhergelegenen Parkplatz und winkte sie dann, freundlich grüßend, herein. »Wir haben Glück«, sagte Carlo, »in Kürze ist hier alles dicht; dann muß man einen langen Umweg ums Dorf herumfahren, oberhalb parken und einen Eselsweg zu Fuß heruntersteigen. So haben wir es erheblich leichter.«

Marianne, die sich eingedenk seiner Vorwarnungen bequeme Laufschuhe angezogen hatte, blickte neugierig die engen, kopfsteingepflasterten Gäßchen hinauf.

»In der Hauptgasse, die zur *piazza* unter der Burg führt«, erklärte Carlo, »gibt es interessante *murales* zu besichtigen – Wandbilder, vornehmlich aus den sechziger Jahren, von verschiedenen Künstlern einfach an die Häuserwände gemalt.«

Marianne betrachtete die Gemälde, deren leuchtende Erdfarben bereits abendlich verschattet und nur in wenigen Winkeln von Laternen beleuchtet waren.

»Und die Hausbesitzer? Was haben die dazu gesagt?«

»Ach, die waren wohl einverstanden; bei der Gelegenheit bekamen ihre Häuser ja sozusagen einen neuen Außenanstrich, auch noch kostenlos ... Heute gehören die *murales* zu Apricales besonderen Attraktionen.«

Ein breiter, hellerleuchteter Bogengang öffnete sich zum Hauptplatz des Dorfes. An einem kleinen Stand wurden Eintrittskarten für die Vorstellung sowie weiße und schwarze T-Shirts mit dem Theater-Motto verkauft.

»*E le stelle stanno a guardare ...*« las Marianne, während Carlo die Karten besorgte. Sie sah zum Himmel empor, der wie ein schwarzblaues Zelt den fast kreisförmigen Platz überspannte. »Und die Sterne schauen herab« – ja, da glitzerten sie, beinahe überstrahlt von den starken Theaterscheinwerfern, die einige Aufgänge und Winkel des Platzes magisch rot und bläulich ausleuchteten, andere in tiefschwarze Schatten versenkten.

Carlo winkte sie zu ein paar Holztischen und Bänken, die am Rand der *piazza* aufgestellt und fast vollbesetzt waren.

»Zwei Plätze müßten noch zu finden sein – warte bitte auf mich, ich hole uns rasch etwas zu essen und zu trinken.«

Nach einigen Minuten erschien er wieder, ein Papptablett mit Pizzastücken, zwei Tellern Tomatensalat, dick belegten Brötchen und einer Flasche Rotwein balancierend. »Kein Luxusessen, aber schmackhaft, und Nachtisch gibt es auch noch, wenn du willst.«

Der Platz füllte sich allmählich mit kleinen Grüppchen, aus denen lautes italienisch-deutsches Stimmengewirr klang. Kinder liefen laut johlend über die breiten Steinpflaster, spielten Fangen hinter den Bögen der uralten Mauern und verkleckerten Eis auf den Stufen, die zum kleinen Kirchenvorplatz und zur Burg hinaufführten. In ihren Fensterhöhlen, von Punktscheinwerfern feenhaft beleuchtet, standen mittelalterlich gekleidete Figuren und blickten unbewegt auf das Treiben unter ihnen.

»Die gehören bereits zum Spiel«, erläuterte Carlo, der ihrem Blick gefolgt war, »du wirst sehen, es sind lebendige Menschen und keine Puppen.«

Schlag halb zehn erloschen die Scheinwerfer. Die Zuschauer – sicher fünf- bis sechshundert, dachte Marianne, über beide Plätze und die Stufen hinauf verteilt – verstummten. Gespanntes Schweigen legte sich über die Menge.

Von weither ertönte Flöten- und Trommelklang, der langsam immer näher kam. Aus einer Gasse, die vom Hauptplatz zum Dorfrand rechter Hand führte, drang flackerndroter Fackelschein. Eine Prozession von Männern und Frauen, wie Mönche und Nonnen in lange Gewänder gekleidet, hielt Einzug auf dem Platz, von Musikantinnen begleitet. Die Menge wich zurück, als die Gestalten sich zum Burgweg hinaufbewegten, die Köpfe gesenkt und murmelnd, als beteten sie eine Liturgie.

»Schau!« flüsterte Carlo und deutete auf eins der Burgfenster, das auf einmal hell aufleuchtete. Die reglose Figurine darin, eine Frau mit üppigen blonden Haaren, in eine seegrüne Taftrobe mit enganliegenden Ärmeln gekleidet, hatte sich weit herausgebeugt und rang nun die Hände. Ihre verzweifelte Stimme scholl weithin über den Platz, beklagte das grausame Geschick, das ihr beschieden war – fern vom Geliebten, vom Vater in die Burg gesperrt, vom Bruder mit Argusaugen bewacht.

Über den Burgzinnen flammte eine Fahne auf, ein blutrotes Tuch.

Marianne folgte dem Schauspiel, das sich nun über den Platz ergoß, mit angehaltenem Atem. In allen Ecken und Winkeln wurden Figuren lebendig, mischten sich mit flüsternden, kreischenden, tönenden Stimmen nacheinander ins Geschehen ein, sprachen nach- und nebeneinander, in schönem, altertümlich anmutendem Italienisch, melodisch schwingend und vokalreich.

Plötzlich sprang ein Mann, als Zeremonienmeister gekleidet, hinter einer Säule hervor und rief dem Publikum etwas zu. Instrumentalmusik des Mittelalters, aus Lautsprechern von überallher und nirgends dringend, akzentuierte seine Worte. Die Menge teilte sich in kleinere Gruppen; eine strebte unter seiner Führung zur Burg empor, eine andere versammelte sich am Aufgang zum Oberdorf, wo eine Narrengestalt sie erwartete; eine dritte, unter Führung eines hochgewachsenen, in Samtwams und Kniehosen gekleideten Ritters, drang in ein enges Gäßchen vor, das sich im Häusergewirr unter der Burg verlor.

»Komm, wir schließen uns der Gruppe in der Gasse an«, sagte Carlo leise zu Marianne und zog sie mit sich.

»Ja, aber verpassen wir dann nicht den anderen Teil des Schauspiels?«

»Nein, keine Sorge, alle Gruppen erleben das gleiche, nur in unterschiedlicher Reihenfolge. Ein berühmter Trick des *Teatro della Tosse*; die Dramaturgie ist so geschickt gemacht, daß man gar nicht das Gefühl hat, es müßte einen ganz bestimmten Ablauf geben. Die Geschichte wird sozusagen von allen Seiten gleichzeitig erzählt.«

Marianne folgte Carlo, der sie fürsorglich unter den Arm gefaßt hielt, in die schmale, von rauchenden Fackeln gespenstisch beleuchtete Gasse. Immer wieder hielten sie inne, wenn plötzlich über ihnen ein Fenster aufflog und ein Schauspieler oder eine Schauspielerin sich zeigte, mit dramatischer Stimme die alten Verse des Stücks deklamierend. In einem kleinen Hof, von Pflanzenkübeln und Mauerresten umrahmt, empfing sie die warme Stimme einer Sängerin, die eine Handtrommel schlug. Hinter ihr saß ein Gitarrist, der seinem Instrument abwechselnd klirrende und schmachtend-romantische Tonfolgen entlockte.

»Sie kommt in beinahe jedem Stück vor«, sagte Carlo halblaut, zu Marianne gewandt. »Offenbar die beste Sängerin des Ensembles. Diesmal scheint sie die Geschichte ironisch zu kommentieren.«

Soweit Marianne den raschen Dialektworten zu folgen vermochte, sang die Frau ein spöttisches Loblied auf die weibliche Freiheit, ohne eifernden Bruder, gestrengen Vater oder mürrischen Ehegatten, der einer das Leben zur Hölle machen kann. Das Publikum lachte und applaudierte, die Frauen begeistert, die Männer deutlich zurückhaltender.

»Jetzt geht es durch den Dienstboteneingang in die Burg«, erklärte Carlo und ließ ihr ritterlich den Vortritt, als sie einen engen, von hohen Mauern umschlossenen Gang betraten. Er mündete in ein Gelaß, das einstmals als Vorratskeller, vielleicht auch als Gefängniszelle gedient haben mochte, schmucklos, niedrig und leicht nach Moder riechend. Eine steile Treppe führte an seiner Schmalseite in die höhergelegenen Räume.

Geisterhaft lautlos erschien eine Frauengestalt auf der kleinen Balustrade, von zarten Nebelschleiern umweht. Ein blaues Tuch lag lose um ihr Gesicht; wirres, gelöstes Haar fiel auf die schmalen Schultern. Sie starrte in die Zuschauerrunde, unverständliche Worte murmelnd, die lauter wurden, während sie die Treppe herabstieg. Als flehe sie achtlos Vorübergehende um Gehör an, huschte sie von einer Person zur nächsten, faßte sie am Arm, hauchte ihnen ihren kalten Atem auf die Wangen. Ihre riesigen, dunklen, vom Wahnsinn überschatteten Augen schienen Marianne bis auf den Grund der Seele – und doch völlig abwesend an ihr vorbeizublicken, als die Frau dicht vor ihr stehenblieb. Ihre Stimme sank zu einem vertraulichen Flüstern herab. Gebannt beugte Marianne sich vor und lauschte; doch die Schauspielerin hatte sich schon wieder abgewandt und war zum nächsten Zuschauer getreten, raunte ihm ihre Klage ins Ohr.

Im nächsten Raum empfing sie ein gänzlich anderes Szenarium, laut und waffenklirrend. Ein Streit zwischen zwei Männern – dem Geliebten des Burgfräuleins, vermutete sie, und ihrem eiferndem Bruder –, die einander wie gereizte Wölfe umrundeten. Ein heftiges Wort- und Gebärdengefecht einte die Zuschauer in Abneigung gegen den Arroganten und Sympathie für den Abgelehnten; Kommentare wurden laut, Pfiffe und Zurufe, von temperamentvoller Gestik unterstrichen. So muß es einst auch in den Theaterzelten zugegangen sein, dachte Marianne erheitert, Volks-Theater im besten Sinne des Wortes, mitreißend und lebensprall. Sie fühlte sich augenblicklich wohl in der Menge, die das Schauspiel so lebhaft begleitete.

Danach wurden sie in den Empfangssaal der Burg geführt, einen stattlichen, mit Bannern geschmückten Raum, in dem ein riesiges Himmelbett Bühne und Szene beherrschte. Auch das typisch italienisch, fand Marianne, früher oder später landete man hier doch immer sehr direkt beim Thema Nummer eins. Kaum eine *Commedia dell'arte*, die etwas auf sich hielt, kam ohne eine deftige Bettgeschichte aus.

Vom Empfangssaal winkte sie der Zeremonienmeister, der mit seiner Gruppe bereits von draußen hereingekommen war, in den nur spärlich erleuchteten, nach Rosmarin und Jasmin duftenden Burggarten, über dem sich unwirklich schön der Sternenhimmel wölbte. Auch hier, hinter großen Tongefäßen hervorlugend oder in blütenumrankten Lauben wartend, erzählten Schauspieler ihren Teil der Geschichte, ihre Sicht der Ereignisse.

Carlo sah Marianne, die wie verzaubert neben ihm stand und einem gestikulierenden Mönchlein zuhörte, von der Seite an. Sie läßt sich von der Atmosphäre einfangen wie ein Kind, dachte er gerührt, offen und zum Staunen bereit; eine liebenswertere Begleitung für den heutigen Abend hätte er sich nicht wünschen können. Ob sie nach der Abschlußszene, gegen Mitternacht, wohl müde sein würde – oder noch mit ihm ein Glas trinken mochte?

Carlo hoffte sehr, sie hätte noch Lust dazu. Das Theater, die zauberhafte Öffnung aller Sinne hatten etwas in ihm geweckt, das er jahrelang nicht mehr gespürt hatte, seit Elisa nicht mehr bei ihm war: eine tiefe Freude am Leben, am Lauschen und Schauen, an Musik und Bewegung, Nachtluft und Sternenzelt. Dankbar nahm er Mariannes Hand und drückte sie.

Da rief herrisch einsetzende Lautsprechermusik das Publikum zurück auf den Hauptplatz. Nach und nach trafen die einzelnen Gruppen dort ein, mit hellen Gesichtern, laut schwatzend und lachend.

»Auf zum Tanz!«

Wie ein Magier aus dem Nirgendwo war der Zeremonienmeister wieder in ihrer Mitte erschienen. Mit befehlender Gestik teilte er die Umstehenden in eine Frauen- und eine Männerreihe ein. »Die Damen links, die Herren rechts von mir«, rief er, *»avanti, avanti!«* Während das Publikum ihm kichernd und schubsend Folge leistete, ging die Musik in einen mittelalterlichen Schreittanz über. Der Zeremonienmeister zog mit schwungvoller Gebärde sein Barett, verbeugte sich tief vor den Zuschauerinnen und hob graziös den rechten Fuß. In seinem altertümlichen Gewand erinnerte er Marianne an eine der Schäffler-Figuren, die jeden Vormittag um elf hoch oben am Münchner Rathaus ihre Runden drehten, vom leicht verstimmten Glockenspiel begleitet.

»Und eins und zwei, und eins und zwei«, rief der Zeremonienmeister, während er jeder Reihe ihre Schritte vortanzte, den Frauen elegante Drehungen und Knickse, den Männern Sprünge und Verbeugungen.

Carlo, den Marianne kurzerhand unter den Arm gefaßt und mit in die Tanzformation gezogen hatte, winkte ihr aus seiner Reihe verlegen lächelnd zu. Er tapst wie ein Braunbär, dachte Marianne gerührt, ein großer Tänzer ist er wohl nicht, aber wenigstens läßt er sich nicht lange bitten!

Der Schreittanz begann von neuem; die Reihen wogten auf und ab, die Damen knicksten und drehten sich, die Männer verbeugten sich bis fast auf den Boden und wirbelten dann die vor ihnen Tanzenden herum. Marianne flog von einem Arm in den anderen, lächelte dunklen und blauen Augen zu, hob ihren grünen Leinenrock bis über die Knie und versuchte, beim

Hofknicks das Gleichgewicht zu bewahren. Ein paar rote Strähnen hatten sich aus ihrem Haar gelöst, das sie an diesem Abend zu einem langen Zopf gebunden hatte, und fielen ihr übers erhitzte Gesicht. »*Bellissima*«, rief ihr ein Schauspieler zu, der sich mit seinen Kolleginnen und Kollegen nun unter die Tanzenden mischte, »möchtest du nicht bei uns mitspielen? Wir könnten noch eine Schöne wie dich gebrauchen!«

»Danke der Ehre«, lachte Marianne, »aber zur Schauspielerei habe ich leider gar kein Talent!«

Der junge Mann zuckte lächelnd die Schultern und faßte die nächste Partnerin, vor der er zum Stehen kam, um die Taille.

Beim großen Finale standen sie einander direkt gegenüber, Carlo und Marianne, vom fröhlichen Tanz außer Atem. Ein stilwidriger Walzer erklang, im Mittelalter noch nicht erfunden, aber unzweifelhaft am besten geeignet, den Abend zu einem glänzenden Abschluß zu bringen. Der Zeremonienmeister klopfte mit einem Stöckchen den Takt. »*Un, due, tre – un, due, tre – destra, a destra – sinistra, sinistra*!« Carlo schob Marianne rechts herum, dann links herum, den Befehlen folgend, die weithin über den Platz hallten. Bunte Gewänder flogen, Beine wirbelten um sie her, Gesichter tauchten aus Scheinwerferfarben auf und verschwanden, sich drehend, wieder im Schatten. Auch die Kinder hatten einander an den Händen gefaßt; kleine Kavaliere schwenkten kleine Burgfräulein im Walzertakt. Ab und zu geriet eins der Pärchen den Erwachsenen zwischen die Beine und ergriff kichernd und kreischend die Flucht.

»Puh ... jetzt kann ich nicht mehr!« japste Marianne, als der Tanz endete und die Menge in langanhaltenden Applaus ausbrach. Der Zeremonienmeister zog erneut sein Barett und verbeugte sich mit unnachahmlicher Anmut; seine Schauspielkolleginnen versanken in tiefen Knicksen, die Männer der Truppe verneigten sich.

Dann erloschen die Scheinwerfer. Einen Moment war der Platz in völliges Dunkel getaucht.

Carlo atmete tief durch, räusperte sich und sah Marianne bittend an.

»Wollen wir zum Abschluß noch ein Glas Wein trinken gehen, unten in der Dorfbar?«

»Ja, gern!« So unmittelbar nach dem Theatererlebnis fühlte Marianne sich kein bißchen müde. Ein frisches Glas Prosecco, ja, das wäre jetzt genau das richtige. »Aber diesmal lade ich dich ein«, fügte sie hinzu. »Keine Widerrede! Ich verdanke dir wirklich einen wunderschönen Abend.«

Carlo murmelte etwas von der Emanzipation der Frauen von heute, die ihren Kavalieren keine Chancen mehr ließen, verstummte aber unter Mariannes belustigtem Blick.

Die Kirchturmuhr von Apricale schlug an, als sie sich mit ihren Sektgläsern auf den weißen Plastikstühlen im Vorgarten der Bar niederließen. Carlo zählte die Schläge mit.

»Mitternacht! Na, im Wasserhaus wäre es jetzt eigentlich wieder Zeit für deinen Poltergeist, nicht wahr?«

Marianne trank einen Schluck und setzte das Stielglas auf dem Plastiktisch ab. »Ach, du weißt schon davon?«

»Ja ... Flavia hat mir davon erzählt. Ist er denn inzwischen wieder mal zu hören gewesen?«

»Nach der ersten Nacht noch zweimal, immer zu Mitternacht, dann war Ruhe. Flavia meint zwar, auch morgens um vier jedesmal noch seltsame Geräusche gehört zu haben, die aus meinem Haus kamen, aber ich weiß davon nichts. Zu der Zeit habe ich immer fest geschlafen.«

»Und hast du eine Ahnung, was dahintersteckte? Ich meine, irgendwer muß diese ... diese Töne und Geräusche doch verursacht haben?«

Marianne sah Carlo stirnrunzelnd an. »Nein, keinen blassen Schimmer. Flavia vermutete ja zuerst, Serafino hätte mir da einen Streich spielen wollen.«

»Serafino? Der Junge mit der lauten Stereoanlage? Ja«, Carlo nickte, »ich kenne ihn. Er sieht ziemlich verrückt aus, mit seinen wilden Tätowierungen auf den Oberarmen, und es kursieren so allerlei Gerüchte über ihn im Dorf. Er soll sich mit seltsamen Freunden herumtreiben und Hakenkreuz-Embleme in seinem Zimmer hängen haben. Aber ich glaube«, er trank noch einen Schluck Prosecco, »das ist nur dummes Gerede. Soviel ich weiß, war keiner von denen, die das behaupten, je bei ihm zu Hause. Davon abgesehen, was sollte er schon gegen dich haben?«

»Immerhin bin ich eine Fremde im Dorf«, hielt Marianne ihm entgegen, »eine Ausländerin. Vielleicht will er mich aus Montegrazie wieder wegekeln.«

»Also, da müßte er schon bei seiner eigenen Familie anfangen! Die stammt auch nicht von hier. Und aus Montegrazie schon gar nicht.«

»Ja, das meint Flavia auch. Und außerdem hat der Junge für jeden dieser Abende, an dem ich die Geräusche gehört habe, ein einwandfreies Alibi. Er jobbt anscheinend den Sommer über in einer Pizzeria und kommt erst weit nach Mitternacht nach Hause.«

Carlo blickte nachdenklich zum Mond hinauf, dessen blasse Silberscheibe über den schwarzen Bergen aufgegangen war. Merkwürdige Geschichte. Ob da tatsächlich ein Fremdenhasser in Montegrazie am Werk war? Nicht gerade Serafino – aber es gab schließlich auch noch andere, die sich nicht damit abfinden mochten, daß nach und nach immer mehr Deutsche die ligurischen Dörfer besiedelten. Manche Leute waren übertrieben national gesonnen, andere engstirnig allen Nicht-Einheimischen gegenüber. Und manche hatten etwas gegen Deutsche, weil sie in den sechziger Jahren selbst in Deutschland gearbeitet hatten, als lauthals gerufene, aber doch weithin ungeliebte »Gast«-Arbeiter.

Allerdings, typisch deutsch wirkte Marianna, wie Carlo sie auch in Gedanken nannte, nun wirklich nicht, eher wie eine Venezianerin. Und ihr Italienisch war so fließend, daß man erst nach einigem Hinhören merkte, eine Ausländerin vor sich zu haben. Nein, eine Zielscheibe für unkontrollierten Fremdenhaß bot seine neue Nachbarin ganz und gar nicht. Und er hatte auch noch nie gehört, daß man sich in Montegrazie laut über hinzukommende ausländische Nachbarschaft beschwert hätte – ganz im Gegenteil. Irgendeine alteingesessene Familie hatte daran meist ganz gut verdient. Von den eigenen Landsleuten hätten sie kaum so gute Preise für ihre baufälligen Häuser und Hasenställe bekommen …

Carlos Ohren röteten sich, als er merkte, wohin seine Gedanken ihn da so unversehens geführt hatten. Auch er und sein Bruder hatten ja recht kräftig bei dieser Deutschen abgesahnt.

Das Familienerbe … und Marco, der es zu retten versucht hatte … Irgendwo in Carlos Hinterkopf regte sich ein weiterer Gedanke wie ein flackerndes Irrlicht, tauchte auf und verschwand, ehe er ihn festhalten konnte. Er sah Marianne an, die geistesabwesend ihr leeres Glas in den Händen drehte. Ach was, Schluß mit der Grübelei! Die Nacht war so schön – schade darum, sie mit unguten Überlegungen zu verschwenden.

»Möchtest du noch ein Glas?«

»Nein, danke, aber vielleicht einen *caffè* zum Abschluß. Sonst schlafe ich nachher im Auto ein.«

»Weißt du«, sagte Marianne nachdenklich, als er mit zwei Mokkatäßchen wieder an den Tisch kam und ihr eine davon reichte, »mich hat auch gewundert, daß der Spuk nach drei Nächten einfach aufgehört hat. Als hätte jemand ein Tonband abgestellt.«

»Wo kamen die Geräusche denn genau her?« Carlo seufzte innerlich. Wie dumm von ihm, das Thema überhaupt angeschnitten zu haben. Es würde anscheinend nicht so leicht sein, Marianna wieder davon abzubringen.

»Ich weiß nicht … vielleicht aus dem Kellerraum neben meiner Wohnung. Der Raum, der in euer Haus hineinragt.«

»Warst du schon drin, um nachzusehen?«

»Ja.« Marianne dachte an das dumpfe Fledermausgelaß und schauderte leicht zusammen. Wie ein Burgverlies, dachte sie, voll modriger Geheimnisse und einer Geisterfrau, die über Erdhügel klettert.

Diesen Teil ihrer Spukgeschichte hatte sie bislang nicht einmal Flavia erzählt.

»Und hast du etwas gefunden?«

»Nein.«

Carlo ergriff Mariannes Hand. »*Cara mia,* mach dir keine Sorgen, das wird sich schon alles irgendwie aufklären. Denk jetzt nicht mehr daran. Es wäre doch Unsinn, sich den Abend damit zu verderben.«

Du hast leicht reden, dachte Marianne. Du bist nicht fremd in einem kleinen Dorf, weitab von der gewohnten Heimat, zum ersten Mal auf dich allein gestellt, und mußt dir unheimliche Mitternachtskonzerte anhören. Und dir vorstellen, daß irgend jemand dich vielleicht wieder aus dem Haus graulen will.

Aber dann schämte sie sich ihrer unruhigen Laune. Carlo war so liebenswürdig gewesen, das Theater so bezaubernd, Apricale so wunderschön ... Er hatte ganz recht. Reden wir von etwas anderem.

Sie lächelte ihm aufmunternd zu. »Erzähl mir doch mal, was du hier sonst noch für Stücke gesehen hast. Jetzt, wo ich weiß, wie es hier aussieht, kann ich es mir viel besser vorstellen.«

Carlo lehnte sich erleichtert im Stuhl zurück. »Es war fast jedesmal etwas aus der klassischen Weltliteratur. Einmal zum Beispiel war es einem Shakespeare-Stück nachempfunden, dem *Sommernachtstraum,* das Jahr zuvor waren es Szenen aus Dantes *Commedia Divina.* Immer sehr prächtig ausgestattet, das ganze Dorf schien mit einbezogen ...«

Und Elisa war mit großen, glänzenden Augen an seinem Arm durch Apricale gewandert, genau wie Marianne heute abend.

Seltsam, die Erinnerung tat weniger weh, als er noch am Morgen befürchtet hatte. Es war, als habe das neue Erleben sie – nein, nicht ausgelöscht, aber doch unter einer Lage des Vergessens eingeschweißt. Wie ein Foto in einem Glasrahmen, das er nun immer wieder einmal zur Hand nehmen, betrachten und anschließend sorgsam wegstellen konnte, auf seinen ihm zustehenden Ehrenplatz.

Aber davon erwähnte Carlo nichts. Und Marianne fragte nicht danach, obwohl sie wußte, daß er früher mit seiner Frau und der kleinen Lucia hiergewesen war. Alte Wunden aufreißen, das wollte sie auf keinen Fall.

Mond und Sterne waren hinter Wolken verborgen, die letzten Theatergäste längst mit ihren Autos die enge Zufahrtstraße hinunter ins Tal verschwunden, als Marianne ein Gähnen unterdrückte und nach der Rechnung griff. »Wir sollten jetzt gehen – ich glaube, die Barbesitzer warten nur noch auf uns, um endlich schließen zu können.«

Im Auto lehnte sie sich ins Polster zurück und schloß die Augen.

»Wird dir auch nicht schlecht in den Kurven?«

»Nein nein«, beruhigte sie ihn. »Du fährst sehr gut, und mir wird nicht leicht schwindlig. Entschuldige nur, falls ich nicht wachbleiben kann ...«

Zwei Minuten später war sie fest eingeschlafen, eine ruhig atmende, warme Gegenwart an seinem Arm. So nah, dachte Carlo, während er den Wagen über die Autobahn und nach Montegrazie hinauflenkte. Aber – er seufzte tief – längst noch nicht nah genug.

11.

Lucia legte den Hörer auf und runzelte die Stirn. Die Sache gefiel ihr nicht. Ja, sicher, Onkel Marco hatte jetzt eine Freundin; klar, daß er möglichst viel Zeit mir ihr verbringen wollte. Aber deswegen brauchte er sie noch lange nicht überallhin mitzuschleppen! Sogar nach Montegrazie sollte diese – wie hieß sie doch gleich? Irgendwas mit G, Grisella, Graziella, oder nein, Gabriella – am nächsten Samstag mitkommen, zu *ihrem* Wochenende. Und das, obwohl er schon letzte Woche nicht gekommen war.

Die senkrechte Zornesfalte auf Lucias Stirn vertiefte sich; ihre Augenlider zuckten. So eine blöde Kuh! Mußte sie sich unbedingt dazwischendrängeln, wenn Onkel Marco sie besuchen kam? Wo er sowieso so weit weg wohnte und sie ihn viel seltener sah, als sie wollte!

Wütend lief Lucia in ihr Zimmer am Ende des Flurs und schlug die Tür hinter sich zu, daß die daran aufgehängten Pop-Plakate wackelten. Onkel Marco und seine *ragazza,* zu Besuch in Montegrazie! Und was sollten sie wohl zu dritt anfangen? Bestimmt würden die beiden Hand in Hand spazierengehen und sich dauernd verliebt in die Augen glotzen. Lucia wußte, wie komisch Verliebte sich oft aufführten. Sie sah es ja oft genug im Fernsehen. Auch ihre beste Freundin Annina, die schon zwölfeinhalb war und seit ein paar Wochen mit einem Nachbarsjungen herumflirtete, war ihr ein warnendes Beispiel. Kaum ein vernünftiges Wort konnte man mit Annina noch wechseln, seit die dem Giorgio schöne Augen machte. Stand bloß noch am Dorfplatz herum, um ihn ja nicht zu verpassen, falls er mal auf dem Fahrrad vorbeirauschen sollte, und wurde puterrot, sobald er ihr nur von weitem einen Blick zuwarf.

Lucia verdrehte die Augen zum Himmel und stöhnte. Nein, sobald Leute sich verliebten, waren sie einfach nicht mehr zurechnungsfähig. Ihr Onkel Marco machte da bestimmt keine Ausnahme.

Sie gab dem Stuhl vor ihrem Schreibtisch einen Tritt, daß er gegen die Heizung schlidderte. Peng, kleng! Am liebsten würde sie Onkel Marco wieder anrufen und ihm absagen. Ja, genau: Sie würde sagen, sie habe nächstes Wochenende leider keine Zeit. Müßte für die Schule lernen, die in ein paar Wochen wieder anfing. Und das darauffolgende Wochenende auch ... Geschah ihm ganz recht, wenn er seine geliebte Nichte dann eine Weile nicht zu Gesicht bekam!

Lucia gab dem Stuhl noch einen zweiten Tritt, daß es durch

die ganze Wohnung schepperte, und starrte mit zusammengezogenen Brauen zum Fenster hinaus. Und was, wenn Onkel Marco sie gar nicht vermißte? Oder vielleicht – sie schluckte – mit ihr böse wurde und überhaupt nicht mehr kam?

Lucia spürte, wie Tränen hinter ihren Lidern aufwallten. Sie drückte sie fest zusammen, um ja nicht zu weinen. So was Idiotisches, diese Heulerei! In letzter Zeit hatte sie öfter so dicht am Wasser gebaut. Ein falsches Wort, und die Tränen schossen hoch, auch wenn sie das überhaupt nicht wollte. Tränen der Wut, der Ohnmacht, der Verletzung. Sie war, fand sie, furchtbar empfindlich geworden. Auch Tante Flavia hatte das schon bemerkt und sie mütterlich an ihre Brust gedrückt, was Lucia nicht ausstehen konnte. »Na, Kleine, so ist das eben in der Pubertät. Mal himmelhoch jauchzend – dann zu Tode betrübt. Mach dir nichts daraus, das gibt sich in ein paar Jahren wieder.«

Kleine! So klein bin ich nicht mehr, dachte Lucia und blickte an ihrem schwarzen T-Shirt herab, unter dem sich unverkennbar zwei Hügelchen rundeten. Auch ihre Hüften hatten sich in den letzten Monaten verbreitert; Tante Flavia war seufzend mit ihr neue Jeans kaufen gegangen, weil die Hosen in Kindergröße einfach nicht mehr um Lucia herumpaßten. Sogar einen Büstenhalter hatte sie ihr aufschwatzen wollen. »Du wirst doch jetzt eine Frau!« Aber da war Lucia standhaft geblieben. Bikini-Oberteile, wenn sie zum Schwimmen ging, nun gut. Doch jeden Tag die Fummelei hinterm Rücken, BH-Träger, die unter ausgeschnittenen Baumwollhemden hervorrutschten – nein danke. Wenn das zum Frausein gehörte, wollte sie lieber noch möglichst lange ein Mädchen bleiben. »Die Top-Models tragen schließlich auch keinen BH«, hatte sie trotzig zu Tante Lucia gesagt. »Und kannst du dir die *Angeli Blu* etwa mit *Büstenhaltern* vorstellen?!« Sie hatte das Wort ausgespien, als rede sie von etwas Unanständigem.

»Wer sind denn die *Angeli Blu*?«

Nein, war es die Möglichkeit, Tante Flavia kannte noch

nicht mal die *Blauen Engel*! Die beste Mädchenband seit den *Spice Girls*! Lucia seufzte. Sie fing mit dem Handrücken eine einzelne Träne auf, die ihr unter die Nase gelaufen war, schniefte unglücklich und legte die Stirn an die kühle Fensterscheibe. Ihr Blick glitt zum Friedhof hinüber, zu den schwarzgrünen Pinien, die mahnend die leuchtende Landschaft zerschnitten. Wenn doch nur ihre Mama noch da wäre ... die würde sie verstehen. Ihr leicht übers Haar streichen, wie sie das so oft getan hatte, und ihr dann einen Ausflug nach Porto Maurizio vorschlagen, ins *Opla* nahe der Piazza Ricci, wo es das beste Eis der Stadt gab, oder einen kleinen Einkaufsbummel unter den Arkaden in Oneglia. Und sie würde sich auch Onkel Marco mal vorknöpfen, um ein Wörtchen mit ihm zu reden.

Onkel Marco ... Ach, Mama, warum bist du bloß gestorben! Und jetzt läßt mich auch noch dein Zwillingsbruder im Stich!

Lucias Augen füllten sich erneut mit Tränen. Die Scheibe, an der sie lehnte, beschlug sich unter ihrem Atem und verschlierte die Sicht. Nur aus dem Augenwinkel nahm sie die Gestalt wahr, die sich jetzt unter ihr aus einem Fenster des angrenzenden Wasserhauses lehnte und etwas ausschüttelte, das aussah wie ein Flickenteppich. Zwei kräftige Frauenarme, die ein buntes Viereck schwenkten; darüber dunkelrotes Haar, das in der Sonne hell aufglänzte wie gesponnenes Kupfer.

Lucia wischte die Fensterscheibe mit einem Zipfel ihres T-Shirts wieder klar und preßte die Stirn ans Glas. Da stand sie ja, die neue Nachbarin, die neulich zum Essen bei ihnen war. Und mit der ihr Vater dann zum Theaterfest nach Apricale gefahren war. Auch er machte schon solche Glubschaugen, wenn er sie anschaute oder von ihr sprach; Lucia hatte es genau beobachtet und sich innerlich gekrümmt. Immerhin, die Deutsche schien auf seine Flirtversuche wenig einzugehen. Ihr Lächeln war zwar herzlich, der Ausdruck ihrer Augen freundlich, wenn sie ihn anschaute – aber nicht irgendwie verführerisch, und ganz bestimmt nicht verliebt. Nein, da war Lucia ganz sicher: Von Mariannes Seite aus hatte sie keinen unerwünschten Mama-Ersatz zu befürchten. Mochte ihr Vater sich anstrengen, wie er wollte, bei dieser Frau hatte er bestimmt kein Glück.

Trotzdem war ihr die Deutsche nicht sympathisch. Konnte sie ja auch gar nicht, wo sie doch Onkel Marcos Feindin war! »Sie hat dir dein Haus weggenommen«, hatte er ihr am Telefon erklärt. »Das Haus, das du mal erben solltest. Wenn deine Mutter noch leben würde – das hätte sie nie zugelassen.«

»Ja, hat sie denn davon gewußt, als sie es gekauft hat?«

Onkel Marcos Stimme war rauh geworden, als habe er einen Kloß in den Hals bekommen. Mit dem untrüglichen Sinn für Gerechtigkeit, so typisch für Mädchen ihres Alters, hatte Lucia den Finger genau auf die Schwachstelle gelegt. »Nein, äh, gewußt wohl nicht«, hatte er schließlich zugegeben. »Aber das ändert nichts an der Tatsache, daß du dein Haus an eine Fremde verloren hast. Und das ist einfach nicht richtig. Dein Vater und dein Onkel Tommaso haben nicht an dich gedacht, als sie es ihr verkauften.«

Aber er, Onkel Marco, denke an sie. Und deshalb werde er alles tun, das Haus wieder in Familienbesitz zu bekommen. »Und wenn es dann mir gehört, überschreibe ich es dir, sobald du volljährig bist.«

Lucia hatte ihrem Onkel voller Spannung zugehört. Ja, klar würde sie ihm dabei helfen, wenn sie konnte! Und sie würde auch eisern den Mund halten, das war doch logisch. Ein großes Geheimnis, das nur ihnen beiden gehörte … und, naja, dieser Gabriella, die auch schon eingeweiht war.

Aber Gabriella gehörte nicht zur Familie; das zählte nicht so.

»Was soll ich denn tun?«

»Schleich dich doch bitte morgen mal in die Abstellkammer unten bei Onkel Tommaso und Tante Flavia – natürlich nur, wenn niemand zu Hause ist. Du hast ja den Wohnungsschlüssel. Auf dem Regal, ganz hinten, steht ein Kassettenrecorder. Zieh den Stecker raus und nimm ihn mit, auch den kleinen Lautsprecher, der unter der Holzplatte im Boden festgemacht ist. Laß alles irgendwo verschwinden, wo niemand die Sachen finden kann. Dir fällt bestimmt ein gutes Versteck ein. Und sieh zu, daß dich keiner dabei erwischt!«

Auf ihre drängenden Fragen, was es denn mit dem Gerät auf sich habe, hatte Onkel Marco nur ausweichend geantwortet. »Ich erkläre es dir, wenn wir uns das nächste Mal sehen. Nicht am Telefon.«

Natürlich, am Telefon konnten sie belauscht werden. Irgend jemand konnte vielleicht das Gespräch abhören. Lucia hatte ganz runde Augen bekommen vor Aufregung.

Und dann hatte er sie gebeten, die neue Nachbarin ein bißchen für ihn auszuspionieren. Ganz besonders dazu, was sie mit dem Haus vorhatte – ob sie es ausbauen lassen wollte, und wenn ja, auf welche Weise. Vielleicht hatte sie schon einen Architekten mit dem *progetto* beauftragt? »Erzähl mir dann alles, was du in Erfahrung bringst, es kann wichtig sein! Ich rufe dich alle paar Tage an, nachmittags gegen vier, wenn dein Vater in der Arbeit ist.«

Lucia hatte wissend genickt; mit Ausbau-Details kannte sie sich schon ganz gut aus. Onkel Marco hatte ihr oft genug spannende Geschichten aus seinem Berufsalltag erzählt. »Und wann besuchst du mich wieder?«

Nächsten Samstag würde Onkel Marco also kommen, zusammen mit seiner neuen Freundin. »Sie ist lustig, du wirst sie mögen«, hatte er gemeint. Doch Lucia war der zögernde Unterton in seiner Stimme nicht entgangen.

Ihre Finger malten Kreise an die erneut beschlagene Scheibe. Der Kassettenrecorder … Im Augenblick lag er noch in einer Spielzeugkiste, die sie weit nach hinten unter ihr Bett geschoben hatte. Aber das war kein ideales Versteck. Tante Flavia hatte manchmal unvorhergesehene Aufräum-Anfälle, die sich auch auf Lucias Zimmer erstreckten, und konnte ihn dabei zufällig entdecken. Und ihr dann eine Menge neugieriger Fragen stellen. Besser, sie dachte sich einen Platz aus, den so leicht niemand finden würde. Onkel Marcos Geheimnis mußte sicher aufgehoben sein.

Die Kassette, die in dem Recorder war, hatte sie sich natürlich sofort heimlich angehört. Aha, das also steckte hinter dem Poltergeist, der im Wasserhaus spukte! Lucia hatte sich ein Grinsen nicht verkneifen können. Wenn das die Familie wüßte ...! Tante Flavia hatte sich ziemlich über die nächtlichen Grusellaute aufgeregt. »Ein böser Scherz«, hatte sie kopfschüttelnd zu Lucias Vater gemeint, »so etwas tut man nicht, einer arglosen Frau einen solchen Schrecken einjagen! Sie hat doch niemandem etwas zuleide getan!«

Nein, das nicht. Aber das Haus mußte sie trotzdem wieder hergeben. Es hätte ihr nie gehören dürfen! Lucia war ganz Onkel Marcos Meinung.

Sie wandte sich vom Fenster ab und warf einen Blick auf das Abenteuerbuch, das halb gelesen auf ihrem Bett lag; dann zögerte sie. Ob sie lieber gleich mit ihrer Detektivarbeit beginnen sollte? Die neue Nachbarin – Lucia konnte es selbst in Gedanken nicht recht über sich bringen, sie einfach »Marianna« zu nennen, wie ihr Vater es seit Wochen tat – war anscheinend mit Hausputz beschäftigt; vielleicht ein ganz günstiger Moment, mal bei ihr hereinzuschneien.

Wenn er mich nicht hätte, könnte Onkel Marco seine Pläne gar nicht ausführen, dachte Lucia in einer Aufwallung von Zufriedenheit. Er braucht mich. Und außerdem liebt er mich. Bestimmt mehr als diese komische neue Freundin, die er schließlich erst seit ein paar Wochen kennt.

Doch das ungute Gefühl, sie könnte sich in diesem Punkt vielleicht irren, hörte nicht auf, in ihrem Zwerchfell zu nagen. Lucia verließ ihr Zimmer, das ihr plötzlich eng und stickig erschien. Ziellos schlenderte sie in die Küche, warf einen Blick in den Kühlschrank, wo eine bereits geöffnete Cola-Dose – o je, die letzte! – vor sich hin fror, und ging dann, geräuschvoll die kaum noch sprudelnde Flüssigkeit schlürfend, ins Wohnzimmer. Die Terrassentür stand weit offen; durch die zartfarbenen Vorhänge, die sich im Wind bauschten, drang gedämpftes Sonnenlicht.

Lucia trat auf die Terrasse hinaus und beugte sich vorsichtig, um nicht von unten gesehen zu werden, über die Brüstung.

Ah, da war die Nachbarin, rupfte Unkraut in ihrem Garten. Eine schwarzweiße Katze strich ihr schmeichelnd um die Beine. Jetzt hob sie plötzlich den Kopf; anscheinend hatte sie das Klappern der Cola-Dose gehört, die Lucia auf der Steinbrüstung abgestellt hatte.

Quittengelbe Augen bohrten sich wie eine Anklage in Lucias Gesicht.

Das Mädchen zuckte zurück, dann schob sie den Kopf trotzig wieder über die Brüstung. Von einer gewöhnlichen Straßenkatze ließ sie sich ganz sicher nicht vom Beobachten abhalten, das wäre doch gelacht!

Ganz im Gegenteil ... die Katze kam ihr gerade recht. Eine prima Ausrede, sich bei ihrer Besitzerin einzuschleichen, überlegte Lucia. Und vielleicht sogar in der Wohnung selbst zu spionieren, wenn die Nachbarin mal nicht zu Hause war. Falls sie ein *progetto* gemacht hatte, bewahrte sie es bestimmt in irgendeinem Schrank – oder nein, halt, in ihrem Schreibtisch auf. War die Frau nicht von Beruf Übersetzerin?

Vielleicht kriege ich sie irgendwie dazu, daß sie mir den Hausschlüssel gibt, dachte Lucia. Ihre Augen glänzten; ja, das war *die* Idee. Onkel Marco wäre begeistert. Katzen müssen doch regelmäßig gefüttert werden, nicht wahr? Und sie liebten es, wenn man mit ihnen spielte, ihnen Gesellschaft leistete ...

Lucia lief zur Küche zurück, schnappte sich ein paar Scheiben Mortadella aus dem Kühlschrank, die am Rand schon etwas hart geworden waren, und zerpflückte sie in kleine Stücke. Den Kopf halb hinter der Terrassenbrüstung verborgen, so daß nur ihr wirrer schwarzer Schopf und ihre Augen hervorlugten, warf sie ein Stück hinunter in den Garten.

Die Katze duckte sich, sah nach oben, dann auf das verlockende Scheibchen Mortadella, nur knapp einen Meter von ihr entfernt.

»Na los, geh schon hin und friß die Wurst«, murmelte Lucia ungeduldig.

Die Katze äugte erneut umher und begann plötzlich, sich heftig die Flanke zu putzen, wie Katzen es oft tun, wenn sie nachdenken müssen. Neben ihr hackte und zerrte Marianne am Unkraut, das diesen Teil des Gartens fast völlig zugewuchert hatte, und achtete nicht auf sie.

Mit gelangweilter Bewegung, als habe sie wirklich erheblich Besseres zu tun, als hingeworfene Wurstzipfel zur Kenntnis zu nehmen, streckte und dehnte sich die Katze, hob dann gemächlich ihre weißen Pfoten und stolzierte in Richtung der reglos daliegenden Beute. Ihre Augen fest auf die Wurst gerichtet, kauerte sie sich zusammen und legt die Ohren an.

»Pssspssspsss«, machte Lucia halblaut von oben. In der Katzensprache hieß das soviel wie: »Komm, das ist für dich!«

Die Katze richtete sich auf, warf einen Blick zu Lucia empor und sah dann wieder auf das Mortadellastück, das weiterhin unbeweglich und einladend beinahe vor ihrer Schnauze lag. Ihre Barthaare zuckten. Sie schnupperte genüßlich. Dann reckte sie den Hals, nahm das Scheibchen ins Maul und begann es zierlich zu zerkauen.

»Es schmeckt dir also – wußte ich doch!« Befriedigt warf Lucia ein zweites und drittes Stück zur Katze hinunter, die nun gar nicht mehr zögerlich hinterhersprang und die Mortadella beim vierten Mal fast noch in der Luft auffing.

»Na, wer füttert dich denn da mit Leckerbissen, Mezzanotte?«

Marianne hatte sich, des Unkrautrupfens müde, vom Boden erhoben und gerade noch mitbekommen, wie das fünfte Wurstscheibchen im Gras neben ihrer Katze landete. Sie beschirmte ihre Augen mit der Hand und blickte nach oben. Ach, sieh mal an, da ragte ja ein Terrasseneck, das sie noch nie recht wahrgenommen hatte, über ihrem Dach heraus. Und über der Brüstung ein Mädchenkopf, der sich jetzt duckte, doch sofort wieder zum Vorschein kam.

»Lucia, bist du das?« rief Marianne. »*Ciao!*«

Das Mädchen hob den Kopf etwas höher und kniff die Augen zusammen. »*Ciao* ...«

»Magst du nicht zu mir runterkommen?« Marianne machte eine einladende Handbewegung und lächelte zu Lucia empor.

Das Mädchen starrte zurück, antwortete aber nicht sofort. So rasch wollte sie nun doch nicht auf die Einladung eingehen. Es hätte allzu merkwürdig gewirkt, nachdem sie sich bisher so abweisend verhalten hatte.

Marianne gab sich nicht so schnell geschlagen. »Du magst Katzen, oder?«

Lucia nickte vorsichtig.

»Na, dann muß ich dir meine doch vorstellen! Du kannst sie gern auch hier unten füttern.«

Das Mädchen hob die leeren Hände, um Marianne zu bedeuten, daß es mit der Wurst nun ein Ende habe.

»Macht nichts – ich habe noch ein paar Reste für sie in der Küche, die kannst du ihr geben!«

Lucia blickte einen Moment lang zu ihr herunter, wie um den Wert der Einladung abzuschätzen; dann nickte sie kurz. Ihr Kopf verschwand. Zwei Minuten später klingelte es an der Eingangstür.

»Ist offen«, rief Marianne aus der Küche heraus, »komm nur herein!«

Sie warf einen freundlichen Blick auf das Mädchen, das jetzt, die Hände hinterm Rücken verschränkt, an ihr vorbei in den Garten spähte. »Sie heißt Mezzanotte. Du kannst sie rufen, wenn du willst.«

Doch bevor Lucia noch den Mund auftun konnte, strebte die Katze bereits zur Tür herein und wand sich, kleine Maunzlaute ausstoßend, zwischen Mariannes Beinen.

»Mezzanotte, das ist Lucia. – Lucia, das ist Mezzanotte.«

Die Katze, die anscheinend viel auf förmliche Vorstellung

hielt, sah Lucia aufmerksam aus ihren quittegelben Augen an und schwieg. Dann miaute sie höflich.

»*Ciao* Mezzanotte«, sagte Lucia beeindruckt, kniete sich auf den Küchenboden und hielt der Schwarzweißen eine etwas fettige, nach Mortadella duftende Hand hin. Mezzanotte schnüffelte kurz daran, schien aber enttäuscht, daß die Hand leer war.

»Hier, das kannst du ihr geben«, sagte Marianne und reichte dem Mädchen einen kleinen Teller mit Wurst- und Käseresten. Lucia nahm ihn entgegen und begann, sie an die Katze zu verfüttern, Stück für Stück.

»Ich mache mir jetzt einen Espresso«, sagte Marianne, »aber den trinkst du sicher nicht. Magst du ein Glas Orangensaft, frisch ausgepreßt? Und vielleicht ein Stück Kuchen? Nicht selbstgebacken«, setzte sie hinzu, »ich habe noch keinen funktionierenden Backofen. Aber dieser gekaufte ist auch nicht schlecht.«

Lucia hob den Kopf und nickte. Dann wandte sie sich wieder der Katze zu.

Marianne setzte die *moka* auf den Campingkocher, schnitt ein paar Orangen auf, preßte den Saft in ein hohes Glas und holte einen Zitronenkuchen aus dem Küchenschrank.

»Hast du auch Katzen? Du kannst offenbar sehr gut mit ihnen umgehen«, bemerkte sie.

Das Mädchen streichelte Mezzanotte, die leise zu schnurren angefangen hatte, unterm Kinn. »Nein, wir haben keine Haustiere. Mein Papa ...« Sie unterbrach sich. »Wir wohnen zu weit oben. Papa meint, eine Katze braucht Auslauf und muß zur Tür rauskönnen, wann sie will.«

»Da hat er zweifellos recht. Ich muß hier auch noch eine Katzentür einbauen lassen, damit Mezzanotte auch dann in den Garten oder wieder ins Haus kann, wenn ich nicht da bin.«

»Bist du denn oft weg?« So direkt hatte Lucia eigentlich nicht fragen wollen. Fragen verrieten allzuviel Interesse. Aber es hatte sich so zwanglos ergeben.

»Nun ja«, antwortete Marianne und lud Lucia mit einer

Handbewegung ein, sich zu ihr an den Küchentisch zu setzen, wo der Espresso in einer kleinen Tasse dampfte, »ich habe viel bei den Behörden zu tun, wegen meines Haus-Ausbaus, muß einkaufen gehen, mir Kacheln aussuchen ...«

»Was – was willst du denn hier ausbauen?« Sehr gut. Daß das Gespräch so rasch auf das Thema kam, dessentwegen sie hier saß, war Lucia äußerst willkommen.

»Ach, eine ganze Menge: ein Bad muß her, die Ölmühle unten soll meine Bibliothek werden, der Raum neben der Loggia oben mein Arbeitszimmer ... und die Küche muß ich natürlich auch anders gestalten. Du siehst ja, sie ist ziemlich heruntergekommen.« Marianne lächelte. »Aber das interessiert dich bestimmt nicht in Einzelheiten.«

»Doch, natürlich!« Lucia sah sie erwartungsvoll an, richtete ihre Augen aber rasch wieder auf Mezzanotte, die vor ihr saß und sich putzte. Zum Teufel, jetzt steckte sie fest. Wie machte man das bloß, jemanden auszuhorchen und sich gleichzeitig nicht anmerken zu lassen, daß man genau das tat?

Ahnungslos löste Marianne Lucias Problem, indem sie das Thema wechselte. Ausbaufragen, dachte sie, waren etwas für Erwachsene, aber doch sicher keine spannende Unterhaltung für ein Kind, auch wenn es sich sehr höflich danach erkundigte.

»Außerdem«, fuhr sie fort, »gehe ich natürlich so oft wie möglich im Meer baden. Ich schwimme sehr gern, du auch?«

Lucia zögerte; dann nickte sie. Zum Schwimmen ging sie außerordentlich gern und fuhr auch manchmal mit dem Vormittagsbus ans Meer. Tante Flavia bestand jedoch immer darauf, daß sie sich mit Klassenkameradinnen verabredete, von denen mindestens eine ihre Mutter als Aufsichtsperson dabeihatte. »Es kann so leicht etwas passieren«, mahnte sie stets. Tante Flavia war allerdings Nichtschwimmerin. Und passieren konnte doch auch etwas, wenn fünfzig Mütter um ihre Kinder herumsaßen, nicht wahr? Lucia schätzte die Aufpasserei nicht sonderlich. Kaum wurden die Spiele im Wasser einmal richtig wild und interessant, mischten sich die Erwachsenen ein und riefen die Mädchen zur Ordnung.

»Wenn du Lust hast, kannst du gern ab und zu mit mir kommen«, sagte Marianne, die den Zwiespalt in Lucias Gesicht beobachtet hatte. »Ich schwimme allerdings manchmal eine ganze Stunde lang, von einer Mole zur anderen. Wenn es dir dann nichts ausmacht, allein zu sein ...«

Lucias Augen leuchteten auf. »Nein, überhaupt nicht!«

»Also gut, abgemacht. Morgen vormittag gegen zehn fahre ich wieder ans Meer. Danach muß ich ein paar Einkäufe erledigen.«

»Morgen vormittag ...« Lucia beugte sich zu Mezzanotte hinunter, um Zeit zum Nachdenken zu gewinnen, und streckte ihr ein Eckchen Zitronenkuchen hin. Zwei bis drei Stunden wäre Marianne morgen sicher aus dem Haus; Zeit genug, in der Wohnung herumzustöbern, wenn es ihr gelänge, eine passende Ausrede dafür zu finden. Und irgendwie Zugang zum Haus zu haben.

»Morgen kann ich nicht weg hier; der ... der Elektriker kommt etwas bei uns richten. Ich muß ihm aufmachen und dabeistehen, bis er fertig ist, hat Papa gesagt. – Aber, wenn er fertig ist, darf ich dann mit Mezzanotte spielen?«

Die Katze, die den Kuchen verschmäht hatte, blinzelte Lucia zu und sprang mit einem Satz auf ihren Schoß, wo sie sich behaglich niederließ.

Marianne lachte. »Na, es sieht ganz so aus, als müßte ich Mezzanottes Zuneigung fortan mit dir teilen! Ja, von mir aus, wenn du willst, lasse ich dir den Schlüssel unter der Fußmatte liegen. Du mußt ihn mir nur wieder hinlegen, wenn du weggehst.«

»Okay!«

»Und zum Schwimmen gehen wir dann ein andermal zusammen. Sag mal, kannst du auch schnorcheln?«

»Ja«, sagte Lucia stolz, »das hat mir Onkel Marco beigebracht. Er wohnt in ...« Sie biß sich auf die Zunge. Bloß nicht zuviel verraten! Das ging die neue Nachbarin überhaupt nichts an.

»Er wohnt woanders«, änderte sie rasch ihren Satz, »und

wir fahren oft zum Wasserpark oder ans Meer, wenn er mich besuchen kommt.«

»Hast du auch schon mal zu tauchen versucht?« Marianne schien von Lucias Beinahe-Lapsus nichts bemerkt zu haben. Das Mädchen schüttelte den Kopf.

»Tauchen ist toll ... ich habe ungefähr in deinem Alter damit angefangen. Eine ganz andere Welt, unter Wasser, und so schön still. Man sieht Dinge, die man sonst nirgendwo zu Gesicht bekommt. Bunte Fische und Krabben, seltsame Pflanzen, Muränen, die aussehen wie Seeschlangen ...«

»Muränen hab ich mal im Aquarium in Genua gesehen. Aber da waren sie hinter Glas.« Lucia begann, auf ihrem Stuhl hin und her zu rutschen; zu viel Vertraulichkeit auf einmal machte sie nervös. Sie trank ihr Glas leer, wischte sich ein paar Kuchenkrümel aus dem Mundwinkel und setzte die widerstrebende Katze auf den Fußboden.

»Danke für den Saft und für den Kuchen«, sagte sie wohlerzogen. »Aber ich muß jetzt gehen.«

Marianne begleitete sie zur Tür. »Hier, siehst du, hier lege ich morgen früh den Schlüssel hin. – Du kannst auch sonst jederzeit bei mir hereinschauen und mit Mezzanotte spielen. Du hast doch noch eine Weile Ferien, nicht wahr? Hast du es gut – ich muß arbeiten! Ich übersetze ein Buch, weißt du. Und deshalb sitze ich auch viel am Computer.«

Lucia bemühte sich, interessiert dreinzublicken. Computer langweilten sie, wenn es keine Spiele auf dem Bildschirm gab. »Bis dann!«

Die Elfjährige hob noch einmal grüßend die Hand; dann verschwand sie um die Hausecke.

Marianne sah ihr sinnend nach. Ein widersprüchliches Kind – gar nicht so unhöflich und störrisch, wie es beim ersten Mal den Eindruck hatte. Und auch nicht so unzugänglich. Immerhin war Lucia praktisch von allein auf sie zugegangen; die Sache mit den Wurststückchen, die sie Mezzanotte von ihrer

Terrasse aus zugeworfen hatte, war ein deutlicher Annäherungsversuch gewesen. Wahrscheinlich, dachte Marianne, ist sie ganz einfach neugierig auf mich. Und vielleicht hat sie ja auch gemerkt, daß ich weiter nichts von ihrem Vater will, sie also keinen Grund hat zur Eifersucht.

Wie liebevoll Lucia mit Mezzanotte umgegangen war ... Sicher fühlte sie sich manchmal ein wenig einsam, so ohne ihre Mutter, ohne Geschwister und Haustiere. Trotzdem, es war wohl ein bißchen übereilt, ihr so rasch den Hausschlüssel anzubieten. Andererseits, was sollte die Kleine schon anstellen, selbst wenn Marianne nicht zu Hause war? Sie mit der Katze spielen zu lassen, konnte nicht schaden. Und so wie sie Lucia einschätzte, würde sie sich ihr auch nicht unentwegt aufdrängen, wie manche Kinder es tun, die Langeweile haben und nicht genügend Phantasie, sich allein zu beschäftigen.

Mit solchen Kindern konnte Marianne, wenn sie ehrlich war, wenig anfangen. Nicht, daß sie Kinder grundsätzlich nicht mochte; ihre Zu- oder Abneigung hing jedoch allein von der Persönlichkeit des Kindes ab, genau wie bei Menschen anderer Altersstufen auch. Marianne hatte nie zu den Frauen gehört, die beim bloßen Anblick irgendeines Babys in schieres Entzücken ausbrachen und alle Kinder unterschiedslos an ihr Herz drückten. Mit der sprichwörtlichen italienischen Kindervernarrtheit konnte sie nicht mithalten. Und auch Lucia war ihr spontan nicht nur sympathisch gewesen, so abschätzig und störrisch, ihren Vater in Verlegenheit stürzend, wie sie sich beim Abendessen neulich aufgeführt hatte.

Dennoch hatte das Mädchen etwas an sich, das ihr gefiel – Intelligenz, eine gute Beobachtungsgabe, nicht zuletzt eine Ungebärdigkeit, die für einen willensstarken Charakter sprach, jetzt noch ungebrochen von den Irrungen und Wirrungen der Pubertät. So viele Mädchen gingen daraus mit vierzehn oder fünfzehn bis zur Unkenntlichkeit befangen hervor, als habe man ihnen grob die Flügel beschnitten. Marianne erinnerte sich noch sehr gut daran, wie es ihr selbst damals ergangen war. Und wie lange – wohl mehr als zehn Jahre – es gedauert hatte, bis sie wieder zum Selbstbewußtsein ihrer frühen Kinderjahre zurückgefunden, oder nein, ein neues Selbstwertgefühl entwickelt hatte, das einer erwachsenen Frau.

Sie hoffte für Lucia, daß sie diese schwierige Zeit besser durchstehen würde. Und wenn sie ihr dabei ein bißchen helfen konnte – ab und zu als ältere Freundin für sie dasein, wenn ihr schon die Mutter fehlte –, nun, dann wäre sie durchaus bereit dazu.

Immer vorausgesetzt natürlich, Lucia würde sie überhaupt in einer solchen Rolle akzeptieren! Marianne lächelte in sich hinein, während sie den Tisch abräumte und erneut ihre Gartenhandschuhe überstreifte. Seltsam, welche Ketten ihre Gedanken in letzter Zeit bildeten, ohne daß sie sie bewußt in eine bestimmte Richtung dirigierte. Das brachte dieses alte, in sich ruhende Dorf, in dem sie sich nun einzunisten versuchte, anscheinend mit sich: Es bewog sie, Vergangenheit und Gegenwart zu verknüpfen, so daß eine Zukunft daraus zu werden versprach.

»Ohne dauerndes Unkrautjäten, will ich doch hoffen! Komm, Mezzanotte«, sagte sie laut und hielt der Katze die Tür zum Garten auf, »machen wir uns wieder an die Arbeit. Ohne das Gestrüpp kannst du auch besser an die Mauselöcher heran.«

12.

Beißender Rauch drang in den Raum, umwölkte die Vorhänge und kroch in dicken Schwaden durch das Mückennetz, das Marianne wie einen Baldachin über ihrem Bett ausgespannt hatte. Sie erwachte hustend und rang nach Luft; ihre Augen tränten. Mit einer Hand hielt sie sich einen Zipfel ihres Leintuchs schützend vor Mund und Nase, mit der anderen tastete sie, einer alten Aufwachgewohnheit folgend, nach dem kleinen, batteriebetriebenen Wecker, der auf ihrem Nachttisch tickte. Vier Uhr zehn! Und wo kam so früh am Morgen all der Rauch her? Hatte etwa jemand ihr Haus angezündet?!

Sie warf Laken und Mückennetz zurück, sprang aus dem Bett und riß das Fenster weit auf, um frische Luft hereinzulassen. Doch der Wind trieb weitere Rauchschwaden ins Zimmer, grauweiß und seltsam würzig duftend, wie nach kostbaren Hölzern. Von weitem hörte sie aufgeregte Stimmen, dann eine Sirene, die heulend auf- und abschwoll und sich vom Tal herauf dem Dorf näherte. Eine zweite Sirene gellte kreiselnd; das Stimmengewirr verlor sich im Wind, bis sie nur noch einzelne laute Rufe unterscheiden konnte. »*Aiuto!* Hilfe! Helft uns – die *raggazi*! Hilfe!«

Marianne fuhr in ihre Jeans, warf sich ein T-Shirt über und schlüpfte, so rasch sie konnte, in ihre Turnschuhe. Nein, das war nicht ihr Haus, das da brannte. Offenbar ein Waldbrand, wie er in der trockenen Jahreszeit hier immer wieder einmal vorkam, wahrscheinlich auf dem Osthügel über Montegrazie, von ihrem Schlafzimmerfenster aus nicht sichtbar. Sie schlug das Fenster wieder zu und verriegelte es fest, um den Rauch abzuhalten; dann lief sie ins Wohnzimmer. Zum Glück war das Fenster hier die Nacht über verschlossen geblieben, die Luft einigermaßen rauchfrei.

»Mezzanotte, wo bist du?« Hoffentlich war die Katze nicht draußen, sie hatte jetzt keine Zeit, sie suchen zu gehen! Ein leises Miauen klang von der Eingangstür her. »Nein, du kannst jetzt nicht mit mir raus – bleib lieber hier, sonst holst du dir noch eine Rauchvergiftung!«

Sie schob die widerstrebende Schwarzweiße mit dem Fuß beiseite, öffnete die Tür und schloß sie sofort wieder hinter sich. Dann blieb sie fassungslos auf dem Treppenabsatz stehen.

Der Himmel brannte. Grellrote und gelbe Flammen schossen über dem Osthügel hoch ins Nachtdunkel, das vor dem Feueransturm zurückwich. An den Zackenrändern grünlich verfärbt, leuchteten die Riesenfackeln gespenstisch lodernd bis weit nach Oneglia hinüber. Eine knisternde, berstende, schmatzende Lautmoräne rollte von den Olivenfaschen aufs Dorf zu, folgte den Flammen, die sich gierig die Hänge entlang und nach unten fraßen, überholt von brennenden, den Abhang herunterstürzenden Ästen und Bäumen. Das Feuer hatte bereits die Steinhütten in den Weingärten erreicht, deren pralle Reben in der Hitze aufzischten und zerbarsten. Ein paar hundert Meter höher, auf dem Hügelkamm, wo der Brand dicht und undurchdringlich schien wie eine rotwabernde Wand, ragten hier und da kohlschwarze Baumstrünke hervor, die verbrannten Äste bizarr in den Rauch gereckt, der vom Südostwind ins Dorf hinuntergetragen wurde wie eine breite, alles erstickende Fahne.

An manchen Stellen klaffte das Feuer auf, als hielten es riesige Spangen auseinander; in den dunklen Schneisen konnte Marianne undeutlich Menschen erkennen, die herumrannten, mit großen Patschen auf das glimmende Unterholz einschlugen, daß die Funken sprangen, dann wieder zurückwichen und erneut zu den Steinhäusern vorzudringen versuchten. Mehrere Löschfahrzeuge hatten sich zu den zwei oder drei großen, wassergefüllten Zisternen vorgearbeitet, die sich zwischen den Rebstöcken und Oliven erhoben; im Grunde waren sie, wie Marianne von ihren Spaziergängen ums Dorf herum wußte, nur über Eselspfade erreichbar. Doch das Feuer hatte schon neue Wege geschaffen, Unterholz und Brombeerhecken wie Zunder niedergebrannt.

Männerstimmen schallten zu ihr herunter, vom Geräusch der brennenden, brechenden Bäume übertönt; jemand rief Befehle; viele Meter lange Schläuche wurden in die Zisternen gesenkt, schlürften das Wasser in die Tanks, wurden eilig wieder aufgerollt; dann setzte sich ein Löschzug nach dem anderen in Bewegung, um näher an die Steinhütten heranzugelangen.

»So schaffen sie es nie, Herr im Himmel!«

Auf der Dorfgasse hatte sich die Nachbarschaft versammelt, ein paar Halbwüchsige, Frauen in hellen Nachtgewändern, Männer nur in der Unterwäsche oder in eilig übergezogenen Arbeitshosen. Marianne rannte die Treppe hinunter. Wenn sie irgend etwas tun, irgendeine Hilfe leisten konnte, wollte sie ganz sicher nicht zurückstehen! Doch die Gruppe machte keine Anstalten, sich zu bewegen. Wie gebannt waren alle Blicke nach oben gerichtet, auf ein Steinhaus, das etwas abseits von den anderen am Hügel stand, von den Flammen bedrohlich eingekreist.

»Da oben sind sie«, sagte Nunzia, eine kleine, dunkelhaarige Frau in den Sechzigern, die etwas weiter die Gasse hinauf wohnte, und deutete zu dem grauen Viereck empor. In ihren verängstigten Augen spiegelte sich der Feuerschein.

»Wer? Wer ist da oben?« fragte Marianne.

»Die *ragazzi* – Serafino, Fausto und sein jüngerer Bruder, Fabrizio!«

»Serafino? Der immer so laut Musik macht?«

»Genau der.« Nunzia nickte heftig, als sei das Musikgedröhn Serafinos gewohntes Erkennungsmerkmal.

»Und Fabrizio und Fausto Rosso«, erklärte ein älterer Mann neben Nunzia, nur mit Unterhemd und Shorts bekleidet. Marianne erkannte ihn; es war Giuseppe, dem eine der Ölmühlen am Dorfrand gehörte und der sie immer sehr freundlich grüßte, wenn sie auf ihren Spaziergängen vorbeikam. »Sie wohnen im Unterdorf. Ihre Eltern sind gerade bei Verwandten in Sizilien. Die Hütte gehört zu ihrem Weingarten.«

»Ja – aber was machen die Jungs denn da oben, mitten in der Nacht?«

»Dumme Sachen aushecken!« mischte sich ein anderer Nachbar ein. »Diese Extremisten! Die haben doch nur Stroh im Kopf.«

»Wahrscheinlich haben sie sogar das Feuer gelegt!« Ein dritter Mann mit Bierbauch und strähnigem Haar hob drohend eine Faust. »Mein Weinberg ist schon völlig verbrannt! Das werden sie mir bezahlen!«

»Pscht, so was kannst du doch nicht behaupten, Franco!« Nunzia hatte sich umgewandt und funkelte den Mann zornig an. »Die Jungen sind in Lebensgefahr! Und so ein Feuer kann auch von selbst ausbrechen, das weißt du ganz genau!«

»Ja, vor allem, wenn man zerbrochene Bierflaschen im Unterholz herumliegen läßt«, ließ sich jetzt Flavia vernehmen, die neben Marianne getreten war und sie schwesterlich um die Schultern faßte. »Die Scherben wirken in der Sonne wie Brenngläser!« Mit ihrem ungekämmten, offen herabfallenden Haar sah sie um Jahre jünger aus. Ihre Wangen wirkten noch schlafgerötet, oder vielleicht war es auch der Widerschein des Feuers, der sich auf ihre Haut brannte.

»Wo ist denn Tommaso?« fragte Marianne, um von dem Streit, der sich hier anbahnte, abzulenken.

»Irgendwo da oben ...« Flavia deutete zu den Löschfahrzeugen hinauf. »Er ist bei der Freiwilligen Feuerwehr. Carlo auch. Sie sind beide mit als erste hinauf, als der Alarm ausgelöst wurde.«

»Hoffentlich passiert ihnen nichts!« sagte Marianne erschrocken. Die Hitze des Feuers war bis hier unten zu spüren; die Nachtluft schien wie von einem riesigen Ofen aufgeheizt. »Das muß doch sehr gefährlich sein!«

»Ist es auch«, anwortete Laretta, die weiter vorn in der Gruppe stand, sich nun umdrehte und Marianne grüßend zunickte. »Aber irgendwer muß das Feuer schließlich löschen, nicht wahr? – Auch Geraldo ist mit raufgegangen«, fügte sie hinzu, »ich konnte ihn nicht zurückhalten. Eine Feuerpatsche, hat er gemeint, kann er immer noch schwingen wie ein Junger.« In ihrer Stimme klang Besorgnis, gemischt mit Bitterkeit.

»Bestimmt haben die *ragazzi* das Feuer gelegt, diese – diese Pyromanen!« Der bierbäuchige Mann gab keine Ruhe. Mit finsterer Miene starrte er auf die Feuerwand, die sich beängstigend schnell nach Nordosten über den Hügel fortbewegte. Wo die Löschzüge ihre Ränder erreichten, quoll dunkler Rauch in den Himmel.

»Halt den Mund, Franco«, fuhr Flavia ihn an. »Du solltest dich was schämen. Wieso bist du eigentlich nicht da oben und hilfst löschen, statt hier herumzustehen und Leute zu beschuldigen, ohne den geringsten Beweis? Du bist doch auch bei der Feuerwehr, oder?«

Der Dicke wandte den Blick ab und kratzte sich verlegen unter dem Hosenbund. Flavias Mann und auch ihr Schwager waren dort oben beim Löschen; sie hatte jedes Recht, ihm vor versammelter Nachbarschaft solche unangenehmen Fragen zu stellen.

»Er ist zu fett geworden, da haben sie ihn rausgeschmissen«, sagte eine höhnische junge Stimme aus der Gruppe heraus.

»Stimmt überhaupt nicht! Ich kann nicht mehr mitmachen, weil ... weil ich Asthma bekommen habe«, verteidigte sich der Bierbäuchige kleinlaut. »Und außerdem ...«

»Habt ihr wirklich nichts Besseres zu tun, als hier herumzustreiten?« Nunzia mußte husten, als eine Rauchschwade genau auf sie zugetrieben wurde, von grauen Ascheflöckchen durchsetzt. »Flavia hat ganz recht – seht lieber zu, ob ihr euch da oben nicht nützlich –«

Ein Schrei aus mehreren Kehlen unterbrach sie. »Das Feuer! Es hat die Fenster erreicht!« Das Klirren der berstenden Scheiben war über das Knacken und Schmatzen des Brandes hinweg zu hören. Marianne starrte auf die weit entfernte, nur undeutlich auszumachende Fensterhöhlung der Steinhütte, unter der es rot und gelb züngelte. Da, ein Kopf, und noch einer, die sich aus dem Fenster reckten, dann wieder verschwanden. »Mutter Maria sei Dank, sie sind noch nicht erstickt!« murmelte eine Frau neben Marianne. »Aber was machen sie denn da? Warum kommen sie nicht endlich heraus?!«

Die zwei Gestalten wurden wieder in der Fensteröffnung sichtbar, halb hinter den aufschlagenden Flammen verborgen. Sie zerrten etwas hinter sich her, das ziemlich schwer zu sein schien, etwas Unförmiges, Dunkles, das sie über die Brüstung zu wuchten versuchten. »O mein Gott, einer von ihnen ist tot!« Die Frau neben Marianne schlug die Hände vor den Mund. In ihren dunklen Augen stieg Panik auf. »Bestimmt nur ohnmächtig«, korrigierte Flavia rasch und klopfte ihr beruhigend auf den Arm. »Die anderen beiden wollen ihn nach draußen schaffen, seht mal, wie tapfer sie sind! *Bravi!*« Sie hob die Stimme, um den anderen Mut zu machen.

Doch die Hütte schien vom Feuer vollständig eingeschlossen; Marianne konnte durch Flammen und Rauch hindurch keine Schneise erkennen, durch die die Jungen hätten fliehen können, noch dazu mit einer schweren Last auf den Schultern.

»Jetzt ist einer herausgesprungen!«

Der Junge war mitten im brennenden Gebüsch gelandet und trampelte darin herum, um die Flammen auszutreten. Funken sprühten auf. Aus der Fensteröffnung wurde ihm etwas zugeworfen, eine Decke vielleicht, dachte Marianne, um das Feuer zu ersticken; dann sahen sie, wie auch der andere Junge über die Brüstung kletterte und beide den Körper aufnahmen, der kopfüber heraushing.

»Da, links oben, da kommen die *pompieri*!«

Ein Löschfahrzeug war von oben, halsbrecherisch die dort nur wadenhohen Oliventerrassen herunterstürzend, bis in die Nähe der Hütte vorgeprescht; Marianne hörte den Motor aufheulen, kurz darauf das Prasseln von Wasser, das auf die heißen Steinwände prallte und im Unterholz verzischte. Dichter Rauch stieg auf, hüllte von hinten her die Hütte ein und wurde von heftigen Windstößen talabwärts geschoben, nahm dabei den Flüchtenden, die sich Meter um Meter die brennende Böschung herunterkämpften, Sicht und Atem.

»Die wissen nicht, daß die Jungs schon draußen sind!« rief Giuseppe. »Wir müssen ihnen helfen, sonst schaffen sie es nie! Kommt mit!« Er zog seine Unterhose hoch und fing an zu laufen, rannte ein Stück die Gasse hinunter und verschwand durch einen Torbogen linker Hand, von dem aus ein schmaler Pfad in die Olivenfaschen führte. Zwei Halbwüchsige stürzten hinterher, ohne auf ihre Mutter zu achten, die ihnen besorgte Dialektworte nachrief; dann folgten auch ein paar der älteren Männer, so rasch ihre Beine sie trugen.

»Das hat wenig Sinn«, sagte Flavia kopfschüttelnd zu Marianne, »die kommen nicht weit. Der Weg endet vor einer ziemlich hohen Steinmauer auf halber Höhe des Hügels; da können sie nicht rauf, jedenfalls nicht ohne Leiter.« Die Oliventerrassen mit ihren einzeln geschichteten Natursteinmauern waren nicht in künstlichem Gleichmaß angelegt, sondern folgten dem unregelmäßigen Verlauf der Felsen unter ihnen. Manche Mäuerchen waren nur einen knappen halben Meter hoch und leicht überwindbar; andere maßen drei Meter oder mehr, ohne Stufen darin. Und nicht alle waren sorgsam gepflegt und gegen Erdrutsche gesichert; oft fehlten schon ein paar Steine, oder die Mauer war durch Novembersturzregen von hinten her ausgehöhlt. Marianne wußte, wie gefährlich es war, dort herumzuklettern, vor allem in der Dunkelheit; ein falscher Tritt, und man landete unversehens eine Trasse tiefer, womöglich mitten in einem Brombeerdickicht. Carlo hatte ihr mehrmals eingeschärft, auf ihren Spaziergängen ja nicht die Wege zu verlassen und sich in die unbewirtschafteten Faschen vorzuwagen, in denen das Gestrüpp wucherte. »Wenn du Pech hast«, hatte er sie gewarnt, »liegst du mit gebrochenem Fuß da drin und mußt warten, bis dich zufällig jemand rufen hört!«

»Aber vielleicht ... vielleicht schaffen es die *ragazzi* bis zu der Mauer, und die Männer können ihnen helfen, herunterzuklettern?«

»Ja, vielleicht.« Flavia starrte mit finsterem Gesicht zu der Steinhütte hoch, die jetzt fast völlig in dunklem Rauch verschwunden war. Ein Wasserstrahl schoß aus den Schwaden hervor und in hohem Bogen den Hang herunter, dann hörte er unvermittelt auf.

»Oh, *merda,* jetzt ist ihnen das Wasser ausgegangen!« Nunzia, die sonst niemals fluchte, schüttelte die Fäuste in ohnmächtigem Zorn.

Ein paar Feuerwehrleute, deren gelbe Helme im Widerschein der Flammen unter ihnen aufleuchteten, rannten um die Hütte herum. Einer blieb plötzlich stehen, spähte den Abhang hinunter und rief den anderen etwas zu.

»Sie haben sie entdeckt!«

»Ja, hoffentlich!«

»Aber … aber wo sind bloß die Jungs abgeblieben?«

Unterhalb der Männer, die jetzt mit Feuerpatschen eine Schneise den Hang hinunter zu schlagen versuchten, war keine Bewegung mehr auszumachen. Nur das Feuer fraß sich, vom Wind kräftig geschürt, durchs Unterholz und leckte an den Ölbäumen empor.

»Da«, schrie Marianne auf, »ich sehe sie!« Ein dunkler Fleck auf einer vom Feuer erhellten Olivenfasche, schon ziemlich dicht über den ersten Häusern des Dorfs, schien plötzlich Form anzunehmen und sich zu bewegen. Aufgeregt deutete sie hinüber, die Augen gegen den Rauch abgeschirmt. »Sie sind gestürzt! Einer versucht aufzustehen!«

»Ja«, rief Laretta, »ich sehe sie auch! Sie sind knapp über der hohen Mauer …«

Mit angehaltenem Atem beobachteten sie, wie eine dunkle Gestalt sich aufrappelte, wieder stürzte, sich noch einmal mühsam erhob und zum Rand der Mauer torkelte. »Mein Gott – gleich fällt er herunter!«

Der Junge rutschte aus; ein mehrstimmiges Aufstöhnen entrang sich der Gruppe; doch dann fing er sich knapp vor der Mauer ab, richtete sich – sehr mühsam, wie es schien – wieder auf und begann, den Abhang noch einmal emporzuklettern, zurück zu dem dunklen, reglosen Fleck in der Fasche. Mit schreckgeweiteten Augen beobachtete Marianne, wie er einen Arm oder ein Bein daraus hochzog, heftig daran rüttelte, als wolle er seinen Gefährten ins Leben zurückbewegen, sich dann hinunterbeugte, um seine Last aufzunehmen, und schwankend ein paar Schritte auf die Mauer zu tat.

Hinter ihm hatte sich das Feuer immer näher herangepirscht, sandte ihm Funkenregen auf den Rücken. Die Hitze sengte sich in die Lungen; Marianne konnte ihren heißen

Hauch bis in die Gasse hinab spüren. Die Feuerwehrleute waren noch gute achtzig bis hundert Meter von der Fasche entfernt; sie vernahm deutlich ihre Rufe und Schläge ins brennende Unterholz, die der Wind zu ihnen herunterblies.

»Macht schon, macht schon«, murmelte Flavia ungeduldig, »ihr seid bald bei ihnen!«

Marianne stieß sie in die Seite. »Sieh mal, da unten – ist das nicht Giuseppe mit den anderen?«

Tatsächlich, unterhalb der Mauer tauchten ein paar Figuren aus dem Dunkel und hoben sich nun als deutliche Schatten gegen die Steine ab. Arme reckten sich nach oben, wo der Junge stand, unter seiner Last gebeugt und schwankend, erreichten ihn jedoch nicht. Auf einmal, mit schier übermenschlicher Anstrengung, hob der Junge den Körper, den er trug, hoch in die Luft und warf ihn über die Mauer. »Aaah!« Ein Aufschrei wie aus einer Kehle entstieg der Gruppe, die sich eng aneinandergedrängt hatte.

»Sie haben ihn! Sie haben ihn aufgefangen!« Nunzias Stimme klang rauh vor Erleichterung. Sie hustete, wandte aber den Blick nicht von der Mauer ab, über der sie jetzt den Jungen sahen, der sich wieder umgedreht hatte und nun, mehr robbend als auf Knien und Füßen, zu der zweiten Gestalt in der Fasche zurückkroch. Auch dieser Körper landete kurz darauf schlaff in den Armen der Männer am Mauergrund.

»Das muß Serafino sein«, sagte Laretta plötzlich, »er hat am meisten Kraft von den dreien!«

Ihre Nachbarin zur Rechten sah sie zweifelnd an. »Meinst du wirklich?«

»Ja, klar, er geht doch immer in die *palestra,* ins Fitness-Studio, und macht so eine Art Bodybuilding. Der ist viel stärker als seine Kameraden, und außerdem der älteste von ihnen!«

Serafino ... na, wenn das stimmt, hat das Dorf dem Jungen aber einiges abzubitten, dachte Marianne. Extremist oder nicht, offenbar hat er seinen Freunden doch gerade das Leben gerettet. Oder – sie schluckte trocken – es zumindest nach Kräften versucht.

Und wo war er jetzt? Marianne kniff die Augen zusammen und versuchte, erneut die Mauer zu fokussieren, über der das Feuer noch immer schmatzend seinen Weg ins Dorf hinab suchte, vom Wind angetrieben. Wenn das so weitergeht, muß Montegrazie noch evakuiert werden, schoß es ihr durch den Kopf. Und wer organisiert das dann? Die meisten Männer waren beim Löschen am Hang, oder sie waren Giuseppe gefolgt, um die Jungen von der Mauer zu retten. Soviel sie sehen konnte, waren nur die Älteren und Kranken zurückgeblieben, Giampiero aus dem Unterdorf, dem ein Unfall den Arm versteift hatte, oder der beinahe achtzigjährige Anselmo, der sich nur noch am Stock fortbewegen konnte. Nun ja, die Frauen kamen bestimmt auch sehr gut allein mit einem solchen Notfall zurecht. Hier im Dorf wuchsen sie nicht als Zimperliesen auf, waren handfestes Zupacken und rasches Entscheiden gewöhnt. Und sie wußten sicher auch am besten, wie sie mit den Kindern umgehen mußten, damit diese nicht in Panik gerieten, wenn sie mitten in der Nacht aus dem Bett geholt und in Sicherheit gebracht wurden.

Moment mal – wo waren eigentlich die Kinder? Auf der Gasse, wie ihr jetzt erst auffiel, war keines zu sehen. Ob sie nichts von dem Feuer mitbekommen hatten? Sehr unwahrscheinlich. »Sag mal«, wandte sie sich an Flavia, »wo ist denn Lucia?«

»Im Haus – Carlo hat sie eingesperrt. Damit sie nicht zum Feuer läuft, aus lauter Abenteuerlust. Das machen die meisten Familien so mit ihren Kindern, wenn in der Nähe ein Feuer ausbricht.«

Marianne warf einen Blick zu Bonellis Wohnhaus hinter dem ihren. Im oberen Stock stand ein Fenster weit offen, darin eine kleine, dunkelhaarige Gestalt in einem weißen Nachthemd, die wie gebannt zu dem riesigen Brand hinübersah. Ihre weitaufgerissenen Augen funkelten gelblich im Feuerschein.

»Lucia zündelt gern, hat Carlo dir das noch nicht erzählt?« Flavia hatte sich ebenfalls umgedreht. »Wir müssen immer aufpassen, daß sie keine Streichhölzer oder Feuerzeuge in die Hand bekommt. Auch Annalisa im Laden unten weiß schon Bescheid, daß sie ihr keine Anzünder verkaufen darf.«

Marianne lächelte und schob ihr rotes Haar, das bereits einen durchdringenden Rauchgeruch angenommen hatte, in den Nacken zurück. Auch sie hatte als Kind gern mit dem Feuer gespielt und ihre Eltern damit oft zur Verzweiflung gebracht. Einmal war sie neben einer brennenden Kerze eingeschlafen, die irgendwann zu rußen begonnen hatte. Meine Güte, der Familienkrach, als ihre Mutter am nächsten Morgen die Bescherung mitbekam! Ihr ganzes Zimmer voll klebrig-schwarzem Belag, die Wände, die Bücher, das Bettzeug ... Marianne hatte vier Wochen Ausgangssperre bekommen und dem Maler zur Hand gehen müssen, der die Wände mühsam abgekratzt und dann neu tapeziert hatte. Von da an war sie vorsichtiger geworden, hatte nur noch manchmal auf dem Balkon gezündelt oder heimlich im Garten ein kleines Reisigfeuer gemacht, wenn die Eltern nicht zu Hause waren.

Fast alle Kinder zündelten gern. Sie konnte es Lucia nicht verdenken. Und der Faszination des Feuers, vor allem in seiner ungezügelten Urgewalt, erlagen auch die meisten Erwachsenen noch. Warum, wenn nicht deshalb, standen sie hier schließlich alle auf der Gasse herum?

»Da – da kommen sie!«

Eine Nachbarin löste sich aus der Gruppe und lief den Männern entgegen, die gerade aus dem Torbogen traten. Eine zweite und dritte folgten ihr, dann auch Laretta, Nunzia und der alte Anselmo, auf seinen Stock gestützt. Flavia zog Marianne mit sich. »Sie bringen die Jungen!«

Zwei reglose Körper hingen schwer auf den Schultern der Zurückkehrenden. »Sind sie – leben sie noch?!«

»Tot sind sie nicht, Gott sei dank«, brachte einer der Männer hervor, »nur bewußtlos. Einen Arzt – wir brauchen einen Arzt! Ruft den *Pronto Soccorso* an!«

Flavia schlug sich mit der Hand an die Stirn und drehte sich auf dem Absatz um. »Daß ich das nicht gleich gemacht habe! Ich gehe rasch telefonieren«, rief sie den Männern zu, die die Gasse heraufgestolpert waren und die beiden Jungen jetzt vorsichtig auf einem kleinen Vorplatz vor einer unbewohnten Hausruine ins Gras betteten. Eine der Dorffrauen, Luisa, die früher einmal als Hilfskrankenschwester im Provinzkrankenhaus von Imperia gearbeitet hatte, beugte sich über sie, zog ihnen die Lider hoch, horchte am Herzen und versuchte, ihren Puls zu ertasten. Dann richtete sie sich auf. »Ihr Atem geht sehr schwach. Ich nehme mir Fabrizio vor. Wer kann bei Fausto Mund-zu-Mund-Beatmung machen? Mariella, du vielleicht?« Die Angesprochene kniete sich sofort neben sie und begann, mit kräftigen Atemzügen Luft in Faustos Lungen zu pumpen. Marianne kannte sie vom Sehen; sie war Grundschullehrerin, jetzt allerdings vorübergehend arbeitslos, da die zweiklassige Zwergschule von Montegrazie wegen Kindermangel geschlossen worden war. Die fünf oder sechs Grundschulpflichtigen des Dorfs wurden mit dem Schulbus hinunter nach Caramagna transportiert, und Mariella half ihrem Mann einstweilen beim Weinanbau, bis es wieder einmal genug Nachwuchs für die Schule geben würde.

»Danke, Mariella«, sagte Luisa und beugte sich wieder über Fabrizio, dessen Gesicht sehr blaß und schmal aus dem Gras leuchtete.

Giuseppe wischte sich den Schweiß von der Stirn. Seine Unterhosen waren zerrissen und schmutzig, seine Arme und Beine dornenzerkratzt.

»Und wo habt ihr Alberto und Giacomo gelassen?« Mariarosa, die Mutter der beiden Halbwüchsigen, die sich der Rettungsaktion angeschlossen hatten, stürzte angstvoll auf Giuseppe zu. »Ist ihnen was passiert?!«

»Beruhige dich, sie müssen gleich da sein«, antwortete einer der anderen Männer. Giuseppe, der sich erschöpft im Gras neben den Bewußtlosen niedergelassen hatte, nickte bestätigend. »Sie haben Serafino geholfen, die Mauer herunterzukommen. Er war am Rand seiner Kräfte.«

»Tapferer Bursche«, sagte der andere anerkennend. Dennoch war die Verwunderung in seiner Stimme unüberhörbar, als habe er ausgerechnet diesem Störenfried des Dorfes eine solche Heldentat niemals zugetraut.

»Ja, wirklich ... Ohne ihn wären die beiden hier wohl kaum noch am Leben.«

Marianne spürte, wie die Stimmung der Gruppe gegenüber Serafino sich zu wandeln begann, von der gewohnten Antipathie zu widerwilliger Bewunderung. »*Bravo*«, murmelten ein paar Frauen, »*bravo ragazzo!* Seine Eltern werden stolz auf ihn sein, wenn sie das erfahren!«

»Sind sie noch nicht aus dem Veneto zurück?« fragte Laretta. »Sie haben eine Handelsvertretung für die Olivenölfirma, bei der auch Carlo arbeitet«, erklärte sie, zu Marianne gewandt, »und sind häufig auf Reisen. Deshalb ist der Junge auch so ... so ungebärdig.« Ihr war anzuhören, daß sie lieber ein anderes, schärferes Wort gewählt hätte. Doch über einen Lebensretter konnte sie nicht gut etwas Häßliches sagen; es hätte unpassend, ja undankbar geklungen.

Daß sie für das Verhalten eines Neunzehnjährigen – immerhin vor dem Gesetz erwachsen – automatisch und ausschließlich die berufstätigen Eltern verantwortlich machte, so als habe der Junge gar keine andere Wahl, als sich unangenehm aufzuführen, fiel anscheinend nur Marianne auf. Aber sie verkniff sich eine Bemerkung dazu. Dafür war jetzt wirklich nicht der richtige Zeitpunkt.

»Die von der *croce bianca* kommen, so schnell sie können!« Außer Atem kam Flavia aus dem Haus herbeigestürzt. »Bloß – bis hierher kann der Rettungswagen nicht fahren, die Gasse ist viel zu schmal! Meint ihr«, wandte sie sich an die beiden Erste Hilfe leistenden Frauen, »meint ihr, wir können die Jungs bis nach unten auf den Schulplatz tragen? Schaffen sie das, Luisa?«

»Ja, ich glaube schon«, antwortete die Hilfskrankenschwester, richtete sich auf und strich sich ein paar schweißnasse Haarsträhnen aus der Stirn. »Außerdem – was bleibt uns anderes übrig? Wenn sie erst mit ihren Tragen bis hier heraufkeuchen müssen, verlieren wir nur Zeit. Und ihr wißt ja, was das bedeutet.«

Die Umstehenden verstummten; nur allzugut erinnerten sie sich daran, wie es mit Angelo Badalucco ausgegangen war, der im Oberdorf gewohnt und vor ein paar Wochen einen Herzanfall erlitten hatte. Sein Haus lag an einer kleinen *piazzetta*, die gerade fünf Parkplätze und eine Wendemöglichkeit bot. Doch in der Nacht hatten deutsche Touristen, die rostigen Verbotsschilder unbeachtet lassend, mit ihrem Auto die Einfahrt in den engen Platz versperrt. Der Rettungswagen, der nach gut zwanzig Minuten mit Blaulicht und Sirene eingetroffen war, hatte ein paar Dutzend Meter weiter unten parken müssen; die Sanitäter waren mit ihrer Trage kaum an dem breiten deutschen Jeep vorbeigelangt. Kostbare Minuten waren verstrichen, bevor sie endlich die schmale Stiege zu Angelos Haus hinaufeilen konnten. Minuten, die ihn das Leben gekostet hatten.

»*Avanti*, packt mal mit an, wir tragen die beiden nach unten!«

Giuseppe war wieder aufgestanden und winkte seine Helfer herbei. Gemeinsam luden sie die Jungen auf zwei schmale, lange Holzbretter, die an der Ruine lehnten und als provisorische Tragen dienen konnten. Dann setzte sich der Zug die Gasse hinab in Bewegung.

Marianne blieb mit Flavia und Laretta zurück. Dort unten war nichts mehr für sie zu tun; das Rettungsteam mußte bald eintreffen. »Wenn es um Minuten geht«, sagte Marianne nachdenklich, »kommt die Hilfe in diesen Dörfern sicher oft zu spät, oder?«

»Ja, leider«, sagte Laretta seufzend. »Dabei sind wir hier noch gut dran; Montegrazie ist nur knapp fünfzehn Kilometer vom Krankenhaus entfernt, und die Zufahrtsstraße ist breit und geteert, wenn sie auch besser instand gehalten werden könnte. Andere Dörfer sind noch abgelegener oder schwerer zu erreichen. Und längst nicht alle haben ihren eigenen *Pronto Soccorso.*«

»Oder man kommt nur zu Fuß bis zu den Häusern«, ergänzte Flavia. »Warst du mal in Borgomaro, Marianna? Ein hübsches Dorf mit eigener Bürgermeisterei, einem Laden, einer Pizzeria ... aber wenn du im oberen Teil wohnst, mußt du ganz schön Treppen steigen. Und wenn du da mal rasche Hilfe brauchst, bist du aufgeschmissen.«

Sie sah zu Lucia hinauf, die immer noch, die Arme auf die Fensterbrüstung gestützt, fasziniert dem Waldbrand zuschaute. Die Luft war noch sehr warm und von Ascheflöckchen erfüllt; doch der Wind hatte etwas nachgelassen, das Feuer schien nicht mehr so hoch zu lodern wie zuvor und sich weniger geräuschvoll den Hang entlangzufressen. Ein Raubtier, das noch die Zähne fletschte, sich aber bereits eingekreist sah. Die Flammenkorona über dem Hügel war deutlich niedriger geworden; offenbar hatten die Löschmannschaften von Zisternen auf der anderen Kammseite wieder Wasser herbeischaffen können und den Brand inzwischen einigermaßen unter Kontrolle gebracht.

»Ich gehe jetzt wieder ins Bett«, gähnte Flavia, »es ist zwar schon halb sechs, aber ein Stündchen Schlaf kann nicht schaden. *Ciao* Laretta, *ciao* Marianna!«

»*Ciao!* Ich sehe gegen Mittag mal bei dir vorbei, um zu hören, wie es Carlo und deinem Mann ergangen ist«, sagte Marianne. »Bis dann!«

Mezzanotte schmiegte sich an ihre Beine, als sie die Eingangstür aufsperrte. Ihre Quittenaugen leuchteten. Marianne nahm sie auf den Arm und streichelte das Fell, das sich unter ihrer Pflege bereits glänzend entwickelt hatte und seidigweich geworden war. Wie viele Tiere mögen in dem Brand umgekommen sein, dachte sie traurig, Wachteln, Kaninchen und Dachse, Mäuse und Ameisen, im Unterholz nistende Vögel mit versengten Flügeln, von den wunderschön gemusterten, handtellergroßen Schmetterlingen und Nachtfaltern ganz zu schweigen, die in dieser weitgehend unbeschädigten Natur noch heimisch waren. Vielleicht hat es auch die eine oder andere Dorfkatze erwischt, die am Hügel gejagt hat ... obwohl, Katzen haben ein feines Gespür für drohende Gefahr und machen sich dann sehr schnell aus dem Staub. Nicht wie Hunde, die ihren Herrchen womöglich bis in die Flammen folgten.

»Du«, sagt sie zu Mezzanotte, die wohlig in ihrem Arm schnurrte, »du bist keine halbwilde Dorfkatze mehr. Du hast jetzt ein Zuhause. Allerdings«, sie kraulte die Katze hinterm Ohr, was eine neuerliche Schnurrkaskade auslöste, »ein paar Mäuse zum Frühstück zu jagen, das solltest du lieber nicht verlernen. Wer weiß, ob du diese Kunst nicht doch wieder brauchen kannst, wenn ich mal nicht da bin.«

Mezzanotte streckte alle viere von sich und gähnte, daß ihre scharfen Zähne blitzten.

»Du hast ja recht, wie immer. Wir legen uns noch ein paar Stündchen aufs Ohr.«

Sie setzte die Katze ab, durchquerte den Hausflur und wollte gerade den Schlüssel ihrer Wohnungstür umdrehen, als sie stutzte. Roch es im Haus nicht ungewöhnlich stark nach Rauch? Oder war das nur der Schwall aschener Luft von draußen, den sie beim Öffnen der Eingangstür mit hereingetragen hatte?

Sie schnüffelte noch einmal, dann schloß sie die Tür auf, prallte aber sofort zurück. Nein, sie hatte sich nicht geirrt! Rauchschwaden hingen unter der Decke des Wohnzimmers; aus Ritzen der angrenzenden Küchentür drangen dünne Fahnen schwarzen, stinkenden Rauchs wie böse sich reckende Finger. Entsetzt starrte Marianne auf die geschlossene Tür, hinter der es unheildrohend knisterte. Ein Brand in ihrer Küche! Vielleicht durch Funkenflug entstanden ... und niemand da, der ihr löschen helfen könnte! Flavia war bestimmt schon todmüde ins Bett gesunken, die anderen Nachbarn waren noch unten am Schulplatz, wo die Sanitäter sich inzwischen um die geretteten Jungen kümmerten. Ob sie die Feuerwehr anrufen sollte? Immerhin hatte sie seit ein paar Tagen endlich ihr Telefon ...

Beim Gedanken, wegen eines kleinen Zimmerbrandes auch nur einen der Feuerwehrmänner abzuziehen, die da oben am Osthang bis zur völligen Erschöpfung um den Erhalt von Wein- und Olivenfaschen kämpften, stieg Scham in ihr auf. Nein, damit mußte sie wohl allein fertigwerden. Aber wie?

Einen Feuerlöscher besaß sie nicht; ärgerlich biß sich Marianne auf die Lippen. So ein Gerät würde sie als allernächstes anschaffen!

Während sie zum Wohnzimmerfenster rannte und es weit aufriß, um den Rauch abziehen zu lassen, versuchte sie sich ins Gedächtnis zurückzurufen, was sie über das Verhalten bei Hausbränden gelesen hatte. Neben dem Aufzug ihres Münchner Miethauses hatte so ein Schild für den Notfall gehangen; Marianne hatte es oft studiert, während sie auf den Lift wartete, so wie ihre Augen an allem Gedruckten hängenblieben und es lasen, wenn sie gerade nichts anderes zu tun hatte, von der Werbung in U-Bahn-Wagen bis zu den Inhaltsstoffen von Hautcremes und Deodorants in anderer Leute Badezimmern. Meist vergaß sie gleich darauf, was sie gelesen hatte; anderes prägte sich ihr ein, durch Wiederholung oder wegen eines Ausdrucks, der ihr gefiel oder sie zum Nachdenken brachte.

»Bei Rauchentwicklung Mund und Nase mit nassen Tüchern schützen«, hatte auf dem Schild gestanden. Und wo sollte man wohl nasse Tücher hernehmen, irgendwo in den Fluren eines Mietshauses, in dem es brannte? Marianne erinnerte sich, das jedesmal beim Lesen überlegt zu haben. »Notfalls pinkelst du in ein Taschentuch und hältst es dir vors Gesicht«, hatte Daniel spöttisch geantwortet, als sie ihn auf die Passage aufmerksam gemacht hatte. Typisch Mann; einer Frau würde so etwas wohl nicht so schnell einfallen.

Aber hier war sie nicht im Mietshaus, sondern in ihrem Wasserhaus. Marianne lachte freudlos auf, während sie auf die Küchentür starrte, aus deren Ritzen weiterhin dunkler, fettiger Rauch quoll. Das Haus machte seinem seltsamen Namen wahrlich keine Ehre. Wasser gab es nur in der Küche und im angrenzenden WC auf dem Küchenbalkon, den sie aber wiederum nur durch die Küche erreichen konnte. Nicht einmal im Garten war ein Wasseranschluß; zum Pflanzengießen mußte sie die Gießkanne jedesmal an der Marmorspüle in der Küche füllen und mühsam die Treppe zum Garten hinunterschleppen. Wie sollte sie jetzt bloß an nasse Tücher oder Decken herankommen?

Moment – war da nicht eine Regentonne vorm Haus? Genau, unter der halbzerbrochenen Regenrinne, sicher waren noch ein paar Liter Wasser darin, auch wenn es schon längere Zeit nicht mehr geregnet hatte! Erleichtert riß sie die vergilbte Tischdecke, ein Erbstück der Vorbesitzerin, vom Wohnzimmertisch, dazu ein Wolltuch, das über der Lehne ihres Schreibtischstuhls hing, lief dann ins Schlafzimmer, um noch ein paar Laken aus dem Schrank zu holen – wer weiß, vielleicht schaffte sie es ja, das Feuer damit auszuschlagen! Marianne hoffte inständig, daß es sich nur um einen Schwelbrand handelte, dessen Ausbreitung sich rasch würde eindämmen lassen, wenn es ihr gelang, durch die Rauchschwaden vorzudringen. Sie blieb einen Moment stehen und lauschte: Nein, das Prasseln von Flammen war nicht zu vernehmen, und auch die Holztür schien nicht brandheiß, als sie sie vorsichtig mit der Hand berührte.

»Rasch, Mezzanotte, aus dem Weg!« Sie scheuchte die Katze, die vor der Eingangstür sitzengeblieben war und ihr aufmerksam zusah, mit einer Handbewegung zur Seite, rannte die Treppe hinunter vors Haus und tauchte die Laken und Decken nacheinander in die Regentonne, ein altes, hölzernes Weinfaß mit verrosteten Dauben, das tatsächlich noch zu einem guten Viertel mit Regenwasser gefüllt war. Eilends wrang sie das Tischtuch leicht aus und schlang es sich wie einen arabischen Schador um Haar, Gesicht und Schultern, so daß nur ihre Augen hervorsahen. Die Feuchtigkeit drang durch ihr dünnes T-Shirt und ließ sie frösteln; doch sie wußte, so verpackt war sie am besten vor Rauch und etwaigem Funkenflug geschützt.

Sie ergriff die nässeschweren Leintücher, lief die Treppe wieder hinauf und stieß die Küchentür auf. Schwarze Schwaden schlugen ihr entgegen; der Rauch staute sich in der kleinen Küche mit dem niedrigen Deckengewölbe wie ein dichtes, schmutziges Gewebe, durch das sie die gegenüberliegende Fenstertür zur Gartentreppe nur als graues Viereck wahrnehmen konnte. Marianne preßte das feuchte Tuch fester auf Mund und Nase, schloß die Lider zu engen Schlitzen, um ihre Augen vor dem beißenden Rauch zu schützen, und tastete sich zum Holztisch vor. Noch bevor sie ihn berührte, spürte sie die Hitzewelle, die von ihm ausging, und auch von den Stühlen, die ihn umgaben, hörte das Knistern und Knacken von Feuer, schon halberstickt unter den Rauchschwaden, die kaum noch Sauerstoff enthielten. Das nasse Wolltuch um ihre Hände gewickelt, schob Marianne die vor Hitze fast berstenden Stühle beiseite, um zur Gartentür zu gelangen. Luft, sie mußte frische Luft hereinlassen! Sie stolperte über ein versengtes Stuhlbein, schrie auf, als es auf einen Streifen nackter Haut über ihren Turnschuhen fiel, und griff mit beiden Händen zugleich nach der Klinke. Marianne rüttelte daran – *al diavolo,* hatte sich die Tür in der Hitze verzogen? So fest sie auch drückte, sie ging einfach nicht auf.

Marianne spürte, wie ihr der Rauch durch alle Poren und in die Lungen drang. Die Hitze hatte ihren Schutzumhang schon fast getrocknet; das Atmen fiel ihr immer schwerer. Hustend und keuchend trat sie zwei Schritte zurück, konzentrierte sich einen Augenblick, nahm Anlauf und rammte die rechte Schulter, über der sie die feuchten Leintücher trug, mit aller Kraft gegen die Tür. Sie flog krachend auf; Marianne wäre beinahe die Gartentreppe hinuntergestürzt, konnte sich aber im letzten Moment noch am Geländer festhalten, wo sie schwer atmend hängenblieb. Über ihr zogen dichte Rauchschwaden in den Himmel und wurden vom Wind in dünne Fäden zerweht.

Sie riß sich das Tuch von Kopf und Schultern, um besser Luft zu bekommen, und spähte ins Innere der Küche, aus der es immer noch stark qualmte. Im Durchzug lichtete sich der Rauch allmählich, so daß sie einen Blick auf den Schwelbrand werfen konnte. Ganz offensichtlich ging er vom Küchentisch aus; die gelbe Plastikdecke, die Marianne darübergebreitet hatte, war völlig durchgeschmort, die beiden geflochtenen Obstkörbe darauf zu kleinen, unkenntlichen Resten verkohlt. Giftige Dämpfe erhoben sich daraus, vermischt mit dem Rauch, der den Holzstühlen entstieg. Offenbar waren Stücke brennenden Plastiks auf die Seidenkissen gefallen und hatten sie sofort in Brand gesetzt; dann hatten die alten, aus Pflanzenfasern geflochteten Sitze Feuer gefangen. Auch die wurmstichige Tischplatte war in der Mitte beinahe durchgebrannt und kokelte noch immer heftig. Marianne nahm eins der feuchten Tücher, die sie über der Schulter trug, knüllte es zusammen und drückte es auf das Loch in der Platte, bis der Rauch deutlich nachließ; dann ergriff sie das nächste Tuch, lief zur Marmorspüle, drehte den Wasserhahn auf und ließ Wasser auf das Leintuch laufen, bis es völlig durchnäßt war. »So«, murmelte sie, »das wird wohl reichen!«

Als der Schwelbrand gelöscht, der Rauch zum größten Teil durch die Gartentür abgezogen war, lehnte Marianne sich erschöpft an die Marmorspüle. Ihre Küche sah aus, als habe eine Horde fettigschwarzer Gespenster darin herumgetobt. Sämtliche Wände, Möbel und Küchengeräte waren mit einer dicken, nach verbranntem Plastik stinkenden Rußschicht überzogen; Tisch und Stuhlreste boten ein trauriges Bild der Verwüstung. Auf der Tür des Schränkchens, hinter der Marianne provisorisch ihre Kochgasflasche verstaut hatte, warf der Lack dicke Hitzeblasen.

Sie blickte das Schränkchen an, als sähe sie es zum ersten

Mal, und erschauerte. O Gott, wenn nun die *bombola* explodiert wäre! Dann wäre ihr ganzes Haus in die Luft geflogen – und sie womöglich mit ihm!

Ihre Knie wurden weich. Mit einemmal hatte sie das dringende Verlangen, das Haus zu verlassen, ihre Sachen zu packen, nach München zurückzufahren, jetzt gleich.

Ob das … ob das hier wohl Brandstiftung war? Die Übelkeit, die der giftige Rauch in ihrer Magengrube ausgelöst hatte, kehrte mit neuer Heftigkeit zurück. Sie holte ein Glas aus dem rußverschmierten Küchenschrank, ließ frisches Wasser hineinlaufen und trank in durstigen Zügen, bis sie sich besser fühlte. Brandstiftung – so ein Unsinn! Bestimmt war es nur ein Funkenflug gewesen, von dem großen Brand auf der anderen Seite …

Ja, eben. Auf der *anderen* Seite. Auf dieser Seite hatte es kein Feuer gegeben. Der Wind, der von Südosten kam, hätte keine Funken in die nach Nordwesten hin liegende Küche hineintragen können. Das Haus selbst war der Schutzwall für Küche und Garten.

Zudem war doch die Tür zur Gartentreppe verschlossen gewesen! Marianne trat näher heran und sah, was ihr zuvor im Durcheinander des Löschens nicht aufgefallen war: Der Spitzenvorhang, den sie am Markt von Porto Maurizio gekauft und vor die Tür zur Gartentreppe gehängt hatte, um die Fliegen abzuhalten, war vollständig verbrannt. Ein verkohlter Spitzenrest klebte auf der Gartenseite am Türrahmen. War die Tür vielleicht doch offen gewesen? Ja, natürlich, sie ließ sie ja nachts immer einen kleinen Spalt auf, damit Mezzanotte hinauskonnte, um ihr Geschäft zu verrichten. War der Brand etwa im Garten entstanden?

Marianne trat auf die Treppe hinaus und beugte sich übers Geländer. Links neben der Treppe hatte gestern abend noch der Stapel Holz gelegen, den sie in einer Gartenecke zusammengesucht hatte, mit den trockenen Reisern und Resten der Brombeerhecke darauf. Sie hatte das alles in den nächsten Tagen aussortieren, Brauchbares für ihren neuen Kamin aufheben und den Rest auf den Kompost werfen wollen, den sie am Ende des Gartens vorgesehen hatte.

Doch nun war der Haufen verschwunden. Ein paar verkohlte Holzstücke glimmten noch leise vor sich hin; ein dünner Rauchfaden kräuselte sich bis zum Treppenabsatz hoch.

Also hatte der Holzstoß doch irgendwie Feuer gefangen. Oder – sie befahl sich mühsam, den Gedanken zu Ende zu denken – jemand hatte ihn angezündet.

Und dann waren die Flammen hochgeschlagen, hatten den Vorhang in der offenen Gartentür erfaßt. Im aufsteigenden Luftzug war der Vorhang in die Küche geweht, hatte die Plastikdecke in Brand gesetzt, die Körbe, die Stühle, den Tisch ... Und irgendwann war die Tür von außen zugeschlagen. Oder zugeschlagen worden.

Wie ein Film spulte es sich vor ihrem inneren Auge ab; ja, genau so mußte das Feuer entstanden sein. Aber wer hatte es gelegt? Und, in Dreiteufelsnamen, warum bloß?!

Als hätte der Rauch, den sie in dieser Nacht eingeatmet hatte, nicht nur ihre Lungen, sondern auch ihre Leber und ihr Herz mit giftigen Schleiern überzogen, fühlte sie sich auf einmal im tiefsten Inneren müde. Ihr Gehirn weigerte sich, weiter über das Feuer nachzugrübeln; jeder Muskel, jedes Stück Haut, von den Haarwurzeln bis zu den Fußsohlen, schien laute Streßsignale auszusenden. Ihre Schultern sackten nach vorn; ihr Mund verzog sich, als lauerte ein Weinkrampf dahinter. Hört denn das nie auf, dachte sie verzweifelt, will man mich denn hier überhaupt nicht in Ruhe lassen? Mich so lange quälen, bis ich aufgebe und verschwinde?

Mit vor Erschöpfung zitternden Händen zog sie sich aus, wusch sich notdürftig an der Marmorspüle den Ruß von Gesicht und Füßen, warf sich ein kurzes Nachthemd über und ging ins Schlafzimmer, wo Mezzanotte bereits schnurrend im Bett auf sie wartete. Sie schmiegte den Kopf an das warme Fell der Katze, die es sich in ihrer Armbeuge bequem machte und zufrieden die gelben Augen schloß. Eine Träne rollte aus Mariannes Augenwinkel aufs Fell und versickerte darin. Mezzanotte, dachte sie, du bist die einzige hier, die mich wirklich vermissen würde, wenn ich ginge. Du, und vielleicht noch Flavia. Carlo, na, der würde sich bald eine andere suchen, mit der er ausgehen konnte.

Ein bißchen wenig für die langen Wochen, die sie nun schon hier im Dorf lebte. Oder hatte sie einfach zu viel erwartet? Ihr Bedürfnis nach einem neuen Zuhause in diesem wunderschönen Dorf auf die Dorfbewohner übertragen, die aber gar kein Bedürfnis nach Neuzugängen hatten?

Irgend jemand, wer es auch sein mochte, setzte offenbar alles daran, sie wieder loszuwerden.

Wie würde das wohl nach dem Hausausbau weitergehen – falls sie überhaupt so lange aushielt?

13.

Die Hoffnung, der Waldbrand über Montegrazie könnte bald gelöscht sein, trog. Sobald es hell genug war, dröhnten Hubschrauber durchs Tal, die jede Zisterne im Umkreis anflogen und sich wie gigantische Libellen darübersenkten. Sie blieben senkrecht über ihnen in der Luft stehen, zapften sie mit langen Saugrüsseln an und pumpten Hunderte von Litern Wasser in die Tanks im Kabineninnern. Dann flogen sie mit ihrer schweren Last, vorsichtig das Gewicht ausbalancierend, in weiten Kreisen auf die Brandherde zu, wo sie die Wassermassen ins Flammenmeer entließen. Wie Tropfen auf einen heißen Stein, dachte Marianne, die trotz ihrer Erschöpfung keinen rechten Schlaf mehr gefunden hatte und nun übernächtigt, eine Tasse starken Kaffee in der Hand, von ihrer Loggia aus den Hubschraubereinsatz beobachtete.

Unglaublich, mit welcher Präzision die Piloten die Zisternen anvisierten, haarscharf an Hausdächern und Fernsehantennen vorbei, sich dann auf die Bögen konzentrierten, die sie fliegen mußten, um nicht an aufragenden Strom- oder Telefonmasten hängenzubleiben, während sie dem Hitze ausströmenden Hügel mit seinen gefährlichen Sogwirbeln entgegenkurvten. Wie überdimensionale Elefantenrüssel pendelten die schwarzen Saugrohre unter dem Leib der Hubschrauber, strafften sich, sobald das Wasser aus ihnen strömte, und schwangen dann wieder leer im Wind.

Von Südosten her mischte sich jetzt ein zweites Motorengebrumm ins ohrenbetäubende Dröhnen. Ein Löschflugzeug, eine rotweiße *Canadair,* flog vom Meer herauf, auch sie mit wasserprallem Bauch, den der Pilot über den Flammen auf dem Hügelkamm entlud und sofort wieder abdrehte, erneut dem Meer entgegen, wo eine zweite Maschine bereits knapp über den Wellen flog, bereit, die wasserschaufelnde Klappe des Flugzeugbauches zu öffnen. In regelmäßigem Rhythmus stürzten sich die beiden Zweipropeller abwechselnd in den Kampf gegen den roten Drachen, der immer noch – oder wieder, vom neu aufkommenden Morgenwind angefacht – auf dem Osthügel fauchte, Bäume, Büsche und Reben fraß. Eine Gruppe Agaven, des Nachts bereits zu starren, schwarzen Formen verbrannt, glühte vor Mariannes Augen noch einmal auf, eine zuckende Feuersäule, die Funkenregen sprühte und das zundertrockene, eben erst mühsam niedergetretene Buschwerk erneut in Brand setzte.

Bestimmt dauerte es noch Tage, bis das Feuer endgültig unter Kontrolle war. Und wie mochte es wohl entstanden sein? Vielleicht doch Brandstiftung, so wie in Mariannes Garten ... vielleicht hatte der bierbäuchige Franco mit seinen Anschuldigungen gar nicht so unrecht gehabt.

Nein, fang nicht auch du noch damit an! Marianne zwang sich, nicht an ihre Küche zu denken. Da draußen passierte weiß Gott erheblich Schlimmeres. Möglicherweise steckte ja ein echter Pyromane hinter dem Großbrand, so wie der, den sie letztes Jahr im Hinterland von Diano Marina erwischt hatten, das *motorino* vollgepackt mit Benzinkanistern und Zündmaterial. Acht Brände, hatten die Zeitungen in wohliger Empörung berichtet, habe der Mann gestanden. Oder ein unvorsichtiger Schäfer war schuld, der eigentlich nur das Unterholz ein wenig hatte abbrennen wollen, um seiner Herde besseren Zugang zu den spärlichen Grashalden zu sichern und im nächsten Jahr dann neue grüne Matten vorzufinden, die auf der fruchtbaren, verbrannten Erde besonders gut wuchsen. Natürlich war so etwas streng verboten, die Feuerschutzpolizei hinter jeder noch so kleinen Rauchsäule in den Olivenhügeln her. Doch die Schuldigen wurde selten erwischt.

Und wer entschädigte dann die Olivenbauern, die ihre gesamte Ernte verloren hatten? Gut versichert waren die wenigsten, denn die Beiträge waren ziemlich hoch, hatte Bocconcino ihr einmal bei einer ihrer Rundfahrten erklärt. Ligurische Olivenbauern, hatte er gemeint, besäßen oft viele Hunderte, ja Tausende von Bäumen und mindestens ein ererbtes Natursteinhaus, in dem sie wohnten. Aber nur wenig Bargeld.

Hubschrauber und Löschflugzuge zogen weiter ihre geräuschvollen Kreise; die Luft im Tal erbebte unter ihren Motoren. Marianne starrte ihnen bewundernd nach. Gegen dieses gefräßige Ungeheuer, das viele Hektar Land in kurzer Zeit verschlingen und rußschwarz wieder ausspeien konnte, nahmen sich die kleinen Flieger aus wie Mücken, die einen Drachen umschwirrten.

A propos Drachen: Sie mußte den Architekten anrufen und hören, ob es etwas Neues zu ihrem *progetto* gab ... Marianne seufzte und trank ihren Kaffee aus, der nur noch lauwarm war und abgestanden schmeckte. Im Augenblick konnte sie wenig von der Vorfreude in sich entdecken, die sie beim Gedanken an den Hausausbau stets erfüllt hatte. Und das Alleinsein hatte auch seine Schattenseiten. In der letzten Nacht zum Beispiel hätte sie sehr gerne jemanden an ihrer Seite gehabt. Mit allen Aufregungen immer allein fertig werden zu müssen, konnte ganz schön an den Nerven zerren.

Zum ersten Mal, seit sie *sola* war, verstand Marianne, weshalb manche ihrer Kolleginnen, die sich scheinbar so ausgezeichnet in ihrem Single-Dasein eingerichtet hatten, sich plötzlich doch wieder einen Lebensgefährten ins Haus holten oder gar zum zweiten oder dritten Mal heirateten. »Wart's nur ab«, hatten sie gemeint, »irgendwann hast du auch keine Lust mehr darauf, dir unentwegt zu beweisen, wie gut du allein zurechtkommst ...«

Marianne zündete sich mürrisch eine Zigarette an und sog daran, als könnte sie Mut aus ihr ziehen. Sollte sie etwa nach wenigen Widrigkeiten schon aufgeben?! Wenn das alle täten – die Piloten da draußen zum Beispiel, die jeder für sich allein in ihren Fluggeräten saßen und bis zur Erschöpfung den Brand bekämpften, oder die *vigili del fuoco*, die jeden Tag zu neuen, gefährlichen Einsätzen ausrückten ... Unabhängigkeit will erarbeitet werden. Und vor Arbeit hatte sie sich noch nie gedrückt.

Gut, daß sie nun wenigstens das Telefon hatte, eine Verbindung zur Außenwelt. Ich rufe jetzt erst einmal Anja an, beschloß sie und schnippte die Zigarettenasche über die Loggiabrüstung. Sie müßte um diese Zeit schon in der Agentur sein, wenn sie nicht gerade wieder irgendwo in der Welt herumflog. Auch wenn es teuer war, tagsüber zu telefonieren. Vielleicht konnten sie sich aber wenigstens auf einen gemütlichen Schwatz am Abend verabreden.

Als habe jemand telepathisch ihre Gedanken aufgefangen, drang von unten das charakteristische Läuten herauf, kurzlang, kurz-lang. Marianne rannte, zwei Stufen auf einmal nehmend, die Treppe hinunter und hob schnaufend ab. »*Pronto!*«

»*Pronto*? Marianna? Hier spricht Roberto. Del Mistero natürlich, oder hatten Sie einen anderen Roberto erwartet? Sagen Sie, haben Sie bei dem Brand in Montegrazie überhaupt ein Auge zugetan?«

»Nein«, sagte Marianne, immer noch etwas außer Atem, »nicht mal ein halbes. Ich ... ich hatte auch einen kleinen Zimmerbrand. Wieso wissen Sie schon über den Waldbrand

Bescheid? In den Zeitungen kann doch noch nichts davon gestanden haben?«

»Nein, aber ich höre schließlich auch Radio. Vor allem beim Rasieren. Das lenkt mich immer so schön vom Schmerz ab, wenn ich mich schneide.« Marianne konnte ihn förmlich in den Hörer grinsen hören. »In den Morgennachrichten haben sie schon mehrmals darüber berichtet. Und, wer hat da gezündelt?« Auf den Zimmerbrand in ihrem Haus ging der Architekt nicht ein, als habe er ihre Andeutung gar nicht richtig wahrgenommen. Auch gut; sie verspürte plötzlich ohnehin wenig Lust, darüber zu diskutieren.

»Weiß man noch nicht«, antwortete sie ausweichend. »Vielleicht war es ja auch gar keine Brandstiftung …«

»Na, sicher doch! Darauf können Sie Gift nehmen!«

»Habe ich nicht vor.« Sie lachte etwas gezwungen. »Eher schicke ich Ihnen, Roberto, mal einen Schierlingsbecher vorbei. Wenn Sie nämlich nicht bald gute Nachrichten für mich haben …!«

»Na, deswegen rufe ich doch in aller Herrgottsfrühe an!« Del Mistero machte eine Kunstpause und sagte dann, genüßlich jedes Wort in die Länge ziehend: »Ihre Baugenehmigung ist da!«

»Oh, wirklich?« Marianne war mit einem Schlag hellwach. »Kann's also endlich losgehen?«

»Ja. Nach der Gemeinde Imperia hat auch die Provinzbehörde unseren Plänen zugestimmt. Oder besser, *meinen* wunderschönen, überzeugungskräftigen Zeichnungen, wenn ich das in aller Bescheidenheit nebenher anmerken darf.«

»Ja, und das Denkmalschutzamt in Genua? Sagten Sie nicht …?«

Der Architekt zögerte einen Moment. »Von dort liegt noch kein Bescheid vor. Er dauert in aller Regel ungefähr weitere 60 Tage.«

»Sechzig? Sagten Sie sechzig?« Mariannes Lächeln erlosch. »Aber – das sind ja noch zwei ganze Monate!«

»Ja, schon. Aber jetzt kommt die zweite gute Nachricht:

Wir können trotzdem schon mit dem Ausbau anfangen. Zu neunzig Prozent geht es ja um Dinge im Innenbereich; da hat der Denkmalschutz ohnehin nichts dreinzureden. Und die verbleibenden zehn Prozent – als da sind: der Außenkamin, die Treppe zum Garten, das Fenster im Badezimmer und natürlich der Außenputz, der auf der Nordwestseite erneuert werden muß –, die dürften eigentlich kein großes Problem darstellen. Wie gesagt, die Grundgenehmigungen zur *manutenzione speciale*, der Hausrenovierung, liegen vor.«

»Wunderbar!« Marianne seufzte erleichtert. Auf diese Weise brauchte sie sich auch nicht allein um die Renovierung ihrer verrußten Küche kümmern; das konnte der Bautrupp besorgen, der ohnehin innen eine Reihe von Veränderungen vorzunehmen hatte. »Und wann kommen die Maurer?«

»Wenn Sie wollen – übermorgen früh!«

»Und ob ich will! Vielen Dank, Roberto. Kommen Sie auch?«

»Na klar; ich muß die Jungs doch einweisen. Und mir von Ihnen eine gute Tasse *caffè* anbieten lassen. Das heißt, nur wenn Sie von dem Schierlingsbecher Abstand nehmen.«

»Na gut, ich lasse noch mal Gnade vor Recht ergehen. Aber wenn es dann doch mit dem Denkmalschutzamt Schwierigkeiten gibt ...«

»Dann«, sagte Del Mistero ergeben, »trinke ich ihn von ganz allein. Lieber tot als von diesen Drachen besiegt! Ich hab schließlich einen Ruf zu verlieren.«

Marianne kicherte. Irgendwie schaffte dieser Typ es doch immer wieder, sie zum Lachen zu bringen, selbst wenn ihr gar nicht danach zumute war. Eine der liebenswertesten Eigenschaften, fand sie, die Menschen überhaupt haben konnten; sie machte das Leben um so vieles leichter. »Also bis übermorgen, Drachentöter! Und grüßen Sie Sandra von mir!«

Zwei Tage später prangte das große, in gelbweißen Streifen gedruckte Plastikplakat, auf dem die Namen aller für den Bau Verantwortlichen samt Datum und Nummer der kommunalen Baugenehmigung verzeichnet waren, neben dem Eingang des Wasserhauses. Tonio Venticello, der *capo* des Maurertrupps, war ein kerniger, braungebrannter Süditaliener mit breitem Lächeln und ebensolchem kalabrischen Dialekt, in dessen weichen Singsang sich Marianne – inzwischen das wortverkürzende Ligurisch mit seinen französisch anmutenden Lauten gewöhnt – erst einhören mußte. Er war mit dem Architekten noch einmal durchs ganze Haus gegangen, hatte ab und zu eine Angabe auf einem Zettel notiert, den er anschließend sorgsam in der Brusttasche seiner blauen Arbeitshosen verstaut hatte, und scheuchte nun seine Mannen umher, die das Baumaterial vor dem Haus aufzuschichten begannen.

Innerhalb kürzester Zeit sah die Baustelle aus, als bestünde sie schon seit Monaten. Zementsäcke säumten den kleinen Vorplatz vor der Olivenmühle; daneben war ein Hügel mit feinem Sand aufgeschüttet, in dem griffbereit zwei Schaufeln staken. Im schattigen Teil des Platzes, halb unter dem Steinbogen der Eingangstreppe, stand die Betonmischmaschine; eine fingerdicke Elektroleitung schwang sich von ihrem Motor zu einem Stromverteiler, der an die Hauptleitung vor dem Haus angeschlossen war. Verbilligter Baustrom, hatte der Architekt Marianne erklärt, der eigens bei ENEL hatte angemeldet werden müssen. Die alten Sicherungen im Wasserhaus wären beim ersten Anlassen der Mischmaschine oder eines Schlagbohrers durchgebrannt.

»Fixe Leute«, sagte Marianne anerkennend und goß Del Mistero, der es sich auf einem der mit Lederimitat bezogenen Stühle am Wohnzimmertisch bequem gemacht hatte, noch etwas Espresso nach.

»Ja, die Truppe arbeitet nicht nur gut, sondern auch ziemlich schnell. Vor allem, wenn Tonio da ist, um ihr Beine zu machen. Zwischendurch dirigiert er allerdings auch mal andere

Baustellen. Dann müssen Sie aufpassen, daß bei den Leuten kein Schlendrian einreißt.«

An einem der Kekse kauend, die Marianne neben den Kaffee gestellt hatte, setzte er hinzu: »Enrico zum Beispiel, auf den müssen Sie ein Auge haben. Er hat den Spitznamen ›der Schläfer‹.«

»Der Schläfer? Kommt er morgens nicht aus den Federn?« Marianne lachte. »Da hätten wir etwas gemeinsam.«

»Nein, schlimmer, ihm fallen auch bei der Arbeit leicht die Augen zu. Tonio hatte ihn mal in eine *cantina* geschickt, wo er einen alten, ausgetrockneten Öltrog abreißen sollte. Dann fuhr er mit seinem Laster weg, Baumaterial holen. Als er nach zwei Stunden wiederkam, stand der Trog noch an seinem Platz, wie zuvor. Enrico hielt seelenruhig ein Nickerchen darin.«

»Und warum hat er ihn dann nicht rausgeschmissen?«

Del Mistero schluckte den letzten Keksrest hinunter und breitete in einer Geste gewohnter Resignation die Arme aus. »Ach, wissen Sie, die Frau von Enrico ist die beste Freundin der Frau von Tonio. Sie stammen aus demselben Dorf und kennen sich schon seit Kinderzeiten ... Freundschaft verpflichtet, vor allem im Süden. Und die Frauen haben, was solche Dinge anbelangt, viel mitzureden. Tonio wollte keinen Familienstreit. – Übrigens, haben Sie schon gehört, wie es den Jungen geht, die Ihr junger Nachbar vorgestern nacht aus dem Feuer gezogen hat?«

»Serafino? Ja, Flavia Bonelli – meine Nachbarin, mit der ich mich angefreundet habe – war gestern da, um mir Bescheid zu sagen. Serafino hat eine ziemliche Rauchvergiftung und eine ganze Reihe Schürf- und Brandwunden, aber es geht ihm schon erheblich besser. Fausto, dem älteren der beiden Brüder, die er gerettet hat, ebenfalls. Der kleine Fabrizio ist am schlechtesten dran. Er muß immer noch künstlich beatmet werden. Aber Flavia meint, er wird wohl durchkommen.«

»Na, dann hat das Dorf ja seinen Helden!«

Marianne nickte und rührte nachdenklich in ihrer Espressotasse. »Die Leute reden seitdem ganz anders über ihn; ich habe das auch heute früh im Laden gemerkt. Als hätten sie alles vergessen,was sie vorher über den Jungen behauptet haben. – Er galt nämlich als militanter Rechter«, setzte sie erklärend hinzu, als sie den fragenden Blick des Architekten bemerkte. »Einer der Nachbarn hatte ihn sogar verdächtigt, den Brand selbst gelegt zu haben. Das Thema ist seither aber völlig vom Tisch.«

Schon seltsam, dachte sie, daß man erst einmal jemandem das Leben gerettet haben muß, um in dem Dorf, in dem man wohnt, so richtig anerkannt zu werden. Und was ist, wenn sich dazu gar keine Gelegenheit bietet?

Del Mistero räusperte sich und sah ihr direkt in die Augen. »So, Marianna, und jetzt erzählen Sie mir bitte mal von Anfang bis Ende, was es mit dem Brand in Ihrer Küche auf sich hatte. Das war doch ganz offensichtlich Brandstiftung, oder?«

Von draußen drang Baulärm an ihre Ohren, das Schüttgeräusch von Sand und Kieselsteinen, die von einer Ladefläche heruntergekippt wurden, und Brettern, die auf den Boden polterten. Tonios kräftiger Bariton, eine weittragende, befehlsgewohnte Stimme, erteilte ein paar knappe Weisungen; einer der Männer antwortete ihm; dann heulte der Motor des kleinen Transporters auf, mit dem das gesamte Baumaterial mühsam die enge Gasse bis zum Haus emporgeschafft wurde.

Marianne holte tief Luft. »Ehrlich gesagt, ich glaube auch, daß jemand bei mir Feuer gelegt hat. Ich habe bloß keine Ahnung, wer und weshalb.« Sie beschrieb dem Architekten in allen Einzelheiten, wie sie den Brand entdeckt und gelöscht hatte. Del Mistero hörte ihr aufmerksam zu, diesmal ausnahmsweise, ohne sie mit einem Späßchen zu unterbrechen. Dann stand er wortlos auf, durchquerte die Küche und beugte sich übers Treppengeländer.

»Hier, sagen Sie, hat das Feuer angefangen?«

»Ja, in dem Holzstoß.«

»Ein Funkenflug vom Brand auf der Ostseite kann das

nicht gewesen sein«, bestätigte Del Mistero. »Gibt es da unten am Hang eine Gartentür?«

»Nein«, sagte Marianne, »der Zaun ist dicht, und durch die Brombeeren kommt niemand hindurch. Meine Haustür war auch versperrt.«

Der Architekt blickte nach oben, die Hauswand entlang. »Übers Dach kann eigentlich auch niemand gekommen sein. – Und kein Nachbarfenster ist so nahe, daß jemand von dort aus mal eben in Ihren Garten hätte klettern können.«

Er legte den Kopf noch weiter in den Nacken und starrte suchend die Dachrinnen entlang. »Und das da oben? Ist das nicht eine Terrassenbrüstung?«

»Ja«, sagte Marianne. »Die Terrasse gehört zur Wohnung von Carlo Bonelli und seiner kleinen Tochter im Nachbarhaus. Aber er war beim Löschen am Hang. Das halbe Dorf kann das bestätigen. Außerdem ...« Sie brach etwas verlegen ab und setzte ihren Satz dann fort. »Außerdem macht er mir ein bißchen den Hof. Und schließlich hat er mir, zusammen mit seinem Bruder, das Haus verkauft. Bestimmt hat er hier kein Feuer gelegt.«

»Nein, das ergäbe keinen Sinn.«

Del Mistero räusperte sich wieder, nahm ein Päckchen Zigaretten aus seiner Jackentasche, klopfte eine heraus und hielt sie Marianne hin. Sie nahm sie dankend an. Beide rauchten eine Weile schweigend; dann sagte Del Mistero: »Und wie alt ist die kleine Tochter?«

»Elf, glaube ich. Warum?«

»Naja ... Kinder zündeln gern. Es war nur so eine Idee.«

»Aber keine zündende«, sagte Marianne, die sich diese Bemerkung nicht verkneifen konnte. Er lächelte und blies einen Rauchring.

»Wie sollte ein kleines Mädchen wohl von da oben runterkommen und hier unten zündeln? Sie war übrigens zu der Zeit im Haus eingesperrt. Ich habe sie selbst am Fenster zur Gasse stehen sehen, als sie dem Brand zuschaute.« Mit Augen, die im Feuer leuchteten, dachte sie bei sich, sagte es aber nicht laut. Es hätte die Sache nur noch komplizierter gemacht.

»Kann sie Pfeilschießen?«

Marianne starrte Roberto an, als sei er nicht ganz bei Trost. »Weiß ich nicht. Wieso fragen Sie?«

»Nun, als ich ein kleiner Junge war, haben wir auch manchmal in den Gärten anderer Leute Unfug angestellt. Wie Kinder halt so sind. Wir haben auch mit brennenden Pfeilen gezündelt. Sie mit einem alten, benzingetränkten Lappen umwickelt, angezündet und abgeschossen. Wenn wir Glück hatten, trafen wir daneben.«

»Und wenn Sie Pech hatten?«

»Trafen wir mitten in den Reisighaufen, auf den wir es abgesehen hatten, und setzten ihn in Brand. Meist hat man uns dann erwischt, und es setzte auch bei uns was. Nicht zu knapp.« Er rieb sich das Hinterteil, als könne er die Schläge heute noch spüren.

»Aber«, wandte Marianne ein, »warum sollte Lucia so etwas tun? Sie kam neulich erst zu mir herunter ... wollte sich mit meiner Katze anfreunden. Und vielleicht auch mit mir. Ich hatte jedenfalls den Eindruck.«

»Vielleicht hat der große Brand damit zu tun«, sagte Del Mistero. »In manchen Leuten weckt so etwas einen heftigen Nachahmungstrieb. Kinder sind davor nicht besser gefeit als Erwachsene.«

Marianne wollte ihn gerade unmutig fragen, woher ausgerechnet er denn so viel über Kinder zu wissen glaubte, als ihr einfiel, daß Sandra und er ja eine neunzehnjährige Tochter hatten, Diana. Sie studierte in Genua Touristik; Marianne hatte sie noch nicht kennengelernt. Weder Roberto noch seine Frau Sandra machten einen besonders elterlichen Eindruck, wenn man sie so ohne ihre Tochter sah – beide noch ziemlich jung, fröhlich, zielstrebig, immer zu neuen Aktivitäten aufgelegt. Eher wie ein gut aufeinander eingespieltes Yuppie-Pärchen, nicht wie alte Eheleute, die seit zwanzig Jahren verheiratet waren und gemeinsam eine Tochter großgezogen hatten, mit all den Sorgen, die Kindererziehung mit sich brachte. Marianne hatte es gehört, gestaunt und dann irgendwie wieder vergessen.

Und außerdem, dachte sie jetzt, war Roberto ja auch selbst mal ein Kind gewesen. Nach dem, was er gerade erzählt hatte, wohl nicht gerade ein ausnehmend braves. Sie seufzte. »Trotzdem ... ich glaube nicht, daß Lucia etwas damit zu tun hat.«

»Nun, dann weiß ich auch nicht weiter.« Del Mistero trat seinen Zigarettenstummel sorgsam mit dem Absatz aus. »Ich muß jetzt wieder los, zur nächsten Baustelle. Danke für den *caffè*! Wir sehen uns übermorgen nachmittag wieder, wenn in der Mühle unten das Erdreich ausgehoben ist und wir mit dem neuen Fundament anfangen.«

»Gut, bis dann!«

»Und, Marianna, passen Sie bis dahin gut auf sich auf! Schließlich ...« Er zögerte, als wolle er noch eine Warnung hinzusetzen, fuhr dann aber nur mit einem Augenzwinkern fort: »Schließlich will ich ja meine Brotgeberin nicht vorzeitig verlieren!«

Marianne begleitete ihn nach draußen. Die Septembersonne schien noch hochsommerlich warm; alle fünf Bauarbeiter samt ihrem *capo muratore* trugen blaue oder rote Sportkappen auf dem Kopf, die sie verkehrt herum aufgesetzt hatten, um mit dem Schirm auch ihren Nacken vor den sengenden Strahlen zu schützen. Der Architekt hatte Marianne jeden einzelnen mit Vornamen vorgestellt. »Das ist Maurizio, der beste Fliesenleger der Truppe! Auch wenn im Prinzip alle hier alles können, oder es jedenfalls von sich behaupten, was, Mauro?« Der Angesprochene, ein untersetzter, freundlich blickender Bärtiger mit strahlendblauen Augen, hatte seine klobige Hand am Arbeitshemd abgewischt, bevor er sie Marianne reichte. »*Salve, signora!*«

»Und das ist Enrico. Er baut Gerüste in Windeseile auf und

wieder ab und fährt die *ruspa* wie kein anderer. Aber kommen Sie ihm nicht in die Quere dabei, er sieht leider nicht besser als eine Blindschleiche.«

Enrico hatte seine Brille abgenommen und Marianne aus kurzsichtigen braunen Augen treuherzig angeblickt. »Keine Sorge, ich werde Sie schon nicht umfahren. Eine *bella rossa* wie Sie kann man doch überhaupt nicht übersehen!«

Marianne hatte geschmeichelt gelacht, auch wenn ihr nicht gleich eingefallen war, um was für ein gefährliches Fahrzeug es sich bei der *ruspa* wohl handeln mochte. Mit italienischem Bau-Vokabular hatte sie sich bislang nur am Rande beschäftigt.

»Diese beiden sind Mario und Mimmo. Zwillinge, wie unschwer erkennbar ist, und entsprechend unzertrennlich. Tonio ist ihr Onkel zweiten Grades. Er hat sie alle beide als Hilfsarbeiter anheuern müssen; einen allein hätte er nicht gekriegt.« Zwei Blondschöpfe verbeugten sich kurz vor ihr; zwei junge, lustige Augenpaare von undefinierbarer Farbe musterten sie rasch und anerkennend von Kopf bis Fuß. »Zum Glück«, hatte Del Mistero hinzugesetzt, als sie wieder im Innern der Ölmühle verschwunden waren, »schwätzen sie nicht für zwei. Sie sind für Jungs ihres Alters sogar ziemlich schweigsam.«

Der fünfte Bauarbeiter war Experte für die Abstützung alter ligurischer Steingewölbe. »Vom Typ ›nicht verzagen – Olly fragen‹«, hatte Del Mistero gemeint und dem Mittdreißiger, der ein kleines Bäuchlein unter seinem verstaubten T-Shirt nicht verleugnen konnte, freundschaftlich auf die Schulter geklopft. »Er heißt Olivero, aber alle nennen ihn Olly.«

»Tonio – Enrico – Maurizio – Olly – Mario und Mimmo«, hatte Marianne laut wiederholt, um sich die Namen gut einzuprägen. Immerhin würde sie jetzt ein paar Monate lang, montags bis samstags, von morgens um acht bis abends um sechs, mit den Männern zu tun haben, Regentage ausgenommen. »Und was kann ich Ihnen in den Pausen zu trinken anbieten? Bier?« Täglich kästenweise Getränke die Gasse heraufzuschleppen – die Vorstellung fand sie nicht gerade begeisternd.

»*No, padrona,* nicht nötig!« Tonio hatte sie angestrahlt. »Bei uns trinkt keiner ein Bier während der Arbeitszeit. Viel zu heiß dafür. Allenfalls mal ein Glas Wein zum Mittagessen; den bringen wir uns von zu Hause mit. Aber wenn Sie uns etwas Gutes tun wollen, sind wir für einen gelegentlichen *caffè* sehr dankbar.«

Padrona! Marianne war sich vorgekommen wie eine arrogante reiche Gutsbesitzerin, die ihre Stallungen inspiziert. »Nennen Sie mich ruhig Marianna«, hatte sie Tonio lächelnd erwidert.

»Ja, danke, *padrona*!«

Jetzt schlängelte sich die Herrin, die nicht so genannt werden wollte, an Zementsäcken und Werkzeugkisten vorbei in die Ölmühle, wo Mario und Mimmo bereits sämtliche herumliegenden Holzreste, halbvermoderten Ölflaschen-Körbe und anderen brennbaren Abfall zusammengetragen und in einer Gartenecke zu einem größeren Haufen aufgeschichtet hatten.

»Bitte paßt auf, daß ihr mir den Feigenbaum nicht anbrennt, wenn ihr das später anzündet«, bat Marianne die Zwillinge. Sie nickten im Gleichtakt, warfen ihr ein Lächeln zu und arbeiteten schweigend weiter.

»Morgen kommt Enrico mit seiner *ruspa* hoch«, rief ihr Tonio zu, der dabei war, zusammen mit dem Kurzsichtigen ein Baugerüst auf der Westseite des Hauses hochzuziehen, und wie ein behender Schimpanse von einer Eisenstange zur anderen turnte. »Sie werden sehen, *padrona,* dann ist die Erde in der Mühle im Handumdrehen ausgehoben!«

Ach so – es handelte sich also um eine Art Bagger! Marianne blickte zweifelnd auf das Eingangstor zur Ölmühle, das ihr kaum höher als einen Meter achtzig schien, und fragte sich, wie ein solch unförmiges Fahrzeug wohl durch die Bogengänge der Gasse, geschweige denn in den Raum hineingelangen sollte. Und wie würde sich der Bagger drehen können, solange die Erdhügel noch im Wege waren?

Die Erdhügel ... Ob man wohl die Fußstapfen darauf noch sehen konnte? Marianne drehte sich um und betrachtete die Hügel, auf denen sie die geheimnisvollen Abdrücke erspäht und später auch mit ihrer Videokamera aufgenommen hatte. Doch es war nichts mehr zu erkennen, nur die Abdrücke schwerer Maurerstiefel im Erdreich, von Mario und Mimmo vermutlich, die den Abfall in der Ölmühle zusammengetragen hatten.

Marianne stieß erleichtert die Luft aus. Ein Gespenst weniger im Haus! Auch die seltsamen Laute, die sie vor ein paar Wochen so in Angst und Schrecken versetzt hatten, waren nach der dritten Nacht nie wieder zu hören gewesen. Flavia hatte mit Marianne zusammen an den darauffolgenden Tagen nach der Geräuschquelle gesucht, aber nichts Verdächtiges gefunden. Und für den Brand im Garten, der sich – wahrscheinlich ganz unvorhergesehenerweise – bis in die Küche ausgebreitet hatte, gab es womöglich doch noch eine harmlosere Erklärung als Brandstiftung, eine, an die sie und Del Mistero bislang nur noch nicht gedacht hatten. Zum Beispiel Selbstentzündung; das sollte ja gelegentlich vorkommen.

Marianne sah durch den einstmals zugemauerten Ausgang von der Ölmühle zum Garten, den die Maurer mit wenigen Hammerschlägen wieder freigelegt hatten, in den blauen Septemberhimmel hinauf. Sie hoffte inständig, nun keine weiteren Geisterstunden mehr erleben zu müssen. Jetzt, wo der Bautrupp da war, hatte sie vielleicht endlich ihre heilige Ruhe ...

Wie zur Antwort begann im Garten eine Bohrmaschine ohrenbetäubend zu kreischen. Marianne stöhnte auf und hielt sich die Ohren zu. Heilige Ruhe – *come non detto!* Dann sah sie auf ihre Armbanduhr. Schon halb elf; sicher bald Zeit für eine Zehnminutenpause. Und einen schönen, starken *caffè* für die Maurer.

Sie würden ein wunderbares Team sein, schwor sie sich. Und wenn sie ihnen dafür jeden Tag fünf Liter Espresso kochen mußte. Wahrscheinlich würde dies der einzige Hausausbau ihres Lebens sein, und sie war wild entschlossen, ihn zu genießen. Bestimmt konnte sie auch eine Menge dabei lernen – vom Bau-Italienisch angefangen.

Seit Tagen zum ersten Mal wieder fröhlich vor sich hin summend, lief sie in ihre rußverdreckte Küche, holte eine neue Pfundpackung Kaffeemehl aus dem Schrank und setzte die kleine *moka* auf. Viel zu klein für sieben Leute, sie selbst eingerechnet; sie brauchte eine größere, im Familienformat. Wo war doch gleich ihre Einkaufsliste?

Nachdem sie ihre Besorgungen notiert hatte, ging sie ins Wohnzimmer hinüber, griff nach dem Telefon und begann, die lange Auslandsnummer zu wählen.

»*Ciao* Anja – rate mal, wer hier ist – doch, mir geht's gut! Heute wurde meine Baustelle eröffnet. Und letzte Nacht hat es bei mir gebrannt ... nein, nein, keine Sorge, mir ist nichts passiert. Aber ich hab dir einiges zu erzählen. Sag mal, könnten wir nicht heute abend in aller Ruhe telefonieren? So gegen zehn?«

14.

Der grüne Fiat mit dem Genoveser Kennzeichen war kaum am Kirchplatz zum Stehen gekommen, als Lucia auch schon die Fahrertür aufriß und ihrem Onkel um den Hals fiel.

»*Ciao piccola*, meine Güte, du wirst ja von Monat zu Monat hübscher!«

Lucia ließ von Marco ab, reckte sich zu voller Größe und drehte sich mit erhobenen Händen einmal um sich selbst, daß ihre schwarzen Locken flogen. »Und? Wie findest du mein neues Top? Und die Jeans? Hab ich extra dir zu Ehren angezogen!«

Marco Baldi musterte Lucias gar nicht mehr so kindliche Figur unter dem leuchtend blaugrünen Top, das auf sehr reizvolle Weise die Farbe ihrer Augen unter den schwarzen, langen Wimpern hervorhob. Ihre braungebrannte Taille, die zwischen Türkis und Jeansblau hervorlugte, bog sich graziös und geschmeidig wie die einer Tänzerin. Seit ihrem letzten Treffen war seine Nichte schon wieder um mindestens fünf Zentimeter gewachsen.

»Entschuldige bitte«, sagte er mit einem Lächeln, das aufrichtige Bewunderung durchschimmern ließ, »daß ich dich *Kleine* genannt habe. Ich verspreche, daß ich das nie wieder tue. Du siehst wunderbar aus, in deinen neuen Sachen.«

Lucia strahlte und zog ihm mit einem raschen Griff die Sonnenbrille von der Nase. »So kannst du mich noch besser sehen.«

»Nein – du blendest mich ja mit deinem Glanz! Gib mir die Brille wieder!«

»Wenn du sie wiederhaben willst, mußt du mich zum Eis einladen!«

Lucia schwang die Sonnenbrille wie eine Trophäe und tänzelte vor dem Wagen hin und her. Die Frau, die neben ihrem Onkel im Auto saß, beachtete sie mit keinem Blick.

Marco stieg aus und reckte sich, als wolle er sich nur mal eben die Beine vertreten. Dann bückte er sich blitzschnell, packte die aufkreischende, kichernde Lucia um die Taille und schwenkte sie im Mazurkaschritt auf einer imaginären Tanzfläche herum.

Gabriella betrachtete die rituelle Zurschaustellung familiärer Verbundenheit von ihrem Sitz aus und wußte nicht recht, ob sie nun ebenfalls aussteigen oder warten sollte, bis Marco ihr die Tür aufmachte. Schließlich entschied sie sich für die unkompliziertere Version, griff nach ihrer Handtasche und schwang ihre langen Beine unter dem Minirock aus der Wagentür. Der riesige, filigrane Goldohrring an ihrem linken Ohr blitzte im Licht. Sie schob ihre Sonnenbrille ins Haar und schenkte den beiden ein strahlendes Lächeln.

»Man könnte ja meinen, ihr hättet euch jahrelang nicht gesehen! *Ciao,* Lucia!«

Wie sie selbst hieß, setzte sie nicht hinzu. Sie ging davon

aus, daß Marcos Nichte das längst wußte. Und außerdem, sie einander vorzustellen, das müßte ihr Freund schon übernehmen, fand sie.

Marco löste sich von Lucia, die seine Sonnenbrille auf die eigene Nase gesetzt hatte und damit aussah wie eine blinde junge Eule.

»Lucia? Das ist meine Freundin Gabriella. Gabriella Carducci.«

Lucia betrachtete die junge Frau – ein ganzes Stück jünger, als sie gedacht hatte! und auch erheblich attraktiver! – hinter der sicheren Verdunkelung der Sonnenbrille und rang sich schließlich ein wenig enthusiastisches »*Ciao* Gabriella« ab.

Marco blickte abwartend zwischen den beiden hin und her. Als sich weiter nichts tat, sagte er rasch: »Deine Idee mit dem Eis, Lucia, ist gar nicht so schlecht. Ich habe eine ganz ausgetrocknete Kehle von der Fahrt. Wie wär's, wenn wir erst einmal in eine schöne *gelateria* am Hafen gehen?«

»Cool!«

Lucia klappte den Fahrersitz mit einem Griff nach vorn, warf ihren kleinen schwarzen Rucksack ins Auto, ohne den sie nie das Haus verließ, und hatte es sich auf dem Rücksitz bequem gemacht, bevor Gabriella auch nur den Mund öffnen konnte. Marco sah seine Freundin bittend an. »Du ißt doch auch gern Eis, oder?«

Da Gabriella sich unterwegs fest vorgenommen hatte, bei diesem ersten Zusammentreffen mit Marcos geliebter kleiner Nichte nicht die Schwierige zu spielen, zuckte sie nur die Achseln, schob ihre Sonnenbrille wieder vor die Augen und stieg ins Auto zurück. Allerdings ohne zu lächeln; Marco sah es wohl, beschloß jedoch, nicht darauf einzugehen. Eine Frau, die mit ihm zusammensein wollte, mußte schon akzeptieren, daß Lucia ihm sehr wichtig war.

Während er den Wagen die kurvige, von Olivenhainen gesäumte Straße Richtung Imperia zurückfuhr, legte ihm Lucia von hinten die Hände auf die Schultern, wie sie das immer tat, wenn sie mit ihm im Auto unterwegs war. Ihr Onkel bestand stets darauf, daß sie nicht neben, sondern hinter ihm saß, auf Autobahnen und Schnellstraßen sogar angeschnallt, auch wenn das in Italien noch keine Pflichtvorschrift war. Hastig, als müsse sie unbedingt dafür sorgen, daß Gabriella gar nicht erst zu Wort kam, sprudelte sie die letzten Dorf- und Familienneuigkeiten hervor. »Hast du schon gehört – Papa und Onkel Tommaso haben ganz schön was abgekriegt bei dem Brand neulich; sie sind ganz verkratzt und verrußt nach Hause gekommen, und Tante Flavia hat zwei Tage schrubben müssen, bis die Badezimmer wieder sauber waren! Papa hat sich außerdem den Fuß vertreten und humpelt fürchterlich ... Und Serafino ist ein richtiger Held, er hat zwei Jungen das Leben gerettet, die mit ihm in einer Hütte eingeschlossen waren! Fabrizio und Fausto Rosso, du weißt schon, die vom Unterdorf. Tante Flavia sagt, ohne die Erste Hilfe von Luisa und Mariella wäre der Rettungsdienst vielleicht zu spät gekommen. Stell dir vor, sie haben *Mund-zu-Mund-Beatmung* bei den beiden gemacht!«

Marco sah im Rückspiegel, wie Lucia sich schüttelte, als sei ihr der bloße Gedanke, die Lippen auf den Mund eines der beiden Jungen legen zu müssen, höchst zuwider.

»Ja, ich habe von dem Brand gehört«, erwiderte er, »er kam sogar im Fernsehen. Und du, wo warst du in der Zeit?« Marco wußte, wie gern seine Nichte Feuer anschaute. Er selbst hatte bei ihren Ausflügen schon ein paarmal ernste Worte mit ihr reden müssen, wenn sie ihn flehentlich gebeten hatte, mit ihr zu einer verdächtigen Rauchsäule zu fahren, die irgendwo in den ligurischen Hügeln zum Himmel stieg.

»Ich? Och – ich war in der Wohnung. Papa hat mich dort eingesperrt.« Lucias Stimme klang verärgert; schließlich war sie kein kleines Kind mehr, dem man einfach Stubenarrest verordnen konnte, wenn es spannend wurde. »Aber vom Flurfenster aus konnte ich alles sehen.«

Gabriella warf einen Blick zurück auf den Osthügel hinter Montegrazie. Noch immer qualmten hier und da ein paar Reben; der ganze Hang sah aus, als sei eine riesige, schwarze

Krallenhand über ihn hinweggefahren. Die Ölbäume, an denen sich das Feuer gemästet hatte, standen wie dunkle, traurige Skelette in den Faschen. Aus den struppigen Überresten der einst so üppigen Brombeerhecken neben den Feldwegen ragten hier und da hellblaue, schmutzigweiße und rostrote Karosserieteile heraus – ausrangierte Fahrzeuge, die irgend jemand Jahre zuvor einfach in die Brombeeren gekippt hatte und die nun wieder aus ihren Dornengräbern zum Vorschein gekommen waren, blecherne Schandflecke im Landschaftsschutzgebiet.

»Meinst du, die Olivenbäume erholen sich wieder?« Gabriella sah Marco fragend an. Die dröhnende Zweiklanghupe eines entgegenkommenden, breiten Busses übertönte seine Antwort.

»... zwei oder drei Jahre, aber dann tragen sie meist wieder Früchte. Lebendiges Olivenholz hat einen sehr widerstandsfähigen Kern; wenn die Flammen nur oberflächlich darüber hinwegfegen, treiben die Bäume schon bald wieder aus.«

Lucia legte ihre Hände fester um die Schultern ihres Onkels, als wollte sie Besitzrechte auf ihn geltend machen, und wechselte ungeduldig das Thema. »Sag mal, hast du dein Badezeug mitgebracht?« Die Frage war eindeutig nur an Marco gerichtet.

»Ja, klar«, sagte Marco. »Nach dem Eisessen gehen wir schwimmen, wenn du Lust hast. Das Wetter ist ja wirklich schön genug.«

Obgleich es schon September war, hatte der Hochsommer noch immer kein Ende finden wollen; mit den heftigen Gewitterstürmen, die jedes Jahr den Herbst herbeiregneten und die Temperaturen dann abrupt von über dreißig auf weniger als zwanzig Grad fallen ließen, war kaum vor Ende des Monats zu rechnen. Über den Olivenfaschen, hier und da von hellbraun verfärbten Laubbäumen durchsetzt, flirrte noch immer die gewohnte Hitze. Das Meer lag sanft und einladend vor ihnen, als sie die Via Aurelia verließen, die sich von Rom bis Marseille und dabei auch die gesamte ligurische Küste entlangschlängelte, und nach rechts in die steile Gasse hinunter zum Hafen von Porto Maurizio einbogen. Der Parkstreifen entlang der Gasse war noch vollständig mit ausländischen und einigen Mailänder sowie Turineser Wagen zugeparkt; Marco fuhr langsam, um gleich reagieren zu können, falls jemand zufällig aus einer Parklücke ausscheren sollte.

»Da vorn fährt einer raus!«

Gabriella und Lucia hatten den freiwerdenden Platz beinahe gleichzeitig erspäht.

Lucia klopfte ihrem Onkel triumphierend auf die Schulter. »Du weißt doch, wenn ich dabei bin, findest du immer einen Parkplatz!«

»Was hätten die Damen denn gern?«

Die Eisverkäuferin des Hafencafés wartete geduldig, bis Gabriella und Lucia ihre Wahl unter den vielen köstlichen Sorten getroffen hatten. »Ich möchte bitte *menta*«, sagte Lucia und deutete auf ein verlockend sahnig wirkendes, grünes Minzeis, »und dann noch *crema*, und *limone*, und – oh, Sie haben ja auch *liquirizia*! Davon zwei Kugeln!«

Gabriella warf Lucia einen abschätzigen Blick zu. *Liquirizia!* Wie konnte das Mädchen nur dieses scheußlich schmeckende, dunkelbraune Lakritze-Eis mögen! Und dann noch in der Kombination mit Minze … brrr! Aber über Geschmack ließ sich nun mal nicht streiten.

»Ich hätte gerne *stracciatella* und *cioccolato*.« Gabriella liebte Schokoladeneis, auch wenn sie sich mit den dunklen Tropfen schon so manches schöne T-Shirt verdorben hatte.

»Und ich«, Marco ließ seinen Blick über die angebotenen Sorten gleiten, »ich nehme ebenfalls *menta* und *liquirizia*.« Gabriella stieß die Luft durch die Zähne, sagte aber nichts. »Dazu noch eine Kugel *melone*«, fuhr Marco fort, als habe er nichts gehört. »Wir setzen uns dort drüben hin«, deutete er auf ein freies Tischchen unter den Pinien und Palmen, die in breiten Beeten die Hafenpromenade säumten. »Schicken Sie uns dann bitte noch einen Kellner?«

Die Eisverkäuferin nickte und rief über ihre Schulter etwas ins Lokal hinein. »Der *cameriere* kommt sofort.«

Kurze Zeit später erschien der Kellner mit drei ausladenden, am Rand türkisgetönten Stielgläsern. Die Eiskugeln waren mit kleinen, bunten Stanniolschirmchen und einem hauchdünnen Keks verziert und sahen in ihrer Farbenpracht hübscher aus als jede Eisreklame. »Möchten Sie sonst noch etwas?«

»Bringen Sie uns beiden bitte noch ein Glas Prosecco – und für meine Nichte ein Mineralwasser, ohne Kohlensäure.« Eis, wußte Marco, macht durstig, und überdies war es bereits elf Uhr, Zeit für einen kleinen *aperitivo.*

Genüßlich versenkte er den Löffel im Lakritze-Eis. Das unvergleichliche Aroma rief augenblicklich herbsüß schmeckende Kindheitserinnerungen auf seiner Zunge wach, aus der Zeit, als er und seine Zwillingsschwester Elisa praktisch unzertrennlich gewesen waren. Wie oft hatten sie genau hier gesessen, in diesem Café, das damals noch einen anderen Namen trug und mit einfachen Plastikstühlen und -tischen bestückt war statt der jetzigen grazilen, weißlackierten Eisenmöbelchen. Zusammen mit den Eltern und ihren Verwandten aus Porto Maurizio hatten sie neugierig den Fischerbooten zugeschaut, die in den Hafen einliefen, den Fischern an der Mole, die ihre Netze ausbesserten und sich dabei zigarettenqualmend über den letzten Fang unterhielten, und hatten die wenigen Einmaster bestaunt, deren Besitzer sich hier einen Anlegeplatz leisteten. Heute war der Hafen vollgestopft mit Segel- und Motorbooten aller Art; richtige Fischer gab es kaum noch. Die meisten der breiten Holzboote mit hohem, gebogenem Bug, die selbst bei stärkerem Seegang so sicher und behäbig auf dem Wasser dahinglitten, gehörten Sonntagsfischern, Geschäftsleuten oder Bankangestellten, die einen guten Grund gefunden hatten, den Familienpflichten am Wochenende für eine Weile zu entfliehen.

Nur das Leben und Treiben längs der Hafenpromenade war das gleiche geblieben, die Mengen von Kindern und Halbwüchsigen in Badekleidung oder kurzen Hosen, die auf den Brüstungen zur Mole herumkletterten, Mütter und Väter, die mit lauten Rufen ihren Nachwuchs zu zügeln versuchten, damit er nicht ins Wasser fiel, junge Mädchen mit Sonnenbrillen, die auf gefährlich hohen Plateausohlen die Promenade auf- und abstolzierten, die bewundernden Blicke der Jungen genossen und sich ab und zu kichernd aneinanderdrängten, wenn ein paar *ragazzi* sich ihnen allzu dicht an die Fersen hefteten.

Sein Blick fiel auf Lucia, die neben ihm saß und geräuschvoll mit einem Strohhalm den allerletzten Eisrest aus ihrer *coppa* saugte. Sie warf ihm unter gesenkten Wimpern einen Blick zu, der sein Herz erfaßte und im Leibe umzudrehen schien. Wie sehr sie doch ihrer Mutter ähnelte ... fast kam es ihm vor, er sei selbst noch elf und trage kurze Hosen über seinen knochigen Knien, auf die das Eis in der Tüte tropfte.

Aber Lucia wurde nun langsam ein Teenager. Und er war ein erwachsener Mann, mit Verantwortung, nicht nur im Beruf. Heute zum Beispiel hatte er dafür zu sorgen, daß der gemeinsame Tag so angenehm wie möglich verlief. Seufzend wandte er sich der Realität zu.

»Na, ihr beiden? Stoßt ihr denn mal mit mir an?«

Gabriella, die ihr Eis aufgegessen hatte und sich nun im Stuhl zurücklehnte, das Gesicht der Sonne zugedreht wie eine lichtbedürftige Sonnenblume, öffnete die Lippen zu einem zurückhaltenden Lächeln und griff nach ihrem Prosecco-Glas. »*Cin cin!*«

Auch Lucia hatte ihr Glas mit Mineralwasser erhoben und stieß es an das Glas ihres Onkels. »Schade – klingt gar nicht«, stellte sie enttäuscht fest.

»Es wird wohl kein Kristallglas sein. Oder es ist zu voll«, sagte ihr Onkel und nahm einen kräftigen Schluck der perlenden, nach dem Eis fast zu warm über die Zunge gleitenden Flüssigkeit.

»Gehen wir jetzt baden?«

Marco blickte auf Gabriella, die – wie ihm jetzt auffiel – bislang kaum ein Wort geäußert hatte. Lucias Drängeln schien ihr unangenehm zu sein; sie kräuselte die Nase, schob ihre Sonnenbrille zurecht und sah auf die Uhr an ihrem Handgelenk.

»Dafür haben wir doch noch den ganzen Tag Zeit, oder?«

Es war nicht klar, an wen sie diese Bemerkung richtete.

»Naja ...« Marco dehnte die Worte, als könnten sie Zeit und Atmosphäre überbrücken helfen. »Versprochen hab ich's ihr.«

»Ja, hast du auch«, mischte Lucia sich ein. »Ich hab meinen neuen Bikini schon an. Und ein Handtuch hab ich auch dabei.« Sie wies auf den schwarzen Rucksack, der an ihrer Stuhllehne baumelte. »Willst ... wollt ihr hier an der *spiaggia d'oro* baden oder lieber am Prino?«

Marco konnte ihr ansehen, daß es sie eine Menge gekostet hatte, *ihr* zu sagen.

»Ehrlich gesagt«, antwortete er, während er den Kellner herbeiwinkte, um zu zahlen, »ich würde lieber zum Prino fahren.« Der Goldstrand, wie ihn die Einheimischen seines gelbgolden schimmernden Sandes wegen nannten, lag zwar direkt vor ihrer Nase, nur durch Badekabinen und ein paar Strandrestaurants von der Hafenpromenade getrennt, doch war er immer noch sehr voll. Marco hielt nichts davon, wie Sardinen in der Dose zusammengepfercht liegen zu müssen. Schon gar nicht mit zwei weiblichen Wesen, von denen jede auf ihre Weise seine Aufmerksamkeit beanspruchte. Und die anscheinend nur wenig miteinander anfangen konnten.

Woher er das so genau wußte, war ihm selbst nicht klar; keine der beiden hatte es offen zu erkennen gegeben. Aber er spürte es; der Sympathiefunke war nicht übergesprungen. Gabriella verhielt sich viel schweigsamer als sonst, Lucia viel redseliger, wobei sie seine Freundin bis an den Rand der Unhöflichkeit ignorierte.

»Also, auf geht's!«

»Wartet einen Moment«, sagte Gabriella und nahm ihre Handtasche an sich, »ich gehe nur rasch noch mal auf die Toilette.«

Die beiden sahen ihr nach, als sie hochaufgerichtet ins Lokal hinüberging und im Halbdunkel hinter dem Tresen verschwand. Ihr Goldohrring wippte bei jedem Schritt wie ein Ausrufezeichen.

»Na, wie findest du sie?« sagte Marco. Im nächsten Moment hätte er sich die Zunge abbeißen können. Lucia war schließlich erst elf. Und darüber hinaus seine Nichte. Keine kompetente Begutachterin seiner Freundin.

»Hmmm ... ganz nett«, antwortete Lucia ohne große Begeisterung. »Redet sie immer so wenig? Und wieso trägt sie nur einen Ohrring? Sieht aus, als hätte sie den anderen verloren. – Auf jeden Fall«, setzte sie hinzu, ehrlich bemüht, ihrem Onkel eine Freude zu machen, »auf jeden Fall ist sie sehr hübsch. Wie alt ist sie eigentlich?«

»Fünfundzwanzig.«

»Schon so alt?«

Lucia, für die bereits zwanzig ein ziemlich hohes Alter war – und sie hätte Gabriella höchstens für einundzwanzig gehalten –, sah ihren Onkel verwundert an. Aber dann fiel ihr ein, daß er ja auch schon stattliche vierunddreißig war, quasi auf der Kippe zu Methusalem. Nur sechs Jahre jünger als ihr Vater.

»Und – bist du sehr verliebt in sie?«

Lucia war oft sehr direkt, eine Eigenschaft, die Marco außerordentlich an ihr schätzte, wenn sie auch andere Leute damit häufig in Verlegenheit brachte. Jetzt aber fühlte er sich nicht wie sonst als ihr Komplize, sondern als Opfer. Und das gefiel ihm gar nicht.

»Naja ... schon. Ein bißchen. Wir kennen uns noch nicht sehr lange.«

»Lang genug, sie nach Montegrazie zu schleppen«, sagte Lucia aufsässig. Dann milderte sie ihren Ton, als habe sie wirklich Wichtigeres mit ihrem Onkel zu bereden als sein

Verhältnis zu Gabriella. »Sag mal – hat sie etwas mit den Geisterstimmen im Wasserhaus zu tun?«

»Wie kommst du denn darauf?« Marco sah seine Nichte konsterniert an.

»Ich dachte nur … du warst doch seit ein paar Wochen nicht hier. Und sie hätte sie sich mit deinem alten Schlüssel gut ins Haus schleichen können. Hat sie etwa diesen Kassettenrecorder installiert, den ich neulich abbauen sollte?«

Alle Achtung, dachte Marco. Das hat sie sich intelligent zusammengereimt. »Ja, erraten! Aber niemand«, er legte den Finger auf den Mund und sah seiner Nichte beschwörend in die Augen, »niemand darf erfahren, daß sie oder ich irgend etwas mit, äh, Vorkommnissen im Wasserhaus zu tun haben. Das mußt du mir noch einmal ganz fest versprechen.«

»Klar, Onkel Marco.« Sie schob den Arm unter seinen und drückte sich an ihn wie eine Verschworene. Dabei wurde ihm klar, daß ihr Kopf ihm schon bis zum Oberarm reichte.

»Übrigens, ich hab sie kennengelernt«, sagte Lucia.

»Wen?«

»Na, Marianna, die neue Hausbesitzerin.«

Lucia machte eine Kunstpause. Als ihr Onkel nicht antwortete, fuhr sie im gleichen gewollt nebensächlichen Tonfall fort: »Sie muß ziemlich viel am Haus verändern, hat sie gesagt. Ich weiß nur noch nicht genau, was alles, aber das kriege ich auch noch für dich heraus. Ich kann nämlich jederzeit in ihre Wohnung.«

Marco starrte Lucia an, als sähe er ein Gespenst vor sich. »Was, jederzeit? Auch, wenn sie nicht da ist?«

»Ja, genau.« Lucia grinste. »Sie hat nämlich eine Katze. Und ich darf mit ihr spielen, wann ich will. Wenn sie weggeht, läßt sie mir den Hausschlüssel unter der Matte.«

Das Gesicht, das ihr Onkel jetzt machte, entschädigte Lucia fast für das Wochenende zu dritt. Zufrieden, daß ihre Überraschung so gut gelungen war, setzte sie noch eins drauf: »Neulich, bei dem Brand in Montegrazie, da hat es auch bei ihr in der Küche gebrannt.«

Marcos Augen wurden noch größer; dann kniff er sie mißtrauisch zusammen. »Erzähl mir bloß nicht, daß du da gezündelt hast!«

Lucia hob vielsagend die Schultern, antwortete jedoch nicht. Gabriella kam wieder auf sie zu, und die mußte auch nicht alles mitkriegen. »Erzähl ich dir später, unter vier Augen. Gehen wir jetzt baden?«

Die Mole am Prino leerte sich; es war Mittagszeit. Unter dem Strohdach des Strandcafés hatte man bereits begonnen, nach Fisch und Knoblauch duftende Snacks zu servieren. Marco winkte seinem alten Freund Doriano zu, der – wie üblich im verwaschenen roten T-Shirt mit der Aufschrift *bagnino* – geschäftig hinter seiner Theke hantierte. Seit fast zwanzig Jahren führte er den Strandbetrieb zusammen mit seinem Vater und seiner jeweiligen Freundin, meist Mädchen, die sehr viel jünger waren als er selbst und im Bikini wie an der Bar *bella figura* machten. Seit ein paar Jahren lief das Geschäft sehr gut; die einst winzige Strandbar mit kleinem Liegestuhl-Verleih hatte sich zu einer veritablen Goldgrube mit Küche, Kabinen, überdachtem *dehor* und Grillplatz entwickelt, die bis in die späte Nacht hinein gut besucht war. Nach vier, fünf Monaten harter Saisonarbeit konnte der Siebenunddreißigjährige es sich leisten, den Winter über in der Welt herumzufliegen.

Doriano grinste Marco fröhlich entgegen.

»Na, Alter, wieder im Lande?«

»Ja – ich mußte mal raus aus der Großstadt. Hast du noch ein paar Liegen und einen Sonnenschirm frei?«

»Für dich immer. He, Pino«, winkte er einen auffallend gutaussehenden Mann Anfang Dreißig herbei, der auf seinem muskulösen, braungebrannten Körper nur einen knappsitzenden Tanga trug. Seine großen, dunklen, von schwarzen Wimpernkränzen umgebenen Augen waren bewundernd auf Gabriellas Busen geheftet. »Gibst du Marco und den Mädels hier bitte mal ein paar *lettini* raus? Und einen Sonnenschirm!«

»Pino ist Zollfahnder«, erklärte er Marco. »Und Triathlonkämpfer. In seiner Freizeit macht er für mich den Bademeister. Da kann er wenigstens ein paar Stunden lang die schönen Aussichten genießen, sagt er.« Doriano schnalzte vielsagend mit der Zunge und nahm ein paar Bestellungen entgegen, die ihm eine Kellnerin über die Theke reichte.

»Eine Kabine zum Umziehen wäre nicht schlecht«, meinte Gabriella zögernd. Pino, der die Bemerkung mitbekommen hatte, warf ihr über die Schulter ein vielversprechendes Lächeln zu, das seine reklameweißen Zähne aufleuchten ließ. »Für eine schöne Frau haben wir immer eine Kabine frei!«

Während Gabriella sich umkleiden ging und Lucia, die rasch Top und Jeans abgestreift hatte, schon Richtung Wasser rannte, blieb Marco einen Moment unter dem Sonnenschirm stehen und sah aufs Meer hinaus. Zu beiden Seiten der Mole tummelten sich Leute im Wasser; Kinder nahmen Anlauf, um dann wie kleine Frösche, die Beine in der Luft angewinkelt, ins Seichte zu hüpfen; ein paar Jungen spielten johlend Wasserball. Ziemlich weit draußen, wo rote Bojen den Rand der Bucht markierten, zog eine Schwimmerin mit leuchtendgrüner Badekappe ruhig ihre Runden. Ihre kräftigen Schultern bewegten sich rhythmisch; ihr Körper durchschnitt das Wasser, als sei sie darin geboren. Marco bekam große Lust, es ihr gleichzutun. Wo nur Gabriella blieb?

Ah, da lehnte sie in der Kabinentür, in ihrem sexy Badeanzug mit dem sehr hohen Beinausschnitt; Marco wußte, wie weit sie ihr Schamhaar dafür hatte abrasieren müssen. Pino stand mit verschränkten Armen vor ihr, den Unterkörper leicht vorgeschoben, und schien sie etwas zu fragen. Gabriella warf den Kopf zurück, daß ihr Hals sich verführerisch nach hinten bog, lachte und nickte. Dann machte sie einen Schritt an Pino vorbei, wobei ihre Körper sich beinahe streiften, und kam mit wiegenden Hüften auf Marco zu.

»Komm, geh mit ins Wasser!«

»Ach nein«, winkte Gabriella ab, »ich lege mich erst ein bißchen in die Sonne. Geh du nur mit Lucia schwimmen.«

Sie zerrte an ihrer Liege, um sie aus dem Schatten des Schirms zu ziehen. Marco sah zur Mole, von der aus eine Steintreppe ins Meer führte; Lucia stand auf der untersten Stufe und winkte ihm zu, bevor sie einen beinahe perfekten Kopfsprung ins Wasser machte. »Na gut, ich geh dann mal.«

Das Wasser umfing ihn wie eine seidige Hülle; nach wenigen Schwimmzügen schon merkte Marco, wie ihn die ungute Spannung verließ, die sich in den letzten Stunden in seinen Muskeln aufgebaut hatte. Nein, es war wohl keine sehr geistreiche Idee gewesen, Gabriella zu Lucia mitzunehmen. Auch wenn bislang alles vergleichsweise glimpflich abzulaufen schien.

Mit Lucia allein zu sein, machte ihm erheblich mehr Spaß.

Er kraulte auf seine Nichte zu, die schon ein ganzes Stück die Mole entlanggeschwommen war, tauchte dann unter und kam prustend und schnaubend wie ein gefährliches Meerungeheuer dicht vor ihrem Strubbelkopf aus dem Wasser. Lucia schrie entzückt auf, kletterte auf seine Schultern und ließ sich von dort aus platschend und strampelnd rückwärts ins Wasser fallen. »Na warte, du Seeschlange, ich erwische dich noch!«

Marianne beobachtete das Mädchen und den jungen Mann, die sich da so vergnügt im Meer balgten wie spielende Delphine, von der anderen Buchtseite aus. Schön, einen so netten Vater zu haben, dachte sie, der mit seiner Tochter am Wochenende baden geht ... Ihr eigener Vater war ebenfalls sehr liebevoll mit ihr umgegangen, als sie klein war. Später jedoch hatte er sich immer mehr in die Arbeit vergraben. Und mit sechzig hatte er sich zu alt gefühlt, um dem wilden Toben einer Zehnjährigen noch gewachsen zu sein. Als Teenager war Marianne das Gefühl nicht losgeworden, ihr Vater sei eher ihr Großvater; immerhin war er ein halbes Jahrhundert älter als sein Kind. Nein, von Elternschaft in allzu fortgeschrittenen Jahren hielt Marianne aus eigener Erfahrung wenig.

Sie drehte sich im Wasser um und ließ sich eine Weile rücklings auf der Oberfläche dahintragen. Am Molenrand kraulte noch immer der Vater mit seiner Tochter, offenbar ein Wettschwimmen; die beiden nassen, schwarzen Lockenköpfe legten sich abwechselnd nach links und rechts, dann stoppte das Mädchen neben der Treppe ab, zog sich geschickt über die Felsen zur ersten Stufe hoch und schwenkte die Hände. »Gewonnen, gewonnen!« hörte Marianne ihren Triumphschrei über die Bucht hinweg.

Moment mal – war das nicht Lucia? Aber ja, das mußte sie sein! In ihrem neuen gelben Bikini, den sie neulich von Flavia bekommen hatte! Doch der Mann, der sich jetzt aus dem Wasser stemmte, war keineswegs ihr Vater Carlo. Ein Fremder, den Marianne noch nie zuvor gesehen hatte; wahrscheinlich ein Verwandter von Lucia. Die Familienähnlichkeit war ziemlich auffallend. Vielleicht ihr Onkel Marco, den Lucia neulich erwähnt hatte?

Hübscher Kerl, fand Marianne, groß, schlank und muskulös, ohne jedoch seinen Körper so zur Schau zu stellen wie Pino, der Triathlonsportler. Was für lange, wohlgeformte Beine er hat, dachte sie und sah dem Fremden nach, der nun lachend mit Lucia die Mole entlangging, auf die Duschen zu. Und was für einen niedlichen, festen Hintern.

Sie drehte sich wieder in Brustschwimmposition und begann erneut, das Wasser mit kräftigen Zügen zu teilen. Dabei warf sie ab und zu einen Blick zum Strand hinüber. Da waren sie ja, Lucia und der Mann, beide ein Eis in der Hand, an dem sie schleckten. Der Fremde hielt noch ein drittes Eis in der Linken und reichte es jetzt einer jungen Frau, die auf einer Liege in der Sonne lag. Sie richtete sich auf und nahm es mit einem Lächeln entgegen. Dann beugte sie sich vor und gab dem Mann einen Kuß auf den Mund.

Seine *fidanzata*, dachte Marianne, oder vielleicht seine Frau. Klar, so ein gutaussehender Typ ist natürlich nicht *solo*.

Das Wasser schlug kleine Blasen um sie herum, als sie sich herumwarf und wieder zur Bucht hinausschwamm, dem offenen Meer entgegen.

Marco sah zu der Schwimmerin mit der grünen Badekappe hinüber, die immer noch ihre Runden im Meer zog. Jetzt schien sie allmählich genug zu haben, denn sie wendete an der innersten Boje und schwamm langsam auf die Molentreppe zu. Marco bewunderte die kraftvolle Anmut, mit der sich die Frau aus dem Wasser stemmte und sich dann auf den Stufen erhob. Mit einer knappen Handbewegung zog sie die Badekappe ab und schüttelte den Kopf, um ihr Haar zu lösen. Eine feurige Kaskade dunkelroter Locken fiel ihr über den Rücken und ringelte sich in den Ausschnitt ihres grünen Bikinis. Ohne auf die anerkennenden Pfiffe einiger Jungen auf der Mole zu achten, stieg sie die Treppe empor, schlüpfte in ihre Sandalen, die sie auf dem obersten Treppenabsatz abgestellt hatte, schlang sich ein algengrünes Badetuch um die Hüften und kam die Mole entlang, wobei sie die Füße nach außen setzte, als habe sie jahrzehntelang Ballett trainiert.

Eine wunderschöne *sirenetta,* dachte Marco; aber sie schreitet wie eine echte Menschenfrau, nicht auf Zehenspitzen, als müßte sie sich bei jedem Schritt die messerscharfen Schmerzen verbeißen.

Er hatte Lucia früher so oft Andersens Märchen vorgelesen, daß ihm die Geschichte der *Kleinen Seejungfrau* noch sehr genau im Gedächtnis war.

»Sobald du aufgehört hast, der Rothaarigen nachzustarren, könnten wir ja einen *caffè* trinken gehen«, ließ sich Gabriella vernehmen. Es klang ziemlich spitz.

Marco warf ihr einen halb belustigten, halb verärgerten Blick zu. Schau einer an – selbst auf Teufel komm raus mit dem muskelbepackten Bademeister flirten, aber ihm nicht mal das Hingucken gönnen! Eifersüchtiges Benehmen dieser Art konnte er bei Frauen nicht ausstehen.

Aber das würde er ihr erst sagen, wenn sie wieder allein waren; Lucia brauchte keinen Streit zwischen ihnen mitzubekommen. »Ich habe eine bessere Idee«, meinte er ablenkend. »Lucia, Gabriella, was haltet ihr davon, wenn wir noch einen Ausflug nach Menton hinüber machen, statt den ganzen Tag faul am Strand zu liegen? Die Boutiquen öffnen in einer Stunde wieder«, fügte er hinzu und sah Gabriella aufmunternd an. »Du wolltest doch gern einen neuen Schal haben, für den, der dir neulich abhanden gekommen ist. Und Lucia – dir könnten wir ein tolles neues Strandhandtuch besorgen. Dein altes ist schon ziemlich ausgefranst.«

»Ja, gut«, sagte Lucia widerstrebend. Dann hellte sich ihr Gesicht auf. »Krieg ich auch ein paar Sandalen, die aus Gummi mit den schwarzen Streifen oben und Plateausohlen? Tante Flavia und ich haben so ein Paar neulich auf dem Markt bei einem Händler aus Frankreich gesehen, aber sie wollte es mir nicht kaufen.«

Marco nickte ergeben; eine kleine Bestechung für gutes Betragen mußte wohl sein. Und während Gabriella in den vornehmen Boutiquen an der Promenade von Menton herumstöberte, würde er Gelegenheit haben, Lucia über diesen Küchenbrand im Wasserhaus auszufragen. Irgendwie wurde er das Gefühl nicht los, hier sei seine Nichte doch einen Schritt zu weit gegangen.

Als er bei Doriano die Rechnung bezahlte, sah er die rothaarige Frau aus einer Umkleidekabine treten, nun mit einem blauen Pareo statt des Handtuchs um die Hüften. »Sag mal«, fragte er, »kennst du zufällig die Frau da drüben?«

»Gesehen hab ich sie hier schon ein paarmal«, antwortete Doriano und strich die Scheine glatt, die Marco ihm reichte, bevor er sie in der Kasse verstaute. »Sie ist aber kein Stammgast. Doch wer weiß, vielleicht gefällt es ihr hier, und sie kommt jedes Jahr wieder! – Warum fragst du?«

»Ach, nur so«, antwortete Marco ausweichend. »Sie fiel mir auf, weil sie so gut schwimmt.«

»Und nicht weniger gut aussieht.« Doriano war nicht so

leicht hinters Licht zu führen. Er lächelte breit und wandte sich einer Kundin zu. »Ein Eis? *Subito, signora!*«

»Vielleicht kommen wir abends noch einmal vorbei, wenn du den Grill angeworfen hast«, sagte Marco mit einem letzten Blick auf das hübsche Profil der Fremden. Ihre Haut war viel gebräunter, als er das bei einer Rothaarigen erwartet hätte. Sie sah frisch und erholt aus, als habe sie wochenlange Ferien am Meer verbracht, die sie bis zur Neige ausgekostet hatte.

»So gegen acht kommen die Fische aufs Feuer«, sagte Doriano, »bis dann!«

»*Ci vediamo*«, erwiderte Marco, »wir sehen uns wahrscheinlich noch.«

Doch im gleichen Augenblick war ihm klar, daß genausogut Wochen vergehen konnten, bis er das nächste Mal bei Doriano vorbeischaute. Dann wäre die Fremde sicher längst abgereist.

Marco strich sich eine widerspenstige Locke aus der Stirn und sah auf die Uhr. Zwei vorbei, und der Tag dehnte sich vor ihm, als wollte er nie ein Ende nehmen ... Vielleicht war es das beste, den Besuch diesmal abzukürzen und abends mit Gabriella zurück nach Genua zu fahren, statt wie vorgesehen in Montegrazie zu übernachten.

Das würde ihn auch der Gefahr entheben, womöglich dieser Deutschen zu begegnen, der neuen Besitzerin des Wasserhauses.

So neugierig er auf sie auch sein mochte – im tiefsten Innern fürchtete er sich davor, sie kennenzulernen. Gesichtslos, körperlos war sie ihm weitaus lieber, eine Gestalt, die er verabscheuen und gegen die er Ränke schmieden konnte, ohne daß sein Gewissen ihm einen Strich durch die Rechnung machte. Und heute fühlte er sich weiteren Komplikationen besonders wenig gewachsen.

Seltsam, wie die Spannung zwischen zwei Menschen, die einem lieb sind, an den eigenen Nerven zerren kann, dachte er. Ich hätte nie gedacht, daß mich das soviel Kraft kostet.

Langsam, als versänken seine Füße bei jedem Schritt in schwerem, nassem Sand, stapfte er den Teerweg zum Parkplatz hinauf, wo seine Nichte und seine Freundin beidseits stumm am Auto lehnten und auf ihn warteten.

15.

Roberto Del Mistero war ein geduldiger Mann, auch wenn er äußerlich eher hektisch wirkte, immer in Bewegung. Seine Frau kannte das gut an ihm; seine Redeschwälle und seine fahrige Gestik waren im Grunde nichts anderes als Ablenkungsmanöver, die seine unerschütterliche Langmut verbergen sollten. Als waschechter Italiener liebte er die Schauspielerei und ließ sich von Freund wie Feind nicht gern in die Seelenkarten blicken.

Heute jedoch war er mit seiner Geduld am Ende. Sandra hörte es daran, wie er beim Heimkommen die Haustür ins Schloß warf, ohne sich im mindesten um die lärmempfindliche alte Nachbarin zu ihrer Linken zu kümmern.

»Na, *tesoro*, magst du vor dem Abendessen einen Schluck trinken?« Sandra beugte sich vor und gab ihrem Mann, den sie auch nach zwanzig Ehejahren noch voller Zuneigung »Schatz« nannte, einen Kuß auf die Wange. Er entwand sich ihr knurrend. »Eine ganze Flasche! Am besten gleich den Rum, den wir aus Guadeloupe mitgebracht haben! Herr im Himmel, es ist wirklich zum Haareausraufen und Sichbesaufen!«

»Was denn, *carissimo*?«

Ihre sanfte, dunkle Stimme verriet wie immer echte Anteilnahme. Seit ihre Tochter aus dem Haus war, hatte Sandra ihre Berufstätigkeit wieder aufgenommen. Doch obwohl sie nach acht Stunden im Büro, Besorgungen und Hausarbeit manchmal ziemlich erschöpft war, hatte sie für die Belange ihrer Familie stets ein offenes Ohr. Roberto schätzte ihren Rat, auch in beruflichen Fragen. Was ihr an architektonischem Sachverstand mangeln mochte, machte sie durch einen ausgeprägten Sinn fürs Wesentliche wieder wett. Und vor allem konnte sie sich ausgezeichnet in andere Menschen einfühlen.

»Na, diese Typen im Denkmalschutzamt! Immer wieder schaffen sie es, einem Steine in den Weg zu legen! Heute hat mich so einer wieder den letzten Nerv gekostet.«

Del Mistero warf seine Jacke über einen Küchenstuhl, griff nach einem Glas und schenkte sich großzügig aus der Rumflasche ein, die ihm Sandra auf den Tisch gestellt hatte. Zusammen mit einem Löffel braunem Mascabada-Zucker, dem Saft zweier kleiner Limonen und ein paar Eisstücken wurde daraus ein echter *ti-punch*, ein karibisches Getränk, dessen Aroma ihm wie Feriendurft in die Nase stieg.

Während er unmutig im Glas rührte, daß die Eisstückchen aneinanderklirrten, berichtete er Sandra von seinen Telefonaten. »Will uns da einer doch glatt verbieten, die Gartentreppe abzureißen und neu an der Wand entlangzuführen! Eine antike Treppe sei das, sagt er, die erhalten bleiben muß! Antik!« Roberto schnaubte. »Seit wann liegen die vierziger Jahre in der Antike? Erklär mir das mal!«

»Um welche Treppe geht es denn?«

»Um die vom Wasserhaus in Montegrazie, das diese Marianna gekauft hat, die nette Deutsche, du weißt schon, die Rothaarige.«

»Ja, ist das denn kein antikes Gemäuer?« Sandra wußte sofort, um welches Projekt es sich handelte.

»Doch, schon! Aber die Treppe nicht. Früher gab es keinen Zugang vom ersten Stock in den Garten. Die Treppe von der Küche aus nach unten wurde eindeutig erst vor ein paar Jahrzehnten hinzugebaut. Aber mach das so einem Idioten mal klar. Die hören nur, daß etwas älter als zwanzig Jahre ist, und bestehen gleich auf dem Denkmalschutz.«

»Hast du ihm denn keine Fotos geschickt?«

»Hab ich natürlich. Aber bei dem Brombeergestrüpp, das in

den letzten zehn Jahren um die Treppe herum gewuchert ist, war nicht so sehr viel zu erkennen.«

»Vielleicht«, sagte Sandra nachdenklich, »hat Marianna inzwischen das Gestrüpp weggehackt, und du kannst bessere Fotos nachreichen.«

»Damit das Ganze dann noch länger dauert! Die sitzen doch in Genua nur auf ihren Bürokratenärschen herum und machen einem das Leben schwer! Nein, wir müssen wirklich zusehen, daß wir vorankommen, sonst zieht sich der Ausbau noch die nächsten zwei Jahre hin.«

»Hast du denn mit dem Verantwortlichen in Genua persönlich telefoniert? Oder war der dauernd in Besprechungen?« Sandra kannte die Art und Weise, unliebsame Telefonanrufe an Untergebene abzuwimmeln, aus ihrer eigenen Sekretariatsarbeit nur allzugut.

»Nein, das nicht.« Roberto schlürfte seinen Drink und sah seine Frau über den Rand des Glases hinweg an. Gut, sich den Ärger von der Seele reden zu können ... und der *ti-punch* tat auch schon seine Wirkung, wärmte angenehm seine Magengrube. »Ich hatte den Richtigen dran. Der Typ heißt Baldi, Marco Baldi. Mit ihm hatte ich schon ein paarmal zu tun. Einer von den ganz Scharfen. Leider hat ausgerechnet er Mariannas *progetto* in Händen.«

Sandra wandte sich dem Kühlschrank zu und zog die *antipasti* heraus, die sie auf dem Weg vom Büro in einem Feinkostladen eingekauft hatte. Sie kochte zwar auch selbst ganz gern, hatte aber selten ausreichend Zeit für längere Vorbereitungen.

»Kennst du ihn persönlich?« Sie breitete eine Tischdecke über den Tisch und begann, Teller und Besteck darauf zu arrangieren.

»Nein, noch nicht.« Roberto reichte ihr den Brotkorb, griff sich ein Holzbrett und das Brotschneidemesser und säbelte dicke Scheiben von dem *baguette* ab, das Sandra im Ofen aufgebacken hatte. »Hab auch keine Lust, den Kerl kennenzulernen.«

»Solltest du vielleicht aber. Im persönlichen Gespräch läßt sich so etwas bestimmt besser bereden als am Telefon.«

»Ich fahre doch nicht wegen einer Treppe bis nach Genua!« Der empörte Ton in Robertos Stimme täuschte nicht darüber hinweg, daß er anfing, ernsthaft über ein Treffen mit diesem Baldi nachzudenken.

»Nein, natürlich nicht.« Sandra richtete die Vorspeisen auf dem Tisch an und setzte einen Topf Wasser für die *pasta* auf. Heute gab es frische *tagliatelle* mit ebenso frischem *pesto*, der ligurischen grünen Sauce aus zerstampftem Basilikum, Knoblauch, Pinienkernen, Parmesan- und Schafskäse. Im Nudelladen an der Ecke wurde sie täglich neu zubereitet; die Händlerin sparte dabei auch nicht, wie manche anderen, an dem duftenden Kraut.

»Frag doch diesen Baldi, ob er nicht selbst herkommen und die Treppe in Augenschein nehmen möchte. Wenn er wirklich so scharf hinterm Denkmalschutz her ist, wie du sagst, muß sie ihm doch eigentlich ein Dorn im Auge sein. Eine Treppe aus den vierziger Jahren paßt doch gar nicht zu dem Haus.«

Roberto Del Mistero schichtete die Brotscheiben in den Korb und bückte sich, um eine Flasche stilles Mineralwasser für seine Frau aus dem Kühlschrank zu holen. Und eine Flasche Pinot grigio. *Acqua fa la ruggine,* Wasser allein macht rostig, erklärte er seinen Kunden häufig, wenn er mit ihnen zum Essen ging. Ein guter Tropfen Weißwein, und die Welt sah gleich viel freundlicher aus.

»Keine schlechte Idee«, sagte er, während er die Flasche entkorkte. »Hab ich natürlich auch schon dran gedacht.«

Sandra blinzelte ihrem Roberto zu, der seinen Magenwärmer ausgetrunken hatte, jetzt mit Wasser nachspülte und das Glas auf die Anrichte stellte, statt es gleich in die Spülmaschine zu tun. »Natürlich, Liebling.«

»Wenn ich ihm weismache, daß nur er als der große Experte so einen komplizierten Fall richtig beurteilen kann ... Auf ihr Expertentum bilden sich diese Denkmalschützer immer besonders viel ein.« Der Architekt grinste verächtlich. Auch er hatte schließlich die Universität besucht und im Nebenfach die *belle arte* studiert. Auf diesem Gebiet konnte ihm keiner von diesen Bürohengsten im Denkmalschutzamt ein X für ein U vormachen. Aber wenn es der Sache dienlich war, stellte er sein Licht auch mal unter den Scheffel.

»Ja, ich glaube, ich kriege den Baldi dazu, sich die Treppe selbst anzusehen.«

»Und dann, *tesoro*, kriegst du bestimmt auch die Abrißgenehmigung.« Sandra setzte sich und entfaltete ihre Serviette. »*Buon appetito!*«

»Und, was noch wichtiger ist, die Genehmigung zum Wiederaufbau. Sonst muß Marianna nämlich die Hühnerleiter nehmen, um in den Garten runterzusteigen!« Roberto lud sich ein paar weiße Muschelschälchen voll *frutti di mare* auf den Teller. »Aber das kriege ich dann wohl hin. Alte Originalsteine für die Treppe kann ich bei einer anderen Baustelle schon auftreiben. Und darum geht es ja vor allem: den antiken Anblick!«

Marianne legte den Hörer auf. Ihr Gesicht leuchtete. Wie schön, daß Anja sie für ein paar Tage besuchen kam! »Ich kann zwar nicht lange bleiben«, hatte sie am Telefon gesagt, »aber für ein verlängertes Wochenende reicht es. Dann schaue ich mir mal dein neues Zuhause an, und den Ort, von dem du immer so schwärmst.« Sie wollte noch eine Kollegin mitbringen, »Jutta Amberger, du kennst sie noch nicht, ich habe sie erst vor ein paar Monaten eingestellt. Sie ist ausgesprochen nett, eine patente, fähige Person, und hat mir neulich sehr bei einem schwierigen Verhandlungsprojekt geholfen. Weil sie genau so ein Italienfan ist wie du, habe ich ihr versprochen, sie mitzunehmen, falls du nichts dagegen hättest.«

»Nein, bring sie nur mit! Du weißt aber, mehr als provisorische Gästezimmer kann ich euch nicht bieten. Bei mir ist noch volle Baustelle!«

Kein Problem, hatte Anja gelacht. Im Gegenteil, eine willkommene Abwechslung nach all den genormten Kettenhotels, in denen sie bei ihren Geschäftsreisen so oft absteigen mußte. »Ein Kasten Oktoberfestbier als Dankeschön ist dir sicher!«

Echtes Münchner Oktoberfestbier – damit würde Marianne sogar ihre Maurertruppe in Versuchung führen, die sonst höchstens ein Glas selbstgekelterten Roten zum Mittagessen trank. Beim Wort *Oktoberfest* pflegten die Augen der Italiener aufzuleuchten. Viele von ihnen hatten schon einmal eine Bustour nach München unternommen, um sich auf der berühmtesten Bierfestwiese der Welt in Gesellschaft zahlreicher Freunde ordentlich die Hucke vollzusaufen. Von jeder Besuchermillion kamen mehrere hunderttausend alljährlich allein aus Italien. Auch Tonio und Enrico, der geschickte Baggerführer, hatten feuchtfröhliche Erinnerungen an die Riesen-Bierzelte auf der Theresienwiese und die großbusigen Kellnerinnen im Dirndl, die in jeder Hand fünf Maßkrüge zugleich heranzuschleppen vermochten. Ansonsten war München ihnen aber nur schemenhaft im Gedächtnis geblieben.

Inzwischen verstand sich die *padrona* bestens mit den sechs Männern, die von früh bis spät in ihrem Haus hämmerten, sägten, Steine klopften, die Betonmischmaschine in Gang hielten und mit der *ruspa* – einem Mini-Bagger, kaum anderthalb Meter hoch, wie Marianne staunend festgestellt hatte, und speziell für das Durchkommen auf knappem Raum geeignet – das Erdreich ausbaggerten, um die Abwasserrohre legen zu können. »*Scusi, Marianna*«, rief Maurermeister Tonio mindestens zwanzigmal am Tag, »können Sie mal rasch runterkommen und sagen, wie Sie das haben wollen?« Ihren Vornamen hatte er inzwischen akzeptiert, auch wenn er beim Abstand wahrenden Sie geblieben war. Alle anderen nannten sie nach wie vor *padrona*. Vormittags gegen halb elf und nachmittags um halb vier servierte sie allen ein Täßchen *caffè* aus ihrer extra dafür angeschafften *moka* im Großfamilienformat. Daneben legte sie stets einen süßen Bisquit, wie in einem teuren Strandcafé. »*Padrona,* Sie verwöhnen uns zu sehr«, hatte Olly nach ein paar Tagen mit zufriedenem Lächeln gesagt und sein Bäuchlein getätschelt, als sei es im Begriff, sich zu einem riesigen Keksbauch auszuwachsen. Und dann hatte er ohne ein Wort zugelangt, als er sie das nächste Mal mit einem schweren Einkaufskorb am Arm die Gasse heraufkeuchen sah. Von da an war immer einer der Zwillinge zur Stelle, um ihr beim Tragen der Einkäufe, beim Möbeltransport von einem Zimmer ins andere oder sonstigen Arbeiten zur Hand zu gehen, die sie allein nur schwer bewältigen konnte.

Marianne lächelte vergnügt in sich hinein. Anja würde Augen machen, mit welcher Zuvorkommenheit »ihr« Bautrupp sie behandelte und welch fröhliche Laune die Männer beim Arbeiten ausstrahlten. In München, bei der Renovierung ihrer ererbten Etagenwohnung, hatte ihre Freundin mit den Handwerkern ganz andere Erfahrungen gemacht.

Wie schön, daß sie ausgerechnet nächstes Wochenende hier sein würde, wenn man das Septemberfest in Montegrazie feierte! Nunzia hatte ihr im Laden, der Klatschbörse des Dorfes, aufgeregt davon berichtet. Normalerweise wurde hier zu Sommerbeginn ein großes Dorffest abgehalten; das hatte Marianne leider um wenige Tage verpaßt. Ein zweites Fest fand meist um den 8. September herum statt, Mariä Geburt – ein katholischer Feiertag, der in diesem, der Jungfrau-Mutter Maria geweihten Dorf sehr feierlich begangen wurde. Die erste Messe, hatte Nunzia stolz verkündet, war schon am frühen Morgen um halb sechs, die zweite dann um sieben, die dritte um zehn, bis am frühen Abend die letzte gelesen wurde. Manchmal gab es sogar ein Konzert auf der schönen Orgel mit Holzmanual, die aus dem 18. Jahrhundert stammte und von Geraldos Bruder Sebaldo, einem in ganz Italien berühmten Orgelbauer, penibel instand gehalten wurde.

Ja, und bei jeder einzelnen Messe läuten uns die mißtönenden Kirchenglocken die Seele aus dem Leib, hatte Marianne gedacht, aber natürlich nicht laut geäußert.

Am Wochenende danach beging man traditionell das zweite Dorffest des Jahres. »Damit auch die etwas zu feiern haben, die nicht in die Kirche gehen«, hatte Ladenbesitzerin Annalisa in ihrer halb spöttischen, halb resignierten Art gesagt. Auf Mariannes verwunderte Bemerkung, sie habe geglaubt, das ganze Dorf sei katholisch, hatte sie aufgelacht. »So katholisch wie der Papst! Aber längst keine so eifrigen Kirchgänger. Der Pfarrer ist schon ganz verzweifelt, weil die Kollekte wohl nie ausreichen wird, um das Kirchendach endlich zu flicken, durch das es seit Jahren hereinregnet.«

Meistens, hatte sie ihr erklärt, werde eine freie Schauspieltruppe ins Dorf geholt, die dann eins der beliebten Volksstücke im Dialekt aufführte. Dieses Jahr aber sei vom Sommerfest ein ziemlich großer Betrag übriggeblieben, und die jungen Leute im Festkomitee hätten für ein zweites Tanzfest votiert, mit einer guten Band, die auf dem Dorfplatz spielen würde. »Und wenn es regnet?« Na – Annalisa hatte die Achseln gezuckt –, dann machte die Band halt Pause, bis es wieder aufhörte, und die Festgäste tranken einstweilen in den *tavernette* weiter, den Gewölbekellern, die von den Dorfbewohnern extra fürs Fest ausgeräumt und mit Tischen und Stühlen bestückt wurden. »So was«, meinte sie, »ist aber in all den Jahren nur einmal vorgekommen. Meist hält das Wetter bis zu unserem Fest.«

Marianne freute sich darauf, mit Anja und Jutta das Dorffest zu besuchen, ihnen die Einheimischen vorzustellen, die sie schon kannte, die hausgemachten Ravioli zu probieren, die bei dieser *sagra* von den besten Köchinnen des Dorfes zubereitet wurden – und natürlich den guten Roten, den Geraldo ausschenken würde. Vergnügt vor sich hin summend, suchte sie im Schrank nach Handtüchern und Bettwäsche für ihre Gäste und überlegte gerade, wie sie den großen, noch stromlosen Raum neben der Loggia wohl für Anjas Kollegin herrichten könnte, als das Telefon erneut klingelte. Die Stimme des Architekten, wie immer etwas atemlos, klang an ihr Ohr.

»Marianna – sind Sie heute nachmittag um vier zu Hause?

Es wäre gut, wenn Sie das einrichten könnten. Ein Drache aus Genua läßt sich herab, Ihr Haus persönlich in Augenschein zu nehmen.«

»Was, vom Denkmalschutzamt?«

»Genau. Es geht vor allem um die Abrißgenehmigung für die Treppe in den Garten, und dann auch noch um Ihren neuen Außenkamin.« Del Mistero hatte sich gewundert, wie rasch Marco Baldi auf seine Bitte, nach Montegrazie zu kommen, eingegangen war. Ein gutes Zeichen – oder ein ungünstiges? Der Architekt traute dem Frieden nicht. »Und wenn wir schon mal dabei sind«, fuhr er fort, »fragen wir auch gleich wegen des Fensters im Gewölbekeller, Ihrem künftigen Badezimmer. Das Loch muß ja vergrößert werden. Ich hoffe, der Typ sieht das ein und verweigert uns die Genehmigung nicht.«

»Kennen Sie ihn? Wie ist er denn?«

»Keine Ahnung – außer, daß er Argusaugen hat und äußerst gründlich vorgeht. Aber«, Del Mistero feixte hörbar, »ich verlasse mich auch auf die *bella strega rossa* und ihre Hexenkünste. Zaubern Sie ihm gute Laune, dann kriegen wir alles, was wir brauchen!«

Marianne schluckte. Na wunderbar, es sollte also von ihrem Charme abhängen, ob das Denkmalschutzamt die erforderlichen Genehmigungen erteilte oder nicht! Und was wäre, wenn der Drache sich dagegen völlig immun zeigte? Sie sah ihn schon vor sich, einen im Dienst ergrauten, streng bebrillten Endfünfziger, der Paragraphen ritt, als seien sie sein Steckenpferd, und keinen einzigen Blick über die Vorschriften hinaus auf eine hübsche, rothaarige Deutsche verschwendete.

»Ich werde mein Bestes tun«, sagte sie verzagt ins Telefon.

Und was sollte sie bloß zu so einem Anlaß anziehen? Baustellengerechte Klamotten wie die alten Jeans und das T-Shirt, in denen sie hier meistens herumlief? Oder doch lieber das elegante grüne Leinenkleid, das sie neulich auf dem Markt ergattert hatte?

Nein, viel zu sexy, entschied sie. Das Kleid mit dem tiefen Ausschnitt hob sie sich für einen angenehmeren Anlaß auf. Aber was dann? Ihr Kleiderschrank war nicht so reich bestückt, wie sie es von München her gewöhnt gewesen war. Dort hatte sie sich oft in Schale werfen, Kleidung für unterschiedlichste berufliche und private Anlässe bereithalten müssen. Hier in ihrem kleinen italienischen Dorf kam sie mit weit weniger – und auch weniger kostspieligen – Kleidungsstücken aus. Marianne war das sehr recht; so gab sie wenigstens nicht soviel Geld für bloße Äußerlichkeiten aus. Ihr Hausausbau würde noch teuer genug.

Irritiert sah sie auf die Uhr. Zum Glück erst halb elf vorbei; sie hatte noch reichlich Zeit, sich zu entscheiden. Und welchen Ton sollte sie dem Drachen gegenüber anschlagen? Heiter-gelassen, betont sachlich, oder doch lieber sprühend vor Charme, auch wenn das Ungeheuer sie kaum als Frau wahrnehmen sollte? Welcher Typ von Italiener verschrieb sich wohl dem Denkmalschutz?

Marianne seufzte. Am besten, sie ging auf einen Sprung zu Flavia hinüber. Ein kleiner Schwatz unter Nachbarinnen war ein probates Mittel gegen aufkeimende Nervosität.

Tonios Schlagbohrer im Untergeschoß machte einen solchen Höllenlärm, daß sie das Klopfen an der Haustür beinahe überhört hätte. Sie warf den Lippenstift beiseite, den sie gerade angesetzt hatte – zum Teufel, da würde sie dem Denkmalschutzmenschen eben ungeschminkt gegenübertreten! –, und eilte durch den Flur, um zu öffnen.

Del Mistero reichte ihr förmlich die Hand. »*Buongiorno*, Signora Roth, darf ich Ihnen Signor Baldi vom Denkmalschutzamt in Genua vorstellen?«

Ein hochgewachsener, schwarzhaariger Mann Mitte Dreißig, trotz der Spätsommerhitze korrekt in Anzug und Krawatte gekleidet und mit einer förmlich wirkenden Aktentasche unterm Arm, trat hinter dem Architekten hervor und deutete mit dem Kopf eine Verbeugung an. Seine blaugrünen Augen weiteten sich erstaunt, ja fast erschrocken, als er ihr ins Gesicht sah; Marianne hätte schwören können, daß er erblaßte. Dann fing sich der Fremde jedoch wieder. »*Buongiorno, signora.*« Ihre ausgestreckte Hand übersah er.

»*Permesso* ...« Del Mistero machte einen Schritt ins Haus und hielt dem Denkmalschützer die Tür auf.

»Ja, kommen Sie bitte herein«, sagte Marianne und setzte ihr gewinnendstes Lächeln auf. Sie hoffte, es war ihr nicht anzusehen, daß sie die karge Begrüßung verärgert hatte. »Hier entlang, bitte.«

Das Kreischen des Schlagbohrers übertönte ihre Schritte. Dann brach es ab. Kurz darauf hallten wuchtige Schläge durchs Haus.

»Die Maurer sind wohl gerade dabei, die Ölmühle zu zerlegen«, meinte Del Mistero, zu Baldi gewandt, »entschuldigen Sie, ich sage ihnen Bescheid, daß sie mal eine Weile Ruhe geben sollen! Man versteht ja sein eigenes Wort nicht.«

»Machen Sie sich keine Mühe«, erwiderte Marco Baldi kurz. »Ich bin Baustellenlärm gewöhnt.« Seine Augen folgten Marianne, die ihnen voraus in die Küche ging. Ihr dichtes, dunkelrotes Haar war am Oberkopf zu einem Pferdeschwanz zusammengefaßt, der ihren Nacken verhüllte und zwischen den Schulterblättern wippte. Der straffe, gerade Rücken in der weißen Batistbluse ging in zwei nicht eben zierlich zu nennende, aber wohlgeformte Rundungen über, die von einem engen, wadenlangen, rostroten Rock umhüllt waren. Die Beine wirkten lang und kräftig, die Fesseln schmal in den halbhohen Ledersandalen. Beim Gehen setzte sie die Füße leicht auswärts wie eine Ballerina.

Kein Zweifel, das war sie. Die Frau vom Strand, die schöne Seejungfrau. Marco hatte sich sehr zusammennehmen müssen, ihr nicht überrascht entgegenzulächeln. Auch jetzt konnte er seine kühle Maske nur deshalb aufrechterhalten, weil er sie sein ganzes Berufsleben lang eingeübt hatte, immer auf der Hut vor emotionalen Auseinandersetzungen mit aufgebrachten Hausbesitzern, deren Pläne er gesetzestreu durchkreuzen mußte. Doch das hier besaß noch eine ganz andere Dimension, die mit dem Denkmalschutz nur sehr am Rande zu tun hatte. Marco spürte, wie ihm der Schweiß unter Hemd und Anzug ausbrach. Am liebsten hätte er auf den Fersen wieder kehrtgemacht.

Er riß den Blick von Mariannes Beinen los und bemühte sich, ein nichtssagendes Gesicht beizubehalten, als sie die Küche betraten. Aber dann kam der Anblick doch wie ein Schock.

Acht, neun Jahre war es her, daß er hier mit seiner Schwester Elisa und Carlos Onkel Ottavio gesessen und einen guten *caffè corretto* getrunken hatte, angereichert mit der selbstgebrannten Grappa, auf die Ottavio so stolz gewesen war. Jetzt erinnerte nichts mehr an den gemütlichen, mit alten, aber stets blankgeputzten Möbeln eingerichteten Raum, der damals das Herz des Hauses gewesen war. Die Küche sah aus, als habe sie einen Bombenangriff überstanden. Fettiger Ruß überzog Wände und Decke; der Resopalschrank hatte angeschmorte Kanten; vom weißen Lackschränkchen unter der Marmorspüle war die Farbe abgeschmolzen. Küchentisch und -stühle fehlten; wahrscheinlich waren ihre Überreste gleich auf dem Müll gelandet. Nur der Campingkocher schien unbehelligt aus dem Brand hervorgegangen zu sein; Spüle und Boden waren, so gut es ging, saubergeschrubbt.

»Wer hat – was war denn hier los?!«

Gerade noch rechtzeitig erinnerte Marco sich daran, daß er von einem Küchenbrand ja nichts wissen durfte. Weder die Deutsche noch der Architekt ahnten schließlich, mit wem sie es hier zu tun hatten. Und Lucia war telefonisch vorgewarnt; sie würde nicht unvermittelt hereinschneien und seine Anonymität auffliegen lassen.

Trotz des Kloßes, der ihm im Halse saß, versuchte er, seine Stimme erstaunt, aber unbeteiligt klingen zu lassen.

»Ach«, sagte Marianne und sah ihn aus großen goldbraunen Augen an, »hier hat es vor kurzem gebrannt. Aber die Maurer werden das bald alles renovieren.«

»Soso«, murmelte Marco, »ähem, das sieht ja schlimm aus.« Viel schlimmer, als Lucia ihm gestanden hatte. Und dabei hatte sie ganz genau gewußt, was der Brand angerichtet hatte; sie war ja am Tag danach heimlich im Wasserhaus gewesen, mit dem Schlüssel, den die Deutsche ihr unterm Fußabstreifer hinterlegt hatte.

Sein Blick fiel auf den Campingkocher, der über eine blaue, von dickem Gummi ummantelte Leitung mit der Gasflasche in dem angebrannten Schränkchen verbunden war. Marco spürte, wie ihm das Blut aus dem Gesicht wich. Mühsam rang er um Fassung. Was, wenn das Ding bei dem Brand explodiert wäre?!

»Ist nicht so tragisch.« Marianne zuckte die Schultern, als habe sie seine Gedanken gelesen, und widmete Marco ein Lächeln, das seine Knie noch weicher werden ließ. »Es ist ja weiter nichts passiert. Und die Küche muß ohnehin renoviert werden.«

Meine Güte, hatte die Frau ein Glück gehabt! Marco schluckte; sein Adamsapfel schrammte an der enggezurrten Krawatte entlang. Na warte, Lucia, dachte er, mit dir habe ich noch ein Wörtchen zu reden!

Aber dann fiel ihm siedendheiß ein, daß er es schließlich selbst gewesen war, der seine Nichte auf dumme Ideen gebracht hatte. Im Grunde konnte er nur sich dafür verantwortlich machen, wenn sie es mit dem Schreckeinjagen übertrieben hatte. Ohne ihn wäre Lucia ja gar nicht auf den Gedanken gekommen, der Deutschen böse Streiche zu spielen.

Der Fremden, die jetzt Lucias Erbe okkupierte. Marianne Roth, der neuen Besitzerin des Wasserhauses.

Keine schnippische Nordländerin, kühl und überheblich, die er einfach von Herzen unsympathisch finden konnte. Keine vierschrötige Alte mit stechendem Blick. Keine schmuckbehängte Witwe, die das Geld ihres frühverstorbenen Gatten in Auslandsimmobilien anlegte und sich einen feuchten Kehricht darum scherte, wer darin einmal gelebt hatte oder gestorben war.

Da stand sein Feindbild nun vor ihm, eine schöne, selbstbewußte Frau mit leuchtendem Haar und goldbraunen, irritierend gleichmütigen Augen, die offenbar nichts so leicht aus der Ruhe brachte. Sogar der Brandanschlag, bei dem sie hätte ums Leben kommen können, schien ihr das Wasserhaus noch keineswegs verleidet zu haben. Geschweige denn die geisterhaften Geräusche, mit denen er und sein Techniker sich soviel Mühe gegeben hatten, oder Gabriellas gespenstische Fußstapfen in der Ölmühle.

Eine harte Nuß, diese Frau, viel härter, als ihre zarte Schale vermuten ließ, die weiche Haut des Halses und das empfindsame Grübchen in der Oberlippe …

Reiß dich zusammen, du Dummkopf, mahnte er sich, sonst kannst du deine Pläne gleich vergessen!

Mit steinernem Gesicht, das keinerlei Mitgefühl für das arme Opfer eines Hausbrandes erkennen ließ, blickte Marco an Marianne vorbei zur offenstehenden Gartentür. Sein schwarzes Haar glänzte in der Nachmittagssonne, die in breitem Strahl hereinfiel.

Irgendwoher kenne ich diesen Mann, dachte sie, ich habe ihn schon mal gesehen, da bin ich ganz sicher. Aber wo bloß?

Wie ein Drache sah er nicht aus, fand sie, eher wie ein Löwe, der sein Revier abschreitet und dabei die Nase ein bißchen hoch trägt. Erheblich jünger, als sie gedacht hatte. Und noch erheblich kühler als gefürchtet.

Sie setzte ihr verbindlichstes Lächeln auf. »Immerhin, zum Kochen kann ich die Küche noch benutzen«, sagte sie. »Darf ich Ihnen beiden einen Kaffee anbieten?«

»Nein, danke.«

»Ja, bitte – oder nein, danke, jetzt nicht, vielleicht später.«

Baldi und Del Mistero hatten beide gleichzeitig geantwortet. Mariannes Lächeln fror in den Mundwinkeln ein. Mit resignierter Handbewegung wies sie auf die Außentreppe, den Stein des Anstoßes. Bringen wir es hinter uns, dachte sie. Dieser Typ war offenbar kalt wie eine Hundeschnauze. Schöne Larve und kein Gefühl dahinter.

»Sie wollten sich die Gartentreppe ansehen – bitte sehr!«

Del Mistero ergriff die Gelegenheit, seinen sorgsam vorbereiteten Diskurs über das Alter der Treppe loszuwerden. »Sehen Sie, hier, diese Treppenbeläge stammen eindeutig aus den vierziger, maximal Ende dreißiger Jahren, das Muster im gegossenen Stein war damals ganz neu und galt als sehr modern. Ich habe Ihnen ein paar Dokumentationen dazu aus dem Architektur-Archiv der Universität Mailand kommen lassen; wenn Sie einen Blick hineinwerfen möchten ...« Er kramte in seiner grauen Aktenmappe.

»Nein, danke, nicht nötig.«

Marco ließ seinen Blick über die Treppe schweifen, die steil in den kleinen Garten hinabführte und ihn auf unschöne Weise teilte. Das Ausbauprojekt sah vor, sie abzureißen, mit antiken *pietre a vista* an der Hausmauer entlangzuführen und in anmutigem Bogen im Garten enden zu lassen. Eine stilvolle Lösung, ganz im Sinne der *belle arte*, wie Marco zugeben mußte. Und natürlich hatte der Architekt völlig recht; die Treppe war nicht antik, sondern stammte eindeutig aus der Zeit kurz vor dem Zweiten Weltkrieg. Aber das hieß noch lange nicht, daß sie nicht inzwischen unter Denkmalschutz stand – oder darunter vermerkt werden könnte, wenn man das unbedingt wollte.

Marco beschloß, sich zu diesem Punkt sehr abweisend zu äußern. Irgendein passender Paragraph im Gestrüpp der neuen Denkmalschutzvorschriften müßte dazu bestimmt zu finden sein, wenn er nur lange genug danach suchte.

Der Feigenbaum, der schon zu Zeiten von Carlos Großmutter so viele süße blaue Früchte getragen hatte, wucherte unbeschnitten über die südliche Gartenhälfte und verdeckte mit seinen riesigen, fünffingrigen Blättern die Sicht aufs Meer. Marco stieg die Treppe hinunter und hob ein paar der weit herabhängenden Zweige aus dem Weg. »Und was ist mit dem Kamin?« fragte er. »Sie haben in Ihrem *progetto* hier« – er deutete auf die Westfront des Hauses – »einen Außenkamin eingezeichnet.«

»Ja, genau. Die Ölmühle hier unten«, antwortete Del Mistero, »soll die Bibliothek der Hausherrin beherbergen. Dazu muß sie trocken und gut beheizbar sein. Eine Gas-Zentralheizung allein schafft das nicht; der Raum ist zu groß. Sie wissen ja, hier im Dorf gibt es noch keine Stadtgasversorgung; es muß über *bombole* geheizt werden.«

»Ja, und?« Der Denkmalschützer sah den Architekten ungeduldig an. Del Mistero beeilte sich, zur Sache zu kommen. Du Idiot, dachte er, du weißt doch genau, worauf ich hinauswill.

»Nun, ein geschlossener Holzkamin würde das Problem sehr gut lösen. Aber durch die Gewölbe hindurch läßt sich das Kaminrohr nicht nach oben führen.«

Er trat unter das Baugerüst, auf dem zwei Stockwerke höher Enrico und Olly saßen und alten Putz von der Wand abschlugen. Tellergroße Stücke fielen herab und zerbarsten auf den Plastikplanen, die die rauhen Holzplanken überdeckten. Im Innern der Ölmühle waren Mimmo und Mario dabei, Erde in einen großen Handkarren zu schaufeln. Ihre Arme schwangen im Gleichtakt auf und ab.

»Hier – wenn Sie sich das bitte einmal ansehen würden ...«

Er wies auf den Mauerbogen zwischen zwei massigen, dennoch elegant geformten Stützpfeilern aus Natursteinen, den Platz, den Marianne für ihren Heizkamin vorgesehen hatte.

Marco trat ein und sah sich in dem Raum um, den er früher nur als lang nicht mehr benutzte Ölmühle gekannt hatte. Ohne die Erdhaufen und die Mühle selbst, deren erhaltbare Teile draußen auf dem Vorplatz unter einer Plane lagerten, sah man erst, wie weitläufig das Gewölbe war, wunderschön gegliedert, mit ausgewogenem Sinn für Formen und Raumaufteilung, wie sie bei modernen Gebäuden nur noch so selten zu finden waren. Das Haus ruhte auf drei breiten Kreuzgewölben, deren Pfeiler an der Nordseite – zu Bonellis Haus hin – mit der Wand zu verschmelzen schienen, an der Südseite jedoch weit in den Raum hineinragten, so daß sie mehrere

Nischen bildeten. An dieser Seite fiel durch drei Rundbogenfenster, deren leicht unregelmäßige Form den jahrhundertealten Gewölben folgte, helles Sonnenlicht in den Raum. Vor dem mittleren Fenster rankte sich eine dunkelrote Bougainvillea; weit hinten im Taleinschnitt lag der unbewegliche Spiegel des Meers.

Marco konnte sich gut vorstellen, hier am Kamin zu sitzen, in Büchern zu blättern, ab und zu den Blick ins Tal schweifen zu lassen. Ein Ort zum Wohlfühlen, zum Lesen, zum Abschalten und Alleinsein. Ja, eine Bibliothek paßte ausgezeichnet in diesen Raum.

Geschmack hatte sie, diese Deutsche. Aber das durfte er natürlich auf keinen Fall zugeben. Eigentlich nicht einmal vor sich selbst.

Del Mistero hatte Tonio Venticello herbeigewinkt, der sich nun anschickte, Marco den Verlauf des vorgesehenen Kaminabzugs zu erklären. »Dieser große Stein kann noch ohne Schaden für das Gewölbe herausgenommen und der Abzug dann mit einem Knie so« – er deutete mit beiden Händen den Schrägwinkel an – »nach außen gezogen werden.«

»Außen gab es aber nie einen Kamin«, sagte Marco hochmütig. »Und nach dem Denkmalschutzgesetz ...«

»... darf auch kein neuer hin. Ja, Signor Baldi, wir sind uns dieses Problems bewußt.« Der Architekt sah zu Marianne hinüber, die ebenfalls in den Raum getreten war und nun, die Arme hinter sich verschränkt, an der Wand lehnte. Ihr Gesicht lag halb im Schatten eines Pfeilers, so daß er den Ausdruck in ihren Augen nicht erkennen konnte.

»Es gibt allerdings eine Lösung«, warf Tonio ein. Sein braungebranntes, sonst so lachbereites Gesicht war in ernsthafte Falten gelegt, wie immer, wenn es etwas mit einem Vertreter der Behörden auszuhandeln galt. Der Maurermeister wußte aus Erfahrung, daß die meisten Offiziellen ihren Sinn für Humor erst am Ende der jeweiligen Auseinandersetzung wiederfanden. Immer vorausgesetzt, sie hatten überhaupt welchen. Bei diesem Baldi schien das eher nicht der Fall zu sein.

»Die tragenden Mauern sind ausgesprochen dick, fast einen Meter«, fuhr er fort. »Wir könnten von außen eine Rinne hineinschlagen, in die der Kaminabzug paßt, und sie dann mit Natursteinen abmauern. Dann wäre der Abzug fast nicht zu sehen; er stünde nur wenige Zentimeter nach außen vor.«

Tonio sah Marco erwartungsvoll an.

»Einige Zentimeter, sagen Sie? Na, mal sehen. Und das Dach? Sie bräuchten ja auch einen neuen Kaminaufsatz. Das nimmt den Nachbarn die Aussicht.«

Marco wußte, wie er jedes seiner Argumente einzeln auszuspielen hatte, Stein auf Stein, als baute er ein Mausoleum, in dessen Dunkel er den Ausbau-Traum dieser Deutschen begraben wollte.

»Mit meinen Nachbarn habe ich schon gesprochen.« Marianne löste sich von der Wand und kam auf Marco zu. Ihr Gesicht war gleichbleibend freundlich, doch in ihrer Stimme hörte man die Anspannung, unter der sie stand. »Carlo – ich meine, Signor Bonelli hat nichts dagegen, wenn an dieser Stelle ein Kamin aufs Dach kommt. Es ist ohnehin bereits einer da, der Abzug des Küchenkamins. Der stört ihn viel mehr, hat er gemeint.«

»Ja, und der kann bei dieser Gelegenheit abgeschlagen werden«, mischte sich Del Mistero wieder ins Gespräch. Dabei lächelte er Marco Baldi an, als sei es das Natürlichste auf der Welt, sich mit den Nachbarn gütlich zu einigen. »So haben beide Parteien etwas davon.«

Carlo! Sie nannte seinen Schwager schon beim Vornamen. Ach richtig – Lucia hatte ja erwähnt, daß sie miteinander ausgegangen waren. Marcos Lippen verkrampften sich und bildeten eine dünne Linie, die sein Gesicht zeichnete wie ein Messerschnitt.

»Der Kamin – na gut, den können Sie bauen. Aber achten Sie darauf«, er sah den Maurermeister streng an, »daß er wirklich nur wenige Zentimeter hervorsteht. Am besten keinen einzigen. Sehen Sie zu, wie Sie das hinkriegen; sonst müssen Sie alles wieder in den ursprünglichen Zustand versetzen. Wir überprüfen das dann.«

»Wird gemacht, *dottore*!« Tonio hob die Hand zur Stirn, wie um einen militärischen Gruß anzudeuten, und verschwand wieder im Garten. Sie hörten, wie er Enrico ein paar Worte zurief, ihn zur Eile antrieb.

»Was die Treppe anbelangt«, sagte Marco mit einer Stimme, die keinen Einwand duldete, »so muß ich erst noch einige Dinge überprüfen. Ich gebe Ihnen dann Bescheid.«

Er hält uns bloß hin, dachte Marianne zornig. Dieser Bürokrat! Es machte ihm offenbar Spaß, sie ein bißchen zappeln zu lassen und seine Macht auszuspielen. Leider hatten gerade solche Typen oft zuviel davon.

Eine steile Falte hatte sich in ihre Stirn gegraben, die sie jetzt mit der Hand zu glätten versuchte. Laut sagte sie, so diplomatisch wie möglich: »Ich bin sicher, Sie finden mit Signor Del Mistero zusammen eine Möglichkeit, die uns beiden gerecht wird ... eine schöne Treppe, die so aussieht, als sei sie immer schon dagewesen, und die keine einzige Vorschrift verletzt.«

Marco gab ein Knurren von sich, das auch als Zustimmung gedeutet werden konnte, und wandte sich dem Architekten zu. »Und wie war das mit dem Badezimmerfenster?«

»Dafür müssen wir wieder nach oben gehen. Bitte, wenn Sie mir folgen möchten ...« Auch Del Mistero war über den voraussehbaren Zeitverlust verärgert, bemühte sich aber, es sich nicht anmerken zu lassen.

Die Tür zum Gewölbekeller war mit einem Riegel gesichert. Marianne öffnete ihn und ließ den Männern, die beide eine Taschenlampe aus ihren Aktentaschen gezogen hatten, den Vortritt.

»Puh, was für ein Gestank!« Marco rümpfte angewidert die Nase. Arme Gabriella, hier hatte sie also neulich stundenlang ausharren müssen ... Kein Wunder, daß sie darauf bestanden hatte, ihre Sachen sofort zur Reinigung zu bringen.

Aus dem Loch in der Außenwand – eigentlich nur einer

winzigen Nische, wahrscheinlich vom einstigen Baugerüst, aus der nachträglich ein oder zwei Steine entfernt oder herausgebröckelt waren – drang nur wenig düsteres Tageslicht in den Raum. Marco leuchtete den Boden ab, um nicht auf Fledermauskot oder Reste toter Mäuse zu treten.

Unter einer Holzkiste blitzte etwas Längliches, Blaues auf. Einem Impuls folgend, bückte er sich, um es aufzuheben.

Ach du meine Güte – Gabriellas Seidenschal!

Marco starrte auf das zarte, königsblau changierende Gewebe, das in seiner Hand zu brennen schien. Hätte er das Ding bloß liegengelassen, wo es war!

Del Mistero lenkte den Strahl seiner Taschenlampe auf den Gegenstand, den der Denkmalschützer gefunden hatte, und pfiff durch die Zähne. »Ein schönes Stück – reine Wildseide, würde ich sagen, sicher nicht billig. Marianne, gehört das Ihnen?«

Marianne trat einen Schritt näher und sah sich den Schal genauer an. Marcos Hand darunter zitterte leicht, als machte es ihm große Mühe, sie nicht wegzuziehen. Erstaunt hob sie den Kopf und versuchte, über dem Schein der Taschenlampe seine Augen auszumachen. Dieser Duft nach Meer und frischen Algen, der von seiner Haut ausging … gar nicht wie ein Rasierwasser; es war vielmehr, als ob sein ganzer Körper dieses natürliche, ihre Sinne anregende Aroma verströmte. Selbst dem Fledermausgestank gelang es nicht völlig, den Duft zu überdecken.

So nah vor dem Mann stehend, hatte Marianne erneut das deutliche Gefühl, ihn irgendwoher zu kennen, seine Aura schon einmal wahrgenommen zu haben, wie Anja das immer nannte.

Und, o Gott, jetzt sagt er gleich etwas über die Farbe des Schals …

Marianne spürte, wie das *déjà vu* unausweichlich auf sie zukam, aus der Unendlichkeit mit dunklen Fingern nach ihr griff. Ihre Nackenhaare kräuselten sich. Sie schlug die Arme um den Körper, wie um sich zu schützen.

»Ein – ein schönes Blau, das Ihnen sicher gut steht.«

Marcos Stimme, rauh vor unterdrückter Erregung, hallte in ihrem Kopf wider, noch bevor die Worte im Gewölbekeller erklangen.

Ihr stockte der Atem. Ja, jetzt fiel ihr wieder ein, wo sie ihn schon einmal gesehen hatte. Der attraktive Mann an der Strandbar, am Prino ... den sie für den Vater des Mädchens im Wasser gehalten hatte, bevor sie merkte, daß es Lucia war. Wie hieß er doch gleich? Marco Baldi? Ja – dann mußte es Lucias Onkel Marco sein.

Und was hatte der hier zu suchen? Wieso gab er sich als Denkmalschützer aus?!

Sie berührte den Schal, als müsse sie sich vergewissern, ob es ihrer sein könnte oder nicht, während sie fieberhaft versuchte, ihre Gedanken zu ordnen. Wieso war Lucias Onkel hergekommen? Wollte er sie ausspionieren? Aber zu welchem Zweck? Und wenn er nun doch Denkmalschützer war ... und das alles nur ein merkwürdiger Zufall? Über seinen Beruf hatte Lucia nichts gesagt, nur, daß er weiter weg wohne. Aber warum tat er dann so, als habe er das Wasserhaus noch nie von innen gesehen? Er mußte hier doch beinahe zu Hause sein!

Zu Hause ... Wie eine Jalousie, die langsam hochgerollt wird, hob sich ein Schleier von ihrem Gedächtnis und gab eine weitere Erinnerung frei. Der Mann, der sie im Haus des Notars beinahe umgerannt hatte, so wütend war er die Treppe heruntergesprungen ... Und der Notar, der etwas von einem Schwager erzählt hatte, mit dem es ein *problemino* gab. Was hatte er gesagt? »... ist mit dem Hausverkauf nicht einverstanden. Aber er hat keine rechtliche Handhabe dagegen.«

Ach, daher wehte also der Wind!

Als sitze eine eklige Spinne auf dem Seidentuch, zuckte Marianne zurück. »Nein, das gehört nicht mir«, hörte sie sich sagen. Ihre Stimme schien in dem Gewölbe zu dröhnen. Marcos Hand mit dem Tuch darin sank. Sein Gesicht schien weiß aus dem Dunkel.

»Na, dann hat es eben irgendwer hier verloren«, sagte Del Mistero. Er klang ungeduldig und wachsam zugleich, als habe er etwas mitbekommen, das er nicht recht einordnen könne. »Behalten Sie den Schal doch einfach! Nach so vielen Jahren wird sich die einstige Besitzerin sicher nicht mehr ...«

»Der Schal lag nicht jahrelang hier«, unterbrach ihn Marianne kalt. Sie hatte ihre Beherrschung wiedergewonnen und trat jetzt noch einen Schritt zurück. »Er sieht aus wie neu. Jemand muß ihn erst vor kurzem hier verloren haben.« Und ich habe da auch einen Verdacht, setzte sie in Gedanken hinzu. Wenn der sich bewahrheitete ...

Marco knüllte den Schal zusammen und wußte nicht, wohin mit ihm. Sollte er ihn einfach in die Jackentasche schieben und so tun, als sei nichts? Oder ihn Marianne aufdrängen, obwohl sie ihn ganz offensichtlich nicht an sich nehmen wollte? »Hier«, sagte er schließlich und hielt ihn Del Mistero hin. »Nehmen Sie ihn Ihrer Frau mit, wenn Ma-, äh, die Signora Roth ihn nicht will. Sie sind doch verheiratet, nicht wahr?«

Zu seiner großen Erleichterung griff der Architekt ohne langes Federlesen nach dem Schal und stopfte ihn in die Hosentasche. »Ja, wenn Marianna ihn nicht will – meine Frau trägt so etwas gern. Sie wird sich freuen. Kleine Geschenke erhalten, äh, auch die Liebe.« Er lachte keckernd und richtete den Strahl seiner Taschenlampe auf das Loch in der Wand. »Und, was meinen Sie, wird der Denkmalschutz aus den Angeln gehoben, wenn wir hier ein kleines Fenster aufmachen? Signora Roth braucht schließlich ein bißchen Licht und Luft in ihrem Bad.«

Marcos Lampenstrahl hob sich und tanzte zitternd neben dem des Architekten, so daß die Außenmauer deutlicher erkennbar war. Laß dir jetzt bloß nichts anmerken, beschwor er sich, tu einfach so, als hättest du die Anspielung der Deutschen überhaupt nicht verstanden. Was kann sie dir schon anhaben? Sie weiß doch nicht einmal, wer du bist!

Aber das Gefühl, Marianne wüßte ganz genau, wen sie vor

sich hatte, und habe diesen Satz in voller Absicht, wie eine Warnung an ihn geäußert, nagte heftig an ihm.

Wenn diese unselige Baubesichtigung doch nur ein Ende hätte! Plötzlich konnte Marco es kaum noch erwarten, wieder aus diesem finsteren Gelaß ins Freie zu kommen. Nichts wie weg hier, bevor er sich womöglich noch durch eine unvorsichtige Bemerkung verriet!

»Ja, ähm, das Fenster«, sagte er und zwang sich zu dem geschäftlichsten Ton, den seine Stimme zur Verfügung hatte, »das geht auf keinen Fall. Wo kein Fenster war, darf auch kein neues entstehen. Selbst wenn die Gemeinde Ihnen das genehmigt haben sollte und kein Nachbar etwas dagegen hat.«

»Aber laut Baukommission der Gemeinde sollte ein derart großes Bad auch einen entsprechenden Luftauslaß haben ...«

»Den können Sie mit einer elektrischen Lüftung herstellen. Das Loch bleibt, wie es ist.«

Marco sah ostentativ auf seine Armbanduhr, knipste die Taschenlampe aus und wandte sich zur Tür. »Wenn Sie mich jetzt entschuldigen würden – ich muß dringend wieder nach Genua zurück.«

Er bückte sich, um mit dem Kopf nicht am Türsturz anzuschlagen, und stieg eilends die wenigen Stufen zum Vorraum hinab. Marianne und Del Mistero folgten ihm.

In der Eingangstür wandte er sich um, als sei ihm im letzten Augenblick eingefallen, daß er sich noch nicht verabschiedet habe. »Wie gesagt, Sie hören noch von mir. *Arrivederci, architetto. Salve, signora.*«

Mit diesen knappen Worten war er verschwunden.

»Ein merkwürdiger Zeitgenosse«, sagte Del Mistero, holte ein Päckchen Zigaretten aus seiner Aktentasche und hielt es Marianne hin. Ihre Hand verriet die innere Erregung, als sie sich vorbeugte, um sich Feuer geben zu lassen. »Erst kann er sich alles gar nicht ausführlich genug anschauen, dann hat er es plötzlich eilig, als sei der Teufel hinter ihm her. Was halten Sie denn von ihm?«

Er sah sie aufmerksam an, als erriete er, was in ihr vorging. Marianne nickte.

»Ja, ein komischer Kerl. Ziemlich unhöflich, finde ich. Und offenbar sehr von seiner Machtposition eingenommen. – Wie ist es mit einem *caffè*, oder hätten Sie gern ein Glas Wein?«

Die Kirchturmuhr schlug sechs. Die Maurer waren inzwischen heimgegangen; aus der offenen Gartentür drang Vogelgezwitscher in die Küche. Die Strahlen der Spätnachmittagssonne fielen auf die Außentreppe und ließen den Glimmer im Steinbelag aufleuchten. »Kommen Sie, wir setzen uns ein bißchen auf die Treppe, frische Luft schöpfen nach dem Fledermausgestank!«

Ein Glas Weißwein in der Hand, saßen sie eine Weile schweigend nebeneinander und betrachteten den Garten. In einer Ecke war Mezzanotte dabei, ein Mauseloch zu bewachen. Eng an den Boden gepreßt, starrte die Schwarzweiße regungslos auf einen dunklen Fleck etwa anderthalb Meter vor ihr; nur die Schwanzspitze klopfte nervös im Takt ihres Herzschlags.

»Er kennt das Haus längst«, sagte Marianne unvermittelt. Der Architekt, der gerade sein Glas zum Mund führen wollte, ließ es erstaunt wieder sinken.

»Wer – dieser Baldi?«

»Ja. Ich habe ihn schon einmal gesehen. Am Strand, mit der kleinen Lucia Bonelli. Er ist ihr Onkel.«

»Ihr Onkel? Sind Sie sicher?«

»Ja. Lucia hat mir von ihm erzählt. Aber«, sie drehte sich um, so daß Del Mistero den Schatten unter ihren Augen sehen konnte, »ich wußte nicht, daß er im Denkmalschutzamt arbeitet. Schon komisch, finden Sie nicht, daß ausgerechnet er mit meiner Akte betraut ist?«

Der Architekt nickte nachdenklich. »Ja, seltsam. Aber solche Zufälle gibt es.«

»Ich halte das nicht für einen Zufall.« Marianne stand auf und warf energisch ihren Pferdeschwanz zurück. »Ich glaube – also, ich glaube, dieser Baldi versucht absichtlich, meinen Ausbau zu sabotieren.«

Del Mistero lächelte ungläubig. »Und was veranlaßt Sie zu dieser Meinung?«

»Naja – er war auch beim Notar, bevor ich den Kaufvertrag unterschrieben habe.« Mit wenigen Worten umriß Marianne, was ihr damals widerfahren war. »Er hat etwas dagegen, daß das Haus an mich verkauft wurde. Oder an wen auch immer. Ich weiß bloß nicht, weshalb.«

Del Mistero schob seine Zigarette von einem Mundwinkel in den anderen und sah Marianne nachdenklich an. Ja, irgendwie paßte das alles zusammen. Aber welches Motiv sollte dieser Baldi haben? Und was hatte er davon, wenn sie hier mit dem Ausbau nicht vorankamen?

»Ich weiß nicht, Marianna«, sagte er schließlich. »Möglicherweise haben Sie recht. Oder auch nicht. Vielleicht gibt es für all das doch noch eine ganz harmlose Erklärung.«

»Und was würden Sie sagen, wenn er hinter der Brandstiftung in meinem Garten steckt?« Marianne fuchtelte aufgebracht mit den Händen. »Wenn er jemand dazu angestiftet hat? Oder es sogar selbst getan hat? Den Schlüssel konnte er schließlich von seiner Nichte bekommen. Ich Dussel hab ihn ihr ja einfach angeboten.«

»Aber – aber doch nicht mitten in der Nacht!« Del Mistero legte ihr beschwichtigend die Hand auf den Arm. »Beruhigen Sie sich! Das war bestimmt nicht der Baldi. So weit würde er sicher nicht gehen, ganz gleich, aus welchem Grund – es hätte Ihnen ja dabei leicht etwas Schlimmes passieren können. Den Eindruck eines kaltschnäuzigen Mörders macht er nun wirklich nicht.«

Nein, dachte Marianne. Höchstens eines Mannes, der über irgend etwas sehr zornig ist. Und sich unbedingt einmischen will, um das wieder zurechtzurücken. Wenn ich nur wüßte, was?

Das überraschte Aufleuchten seiner Augen, als er ihr heute zum ersten Mal ins Gesicht geschaut hatte, war ihr nicht entgangen. Sie hatte es für rein männliches Interesse gehalten, wie es ihr ziemlich oft entgegengebracht wurde, und wäre beinahe errötet. Ja, ein attraktiver Mann, dieser Baldi. Nur leider ein Schweinehund, der ihr das Wasserhaus vermiesen wollte, aus welchem geheimnisvollen Grund auch immer. Und überdies schon vergeben.

Marianne zuckte beschämt zusammen, als ihr klar wurde, in welche Richtung ihre Gedanken abgeschweift waren.

»Hoffen wir, daß er sich noch eines Besseren besinnt.« Sie nahm Del Mistero das leere Glas ab und trug es in die Küche. »Ich muß jetzt noch ein paar Stunden an meinen Computer. Sehen wir uns in diesen Tagen? Ich würde Sie und Ihre Frau gern mal zum Pizzaessen einladen.« Sie wies auf die verrußten Wände. »Hier kann ich leider noch keine Gäste zum Essen empfangen.«

»Ich rede mal mit Tonio Venticello, daß er Ihre Küche vor allen anderen Räumen in Angriff nimmt.« Del Mistero lächelte ihr zu. »Und das mit der Pizza ist eine gute Idee. Aber die Rechnung übernehme ich. Keine Widerrede. Schließlich verdiene ich sehr gut an Ihnen ...«

Als er gegangen war, schaltete Marianne den Computer ein und schlug den Kriminalroman auf, den sie gerade übersetzte. Doch die Konzentration auf den Text fiel ihr schwer; immer wieder las sie Sätze, die keinen Sinn ergaben, schlug Begriffe nach, deren Bedeutung ihr entglitten war. Der Bildschirm flimmerte vor ihren Augen; lange starrte sie blicklos darauf, als läge hinter den virtuellen Fenstern des Windows-Programms ein weiteres Fenster, das sie nur erreichen und aufstoßen müßte, um zu den Antworten zu gelangen, die sie brauchte.

Nach einer Weile ging das Grauweiß des Word-Dokuments in bunte, sich drehende, ständig Farbe und Richtung wechselnde Schlangenlinien auf dunklem Grund über, die sich unendlich um sich selber wanden. Wie Rauchfahnen aus einem Hexenkessel. Wie Drachenschwänze, die unruhig zuckend ihr Haus umschlangen. Und nur darauf warteten, wieder zuzuschlagen.

16.

»Anja, Liebe, wie schön, dich endlich wiederzusehen!« Marianne umarmte ihre Freundin stürmisch. »Laß dich anschauen. Gut siehst du aus!«

Anja Zander ließ die Reisetaschen fallen, die sie schon aus dem Kofferraum des Wagens gehoben hatte, gab Marianne zwei liebevolle Küsse auf die Wangen und hielt sie dann auf Armeslänge von sich ab. Ihre blauen Augen strahlten vergnügt. »Na, du aber auch! Italien scheint dir prächtig zu bekommen. – Hier, das ist Jutta, meine Kollegin.«

Ein zierliches Persönchen mit kinnkurzen dunklen Haaren, in denen ein paar hennarote Strähnchen schimmerten, schob sich rückwärts aus dem Autoheck, die Arme voller Körbe und Provianttaschen. »Hallo«, sagte sie lächelnd, »Entschuldigung, ich kann Ihnen gar nicht die Hand geben.«

»Hallo, Jutta!« Marianne lachte und deutete auf die Gepäckmengen, die sich vor und in dem Wagen stapelten. »Sagt mal, habt ihr beide halb München aufgekauft? Glaubt ihr vielleicht, daß es hier nichts zu essen oder zu trinken gibt?«

»Ein paar Mitbringsel hatte ich dir ja schon angekündigt! Das Oktoberfestbier zum Beispiel.« Anja wies auf zwei Kästen Bier im Kofferraum. »Aber dazu gehört natürlich auch ein guter Radi ... und ein paar Weißwürste, mit süßem Senf ... dazu Salzbrezeln, die echten, großen; inzwischen sind sie vielleicht ein bißchen trocken geworden, aber du kannst sie ja sicher aufbacken. Ein Pfister-Sonnenblumenbrot fehlt auch nicht; das mochtest du doch immer so gerne. Und natürlich noch ein Tragerl Weißbier, deine Lieblingsmarke.« Sie gab der Freundin einen Klaps auf den Arm. »Damit du so richtig Heimweh nach Bayern bekommst!«

»Hab ich auch manchmal«, gab Marianne zu. »Vor allem nach München. Und nach dir natürlich.« Die Worte klangen scherzhaft, waren es aber nicht. Beim Anblick ihrer Freundin spürte Marianne erst, wie sehr sie sie tatsächlich vermißt hatte.

»Wo ist denn nun dein Wasserhaus? Müssen wir die Sachen weit tragen?«

»Ja, schon«, sagte Marianne, »ein paar hundert Meter hoch. Aber macht euch keine Sorgen«, beruhigte sie die beiden Frauen, die entgeistert die steile Gasse hinaufblickten, »nehmt nur leichtes Gepäck mit; alles andere holt mein privater Transportdienst.«

»Können wir die Sachen denn hier so einfach neben dem Auto lassen?« Anja blickte fragend von den Gepäckstapeln zu Marianne und wieder zurück.

»In diesem Dorf kommt nicht so leicht etwas weg, keine Bange. Fabrizio«, Marianne winkte einem Jungen zu, der weiter unten am Parkplatz am Boden kauerte und dabei war, sein Motorrad auseinanderzunehmen, »Fabrizio, könntest du so gut sein, kurz auf die Sachen aufzupassen?«

Fabrizio sah hinter dem Motorradsitz hervor und nickte. »*Non c'è problema.*«

»*Grazie!*«

Obwohl nur mit einigen leichteren Schultertaschen beladen, schnauften Anja und ihre Kollegin hörbar, als sie vor Mariannes Haus angelangt waren. »Tja, hier bekommt man stramme Waden und einen strapazierfähigen Kreislauf«, grinste Marianne. »Aber tröstet euch, in kürzester Zeit habt ihr euch an die Lauferei gewöhnt.«

Unter der Eingangstreppe kreiste dröhnend die Betonmischmaschine. Tonio Venticello prüfte fachmännisch die Sand-Zement-Mischung auf ihre Konsistenz; hinter ihm warteten die Zwillinge Mimmo und Mario darauf, den graubeigen Brei auf Handkarren laden und ins Mühlengewölbe bringen zu können, wo gerade die ersten Teile des neuen Fundaments gegossen wurden.

»Tonio, können Sie mir die beiden einen Moment ausleihen?« Marianne zwinkerte dem Maurermeister zu, der sich die Hände an der Arbeitshose abwischte und den beiden Neuankömmlingen ein zähneblitzendes Lächeln schenkte. »Das sind meine Freundin Anja und ihre Kollegin Jutta, aus München. Sie haben ziemlich viel Gepäck dabei.«

Während Mimmo und Mario die kleine blaue *Ape* bestiegen, auf deren Transportfläche ohne weiteres auch die zehnfache Menge Gepäck Platz gefunden hätte, führte Marianne ihre Gäste ins Haus.

»Das soll einmal mein Gästezimmer werden, wenn alles fertig ist; da kannst du schlafen, Anja. Das Bett stammt noch aus dem vorigen Jahrhundert, aber die Matratze ist neu.« Sie klopfte an das hohe, braungestrichene, mit kitschigem Rosenmuster verzierte Gestell. »Aus Blech – kaum zu glauben, was? Es quietscht ein bißchen.«

Unter der Bettdecke zeichnete sich eine verdächtige Rundung ab, die sich leise bewegte. »Raus aus dem Bett, Mezzanotte«, schimpfte Marianne und hob die Decke hoch, »das ist Anjas Schlafzimmer, nicht deines!«

»Oh – ist das deine Katze? Darf ich sie streicheln?« Anja nahm Mezzanotte auf den Arm, die sich ihr jedoch kratzbürstig entwand und mit hocherhobenem Schwanz zur Tür hinausstolzierte.

»Jetzt ist sie erst einmal beleidigt«, schmunzelte Marianne, »aber du wirst sehen, heute abend frißt sie dir aus der Hand.«

Anja sah sich in dem kleinen, trotz des abblätternden Putzes und der altmodischen Möbel anheimelnd wirkenden Raum um. Das antike Bett, mit fliederfarbenen Kissen und Laken bedeckt, stand nach Süden ausgerichtet, so daß man beim Aufwachen über die Olivenhänge bis ins Tal blicken konnte. In die meterdicke Ostwand war ein Wandschrank mit Türen aus dunkel gemasertem Holz eingelassen, breit und tief genug, um auch eine üppige Feriengarderobe nebst Koffer aufzunehmen. Ein dicker Lavendelstrauß, den Marianne als Willkommensgruß auf die Kommode neben dem Bett gestellt hatte, verströmte einen intensiven, herbsüßen Duft. Durchs offene Fenster drang die warme Septemberluft. »Wunderbar«, sagte Anja, »ein Zimmer zum Wohlfühlen!«

»Ja, und für dich, Jutta – wir duzen uns doch, nicht wahr? –, habe ich einen Raum im Obergeschoß hergerichtet. Es soll mal mein Arbeitszimmer werden, hat aber leider noch keinen Stromanschluß. Fürs Licht mußt du mit einer Duftöllampe vorliebnehmen.«

»Macht nichts – ich hab es gern romantisch!« Jutta hatte ihren Fotoapparat, eine sehr professionell wirkende Nikon mit mehreren Objektiven, aus seiner Ledertasche gezogen und war schon dabei, die ersten Fotos zu schießen.

»Das Zitronella-Aroma hilft auch gut gegen Mücken. Komm, ich zeige dir den Weg.«

Del Mistero hatte Wort gehalten und Marianne einen Klempner gesandt, der ihr in der kleinen Toilette auf dem Küchenbalkon eine Dusche mit Gas-Durchlauferhitzer anmontiert hatte. Die Maurer hatten die Küche tags zuvor provisorisch mit weißer Farbe gestrichen, die die ärgsten Brandspuren überdeckte. Ein grüner, runder Holztisch mit dazu passenden Stühlen, den Marianne später im Garten benutzen wollte, hatte die angebrannten Möbel ersetzt. In der Tischmitte prangte eine Glasschale mit blauvioletten Feigen, frisch vom Baum.

»Wenn ihr nicht zu müde seid von der Reise, würde ich gern mit euch einen Spaziergang machen und euch das Dorf zeigen«, schlug Marianne vor, als die beiden ihre Sachen in den Zimmern verstaut und sich an der Küchenspüle kurz frischgemacht hatten. »Dann entgehen wir auch dem Baustellenlärm für eine Weile.«

»Jutta und ich haben uns beim Fahren abgewechselt«, erwiderte Anja gutgelaunt, »wir sind kein bißchen müde. Und schlafen können wir in München zur Genüge!«

Der Weg zum oberen Dorfrand führte durch enge, sonnenarme Gäßchen, unter Steinbögen und an malerischen, halb verfallen wirkenden Turmhäusern entlang, über deren Gartenmäuerchen Rosmarinbüsche, Lavendel und hohe Lorbeerbäume ragten. Anja blieb alle paar Schritte stehen, um ein paar Blätter abzuzupfen und andächtig zwischen den Fingern zu zerreiben. »Was für eine Aromasymphonie«, sagte sie, »und das hast du hier das ganze Jahr hindurch! Schade«, wandte sie sich an Jutta, die hinter ihnen herwanderte und ihre Nikon kaum noch von den Augen nahm, »daß man mit Fotografien nicht auch die Düfte der Gegend einfangen kann!«

»Aus dem *frantoio* am Dorfeingang, der größten und modernsten Ölmühle des Ortes, könnt ihr euch ein paar duftende Erinnerungen mitnehmen«, sagte Marianne, »schwarze Oliven *in salamoia,* in Salzlauge eingelegt, getrocknete Tomaten in Olivenöl, mit Knoblauch und Rosmarinzweigen, und natürlich das wunderbare *olio di oliva extra vergine,* das von diesen Bäumen hier stammt.« Sie wies auf die Olivenfaschen, die Montegrazie von allen Seiten wie ein silbergrüner Mantel umgaben. »Die meisten sind schon mehr als hundert Jahre alt.«

Vor einem zweistöckigen, weinumrankten Häuschen, dessen hölzerne Fensterläden dicht verschlossen waren, blieb Jutta stehen und sah begehrlich zu der winzigen, ins Dach eingelassenen Terrasse hoch. »So ein Ferienhaus habe ich mir immer gewünscht ... Ob das wohl zum Verkauf steht?«

»Keine Ahnung«, sagte Marianne. Ein Schild mit der lockenden Aufschrift *Vendesi* war nirgends zu entdecken. Aber das mußte nichts heißen; manchmal genügte es, die Besitzer ausfindig und ihnen einen Verkauf schmackhaft zu machen. Die Steuern, die seit einigen Jahren auf Zweithäusern lasteten, hatten schon so manche der sparsamen Ligurier dazu gebracht, ihre leerstehenden Erbstücke abzugeben. »Ich kann mich gerne für dich erkundigen, wenn du wirklich interessiert sein solltest«, versprach sie.

»Interessiert schon«, antwortete Jutta und warf einen sehnsüchtigen Blick auf die Rundbogentür des Hauses, deren Halbmondfenster mit einem antiken Ziergitter gesichert war. »Aber ich glaube, ich muß erst noch ein paar Jahre warten, bis ich mir so einen Traum leisten kann. Schon aus Zeitgründen«, lächelte sie und wies auf Anja, die sich gebückt hatte, um einen behaglich vor dem Eingang liegenden, fahlgelben Hund zu streicheln. Es war Ugo, der freundliche Dorfhund, der niemandem und allen zu gehören schien. »Meine Arbeitgeberin hier läßt mich bestimmt nicht länger als zwei Wochen hintereinander aus ihren Krallen. Und das ist für ein Haus zu wenig.«

»Ganz richtig«, sagte Anja, »wir sind elende Sklavinnen unseres Berufs! Davon ganz abgesehen – wenn alle Leute, die Marianne hier besuchen kommen, gleich ein Haus kaufen wollten, wäre das Dorf sicher bald fest in deutscher Hand.«

Damit hatte sie allerdings recht. Der Charakter eines Dorfes hing schließlich nicht nur von seinen Gebäuden ab, sondern vor allem davon, wer darin wohnte. Bislang hatten hier noch die Einheimischen das Sagen. Und das sollte möglichst auch so bleiben.

Mit Schaudern dachte Marianne an Dolcedo, ein höchst malerisch anzusehendes Dorf im Nebental, dessen fotogener Kern mit Steinbrücke, Kirche und Rundbogen-Loggien in den dichtgedrängten Häusern fast jeden Ligurien-Reiseführer zierte. Nur lebten dort kaum noch Italiener, und die Speisekarten der beiden *trattorie* wie auch die Angebots-Aushänge in den kleinen Geschäften waren in fast perfektem Deutsch verfaßt. Auch das Ehepaar Reimann, das sich auf den ersten Blick in Dolcedo verliebt und dort ein großes *rustico* erworben hatte, war inzwischen etwas enttäuscht vom Tourismus-Rummel, der das Dorf regelmäßig zu allen deutschen Ferienzeiten überrollte. Spitzzüngige hatten es bereits in »Deutschedo« umgetauft.

Nein, ein solches Schicksal blieb Montegrazie hoffentlich noch lange erspart.

»Da oben hat es wohl kürzlich gebrannt?« fragte Anja neugierig und deutete auf den verwüsteten Osthügel vor ihnen.

»Ja – mehrere Tage und Nächte lang. Und beinahe wären ein paar Jungen bei dem Feuer ums Leben gekommen.« Marianne hakte sich bei den beiden Frauen ein und erzählte ihnen von den Erlebnissen der Brandnacht. Ohne allerdings ihren Küchenbrand zu erwähnen; diese Geschichte hob sie sich lieber für den Abend auf, wenn sie in Ruhe beieinandersitzen würden, ein Glas Wein in der Hand.

»Die Gewalt der Elemente«, meinte Jutta beeindruckt, »bekommt man hier offenbar noch hautnah mit. Ganz anders als in der Großstadt.«

»Ja«, bestätigte Marianne, »du fühlst dich der Natur viel mehr ausgesetzt. Das Feuer, der Sturm, der Regen ... wenn es hier im Spätherbst richtig gießt, kannst du kaum aus dem Haus gehen, sagen meine Nachbarn, weil sich die steilen Gassen in wahre Sturzbäche verwandeln. Und auch das Mittelmeer ist keineswegs immer so sanft, wie es zur Zeit den Anschein hat. Manchmal rollen meterhohe Brecher heran, die die Küstenstraßen unterspülen und Brücken zum Einsturz bringen.«

Die Nachmittagssonne schien noch warm auf die Steinmauern der Gärten, die sich zur Rechten öffneten, kleine, abgezäunte Stückchen Land am Dorfrand, die zu Häusern ohne *terreno* im Dorfkern gehörten. Hier und da waren Tomatenstauden hochgebunden, an denen noch tiefrote *cuor di bue* hingen; Mangold- und Petersilienstauden ragten hoch aus dem braunen, steindurchsetzten Boden. Im dunkelgrünen Blattwerk der Orangen- und Zitronenbäume verbarg sich bereits die nächste Früchtegeneration, jetzt noch klein und hart, kaum von den Blättern zu unterscheiden.

»Ich dachte, Zitronen könnte man hier das ganze Jahr über ernten«, sagte Anja verwundert, »aber das war wohl ein Irrtum! Hat der olle Goethe nicht richtig hingeguckt ...«

Marianne lachte. »Blühen, hat er geschrieben, nicht reifen! Das Land, wo die Zitronen blühen ... Und wenn du genau hinschaust, siehst du, daß bestimmte Sorten tatsächlich das ganze Jahr über Blüten treiben.«

Jutta griff zu ihrer Kamera, stellte den Zoom auf einen der Zitronenbäume im Garten vor ihnen ein und winkte Anja an den Apparat. »Marianne hat recht; schau mal durchs Objektiv, dann kannst du die weißen, kreuzförmigen Blüten mit dem gelben Stempel darin genau erkennen.«

»Mmmh, die duften bestimmt wunderbar ... Und wann werden sie reif?«

»Wenn man Glück hat, schon um Weihnachten herum«, antwortete Marianne. »Meistens aber erst im Januar, Februar. Flavia, meine Nachbarin, hat mir einen ganzen Korb voll versprochen, auch von ihren Blutorangen. Mein Zitronenbaum muß erst mal richtig beschnitten werden, bevor er wieder Früchte trägt. Aber das mache ich erst, wenn der Ausbau vorbei ist.«

»Du kennst dich ja schon richtig gut aus«, bemerkte Anja anerkennend. Marianne errötete vor Stolz. Ja, das Dorf, seine Gäßchen und Gärten, Idylle und Beschaulichkeit waren ihr bereits sehr ans Herz gewachsen. Es machte ihr ungeahnten Spaß, ihren Gästen die Schönheiten ihrer Wahlheimat vorzuführen. »Ihr« Montegrazie, das nun mit jedem Schritt noch schöner zu werden schien, weil sie den Anblick mit anderen, ebenso Begeisterungsfähigen teilen konnte.

Ein großer roter Kater mit imposantem Kopf, aus dem weiße Schnurrhaare breit hervorragten, erhob sich von seinem Sitzplatz auf der nächsten Gartenmauer und sprang ihnen mit elegantem Satz entgegen. Am Boden knickte er ein, fing sich aber sofort wieder. Juttas braune Augen weiteten sich bestürzt. »Der Arme – er hat ja nur drei Beine!«

Der Kater humpelte majestätisch auf Marianne zu und hielt ihr den Kopf hin. Während sie ihn geschickt hinterm Ohr kraulte, zuckte sein Beinstummel im Rhythmus ihrer raschen Bewegung mit.

»Das ist Red«, erklärte sie. »Er liebt es, wenn man ihn dort krault, wo er sich nicht mehr selbst kratzen kann.«

»Was ist denn mit ihm passiert?« Jutta, die Katzen offenbar ebenso gern hatte wie Marianne, hockte sich neben den Kater und streichelte mitleidig sein rotweißes Fell.

»Ein Sonntagsjäger aus dem Dorf hat ihn letztes Jahr angeschossen und schwer verletzt. Doch anstatt ihn einschläfern zu lassen, wie es die meisten Leute getan hätten, haben seine Besitzer – ein sehr nettes Paar, das in Oneglia einen großen Laden führt – nicht Geld noch Mühe gescheut, damit er wieder gesund wird.« Marianne gab dem laut schnurrenden Kater einen liebevollen Klaps. »Jetzt geht er wieder auf Katzendamenpirsch und verteidigt sein Revier fast wie in alten Zeiten. Ich glaube«, lachte sie verschmitzt, »auch auf drei Beinen steht er noch sehr gut seinen Mann.«

Der Kämpe maunzte bestätigend und sprang aus dem Stand auf die gut anderthalb Meter hohe Gartenmauer zurück.

»Er erinnert mich«, sagte Anja, »an eins dieser wunderschönen Katzenbilder von Rosina Wachtmeister. Ich habe es in meinem Flur hängen, weißt du noch? Darunter steht *Il massimo gatto della rocca.*«

»Der tollste Kater des Felsens! Ja, das kann man wohl sagen. Er schreit auch am lautesten von allen, nachts im Mondenschein. In letzter Zeit macht er meiner Mezzanotte den Hof.«

»Du kennst hier wohl schon alle – nicht nur die Leute, sondern auch die Tiere, was?« Anja stellte zufrieden fest, daß ihre Freundin sich in dem kleinen Dorf ganz offensichtlich schon bestens eingelebt hatte.

»Du weißt doch, ich mag Tiere sehr gern«, antwortete Marianne ausweichend. Von ihren unangenehmen Erlebnissen im Wasserhaus mochte sie jetzt noch nicht berichten; es hätte den entspannten Spaziergang nur gestört. »Und sie sind ein sehr guter Anknüpfungspunkt, um mit den Einheimischen ins Gespräch zu kommen.«

Jutta hatte inzwischen eine Aufnahme nach der anderen geklickt. »Na, wenn ich damit keinen Preis beim nächsten

Katzenfoto-Wettbewerb gewinne ...« Sie kramte einen neuen Film aus ihrer Umhängetasche. »Gibt es auch einen Aussichtspunkt, von dem aus das ganze Dorf zu sehen ist?«

»Ja, vom Santuario, der Wallfahrtskirche dort oben.« Marianne deutete auf den gegenüberliegenden Hügel. »Es ist zu Fuß nur eine Viertelstunde. Das Licht dürfte genau richtig sein für eine Übersichtsaufnahme.«

Angeregt plaudernd wanderten sie an den letzten Häusern vorbei, den steinigen Weg durch die Olivenhaine entlang, der von Löwenzahn, Kamille und duftendem Bergthymian gesäumt war. Anja berichtete von ihren neuen Literaturprojekten, die sie gemeinsam mit Jutta in den letzten Monaten an Land gezogen hatte, unter anderem der letztjährigen Gewinnerin des Ingeborg-Bachmann-Preises. Schon bei der Preisverleihung in Klagenfurt hatte Anja auf diese neue Autorin ein Auge geworfen; jetzt ließ sie sich von der »Literagency A–Z« international vertreten. »Wir haben sogar eine berühmte Schweizer Agentur aus dem Feld geschlagen«, erklärte Anja mit unverhohlenem Stolz. »Die Autorin meinte, bei uns fühle sie sich persönlich am wohlsten. Und die Fotos, die Jutta von ihr für die Verlagswerbung gemacht hat, haben sie dann endgültig überzeugt.«

Gute persönliche Kontakte waren das A und O im Literaturbetrieb; Marianne wußte, daß sie in manchen Fällen sogar höher bewertet wurden als ein halber Prozentpunkt mehr hinterm Komma, den andere Agenten vielleicht an Tantiemen für die Bücher herausschlagen mochten. Sie drückte Anjas Arm. »Herzlichen Glückwunsch! Wirklich schade, daß ich dieses Jahr nicht zur Buchmesse nach Frankfurt kommen kann. Ich hätte euch gerne gesehen, umringt von lauter Berühmtheiten ...«

»Was, du kannst nicht hinfahren? Aber schadet dir das nicht beruflich?« Anja sah ihre Freundin besorgt an. Die Buchmesse war der weltgrößte Umschlagplatz für Buchprojekte jeglicher Art. Auch Übersetzerinnen ließen sich dort regelmäßig bei den Verlagsständen blicken, um die wichtigen

Kontakte zu den Lektoraten zu halten und nicht von der allgegenwärtigen Konkurrenz ausgebootet zu werden.

»Es läßt sich nun einmal nicht ändern«, sagte Marianne ein wenig traurig. Sie liebte den Buchmessentrubel, den unvergleichlichen Duft von Millionen druckfrischer Bücher, der über den Messeständen hing, und die Atmosphäre emsiger Geschäftigkeit, das Summen tausender Stimmen, die den Literaturhallen entstiegen wie einem riesigen Bienenkorb. Der Verzicht darauf fiel ihr nicht leicht. »In diesem Jahr kann ich hier nicht weg. Mein Hausausbau geht vor.«

»Ja ... das ist natürlich ein wichtiger Grund.« Anja nickte zögernd, als wäge sie ab zwischen Küche und Karriere. »Und du hast ja im Moment auch noch genügend Arbeit. Aber nächstes Jahr dann wieder, abgemacht?«

Das Santuario war geschlossen, als sie vor dem großen, überdachten Portal ankamen. Ein Schild wies auf die Renovierungsarbeiten im Innern hin.

Während Jutta den besten Standort suchte, um die Wallfahrtskirche wenigstens von außen aufs Bild zu bannen, ließen sich Marianne und Anja auf einer Bank nieder, die unter einem weitausladenden Kastanienbaum stand. Ein paar Männer des Dorfes spielten Boccia auf dem Kiesplatz, der die Kirche umgab.

»*Ciao Marianna*«, rief einer der Männer und hob ihr eine halbvolle Weinflasche entgegen. »Willst du auch ein Glas? Und deine Freundinnen?«

»Oh, das ist Geraldo«, sagte Marianne erfreut, »ein begnadeter Sänger. Und Weinbauer. Ja, gern«, rief sie zu Geraldo hinüber. »Kommt, ihr beiden, so eine Einladung dürfen wir nicht ausschlagen.«

»Sehen wir uns denn übermorgen auf dem Fest?« Geraldo hatte drei unbenutzte Gläser aus seiner kleinen, schmutziggelben *Ape* gezaubert, die er am Rand des Boccia-Platzes geparkt hatte, und jedes bis an den Rand mit seinem guten Rotwein gefüllt. »*Salute!*« Sein bewundernder Blick erfaßte

Mariannes Begleiterinnen von Kopf bis Fuß und kehrte dann wieder zu den Bocciakugeln zurück. »He, Antonio, nicht schummeln! Du glaubst wohl, ich seh das nicht, nur weil ich mir drei schöne Frauen angucke!«

Antonio und die anderen Männer lachten. »*Ciao*, Marianna! Ja, bring deine Freundinnen auf jeden Fall mit zum Fest. Schöne *ragazze* sind uns immer willkommen. Sprechen sie denn auch italienisch?«

»*Un pochino*«, antwortete Anja an Mariannes Statt und blinzelte dem Sprecher zu. »Und ihr, könnt ihr denn auch gut tanzen?«

»Tanzen? Na klar doch – wir sind die besten Tänzer der Region!« Einer der Männer rückte eine imaginäre Krawatte an seinem Arbeitshemd zurecht, machte eine formvollendete Verbeugung vor Anja und tanzte mit ihr im Walzerschritt davon, daß der Kies umherflog. Juttas Nikon klickte.

»He, was meinst du, was deine Frau dazu sagt«, rief Geraldo gutmütig spottend hinter dem Tänzer her, »wenn sie die Fotos zu Gesicht bekommt! Dann schneidet sie dir *peperoncini* in die Raviolifüllung!«

»Ja, und das brennt dann doppelt«, setzte Antonio grinsend hinzu, »einmal auf der Zunge und ein zweites Mal im ...«

»Paß auf, was du sagst, vor den *signorine* hier«, unterbrach ihn ein Älterer. Marianne lachte; sie war inzwischen weitaus stärkeren Tobak gewöhnt. Ihre Maurer spähten auch nicht immer erst nach rechts und links, um zu sehen, ob die *padrona* vielleicht in Hörweite war, bevor sie ein paar Kraftausdrücke losließen. Fast immer kam *cazzo* darin vor – ein umgangssprachlicher Ausdruck, der alles mit dem Attribut der Männlichkeit, aber nicht das mindeste mit dem so ähnlich klingenden deutschen Wort »Katze« zu tun hatte. Marianne hütete sich daher, in ihrer Muttersprache nach Mezzanotte zu rufen, wenn sie vor die Haustür trat. Mißverständnisse wären sonst kaum ausgeblieben.

»Kommt, wir gehen zum Dorf zurück, bevor der Laden schließt«, sagte sie zu Anja und Jutta. »Ich muß noch ein paar

Sachen für unser Abendessen besorgen. Danke für den Wein, Geraldo! *Ciao, buona sera!*«

Die Männer winkten und wandten sich dann wieder ihrem Spiel zu. »Sag mal, sind die hier alle so nett?« fragte Jutta, während sie den Weg zum Dorf hinunterwanderten. Die Luft war klar und still; im tiefblauen Himmel über ihnen zogen zwei majestätische Seeadler ihre Runden. Einer von ihnen legte plötzlich die meterweiten Flügel an und schoß wie ein Pfeil auf eine Grasnarbe zwischen den Olivenbäumen nieder, um ein Wiesel oder eine Maus zu greifen.

»Die meisten schon«, antwortete Marianne. »Jedenfalls lustiger als deutsche Männer, vor allem, wenn sie in Gruppen auftreten. Angst habe ich hier noch nie gehabt.« Angst als alleinstehende Frau, wollte sie hinzufügen, ließ es dann aber. Es stimmte zwar: auf dem Nachhauseweg durch die dunklen Gassen des Dorfes hatte sie nie die Angst verspürt, die in der Großstadt zumindest abends und nachts ihre gewohnte Begleiterin gewesen war, so daß sie sie kaum noch als etwas Absonderliches registriert hatte. Hier beschleunigte sie nie die Schritte, nur weil sie jemanden hinter sich hergehen hörte, oder drückte sich ängstlich in einen erleuchteten Hauseingang. Ganz im Gegenteil, in aller Regel drehte sie sich um und hörte dann eine freundliche Stimme *buona sera* sagen oder wurde sogar mit Namen gegrüßt.

Andererseits stapfte sie nachts dennoch nie allein, außer Rufweite, durch die Olivenhaine oder nahm unbekannte Anhalter im Auto mit. Und manchmal hatte sie sich auch im eigenen Haus gefürchtet. In der Brandnacht, zum Beispiel. Oder zuvor, bei den Geisterstimmen, deren Herkunft sie immer noch nicht kannte.

»Habt ihr das Restaurant gesehen, gegenüber der Kirche?« fragte sie, um das Thema zu wechseln. »Es war früher mal ein Refektorium. Ich habe angerufen und uns für morgen abend Plätze reserviert. Mein Nachbar Carlo sagt, man ißt dort vorzüglich, ganz auf ligurische Art.«

»Was bedeutet das?«

»Es gibt keine Karte; du kannst die Speisen nicht auswählen, sondern ißt, was man dir vorsetzt – es gibt für alle das gleiche.« Sie machte eine bedeutungsvolle Pause. »Ungefähr zehn oder elf Gänge.«

»Wieviel?!« Jutta und Anja sahen einander an, als trauten sie ihren Ohren nicht.

»Zehn oder elf, genau weiß ich es nicht, ich war selbst noch nicht dort. Mehrere Gänge kalte und warme *antipasti*, zwei *primi piatti*, also Pasta oder Risotto, zwei *secondi* mit Beilagen – nur Fleisch, kein Fisch, wir sind hier nicht am Meer; und zwei Sorten *dolce* zum Nachtisch.«

»Und was kostet die Völlerei?« fragte Anja, schon vom Zuhören erschöpft.

»Euch gar nichts; ihr seid meine Gäste.« In dieser Saison verlangte das junge Geschwisterpaar aus Montegrazie, das seit Jahren das *Ristorante Al Santuario* führte und es von einer abgelegenen kleinen *trattoria* zu einem sehr gutgehenden, in vielen kulinarischen Reiseführern verzeichneten Restaurant emporgearbeitet hatte, ganze achtunddreißigtausend Lire pro Person, knapp vierzig Mark. Darin waren auch sämtliche Nachschläge vom Essen sowie alle Getränke inbegriffen, die man im Lauf des Abends nur irgend schaffte, zu sich zu nehmen: literweise Rot- oder Weißwein aus der hauseigenen *cantina* im nahen Vasia, Mineralwasser, *caffè* und zum Abschluß des Abends eine gute Grappa oder ein Magenbitter; die Auswahl, hatte Carlo ihr erzählt, sei groß.

»Na gut«, sagte Jutta, »aber wenn du das nächste Mal nach München kommst, führen wir dich aus. Falls wir nicht morgen abend ganz einfach platzen.«

Marianne kicherte. »Habt ihr zufällig etwas dabei, das geschnitten ist wie ein Umstandskleid? Damit seid ihr für die Gelegenheit bestens angezogen.«

Auf dem Kirchplatz mitten im Ort, neben dem Pfarrhaus, dessen ebenerdige *cantina* die Festküche beherbergte, war das halbe Dorf versammelt. Junge Männer luden große Säcke voll Zwiebeln und Kartoffeln aus einem Transporter; Frauen schleppten Knoblauchkränze und Kisten mit Tomaten herbei, packten riesige Stapel Müllsäcke, Papierservietten, Plastikgeschirr, Plastikbecher und Plastikbesteck in die dafür bereitgestellten Stellagen und halfen dem schwarzäugigen Renzo, der für die Grillspezialitäten zuständig war, beim Aufbau des großen Holzkohlengrills.

In einer *tavernetta* unterhalb der Kirche standen Giuseppe und sein Nachbar Augusto, dunkelblaue Schürzen um den Bauch geschnürt, und füllten die Bar mit ordentlich aufgereihten Zweiliterflaschen, in denen der Rotwein glänzte. Zwei Männer auf hohen Leitern, die auf dem holprigen Kopfsteinpflaster gefährlich schwankten, zogen Elektroleitungen für die Festbeleuchtung von einer Ecke des Kirchplatzes zur anderen.

Neben dem alten Brunnen waren Flavia und Laretta damit beschäftigt, einen blankgeschrubbten Holzkarren mit bunten Blumengestecken und Olivenzweigen zu verzieren.

»*Ciao Marianna,* hast du nicht Lust, uns zu helfen? Wir können jede Hand gebrauchen!«

Marianne stellte den Frauen ihre Gäste vor, die sich neugierig umsahen. »Ihr könntet uns beim Binden der Sträuße helfen – wir wollen das Treppengeländer um die Kirche herum, das Portal und den *portico* dort drüben mit Blumen schmücken«, sagte die praktische Flavia und drückte Anja ein paar Bünde Iris und Gardenien in die Hand. »Du kannst die Olivenzweige auf die richtige Größe schneiden«, sie reichte Jutta ein kleines, scharfes Messer und deutete auf das große Büschel Zweige zu ihren Füßen. »Und du, Marianna, hilfst am besten Laretta beim Arrangieren.«

Ehe die Touristinnen es sich versahen, hatten die Frauen sie in ihre Festgemeinschaft eingegliedert. Scherzworte flogen hin und her; junge Mädchen, deren blaue T-Shirts mit weißer

Aufschrift sie als Angehörige des Festkomitees auswiesen, flirteten mit jungen Burschen, die lärmend lange Biertische und Bänke auf den beiden Plätzen hin und her schoben und dabei ihre Muskeln spielen ließen; ältere Männer rangierten ihre zerkratzten *Ape* in die Ecken, in denen gerade nicht gearbeitet wurde, und luden Kartons mit Mineralwasserflaschen, Dosenbier, Colagetränken und Tragen voll Weinflaschen ohne Etikett vor der *tavernetta* ab. Auf dem Schulplatz probierte jemand die Stereoanlage aus; eine Polka erklang, bis zum Anschlag ausgesteuert, gefolgt von rasant und sehr sauber gespielten Akkordeonläufen.

»*La miglia vaccha*«, sagte Laretta und wippte im Takt, »ein sehr schweres Stück, das nur Meister auf der *fisarmonica* richtig hinkriegen. Wenn wir Glück haben, hat die Band einen guten Akkordeonspieler dabei; dann hören wir es am Samstag.« Tanzorchester, die auf den beliebten Dorffesten aufspielten, erläuterte sie den interessiert zuhörenden Münchnerinnen, bestanden in aller Regel aus einer hübschen, auf jeden Fall stimmkräftigen Sängerin, einem Gitarristen, einem Keyboarder, einem Saxophonisten, einem Schlagzeuger und dem wichtigen Mann – manchmal auch einer Frau – am Akkordeon, dem Instrument, mit dem man in Italien traditionell zum Tanz aufspielte. »Ein Walzer oder eine Mazurka ohne *fisarmonica* – undenkbar!«

Die Kirchturmuhr schlug sieben. »Du liebe Zeit, schon so spät!« sagte Marianne erschrocken. »Ist Annalisa wohl noch im Laden? Wir müssen unbedingt noch etwas fürs Abendessen einkaufen!«

»Ja natürlich, sie macht erst um halb acht zu. – Wir sehen uns dann beim Fest, nicht wahr? Und wenn ihr Lust und Zeit habt«, rief sie den Frauen nach, die sich auf Mariannes Wink hin eilig verabschiedeten, »könnt ihr am Samstag mittag wieder vorbeischauen! Da müssen wir ein paar Tonnen Tomaten und Zwiebeln schneiden.«

»Sag einmal«, meinte Anja, als sie mit ihren Einkäufen die belebte Gasse zum Wasserhaus hochstapften, »mit wie vielen

Festgästen rechnen die Leute hier eigentlich? Es sieht aus, als erwarteten sie eine ganze Armada!«

»Beim Sommerfest«, erwiderte Marianne, »waren es, wie ich hörte, ungefähr eintausendsechshundert. Jetzt, wo die Hauptsaison vorbei ist und es abends schon ein bißchen kühl sein kann, kommen sicher weniger.«

»Und wo parken die dann ihre Autos?!« Jutta versuchte sich vorzustellen, wie Hunderte von Fahrzeugen sich neben-, in- und übereinander auf dem engen Dorfgelände stapelten.

»Weiß ich nicht«, entgegnete Marianne lachend, »ich habe so ein Fest ja auch noch nicht miterlebt. Aber im Improvisieren sind die Italiener groß ... Lassen wir uns überraschen!«

Die *moka* gluckerte bereits leise auf dem Herd, als Marianne eine bauchige Flasche *Grappa di Chardonnay* auf den mit einem weißen Laken festlich gedeckten Wohnzimmertisch stellte, dazu drei winzige antike Schnapsgläschen, die sie im Nachlaß von Carlos Großmutter vorgefunden hatte. Da das Service nicht vollständig war, hatte Carlo ihr die verbleibenden Teile gern überlassen. Vorsichtig schwenkte sie die glasklare Flüssigkeit ein paarmal in der Flasche, bis sich kleine Schaumbläschen bildeten – ein untrügliches Zeichen für Qualität, wie ihr Nachbar ihr erklärt hatte –, und schenkte die Gläschen randvoll ein.

»Auf euren Besuch – *cin cin*!«

»Auf dich und deine Gastfreundschaft!« Jutta erhob ihr Glas und nickte Marianne dankbar zu. »Und natürlich auf den Ausbau dieses wunderschönen Hauses! Ich wünsche dir von Herzen, daß du hier immer glücklich bist.«

Anja, die den Espresso ausgeteilt hatte, strich sich eine blonde Strähne aus der erhitzten Stirn. »Ja, und darauf, daß wir noch viele Male hier bei dir tafeln dürfen! Deine italienischen Kochkünste können sich wirklich schon sehen lassen.« Sie täschelte ihren Bauch, der sich pastagefüllt unter ihrem blauen T-Shirt wölbte. »In München muß ich wohl erst mal eine Woche Diät einlegen ... Und morgen, sagst du, haben wir elf Gänge vor uns? Also zwei Wochen Diät ...« Sie seufzte theatralisch. »Damit sich der Streß lohnt, genehmige ich mir gleich noch einen von diesen Riesen-Grappa-Schlucken.«

Marianne schob ihr Glas in die Mitte. »Für mich auch, bitte. Und dann«, sie lehnte sich in dem Lederimitat-Stuhl zurück, seufzte tief und zündete sich eine Zigarette an, »muß ich euch was erzählen. Ich bin gespannt, was ihr davon haltet.«

»Geht es um dein Wasserhaus?« Anja runzelte besorgt die Stirn. »Raus mit der Sprache! Ich habe schon gemerkt, daß du immer vom Thema ablenkst, wenn wir dich auf dein glückliches Leben hier ansprechen.«

Marianne sah ihre langjährige Freundin liebevoll an. Das war wirklich typisch für Anja – feinfühlig mitzubekommen, wenn etwas nicht stimmte, aber auch unaufdringlich abzuwarten, bis man selbst das Problem auf den Tisch packte.

»Dir entgeht aber auch gar nichts«, nickte sie. »Doch, ich wäre hier schon glücklich – wenn es nicht irgend jemand darauf abgesehen hätte, mir mein Haus zu vermiesen.«

Während sie erzählte, wurden Juttas braune Augen so groß wie die Linse ihrer Nikon. »Gespenster? Du meinst – hier spukt es wirklich?« Sie sah sich nach allen Seiten um. »Wenn das so ist, verbringe ich keine Nacht mehr allein dort oben in der einsamen Loggia! Dein Blechbett, Anja, ist doch bestimmt groß genug für zwei!«

Anja, die Mariannes Bericht sehr aufmerksam gefolgt war und ab und zu mißbilligend den Kopf geschüttelt hatte, griff erneut nach der Grappaflasche. »Keine Bange! Ein sehr lebendiges Gespenst, so wie ich das sehe. Vielleicht sogar zwei.«

»Wieso zwei? Du meinst, ein Komplott?«

»Oder drei. Ja, genau. Überleg doch mal, Marianne: Dieser Typ aus Genua hat wohl kaum die Möglichkeit, ständig hin- und herzufahren und hier bei dir im Haus Geistermusiken an- und abzustellen. Oder Brände zu legen. Falls er tatsächlich dahintersteckt – ich sage *falls*, obwohl vieles auf ihn deutet –, muß er Helfershelfer in Montegrazie haben.« Sie trank ihr Gläschen in einem Zug leer. »Die Frage ist nur: Wer könnte das sein? Seine Nichte Lucia vielleicht?«

»Das hat der Architekt auch schon gemeint.« Marianne drehte ihre Zigarette zwischen den Fingern. »Aber – ein Kind zu verdächtigen ...«

»Na, so klein ist Lucia nun auch wieder nicht. Elf Jahre, nicht wahr? Und in der Pubertät. Genau das richtige Alter für leichtsinnige Abenteuer. Mädchen entwickeln dann oft eine erstaunliche Phantasie ...« Anja kicherte. Die Grappa schien ihre Wirkung zu tun; ihre Augen leuchteten. »Wenn ich daran denke, was ich in dem Alter alles angestellt habe ... Einmal habe ich mich sogar spätabends an zusammengebundenen Laken von unserem Balkon im zweiten Stock heruntergelassen, nur um mich heimlich mit dem Nachbarsjungen zu treffen, in den ich total verknallt war.«

»Und dann?«

»Oh, es war sehr romantisch! Wir sind die halbe Nacht Hand in Hand durch den Stadtpark gelaufen, und zum Schluß hat er mich endlich geküßt.« Sie lächelte wehmütig und spitzte die Lippen, als könne sie den Druck des Jungenmundes noch heute fühlen. »Der schönste Kuß meines Lebens ...«

»An Laken heruntergerutscht, sagst du?« Nachdenklich löschte Marianne die Glut ihrer Zigarette im Aschenbecher. »Und bist du auch wieder daran hochgeklettert?«

»Klar doch. Im Turnen war ich gut. Das hat dem Fritz – so hieß mein Angebeteter – auch so an mir gefallen. Ich bin immer lieber auf Bäume gestiegen, als mich mit Puppen und solchem Mädchenkram abzugeben.«

»In welchem Stock liegt denn die Terrasse deiner Nachbarn?« Jutta hatte gemerkt, worauf Marianne hinauswollte.

»Im dritten. Aber Lucia ist auch ziemlich sportlich. Und dünn. Ein paar Laken könnten ihr Gewicht gut tragen.«

»Oder ein fester Strick«, ergänzte Jutta, »mit Knoten darin.«

Die drei sahen einander an und nickten. Ja, so könnte es gewesen sein. »Die Abdrücke in der Olivenmühle stammen wahrscheinlich ebenfalls von ihr«, sagte Anja. »Das Zauberkunststück hat sie bestimmt aus irgendeinem Kinderbuch für angehende Magier. So wie wir damals den Trick mit der unsichtbaren Tinte.«

»Und die Geisterstimmen?«

Flavia sei der Wahrheit schon sehr nahe gekommen, meinte Anja. »Mit Sicherheit war hier irgendwo ein Tonband oder ein Kassettenrecorder versteckt, vielleicht mit einem Timer. Sie hat das Ding wahrscheinlich von ihrem Onkel Marco bekommen, es installiert und ein paar Tage später wieder abgebaut. Ihr habt das Versteck bloß nicht gefunden. Und dann war es zu spät.«

Aber warum das alles? Was hatte Marco Baldi davon, das Wasserhaus in ein Spukhaus zu verwandeln?

Anja dachte angestrengt nach; auf ihrer Stirn bildeten sich zwei senkrechte Falten. »Vielleicht glaubt er«, sagte sie schließlich, »du verkaufst das Haus wieder, sobald du ordentlich entnervt bist. Natürlich unter Preis, weil du es so rasch wie möglich loswerden willst. Und dann tritt er – oder ein Strohmann von ihm – als Käufer auf den Plan.«

»Ja, aber weshalb das alles?« Marianne war nicht so schnell zu überzeugen.

»Ein alter Familienstreit – ein Rache-Schachzug gegen Carlo und seinen Bruder, die ihn irgendwie mal ausgetrickst haben – was weiß ich.« Anja stand auf und streckte sich. »Am besten fragst du ihn ganz direkt mal selbst danach. Oder du nimmst Lucia ins Gebet; sie wird es sicher wissen.« Sie unterdrückte ein Gähnen. »Entschuldigt bitte ... ich werde langsam müde. Die Reise, und dann der lange Spaziergang ...«

»Und die hervorragende Grappa.« Jutta wies auf die Flasche, deren Bauch sich fast zur Hälfte geleert hatte. »Wenn das kein Geist war ...«

»... kann es nur die gute alte Saufnase Anja gewesen sein! Logisch, wo ihr beide ja völlige Abstinenzlerinnen seid.« Anja tat empört, doch in ihren Augenwinkeln kräuselten sich die

Lachfältchen. »Apropos Trinken«, wandte sie sich an Marianne, die begonnen hatte, den Tisch abzuräumen. »Ich habe neulich deinen Ex auf der Straße getroffen, Daniel. Am Arm einer hübschen Blondine. Er scheint tatsächlich trocken zu sein. Jedenfalls machte er einen vollkommen nüchternen Eindruck und sah auch nicht mehr so – so krank aus wie damals, als du ihn verlassen hast.«

Marianne stellte die kleinen Schnapsgläser aufs Tablett und zuckte die Achseln. »Freut mich zu hören, daß es ihm gutgeht.«

Anja sah sie überrascht an. »Ist das alles?«

»Was willst du hören? Daniel – die Geschichte ist für mich wirklich vorbei.« Und das war die reine Wahrheit. Marianne forschte nach einem Echo in sich, das ihr gezeigt hätte, daß sie mit irgendeiner Faser ihres Herzens doch noch an dem Mann hing, mit dem sie fast zweieinhalb Jahre zusammengewesen war. Aber da war kein Echo, kein Nachhall einer vergangenen Zärtlichkeit. Daniel war ihr gleichgültig geworden. Erstaunlich, dachte sie, wie sehr Gefühle für einen Menschen sich doch verändern können. Selbst die höchste Flut ebbte irgendwann ab, und dann blieb nur der leere Sand zurück, und ein paar Muscheln und Hölzer hier und dort, zufällig hingeschwemmt. Sie blickte den Strand entlang, an dem die Gischt früher hochgeschäumt war, sobald nur jemand Daniels Namen ausgesprochen hatte, und erkannte ihn nicht wieder.

»Danke, Anja«, sagte sie lächelnd und stieß mit dem Fuß die Küchentür auf, »daß du mich an ihn erinnert hast. Ich hätte sonst vielleicht gar nicht gemerkt, wie gut es mir hier ohne ihn geht.«

17.

Am nächsten Morgen lachte die Sonne vom Septemberhimmel, als sei es noch hoher Sommer: ein Ferientag, wie er im Buche stand. Marianne, die sich nach all dem Streß im Wasserhaus ebenso erholungsbedürftig fühlte wie Anja und Jutta nach langen Arbeitsmonaten in der Agentur, begleitete die beiden bei ihren Erkundungsgängen in Imperia. Sie machten einen ausgiebigen Spaziergang unter den malerischen *portici* des Fischereihafens von Oneglia, Geburtsort des Seehelden Andrea Doria, in dem jetzt ein halbes Hundert größerer und kleinerer Fischkutter der abendlichen Ausfahrt entgegenträumten, und legten dann einen langen Badenachmittag am belebten, aber längst nicht mehr überfüllten Freistrand von Porto Maurizio ein. Jutta, in bester Urlaubslaune, flirtete mit Pino, dem hübschen Triathlonsportler, der ihnen eilfertig *lettini* und *ombrelloni* herbeischleppte und dabei seine sonnenölglänzenden Muskeln spielen ließ. Anja und Marianne genossen das sanfte Schwappen der Wellen am steinübersäten Ufer, redeten, schwiegen, schwammen und lachten miteinander. Ihrer Freundschaft, spürten sie zufrieden, hatte die monatelange Trennung nicht das Mindeste anhaben können.

Doch schließlich mahnte Marianne zum Aufbruch. »Duschen sollten wir hier; aber dann müssen wir heim, uns fürs Abendessen umziehen! Und jetzt kein zweites Eis mehr, sonst schaffen wir heute abend die elf Gänge im Restaurant nicht!«

Die Atmosphäre am Santuario von Montegrazie erschien den drei Frauen wie ein Ausflug in eine verwunschene Welt. Die Sonne war bereits untergegangen; wie braune, graue und graublaue Scherenschnitte reihten sich die langen Hügelketten im Westen aneinander. Es war, als könne man mit einem Weitwinkelobjektiv mitten ins Herz Liguriens blicken, vom hohen, lavendelbestandenen Monte Faudo, der weit oben die Kuppen dominierte, über die verstreuten Häuser von Colle

Lupi und das Krähennest Torrazza hinab bis nach Süden zum abenddunklen Meer. Ein weißes Luxusschiff, das jeden Tag um diese Zeit auf seinem Weg von Genua nach Korsika majestätisch vor der Küste entlangzog, hinterließ eine breite Gischtspur auf dem ruhigen Wasserspiegel. Vor Poggi, dem ersten Dorf oberhalb der Küste, blinkten bereits die Straßenlampen auf, gefolgt von den Lichtern entlang der bewohnten Hügel, die eins nach dem anderen das Blaugrau vertieften.

Juttas war so ins Schauen, Staunen und Fotografieren vertieft, daß sie erschrocken aufschrie, als sich aus dem Kirchturm plötzlich ein riesiger, grauweißer Schatten löste, über ihrem Kopf einen Flügelschlag tat und dann lautlos ins Tal hinunterglitt. »Meine Güte, was war denn das? Ein Ufo?!«

»Nein, bloß ein *gufo* – auf deutsch: ein Uhu«, lachte Marianne. »Die Leute im Dorf haben mir erzählt, er habe früher am Kirchturm im Dorf gehaust. Offenbar ging ihm aber das Glockengeschepper ebenso auf die Nerven wie den Hunden; da ist er hierher umgezogen.« Sie deutete auf eine große Nische im oberen Teil des Turms, die für ein Uhu-Nest wie geschaffen schien. »Ich habe ihn – oder sie, vielleicht ist es ja eine Uhu-Dame – schon ein paarmal hier herausfliegen sehen. Mit einer Flügelspannweite, die bestimmt zwei Meter beträgt. Abends, wenn es ganz ruhig ist, kann man das Tier sogar atmen hören. Ob ihr's glaubt oder nicht – es schnarcht!«

Die Kirche, um die sie langsam herumwanderten, wurde schon von den riesigen, in alten Platanen verborgenen Strahlern beleuchtet. Von weitem glomm der Platz um die Kirche in feenhaftem Grün; beim Näherkommen mußte man unter den Bäumen selbst entlanggehen, um von dem starken, kaltfarbenen Licht nicht geblendet zu werden.

Neugierig stieg Anja die wenigen Stufen zum Kirchenportal hinauf, vor dem ein Schild auf die drinnen stattfindenden Restaurierungsarbeiten hinwies und Unbefugten den Zutritt verwehrte. »Schade, daß wir nicht hineinkönnen«, meinte sie bedauernd zu Marianne, »die Fresken aus dem Spätmittelalter, von denen du mir erzählt hast, hätte ich mir gar zu gerne angeschaut!« Sie drückte den Kopf gegen das kleine Fenster im Portal und spähte ins Dunkel. Dann schüttelte sie enttäuscht den Kopf. »Außer ein paar Baugerüsten ist nichts zu erkennen.«

Marianne zog eine Broschüre über das Santuario aus der Tasche, die ihr Carlo überlassen hatte. »Also, wenn ihr eine kleine *guida turistica* wollt ... Mit vollem Namen heißt diese Kirche *Santuario di Nostra Signora delle Grazie*, also Heiligtum von Maria, der Gnadenreichen.«

»Montegrazie hat wohl auch daher seinen Namen?« fragte Anja und wies auf das Dorf unter ihnen, aus dem hier und da dünne Rauchwolken in den Himmel aufstiegen. Ein paar Olivenbauern verbrannten Gartenabfälle in großen Blechtonnen, die den Funkenflug im abends kurz auffrischenden Talwind verhüten sollten.

»Ja – aber offiziell erst seit 1872«, antwortete Marianne. Stirnrunzelnd blätterte sie in der Broschüre hin und her. »Vorher hieß es Montegrosso. Und ich höre immer wieder alte Leute im Dorf, die diesen Namen auch heute noch benutzen. Ob das eine Dialektaussprache für ›Montegrazie‹ ist, kann ich euch nicht sagen. – Wann das Dorf gegründet wurde«, fuhr sie fort, um Anjas nächster Frage zuvorzukommen, »weiß man nicht genau – möglicherweise schon vor neunhundert Jahren. Sicher verbürgt ist, daß es im zwölften Jahrhundert hier bereits eine kleine Ansiedlung gab. Aber hört mal, wie das Santuario entstanden ist – die Geschichte eines wahren Wunders!«

Anja und Jutta, die ihre Kamera abgesetzt hatte und wißbegierig näher gekommen war, hörten andächtig zu, als Marianne die Seiten umschlug und halblaut zu übersetzen begann.

»Im dreizehnten Jahrhundert lebte im nahen Moltedo – das ist ein kleines Dorf dort drüben im Nordwesten, eine gute halbe Stunde Fußweg von hier entfernt – eine arme Familie, die ein schweres Kreuz zu tragen hatte: Sie hatten nämlich eine Tochter, die war von Geburt an taub und stumm. Die Nachbarn verfolgten sie mit scheelen Blicken, denn sie glaubten, ein derart gezeichnetes Kind sei eine Strafe des Himmels. Doch die Eltern liebten ihre Tochter voller Zärtlichkeit und ließen es ihr an nichts mangeln. Als sie heranwuchs, vertrauten sie ihr eine kleine Herde Schafe und Ziegen an. Mit dieser Herde zog sie nun in den Hügeln umher, fernab dem Gemurmel der Leute. Und täglich flehten die gottesfürchtigen Eltern zur Heiligen Jungfrau Maria, daß sie sich ihrer Tochter erbarmen und das Kind von ihrer Taubstummheit erlösen möge.«

»Ah, eine Wunderheilung«, warf Jutta vorwitzig ein, »davon scheint Italien ja voll zu sein!«

»Warte nur«, sagte Marianne lächelnd, »es kommt noch viel wunderbarer. – Eines schönen Herbstmorgens trieb das junge Mädchen ihre Herde die Hügel entlang, die damals noch nicht mit Olivenbäumen, sondern mit Eichen und lichten Pinienwäldchen bewachsen waren, bis sie zu dieser Anhöhe gelangte. Die Tiere begannen zufrieden das kurze Gras abzuweiden. So hell war der Tag, so friedlich und schön das Tal, daß das Mädchen ergriffen auf die Knie sank und in ihrem Herzen die Heilige Jungfrau anrief, sie möge ihr doch eine Stimme schenken, damit auch sie die Gaben dieser Welt und den Herrscher des Himmels preisen könne.«

»Nun … ich dachte, das Mädchen konnte weder hören noch sprechen? Wie sollte sie dann in Worten denken?« Jutta hörte zwar sehr gerne alte Erzählungen, konnte jedoch ihre Skepsis gegenüber offensichtlichen Ungereimtheiten nicht verbergen.

»Das«, erwiderte Marianne, »erklärt die Legende nicht. Aber ich glaube, Gebete brauchen wohl keine richtige Sprache. Wie dem auch sei: Als die *fanciulla,* das unschuldige junge Mädchen, den Kopf hob, sah sie plötzlich ein strahlendhelles, unwirkliches Licht, das vor ihr aufschien. Inmitten der Silberstrahlen erkannte sie eine in lange, reichverzierte Gewänder gekleidete Frau, die auf ihrem Arm ein kleines Kind trug. Mütterlich lächelte die geheimnisvolle Dame ihr zu und sprach: ›Lauf rasch zu deinem Vater und sage ihm, er solle hier eine Kirche erbauen, zu Ehren der Heiligen Jungfrau! Und wisse, ich bin es selbst, die dir solches befiehlt.‹

Das junge Mädchen erhob sich und rannte los, nein, flog hinunter zu ihrem Vater, und o Wunder! sie war nicht mehr taub und stumm, sondern erzählte ihm Wort für Wort, was vorgefallen war. Und er glaubte ihr, ohne zu zögern, zum einen, weil seine Tochter auf so außergewöhnliche Weise plötzlich sprechen konnte, zum anderen, weil ein innerer, unwiderstehlicher Impuls seines Herzens ihm sagte, dies alles sei wahr.«

Marianne räusperte sich. Die Legende, so alt sie war, ging ihr unter die Haut. Sie fühlte sich wie eine *cantastorie*, eine Erzählerin der Geschichten des Volks, zur richtigen Zeit am richtigen Ort, um sie erneut zu berichten.

»In Windeseile verbreitete sich die Geschichte der wunderbaren Erscheinung Mariens über alle Hügel und in alle Dörfer. Das Haus, in dem das Mädchen lebte, wurde rasch von Gläubigen umlagert, die alle die wundersam Geheilte sehen und von ihren eigenen Lippen wieder und wieder hören wollten, wie sich das Wunder zugetragen hatte. Das Mädchen führte sie auf die Anhöhe, wies auf einen blumenumrankten Stein und sprach: ›Auf diesen Stein setzte die Allerheiligste Jungfrau ihren Fuß; ich sah sie, umgeben von Licht und lächelnd. Sie gab mir Gehör und Sprache und wies mich an, hier eine Kirche für sie erbauen zu lassen.‹

Und der Stein, auf dem der Fuß der Jungfrau geruht hatte, wurde von Pilgerküssen bedeckt.«

Marianne schwieg einen Augenblick und blickte auf die breiten, gelbgrauen Quadersteine des älteren Teils der Kirche, die im Scheinwerferlicht schimmerten. »Der kostbare Stein«, fuhr sie dann mit einem Blick in die Broschüre fort, »wurde später in den ersten Altar der Kirche eingefügt, die man hier, am Ort der Marienerscheinung, erbaute.«

»Und wann war das?« fragte Anja, die immer alles ganz genau wissen wollte.

»Die Folklore behauptet, daß der Vater des Mädchens

selbst hier eine kleine Kapelle errichtete. Als armer Mann hätte er sich so etwas allerdings kaum ohne Hilfe anderer leisten können. Aber wahrscheinlich haben viele Dorfbewohner und Pilger etwas gespendet. Möglicherweise«, sie wies auf den kleinen, gotischen Bau links vom Hauptportal, »befindet sich unter diesem ältesten Teil des Santuario noch die Ruine dieser Kapelle. Genau weiß man das jedoch nicht. Manche Forschungen datieren diesen Bau in die zweite Hälfte des 13. Jahrhunderts; andere meinen, er sei noch älter. Der Hauptbau im römisch-lombardischen Stil jedoch, in dem heute der Marienaltar steht, wurde im Jahr 1450 eingeweiht, am 21. März. So steht es über dem Portal.«

»Und die berühmten Fresken?«

»Sie wurden erst Ende des 15. Jahrhunderts gemalt. Von welchem Künstler, weiß man ebenfalls nicht genau; sicher aber einer der damals berühmtesten Freskenmaler der ganzen *Liguria del Ponente.*«

Marianne machte einen Schritt zur Seite, um ein Auto vorbeizulassen, das dicht vor der Kirchenmauer zum Stehen gebracht wurde. Eine ganze Wagenkolonne kam das Teersträßchen vom Dorf zum Santuario herauf. Die Abendstille wurde vom Knirschen der Kieselsteine, klappenden Wagentüren, Gelächter und lauten Zurufen durchbrochen. »Fast halb neun«, sagte Anja seufzend mit einem Blick auf ihre Armbanduhr und hakte sich bei den Freundinnen unter. »Kommt, es gibt gleich was zu essen! Mein Magen knurrt auch schon recht vernehmlich.«

Der Zauber war gebrochen. In Gedanken versunken, überquerten die drei Frauen den Platz, der sich nach und nach mit immer mehr Fahrzeugen füllte. Neben Autos mit deutschen Nummernschildern sahen sie zahlreiche Wagen aus den Provinzen Imperia, Savona, ja sogar dem weitentfernten Cuneo. »Ein gutes Zeichen für ein Lokal, wenn die Gäste auch von weither kommen«, meinte Marianne. »Na, dann los!«

Die Speisenfolge im *Ristorante Al Santuario* übertraf ihre Erwartungen. Nach drei kalten *antipasti* zum Magenöffnen – ein wenig buntem Salat, feingeschnittenem Schinken und dem dunkelroten Mark frischer Feigen – servierte man den Gästen drei warme Vorspeisen. Vom köstlichen, orangefarbenen *tortino di carote* nahm Jutta, die Karotten in jeder Form liebte, gleich zwei Portionen. Danach schmeckten sie andächtig einen locker-leichten *flan di verdura,* eine Art Gemüse-Omelett, das auf der Zunge zu schmelzen schien. Bei den Palmenherzen *al gorgonzola* streichelte Anja ihren Bauch, den sie eingedenk Mariannes Warnungen an diesem Abend in ein weichfallendes Kleid gehüllt hatte. »Wenn das so weitergeht, schaffe ich es nicht mal bis zum achten Gang.« Als jedoch die spinatgrünen *tagliatelle verdi alle olive* herumgereicht wurden – hausgemachte, schmale Bandnudeln, denen gehackte Tomaten und schwarzbraune Oliven den Duft ligurischer Gärten verliehen –, griff sie beherzt wieder zu. Eine zweite Portion, von der freundlichen Bedienung in Italienisch und Deutsch angeboten, lehnte sie dankend ab. »Wie viele Gänge, sagst du, müssen noch kommen?«

Marianne lachte und lehnte sich auf dem Holzstuhl zurück. Draußen vor der weiträumigen, strohgedeckten Sommerterrasse, die am Rand von Efeu und Fettpflanzen umsäumt war, ragte das Santuario auf, nah und dennoch unnahbar, ein Bau, der noch Jahrtausende überdauern würde. Vor einer Weile war der Uhu zurückgekehrt; sie konnten seine schnarchenden Atemzüge über das Tellergeklapper hinweg deutlich vernehmen.

»Noch ein *primo piatto,* dann zwei *secondi.* Mit Beilagen, hat Carlo gesagt. Also bitte, reißt euch zusammen und macht nicht vorzeitig schlapp.«

Der nächste Gang war ein *risotto alle erbette,* Reis in Kräutersauce, bei dessen Duft allein ihnen allen das Wasser im Mund zusammenlief. »Mmmh – frisches Basilikum«, murmelte Jutta, die nur bedauerte, daß das Licht über den Tischen nicht ausreichte, um eine Speisen-Präsentation nach der anderen zu fotografieren. Nachdem abgeräumt war, griff Marianne aufseufzend zu einer Zigarette, entzündete sie mit einem tiefen Zug, legte sie dann im Aschenbecher vor sich ab und erhob ihr Weißweinglas.

»Auf euch – und daß ihr mich noch ganz oft besuchen kommt!«

»Auf die Freundschaft«, sagte Jutta. Ihr Gesicht war wie von innen her erleuchtet. »Danke, daß du uns diesen Abend ermöglicht hast.«

»Auf die Freundschaft.« Auch Anja, die Weitgereiste, schien den Abend ganz besonders zu genießen, fern aller Sorgen, aller Bedürfnisse außer dem einen, in der lauen Nacht beisammenzusitzen, sich an dem zu freuen, was aufgetischt wurde, ein Glas Rotwein vor sich, vertraute Freundinnen zur Rechten und zur Linken, mit denen es ebensogut möglich war, zu reden wie zu schweigen.

Vom *coniglio in vino rosso*, einem in Rotwein geschmorten Kaninchen mit rosmaringesprenkelten, im Ofen gebackenen Kartöffelchen und dem nachfolgenden, *carpaccio*-zarten Roastbeef zu deftig schmeckenden *broccoli*, aßen sie wieder, als hätten sie den ganzen Abend lang gefastet. »Oh, ich kann nicht mehr«, stöhnte Jutta und öffnete verstohlen den obersten Knopf ihrer schwarzen, ziemlich engen Jeans. »Warte ab, bis die *dolci* kommen«, warnte Marianne, »Carlo hat gesagt, man darf sie auf keinen Fall stehenlassen. Und immerhin ist er gelernter Koch.«

Es dauerte eine Weile, bis die Tischgesellschaften – ungefähr zwei- oder dreiundvierzig Personen, hatte Marianne zwischendurch gezählt, die aber trotz der vielen, halb und ganz geleerten Flaschen kaum Lärm zu machen schienen – zum Nachtisch übergehen konnten. »Es gefällt mir hier«, sagte Marianne zufrieden. »Man hat Zeit zum Schmecken, zum Genießen, und wird nicht von einem Teller zum anderen gejagt. So gut das Essen in manchen anderen, ebenso typisch ligurischen Lokalen auch sein mag – es geht mir gelegentlich einfach zu schnell.«

Anja schob ihre *crostata* von sich. »Nein, ich schaffe das wirklich nicht mehr. Wann hört es endlich auf?!«

Der grünschmelzende *cremino alla menta,* eine Art Wackelpudding, mit frischen Minzblättern garniert, lockte ihre Geschmacksnerven ein letztes Mal hervor. »*Volete un Moscato?*« Die junge Bedienung strahlte sie an und stellte eine dunkelgrüne, schon entkorkte Flasche auf den Tisch, der ein betörender Traubenduft entstieg. Marianne schüttelte dankend den Kopf; sie zog trockene Weine vor. Jutta sah prüfend von ihr zu Anja, griff dann nach der Flasche und schenkte sich ein halbes Sektglas voll ein. »Egal, auch wenn ich den Hügel nur noch herunterstolpern kann – heute möchte ich alles ausprobieren, was geboten wird!«

Anja tat es ihr nach. Schweigend genossen sie den perlenden, reinen Rebensaft, nahmen noch einen Happen des Obstkuchens, wischten sich dann die Münder ab und seufzten. »Geschafft.«

Ein schwarzer, heißer *caffè,* dazu eine reichlich eingeschenkte trockene Grappa, weckten ihre Lebensgeister wieder. Aus der kleinen *cantinetta* neben dem Kücheneingang, in der die Kaffeebar untergebracht war, klang leise Musik. Ein paar Kinder sprangen die breiten Terrassentreppen hinauf und hinunter, versuchten die Restaurantkatze zu streicheln, die leise maunzend zwischen den Gästen umherstreifte, und liefen dann zum Kiesplatz vor der Kirche hinunter, um Fangen oder Verstecken zu spielen. Um die langen Tische herum schwatzten und lachten die Eltern mit ihren Verwandten und Freunden, ohne den Nachwuchs weiter zu beachten.

Die Kirchturmuhr schlug halb zwölf, als sie sich widerwillig erhoben. »Ich könnte die ganze Nacht hier sitzen und in den Sternenhimmel schauen«, sagte Jutta verträumt. Ein leichter Wind strich über ihre Haut, so daß sich die Härchen auf ihren Armen aufrichteten. Sie schlang ihren Schal fester um die Schultern und griff nach ihrer Handtasche. »Aber es ist wohl besser, wenn wir jetzt nach Hause gehen ... Morgen wollen Anja und ich noch einen kleinen Ausflug nach Sanremo machen. Unmöglich, die Stadt nicht wenigstens kurz besichtigt zu haben, wenn wir schon einmal in der Nähe sind.«

»Seid aber auf jeden Fall vor sechs Uhr nachmittags zurück«, warnte Marianne, die inzwischen gezahlt hatte und nun gähnend an der Treppe auf die beiden Frauen wartete. »Danach wird die Zufahrt zu Montegrazie gesperrt, und ihr findet unten kaum noch einen Parkplatz. Gegen sieben beginnt das Fest!«

18.

Das runde, genau nach Westen ausgerichtete Fenster über dem Portal des Santuarios hatte gerade die allerletzten Strahlen der sinkenden Sonne aufgefangen und warf sie wie ein feuriges Leuchtsignal in den Himmel zurück, als der erste Kleinbus voller Festgäste sich vom Kiesplatz aus in Bewegung setzte. Zwei Ordnungshüter – einer vor der Wallfahrtskirche, der andere an der Abzweigung am Dorfeingang postiert – sprachen eifrig in ihre Walkie-Talkies, mit denen sie den Verkehr hügelauf- und abwärts regelten. Entlang der Straße nach Montegrazie hatte sich bereits eine lange Schlange ankommender Fahrzeuge gebildet, deren Fahrerinnen und Fahrer geduldig darauf warteten, über das kurvige, schmale Sträßchen hinauf zum Parkplatz am Santuario geleitet zu werden. Hügelabwärts hatte nämlich die *navetta* Vorfahrt, ein eigens von der Gemeinde Imperia entsandter Kleinbus. Im Zehn-Minuten-Takt brachte er die Gäste ins Dorf hinunter, wendete dann und reihte sich wieder in die Schlange der Hinauffahrenden ein.

»Ein hervorragendes System«, sagte Marianne bewundernd zu Carlo, der die Rolle eines der Ordnungshüter übernommen hatte. »Bringt ihr denn alle Autos auf dem Parkplatz unter?«

»Diesmal schon«, erwiderte Carlo, »so voll wie im Sommer wird es nicht. Das letzte Mal mußten die Leute auch noch die ganze Zufahrtsstraße entlang parken. Es gab ein ziemliches Chaos.« Sein Blick glitt voller Anerkennung über die drei Frauen, die sich für das Fest in Schale geworfen hatten und gemeinsam wie auch jede für sich einen sehr attraktiven Anblick boten: Marianne in einem wadenlangen, schwingenden Leinenkleid, dessen Kobaltblau perfekt mit ihrem kupferglänzenden, heute offen herabfallenden Haar harmonierte; die blonde, hochgewachsene Anja, die das elegante Schwarz ihres Hosenanzugs mit einer üppigen, mehrfach um den schlanken Hals geschlungenen Silberkette akzentuierte, und die kleine, dunkelhaarige Jutta, deren knallroter Paillettenpulli überm kurzen schwarzen Rock im Licht der Festbeleuchtung unternehmungslustig funkelte.

Schade, daß ich gestern abend nicht mit ihnen essen gehen konnte, dachte er; ich hätte sie zu gerne näher kennengelernt! Vor allem die Dunkle; sie hat etwas von einer Spanierin, voll verhaltener Leidenschaft ... An seine Urlaubsreisen nach Spanien, noch vor seiner Heirat mit Elisa, dachte er oft und mit einer gewissen Sehnsucht zurück. Damals war er häufig mit Freunden zum Tanzen gegangen, in die Diskotheken entlang der Costa Smeralda, aus denen man erst um sechs oder sieben Uhr morgens wieder auftauchte, die Ohren voll Discomusik und, wenn man Glück hatte, eine hübsche *señorita* am Arm.

Lang war das her. Doch heute, im auflebenden Trubel dieses Festes, spürte Carlo wieder einen Anflug der Unbekümmertheit jener Tage, die Vorfreude auf Unerwartetes, Unbekanntes, wie vor Ferienbeginn.

Nun, sobald der dicke Franco ihn beim Ordnungsdienst ablösen kam, würde er sich zu den dreien an den Tisch setzen können. Und vielleicht mit dieser Jutta ein Tänzchen wagen, falls Marianne keine Lust hatte, mit ihm zu tanzen.

La bella strega rossa ... Sein Walkie-Talkie knisterte und rauschte, während er den drei Frauen nachblickte, die den Schulplatz entlangschlenderten, um sich nach Flavia, Tommaso, Geraldo und Laretta umzusehen. Nein, seine schöne rothaarige Nachbarin mußte er sich wohl aus dem Kopf schlagen. In den letzten Wochen war er ihr keinen Schritt nähergekommen, obwohl er sie mehrmals zu einem Glas Wein eingeladen hatte. Sie war stets gleichbleibend freundlich, ja herzlich mit ihm umgegangen; doch das Aufleuchten der goldbraunen Augen bei seinem Anblick, das er sich so sehr herbeigewünscht hatte, war ausgeblieben.

Carlo war kein Dummkopf, und er war auch nicht blind für seine eigenen Unzulänglichkeiten. Aus dem Spiegel blickte ihm kein Adonis entgegen, sondern ein Mann über vierzig mit Sorgenfalten auf der Stirn. Und einer elfjährigen, aufsässigen Tochter, die allzu offensichtlich eine Mama brauchte. Nicht gerade eine Rolle, die Marianne auf den Leib geschneidert schien.

Mit einem tiefen Seufzer wandte er seine Aufmerksamkeit wieder den Autos zu, die Stoßstange an Stoßstange an ihm vorbei zum Santuario fuhren. Dann strafften sich seine Schultern. Wer weiß, dachte er hoffnungsvoll, der Abend ist schließlich noch jung, und bei einem Fest kann allerlei passieren, an das man vorher kaum zu glauben wagte.

»*Basta così*«, sagte er in sein Walkie-Talkie, »nach dem roten Renault mit dem Savoner Kennzeichen kannst du die nächste *navetta* herunterschicken.«

Wie die Frauen hatte auch das Dorf sein schönstes Festtagsgewand angelegt. Unter den blumengeschmückten Mauern und Portalen drängten sich die Menschen an langen Tischen, aßen und tranken, was die Festküche hergab, sprangen auf, um Freunde herbeizuwinken, die sich dann, weitere Gäste im Schlepptau, zwischen den Sitzenden niederließen. Hinter seinem rauchenden Holzkohlengrill schwitzend, kam Renzo kaum mit den Bestellungen nach. Gelächter, Musik und fröhliches Stimmengewirr hingen wie eine riesige Glocke über dem Kirchplatz.

Marianne schob sich mit Geraldo durch die dichte Menschenmenge, die zwischen den beiden Festplätzen auf- und abwogte. An den Eisengeländern, die die Tanzfläche vor der Schule abgrenzten, stauten sich die Schaulustigen; mehrere Dutzend junger Leute hüpften zu den Rhythmen des diesjährigen Formationstanzes auf dem sandbestreuten Teerboden, im Takt der Musik von blauen, grünen, gelben und roten Bühnenscheinwerfern beleuchtet. Zwischen ihnen rannten kreischende Kinder umher; einige wenige Paare im mittleren Alter versuchten, mit den Jugendlichen Schritt zu halten, gaben aber bald verlegen lachend auf. Vor der Kaffee-Theke am Rande des Tanzplatzes, an der auch Grappa und andere *digestivi* ausgeschenkt wurden, erspähte Marianne den neunzehnjährigen Serafino, lässig auf seine Krücken gestützt. Sein linkes Bein hatte bei dem Brand arge Verletzungen erlitten; bis sie völlig verheilt waren, würde es noch Wochen dauern. Um ihn scharte sich eine Gruppe Gleichaltriger, die mit ihm schwatzten, ihm die Bierflasche hielten und respektvoll darauf achteten, daß niemand ihn in dem Gedränge versehentlich anrempelte. Der Held des Dorfes war vom Außenseiter zur Attraktion aufgestiegen, um dessen Freundschaft sich nun viele bemühten. Und er genoß es offenbar in vollen Zügen, nicht mehr wie sonst am Rande der Gemeinschaft zu stehen. Selbst sein Haar, früher beidseits des Kopfes völlig abrasiert, schien erfreut zu sprießen.

Ja, die denkwürdige Brandnacht hatte seinem Leben eine Wendung zum Guten gegeben. Mir, dachte Marianne mißmutig, hat sie bislang nur neue Sorgen beschert.

Sie schüttelte den Kopf, um die unguten Gedanken zu verscheuchen, und straffte die Schultern. Heute war *festa, e basta!* Zum Sorgenmachen war auch anderntags noch jede Menge Zeit.

Ein Spotlight rückte die Sängerin der achtköpfigen Tanzkapelle – eine kurvenreiche, in knappsitzende Hosen und nabelfreies Glitzertop gekleidete Provinzschönheit mit prachtvoll wehendem schwarzen Schopf – ins Zentrum der

Aufmerksamkeit. Ihrer dunklen, volltönenden Stimme tat selbst die übersteuerte Anlage keinen Abbruch.

»Und jetzt, *signore e signori*, ein Tango! Olé!«

»Aber … aber ich kann keinen Tango«, protestierte Marianne, als Geraldo sie auf die Tanzfläche zog. Er warf sich in Positur und faßte sie mit einer Hand fest um die Taille. Mit der anderen ergriff er ihre Rechte wie ein Fahnenschwinger sein Banner. »Kein Problem! Dann lernst du es eben!«

Während Geraldo Marianne herumschwenkte und sie dabei geschickt zwischen den tanzenden Paaren hindurchsteuerte, zückte Jutta von der Absperrung aus ihre Kamera. »Unglaublich«, sagte sie zu Anja, die neben ihr lehnte und sich inmitten des italienisch-heiteren Trubels ausnehmend wohlzufühlen schien, »schau mal die alten Leute dort, wie toll die noch drauf sind!« Ein paar Männer im Sonntagsstaat, den Achtzig näher als den Siebzig, flogen mit ihren kaum jüngeren Partnerinnen über den Platz, als klassifizierten sie sich bei einem Tanzwettbewerb. »Und dort drüben tanzen auch Frauen zusammen.« Eine goldbehängte *signora* in Kostümrock und Spitzenbluse hatte die Führung übernommen; ihre graugelockte Partnerin wiegte sich würdevoll mit ihr im Tangoschritt. »Die haben ganz recht«, sagte Anja, »warum sollten sie sich das Tanzen versagen, nur weil ihre Männer keine Lust dazu haben? Oder sie vielleicht schon verwitwet sind?«

Ein gutes Dutzend älterer Frauen und Männer, die auf einem Mauervorsprung entlang der Tanzfläche aufgereiht saßen wie neugierige Pinguine, lachten und klatschten Beifall, als Geraldo seine Partnerin in gekonnter Tango-Pose, nach rückwärts geneigt, zum Stehen brachte. Ihr roter Schopf berührte beinahe die Tanzfläche. »Olé! Na siehst du, das war doch gar nicht so schwierig.«

»Aber jetzt kann ich nicht mehr«, keuchte Marianne. Ihre Augen glänzten; von Rotwein und Tanz war ihr ein bißchen schwindelig. »Und außerdem müßte ich mal …«

Doch auf der schmalen Schulhaustreppe, die zu den einzigen beiden öffentlichen WCs im Obergeschoß führte, stand bereits eine lange Warteschlange.

»Anja, Jutta, entschuldigt mich ein paar Minuten! Ich gehe rasch mal ins Haus hoch, auf die Toilette. Hier muß man ja Stunden anstehen.«

»Ja, okay«, sagte Anja. »Du findest uns dann wieder am Tisch. Wir haben deinem Nachbarn Carlo versprochen, daß er uns noch zu *caffè* und Grappa einladen darf. Der Arme, er hat den ganzen Abend den Verkehr geregelt und sitzt gerade erst beim Essen.«

»Ein netter Typ, übrigens«, meinte Jutta augenzwinkernd. »Ist er eigentlich verheiratet?«

»Nein, verwitwet«, rief Marianne ihr über die Schulter hinweg zu. Kurz darauf war sie in der Menge, die in der Tanzpause zu den Tischen zurückströmte, verschwunden.

»Ein Witwer? Na, um so besser«, gluckste Jutta, die Geraldos gutem Roten beim Essen schon reichlich zugesprochen hatte, und schulterte ihre Nikon. »Einen Urlaubsflirt in Ehren kann mir keiner verwehren!«

»Und was ist mit mir? Außer Carlo scheint Marianne hier bloß Ehemänner zu kennen.«

»Mmmh – mal sehen – wie wär's denn mit dem da?« Jutta stellte sich auf die Zehenspitzen und deutete über Anjas Kopf hinweg auf einen schlanken, gutaussehenden Mann etwa Mitte Dreißig, der an der Wand neben der *tavernetta* lehnte. »Sieht so aus, als sei er ohne Begleitung.«

Anja betrachtete den Mann, der seinen Blick konzentriert über die Menge schweifen ließ, als suche er jemanden. Dann schien er fündig geworden zu sein. Mit einem Ruck stieß er sich von der Mauer ab und ging auf den Biertisch am Rande des Kirchplatzes zu, an dem Carlo, Flavia und Tommaso saßen.

»He«, sagte Anja, »ich glaube, ich habe Glück. Sieh mal, der kennt die Bonellis. Jetzt setzt er sich an unseren Tisch!«

»Dann wollen wir die *signori* mal nicht länger warten lassen«, lachte Jutta. »Komm, raff dein bestes Italienisch zusammen! Das wird noch ein lustiger Abend.«

Flavia rutschte auf der langen Bank zur Seite, um ihnen Platz zu machen. »*Vi siete divertite?*« fragte sie lächelnd. »*Si, molto*«, nickte Anja und übersetzte für Jutta: »Sie hat gefragt, ob wir uns amüsiert haben.« Carlo reichte den beiden neue Plastikbecher; die fleißigen *ragazzi* des *Circolo di Montegrazie*, die heute Kellnerdienste versahen, hatten bereits alle Tische von leergegessenen Tellern und halbvoll stehengelassenen Bechern gesäubert und den Abfall in große, schwarze Mülltüten gestopft. Jetzt ging es in die nächste Runde; noch immer stand eine längere Schlange vor der Ticket-Ausgabe, an der man farbige Kärtchen für die verschiedenen Gerichte kaufen und dann den umherschwirrenden Mädchen und Jungen des *Circolo* in die Hand drücken konnte. Unfehlbar erschien kurz darauf der richtige Teller vor dem richtigen Gast. Ein etwas umständliches System, fand die organisationsgewohnte Anja, das aber erstaunlich gut zu klappen schien. Es sei denn ...

»*Niente più salsicce!*« tönte es laut hinter dem Grill hervor. Renzo rückte seine weiße Kochmütze gerade, die ihm im Eifer des Bratgefechts vom Kopf zu rutschen drohte, und wehrte gestikulierend die ihm entgegengestreckten Hände mit den rosa Kärtchen ab. Anja stupste Jutta in die Seite. »Ach du liebe Zeit, die Bratwürste sind alle! Und was machen sie jetzt? Die Leute wollen ja sicher das, wofür sie bezahlt haben!«

Ein paar Minuten lang wogten heftige Diskussionen durch die Rauchschwaden; dann griff Renzo hinter sich in die Kühltruhe, holte ein großes Paket saftiger Schweinekoteletts heraus, verteilte sie geschäftig auf dem Grill und begann, die rosa Kärtchen einzusammeln.

»Statt Bratwurst gibt es eben Kotelett – so einfach ist das!« Anja wollte sich ausschütten vor Lachen. »Mach das mal auf einem deutschen Volksfest – da kannst du gleich den Beschwerdekasten neben die Kartenausgabe stellen! Und die Koteletts würden empört zurückgeschickt!«

Auch Carlo ließ sich, ohne eine Miene zu verziehen, ein Kotelett statt der bestellten Bratwurst servieren. Das Plastikmesser zerbrach schon beim ersten Ansetzen; er griff mit den Händen zu und ließ es sich sichtlich schmecken. Neben ihm saß der Fremde gedankenversunken vor einem Becher Rotwein, aus dem er ab und zu einen Schluck nahm.

»Ach, ihr kennt euch ja noch nicht«, sagte Flavia zu den beiden Münchnerinnen. »Das ist mein, äh, mein Schwager Marco.« Sie beugte sich zu ihm hinüber und sagte rasch etwas im Montegrazier Dialekt, von dem Anja nur den Namen Marianna verstand. Der Mann setzte seinen Becher ab und blickte die Frauen interessiert an. »*Buona sera, piacere.*«

»*Piacere, sono Anja*«, sagte die Angesprochene in ihrem besten Italienisch und lächelte. Der Mann hatte ja wunderschöne, meergrünblaue Augen! Schade, daß sie so ernst dreinsahen … als habe er sich eher zufällig auf das Fest verirrt. »*Piacere*«, echote Jutta, die Fremdsprachen am raschesten durch Nachahmung lernte, »*sono Jutta.*« Flavias Schwager schenkte ihr ein kurzes, nicht unfreundliches Nicken und wandte sich dann wieder an Flavia. Anja bekam mit, daß er sich nach der kleinen Lucia erkundigte. Als sie sah, daß Flavia den Kopf schüttelte und vage in Richtung des Tanzplatzes wies, mischte sie sich radebrechend ein: »*Lucia è con amiche*, mit Freundinnen unterwegs, ich habe sie vor einer halben Stunde erst hier herumrennen sehen, *mezz'ora fà.*« Sie deutete auf die schmale Gasse, die zum Laden hinunterführte.

»Na«, meinte Flavia, »sie wird sicher bald wieder hiersein. Und du, Marco, was führt dich her? Wart ihr verabredet?« Anja war nicht sicher, ob sie richtig verstanden hatte. Mit wem sollte Flavias schöner Schwager verabredet sein? Dann sah sie, daß Marco den Kopf schüttelte, und lächelte erleichtert in sich hinein. Das fehlte noch, daß der einzige Mann ohne Begleitung, den sie sich zum Flirten ausersehen hatte, hier eine Freundin treffen wollte! Doch das war offenbar nicht der Fall.

Sie fing einen Seitenblick auf, den er auf ihr goldschimmerndes Haar warf, und beschloß, die Gelegenheit am Schopf zu packen. »Tanzen Sie?« fragte sie keck und sah ihm in die

Meeraugen. Bevor er noch antworten konnte, war sie bereits aufgestanden und machte eine einladende kleine Verbeugung vor ihm. »Ja, geh mal mit Anja tanzen«, lachte Flavia, »Carlo hat Jutta auch schon aufgefordert, wie ich sehe!« Carlo hatte sich den Bratensaft vom Mund gewischt und reichte Jutta jetzt galant den Arm. Marco, der keine Möglichkeit sah, sich höflich aus der Affäre zu ziehen, erhob sich. »Ein besonders guter Tänzer bin ich aber nicht«, warnte er Anja. »*Fa niente*«, erwiderte sie gutgelaunt, »lassen Sie mich nur machen!«

Die Menge auf dem Tanzplatz hatte sich gelichtet; statt der neuesten Hits, die die Jugendlichen vorher zuhauf zum Tanzen gelockt hatten, stimmte die Band nun wieder eine Serie *ballo liscio* an – Walzer, Mazurka, Samba, Foxtrott und Cha-cha-cha. Jutta drehte sich vergnügt in den Armen von Carlo, der sich alle Mühe gab, *bella figura* zu machen, auch wenn er seine zierliche Partnerin um mindestens zwei Kopflängen überragte und sehr achtgeben mußte, ihr nicht auf die bloßen Füße in den offenen Sandaletten zu treten. Sie legte den Kopf in den Nacken, lächelte ihm strahlend zu und warf bei der nächsten Drehung einen Blick zu Anja und Marco hinüber, die am anderen Ende des Platzes tanzten und sich dabei angeregt unterhielten. Wenn Anja einmal anfängt, ihren Charme zu versprühen, dachte Jutta belustigt, bleibt kein Auge trocken. Sie bringt selbst einen Stockfisch zum Reden.

Nanu – jetzt hörten die beiden mitten in der Bewegung auf und beugten sich zueinander, als müßten sie sich vergewissern, daß sie etwas richtig verstanden hatten. Bei der nächsten Drehung sah Jutta, wie Marco wieder auf Anja einredete und dabei Richtung Kirchplatz deutete. Anja strich ihr blondes Haar zurück, nickte ein paarmal und hakte sich bei ihm ein. Dann winkte sie Jutta zu und rief etwas, das ihre Kollegin über dem lautsprecherverstärkten Dudeln von Saxophon und Akkordeon nur zur Hälfte verstand. Es klang wie »… Glas trinken«.

Ah, dieser Marco hatte also schon angebissen! Jutta winkte zurück und wandte sich wieder ihrem Tanzpartner zu, der sie fest um die Taille hielt und etwas auf Italienisch zu ihr sagte, das sich wie ein Kompliment anhörte. Seine freundlichen braunen Augen streiften unverhohlen über die Rundungen unter ihrem roten Paillettenpulli und blieben an ihrem ebenso leuchtendroten Mund hängen.

Auch Carlo schien also Feuer gefangen zu haben ... Jutta seufzte zufrieden und schmiegte sich ein kleines bißchen enger an ihren Partner, der den Druck ihres Körpers erwiderte. Was für ein schöner Abend, dachte sie, ein Fest unter italienischem Sternenhimmel, Musik und Tanz und ein netter Typ, mit dem sich das Flirten lohnt ... genau das richtige für ein romantisches Wochenende. Fern der Arbeit und jedweder Probleme.

Die Pailletten ihres Tops glitzerten verführerisch im Scheinwerferlicht, als sie sich zögernd von Carlo löste, um der Band Beifall zu klatschen.

Anja prostete Marco lächelnd zu. Sie hatte ihre gute Laune rasch wiedergefunden. Das Leben spielt einem manchmal seltsame Streiche, dachte sie. Dieser hübsche Kerl, der sich so unverhofft zu den Bonellis gesellt hatte, war also kein anderer als Mariannes Denkmalschutz-Drache aus Genua! Marco Baldi, Onkel der kleinen Lucia, und auf so undurchsichtige Weise in die geheimnisvollen Vorgänge ums Wasserhaus verstrickt. Als er ihr beim Tanzen erzählt hatte, was er beruflich tat, war ihr seine Identität sofort klargeworden. Und nach einem Moment der Enttäuschung – wie schade! ausgerechnet mit diesem Mann konnte sie ja nun leider keinen Flirt anfangen; was würde ihre Freundin dazu sagen! – hatte sie sehr an sich halten müssen, um nicht sofort mit neugierigen Fragen herauszuplatzen.

War er tatsächlich der Bruder von Flavias Mann Tommaso (und damit auch Carlos Bruder)? Wahrscheinlich nicht; er sah den beiden überhaupt nicht ähnlich. Und Flavias Zögern, bevor sie Marco als ihren Schwager vorgestellt hatte, war nicht zu überhören gewesen. Die verwandtschaftlichen Zusammenhänge mußten also komplizierter sein. Vielleicht der

Bruder von Carlos verstorbener Frau? Marianne hatte erwähnt, daß ihr Nachbar Witwer sei. Und was hatte er mit dem Wasserhaus zu schaffen? Wieso war er so dagegen gewesen, daß Carlo und Tommaso es an Marianne verkauften?

Anja beschloß, Marco im Lauf des Abends beiseite zu nehmen und ihn ganz offen danach zu fragen. Direktheit war manchmal die beste Strategie, um rasch etwas herauszubekommen; sie zog dem, der damit nicht rechnete, den Teppich unter den Füßen weg. Das konnte die aufschlußreichsten Reaktionen hervorrufen.

Im Augenblick jedoch mußte sie sich darauf konzentrieren, Marcos Fragen zu folgen, mit denen er ihre Italienischkenntnisse auf eine harte Probe stellte. Seit sie ihm verständlich gemacht hatte, daß sie Mariannes beste Freundin war, schien er sehr an weiteren Einzelheiten interessiert.

»... keinen Freund? Ganz allein?«

Redete er nun von Marianne oder von ihr? Anja hob ihm ihren Plastikbecher voll Rotwein entgegen, den Geraldo gerade wieder großzügig gefüllt hatte. »*Marianne è da sola*«, sagte sie aufs Geratewohl und beobachtete seine Reaktion aus den Augenwinkeln, während sie trank. Er wirkte erleichtert. »Und ich auch«, setzte sie nach. Marco lachte. »*Anch'io*«, deutete er auf sich. Dann blinzelte er Flavia zu, die angesetzt hatte, dazwischenzureden, nun aber wieder verstummte. Na, dachte Anja, ob das die Wahrheit war? Hatte er wirklich keine *moglie* oder *fidanzata*, die zu Hause auf ihn wartete, während er sich hier *da solo* auf einem Dorffest amüsierte? Über den Weg trauen würde sie diesem Marco ja nicht, nach all den Schandtaten, deren Marianne ihn neulich verdächtigt hatte.

Trotzdem, ein geübter Lügner schien er nicht zu sein, auch kein finsterer Mafioso, dem jedes Mittel recht war, sich ein Haus unter den Nagel zu reißen, auf das er – aus welchen unerfindlichen Gründen auch immer – ein Auge geworfen hatte. Anja wurde nicht recht schlau aus Marco. Ihre in langen Berufsjahren geschärfte Menschenkenntnis sagte ihr, daß hinter seinen scheinbar nur aus purer Höflichkeit gestellten

Fragen nach Marianne, ihrer Arbeit, ihrem Leben ein weit tieferes Interesse steckte, dessen Grund sie aber nicht auszuloten vermochte. Und seine Augen nahmen einen seltsam melancholischen Ausdruck an, wann immer die Rede aufs Wasserhaus kam.

Anja spürte es genau, wenn sie ein Geheimnis vor sich hatte. Es veränderte die Aura des Menschen, der mit ihr sprach, verdichtete sie zu einem engeren Schwingungsmuster, für sie fast körperlich greifbar.

Marianne mußte unbedingt erfahren, um was es Marco wirklich ging. Anja nahm sich fest vor, es für sie herauszufinden.

Seine Augen folgten den Bewegungen ihrer Hand, mit der sie gedankenverloren ihre lange Silberkette zwirbelte. »*A penny for your thoughts*«, sagte er unvermittelt auf englisch. Anja schrak auf. »Wie bitte? Entschuldigen Sie ...«

»Sie waren mit Ihren Gedanken ganz weit weg.«

»Nein, eigentlich ganz nah«, sagte Anja, die sich wieder gefangen hatte und nun ebenfalls in die Sprache überwechselte, die sie weit besser beherrschte als Italienisch. »Und sie sind auch keinen Penny wert. Woher können Sie denn so gut Englisch?«

»Für einen Italiener, meinen Sie?« Marco lächelte. »Ja, Sie haben recht, die meisten von uns sprechen allenfalls deutsch, vor allem in der Restaurant- und Touristikbranche, oder haben etwas Französisch gelernt. Die paar Brocken Schulenglisch sind hingegen meist nicht der Rede wert.« Er zog seine Windjacke aus, verstaute sie neben sich auf der Bank und zupfte den Kragen seines weißen, kurzärmeligen Hemdes zurecht. Wie braun seine Haut ist, dachte Anja bewundernd, gar nicht wie die eines Mannes, der den ganzen Tag nur im Büro hockt. Sicher geht er oft ans Meer, schwimmen oder laufen ... wohl ein sportlicher Typ. Unter anderen Umständen würde er mir wirklich gut gefallen ...

»Englisch«, fuhr Marco fort, »habe ich in Abendkursen gelernt. Und dann auf vielen Reisen vertieft. Mein Beruf als

Denkmalschützer führt mich zum Glück auch öfter ins Ausland, zu den Baudenkmälern anderer Kulturen.«

»Sie lieben Ihren Beruf, nicht wahr?«

Marcos Augen leuchteten auf. »O ja, sehr. Es gibt nichts Interessanteres, als sich darum zu kümmern, unser kulturelles Erbe zu bewahren. Für mich wenigstens«, setzte er etwas verlegen hinzu. Anjas Beruf – Literaturagentin, wenn er richtig verstanden hatte – war für sie sicherlich ebenso schön und wichtig.

»Wo bloß Lucia bleibt?« unterbrach ihn Flavia, die sich neben ihnen angeregt mit Laretta unterhalten hatte, jetzt aber unruhig auf ihre Armbanduhr schaute. »Das Kind ist schon mehr als eine Stunde fort! Würdest du sie bitte suchen gehen? Du bist einen ganzen Kopf größer als ich und hast bestimmt den besseren Überblick, in diesem Gewühl!«

Marco warf einen Blick auf seine Uhr und erhob sich. »Entschuldigen Sie bitte, Anja, aber meine kleine Nichte ist manchmal sehr – nun ja – *dispettosa*, sie gehorcht nicht gerade gern. Ich sehe mal nach, wo sie ...«

Ein Donnerschlag, gefolgt von einem Blitz, der den Festplatz fast taghell erleuchtete, schnitt ihm das Wort von den Lippen ab.

»Ach herrje«, rief Laretta erschrocken aus, »ein Gewitter! Bestimmt fängt es gleich an zu regnen! Sehen wir zu, daß wir uns irgendwo unterstellen!«

Sie griff nach Geraldos Weinflasche und ein paar noch unbenutzten Plastikbechern, als auch schon die ersten Tropfen fielen. »Kommt, beeilt euch!«

An allen Tischen sprangen die Festbesucher auf, schoben und schubsten sich die Bänke entlang, um so rasch wie möglich zu den *tavernette* am Rand des Kirchplatzes zu gelangen. Im Handumdrehen herrschte dort drangvolle Enge. Renzos Grill zischte und rauchte, als die Tropfen darauf platschten; hinter dem Tresen versuchten die Frauen des Dorfes, die Eßwaren in die Küchenräume zu schaffen, bevor der Gewitterregen alles durchweichte. Carlo griff Jutta bei der Hand und winkte Marco und Anja zu sich. »*Avanti* – mir nach, wir gehen zu Anselmo in den Keller, da ist vielleicht noch Platz!« Er drängte sich durch die Menge, die sich rufend und lachend, Jacken und Handtaschen über den Köpfen, vor den Taverneneingängen staute, und steuerte zielbewußt auf eine etwas abseits in der Nebengasse gelegene *cantina* zu.

Zigarettenqualm quoll ihnen entgegen, als er die Tür aufriß. Auch hier hatten schon eine Reihe von Dorfbewohnern Unterschlupf vor dem Regen gefunden, der nun mit zunehmender Heftigkeit aufs Kopfsteinpflaster prasselte. Geraldo, der es sich als einer der ersten auf einem wackeligen Hocker bequem gemacht hatte, hob ihnen grinsend einen *bottiglione* Rotwein entgegen. »Der von Anselmo ist fast so gut wie meiner! Kommt, wir singen eins, bis das Gewitter wieder aufhört!« Sein Tenor sprengte fast den Gewölberaum, als er ein heiteres Lied aus den Seealpen anstimmte. »*Quel mazzolin dei fiori ...*«

»*... che vien dalla montagna*«, fielen ein paar andere Männer ein und wiederholten die Zeilen im Chor.

»*... e bada ben che non si bagna ...*«

»*... che lo voglio regalar!*«

Die Stimmung in der *cantina* stieg von einer Strophe zur anderen, wie eine Gemse, die dem Gipfel zustrebt. Rotwein machte die Runde; immer mehr Dorfbewohner drängten herein, schüttelten sich die Regentropfen aus den Haaren und sangen aus voller Kehle mit. Jutta und Anja, denen der grauhaarige, schnauzbärtige Anselmo ein paar Kisten als Sitzgelegenheit untergeschoben hatte, hielten sich lachend die Ohren zu. »Man versteht ja sein eigenes Wort nicht mehr«, rief Jutta, als Geraldo aufsprang, sich theatralisch in Gesangspositur warf und den nächsten Chorgesang anführte. »*Doman è festa, non si lavora ...*«

Anja nahm ihre Hand vom Ohr. »Was hast du gesagt?«

»Die singen so laut, daß man ...«

»Was?«

Ein Geräusch, das wie eine quäkende Melodie klang, mischte sich in die dröhnenden Männerstimmen. Anja hob den linken Arm an und blickte verwundert auf ihre Handtasche. Ja ... da war es wieder. Leise, in dem Lärm um sie herum fast nicht zu vernehmen, aber unverkennbar.

Ihr Handy läutete.

Wer rief sie denn bloß am späten Samstag abend hier in Montegrazie an?

Bestimmt was Berufliches – irgendein Autor, der einen Lesungstermin vergessen hatte. Oder ihre Eltern, die wissen wollten, ob sie denn morgen abend, nach ihrer Heimkehr, auch bestimmt noch bei ihnen vorbeischaute.

Anja schnaufte genervt. Konnte man sie denn nicht einmal ein kurzes Ferienwochenende lang in Ruhe lassen!

Die Stimmen um sie herum drängten dem Höhepunkt des Liedes entgegen. Das Klingeln in der Tasche hörte auf, als habe der Anrufer eingesehen, daß er mit solchen Ausbrüchen italienischer Sangeskunst nicht konkurrieren könne. Doch nur ein paar Sekunden lang; dann begann der Apparat erneut, seine Rufmelodie zu quäken.

»Na gut, gehe ich eben ran«, sagte Anja ergeben, zog das Telefon aus der Handtasche und drückte die Antworttaste. »Ja, hallo? Hallo? Meine Güte, ist das hier laut ... Wer ist denn da?«

Marco, der neben ihr stand und beim letzten Lied leise mitgesummt hatte, brach ab und schaute sie fragend an. Bestürzt sah er, wie Anja erbleichte.

19.

Die Mazurkaklänge verloren sich in den dunklen Gassen des Dorfs, als Marianne den letzten Bogengang zu ihrem Haus hinter sich ließ. Links und rechts öffneten sich die Gärten, in denen majestätische Obstbäume ihre Zweige reckten; Rosmarinbüsche ragten als schwarze, scharfrandige Silhouetten über die niedrigen Steinmauern. Im Oberdorf bellte ein Hund kurz auf und verstummte wieder. Hoch über ihr, im Nachtblau des Himmels, funkelten Viertelmond und Sterne wie ein fernes, zu Eis erstarrtes Feuerwerk.

Marianne verharrte einen Moment vor ihrer Eingangstreppe, um Atem zu schöpfen, und sah ins Tal hinab. Nach dem Stimmengewirr und der dröhnenden Musik auf dem Festplatz empfand sie die Stille ums Wasserhaus als willkommene Erholung. Noch vor ein paar Monaten hatte die nächtliche Ruhe in Montegrazie sie beklommen gemacht; heute, merkte sie mit einem Anflug von Erstaunen, war sie Lärm und Trubel kaum mehr gewöhnt. Eigenartig, wie rasch sich die Sinne erholten, wenn sie nicht ständig Überreizungen ausgesetzt waren. Und wie empfindlich sie dann unversehens auf starke Impulse, laute Menschenmengen und Geräuschkulissen reagierten. Ob sie sich in München – oder irgendeiner anderen Großstadt – je wieder wohl fühlen würde?

Ein dumpfes Rumpeln, das den westlichen Horizont überzog, schreckte Marianne aus ihren Gedanken. Tief unten im Tal zuckten in rascher Folge Blitze auf. Konsterniert starrte sie auf die schwarze Wand, die weit draußen über der See den Sternenhimmel auslöschte. Eben noch war der Meeresspiegel zartsilbern im Taleinschnitt sichtbar gewesen; jetzt schien er wie von schwarzer Lava verschluckt, mit den dunklen Hügeln vor der Küste verschmolzen.

Es würde doch hoffentlich kein Gewitter aufziehen und ihnen das Fest verderben?!

Ich beeile mich lieber, dachte sie; falls es zu regnen anfing und alle Festgäste in den Kellern und Tavernen Unterschlupf suchten, würde sie große Mühe haben, Anja und Jutta in dem Andrang wiederzufinden.

Mezzanotte rieb sich miauend an ihren Beinen, als sie die Tür aufsperrte, offensichtlich erfreut, wieder Gesellschaft zu bekommen.

»Ich bleibe nur einen Moment«, erklärte ihr Marianne,

»warum läufst du nicht ein bißchen in den Nachbargärten spazieren? Du könntest mit Red anbandeln; er singt dir ohnehin jeden Abend ein Ständchen.«

Die Katze maunzte erneut, als wollte sie ihr etwas Wichtiges sagen, rannte ihr voran durch die Küche und verschwand die Gartentreppe hinunter. Marianne zuckte die Achseln. Sicher hatte die Schwarzweiße wieder eine Beute gemacht, die sie ihr unbedingt präsentieren wollte, einen unvorsichtigen Vogel oder eine Maus. Aber dazu hatte sie jetzt wirklich keine Zeit.

Die Wasserspülung rauschte. Marianne schloß die Toilettentür wieder hinter sich, öffnete den Wasserhahn der Marmorspüle und ließ den kühlen Strahl über Hände und Unterarme sprudeln. Nachdem sie auch Gesicht und Nacken kurz erfrischt hatte, zog sie rasch ihre Lippen nach und legte noch etwas von dem grünen Puderschatten auf, der die Goldfarbe ihrer Augen so festlich hervorhob. Ein prüfender Blick in den Spiegel – ja, so konnte sie sich wieder ins Getümmel stürzen. Wenn nur das Wetter weiterhin hielt! Ob sie sicherheitshalber ihren Regenumhang mitnahm?

Sie wandte sich zur Tür und wollte gerade nach der Klinke greifen, als ein Geräusch aus dem Garten sie mitten in der Bewegung innehalten ließ.

Ein leises Wimmern drang herauf, wie von einer kleinen Katze, die nach ihrer Mutter weint.

»Mezzanotte, bist du das?«

Das Wimmern verstärkte sich und brach dann abrupt ab.

Marianne nahm die Taschenlampe, die für etwaige Stromausfälle stets griffbereit auf dem Küchenschrank lag, und beugte sich übers Treppengeländer. »Mezzanotte! Kätzchen, wo bist du?«

Unter ihr raschelte etwas, dann setzte das Wimmern wieder ein.

Marianne stieg die steile Treppe hinunter und leuchtete unter das Baugerüst, in die Richtung, aus der das Geräusch zu kommen schien. Da – etwas Dunkles, das sich bewegte, ein bleicher Fleck wie ein Gesicht, eine Hand, die krampfhaft einen Eisenträger umklammerte.

»Lucia, um Gottes willen, was machst du da?!«

Aus dem Gesicht hob sich erneut ein Klagelaut. Marianne sprang die letzten beiden Stufen hinunter, bückte sich und richtete den Lichtstrahl auf das Mädchen. Zwei angstvoll aufgerissene Augen, die sich im Schein der Taschenlampe geblendet schlossen, ein unter Schmerzen verzogener Mund.

»Lucia! Wie kommst du denn hierher? Was ist passiert? Hast du dich verletzt?«

Die Kleine antwortete nicht; Tränen liefen über ihr Gesicht. Sie schluchzte erstickt, als täte ihr sogar das Weinen weh.

Marianne tastete mit dem Lichtkegel die Umgebung des Mädchens ab. Ihre Gedanken überschlugen sich. Was hatte Lucia in ihrem Garten zu suchen? Wieso war sie hier und nicht auf dem Fest, bei ihren Freundinnen? Sie erinnerte sich genau, sie ein paarmal in der Menge gesehen zu haben, die sich um den Tanzplatz drängte; sie hatten einander noch fröhlich zugewinkt. Aber das war mindestens eine Stunde her ... Was suchte sie hier bloß? Und in was für einer Klemme steckte sie jetzt?

Ein plötzlich niederfahrender Blitz beleuchtete den Garten für Sekundenbruchteile, wie eine Schwarzweißaufnahme, die ganz kurz einen Kinosaal erhellt. Entsetzt starrte Marianne auf das Bild, das sich ihr bot. Das Baugerüst, in dem eine Planke fehlte – der kleine, schmale Körper, zur Hälfte sichtbar – aufgerissenes Erdreich, ein schwarz gähnendes Loch ... Oh, *merda,* Lucia war in eine Baugrube gefallen! Nur ihre Schultern sahen heraus, der erschöpft zur Seite gelegte Kopf, der linke Arm, die Hand, die den Eisenträger umfaßte. Die Rechte lag kraftlos auf einem schräg aus der Grube bis unters Baugerüst ragenden Brett.

Marianne ließ den Schein der Taschenlampe über das mehr als meterbreite Loch wandern und atmete tief durch. Was auch immer Lucia hier angestellt haben mochte – sie war dabei abgestürzt. Mit einer Hand hatte sie sich gerade noch am Gerüst festhalten können. Und dann war offenbar eine Holzplanke heruntergefallen und hatte sie so unglücklich eingeklemmt, daß sie ihre Beine nicht mehr bewegen konnte. Mit nur einer freien Hand hatte sie es nicht geschafft, die schwere Planke wegzuhieven.

Und jetzt drohten ihre Kräfte sie zu verlassen. Nur noch wenige Augenblicke, und sie würde den Halt verlieren.

Ohne einen Gedanken an ihr teures Leinenkleid zu verschwenden, ließ sich Marianne auf Hände und Knie nieder und robbte näher an das Loch heran, vorsichtig, um nicht etwa auch noch ins Erdreich einzubrechen. Mit fester Stimme redete sie dem Mädchen Mut zu. »Ich bin bei dir, Lucia, keine Angst, es wird alles gut. Ich hole dich da raus. Halt dich nur fest, hörst du, und beweg dich nicht!«

Das Mädchen stieß Schmerzenslaute aus, die in kaum verständliche Worte übergingen. »Mein Bein! Mein Bein! Es tut so weh!«

»Sei ganz ruhig! Ich komme schon. Es wird alles wieder gut.«

Mariannes Gedanken bäumten sich kurz auf und fielen dann, wie von unsichtbarer Hand gelenkt, in eine glasklare Ordnung. So hatte sie schon als Kind reagiert, in brenzligen Situationen: ein Moment der Panik, gefolgt von fast magisch ruhiger Konzentration aufs Wesentliche, die alle Hektik ausschloß.

Während sie ihre Atemzüge in einen gleichmäßigen Rhythmus zwang, ging sie die Rettungsmöglichkeiten durch. Hilfe vom Festplatz zu holen war sinnlos; bis sie zurückkäme, wäre Lucia längst in die Grube gerutscht. Und wer weiß, wie tief das Loch war; sie konnte sich bei dem Absturz schwer verletzen. Marianne mußte es also alleine schaffen. Und wie, ohne das Mädchen noch mehr zu gefährden? Irgendwie mußte sie unters Baugerüst gelangen, auf die andere Seite der Grube, ohne selbst hineinzustürzen. Als zweites mußte sie die Planke entfernen, damit Lucias Beine freikamen. Danach erst konnte sie versuchen, das Mädchen aus dem Loch zu ziehen.

Immer vorausgesetzt, Lucia schaffte es, sich noch so lange an den Eisenträger zu klammern.

Sie *mußte* es einfach schaffen. »Halt dich gut fest, *cara*, ich komme zu dir!«

Scharfkantige Klumpen, Reste des abgeklopften Außenputzes, bohrten sich schmerzhaft in ihre Knie und Oberschenkel, während sie sich unter das Gerüst zwängte, das Licht der Taschenlampe vor sich auf den unebenen Boden gerichtet, um erkennen zu können, wo noch fester Untergrund war und wo die Grube begann. Ihre linke Hüfte schrammte an der Hauswand, als sie sich zentimeterweise vorwärtstastete. Unvermittelt griff ihre Rechte ins Leere. Erdbrocken rutschten unter ihren Fingern weg und polterten ins Loch. Es schien viel tiefer zu sein, als sie zuerst angenommen hatte, dem hohlen Geräusch nach wohl mehrere Meter. Marianne konzentrierte sich einen Moment – ganz ruhig bleiben, gleich hast du's geschafft! –, machte sich dann so schmal wie möglich und schob sich bäuchlings weiter voran. Lucia hatte aufgehört zu wimmern; sie schien den Atem anzuhalten. Ein Stein rollte unter Mariannes rechtem Fuß davon, plumpste neben ihr in die Grube, schlug auf dem Brett auf, schlidderte daran entlang und versank. Ein glucksendes Echo erklang, als sei er in tiefes Wasser gefallen.

Wasser? Wo kam da unten Wasser her? War diese Grube etwa mit Grundwasser gefüllt?!

O Gott, wenn Lucia jetzt losließ – und die Planke nachrutschte und auf sie fiel – sie konnte in dem Loch ertrinken!

Mariannes Kopf stieß unsanft an die Bretter des Baugerüsts. Dichter Staub rieselte herab und blieb in ihren verschwitzten Haaren kleben. Sie wischte sich eine feuchte Strähne aus der Stirn, legte die Taschenlampe so neben sich, daß ihr Strahl den bröckelnden Grubenrand beleuchtete, und begann, heftig an der Planke zu zerren. Das Mädchen schrie auf.

»Ruhig, Lucia«, beschwor Marianne sie, »ich weiß, das tut dir weh, aber es geht nicht anders. Halt dich um Himmels willen fest! Ich sag dir jetzt genau, was ich mache. Erst muß ich diese Holzplanke rausziehen, damit deine Beine freikommen ...« Sie redete, um Lucias Angst zu mildern und sie vom Schmerz ablenken. »Sei tapfer! Wir haben es gleich geschafft!«

Ein neuerlicher Blitz unterstrich ihre Worte; einen Moment später krachte ein Donnerschlag. Das Gewitter mußte schon in nächster Nähe sein. Wenn es nur nicht zu regnen anfing, bevor Lucia in Sicherheit war! Ein kalter Guß war das letzte, was sie jetzt gebrauchen konnten. Und wenn sie an der nassen Eisenstange den Halt verlor ...

Trotz der Nachtkühle lief Marianne der Schweiß in Strömen übers Gesicht. Weit vornübergebeugt zog sie an der Holzplanke, die im schiefen Winkel aus dem Erdloch ragte. Jetzt – jetzt bewegte sie sich ein paar Zentimeter. Marianne atmete tief durch und sammelte all ihre Kraft im Sonnengeflecht. Dann packte sie die Planke, so fest sie konnte, zog und zog, ohne die Schmerzlaute des Mädchens zu beachten, bis ihre Bauch- und Oberschenkelmuskeln schier zu bersten drohten. Noch ein Ruck – ein Zug – geschafft!

Schwer atmend, das Brett in beiden Händen haltend wie eine Trophäe, rutschte sie auf Knien rückwärts, weg vom Grubenrand, dem sie gefährlich nahe gekommen war. Dann richtete sie sich auf. Das Mädchen weinte. »*Aiuto, aiuto,* hilf mir, ich kann nicht mehr!«

»Halt durch, Lucia! Nur noch einen Moment!«

Vorsichtig schob sie die breite Planke außerhalb des Baugerüsts so über die Ränder des Erdlochs, daß sie es wagen konnte, sich mit einem Knie darauf zu stützen. Dann griff sie mit beiden Händen nach Lucia und faßte sie unter den Achselhöhlen. Mit der Rechten umklammerte das Mädchen Mariannes Unterarm, wagte aber nicht, mit der Linken das Gerüst loszulassen.

Schwere Tropfen platschten auf ihre Köpfe, erst vereinzelt,

dann immer stärker, bis sich der Regen zu einem prasselnden Guß verdichtete. Das Brett knirschte bedenklich unter Mariannes Gewicht.

»Lucia, hab Vertrauen! Ich halte dich!«

Der schwarze, durchnäßte Lockenkopf unter ihr zitterte. Dann ließ das Mädchen den Eisenträger los.

Mit unnachgiebigen Händen, deren Kraft sie selbst erstaunte, hob Marianne die angstvoll verkrampfte Lucia Zentimeter für Zentimeter aus dem Loch heraus, zog sie über den Grubenrand ins Freie. Als sie sich aus dem Kniestand aufrichtete und zurücktrat, schien es ihr einen Augenblick, als habe sie den festen Boden verfehlt. Instinktiv hielt sie die Arme hoch, an denen das schwere Gewicht des Mädchens hing, und riß ihren Oberkörper nach hinten. Sie schwankte; ihre Füße rutschten nach vorn weg, schrammten am Brett entlang; sie spürte mehr als es im Rauschen des Regens zu hören, wie es in die Grube rutschte und aufplatschend im Wasser versank. Dann prallte sie mit dem Rücken hart auf die Erde.

Ein scharfer Schmerz durchschoß ihr Steißbein. Marianne stöhnte auf, biß die Zähne zusammen und blieb einen Moment schwer atmend liegen. Heftiger Regen trommelte auf ihr Gesicht; Blitz und Donner folgten einander in Sekundenabständen. Das Gewitter tobte, als sei unmittelbar über ihnen das Inferno ausgebrochen. War also das Fest doch ins Wasser gefallen ... aber Lucia nicht, und sie selbst auch nicht!

Viel zu erschöpft, um Stolz über das Gelingen der Rettungsaktion zu empfinden, rappelte sie sich schließlich auf, nahm all ihre Willenskraft zusammen und schob das Mädchen, das zitternd auf ihr lag, mühsam von ihrem Bauch herunter auf die völlig durchweichte Erde. Dann beugte sie sich über Lucia und strich ihr beruhigend über das nasse Haar. »Jetzt ist alles gut«, murmelte sie, »du bist in Sicherheit. Wir haben es geschafft.«

Als wollte das Wetter ihr recht geben, ließ der Regen so unvermittelt nach, wie er gekommen war. Vereinzelt glimmten noch Blitze auf, denen grollender Donner folgte. Das Gewitter zog ab, in die Hügel hinauf, wo es sich noch eine Weile hin und her drehen und dann endgültig verstummen würde.

Im Scheinwerferkegel der Taschenlampe wirkte Lucias Gesicht gespenstisch weiß und spitz. Marianne ließ das Licht den schmalen Körper herunterwandern und erschrak. Durch die zerrissenen Jeans war eine tiefe Wunde am rechten Oberschenkel erkennbar; Blut hatte den Stoff bis übers Knie hinaus schwarz verfärbt. Ohne lange zu überlegen, hob Marianne den Rock ihres erdverklebten Leinenkleids, fingerte nach der Naht des Seidenunterrocks, zog sie mit einem Ruck auseinander und riß ein breites Stück des zarten, sauberen Gewebes ab. Zweimal gefaltet, ergab es eine Binde, mit der sie Lucias Oberschenkel einen provisorischen Druckverband anlegte.

Marianne straffte den Knoten und stand auf, bemüht, den Schmerz in ihrem Steißbein zu ignorieren. »Lucia, ich hole jetzt Hilfe. Bleib bitte ganz ruhig liegen, *cara*, ich bin sofort wieder da und wickle dich in eine Decke.«

Das Mädchen nickte wortlos. In ihren Augen stand Schmerz, doch keine Panik mehr.

So rasch es das Stechen in ihrem Rücken erlaubte, humpelte Marianne die Treppe hoch, durch die Küche hindurch zum Telefon. Wo war bloß das Telefonbuch, mit der Nummer des Rettungsdienstes? Aber, fiel ihr ein, unten am Dorfplatz gab es ja Sanitäter – das heißt, wenn sie bei dem Regen das Fest nicht schon für beendet erklärt hatten und davongefahren waren. Carlo würde das bestimmt wissen, er mußte ja auch den Rückflutverkehr wieder regeln. Aber wie sollte sie Carlo so schnell finden – noch dazu mit diesem Schmerz im Steißbein, der ihr jeden Schritt zur Qual machte … Nein, in diesem Zustand zum Platz hinunterzustolpern, würde sie viel zuviel Zeit kosten. Und inzwischen holte sich Lucia da draußen eine Lungenentzündung.

Anja, dachte sie plötzlich, Anja hat doch immer ihr Handy in der Handtasche! So oft habe ich sie deswegen ausgelacht, doch jetzt kann es wirklich einmal die Rettung sein. Hoffentlich hat sie es auch heute abend dabei! Marianne sandte ein Stoßgebet zum Himmel und zog ihr Telefonverzeichnis aus der Schreibtischschublade. Bestimmt wußten die beiden, wo Carlo war, und konnten ihm Bescheid sagen … Und wenn Lucias Vater nicht aufzutreiben sein sollte, dann doch vielleicht Flavia oder Tommaso. Die würden sich sofort um alles kümmern.

Mit klammen Fingern drückte sie die Handy-Nummer. 0171-, ach nein, falsch, wenn sie Anja unten im Dorf erreichen wollte, mußte sie ja erst einmal die Nummer von Deutschland vorwählen. 0049, dann die Null weglassen, oder doch nicht? 171, hoffentlich hatte Anja das *cellulare* überhaupt eingeschaltet! -6531. Und wenn bloß die Batterie nicht leer war … Ach, dem Himmel sei Dank, es läutete.

Aber Anja ging nicht ran. Marianne biß sich auf die Lippen, bis sie bluteten. Das Klingelzeichen tönte in ihrem Ohr, zehnmal, elfmal, zwölfmal, dann brach es ab.

Oh, Freundin, wo bist du bloß?!

Ihre Hände zitterten, als sie die Rufnummer noch einmal wählte. Sie hielt den Atem an.

»Hallo? Hallo?« Anjas Stimme war über dem Lärm um sie herum kaum zu verstehen.

»Anja? Ich bin's, Marianne. Kommt sofort ins Haus hoch, rasch, und sagt Carlo Bescheid, er soll die Sanitäter mitbringen! Lucia ist in ein Loch gestürzt … sie ist verletzt. Nein, nicht lebensgefährlich. Aber beeilt euch!«

Gemeinsam hoben die Männer Lucia auf die Bahre. »Wir fahren mit dem Rettungswagen mit, ins Krankenhaus«, rief Carlo Marianne zu, die blaß auf einen Stuhl am Küchentisch gesunken war. Tommaso und Flavia waren schon vorausgeeilt, um den Sanitätern zu helfen, unbehindert durch die Menge der Festgäste zu gelangen, die sich nach dem Regenguß wieder aus den Tavernen hervorgewagt hatten. Der Rettungswagen, von Tommaso telefonisch herbeigerufen, wartete weitab am Dorfeingang.

Marianne sah zu Anja hinüber, die den Küchenschrank geöffnet hatte, als suche sie etwas. »Ja, einen Schluck Grappa könnte ich jetzt wirklich gut gebrauchen«, seufzte sie. »Die Flasche steht drüben im Wohnzimmer, in der Anrichte.«

»Und ich koche uns einen starken Kaffee«, sagte Jutta energisch. »Du bist ganz weiß um die Nase. Tut dir was weh? Hast du dich verletzt?«

»Ja ... ich bin aufs Steißbein gefallen, und Lucia auf mich drauf, als ich sie rausziehen wollte. Ist aber nicht weiter schlimm, nur eine Stauchung.«

Marianne merkte plötzlich, wie ihr Tränen in die Augen schossen. Sie verschränkte die Arme auf dem grünen Holztisch und ließ den Kopf darauf sinken. Ihre Mundwinkel zitterten.

Eine tiefe Erschöpfung erfaßte sie, die sich wie eine grauschwarze Wolke vor ihr Denken schob. Alles Blut in ihrem Körper schien in die Beine zu sinken, die immer schwerer unter ihr zusammensackten. Der helle, scharfe Schmerz in ihrem Steißbein war langsam einem dunklen Pochen gewichen. Ja, diesen Schmerz kannte sie. Eine Rückenmarkstauchung. Genau das gleiche hatte sie damals erlebt, als Daniel ... Nein, er habe sie nicht die Treppe hinunterstoßen wollen. Es sei ein Versehen gewesen, eine falsche Bewegung. Bitte, verzeih mir, hatte er gefleht. Sein Bieratem war wie eine Fahne über ihr gewesen, die sie fast erstickte.

Mariannes Schultern zuckten. Eine Hand legte sich auf ihren Kopf und streichelte sanft ihr Haar. Sie ließ die Tränen, die sie nun nicht mehr zurückhalten konnte, ungehemmt fließen, Streß und Erinnerungen aus sich herausrinnen wie reinigendes Blut aus einer Wunde. Die Hand auf ihrem Haar streichelte zärtlich und beruhigend weiter. Ganz allmählich ließ das Weinen nach. Dann schnupfte sie auf.

»Habt ihr mal ein Taschentuch?«

Ein großes, weißes Stofftaschentuch mit blauem Rand erschien vor ihren verquollenen Augen. Dankbar griff Marianne danach und schneuzte sich ausgiebig.

»Marianna«, sagte eine tiefe Stimme über ihr, »*cara Marianna*, ich muß Ihnen so sehr danken. Sie haben Lucia gerettet. Ohne Sie ... « Die Stimme brach.

Verblüfft hob Marianne den Kopf. »Sie?! Was machen Sie denn hier?«

Marco Baldi nahm die Hand von Mariannes Haar und setzte sich auf den Stuhl neben ihr. Seine Augen unter den dunklen Wimpern waren fast schwarz, zwei tiefe Brunnenschächte, als er ihre beiden Hände in seine faßte und sie eindringlich ansah. Marianne hatte das Gefühl, endlos zu fallen.

»Ich bin ziemlich spät zum Fest gekommen ... da waren Sie schon fort. Ich habe mich dann zu den Bonellis gesetzt und auf Sie gewartet.«

»Auf mich?«

»Ja. Ich wollte ... « Er stockte und errötete wie ein Kind, das man bei einer Lüge ertappt. »Aber dann kam alles ganz anders. Während wir da unten vor dem Regen in die nächste *tavernetta* geflüchtet sind, haben Sie meine Nichte gerettet.«

»Ich ... es war alles Zufall«, stammelte sie. »Ich mußte auf die Toilette ... deswegen bin ich überhaupt nach Hause gegangen.«

»Ich weiß. Ihre Freundinnen haben es mir erzählt.«

»Und dann«, sie zwang sich, die Augen zu senken, und blickte auf seine schlanken, kräftigen Hände mit den fast rechteckigen Fingerkuppen, die sich wie schützend über ihre Hände breiteten, »dann habe ich Lucia da unten gehört. Erst dachte ich, es wäre meine Katze. Sie – sie hat schon vorher laut gemaunzt.« So als wollte sie mich auf den Unfall aufmerksam machen, schoß es ihr durch den Kopf.

»Ihre Katze?« Marcos Augenwinkel kräuselten sich. Sein Gesicht schien von innen her aufzuleuchten, als käme eine Sonne hinter Wolken hervor. »Von Ihrer Katze hat mir Lucia schon erzählt. Dann war sie es also, der sie verdankt, daß Sie in den Garten gingen?«

»Ja … genaugenommen, ja.«

»Dafür«, sagte Marco, »bekommt sie von mir die feinsten Leckerbissen, die sie sich nur wünschen kann. Aber Sie …« Er beugte sich impulsiv vor und küßte ihre Hände, die er immer noch festhielt. »Sie sind …«

Mariannes offenes Haar hing schmutzverklebt im Ausschnitt ihres kobaltblauen Leinenkleids; ihre Augen waren rotgerändert, Lidschatten und Wimperntusche völlig verschmiert. An den kräftigen Armen, die unter dem eingerissenen Stoff der kurzen Ärmel hervorragten, hatten sich blaue Flecke um Schürfwunden herum gebildet. Sie sah aus wie eine Streunerin, die in eine Schlägerei geraten war.

Marco fand sie einfach wunderschön.

Er schwieg. Der Duft seines Körpers wehte zu ihr herüber und umfing sie wie eine hauchzarte, wärmende Hülle, die alles, was von außerhalb auf sie eindrang, abschirmte. Ein paar endlos scheinende Atemzüge lang existierten nur sie beide, im Mantel ihres Schweigens.

Wie von weither erklang aus dem Nebenzimmer Lachen, Getuschel und Gläserklirren. Dann erschien Anja auf der Schwelle, eine verkorkte Flasche Grappa und einen Korkenzieher in der Hand. Hinter ihr stand Jutta, die ein Tablett mit vier zierlichen Gläsern trug. Auf dem Campingkocher zischte die *moka;* intensiver Kaffeeduft erfüllte den Raum.

»Ein Prost auf die Retterin!« Anja sah erstaunt auf die beiden, die keine Anstalten machten, ihre Hände voneinander zu trennen. »Jutta, sei so gut … köpf doch bitte mal die Flasche!« Sie stellte die Grappa auf den Tisch, legte den Korkenzieher daneben und machte sich dann geräuschvoll an der Kaffeemaschine zu schaffen. »Marianne, wo hast du doch gleich wieder deine Espressotassen? Ah, hier im Schrank, da sind sie ja.«

Marianne erwachte wie aus einer Trance, als der *caffè* auf dem Tisch stand und Jutta ihr ein bis zum Rand gefülltes Gläschen Grappa unter die Nase hielt. Verständnislos blickte sie erst auf das Glas, dann auf ihre Hände, die Marco immer noch mit den seinen umfaßte. Was zum Teufel tat sie hier eigentlich – Händchenhalten mit Marco Baldi?! Dem Typ, der sie aus dem Haus graulen wollte? Dem Denkmalschützer, der ihr *progetto* behinderte, wo er nur konnte? Lucias Onkel, der die Kleine wahrscheinlich zu dem Brand in ihrem Garten angestiftet hatte?

Und womöglich auch dazu, sich vom Fest wegzuschleichen und wieder irgendeinen Unsinn bei ihr anzustellen?!

Mit einem Ruck zog sie ihre Hände weg, griff nach ihrer Grappa und stürzte sie in einem Zug hinunter.

Auch Marco hatte sein Glas erhoben, ohne die Augen von ihr zu wenden. »*Salute, salvatrice Marianna!*«

Der hochprozentige Tresterschnaps rann ihr heiß durch die Kehle und klärte ihr Gehirn. Retterin! Was sollte das Gesäusel! Hätte Marco Lucia nicht in als Komplizin für seine Pläne benutzt – was immer das für ein Irrsinn sein mochte –, wäre das Mädchen gar nicht erst in Gefahr geraten. Und sie selbst hätte auf dem Fest getanzt, statt im strömenden Regen durch den Dreck zu robben und Lucia aus der Grube zu retten. An dem ganzen katastrophalen Abend war nur dieser Baldi schuld!

Kalter Zorn stieg in ihr auf und überschwemmte jedes andere Gefühl, das sie vorher empfunden haben mochte, mit einer eisigen Welle. Sie straffte die Schultern und warf den Kopf zurück. »Sagen Sie mal«, fauchte sie Marco an, »was wollen Sie eigentlich von mir? Wieso sind Sie hergekommen? Und was – was hatte Lucia in meinem Garten zu suchen? Sie müßten das doch genau wissen!«

Bestürzt setzte Marco sein Glas ab. »Ich? Wieso ... Ich weiß von gar nichts! Sie glauben doch nicht etwa ...!«

»Doch, ich glaube sehr wohl!« unterbrach ihn Marianne. »Und kommen Sie mir nicht mit der Ausrede, Sie hätten keine Ahnung! Lucia steckt doch mit Ihnen unter einer Decke!«

Zum zweiten Mal an diesem Abend breitete sich flammende Röte bis über Marcos Ohren aus. Abwehrend hob er die Hände. »Marianna – ich kann wirklich nichts dafür, daß Lucia ...«

»Und nennen Sie mich nicht Marianna! Für Sie bin ich immer noch Signora Roth!«

Marianne war aufgesprungen und humpelte jetzt wie eine verletzte, sehr zornige Tigerin in der Küche hin und her. »Ich weiß ja nicht, was Sie vorhaben, und es interessiert mich auch nicht. Aber das sage ich Ihnen: Ich gebe mein Haus nicht wieder her, nicht an Sie und auch an sonst niemanden! Sie können sich also weitere Anstrengungen sparen!«

Marcos Gesicht wechselte die Farbe. Seine Hände fielen herab, als hätte jemand die Fäden einer Marionette durchschnitten. Mühsam die Fassung wahrend, stand er vom Tisch auf. »Marianna, Signora Roth, bitte lassen Sie mich erklären ...«

»Ich will Ihre Erklärungen nicht! Ich will nur endlich meine Ruhe!« Marianne riß die Tür auf und wies hinaus. »Und wenn Sie jetzt bitte mein Haus verlassen würden ... ich will Sie niemals wiedersehen! Und auch nichts mehr von Ihnen hören!«

Totenblaß griff Marco nach seiner Jacke, die er über den Stuhl gehängt hatte, verbeugte sich knapp vor Jutta und Anja und verließ ohne ein weiteres Wort den Raum. Sie hörten, wie er die Eingangstür von außen ins Schloß zog. Einen Moment war es mäuschenstill in der Küche.

»Sag mal ...«, begann Anja und sah ihre Freundin zweifelnd an, »sag mal, was ist denn in dich gefahren? Hast du ihn etwa rausgeworfen?!«

Marianne sank auf einen Stuhl und fuhr sich über die Stirn. Natürlich, die beiden hatten von dem Streit ja kaum ein Wort verstanden. Dafür reichte ihr Italienisch nicht.

»Entschuldigt«, sagte sie matt. »Ich hätte nicht so herumschreien sollen. Ihr konntet ja gar nicht wissen, um was es geht.«

Sie räusperte sich, als müsse sie eine dicke, schleimige Kröte in ihrem Hals loswerden, griff nach der Zigarettenpackung, die auf dem Tisch lag, und zündete sich eine Zigarette an. Ihre Finger zitterten. »Ja, ich habe ihn rausgeschmissen. Und ich hoffe, er kommt nie wieder.«

»Aber warum, um Gottes willen?« Anja setzte sich neben sie.

»Na, du bist gut! Ausgerechnet du mußt mich das fragen. Du weißt doch wohl inzwischen, wer das ist.« Marianne sah ihre Freundin empört an.

»Marco Baldi, ja ... der Denkmalschützer.«

»Genau der.« Sie stieß einen Rauchkringel aus, der über ihrem Kopf in der Luft hängenblieb und dann an den Rändern zerfranste.

»Der nicht wollte, daß dieses Haus verkauft wird.«

»Ja.«

»Na, der macht dir doch bestimmt keine Probleme mehr!« Anja lehnte sich zurück. Ihre blauen Augen glitzerten vergnügt. »Ganz im Gegenteil – ich habe den Eindruck, bei dem hat der Blitz eingeschlagen. Du hättest mal sein Gesicht sehen sollen, als er dich anschaute, während du dich um Lucia gekümmert hast. Du hast ihn gar nicht wahrgenommen. Aber er hat dich schier mit den Augen verschlungen.«

Marianne strich sich eine Strähne aus der Stirn und sah an ihrem dreckverkrusteten, zerrissenen Kleid herab. Ihre Hände hatte sie gesäubert, doch an den Armen klebten noch Schmutz und Staub, und an ihr Haar mochte sie gar nicht denken. Ein hübscher Anblick, fürwahr, den sie da geboten hatte.

Dann gewann ihr Zorn erneut die Oberhand. *Chi se n'importa!* Ob sie diesen Baldi beeindruckt hatte oder nicht, konnte ihr wirklich vollkommen gleichgültig sein. Sie jedenfalls hatte allen Grund, ihn auf den Saturn zu wünschen, weit weg, wo er ihr nichts mehr würde anhaben können.

»Ich glaube«, sagte sie nachdrücklich, »er wußte genau, daß Lucia in meinem Garten war.«

Anjas Augen schlossen sich zu schmalen Schlitzen, wie immer, wenn sie angestrengt nachdachte. Dann nickte sie langsam. »Ich verstehe. Du meinst, er hat sie schon wieder zu etwas angestiftet – zu irgendeinem bösen Streich, der dich an den Rand deiner Nerven bringen soll.«

»Genau.« Marianne zog an ihrer Zigarette. »Vielleicht sollte sie heimlich ein paar Maurergeräte beiseite schaffen – Schlagbohrer, Kellen, was weiß ich, es liegt ja alles in der Ölmühle, und ich hätte dann den Ärger mit dem Bautrupp gehabt.«

»Oder sie sollte die Grubenabdeckung entfernen. So daß dann womöglich jemand hineingefallen wäre.« Jutta hatte sich zu ihnen gesetzt und schenkte ihnen noch eine Runde Grappa ein.

»Vielleicht.« Marianne war nicht sicher, ob Marco Baldi wirklich so weit gegangen wäre, Menschen absichtlich in Gefahr zu bringen. Aber das spielte jetzt auch keine große Rolle mehr. »Was immer es gewesen sein mag – Lucia ist wohl gar nicht dazu gekommen. Statt dessen ist sie selbst in diese Grube gestürzt.«

Ein Schacht, der voll Wasser stand – wahrscheinlich Grundwasser, dachte sie, und jetzt auch noch ein paar Kubikmeter Regen. Morgen, bei Tageslicht, würde sie sich das Loch genauer ansehen. Am Montag mußten sich dann die Maurer darum kümmern, es wieder ordentlich zuzuschütten.

»Komisch – ich hatte den Eindruck, er wüßte überhaupt nicht, wo Lucia abgeblieben war«, sagte Anja nachdenklich. »Auf jeden Fall hat er Flavia mehrmals nach ihr gefragt. Und dann wollte er gerade aufstehen und sie suchen gehen, als das Gewitter anfing.«

»Vermutlich hat er sich schon vorher mit ihr getroffen«, wandte Marianne ein, »bevor er sich zu den Bonellis setzte. Und er wußte die ganze Zeit sehr genau, wo sie steckte. Nämlich bei mir im Garten.«

Dieses Argument konnte Anja nicht entkräften, auch wenn sie das Gefühl nicht loswurde, ihre Diskussion führe immer haarscharf an der Wahrheit vorbei.

»Sag mal, wieso haben deine Maurer eigentlich nicht dafür gesorgt, daß dieses gefährliche Loch verschwindet?« fragte Jutta. »Sie müssen doch gewußt haben, daß es existiert. Es liegt schließlich genau unterm Baugerüst.«

»Ich verstehe das auch nicht«, sagte Marianne, »aber es wird sich schon aufklären.« Müdigkeit und eine tiefe Erschöpfung, die nicht nur ihrer Rückenmarkstauchung, sondern auch dem emotionalen Ausbruch mit Marco zuzuschreiben waren, verursachten ihr Schwindelgefühle. Mühsam stand sie auf und hielt sich das schmerzende Steißbein. »Sagt mal, wie spät ist es überhaupt? Ich wollte noch rasch im Krankenhaus anrufen und fragen, wie es Lucia geht.«

»Zwanzig nach elf«, antwortete Jutta mit einem Blick auf ihre Armbanduhr. »Eigentlich noch nicht besonders spät. Bist du sehr müde? Oder hättest du Lust, noch mal ins Dorf runterzugehen?« Ihr erwartungsvoller Blick verriet, daß sie nach all der Aufregung hellwach war und sich liebend gern wieder ins Getümmel gestürzt hätte. Auch Anja schien durchaus dazu aufgelegt.

»Nein ... ehrlich gesagt, ich würde lieber hierbleiben. Ich bin todmüde. Aber geht ihr beiden nur! Ihr wißt ja, wo ihr Geraldo und Laretta findet; sie freuen sich bestimmt, wenn ihr wieder auftaucht.«

»Macht es dir wirklich nichts aus?« Anja faßte Marianne liebevoll unters Kinn, wie früher, wenn sie das Ehrlichkeitsspiel spielten. »Schau mir in die Augen, Kleines! Bist du ganz sicher nicht böse, wenn wir dich noch ein paar Stunden allein lassen?«

»Ganz sicher nicht«, erwiderte Marianne. Sie streckte sich und gähnte herzhaft. »Ich erkundige mich nur noch nach Lucia; dann gehe ich ins Bett.«

Ein paar Minuten später kam sie vom Telefonieren zurück. »Alles in Ordnung. Lucia geht es den Umständen entsprechend gut. Sie hat nur eine tiefe Fleischwunde, von einem scharfen Splitter in dem Brett, das auf ihr Bein gefallen ist. Und einen ziemlichen Schock. Man hat ihre Wunde versorgt und ihr ein Beruhigungsmittel gegeben.«

Die beiden waren erleichtert. »Eine gute Nachricht – die können wir am Dorfplatz allen, die es wissen wollen, gleich weitergeben. Wie heißt das auf italienisch?«

»*Lucia sta bene – niente di grave*«, sagte Marianne nach kurzem Überlegen. Kompliziertere Auskünfte würden sich die beiden kaum in der fremden Sprache merken können; diese Worte jedoch genügten fürs erste, um sorgenvolle Dorfbewohner zu beruhigen. »Amüsiert euch noch gut! Es ist ja euer letzter Abend hier.«

Eines haben sie mitgekriegt, dachte sie, als sich die Tür hinter den beiden geschlossen hatte und sie unter der heißen, prasselnden Dusche stand: Mein Leben im Süden ist wahrhaftig kein reines Honigschlecken. Auch im Paradies haben Rosen ihre Stacheln. Ob auch nur eine von ihnen tatsächlich Lust hätte, mit ihr zu tauschen?

Marianne ließ den Duschstrahl langsam um ihr schmerzendes Steißbein kreisen. Nein, bestimmt nicht. Ganz im Gegenteil.

Auch ihr war die Lust aufs Alleinsein im Ausland heute abend gründlich vergangen. Wie gemütlich hatte sie doch in München gelebt – ohne Baugruben, ohne Denkmalschutzärger und einen böswilligen Ränkeschmied, der sie aus ihrem Haus graulen wollte. Ohne die Abgeschiedenheit eines winzigen Dorfes, in dem es kein Café, kein Kino, keine Parkplätze gab und kulturelle Ereignisse sich auf ein, zwei lärmende Feste pro Jahr beschränkten. Ohne die Notwendigkeit, teure Ferngespräche führen zu müssen, um gelegentlich ein bißchen Ansprache zu haben und sich mit guten Freundinnen auszutauschen. Und ohne den Streß, sich ständig höchst differenziert in einer Sprache ausdrücken zu müssen, die ihr zwar sehr vertraut, doch nicht ihre Muttersprache war.

Was wäre wohl, wenn sie morgen einfach ihre Koffer packte, den Bautrupp abbestellte und mit Anja und Jutta nach Hause fuhr?

Nach Hause … Marianne seufzte tief, drehte die Dusche ab und wickelte ihren zerschundenen Körper in ein großes, flauschiges Badehandtuch. Ach, zu Hause, das war jetzt hier, in diesen Mauern. In dieser Baustelle, ihrem Wasserhaus, das ihr mit jedem Tag mehr ans Herz wuchs, trotz aller üblen

Dinge, mit denen sie sich herumschlagen mußte. Genaugenommen konnte sie sich kaum mehr vorstellen, ein anderes Zuhause zu haben als dieses.

Andare a casa. Heimkehren, nach Hause gehen. Im Italienischen wurde sinnigerweise kein Unterschied zwischen Haus und Heimat gemacht.

Mezzanotte lag zusammengerollt auf ihrem Bett und fing leise an zu schnurren, als sie unter die Decke schlüpfte. »Mein kleiner Schatz«, murmelte Marianne zärtlich und drückte ihr Gesicht an die Schwarzweiße, um ihren sanften, vertrauten Duft einzusaugen, »dich gebe ich auch nicht mehr her.« Eine Hand auf dem warmen Fell, drehte sie sich auf ihre Einschlafseite. Der Schmerz im Steißbein pulsierte noch, war aber erträglich. Wie ein Schemen tauchte Marcos blasses, angespanntes Gesicht im Dunkeln vor ihr auf, als sie die Augen schloß; sie schob es unwillig beiseite und konzentrierte sich auf ihren Atemgang. Aus … ein … aus … ein … Ihr linkes Bein, in dessen Kniekehle sich die Katze kuschelte, zuckte kurz und heftig, als stürze sie einen steilen Abhang hinunter. Wenige Sekunden später schlief sie fest.

20.

Roberto Del Mistero starrte in das Erdloch und schüttelte ungläubig den Kopf. »Jetzt sieh dir das an«, sagte er zu Tonio Venticello, dem Maurermeister, »es scheint doch tatsächlich ein Brunnen zu sein, der noch Wasser führt! Wo das wohl herkommt?«

Tonio, Olly und der kurzsichtige Enrico beugten sich, so weit es unter dem Baugerüst möglich war, über das Loch. Im hellen Morgenlicht konnte man erkennen, daß es in der Tiefe ziemlich gleichmäßig rund und mit Natursteinen ausgekleidet war, die etwa einen halben Meter unterhalb der Oberfläche unregelmäßig endeten, als sei der Rand des Brunnens schon vor langer Zeit eingefallen, die Randumkleidung in den Schacht gestürzt. Olly warf einen Stein hinunter, genau wie Tommaso es am Tag zuvor getan hatte. Sie konnten ihn deutlich ins Wasser plumpsen hören. »Anderthalb Meter bis zur Wasseroberfläche, würde ich schätzen.«

»Und wieso habt ihr das Loch nicht bemerkt? Der Brunnen kann doch nicht völlig zugeschüttet gewesen sein!« Del Mistero sah Tonio, der als *capo* auch die Verantwortung für die ordnungsgemäße Absicherung der Baustelle trug, streng an. Tonio zuckte die Achseln und wand sich wieder unter dem Baugerüst hervor.

»Als wir das Gerüst aufgestellt haben, war hier von einem Loch nichts zu sehen«, sagte er. »Ich kann es mir nur so erklären, daß der Brunnen mit einem Holzdeckel verschlossen war, der dann mit Erde zugeschüttet wurde und im Lauf der Zeit morsch geworden ist. Wahrscheinlich hat es ihm den Rest gegeben, als wir hier herumgestapft sind, um das Gerüst aufzubauen.« Er schob seine Mütze zurück und kratzte sich unter dem dichten Haarschopf. »Es hätte auch einer von uns einbrechen können.«

Marianne kauerte vor dem Loch und blickte auf die dunkle Wasserfläche hinab. Ja, so konnte es gewesen sein. Das morsche Holz war gebrochen; Erde und Steine waren nachgerutscht, unbemerkt von den Maurern, die zufällig genau an dieser Stelle eine Holzplanke auf der Erde hatten liegenlassen. Als Lucia hier herumturnte, war die Planke ins Loch gerutscht und hatte sie mit sich gerissen.

»Na gut – euch trifft allem Anschein nach keine Schuld.« Der Architekt klopfte Tonio auf die Schulter. Aber zum Henker, was hatte das Kind hier mitten in der Nacht zu suchen gehabt? Die Bauherrin, das würde er ihr einschärfen, mußte unbedingt ein ernstes Wort mit dieser Nachbarstochter reden. Unbefugtes Herumkraxeln in Baustellen konnte auch ohne sich plötzlich auftuende Erdlöcher lebensgefährlich sein.

»Sag ich doch – wir können nichts dafür.« Tonio war sehr erleichtert. Versicherungsfälle waren stets nervenaufreibend, langwierig und machten einem nur berufliche Scherereien. Und schließlich war das Mädchen ja am Leben und auch nicht schrecklich schwer verletzt. Nur eine Narbe würde sie auf dem Oberschenkel zurückbehalten, wenn alles verheilt war, hatte die *padrona* ihm versichert.

»Was mir viel mehr Sorgen macht«, meinte er, »ist das Fundament der Ölmühle, an dem wir gerade arbeiten. Gesetzt den Fall, genau darunter entspringt eine Quelle …«

»… oder das Wasser stammt aus einer verborgenen Felsenhöhle, einer natürlichen Zisterne, die sich bis unters Haus erstreckt«, ergänzte Del Mistero. »Ja, daran habe ich auch schon gedacht. Dann wären meine bisherigen Statik-Berechnungen für die Katz', denn wir müßten womöglich eine ganz andere Art von Fundament einplanen.«

Ein Haus, das auf Wasser gebaut ist … keine angenehme Vorstellung, fand Marianne. Zwar brauchte jedes Haus irgendeinen Wasseranschluß, und ein eigener Brunnen hatte natürlich unschätzbare Vorteile, auch wenn es sich nicht um hygienisch einwandfreies Trinkwasser handelte. Zumindest war es fürs Waschen, Duschen und die Toilette benutzbar, in dieser sommers oft monatelang trockenen Gegend auch zum Gartengießen höchst willkommen. Und abgekocht mochte es sogar in der Küche verwendbar sein. Dennoch wäre es ihr lieber gewesen, solide Fundamente unter ihrem Haus zu wissen, starken Fels, der nicht wankte und keine Wellen schlug. So sehr Marianne das nasse Element liebte und nichts schöner fand, als sich im Meer den Streß vom Leib zu spülen, hatte sie doch von klein auf den alten Seemannsspruch verinnerlicht: Wasser hat keine Balken.

Hätte sie eben damals doch auf ihre innere Stimme hören und auf keinen Fall ein Haus kaufen sollen, das den Namen ›*Ca' dell'aiga*‹ trug?

Del Mistero schien wieder einmal ihre Gedanken lesen zu können. Mit aufmunterndem Lächeln wandte er sich zu ihr.

»Falls wirklich eine Zisterne bis unters Haus reicht, hat es jedenfalls schon ein paar hundert Jahre sicher darauf gestanden! Und wenn kein Erdbeben kommt ... « Er ließ den Satz unvollendet, weil ihm bewußt wurde, daß dieser Teil Liguriens durchaus als Erd- und Meerbebengebiet galt. Ganze Dörfer waren im Lauf der Jahrhunderte schon eingestürzt, weil man Statikberechnungen vernachlässigt oder die Häuser auf unsicherem Grund gebaut hatte.

»Na«, fuhr Del Mistero fort, bemüht, die Bauherrin von solch düsteren Aussichten abzulenken, »wenigstens wissen wir jetzt, weshalb Ihr Haus hier in Montegrazie ›*Ca' dell'aiga*‹ genannt wird, das Wasserhaus!«

Marianne nickte und kroch aus den Schatten unterm Baugerüst zurück ins Licht. »Ja«, sagte sie, »ich habe es gestern schon erfahren. Lucias Tante Flavia kam darauf, als wir uns die Grube genauer angesehen haben.«

Auch bei hellem Sonnenschein hatte das tiefe Loch nichts von seiner Bedrohlichkeit eingebüßt. Schaudernd hatten sich Flavia, Tommaso und Carlo darum geschart und sich vorgestellt, was Lucia hätte widerfahren können, wenn Marianne nicht gerade noch rechtzeitig nach Hause gekommen wäre. Der sonst so schüchterne Carlo hatte sie mit beiden Händen an den Schultern gepackt, die Augen voll wilder Dankbarkeit, und sie dann wortlos in die Arme geschlossen.

Flavias Ausruf hatte Marianne Gelegenheit gegeben, sich der allzu engen Umarmung zu entwinden. »Tommaso, Carlo, hört doch mal – ist das hier vielleicht der alte Brunnen, von dem Onkel Ottavio uns erzählt hat, als wir noch Kinder waren? Ich hatte das ganz vergessen, aber jetzt, wo ich diese Grube hier sehe, fällt es mir wieder ein!« Sich vorsichtig vorbeugend, hatte sie versucht, bis auf den Grund des Wassers zu spähen. »Er wurde wohl von unterirdisch hineinfließendem Grund- oder Regenwasser gespeist. Später hat man ihn zugeschüttet; ich weiß nicht, weshalb. Vielleicht war er versiegt. Das muß schon viele Jahrzehnte her sein. Ich habe jedenfalls nie etwas wahrgenommen, das wie ein Brunnen aussah, obwohl wir doch oft hier gespielt haben, nicht wahr, Tommaso?«

Ihr Mann hatte genickt. Mit zusammengezogenen Augenbrauen hatte er auf den dunklen Wasserspiegel geblickt, als könne er darin ein Abbild seiner Kindheit erkennen, die sehr lange zurücklag. »*Ca' dell'aiga.* Das steckt also hinter dem Namen Wasserhaus!«

»Wissen Ihre Nachbarn vielleicht zufällig, wie tief der Brunnen ist und wo das Wasser herkommt?« Del Mistero kramte in seiner Aktentasche nach der Planimetrie des Hauses. Eine der Karten des Katasteramts verzeichnete auch die geologischen Gegebenheiten seiner Umgebung.

Marianne schüttelte den Kopf. »Ich glaube nicht. Flavia sagt, als sie klein war, wurde er schon nicht mehr benutzt. Sie kann sich nicht erinnern, ihn je gesehen zu haben, und Tommasos Onkel kannte ihn auch nur aus alten Geschichten.«

»Also müssen wir es selbst herausfinden, *porca miseria ...*«

Del Mistero sah stirnrunzelnd auf das Loch, als könnte er ihm mit purer Gedankenkonzentration sein Geheimnis entlocken.

»Ich habe da eine Idee«, sagte Marianne. Sie hatte sie gestern bereits mit Flavia, Carlo und Tommaso besprochen. Alle drei waren dagegen gewesen; viel zu gefährlich, hatten sie entsetzt gemeint, und ob ein Unfall denn noch nicht genüge?! Aber Marianne hatte die ganze Nacht zum Montag darüber nachgegrübelt und war sicher, daß sie es schaffen könnte.

»Ich bin eine ziemlich gute Taucherin«, sagte sie. »Mit einer einzigen kleineren Gasflasche auf dem Rücken müßte ich es schaffen, mich in den Brunnen hinabzulassen; dafür ist er gerade breit genug. Unter Wasser kann ich dann alles mit einer Lampe ableuchten und feststellen, wie groß der Zulauf ist und aus welcher Richtung er kommt. Und sollte es eine größere Zisterne sein – ich vermute das, denn sonst würde der Wasserspiegel ja nach Regenfällen erheblich steigen –, dann kann ich vielleicht auch weiter hineinschwimmen und sehen, welche Ausmaße sie hat.«

Del Mistero sah sie erstaunt an. »Die Frau ist einfach ein Multitalent!« rief er aus. »Taucherin – wer hätte das gedacht! Geben Sie doch zu, Sie hoffen bloß darauf, da unten noch eine Schatzkiste voll Gold zu finden!«

»Logisch«, grinste Marianne, »damit ich das neue Fundament bezahlen kann! – Aber im Ernst, ich glaube, es ist die beste Möglichkeit, herauszubekommen, was es wirklich mit dem Brunnen auf sich hat.«

Del Mistero winkte Olly und Enrico herbei, die gerade damit beginnen wollten, das Baugerüst bis zu der Stelle abzubauen, wo der Außenkamin von der Ölmühle aus die Hauswand hochführen sollte. »Könntet ihr das Loch so nach den Seiten hin absichern, daß die *padrona* nicht verschüttet wird, wenn sie hier mit einer Tauchausrüstung hineinsteigt?«

»Mit einer Tauchausrüstung?« Enricos schläfrige Augen wurden kugelrund. Olly hingegen hatte sofort begriffen, worauf der Architekt und die Hausherrin hinauswollten. »Kein Problem! Wann soll es denn losgehen?«

Del Mistero sah fragend zu Marianne hinüber. Sie schaute auf die Uhr; halb neun, und sie hatte noch nicht gefrühstückt. Ein paar hundert Energie-Kalorien und ein heißes Getränk mußte sie jedoch zu sich nehmen, bevor sie sich in das bestimmt eiskalte Brunnenwasser hinabließ. Auch der schützende, fünf Millimeter dicke Taucheranzug mit den wasserdicht abschließenden Taucherschuhen und -handschuhen darüber würde sie vor der Wasserkälte nicht völlig bewahren. Und je länger sie unten zu bleiben vermochte, desto mehr Einzelheiten konnte sie gleich im ersten Tauchgang überprüfen. Wahrscheinlich brauchte sie dann sogar nur ein einziges Mal hinab.

Es stimmte, was sie gesagt hatte; sie war eine ziemlich erfahrene Taucherin. Doch nur in freien Gewässern, in Seen oder im Meer. Ans Höhlentauchen hatte sie sich bislang nie herangewagt. Geschweige denn, in einen engen Brunnen hinabzusteigen. Und noch dazu völlig allein, ganz gegen alle Regeln jeglichen Hobbytauchens.

Aber das erzählte sie lieber niemandem.

»Ich frühstücke jetzt erst einmal und überprüfe dann meine Tauchausrüstung. Sagen wir, so gegen zehn Uhr kann es losgehen, falls alles damit in Ordnung ist.«

Del Mistero sah sie voller Hochachtung an. So eine entscheidungsfreudige Bauherrin kam ihm nicht alle Tage unter. »Ich rufe mal eben bei meiner nächsten Baustelle an«, erklärte er und zog sein Handy hervor. »Die sollen ruhig ein paar Stunden auf mich warten. Ich bleibe natürlich hier. Sie im Taucheranzug – den Anblick darf ich mir nicht entgehen lassen!«

Marianne rückte die Taucherbrille über ihrem Gesicht zurecht und nahm das Mundstück des Atemreglers, über den sie das Stickstoff-Sauerstoff-Gemisch in der Gasflasche auf ihrem Rücken einatmen mußte, fest zwischen die Lippen. Ihr blauer Neoprenanzug mit den weißen Seitenstreifen lag faltenfrei an ihrer Haut; so konnte sich darunter eine einheitlich dünne Wasserschicht bilden, die von ihrer Körperwärme aufgeheizt werden würde wie ein Schutzmantel. Statt des Bleigürtels, den Marianne beim Tauchen in größeren Meerestiefen um die Taille geschnürt trug, umspannte sie ein starkes, fast zwanzig Meter langes Seil, mit einem Seemannsknoten so geknüpft, daß es sich unter Wasser nicht von selbst lösen und an ihr herabrutschen konnte. Tonio und Olly sollten das Seil fest in den Händen halten und auf ihre Zeichen achten. Ein Ruck von ihr bedeutete, weitere Längen zuzugeben, zwei Rucke, das Seil aufzuwickeln, weil sie zurückkäme. Drei Rucke signalisierten: »Hilfe, bin in Gefahr!«

Die Männer halfen ihr, sich vorsichtig in den Brunnenschacht hinunterzulassen, ohne daß sie mit der Gasflasche oder den Knien an der Steinfassung entlangschrammte. Während sie unter der Wasseroberfläche verschwand, reckte sie noch einmal den Arm heraus und hob Daumen und Zeigefinger zu einem Kreis. »Alles okay!«

Atemgasbläschen stiegen auf wie flüchtige Perlen; einige Augenblicke lang war Marianne noch als dunkle Silhouette im Wasser erkennbar. Das Seil ruckte einmal, kurz darauf noch einmal. Dann war die Taucherin den besorgten Blicken, die ihr folgten, entzogen.

Das Loch war tiefer und nach unten hin breiter, als sie erwartet hatte. Ein unbestimmtes Gefühl plötzlicher Weite umgab ihre Beine, als sie sich zum Grund sinken ließ. Marianne schaltete ihre Unterwasser-Taschenlampe ein, um die Brunneneinfassung um sich herum abzuleuchten. Doch im Lichtstrahl waren keine Mauersteine mehr erkennbar. Nur einen knappen halben Meter unter der Wasseroberfläche hörte die Einfassung plötzlich auf; rauher Fels wurde sichtbar, eine fast meterdicke Schicht, die dann unvermittelt zurückwich.
Mariannes Herz schlug schneller, als sie den letzten Rest Luft aus den Kammern ihres Tarierjackets entweichen ließ, ausatmete und die Beine anzog, um noch tiefer zu sinken. Ihr Lampenstrahl durchschnitt die Dunkelheit zu ihrer Linken. Dort öffnete sich eine Höhle, deren Ausmaße sie nicht einmal erahnen konnte. Das Wasser hier unten war zwar erstaunlich klar, kaum von Sedimenten getrübt, die ihre Bewegungen aufwirbelten; doch der Schein ihrer Lampe verlor sich im Schwarz der Grotte, in die nie ein Sonnenstrahl fiel.

Sie schluckte kurz, um den Wasserdruck in ihren Ohren zu dekompensieren. Dann berührten ihre Füße den Boden des Brunnens.

Marianne warf einen prüfenden Blick auf die fluoreszierende Nitrox-Konsole an ihrem Handgelenk, eine professionelle Kombination aus Unterwasseruhr, Tiefenmesser und Kompaß, die ihre Mutter ihr letztes Jahr zum Geburtstag geschenkt hatte. Sechs Minuten waren erst seit ihrem Eintauchen vergangen; ihr schien es eine halbe Ewigkeit her. Wassertiefe: viereinhalb Meter. Aber das galt nur an diesem Punkt, unter der Wassersäule, die im Brunnenschacht stand. Die Felsenhöhle selbst mochte stellenweise noch viel tiefer abfallen, oder aber sie war wie eine Schale geformt, vielleicht mit unvermuteten Felsvorsprüngen hier und da, so daß Marianne sehr aufpassen mußte, nicht irgendwo mit ihrem Seil hängenzubleiben. Der Ariadnefaden, an dem sie später wieder den Weg ins Freie finden würde – auf keinen Fall durfte er an einer scharfen Kante durchtrennt werden.

Sie zwang sich, ruhig und gleichmäßig zu atmen, wie sie es automatisch immer tat, wenn sie in den Weiten des Meeres tauchte. Dort hatte sie allerdings nie, nicht einmal bei ihrem allerersten Tauchgang, diesen Anflug von Panik verspürt, der ihr jetzt ein beklommenes Gefühl in der Magengrube verursachte, als sie sich mit den Füßen vom Grund abstieß und in die Höhle hineinschwamm.

Ein Blick auf ihren Kompaß sagte ihr, daß sie sich nach Nordosten bewegte, geradewegs unter die Fundamente ihres Wasserhauses. Mariannes Lippen, die sich über dem Mundstück des Atemgeräts wölbten wie ein schmollendes Fischmaul, verzogen sich unwillkürlich zu einem Lächeln. Kaum zu fassen, was tatsächlich hinter diesem seltsamen Namen steckte, über den sie so viel nachgedacht hatte ... Mit einer verschütteten Quelle, einem alten Brunnen im Garten hätte sie ja vielleicht noch gerechnet. Aber doch nicht gleich mit einem ganzen See!

Sie richtete ihre Lampe nach oben und leuchtete die Felsenwände ab. Da – war da nicht ein Glimmen über ihr, ein schmaler, gespenstisch schimmernder Saum? Marianne ruderte mit den Armen, um dem schwachen Leuchten näherzukommen, und bedauerte, des engen Brunnenschachts wegen auf ihre Flossen verzichtet zu haben. Ohne sie war sie wie ein Fisch, dem die Antriebsflossen fehlten.

Der Lampenstrahl durchbrach die Wasseroberfläche. Dann tauchte ihr Kopf empor. Marianne spürte, wie sich kühle Luft um ihren Mund und ihre Wangen legte. Eine Luftblase hatte sich über dem unterirdischen See gebildet, wer weiß, vor wie langer Zeit. War es Atemluft – oder ein leiser Tod, der von ihrem Körper Besitz ergreifen würde, sobald sie das schützende Mundstück und die Maske abnahm? Unheimliche Geschichten kamen ihr in den Sinn, von Archäologen, die alte Grabkammern geöffnet und dabei den Pharaonenfluch eingeatmet hatten, tödliche Sporen, die ihre Lungen nur wenige Wochen später erstickten. Auch hier war es totenstill und finster wie in einem ägyptischen Grab. Und gab es nicht auch Gase, die der Erde entwichen und für Menschen gefährlich sein konnten? Marianne war keine Geologin, aber sie erinnerte sich, darüber einmal im *National Geographic* gelesen zu haben.

Nein, lieber kein Risiko eingehen. Sie ließ Maske und Mundstück, wo sie waren, und atmete weiter das Gasgemisch aus ihrer Sieben-Liter-Flasche ein, ohne sich der Luftblase anzuvertrauen.

Die Taschen ihres Tarierjackets füllten sich zischend, als sie den Ventilknopf drückte, um sie aufzupumpen. Wie von einem Rettungsring gehalten, schwebte Marianne im Wasser und versuchte, sich in dem Raum, der sich über ihr wölbte, zu orientieren.

Ihr Nacken kribbelte, als sie die Felswände betrachtete. Ein Gefühl der Ehrfurcht breitete sich in ihr aus. Wahrscheinlich war sie der allererste Mensch, der jemals in diese Höhle eingedrungen war, das Licht ihrer Taschenlampe der allererste Schein, der je diese Finsternis erhellt hatte. Kein Wesen, das Augen besaß, kein Fisch, kein Insekt würde jemals hier unten existieren. Und doch gab es Lebewesen hier, fast so alt wie die Erde selbst, die Lichtphotonen ins Dunkel aussandten. Durch die Gläser ihrer Taucherbrille hindurch erkannte sie, woher das eigenartige Leuchten kam: Rötlich und schwachgrün fluoreszierende Algen wuchsen an den Felsenwänden, bildeten zarte Muster auf dem Stein wie auf kostbarem Brokat.

Die Luftblase über dem See schien sehr ausgedehnt; kein Wunder also, daß das Wasserhaus trotz der Wassermengen unter ihm keine Feuchtigkeit zog. Fels und Luftschicht schirmten seine Fundamente vom Wasserspiegel ab wie dicke, verläßliche Kissen. Marianne blickte zweifelnd nach oben. Ob sie wohl ein geologisches Gutachten einholen mußte, um ihr Haus auch fürs nächste Jahrhundert einsturzsicher zu rüsten? Del Mistero wäre bestimmt alles andere als begeistert. Noch mehr Papierkram, noch mehr Bürokratie, die den Ausbau verzögern würde. Und das alles, nachdem das Problem mit dem Denkmalschutz sich gerade erst in nichts aufgelöst hatte …

Mariannes Herz machte einen Sprung. Nein, an Marco Baldi, diesen Lügner, diesen Ränkeschmied, wollte sie jetzt nicht denken. Genug, daß Anja vor ihrer Abreise noch einmal auf ihn zu sprechen gekommen war. »Du hältst mich doch über deinen Denkmalschützer auf dem laufenden?« hatte sie aus dem offenen Wagenfenster gerufen. Marianne war der anzügliche Unterton durchaus nicht entgangen; sie hatte nur stumm genickt und die Hand zum Winken gehoben. Anja und Jutta hatten zurückgewinkt, bis das Auto hinter der Wegbiegung am Ortseingang verschwunden war.

Und dann hatte auch Carlo noch nichtsahnend von ihm angefangen, später, bei der Ortsbesichtigung im Garten. »Marco läßt dich grüßen, Lucias Onkel, du hast ihn ja kennengelernt. Er rief heute früh an, um sich nach ihrem Befinden zu erkundigen. Auch er ist dir sehr, sehr dankbar für ihre Rettung.« Dankbar! Marianne hatte innerlich geschnaubt, sich aber nichts anmerken lassen. »Er läßt dir ausrichten, mit deinem *progetto* werde bestimmt alles in Ordnung gehen.«

Ach ja? Jetzt auf einmal? War Marcos Gewissen so schlecht, daß er sich über Nacht vom Saulus zum Paulus, vom Denkmalschutz-Drachen zum harmlosen Mauergecko gewandelt hatte? Oder hatte er nur einfach keine plausible Möglichkeit mehr gesehen, Lucias Retterin weiterhin mit dem Herumreiten auf Paragraphen zu quälen, von denen Marianne durchaus nicht sicher war, daß sie überhaupt existierten?

»Nun, wir werden ja sehen«, hatte sie Carlo betont kühl

geantwortet und dann schuldbewußt die Augen von seinem Gesicht abgewandt. Der freundliche, anscheinend immer noch in sie verliebte Carlo konnte ja nun wirklich nichts dafür, daß er einen solchen Heuchler zum Schwager hatte. Wenn er wüßte, daß seine eigene Tochter mit ihm unter einer Decke steckte ...! Ja, sie würde sich Lucia unbedingt einmal vorknöpfen müssen, sobald sie aus dem Krankenhaus zurück und wieder auf den Beinen war.

Die zornheiße Welle, die sie beim Gedanken an Marco durchflutet hatte, ebbte ab. Marianne spürte, wie die Wasserkälte ihr durch alle Glieder drang. Energisch bewegte sie ihre Finger und Zehen, um sie besser zu durchbluten, und sah auf die Uhr. Dreizehn Minuten seit ihrem Abtauchen! Zehn, elf Minuten konnte sie allenfalls noch bleiben, bevor ihr Atemgasvorrat sich dem Ende zuneigen würde. Sie sollte sich lieber beeilen.

Die Felsendecke wölbte sich mindestens einen Meter hoch über ihr. Dem Kompaß und ihrem Instinkt zufolge, den sie für Entfernungen im Wasser entwickelt hatte, mußte sie sich genau unter der Ölmühle befinden. Im Innern maß die Südwand des Raumes, der ihre Bibliothek werden sollte, mehr als neun Meter, die Westwand, unter der sie beim Hineinschwimmen in die Höhle hindurchgetaucht war, sechs Meter dreißig. Beim Überlegen, wo sie den Heizkamin am besten unterbringen sollte, hatte sie oft genug nachgemessen und die Ziffern noch genau im Kopf.

Ihren eigenen Körper als Maßstab benutzend, schwamm sie unter der Felsendecke entlang, dort, wo sie über sich die Nordwand ihres Hauses vermutete. Vier Meter – sechs Meter ... Ab und zu ruckte sie einmal am Seil, um den draußen am Erdloch auf sie wartenden Männern anzuzeigen, daß sie noch mehr Bewegungsfreiheit brauchte; dann spürte sie, wie das Tauende erneut nachgab. Ein paar Meter weiter führte die Höhlenwand im Bogen nach rechts, in unregelmäßigen Abständen von Einbuchtungen und Felsvorsprüngen unterbrochen. Marianne tauchte wieder unter, um das Ausmaß der

Höhle auch unterhalb des Wasserspiegels so genau wie möglich zu erkunden. Im Schein ihrer Lampe tastete sie sich von einem Stück der Felsenzisterne zum anderen. Gute neun mal vierzehn Meter, schätzte sie, eher rechteckig als rund, dazu fast fünf Meter tief – ein See von stattlichen Ausmaßen. Schade, daß er nicht im Freien lag, ein schöner, natürlicher Swimmingpool mitten in ihrem Garten …

Wieder ein Blick auf die Uhr; ja, es war höchste Zeit, den Rückweg anzutreten. Sie ruckte zweimal am Seil, um den Männern zu bedeuten, daß sie jetzt wieder umkehren würde. Das Tauende straffte sich etwas; oben hatte man ihr Zeichen verstanden.

Mit der Taschenlampe abwechselnd die Wasserfläche über sich und den Grund tief unter ihren Füßen ableuchtend, schwamm sie in westlicher Richtung zum Höhleneingang zurück. Da war er, der Felsenbogen, hinter dem der Brunnenschacht begann. Noch ein paar Atemzüge, und sie hatte es geschafft.

Das Seil schwang in weitem Bogen unter ihr. Ungeduldig zog Marianne zweimal daran. Warum brauchten die Männer nur so lange, um es einzuholen? Das fehlte noch, daß es sich im letzten Moment irgendwo an einem Felsvorsprung festhakte und sie es womöglich mit dem Messer kappen mußte, bevor ihr die Luft ausging!

Vorsichtshalber tastete sie nach der kleinen Außentasche ihres Tarierjackets, in der sie das Gewicht des Tauchermessers vermutete. Doch die Tasche war leer, der Klettverschluß halb aufgerissen. Herrje, also hatte sie das Messer unbemerkt in der Höhle verloren – oder vielleicht schon vorher, beim Heruntergleiten im Schacht?

Noch für vier Minuten Atemluft. Marianne beschloß, einen Versuch zu wagen, das teure Ding wiederzufinden. Möglicherweise lag es ja direkt unter ihr.

Sie ließ sich auf den Grund sinken, bis ihre Ellenbogen den Boden berührten. Ein kurzer Blick nach oben bestätigte ihr, daß der Brunnenschacht genau über ihr lag. Hier irgendwo konnte das Messer liegen – falls sie Glück hatte. Wenn nicht, würde sie auftauchen und am nächsten Tag einen zweiten Bergungsversuch unternehmen müssen, mit frisch gefüllter Gasflasche.

Der Lichtkegel ihrer Taschenlampe glitt über ein paar grob geschnittene, gesplitterte Holzstücke, die aussahen, als seien sie Teile eines heftig zerschlagenen Puzzles. Ah, da war er ja, der zerbrochene Brunnendeckel, genau wie Tonio es vermutet hatte. Darunter ragte etwas Glänzendes hervor. Ein Messergriff?

Marianne schob die Holzteile beiseite und sah enttäuscht auf das rundliche Metallstück, das ihr aus einer schwarzen, an einer Stelle etwas aufgerissenen Plastikumhüllung entgegenblinkte. Nein, das war nicht ihr Messer. Es war …

Ein kleiner Koffer, schoß es ihr durch den Kopf, der Metallgriff eines Gepäckstücks oder einer Kassette, fast ganz unter Erde, Steinen und vermodernden Feigenblättern begraben. Hatte sie da etwa allen Ernstes einen Schatz gefunden?

Behutsam zog sie am Griff. Das Wasser trübte sich; Erde und Blätterreste wirbelten auf. Das Ding war leichter, als sie gedacht hatte, kaum ein Kilo schwer. Ach, leider wohl doch keine Schatzkiste! Geld oder Goldschmuck wögen bestimmt erheblich mehr. Wahrscheinlich war der Inhalt völlig wertlos, ein paar alte Briefe oder Fotos, im Wasser aufgeweicht. Dennoch, ihre Neugier war geweckt. Entschlossen klemmte sie den Kasten samt seiner Plastikhülle unter den linken Arm und wühlte mit der Rechten weiter nach ihrem Messer. Nichts … nur Steinbrocken und die Einzelteile eines rostigen alten Korkenziehers, der seit wer weiß wie langer Zeit hier auf dem Grund des Brunnens lag.

Ihre Uhr blinkte Alarm. Es half nichts, sie mußte auftauchen. Mit bedauerndem Achselzucken richtete sie sich in der Schachtmitte auf, drückte den Ventilknopf ihres Tarierjackets, um Auftrieb zu bekommen, und stieß sich mit den Füßen vom schlammigen Boden ab.

Ihr roter Schopf sprühte glitzernde Funken im Sonnenlicht, als sie die Taucherbrille abnahm und das nasse Haar ausschüttelte.

»Na, sind Sie fündig geworden?« Roberto Del Mistero war herbeigeeilt, um ihr die schwere Gasflasche und die Tarierjacke abzunehmen. Triumphierend hielt sie ihm die Plastikhülle entgegen. »Sehen Sie mal, was da auf dem Brunnengrund lag!«

Auch wenn seine Frage der unterirdischen Zisterne gegolten hatte und nicht ihrem eher unscheinbar aussehenden Fundstück, glomm Neugier in seinen Augen auf. Er nahm den Beutel und wog ihn prüfend in der Hand. »Naja ... für einen alten Sarazenenschatz ist das Ding ein bißchen zu neuzeitlich verpackt«, meinte er trocken. »Und auch nicht schwer genug. Ob die Goldstücke hier drin für mein Honorar reichen, wage ich zu bezweifeln.«

Während die Maurer das Seil zusammenrollten und Marianne einen Schluck heißen Kaffee aus der Thermoskanne nahm, die ihr Tonio zuvorkommend gereicht hatte, nestelte er den Kasten vorsichtig aus der Hülle. Einen Moment starrte er verblüfft auf den Gegenstand, den Marianne aus dem Wasser geborgen hatte; dann brach er in schallendes Gelächter aus.

»Also wissen Sie – wir machen uns hier oben Sorgen, wo Sie so lange bleiben – und dann tauchen Sie mit diesem Ding hier aus der Tiefe auf! Da haben Sie aber einen Fang gemacht, alle Achtung!« Roberto verschluckte sich vor Lachen; ein Hustenanfall trieb ihm die Tränen in die Augen. Der schwarze Kasten schwang in seiner ausgestreckten Hand.

Verwundert und etwas gekränkt über Del Misteros öffentlichen Heiterkeitsausbruch trat Marianne neben ihn, um sich ihr Fundstück näher anzusehen.

»Von wegen Schatzkästlein! Ein ganz gewöhnlicher Kassettenrecorder! Den hat wohl irgend jemand mal wutentbrannt in den Brunnen geworfen ... vielleicht hat der Recorder ihm seine Lieblingskassette gefressen!« Der Architekt krümmte sich immer noch, ob vor Husten oder vor Lachen, war nicht genau auszumachen.

»Ein Kassettenrecorder? Lassen Sie mal sehen.«

Marianne nahm ihm den triefnassen Kasten ab und hob ihn hoch. Ein Sony-Radio-Kassettengerät, nicht billig und offenbar auch noch ziemlich neu, fast ohne Gebrauchsspuren. Spielen würde das Ding aber wohl nicht mehr, denn seine schützende Plastikhülle hatte sich am Griff gelöst, so daß Wasser eingedrungen war. Die Elektrik war sicherlich schon kaputt.

»Aber ... aber wer würde denn einen Kassettenrecorder erst sorgsam in Plastik verpacken und dann im Wasser versenken?« Marianne schüttelte den Kopf. Das sah ihr nicht nach einer Wegwerfaktion im Wutanfall aus. »Und außerdem – hier war doch zunächst gar kein Brunnen, jedenfalls nicht von außen sichtbar! Das Gerät sollte wahrscheinlich gar nicht im Wasser landen.«

»Da haben Sie allerdings recht.« Del Mistero hatte sich ausgehustet. »Wer auch immer diesen Recorder hier hinterlassen hat, wollte ihn wohl nicht auf dem Grund eines tiefen Brunnens versenken.« Er nahm ihr den Kasten wieder ab, wandte ihn hin und her und drückte schließlich die Auswurftaste. Sie öffnete sich, doch eine Kassette lag nicht darin. »Hier hat übrigens jemand herumgebastelt. Wenn ich mich nicht irre, ist das ein Timer.« Er deutete auf eine Vorrichtung im Innern des Recorders, die mit dem Laufwerk verbunden war.

»Ein Timer?«

»Ja, wie bei einem Videogerät, zum Aufzeichnen bestimmter Radiosendungen oder so. Wenn man die genaue Zeit einstellt, schaltet sich das Gerät selbsttätig ein und nimmt auf Band auf, was auf der jeweiligen Station gerade läuft.«

Marianne runzelte die Stirn. Gedanken tanzten wie aufgewirbelte Staubkörner in ihrem Kopf herum. Einer senkte sich langsam auf ihre grauen Zellen herab. »Kann so ein Timer auch bewirken, daß eine Kassette zu bestimmten Zeiten abgespielt wird?«

»Sie meinen …?«

»Genau. Mitternachts zum Beispiel, ein paar Nächte hintereinander.«

Ihre Blicke trafen sich.

»Die kleine Lucia«, murmelte Del Mistero verblüfft. »Sieh mal einer an! Das hätte ich ihr gar nicht zugetraut. Ein bißchen zündeln – nun ja, das tun Kinder gelegentlich. Aber mit raffinierter Hi-Tech den Poltergeist spielen …«

Marianne biß sich auf die Lippen. Sie hatte da einen ganz anderen Verdacht. War nicht auch Marco zusammen mit den anderen vom Festplatz heraufgeeilt? Und hatte dann wohl die Gelegenheit beim Schopf ergriffen, ein *corpus delicti* unauffällig verschwinden zu lassen, ohne daß man ihn dabei erwischte …? Der Zeitpunkt hatte nicht passender sein können – alle waren mit Lucia beschäftigt, und es wäre bestimmt niemandem aufgefallen, wenn er einen Moment allein im Garten gewesen wäre. In dem tiefen Loch hätte normalerweise auch niemand herumgefischt. Schließlich konnte Marco nicht ahnen, daß sie sich in den Brunnen abseilen und den Recorder dabei finden würde. Ja, wenn sie nicht zufällig ihr Messer gesucht hätte, läge er noch in hundert Jahren dort, jedem neugierigen Blick entzogen.

»Ich werde mir Lucia mal vorknöpfen«, sagte sie zu Del Mistero. »In den nächsten Tagen, wenn sie aus dem Krankenhaus zurück ist und es ihr wieder bessergeht.«

»Ja, tun Sie das«, antwortete er. »Und lesen Sie ihr gehörig die Leviten! Auch wenn ihr Sturz im Prinzip schon Strafe genug war. Aber die Kleine muß kapieren, daß sie mit ihren Streichen wirklich zu weit gegangen ist.«

Marianne nickte geistesabwesend. Die Leviten würde sie jemand ganz anderem lesen müssen. Falls sich dazu noch eine Gelegenheit ergab. Und falls sie überhaupt Lust dazu hatte. Denn dann müßte sie Marco Baldi notgedrungen wiedersehen.

Ihr Gesicht verfinsterte sich beim bloßen Gedanken daran. Mit spitzen Fingern hob sie den Kassettenrecorder hoch, verstaute ihn wieder in seiner Plastiktüte und begleitete den Architekten zur Haustür. »Ich erzähle Ihnen dann, was ich herausgefunden habe.«

Das Lärmen des Bautrupps drang nur von weitem an ihr Ohr, als sie zum Telefon ging und langsam die Nummer der Auskunft wählte. »Einen Anschluß in Genua, bitte ... ja, das Ministerium für Denkmalschutz.«

Ihr Füllhalter mit der grünen Tinte kratzte auf dem Papier, als sie die Nummer, die eine Automatenstimme ihr gab, in ihrem Kalender notierte. Durchs offene Fenster drangen die Rufe der Maurer herein, begleitet von rhythmischen Hammerschlägen und dem gleichmäßig dröhnenden Mahlen der Betonmischmaschine. Marianne starrte lange auf die Zahlen, ohne sie richtig wahrzunehmen. Dann kam sie zu einem Entschluß.

21.

Gabriella warf den Hörer auf die Gabel und wandte sich dem Gast zu, der vor ihr am Hoteltresen stand und ungeduldig von einem Fuß auf den anderen trat. »Tut mir leid«, sagte sie, »Ihre Sachen sind noch nicht von der Wäscherei zurück. Sie werden erst heute abend fertig.«

»Heute abend? Aber ich brauche mein Hemd schon am Nachmittag! Um vier habe ich einen sehr wichtigen Termin; da kann ich doch nicht mit dem Hemd von gestern auftauchen!«

Gabriella setzte ein unverbindliches Lächeln auf, das den Unmut in ihrer Stimme nur mühsam überdeckte. *Idiota*, dachte sie. Hättest eben deine blöde Wäsche rechtzeitig abgeben müssen, am Vortag bis spätestens um 17 Uhr, wie es groß und breit in der Hotelbroschüre geschrieben steht. Und nicht erst abends um neun!

»Tut mir wirklich leid«, sagte sie, »aber schneller geht es nicht.« Ihr Gesicht drückte nicht das geringste Bedauern aus.

»Also, ein Service ist das hier«, schimpfte der Mann, ein untersetzter Elektrogeräte-Vertreter in mittleren Jahren, der schon öfter im Hotel abgestiegen war und jedesmal Sonderwünsche anmeldete. »Das war das letzte Mal! Bei meinen nächsten Geschäftsreisen nach Genua suche ich mir ein anderes Hotel!«

Tu's doch, dachte Gabriella gereizt. Auf Leute wie dich können wir dankend verzichten.

Und auf Liebhaber, die sich tagelang nicht melden, ebenfalls.

Was Marco sich nur einbildete! Glaubte er wirklich, sie säße das ganze Wochenende lang in der elterlichen Wohnung herum, sehnsüchtig das Telefon anstarrend, damit es doch bitte endlich läutete? Über solchen Kleinmädchenkram war sie längst hinaus. Nachdem er sich einfach nicht gemeldet hatte und in seiner Wohnung immer nur der Anrufbeantworter lief, hatte sie sich natürlich am Samstag mit Freundinnen verabredet, trotzig ihr schärfstes Discokleid übergeworfen und den Abend so wie früher verbracht. Doch die stampfenden Technorhythmen, mit denen ihr Körper sonst willig mitschwang wie ein Metronom, hatten diesmal nur an ihren Nerven gezerrt. Die Diät-Cola hatte schal geschmeckt; von der stickigen Luft war ihr schwindlig geworden. Angeödet und rastlos zugleich, war sie schon kurz nach Mitternacht fortgegangen, dann eine Weile ziellos durch die Straßen gelaufen und schließlich vor Marcos Haustür gelandet. Aber die Fenster waren dunkel, die Vorhänge nicht zugezogen, so als sei er schon den ganzen Tag über nicht daheim gewesen. Die Klingel schallte durch leere Räume. Wo zum Teufel mochte er bloß sein? Das Handy, das sie sicherheitshalber am Gürtel trug, hatte nur einmal kurz geläutet. Falsch verbunden, auch das noch. Von Marco keine Nachricht und keine Spur.

Fünf Tage war es jetzt schon her, daß sie das letzte Mal von ihm gehört hatte. Dabei schien alles ganz normal – keine Auseinandersetzung, kein Streit, keine Bemerkung nebenbei, die sie hätte hellhörig machen müssen. »Ich melde mich wieder«, hatte Marco am Schluß des Gesprächs gesagt und ihr noch einen Kuß durchs Telefon geschickt. Danach – nichts mehr. Unerklärliche Funkstille.

Che bastardo! Gabriella hieb auf die Tasten des Hotelcomputers ein, als wäre er eine schwergängige alte Schreibmaschine. Sobald sie ihren Arbeitstag hinter sich hatte, um halb fünf, würde sie in Marcos Büro auftauchen. Unangemeldet, damit er gar nicht erst Gelegenheit hatte, sich eine Ausrede zu überlegen. Um diese Zeit war im Ministerium kein Parteienverkehr mehr; sie konnte also damit rechnen, daß er nur über irgendwelchen Akten saß. Und wenn sie Glück hatte, war auch sein Vorzimmerfilter, die freundliche, aber in Termindingen unerbittliche Chefsekretärin, schon nach Hause gegangen. Dann hatte sie freie Bahn.

Obwohl das Ministerium nur knappe zwei Kilometer entfernt lag, brauchte sie für die Strecke doch mehr als eine halbe Stunde. Zur Stoßzeit glich Genua einem Nest wütender Wespen, die sich gegenseitig die Flugschneisen ins Loch streitig machten – Wagenkolonnen, die mit Vollgas lospreschten, sobald die Ampeln übergangslos von Rot auf Grün schalteten, dann heftig bremsten, weil vorn jemand in letzter Sekunde die Fahrspur wechselte, um auf den überfüllten Linksabbieger zu gelangen, sich den Weg nach rechts freihupten, um ja die richtige Auffahrt im Netz der Stadtautobahn nicht zu verpassen. In den Tunneln bildeten sich abgasstinkende Schlangen, von den schmutzstarrenden Lampen nur spärlich beleuchtet.

Gabriellas Zorn, der sie trotz Konzentration auf den dichten Verkehr nicht verlassen hatte, machte gereizter Unruhe Platz, als sie kurz nach fünf die Stufen zu Marcos Büro hinaufstieg. Was, wenn er gar nicht da war, bei einer Ortsbesichtigung, wie so oft, oder auf einer seiner tagelang dauernden Dienstreisen? Oder wenn er gerade einen wichtigen Termin hatte, in den sie ohne Vorwarnung hineinplatzte? Er würde bestimmt verärgert sein. Einem klärenden Gespräch zwischen ihnen wäre das nicht förderlich.

Vor der schweren Eichentür mit seinem Namensschild hielt sie einen Moment inne und lauschte. Nichts zu hören ... Gerade noch rechtzeitig trat sie einen Schritt zurück, als die Tür sich von innen öffnete und eine Frau herauskam, einen leichten Staubmantel über dem Arm. »Tut mir leid, unsere Öffnungszeiten –«

Gabriella setzte ihr liebenswürdigstes Lächeln auf. »Sie müssen Signora Rossini sein, hab ich recht? Ich bin Gabriella Carducci.« Sie streckte der Sekretärin die Hand entgegen. »*Piacere.*«

Elsa Rossini musterte die dunkeläugige junge Frau, die in hautengen Jeans und busenbetonendem T-Shirt vor ihr stand. Soso, das war also das Mädchen, das ihrem Chef den Kopf verdreht hatte! Ein hübsches Ding, kein Zweifel. Wenn auch für ihren Geschmack ein bißchen zu herausfordernd angezogen, das Augen-Make-up eine Spur zu heftig, der Mund zu dunkelrot. Naja, die Mode von heute ... und es ging sie schließlich nichts an, was Marco Baldi gefiel.

Mit einem Lächeln erwiderte sie Gabriellas Händedruck. »Ach, Signorina Carducci – freut mich, Sie kennenzulernen. Signor Baldi ist allerdings oben in einer Besprechung. Es kann aber nicht mehr lange dauern. Wenn Sie auf ihn warten möchten ...«

Sie hielt die Tür auf und wies auf einen lederbezogenen Besucherstuhl vor ihrem Schreibtisch. »Ich muß leider weg – meine Nachbarin braucht mich als Babysitter.« Die Lachfältchen in ihren Augenwinkeln vertieften sich. »Ich mag Kinder ja wirklich gern, hab selber zwei; aber manchmal sind sie auch ganz schön anstrengend.«

Gabriella nickte unverbindlich, trat ein und sah sich um. Ein Büro wie jedes andere, vielleicht besser aufgeräumt als die meisten, die sie bislang zu Gesicht bekommen hatte. Auf dem Schreibtisch stand ein bunter Blumenstrauß, offenbar am Morgen frisch vom Markt mitgebracht. Die Sonne, die durch die hohen Fenster direkt darauf schien und die Farben zum Leuchten brachte, hatte den zarten Blütenköpfchen noch nichts anhaben können.

»Dort drüben ist Signor Baldis Büro.« Signora Rossini zeigte auf eine zweite Tür am Ende des hellen Raumes. »Wie gesagt, er kommt sicher in Kürze wieder. Hier in dem Zeitungsständer finden Sie etwas zu lesen. Ich muß jetzt leider gehen.«

Unter der Tür drehte sie sich noch einmal um. »Wollen Sie auch mal welche?«

»Was, bitte?« Gabriella sah sie verwundert an.

»Kinder! Ich finde, das kann man sich gar nicht früh genug überlegen.«

»Darüber habe ich noch nicht nachgedacht«, sagte Gabriella ein wenig verlegen. Signora Rossini schien sich ja sehr für Marcos und ihre Beziehung zu interessieren. Neugierige Pute! »In meinem Alter ...«

»In Ihrem Alter, *mia cara*, war meine zweite Tochter schon auf der Welt.« Signora Rossini ließ einen mütterlich-strengen Blick über die junge Frau gleiten, bevor sie sich endgültig zum Gehen wandte. »Nun ja, darüber können wir ja ein andermal plaudern. Wenn Sie wieder vorbeikommen. Das nächste Mal melden Sie sich aber bitte vorher an, nicht wahr, Signorina Carducci?«

»Ja, natürlich! Auf Wiedersehen ...«

Als die festen Schritte der Sekretärin auf dem Flur verklungen waren, ließ sich Gabriella in den Besucherstuhl sinken, zog eine der zerlesenen Zeitschriften aus dem Ständer und blätterte darin, ohne allerdings mehr als ein paar Überschriften und Fotos von TV-Sternchen wahrzunehmen, die sie nicht interessierten. Seufzend steckte sie das Heft wieder zurück. In ihrer Magengrube machte sich ein unangenehmes Gefühl bemerkbar, ein Hin- und Herflattern zwischen Aufgebrachtheit und Nervosität, verletztem weiblichen Stolz und der Bereitschaft, einzulenken. Was, wenn Marco sehr wohl angerufen und sie nur nicht erreicht hatte? Auch ihre Eltern waren schließlich nicht immer zu Hause, und einen Anrufbeantworter besaßen sie nicht. »Wer uns etwas sagen will, kann es ruhig mehrmals versuchen«, hatte ihr Vater das Thema vom Tisch gefegt, als sie ihn vor kurzem darauf angesprochen hatte. »Sonst müssen wir immerzu hinter Leuten hertelefonieren, die uns eine Nachricht auf dem Apparat hinterlassen. Kommt gar nicht in Frage.« *Basta*, und dabei war es geblieben.

Ach, wenn sie doch nur von zu Hause wegkönnte, ausziehen, ein anderes, freieres Leben beginnen! Aber von ihrem schmalen Anfangsgehalt konnte sie sich keine großen Sprünge leisten, schon gar kein eigenes Appartement in der Stadt. Marco könnte mir das bieten, dachte sie wieder, er verdient gut, hat eine schöne Wohnung ... Natürlich wollte sie weiterhin im Hotel arbeiten, sobald sie zusammenlebten; eigenes Geld zu verdienen, war für das Selbstwertgefühl jeder Frau sehr wichtig. Heiraten, Kinderkriegen hingegen – ja, schon, aber doch nicht sofort! Da hatte Signora Rossini wirklich zu weit vorausgedacht.

Trotzdem, es wurde Zeit, ihren Bindungsplänen ein paar Schritte näherzukommen. Gabriellas Augen verengten sich. Die Gelegenheit war vielleicht ganz günstig. Wahrscheinlich war Marco bloß vor lauter Arbeit nicht dazu gekommen, sie anzurufen, und hatte jetzt bestimmt ein schlechtes Gewissen. Wenn sie geschickt vorging, ließ sich das gut ausnutzen.

Schon gleich halb sechs! Wie lange dauerte diese Besprechung denn noch? Oder war er inzwischen weggegangen, ohne noch einmal in seinem Büro vorbeizuschauen? Er konnte ja nicht wissen, daß sie hier auf ihn wartete.

Unruhig sprang Gabriella auf, lief zum Fenster und starrte auf den Parkplatz hinunter. Er lag verlassen da; von Marcos Wagen weit und breit keine Spur. Allerdings, fiel ihr ein, gab es auch auf der anderen Seite des Gebäudes noch ein paar

Parkplätze, die von hier aus nicht zu sehen waren; möglicherweise hatte Marco sein Auto dort abgestellt. Ob sie kurz hinunterlief und nachsah? Und wenn er ganz woanders geparkt hatte, weil nichts mehr freigewesen war? Und sie ihn in genau diesen Minuten verpaßte?

Das Risiko wollte sie lieber nicht eingehen. Unschlüssig wandte sie sich um, auf der Suche nach irgend etwas, mit dem sie sich die Zeit verkürzen konnte. Ob die Blumen auf dem Schreibtisch Wasser brauchten? Aber nein, die Vase war noch fast voll. Ihr Blick fiel auf die Tür, die zu Marcos Büro führte. Vielleicht war sie ja nicht abgeschlossen ... Die Neugier, die schon eine Weile in ihr gelauert hatte, kribbelte jetzt fühlbar in ihren Händen. Vorsichtig drückte sie die Klinke herunter. Die Tür öffnete sich, leise in den Angeln quietschend. Na, ein Tröpfchen Öl könnte nicht schaden, dachte Gabriella – so perfekt, wie Signora Rossini tat, war sie anscheinend doch nicht.

Der Raum war kleiner, als sie erwartet hatte. Zwei hohe, unverhüllte Fenster ließen die Spätnachmittagssonne ein; an den Wänden reihte sich ein Bücherregal ans andere, vollgestopft mit dicken Wälzern – Gesetzestexten, wahrscheinlich –, Aktenordnern sowie zahlreichen Bild- und Fotobänden, die meisten über ligurische Baukunst. Die Stirnwand nahm ein riesiger Kupferstich der alten Hafen- und Handelsstadt Genua ein. Vor dem massiven Schreibtisch aus dunklem Holz standen zwei ehrwürdig wirkende, antike Besucherstühle mit verschnörkeltem Schnitzwerk in den Rückenlehnen, sehr schön anzusehen, aber höchst unbequem, wie Gabriella wußte. Bei ihren Eltern standen ganz ähnliche Stühle im *salotto*, in dem man nur ein paarmal im Jahr, zu hohen Feiertagen, steif mit Leuten herumsaß, die ihre Pflichtbesuche absolvierten, und bei einem Glas Wein und Gebäck Konversation machte. Mit solchen Sitzgelegenheiten hielt man sich auf clevere Weise Besucher vom Leib, die einem die Zeit stehlen wollten.

Der Schreibtisch selbst war übersät mit Bauplänen, Notizzetteln, Briefkuverts und Schreibutensilien. Sieh an – auch Marco war längst nicht so ordentlich, wie er sich immer den

Anschein gab. Zeig mir den Schreibtisch eines Mannes, und ich sage dir, wie er wirklich ist, dachte Gabriella, zufrieden, an ihrem untadeligen Liebhaber einen unerwarteten Hang zum Chaos entdeckt zu haben.

Der Computer war abgeschaltet; davor stapelten sich Disketten mit blauen und grünen Etiketten. Gabriella ging um den Schreibtisch herum und ließ sich in Marcos Bürosessel sinken, der mit seinem edlen, hochmodernen Lederdesign überhaupt nicht zu der würdevoll-antiken Einrichtung paßte, sich aber als ergonomisch perfekt und äußerst bequem erwies. Sie ließ ihre Hände versonnen über die gepolsterten Lehnen gleiten. Hier verbrachte Marco also seine Arbeitstage ... erheblich gemütlicher als sie selbst, die meist hinter ihrem Hoteltresen stehen mußte und nur selten zum Sitzen kam. Die Computerarbeiten erledigte sie auf einem abgeschabten Stuhl, ohne Rollen und rückenschonende Federung, den die Hotelbesitzerin wohl vor zwanzig Jahren auf dem Flohmarkt erworben und seitdem nicht ausgemustert hatte.

Neid auf Marcos Privilegien flog sie an wie ein kalter Windstoß. Sie warf erneut einen ungeduldigen Blick auf die Uhr. Das dauerte ja wirklich ewig! Ob sie mal im Obergeschoß nachfragen ging? Doch das würde den Überraschungseffekt verderben ... nein, sie wollte Marco beobachten können, wenn er ihrer ansichtig wurde. Aus überraschten Gesichtern ließen sich oft Wahrheiten ablesen, und sei es nur eine halbe Sekunde lang.

Ihr Blick glitt über das Durcheinander auf dem Schreibtisch, das aufs zweite Hinschauen gar nicht mehr so unsystematisch wirkte. Eine geschickt verborgene Ordnung im Chaos, das Marco offenbar genau im Griff hatte. Wie alles in seinem Leben, dachte Gabriella mißmutig. Mich eingeschlossen. Sonst säße ich nicht hier und wartete herzklopfend, daß er endlich kommt, sondern hätte ihm schon längst – na, zum Beispiel einen bösen Brief auf den Schreibtisch geknallt.

Gar keine schlechte Idee, dachte sie. *Caro Marco*, ich habe keine Lust mehr, länger auf Dich zu warten ... oder nein, kein *caro*, das verdiente er nicht. Trotzdem sollte der Brief nicht allzu unversöhnlich klingen. Am besten, sie heizte seinem Gewissen noch ein bißchen ein. *Ciao Marco*, was ist bloß los? Wieso läßt Du mich so lange ohne Nachricht? Ich mache mir schon die größten Sorgen …!

Wo war hier das Briefpapier? Entschlossen drehte Gabriella den Schlüssel der Schreibtischtür um und zog die oberste Schublade heraus. Nichts, nur Disketten, ein Locher, ein Zirkel, ein Plastik-Meterstab, ein paar Klebeetiketten und abgewetzte Radiergummis. Die zweite Schublade war bis an den Rand mit Formularen gefüllt. Die dritte – Moment mal, was war denn das? Ein Kuvert mit Fotos, ohne Rücksicht auf die unterschiedlichen Formate hineingezwängt. Auf dem oberen Teil eines der Bilder war Marcos Kopf zu sehen, sein krauses schwarzes Haar, im Wind zerzaust. Er lächelte auf eine Person herunter, die neben ihm stand. Nur ihr schwarzer Haaransatz war erkennbar.

Hummeln regten sich in Gabriellas Bauch. Hatte sie ihn etwa erwischt, und es gab eine andere?! In plötzlich aufwallender Eifersucht riß sie das Foto aus dem Kuvert und hielt es ans Tageslicht.

Ein schönes Frauengesicht blickte ihr entgegen, mit großen, meergrünblauen Augen, sanft geschwungenen Brauen und einem Mund, der Marcos Lächeln bis in die winzigste Krümmung der Unterlippe widerspiegelte. Unverkennbar seine Zwillingsschwester. Sie hielt ein kleines, schwarzhaariges Mädchen an der Hand, das mit zusammengekniffenen Augen gegen die Sonne blinzelte. Ihr lachender Mund ließ eine Zahnlücke erkennen. Das mußte Lucia sein, ja, eindeutig Marcos Nichte, auch wenn sie inzwischen doppelt so groß war.

Erleichtert schob Gabriella das Foto ins Kuvert zurück. Also doch keine heimliche Geliebte, nur ein paar alte Familienfotos. Sie kramte die anderen Aufnahmen hervor und breitete sie vor sich aus. Ja, hier war ein Bild seiner Eltern, vor ihrem antiken Alfa Romeo, von dem er ihr einmal erzählt hatte. Und hier noch einmal ein sehr jung und fröhlich wirkender Marco, zusammen mit seinem Freund Luigi, der Elisa verliebt von der Seite betrachtete. Auf dem nächsten Bild …

»Was machst du denn da?!«

Eine harte, verärgerte Stimme schreckte sie auf.

Hastig raffte Gabriella die Fotos zusammen und stopfte sie ins Kuvert zurück. »Oh, Marco, ich wollte nur …«

»… in meinen Sachen herumstöbern, wie ich sehe. Na, hast du was Belastendes gefunden?«

»Wieso … wieso was Belastendes?« Gabriella sah verwirrt zu ihm auf. *Merda,* warum hatte sie nicht besser aufgepaßt? Sie hätte Marco doch kommen hören müssen! Jetzt war alles verdorben.

»Aus welchem anderen Grund sollte jemand wohl sonst in den Privatsachen anderer Leute herumkramen?« Marco löste sich vom Türrahmen und kam auf sie zu. Seine zornig zusammengezogenen Brauen verhießen nichts Gutes. »Und ich wäre dir dankbar, wenn du jetzt meinen Stuhl freigäbst. Ich habe noch eine Menge zu erledigen.«

»Ja, natürlich, entschuldige …« Gabriella erhob sich. Die Röte der Verlegenheit gab ihrem Gesicht etwas ungesund Fiebriges.

»Ich … ich wollte doch nur …«

»Bei mir herumschnüffeln.« Marco kam ihr keinen Zentimeter entgegen.

»Nein … dich fragen, wo du die ganze Zeit warst und weshalb du mich nicht mehr angerufen hast.«

So, nun war es heraus. Allerdings in gänzlich ungeplanter Form, mit dem falschen Ton, dem falschen Gesichtsausdruck, ganz sicher nicht so bestimmt oder so verführerisch, wie sie es sich abwechselnd vorgenommen hatte.

Marco sah Gabriella an, ohne etwas zu erwidern. Seine Züge blieben unbewegt, als habe er eine schwierige Klientin vor sich, der er seine Gedanken nicht offenbaren wollte. Eifersüchtig war sie also! Eifersüchtig auf die Zeit, die er mit anderen als ihr verbrachte, auf seine Arbeit, die ihm so viel bedeutete. Und das nur, weil er sie vier – oder waren es fünf? –

Tage nicht angerufen hatte! Und dann wühlte sie auch noch heimlich in seinem Schreibtisch herum. Steckte ihre Nase ungebeten in Dinge, die sich nicht das geringste angingen. Wenn er etwas haßte, dann war es eine solche Herumschnüffelei.

Andererseits, ganz unrecht hatte sie natürlich nicht. Anrufen hätte er sie schon sollen, bevor er fürs Wochenende zu diesem Fest nach Montegrazie fuhr. Irgend etwas hatte ihn jedoch davon abgehalten ... die Befürchtung vor allem, sie könnte darauf drängen, mitzukommen. Wenn er ehrlich war, mußte er zugeben, daß er lieber allein nach Montegrazie gefahren war, ohne Gabriella, die sich überall an ihn gehängt und die Tatsache unübersehbar gemacht hätte, daß sie mit ihm zusammen war. Ja, wenn er ganz ehrlich war – zumindest sich selbst gegenüber –, mußte er einräumen, daß ihm vor allem daran gelegen hatte, diese Marianne ein bißchen besser kennenzulernen, die so oft ungebeten in seinen Gedanken auftauchte.

Doch das ging nur ihn allein etwas an. Und sah man den Tatsachen ins Auge, war es auch schon Schnee von gestern. Marianne hatte ihn schließlich hochkant hinausgeworfen. Es gab also nichts mehr, was er Gabriella ehrlicherweise hätte berichten müssen, nichts, was einer neuen Beziehung auch nur im entferntesten ähnelte. Und was ihn veranlassen müßte, sich von Gabriella zu trennen.

Bis zu diesem Augenblick hatte Marco überhaupt nicht darüber nachgedacht, ob etwa eine Trennung von seiner Freundin anstand. Mit der Gedankenlosigkeit eines Mannes, der sich unvermutet von spontanen Gefühlen hinreißen läßt, hatte er sich am Samstag abend Lucias Lebensretterin zugewandt, ihre Hände in die seinen genommen und geküßt. Und dabei plötzlich den innigen Wunsch in sich aufsteigen gespürt, dieser Moment möge nie ein Ende haben. Später hatte er nur immer wieder über den schrecklichen Ausgang dieses Abends nachgegrübelt, Mariannes zornblitzende Augen, als sie ihm die Tür wies, ihre Vorwürfe, ihre Verweigerung. Gabriella war ihm bei alledem nicht einmal einen Augenblick lang in den Sinn gekommen – so weit von ihm entfernt wie ein namenloses Nachtgestirn.

Aber auch das sprach natürlich für sich und gegen Gabriella.

Marco spürte, wie sein Zorn nachließ und einer großen Müdigkeit Platz machte. Er ging um den Schreibtisch herum, ließ sich schwer in seinen Sessel fallen und stützte den Kopf in die Hände.

Gabriella, die ihre Verlegenheit überwunden und ihn aufmerksam betrachtet hatte, konnte ihre Ungeduld nicht mehr zügeln. Als seine Züge sich entspannten, glaubte sie, sein Ärger sei abgeklungen, und probierte eine neue Attacke, diesmal jedoch mit gesenkter Lanze. »Also ... wo warst du denn nun eigentlich?«

»In Montegrazie, wo sonst?«

Gabriella schluckte. Also doch keine Dienstreise, kein arbeitsüberladenes Wochenende. *Che bastardo!* »Das hättest du mir aber sagen können! Ich wäre gerne wieder mitgefahren!«

Marco seufzte. »Du verträgst dich doch gar nicht mit Lucia.« Das war nur eine halbe Ausflucht, denn es entsprach, wie auch sie genau wußte, der Wahrheit.

»Naja, schon. Aber du hättest mir wenigstens Bescheid geben können. Mich das ganze Wochenende so ohne Nachricht sitzenzulassen ...« Ihr dunkelroter Schmollmund wurde noch eine Spur röter. Wie ungeschickt, schalt sie sich. Jetzt war sie doch wieder in das Fahrwasser der Anklage geraten, das sie eigentlich hatte verlassen wollen. Auf diese Weise würde sie das Thema Zusammenziehen nie auf den Tisch bekommen, wie sie es vorgehabt hatte.

Marco hob den Kopf und sagte halblaut: »Laß es gut sein, Gabriella. Ich entschuldige mich dafür, daß ich dich nicht angerufen habe.«

Sie blieb einen Augenblick reglos neben ihm stehen, kam dann dicht heran und legte ihm die Hand auf die Schulter. In ihrer Stimme klang Erleichterung, gemischt mit Triumph. »Okay, Entschuldigung angenommen.«

Ihre schmale, makellos manikürte Hand lag auf ihm wie Blei. Seine Schultermuskeln zogen sich zusammen. Wenn sie ihn nur wieder loslassen wollte ... Er empfand keinerlei Lust dazu, sich mit ihr zu streiten, noch mochte er sich mit ihr über Dinge auseinandersetzen, die ihm selbst noch völlig unklar waren.

Das einzige, was er jetzt dringend brauchte, war Alleinsein. Ruhe. Zeit, mit sich und den Geschehnissen vom Wochenende ins reine zu kommen.

Ohne seine Abwehr zu registrieren, beugte Gabriella sich vor und legte ihm den Kopf an die Wange. »Weißt du«, sagte sie dicht an seinem Ohr, »du hast mir so gefehlt! Und ich habe mir gedacht, wenn wir zusammenlebten ...«

»Wie bitte?« Marco drehte sich mit einem Ruck zu ihr um. Sein Gesicht drückte ehrliches Entsetzen aus. Dann fiel die kühle Maske wieder darüber. »Du glaubst doch nicht im Ernst –!«

»Wieso eigentlich nicht?« Das war nicht die Reaktion, auf die sie gehofft hatte. Doch so schnell wollte Gabriella nicht klein beigeben, da das Thema nun schon einmal angesprochen war. »Es ist doch wirklich unpraktisch – du in deiner großen Wohnung, ich in meinem kleinen Zimmer, noch dazu bei meinen Eltern und am anderen Ende der Stadt ...«

Marco sah sie ungläubig an. »Zusammenziehen? Mit mir?! Wie kommst du bloß auf die Idee?«

»Ja, mit wem denn sonst?« Gabriellas Stimme klang einen Augenblick lang ungeduldig, wurde aber sogleich wieder sanfter. »Du bist doch mein Einziger!«

Ja, allerdings, dachte Marco stirnrunzelnd: der einzige all ihrer bisherigen Freunde, der es im Beruf schon zu etwas gebracht hatte und ihr das bieten konnte, was sie offenbar am meisten suchte: den Auszug aus dem Elternhaus, Sicherheit, ein bequemes Leben. Neulich, am Wochenende, hatte sie eine kleine Reisetasche voll Klamotten mitgebracht, die dann ganz angelegentlich in seiner Wohnung stehengeblieben war. Marco hatte sie ihr am nächsten Tag ins Hotel nachgetragen, doch ihre Freude darüber hatte sich durchaus in Grenzen gehalten. Wahrscheinlich hatte sie gehofft …

Er räusperte sich und sah ihr direkt in die Augen. »Du willst also unbedingt von zu Hause weg und meinst, du kannst dich bei mir einnisten? Nein, Gabriella, daraus wird nichts. Ich ziehe ganz bestimmt nicht mit dir zusammen.«

Sie starrte ihn an. »Wieso nicht? Soll ich vielleicht noch jahrelang bei meinen Eltern herumhocken, bis ich mir endlich was Eigenes leisten kann? Wo deine Wohnung … Sie ist doch groß genug für zwei!«

Ja, für zwei, die wirklich gut zueinanderpassen, dachte er. Und die einander immer genügend Raum zum Atmen lassen.

Der bloße Gedanke, Gabriella könnte auch bei ihm zu Hause heimlich in seinen Sachen wühlen, ließ ihn innerlich nach Luft schnappen. »Kommt nicht in Frage«, sagte er laut. »Ich ziehe mit niemandem zusammen. Schon gar nicht mit einer Frau, die ihre Finger nicht aus meinen Schubladen lassen kann.«

Gabriella trat einen Schritt zurück und musterte Marco mißtrauisch. Daß er sich darüber so aufregte …! Hatte er vielleicht doch etwas zu verbergen? Oder irgend etwas vor, das sie auf keinen Fall erfahren sollte? Etwa in Montegrazie … Wieso hatte er sie nicht dabeihaben wollen? Drehte er da womöglich ein viel krummeres Ding, als er ihr weisgemacht hatte? Der alte Kasten von einem Haus – ging es ihm dabei vielleicht gar nicht um seine Nichte? Sondern um irgend etwas, das im Wasserhaus verborgen war? Das berühmte Skelett im Wandschrank, das er in Ruhe beiseite schaffen wollte, sobald die neue Besitzerin das Handtuch geworfen hatte und das Haus wieder aufgab?

»Sag mal, was ist eigentlich an dem Wasserhaus dran, daß du so unheimlich scharf darauf bist, es wieder in die Finger zu kriegen?« Die Frage rutschte ihr heraus, bevor sie ihre Zunge zügeln konnte. Sie blickte ihn von der Seite an, unsicher, wie er die darin enthaltenen, wenn auch unausgeprochenen Anschuldigungen aufnehmen würde.

Marco schob ruckartig den Kopf vor. Himmelherrgott, konnte Gabriella denn gar keine Ruhe geben? Und wieso fing sie ausgerechnet vom Wasserhaus an? Konnte sie auch noch seine Gedanken lesen? »Das Wasserhaus hatte damit gar nichts zu tun! Wenn du es genau wissen willst, ich bin nach Montegrazie gefahren, um Marianne zu sehen«, platzte er heraus. »Und dann – dann hat sie meine Nichte gerettet. Lucia hätte beinahe einen schweren Unfall gehabt, im Garten.«

In wenigen Worten umriß er, was geschehen war. Und bevor er sich bremsen konnte, setzte er hinzu: »Aber das ist jetzt auch alles egal. Sie hat mich rausgeschmissen.«

»Wer – diese Marianne?«

Marco sah Gabriella ins Gesicht, bevor er den Kopf senkte. »Ja.«

In dieser Geste, mit der er seine Niederlage eingestand, lag so viel unterdrückte Verzweiflung, daß Gabriella der Atem stockte. »Du bist also in sie verliebt«, sagte sie nach einem Moment, mit einer gefühlsentleerten Stimme, die ihr wie von weither in den Ohren klang und keinen Widerspruch duldete.

»Ja«, antwortete Marco, und dann, als müsse er seine Aussage noch einmal vor sich selbst bekräftigen, »ja, das bin ich.«

Jetzt war es heraus, was mehrere Nächte lang wie ein schemenhaftes Gespenst auf seiner Brust gesessen und ihn nicht schlafen gelassen hatte. Seltsam, wie real, beinahe anfaßbar ein Gefühl wurde, sobald man es in Worte kleidete. Oder hörte, wie jemand anderes Worte dafür fand. »Ja, ich bin in Marianne verliebt.« Er rollte den Namen auf der Zunge wie ein köstliches Gericht, das jedoch unerwartet einen bitteren Nachgeschmack hinterläßt. »Oder vielmehr«, korrigierte er sich, als käme es in diesem Augenblick der Wahrheit auf die genaueste, bestmögliche Wortwahl an, »ich glaube, ich habe angefangen, sie zu lieben.«

»Zu lieben?!« Gabriella machte eine unwillkürliche Handbewegung, als müsse sie sich bekreuzigen. »Aber du kennst sie doch kaum!«

»Ja, das stimmt wohl.« Marco seufzte tief und erhob sich aus seinem Stuhl, ohne Gabriella anzusehen. Seine Beine zuckten, wie immer, wenn er das dringende Bedürfnis hatte zu laufen. Seine Hände faßten nach dem Schreibtisch, um den Körper, der schon davoneilen wollte, abzubremsen. »Aber, wie soll ich dir das erklären, das ist ohnehin alles völlig belanglos. Tatsache bleibt ...«

»... daß du mich mit ihr betrügst!« Gabriella trat einen Schritt näher; ihre Augen funkelten drohend. »Erzähl mir doch keine Märchen von wegen, sie habe dich rausgeworfen! Du hast sie doch bestimmt jeden Tag gesehen, nicht wahr? Sag die Wahrheit! Nur deshalb hast du mich die ganze Zeit nicht angerufen, du Lügner, du scheinheiliger!«

Wut stieg in ihr hoch, die an ihren Stimmbändern emporzuklimmen schien, bis sie ihren Kopf ausfüllte. Je lauter und höher sie sprach, desto mehr geriet sie außer sich. Beim letzten Wort kippte ihre Stimme ins Falsett, daß ihr schier die Schädeldecke zersprang. Und bevor sie es verhindern konnte, hatte ihre Rechte ausgeholt und Marco heftig ins Gesicht geschlagen.

Marcos Wange brannte. Langsam, als müsse er sich vergewissern, was da eben passiert war, hob er die Hand und rieb sich die Haut. Verständnislos sah er Gabriella an, die kampfbereit vor ihm stand, ein blutrünstiger Racheengel, ebenso zornschön und ebenso im Unrecht.

»Aber ich habe doch gar nicht ...«

Seine Worte erstarben, als sie mit einem Ruck noch näher an ihn herantrat. Ihr heißer Atem streifte seinen Mund; in ihre Brombeeraugen trat ein gefährliches Glitzern. »Was hast du nicht?! Mich betrogen? Klar hast du das, mach mir doch nichts vor! Wie lange geht das jetzt schon? Wie oft hast du diese Frau inzwischen gesehen? Sag nicht« – sie hob abwehrend den Arm, als er versuchte, sie zu unterbrechen –, »sag bloß nicht, du hättest keinen Kontakt mehr mit ihr! Das kannst du deiner Großmutter erzählen, aber nicht mir!«

Marco wich zurück, so weit der Schreibtisch es zuließ. »Gabriella, du irrst dich ...«

»Lüg nicht schon wieder! Benutzt hast du mich, das ist die Wahrheit!« schnaubte sie. »Was hast du da für ein Spielchen eingefädelt?! Marianne aus dem Haus graulen, daß ich nicht lache! Einen heiligen Schrecken wolltest du ihr einjagen – und dich dann als ihr großer Tröster und Retter aufspielen, der die schrecklichen Gespenster wieder aus dem Haus vertreibt! Und dabei kam ich dir gerade recht!« Sie schnappte nach Luft. »Ich blöde Gans hab dir ja deine Story geglaubt, ich wollte dir helfen! Ja, damit sie dir endlich in die Arme sinkt, dazu hast du mich mißbraucht, du Schwindler, du elender! *Bastardo!*« Sie verschluckte sich und mußte husten. Dann brach sie in Tränen aus.

Marco betrachtete die junge Frau fassungslos, streckte eine Hand nach ihr aus, zog sie aber rasch wieder zurück, als sie sich abwandte und vehement den Kopf schüttelte. Ihre Schultern zuckten. »Gabriella ...«

Noch während er zu einer Erwiderung ansetzte, erstarben ihm die Worte im Mund. So viele Verdächtigungen, Verleumdungen ... als sei er der übelste Schuft in ganz Ligurien und nicht bloß ein Mann, der sich, für ihn selbst völlig unerwartet, in eine andere verliebt hatte. War es wirklich nötig, ihn deshalb so häßlich zu beschimpfen? Ihm Handlungen und Motivationen zu unterstellen, die nicht das geringste mit ihm zu tun hatten, ja nur zeigten, wie bitter wenig Gabriella ihn doch kannte?

Er wich erneut zurück, bis sein Rücken gegen die ausladende Schreibtischplatte stieß. Nein, es hatte wirklich keinen Sinn, auf all diesen Unsinn einzugehen. Was immer er vorbringen mochte, würde doch nur wieder mißverstanden oder verdreht werden. Gabriella hatte sich da in etwas hineingesteigert, aus dem er sie nicht würde herauslösen können. Er am allerwenigsten.

Kälte stieg in ihm auf, ein Gefühl unendlicher Leere. Marianne – das war ein Traum, der sich nie erfüllen würde. Und

Gabriella war nur noch ein Alptraum. Einen Moment lang wunderte er sich, wie rasch die Zärtlichkeit, die er der Frau vor ihm doch immerhin monatelang entgegengebracht hatte, verschwinden konnte, als habe es sie niemals gegeben – spurlos, schmerzlos, endgültig.

Marco stieß den Atem aus. Kein Zweifel, es war vorbei. »Es ist besser, wenn wir uns nicht mehr sehen«, sagte er. Seine Stimme klang noch eisiger, als er sich fühlte. »Adieu, Gabriella.«

Er wandte ihr das Gesicht zu, um sie anzuschauen, auch wenn er den Blick ihrer Augen lieber vermieden hätte. Wie erwartet, las er Ungläubigkeit in ihnen, dann erneut aufblitzende Wut.

»Was denn … du machst so einfach Schluß mit mir?!« Gabriella rang mühsam darum, ihre Fassung wiederzugewinnen. »Und all die Zeit, die wir miteinander verbracht haben? Bedeutet sie dir gar nichts?«

Er antwortete nicht; es fiel ihm nichts ein, das er hätte hinzufügen können.

Gabriella starrte ihn an. »So mir nichts, dir nichts, und bloß wegen dieser Marianne, die dich ohnehin nicht haben will! Und was wäre gewesen …« Sie schob sich näher an ihn heran, so daß er ihre Körperwärme spürte wie einen Brennofen. »… was wäre gewesen, wenn ich heute nicht bei dir hier im Büro aufgetaucht wäre? Hättest du mich dann sang- und klanglos verlassen? Dich einfach nicht mehr gemeldet, oder wie? Das kannst du mit mir nicht machen, Marco Baldi! Mit mir nicht!«

Ihre Hände krallten sich in seinen Arm. All ihre Gefühle, ihr verletzter Stolz, ihre enttäuschten Erwartungen schichteten sich in ihrem Inneren zu einem Scheiterhaufen auf, der sofort Feuer fing, als ihre sprühende Erbitterung ihn entzündete. All ihre Verliebtheit in Marco loderte ein letztes Mal auf wie trockenes Reisig und verbrannte.

»Damit kommst du bei mir nicht durch«, schrie sie. »Du wirst schon noch sehen, was du davon hast, du … du Heuchler! Du lausiger Windhund, du! Erst mich ausnützen und dann fallenlassen wie eine heiße Kartoffel! So, die Angelegenheit hat sich also für dich erledigt? Aber für mich nicht! Noch lange nicht! Ich werde deiner deutschen Hauskäuferin schon noch klarmachen, wer sie da so an der Nase herumgeführt hat! Mit Fingern wird man auf dich zeigen, in Montegrazie, in deinem Ministerium, überall! Dafür werde ich sorgen, das kannst du mir glauben!«

Ohne eine Antwort abzuwarten, stürmte sie aus dem Raum und warf die Bürotür hinter sich zu. Auch die zweite Tür knallte. Ihre Laufschritte hallten im Flur. Dann kehrte Stille ein.

Marco sank erschöpft in seinen Stuhl und ließ die Hände in den Schoß sinken. Seine Augenwinkel zuckten, als habe sich eine einzelne Nervenfaser darin selbständig gemacht. Dann tat er etwas, das er nicht von sich erwartet hätte. Er öffnete den Mund und brach in lautes, fast hysterisches, lang anhaltendes Gelächter aus. Es warf harte Echos im hohen Raum und schüttelte ihn, bis ihm die Tränen kamen.

22.

Einsam hallende Glockenschläge verkündeten die Nachricht im ganzen Dorf. Im kleinen Laden unterhalb der Kirche, den Marianne gegen neun Uhr morgens mit ihrem Einkaufskorb am Arm betrat, um frische *panini*, Milch und Eier zu kaufen, standen die Frauen in bedrückten Grüppchen zusammen. Einige von ihnen hoben den Kopf und murmelten einen Gruß in ihre Richtung. Hinter ihrer Theke sah Annalisa, die Ladenbesitzerin, noch deprimierter aus als gewöhnlich. Sie schob eine dunkle Haarsträhne hinters Ohr zurück und blickte Marianne wortlos an.

»*Buon giorno* … was ist denn passiert?« fragte Marianne erschrocken. »Ist jemand gestorben?«

Zwei Dorfbewohnerinnen schluchzten laut auf und wurden sofort von einer dritten umarmt.

»Ja – Geraldo«, erwiderte eine der Frauen. Es war Pina, die in jungen Jahren als Erntehelferin aus Bergamo nach Ligurien gekommen und dann bei Piero, einem fröhlichen, schwer arbeitenden Maurer aus Montegrazie, hängengeblieben war. Das Ehepaar mit den beiden erwachsenen Söhnen Federico und Dario wohnte nur wenige hundert Meter von Marianne entfernt in einer Seitengasse. Manchmal hatte Pina ihr frische Eier vorbeigebracht, im Austausch gegen alte Brotreste, die Marianne ihr für die Hühner aufbewahrte. Ihre dunklen, sonst so verschmitzt blickenden Augen lagen heute in tiefen Schatten, als habe sie sehr schlecht geschlafen.

»Geraldo! Nein … Larettas Mann?!« Marianne traute ihren Ohren nicht.

»Geraldo«, bestätigte Pina.

»Aber – er war doch gar nicht krank, oder?« Fassungslos blickte Marianne von Pina zu den anderen, die nur stumm den Kopf schüttelten. »Ich habe ihn erst gestern noch gesehen, wie er mit seiner *Ape* die Straße heraufkam! Er hat mir zugewinkt, wie immer … Was ist denn bloß passiert? Hatte er einen Unfall?«

»Wir haben ihn alle erst gestern noch gesehen.« Pina zog ein Taschentuch aus ihrer Schürzentasche und schneuzte sich. Dann fuhr sie mit trauriger Stimme fort: »Er hatte einen Herzanfall. Beim Ortsfest im Nachbardorf. Auf einmal fühlte er sich nicht gut …« Sie unterbrach sich und wischte eine Träne aus dem Augenwinkel. »Ja, und dann ist er zu Boden gesunken. Die Sanitäter konnten schon nichts mehr für ihn tun.«

Marianne fühlte, wie die Luft im Laden dichter wurde. Ihre Kehle war wie zugeschnürt. Geraldo, der Sänger – tot?! So oft hatte sie seiner Stimme gelauscht, wie sie sich über die Weinberge zum Dorf schwang und es mit schierer Lebensfreude füllte. Geraldo, der Tänzer, der sie beim Dorffest mit der Eleganz eines *maître du bal* über die Tanzfläche geführt hatte. Geraldo, der stets als erster erschien, wenn es etwas zu helfen galt, und stets als letzter von einer Festtafel aufstand, fröhlich eine leere Zweiliterflasche Rotwein schwenkend, die er mit allen geteilt hatte. Geraldo mit seinem vorzüglichen Selbstgekelterten, Freund guter Musik, guter Laune und guter Nachbarschaft.

Und Geraldo sollte nicht mehr am Leben sein? Undenkbar.

Marianne wußte nicht, was sie sagen sollte. Für etwas so Unerwartetes, nicht zu Verstehendes gab es in keiner Sprache passende Worte. »Oh, *porca miseria*, das tut mir so furchtbar leid ...«

Der Satz blieb in der Luft hängen wie ein Fliegenband.

Pina, die ihr die Verlegenheit ansah, faßte sie leicht am Arm. »Ja, es ist schwer zu glauben. Wir können es alle gar nicht fassen.«

»Jeder von uns kann das eines Tages so gehen«, murmelte Rosa, Pinas Nachbarin, eine zartknochige Frau Ende Sechzig. »Ein Infarkt, ein Unfall, und schwupp – findest du dich allein wieder, in einem viel zu großen, leeren Haus. Meistens«, seufzte sie und sah Marianne an, »meistens sind es ja die Männer, die ihre Frauen zu früh alleine lassen.«

»Geraldo ... Wie alt war er eigentlich? Doch kaum an die Sechzig?« fragte Marianne.

»Zweiundsechzig. Und trotz seiner guten körperlichen Verfassung hat sein Herz nicht mitgemacht. Es lag wohl in der Familie; auch sein Bruder ist ziemlich jung an einem Herzleiden gestorben.«

»Ja, weißt du noch, und dann seine Mutter, Gott hab sie selig.«

»Pierangela ... ich erinnere mich noch gut, wie sie immer ganz in Schwarz zur Kirche kam.«

»Und eines Nachts starb sie ganz plötzlich, im Schlaf.«

»Ja, ich weiß sogar das Datum noch – es war am Tag vor unserer Silbernen Hochzeit«, fiel eine Frau aus dem Unterdorf ein. »Wir haben die Feier damals extra verschoben.«

Der Bann, der auf allen gelastet hatte wie ein schweres

dunkles Tuch, schien sich zu heben. Die Frauen begannen durcheinanderzureden, ihre Bestürzung in Worten zu lösen. Erinnerungsfetzen schwebten durch den Raum und verbanden sich zu einem zarten Netz, das immer mehr Maschen bekam. Marianne spürte, wie es auch sie umfing.

»Ich habe Geraldo zwar leider nur wenig gekannt«, sagte sie stockend in die Gruppe hinein, die sich beim Klang ihrer Stimme wieder zu ihr hin öffnete, »aber er wird mir sehr fehlen.«

»Ja, Marianna, uns auch.«

»Vor allem sein Gesang ...«

»Immerhin«, sagte eine der Frauen entschieden, »hat er wohl den schönsten Tod gehabt, den er sich nur wünschen konnte. Mitten in einem Fest einfach umzufallen. Gelitten, heißt es, hat er nicht.«

»Du hast recht«, murmelten die Dorfbewohnerinnen, »das wird sicher auch seine Frau trösten. Falls ihr irgend etwas ein Trost sein kann.«

»Morgen nachmittag um vier ist die Beerdigung«, sagte Rosa und sah Marianne an, »du kommst doch?«

»Natürlich«, erwiderte Marianne, »... danke.« Erst jetzt fiel ihr auf, daß alle sie duzten, als hätten sie das schon immer getan. Die Geschichte von Lucias Rettungsaktion hatte offenbar rasch die Runde gemacht.

Eigentlich, das wußte sie schon, brauchte man zu einer Beerdigung nicht eigens gebeten werden. Man ging einfach hin, wenn man den Verstorbenen gekannt hatte oder jemandem aus seiner Familie nahestand. Für die Verbreitung der Todesnachricht sorgten die schwarzumrandeten Plakate, die noch am selben Tag in Druck gegeben wurden und dann im Handumdrehen an den Mauern der Dörfer und den Plakatwänden hingen, deutlicher wahrnehmbar und von der Bevölkerung eifriger studiert als jede Notiz in der Zeitung.

Bislang jedoch hatte Marianne sich nie so ganz getraut, dem Ruf der Glocken zu folgen, der Totenmesse in der Kirche, deren Glaubensgemeinschaft sie nicht angehörte, beizuwohnen und am Kummer der Angehörigen teilzunehmen, als sei das ihr gutes Recht. Manchmal war sie wie zufällig nach der Messe am Kirchplatz gestanden, die Hände zusammengelegt, um den Trauernden ihren Respekt zu zeigen. Ob die Dorfleute sie dabei überhaupt wahrnahmen, wußte sie nicht; niemand hatte sie je darauf angesprochen.

Doch diesmal war es anders. Diesmal lud man sie ausdrücklich zur Teilnahme ein.

»Ja, natürlich komme ich«, bekräftigte sie nochmals.

Annalisa räusperte sich hinter der Ladentheke. »Brauchst du *panini?*«

»Ja, bitte – ein halbes Kilo«, wandte sich Marianne zu ihr um, »und einen Liter Milch. Und ... ach ja, sechs Eier.«

»Eier kannst du von mir haben«, stieß Pina sie an und blinzelte Annalisa zu, die ein gequältes Lächeln über ihr Gesicht gleiten ließ. »Dann weißt du wenigstens genau, daß sie nicht aus einer Legebatterie sind.«

»Legebatterie!« Annalisa steckte ihre Haarsträhne erneut hinterm Ohr fest und sah streng von Pina zu Marianne. »Ich verkaufe keine Eier aus Legebatterien, das weißt du genau!«

»Nein, nur die leeren Kartons, die läßt du dir liefern«, neckte sie Pina.

Die Frauen im Laden lachten verhalten. »Annalisa, sechs Eier kosten bei dir so viel wie ein ganzes Huhn!«

Das Leben ging weiter.

Die Kirche war schon fast gänzlich gefüllt, als Marianne eintrat und sich eine Nische neben dem schweren Holzportal suchte. Gerade war der schwarze Wagen mit dem Eichensarg darin vorgefahren; sechs in blaue Hemden und dunkle Hosen gekleidete Sargträger hatten Geraldos Sarg herausgehoben, einen riesigen, mit blutroten Gerbera umflochtenen Kranz darauf befestigt und ihn die Treppen herauf in die Kirche getragen. Dahinter folgten in Zweier- und Dreierreihen die engsten Angehörigen. Larettas Gesicht, halb an der Schulter ihres hochgewachsenen Sohnes Paolo verborgen, der sie tröstend umfaßt hielt, war so vom Weinen verschwollen, daß Marianne es kaum wiedererkannte. Paolos Blick war fest auf den Sarg seines Vaters gerichtet. Leise Orgelklänge begleiteten seinen Weg durch die immer dichter herandrängende Menge bis nach vorn zum Altar. Hunderte von Menschen füllten die Kirche; um die dreihundert hatten dicht an dicht in den Holzbänken Platz gefunden, mindestens ebenso viele standen in den Seitengängen, um die vergoldeten Heiligen- und Marienstatuen herum, die ihre unbewegten Gesichter zur Kirchendecke hoben, neben den Flügeln des Seitenportals und im Halbrund um das weiße, steinerne Weihwasserbecken. Durch die offene Kirchentür konnte Marianne erkennen, daß auch der Kirchplatz noch voller Menschen war. Die Nachricht von Geraldos plötzlichem Tod hatte sich wie ein Lauffeuer bis in die Stadt hinein verbreitet.

Als der Priester die ersten Worte seines Gesangs anstimmte, ging ein Seufzen durch den Raum. Die Menschen beugten die Köpfe, als striche ein Wind über dunkle Ähren. Hier und da leuchtete ein blonder Schopf wie ein verirrtes Weizenbüschel aus dem Feld brauner, schwarzer, grauer oder fast kahler Häupter hervor. Manche hatten, wie Marianne, ein Tuch um den Kopf geschlungen, zum Zeichen des Respekts.

Marianne bemühte sich nicht, den Bibellesungen und Gebeten zu folgen, die einander in kurzer Reihe abwechselten, auch wenn sie viele der Worte wiedererkannte. Es waren stets die gleichen Worte, in jeder Sprache, Worte angestrengter Zuversicht über den Schmerz hinaus, der verzweifelten Hoffnung auf ein weiteres, ein himmlisches Leben. Worte, die ihr in solchen Momenten hohl erschienen, auch wenn sie ihren Sinn, einen Trost im Klang zu geben, wohl begriff.

Während sie mit halbem Ohr der Stimme des Priesters lauschte, nahm Marianne den bunten Kirchenraum in sich auf, die abblätternden Deckenfresken, das brüchige Blattgold der Barockverzierungen an den Wänden, die vielfarbigen Kleidungsstücke der Menschen um sich herum. Kaum jemand war ganz dunkel gekleidet, wie sie es von deutschen Trauerfeierlichkeiten her gewohnt war. Ihr Blick glitt über die Beine der Umstehenden; sie sah rote Schuhe und helle Pumps, Arbeitssandalen, an denen noch ein paar Erdbrocken hingen, weiße Markenturnschuhe unter verwaschenen Jeans. Auch Paolo hatte Turnschuhe an, dazu dunkelgraue Hosen und ein blaugemustertes T-Shirt. Seine Kleidung war ihr sofort aufgefallen, wenn auch nicht unangenehm. Die meisten Trauergäste trugen, was sie auch im Büro oder beim Essen im nächsten Pizzalokal tragen würden. Andere Länder, andere Sitten, dachte Marianne; viele aus der Trauergemeinde mußten nach der Beerdigung sofort zur Arbeit in die Stadt, ohne Zeit, sich wieder umzuziehen.

Selbst Witwen warfen sich hier nicht in Schwarz, ganz anders als etwa in Sizilien. Larettas Kostüm in gedecktem Dunkelblau mit hellen Streifen darin eignete sich ebensogut für einen Termin beim Steuerberater wie zum Konzertbesuch. Nur ihre schwarzen Strümpfe und das schwarze Seidentuch um ihren Hals verrieten den Anlaß, zu dem sie es heute trug. In Ligurien verschwendete man offenbar weder Geld noch Zeit auf den Kauf von Trauergewändern. Und die Leute hatten ja recht, fand Marianne: Nicht die Kleidung war es, die Trauer ausdrückte, sondern die Anteilnahme. Die Anwesenheit beim Abschiedsritual, die gemeinsam gemurmelten Worte.

Eine klare Sopranstimme weitete den Raum über der Orgelempore, als das Austeilen der Kommunion begann. Köpfe wandten sich erstaunt nach oben. Ein junger Mann neben Marianne flüsterte seiner Freundin vernehmlich ins Ohr, das sei Elisabeth, eine deutsche Freundin der Familie, eine bekannte Sängerin, die schon viele Konzerte in ihrem Montegrazier Ferienhaus gegeben habe. Mit ihrem Mann, dem Pianisten Albert – der junge Mann sprach den Namen als »Alberto« aus –, war sie eigens zur Beerdigung angereist, um für Geraldo ein letztes Abschiedslied zu singen.

Die Stimme schlang sich um die Säulen des Kirchenschiffs,

stieg an ihnen empor, ohne jedoch je die lichte Höhe darüber zu erreichen, als werde sie von den trauernden Noten an der Entfaltung gehindert. Etwas Fremdartiges ging von dem Gesang aus, begleitet von filigranen, langgezogenen Klängen eines Akkordeons. Alberto war offenbar nicht nur Pianist, sondern auch ein Meister dieses schwermütigen Instruments, das man in Italien so liebte. Jetzt fielen die Töne der *fisarmonica* in den Kirchenraum wie ein leichter Regenschauer. Marianne fröstelte.

Der Gesang – weder deutsch noch italienisch, dachte sie, aber sie kam nicht gleich darauf, in welcher Sprache da gesungen wurde – veränderte kaum merklich die Stimmung der Trauergemeinde, zog sie mit sich hinweg, in weite Ebenen, durch die sich Flußtäler wanden, graue Mauern hinauf, einem wolkendurchzogenen Himmel entgegen. Tschechisch, die Sopranistin singt ein tschechisches Lied, erkannte Marianne verwundert; ja, dazu paßte ihr hellblondes Haar, ihr rundes Gesicht mit den hohen Wangenknochen und den leicht schräggestellten Augen ... Vielleicht hatte sie tschechische Vorfahren und gab sie nun Geraldo als Begleitung mit auf seinen Weg.

Das Lied, das zuvor durch Mollklänge und weiche Dissonanzen gewandert war, kam in einem Durakkord zur Ruhe. Als der Priester das Silbergeschirr wieder in weißes Tuch bettete, wandten die Menschen sich zum Altar zurück. Marianne sah, wie ihre Schultern sich entspannten. Füße suchten einen neuen, bequemen Ort. Die Trauer, die vorher das Kirchenschiff fast greifbar durchzogen hatte, wich einer sanften Hinnahme des Unabänderlichen.

Beim »*Pace*« reichte ihr der junge Mann neben ihr freundlich die Hand und drückte sie fest; seine Freundin tat es ihm nach und lächelte ihr zu. »Frieden.« Marianne reichte den Händedruck weiter, der sich nach allen Seiten ausbreitete. Ihr Kopf war leicht; sie fühlte sich seltsam getröstet.

Noch bevor die Messe ganz zu Ende war, schlüpfte sie aus der Kirche. Zum Friedhof mochte sie eigentlich nicht mitgehen; dieser Gang, fand sie, war den Angehörigen und denjenigen vorbehalten, die Geraldo lange gekannt hatten und seine Hinterbliebenen zu trösten vermochten.

Gerade wollte sie in die Gasse zu ihrem Haus einbiegen, als die Kirchentore sich weit öffneten und die Menge herausströmte. Marianne blieb stehen, um ein paar Eilige an sich vorbeizulassen. Ihr Blick fiel auf Carlo Bonelli; er hob die Hand zum Gruß und winkte, als wolle er sie an seine Seite bitten, doch Marianne schüttelte verneinend den Kopf. Hinter Carlo redete Tommaso auf Flavia ein, deren blondes Haar sie bereits in der Kirche hatte aufleuchten sehen. Flavia nickte kurz; dann reihte sie sich, ohne Marianne wahrzunehmen, in die Menge der Dorfbewohner ein, die Geraldo das letzte Geleit zum Friedhof gaben. Der blumengeschmückte Sarg verschwand hinter der Heckklappe des schwarzen Wagens; dann setzte sich der Zug in Bewegung. Hoch am Turm hatten die Glocken wieder zu läuten begonnen, einzelne dunkle Schläge voller Melancholie.

Tommaso hatte sich abgewandt und war, ohne Marianne mehr als eines kurzen *Ciao* zu würdigen, an ihr vorbei die Gasse hinaufgeeilt. Sie beschloß, es ihm nicht zu verargen; Flavia hatte ihr erst kürzlich erzählt, welche Sorgen ihn drückten, und auch, daß er nicht gerade sonderlich geschickt im Umgang mit Menschen war. Geraldos Tod ging ihm sicherlich näher, als er zeigen mochte; immerhin hatte er ihn sein ganzes Leben lang gekannt und manches Glas Wein mit ihm geleert. Ja, manchmal hatten sie auch zusammen gesungen, bei Hochzeiten oder Geburtstagsfesten, und die Gäste mit witzigen Opern-Parodien unterhalten. Früher, als Tommaso noch ein angesehener Geschäftsmann war, der in der Freizeit gerne Musik hörte und sang. Heute öffnet er fast nur noch den Mund, um seine Frau anzuknurren, dachte Marianne betrübt.

Ihr Blick wanderte zum Trauerzug zurück. Noch immer strömten die Menschen in die Seitengasse, die zum Friedhof hinaufführte. Marianne erkannte Annalisa, die Ladenbesitzerin, in ihr übliches tristes Dunkelgrau gekleidet; neben ihr ging ihr halbwüchsiger Sohn, eine bunte, ziemlich unpassend wirkende Radlerkappe auf dem Kopf. Hinter den beiden hatten sich Pina und ihr Mann in die Menge eingereiht.

»Komm doch mit uns, Marianna«, rief Pina zu ihr herüber und winkte sie in die Reihe neben sich. Marianne zögerte, doch als Pina stehenblieb und ihr aufmunternd zulächelte, überlegte sie es sich anders. Wenn alle Trauergäste auf den Friedhof gingen, war es vielleicht besser, wenn auch sie nicht fehlte. Auf keinen Fall wollte sie unhöflich erscheinen oder gar Laretta kränken.

Der heiße Sommer hatte die Hänge entlang des Wegs ausgedörrt. In den Gärten hingen pralle Tomaten an halbvertrockneten Stauden; die niedrig wachsenden Reben über dem bräunlichen Gras reiften ihrer Vollendung entgegen. In einigen Zitronenbäumen, die dringend beschnitten werden mußten, verbargen sich kleine Früchte, fast unsichtbar im viel zu dicht wuchernden Grün.

Auch die Pflanzen, um die er sich immer so hingebungsvoll gekümmert hat, werden Geraldos Lieder vermissen, dachte Marianne traurig. Das Dorf wird leerer und stiller sein ohne ihn.

Vor ihr ragten die Zypressen auf, die den Eingang zum Friedhofsbereich säumten wie dunkle, schweigende Wächter. Der Trauerzug staute sich vor den offenen Flügeln des schmalen, schmiedeeisernen Tors. Ein Großteil der Trauergäste drängte sich bereits zwischen den Gräbern, die zu beiden Seiten des kurzen, erdigen Mittelgangs lagen; andere verharrten links und rechts hinter den steinernen Grabmauern, leise miteinander tuschelnd. Einzelne Grüppchen lösten sich aus der Menge und warteten, die Hände tief in die Taschen versenkt, im Schatten der Zypressen vor dem Friedhofstor.

Pina nahm Marianne am Arm und zog sie über die Schwelle. »Warst du schon einmal hier?« fragte sie halblaut. »Nein«, antwortete Marianne ebenso leise. »Dann komm! Wer in

Montegrazie leben will, muß auch den Friedhof kennen. Irgendwann ...« Sie drückte Mariannes Arm und sah sie aus tiefbraunen, ernsten Augen an. »Irgendwann kommen wir hier alle zur Ruhe.«

Marianne überlief ein Schauder. Seltsam – auch Elio Bocconcino, der Immobilienmakler, hatte vom Friedhof gesprochen, kaum daß sie den ersten Schritt ins Dorf hinein getan hatten. Damals hatte sie nichts davon hören mögen; Friedhöfe waren für Tote da, nicht für die Lebenden, und ganz sicher kein passender Auftakt für eine Hausbesichtigung. Heute jedoch war sie nicht mehr so sicher, Gegenwart und Zukunft voneinander trennen zu können, als habe das eine mit dem fernen anderen nichts zu tun. Würde auch sie hier einmal liegen, im Schatten der Zypressen, dem Meer zugewandt, wenn sie alt geworden war in diesem Dorf? Gab es wohl auch für Nicht-Einheimische, Nicht-Katholische einen Platz in diesem Gräbergarten, eine Nische in diesen Mauern mit ihren schmalen Grabkammern, vor denen Ewige Lichter brannten und Glasmedaillons mit Fotos der Verstorbenen in der Nachmittagssonne leuchteten? Würde auch ihr Gesicht einmal auf die Friedhofsbesucher herabblicken, um viele Jahrzehnte gealtert – oder faltenlos und noch viel zu jung?

Ein klammes Gefühl legte sich um Mariannes Herz. Dankbar riß sie sich aus ihren tristen Gedanken, als Pina sie am Arm faßte und auf den Priester wies, der im Mittelgang stand und gerade begonnen hatte, das Grab einzusegnen. Schweigend sah die Trauergemeinde zu, wie Laretta eine kleine Schaufel aus der Hand ihres Sohnes entgegennahm und etwas Erde auf den Sarg in der Grube fallen ließ. Ihr Sohn tat es ihr nach, dann die näheren Verwandten.

Widerwillig ließ Marianne sich mitziehen, als das Schwerste begann, die Beileidsbezeugungen für die trauernde Familie. Aber dann merkte sie, daß es hier anders war als in Deutschland, bei den wenigen Beerdigungen, die sie bislang miterlebt hatte. Kein kurzes, verlegen gemurmeltes Wort an die Witwe, kein knapper Händedruck, danach eilige Schritte zum Ausgang. Jeder einzelne Trauergast, jede Nachbarin, jeder Gefährte Geraldos aus alten Zeiten ging auf Laretta zu, nahm sie fest in die Arme, wiegte sie hin und her und sagte ihr Worte des Mitgefühls ins Ohr. Larettas Tränen fielen auf Hemdkragen und Seidenblusen, T-Shirts und Arbeitsjacken. Sie schluchzte nun haltlos; viele der Hinzutretenden stimmten in ihr Weinen ein. Marianne schien es, als liege ein klagendes Summen in der Luft, das immer lauter wurde, ein Trauergesang ohne Worte.

Auch Marianne liefen die Tränen übers Gesicht, als die Reihe an ihr war, Laretta zu umarmen. Dann trat sie zu Paolo, der sie fest in den Arm schloß und ihr leise für ihr Kommen dankte.

»Nichts zu danken«, murmelte sie, »ich habe deinen Vater sehr gern gehabt.« Eher hatte sie das Gefühl, als habe sie selbst den Angehörigen einen Dank abzustatten, die sie so ohne jeden Vorbehalt hier willkommen geheißen hatten. In diesem Moment war es Marianne, als habe sie wirklich ein neues Zuhause gefunden.

Links und rechts neben Geraldos noch offenem Grab lagen die Grabstätten anderer Familien, die seit langem in Montegrazie ansässig waren. Marianne erkannte die Namen wieder, als sie langsam an ihnen vorbei zum Friedhofstor zurückging: Giribaldi, Guasco, Bessone, Semeria ... Namen, die auch jetzt noch an den Eingangstüren vieler Häuser standen, neben denen der später erst hinzugezogenen Frauen oder Männer, die in die Familien eingeheiratet hatten. In den Fotos der Medaillons fand Marianne so manche Ähnlichkeit mit ihr bekannten, lebenden Personen. Viele der hier zur Ruhe Gebetteten hatten sehr lange gelebt – 82, 87, ja mehr als neunzig Jahre. Oft hatte auch der Tod die Eheleute nicht auf Dauer getrennt; vereint blickten ihre Gesichter von den Grabplatten und -kreuzen herab.

Rosa hatte recht gehabt: Meist waren es die Männer, die zuerst gingen und ihre Frauen zurückließen. Manche der Witwen hatten nur ein Jahr oder zwei allein ausgeharrt, andere viele Jahrzehnte lang. Ein eigenartiger Anblick – hier das Foto eines rüstigen Mannes Ende Fünfzig, das kurze, von silbernen Strähnchen durchzogene Haar unternehmungslustig in die Höhe gebürstet, als sei er nur mal eben auf dem Weg zum sonntäglichen Bocciaspiel; daneben das Bild der Ehefrau, die nun allerdings seine Mutter hätte sein können: eine würdige Matrone, weit über achtzig, mit faltendurchfurchtem Gesicht. Doch ihr Ehemann hatte sie nicht alt werden sehen. Und auch für sie war er stets der Mann Ende Fünfzig geblieben, dessen Züge niemals alterten.

Nachdenklich wandte Marianne sich zum Gehen, als ihr Blick unvermittelt an einem farbigen Foto-Medaillon hängenblieb, auf das bereits der Abendschatten einer hohen Zypresse fiel. Zwei große, blaugrüne, ausdrucksvolle Augen unter dichten schwarzen Wimpern sahen ihr entgegen, als meinten sie niemand anderen als sie.

Von dem ernsten, gleichzeitig seltsam erwartungsvollen Blick wie magisch angezogen, trat sie näher. Aber – dieses Gesicht kannte sie doch? Die dichten schwarzen Kräuselhaare über einer klaren, hohen Stirn – die Brauen wie Rabenflügel, mit einer kleinen steilen Falte in der Mitte – der sinnlich geschwungene Mund ... Ja, kein Zweifel, das mußte Elisa sein, Carlos bei einem Autounfall umgekommene Frau, deren gerahmtes Bild in Bonellis Wohnzimmer hing. Lucias Mutter. Und, ja, Marco Baldis Zwillingsschwester. »Elisa Baldi *in* Bonelli«, stand in feinen silbernen Lettern neben dem Foto, darunter die Geburts- und Todesdaten.

Geboren am 19. Juli ... Mitten im Sommer waren die Zwillinge also zur Welt gekommen, im Sternzeichen des Krebses. Der Gedanke an Marco Baldi pulsierte wie eine kleine heiße Welle durch ihren Blutkreislauf, die aber rasch wieder abebbte, als sei es das Natürlichste auf der Welt, vor dem Bild seiner Schwester intensiv an ihn zu denken. Ein Krebs. Kein einfaches Zeichen. Verwundbar, oft in sich zurückgezogen, stets darauf bedacht, anderen Menschen so wenig Angriffsfläche zu bieten wie nur irgend möglich. Wenn der Krebs nicht sehr achtgab, wurde der Panzer zur Gewohnheit, der Rückzug zum Weg, der ihm am meisten Sicherheit versprach.

Was wußte sie denn wirklich von ihm? Weshalb war er wohl ausgerechnet Denkmalschützer geworden? Und weshalb hatte er sich so fatal in die Idee verrannt, ein jahrhundertealtes Haus müsse unbedingt in der Familie bleiben, komme, was oder wer da wolle?

Die meergrünen Augen der Frau auf dem Medaillon schienen sich unter ihrem Blick zu vertiefen, die Pupillen groß und schwarz zu werden. Unwillkürlich zog Marianne ihren dunkelblauen Leinenblazer fester um den Körper. Was meinst du, Elisa, fragte sie wortlos in das Bild hinein – habe ich Marco unrecht getan? Ist er vielleicht gar nicht der eigennützige Ränkeschmied, für den ich ihn halte, der verantwortungslose Kerl, der seine kleine Nichte gegen mich aufhetzt und sie in gefährliche Machtspiele verwickelt, bei denen sie sich den Hals hätte brechen können? Dein Unfall damals muß ihn zutiefst getroffen haben ... Du hast recht, daß Lucia etwas zustößt, hätte er bestimmt nicht willentlich riskiert.

Auch Marco war nun schon um Jahre älter, als seine Zwillingsschwester je hatte werden dürfen. Elisa und Marco, das spürte Marianne ganz deutlich, je länger sie das Foto betrachtete, waren mehr gewesen als nur Geschwister, die zufällig gleichzeitig geboren waren. Die Ähnlichkeit ihrer Gedanken und Gefühle hatte sich unverkennbar in ihre Züge gegraben: das angedeutete Lächeln in den Mundwinkeln, die spöttische Linie zwischen Nase und Mund, der freie, offene, fast herausfordernde Blick. Die kleine Falte des Jähzorns zwischen den Augenbrauen, die auch Lucias Gesicht, so jung es noch war, schon zeichnete.

Mariannes Augen tasteten über das Bild, als sei es ein Gesicht aus Fleisch und Blut. Es ausgiebig betrachten zu können, ohne dabei jedoch lebendigen Blicken ausgesetzt zu sein, erschien ihr wie ein unverhofftes Geschenk. Hier war der Jochbogen, dem von Marco zum Verwechseln ähnlich; hier der Ansatz des Haars, das sich nach allen Seiten hin kräuselte und rötlich aufleuchtete, wenn das Licht darauf fiel. Fast spürte sie die kurzen Locken an ihrer Wange, wie in jener Nacht, als er sich über sie gebeugt und ihr sein Taschentuch gereicht hatte. Die weichen Ohrläppchen, die wohlgeformten, halb unter dem Haar verborgenen Ohrmuscheln. Die leicht vorspringende Nase, deren Spitze sich ein bißchen verzog, wenn er lächelte.

Während ihre Gedanken in das Foto eintauchten wie in einen tiefen, stillen See, schienen sich Zeit und Raum zu verschieben. Ihr Geist füllte sich mit einer neuen Sicht der Dinge; neue Wahrheiten leuchteten schemenhaft vor ihr auf und hinterließen silberglitzernde Spuren wie Fischschwärme. Sie verstand plötzlich, was sie vorher nicht gesehen hatte: daß auch Marco seine Geschichte hatte, eine Vergangenheit, die ihn hinderte, Gegenwärtiges zu akzeptieren. Irgend etwas hatte ihn unfrei gemacht. Marianne konnte nur zu erahnen versuchen, was das sein mochte: ein Versprechen, eine Erinnerung, ein uneingelöstes Vermächtnis ... oder vielleicht auch nur ein Mißverständnis zwischen seiner Schwester und ihm. Ein Plan, zu Lebzeiten gemeinsam geschmiedet, den er nun – koste es, was es wolle – in die Wirklichkeit umsetzen wollte, obwohl Elisas Tod ihn längst zunichte gemacht hatte.

Doch erst, wenn Marco die Vergangenheit hinter sich lassen konnte, würde er in der Lage sein, auch vom Wasserhaus Abschied zu nehmen.

Sie hätte nicht sagen können, woher dieses plötzliche Wissen kam. Doch es war da, eine tiefe Gewißheit, die all ihre Pläne von gestern völlig sinnlos erscheinen ließ.

Vielleicht würde sie Marco tatsächlich anrufen. Aber nicht, um ihn aufgebracht zur Rede zu stellen, ihm zu drohen, wie sie es am Abend zuvor noch vorgehabt hatte. Heftigkeit würde ihn nur noch mehr in die Enge treiben. Dann würde sie den wahren Grund für sein Handeln nie erfahren. Und jede Chance, ihm beizustehen, den Knoten in seinem Innern zu lösen, der ihn so unglückselig an seine tote Schwester kettete, wäre vertan.

Langsam, als kehre sie nur widerwillig in die Wirklichkeit zurück, löste sie den Blick von Elisas Gesicht. Es schien sich verändert zu haben, sah nun weicher aus, mitfühlend und verständnisvoll.

Ein kühler Luftzug ließ Marianne frösteln. Unmerklich war der Spätnachmittag in den frühen Abend übergegangen. Die Kirchenglocken schlugen vom Dorf her, schon halb sieben. Der Friedhof hatte sich längst geleert; hinter sich vernahm sie das Scharren des Totengräbers, der noch mit dem Aufhäufen des frischen Grabhügels beschäftigt war. Geraldos Familie und die meisten Trauergäste waren fortgegangen; auch Pina und Flavia waren nirgends mehr zu erblicken. Nur ein paar ältere Leute, deren Angehörige im hinteren Teil des Geländes begraben lagen, bückten sich noch hier und da zu einem Gedenkstein, wischten mit einem Tuch über verstaubte Inschriften oder rückten Blumentöpfe zurecht. Die Sonne war hinter den Zypressen verschwunden; ein paar schmale, lange Wolkenbänder zeigten noch wie glühende Finger in den dunkelblauen Himmel, an dessen Rand schon die ersten Sterne funkelten.

Marianne versenkte die Hände in den Taschen ihres Blazers, legte den Kopf in den Nacken und starrte versonnen nach oben. Ob Geraldo dort schon angekommen war – wo immer dieses *Dort* sein mochte? Oder trennte sich die Seele erst später von dem Ort, an dem ihre Energien noch so stark spürbar waren, als bildeten sie elektromagnetische Linien zwischen zwei Polen? Wartete sie in der Nähe ihrer Lieben, bis die erste, schneidende Trauer abgeklungen war?

Und danach – falls es *dort* überhaupt ein Vorher und Nachher gab – traf sie dann mit anderen Seelen zusammen? Oder war das *Dort* so unermeßlich weit, daß keine Seele je einer anderen begegnete, es sei denn, sie suchten nacheinander, wie parallele Bahnen ihren Schnittpunkt in der Unendlichkeit?

»Auf manche Fragen bekommt man niemals eine Antwort.«

Marianne erstarrte. Aus dem Zypressenschatten löste sich eine Gestalt, die langsam näher kam.

23.

Lange standen sie einfach nur da und sahen einander an. Dann sagte Marco: »Ich – ich wollte nur meiner Schwester guten Abend sagen. Aber dann ...« Er verstummte.

»Dann hast du mich hier stehen sehen und dich erst einmal nicht hergetraut.«

Ohne nachzudenken, war Marianne zum Du übergegangen, das ihr auf einmal völlig selbstverständlich schien. Sie nickte, als sei sie zu einer Entscheidung gelangt. Dann überbrückte sie mit zwei Schritten die Entfernung zwischen ihnen.

»Komm, es wird kühl«, sagte sie. »Laß uns nach Hause gehen. – Du hast vollkommen recht«, setzte sie hinzu, während sie sich entschlossen bei ihm unterhakte, »auf manche Fragen bekommt man keine Antwort. Zumindest nicht von den Lebenden.«

Verwirrt blickte Marco auf Marianne hinunter, deren Arm ihn sanft zum Friedhofstor drängte. Mit allem hätte er gerechnet, als er sie nach langem Zögern endlich angesprochen hatte – eisiger Abfuhr, Zorn, Verachtung, auch damit, kühl ignoriert zu werden. Aber nicht mit einer solchen Reaktion. Als er sie in der Kirche sah, hatte sein Herz einen Schlag ausgesetzt; halb hinter einer Marienstatue verborgen, hatte er immer wieder heimlich zu ihr hinübergesehen, darauf bedacht, ihr seine Gegenwart ja nicht durch intensives Starren zu verraten. Blicke, das wußte er, konnten sich an einer Person festsaugen und sie fast körperlich zur Aufmerksamkeit zwingen. Nach dem Gottesdienst war er beinahe erleichtert gewesen, als sie sich zur Gasse umgewandt hatte, um nach Hause zu gehen. Doch dann war sie Pinas Aufforderung nachgekommen. Und er hatte sich ganz am Schluß des Trauerzuges zwischen die Dorfbewohner gemischt, statt in sein Auto zu steigen und Montegrazie so rasch wie möglich wieder zu verlassen.

Nach außen hin hatte er wie jeder andere Bekannte Geraldos gewirkt, der ihm mit gesenktem Kopf das letzte Geleit gab. In seinem Innern jedoch war für Tote kein Platz. Er war nicht mit Geraldos Sarg gegangen, auch nicht zu Elisas Grab. Schritt für Schritt war er Marianne gefolgt, der Frau mit den lebhaften goldbraunen Augen und dem wachen Verstand, die seine Gedanken Tag und Nacht in Bann hielt. Und es war ihm wie ein Wunder erschienen, als sie das Medaillon seiner Schwester erkannt und es lange betrachtet hatte, als hielte sie Zwiesprache mit ihr.

Irgend etwas hatte sich dabei verändert; er hatte es ihrem Rücken angesehen, ihren Schultern, die sich gehoben und entspannt hatten, der Haltung ihres Kopfes. An den rauhen Baumstamm gelehnt, hatte er gewartet; worauf, hätte er nicht zu erklären gewußt. Und als er schließlich gesprochen hatte, war ihm gewesen, als kämen seine Worte von weither, aus einem anderen Mund als dem seinen.

Widerstandslos ließ er sich von Marianne nach draußen geleiten. Eine Weile gingen sie schweigend den Weg entlang, am Pferdegehege und den ersten Häusern vorbei bis zur Abzweigung, die links ins Oberdorf und rechts zur Kirche hinunter führte. Hier zögerte Marianne einen Moment, unschlüssig, welchen Weg zu ihrem Haus sie einschlagen sollten. Links hinauf war es weiter, das Sträßchen unter den Olivenbäumen schlecht beleuchtet; rechts mußten sie den Kirchplatz überqueren. Doch die Vorstellung, vielleicht stehenbleiben zu müssen, um irgend jemanden zu grüßen oder Worte über Geraldo zu hören, war ihr unangenehm. Und, auch das war die Wahrheit, sie wollte nicht mit Marco gesehen werden. Zumindest im Augenblick nicht.

Als habe er ihr Zögern genau begriffen, sagte Marco leise: »Kennst du die Abkürzung schon? Wenn nicht, zeige ich sie dir.«

Sie blickte kurz zu ihm auf, wandte aber das Gesicht gleich wieder ab, als müsse sie sich erst noch für seinen Anblick wappnen. Durch den Stoff ihres Blazers spürte sie seinen Arm über ihrem eigenen, die Wärme, die von ihm ausging. »Nein, ich kenne nur diese beiden Wege.«

»Gut – dann komm!«

Er führte sie ein Stück den oberen Weg entlang, bog dann in eine Seitengasse, von da aus in eine schmale, geteerte Straße, die als *strada privata* gekennzeichnet war. Mehrere Trampelpfade, zwischen Zäunen versteckt, führten zwischen Gartenstückchen zu den dahinterliegenden Häusern. »Hier müssen wir hintereinander gehen. Gib acht, der Weg ist recht holprig.« Marco öffnete ein niedriges Eisentor, das halbverrostet und schief in den Angeln hing, wand sich zwischen herabhängenden Weinreben hindurch und hielt vor einer winzigen, uralten Treppe inne. »Siehst du – wenn man hier hinaufsteigt, kommt man an einen Durchschlupf zwischen den Nachbarhäusern. Und dann ist man gleich auf der Hauptgasse.«

Marianne hatte den kaum meterbreiten Gang zwischen den aufragenden Natursteinwänden schon öfter wahrgenommen, ihn jedoch nie betreten, weil sie angenommen hatte, es handele sich um privates Gelände. Sie sah zu Marco hoch. »Seid ihr als Kinder oft hiergewesen, du und deine Schwester?«

»Ja.« Er räusperte sich. »Wir haben hier häufig mit unseren Cousins und Cousinen gespielt. Meine Mutter hatte Verwandte in Montegrazie. Inzwischen sind sie aber längst weggezogen.«

Die Straßenlaternen auf der Hauptgasse glommen eine nach der anderen auf, als sie die Treppe zum Wasserhaus emporstiegen. Marianne öffnete die Tür, bückte sich, um die maunzende Mezzanotte auf den Arm zu nehmen, und winkte Marco, ihr in die Küche zu folgen. »Setz dich. Ich mache uns ein paar *bruschette* – du hast sicher auch ein bißchen Hunger, oder?«

Er nickte und zog sich den Stuhl heran, auf dem er schon vor ein paar Tagen gesessen hatte. Eine eigenartige Ruhe durchflutete ihn, ähnlich der, die sich im Büro in ihm ausgebreitet hatte, als er zu dem Entschluß gelangt war, sich von Gabriella zu trennen. Eine Ruhe ohne Erwartungen. *Che sarà, sarà.* Was geschehen mochte, würde geschehen.

Er sah zu Marianne hinüber, die inzwischen ihren blauen Blazer abgelegt hatte und sich nun eine Schürze über den Rock band. Er schwang um ihre Hüften und verhüllte ihre nackten Beine bis kurz über die schlanken Fesseln. Ballerinabeine, dachte er wieder, schön geformt, durchtrainiert und kräftig. Diese Frau steht mit beiden Beinen mitten im Leben. Was man von mir nicht immer behaupten kann.

Sie schnitt ein *baguette* der Länge nach auf, teilte es in mehrere Stücke, nahm dann ein paar vollreife Tomaten aus dem Gemüsekorb auf der Anrichte und hackte sie in kleine Stücke. Dann beugte sie sich zum Gasherd hinunter, um die Bratröhre vorzuwärmen. Während die kleinen blauen Flammen das Innere des Herds erhitzten, schnitt sie ein paar frische Knoblauchzehen in Scheibchen, legte sie auf die Weißbrotstücke, verteilte eine nicht zu dicke Schicht gehackter Tomaten darauf und schob das Backblech mit den *bruschette* in den Ofen. »Bitte mach doch schon mal den Wein auf«, sagte sie und stellte eine Flasche Pinot Grigio auf den Küchentisch.

Marco nahm den Korkenzieher, der über dem Tisch an der Wand hing. Marianne deckte inzwischen den Tisch mit ihrem blauen Steingutgeschirr, holte zwei langstielige Weingläser aus der Vitrine im Wohnzimmer, hielt sie sorgfältig gegen das Licht, um sie auf Staub oder Wasserflecken zu prüfen, und griff dann nach den gehäkelten Topflappen mit dem blauweißen Rautenmuster – das Abschiedsgeschenk einer Münchner Kollegin –, um das Blech wieder aus dem Ofen zu nehmen. Als sie den Herd öffnete, breitete sich der Duft leicht gebräunter Knoblauchzehen auf dem angerösteten Weißbrot aus.

Marco schnupperte. »Lange her, daß ich eine gute *bruschetta* gegessen habe.«

Marianne lächelte. Essen zuzubereiten entspannte sie und

gab ihr in komplizierten Situationen das Gefühl, etwas Einfaches und Nützliches zu tun. Sie schob die warmen Brote auf eine Porzellanplatte mit hohem Rand, goß einen dünnen Strahl dicken, gelbgrünen Olivenöls *extra vergine* über jedes Stück, streute ein paar Körner Salz darüber und verzierte das Rot der Tomaten abschließend reichlich mit frischen, dunkelgrünen Basilikumblättern.

Während sie aßen, breitete sich eine vertraute Ruhe zwischen ihnen aus, als hätten sie immer schon, Abend für Abend, in dieser Küche gesessen und miteinander die *cena* verzehrt. In vielen italienischen Familien war es die wichtigste Mahlzeit des Tages, die alle um den Tisch versammelte. Man aß gemeinsam, schwieg gemeinsam, redete über dies und das, warf gelegentlich einen Blick aufs Fernsehgerät, das in irgendeiner Ecke quäkte, kommentierte die jüngste Katastrophe des Tages oder einen unglaublich scheinenden Lotteriegewinn. Dann wurde der Tisch abgeräumt; die Kinder setzten sich an ihre Schulaufgaben, die Mutter an Hand- oder Bügelarbeiten, der Vater näher an den Bildschirm, um Juventus oder Milan siegen zu sehen. Familiäre Rituale, die eine Atmosphäre der Vertrautheit schufen – manchmal stickig und eng, so daß in den Söhnen und Töchtern die Lust wuchs, auszubrechen. Manchmal aber auch anheimelnd, tröstlich, eine Gewohnheit, an der man sich festhalten konnte und die dafür sorgte, daß man nachts gut schlief.

Das Gefühl der Geborgenheit wärmte Marianne und Marco wie ein Feuer im Kamin. Mezzanotte hatte sich in ihrem Korb zusammengerollt; ihr leises, rhythmisches Schnurren klang wie zarte Musik. Sie hüteten sich, sie durch Reden zu stören.

Schließlich tupfte Marco mit dem letzten Brotkrümel ein Tomatenstückchen auf, das noch auf der Porzellanplatte lag, nahm einen Schluck aus seinem Weinglas und brach das Schweigen.

»Ich muß dir wohl einiges erklären.«

Marianne sah ihn an, als sähe sie ihn zum ersten Mal, seine meerfarbenen Augen, den schön geschwungenen Mund, die Nase mit den leicht geblähten Nasenflügeln. Sein Hemdkragen stand offen; sie erinnerte sich plötzlich an den gebräunten Körper darunter, den breiten Brustkorb, den sie am Strand gesehen hatte, die langen, muskulösen Beine. Ihr Mund wurde trocken.

»Vielleicht weniger, als du glaubst«, antwortete sie. Sie schüttelte den Kopf, als müsse sie eine Empfindung abschütteln, die ihr das Sprechen erschwerte, und griff nach ihrem Zigarettenpäckchen. »Aber gut ... fang mal bei meinem Haus an. Wieso wolltest du nicht, daß es in fremde Hände kommt?«

»Woher weißt du das denn?« Marco war ehrlich verblüfft. »Hat Carlo dir das erzählt? Oder Tommaso?«

»Nein. Ich habe es mir selbst zusammengereimt. Das warst du doch, der mich beim Notar beinahe über den Haufen gerannt hat, auf der Treppe.«

»Ja ... das war ich.« Unter ihrem freimütigen Blick schwand Marcos Gelassenheit; am liebsten hätte er sich ins nächste Mauseloch verkrochen. Doch dann nahm er all seinen Mut zusammen. Marianne hatte ein Anrecht auf die Wahrheit, so seltsam sie ihr auch erscheinen mochte. Und so dumm die Figur auch war, die er dabei abgab.

»Ja, ich wollte wirklich nicht, daß meine Schwager dir das Haus verkaufen. Das heißt, es ging nicht um dich persönlich.« Er stieß einen tiefen Seufzer aus. Dann begann er, von Elisa zu erzählen, ihrem Umzugswunsch, ihren Hoffnungen, ihrem Vermächtnis. Ihrem Tod, der alles zerschlagen hatte. Und seinem heiligen Zorn, als er von dem Hausverkauf erfuhr.

»Es war für mich, als hätten die beiden damit meine Schwester endgültig auf den Friedhof verbannt«, sagte er. »Verstehst du – als gälte sie gar nichts mehr. Als hätte sie nicht existiert.«

Marianne drehte ihre Zigarette zwischen den Fingern und sah ihn lange an. Ja, das konnte sie gut begreifen. Etwas ganz Ähnliches hatte sie geahnt, heute vor Elisas Medaillon. Marco klammerte sich an das Haus, als könne es ihm seine Schwester ersetzen.

Mitgefühl stieg in ihr auf und der tiefe Wunsch, ihm in seiner Trauer beizustehen. Aber sie wußte nun auch, daß dies seine Last war, eine Last, an der sie keine Verantwortung trug. Und er mußte selbst dazu bereit sein, sie abzuwerfen.

»Und deshalb, nicht wahr, hast du auch versucht, meinen Ausbau zu blockieren … Du wolltest einfach nicht, daß ich mich hier einniste. Und das Haus nach meinem Gutdünken verändere.«

»Ja, genau.« Es war heraus. Marco war froh, daß er es zugegeben hatte.

»Und der Kassettenrecorder?«

»Wovon redest du?«

»Na, der, den ich im Brunnen gefunden habe.« Marianne lachte leise. »Der mit dem Timer. Hast du den dort – äh, verloren, oder hatte Lucia damit irgend etwas vor?«

Marcos Ohren überzogen sich mit heftiger Röte. Dann erblaßte er. »*Madonna mia!* Jetzt ist mir alles klar. Wahrscheinlich war das überhaupt der Grund, weshalb sie auf deiner Baustelle herumgeklettert ist. Ich wette, sie hatte ihn dort irgendwo versteckt – direkt auf Feindesland, sozusagen –, und wollte ihn an dem Abend holen, um ihn mir zurückzugeben. Ich hatte sie am Nachmittag angerufen und ihr gesagt, daß ich kommen würde.«

Marianne nickte erleichtert. Diese Erklärung leuchtete ihr ein. Und sie war sehr froh, Marco damit von jeder Schuld an Lucias Unfall entbunden zu sehen.

»Aber sag mir – du hast doch nicht wirklich geglaubt, ich hätte Lucia an dem Abend in deinen Garten geschickt?« fragte Marco.

»Doch. Habe ich.« Marianne seufzte. »Entschuldige bitte, es tut mir leid.«

Die Kette der Mißverständnisse und Halbwahrheiten begann sich zu entwirren. Glied für Glied konnte betrachtet, in der Hand gewogen und an seinen Platz gelegt werden. Sie lächelten, während sie die Gläser hoben und einander zutranken. Das Gespräch prickelte auf ihren Zungen wie der köstlichste Wein.

»Weißt du«, sagte Marianne, »mir ist heute vieles klargeworden. Vor allem, daß plötzliche Tode oft Wellen schlagen und Dinge in Mitleidenschaft ziehen, mit denen niemand je gerechnet hat.«

Ein Mensch, der unerwartet das Leben verließ, durchkreuzte Entschlüsse, von denen er nichts gewußt hatte, und prägte Ereignissen, die er nicht hatte vorausahnen können, seinen Stempel auf. Wäre Elisa nicht gestorben, hätte das Wasserhaus nie zum Verkauf gestanden. Marco und sie hätten einander niemals kennengelernt. Und wäre Geraldo nicht so unvermittelt einem Herzschlag erlegen, hätte Marianne den Friedhof sicher nicht aufgesucht, das Medaillon nicht entdeckt, ihren Zorn auf Marco nicht revidieren können.

»Wenn uns jemand verläßt«, sagte sie nachdenklich, »bleibt das niemals ohne Auswirkungen auf unsere Zukunft. Manche stellen sich allerdings erst sehr viel später heraus, als man zunächst glaubt, oder nehmen ganz andere Formen an. Könnte es nicht sein, daß dieser Hausverkauf an mich seinen eigenen Sinn hat? Daß es genau so kommen sollte?«

»Du meinst«, fragte Marco verblüfft zurück, »Elisa hätte gar nichts dagegen?«

»Wenn du so willst.« Marianne drückte ihre halbgerauchte Zigarette im Aschenbecher aus. Spekulationen über den Willen oder die noch möglichen Einflußnahmen Verstorbener wollte sie lieber nicht anstellen, auch wenn sie heute auf dem Friedhof das deutliche Gefühl gehabt hatte, Elisa sei ihr ganz nah gewesen. Über das Wesen des Zufalls jedoch – in ihrer deutschen Muttersprache ein so bezeichnendes Wort: das, was jemandem zufällt – hatte sie sich schon oft Gedanken gemacht. »Vielleicht«, sagte sie, »hat das Haus ja auf mich gewartet und nicht auf Lucia.« Sie nippte an ihrem Weinglas. »Oder es ist – wie soll ich mich ausdrücken – eine Art Katalysator, ein Mittel, um eine Wendung herbeizuführen.«

»Eine Schicksalswendung?« Marco starrte sie an. Einen Moment lang war ihm, als schöbe sich das Gesicht seiner Schwester über Mariannes Züge und leuchtete daraus hervor wie ein Lächeln.

Marianne errötete. So weit, wie dieses große Wort zu implizieren schien, hatte sie denn doch nicht gehen wollen.

»Eine Wendung zum Guten, meine ich. Es ist auch gut, wenn man endlich Abschied nehmen kann. Du hast ...« Sie zögerte. Dann beugte sie sich vor und legte ihm impulsiv die Hand auf den Arm. »Marco, glaube mir, ich will dir nicht zu nahe treten, das steht mir nicht zu. Und dafür kennen wir uns auch nicht gut genug.«

Besser, als du annimmst, dachte er. Du schaust mir mitten in die Seele. »Sprich bitte weiter.«

»Der Kummer über den Tod deiner Schwester«, sagte Marianne, »hat offenbar noch sehr heftig an dir genagt. Vielleicht ist jetzt der Zeitpunkt gekommen, über ihn hinauszuwachsen und zu akzeptieren, daß sie nicht mehr da ist. Daß das Leben ohne sie anders weitergeht, als es möglicherweise gewesen wäre, wenn sie noch lebte.« Sie füllte das Wort *möglicherweise* mit besonderem Nachdruck. Denn auch bei den Lebenden lief ja durchaus nicht alles genau so ab, wie sie es sich zurechtgelegt hatten oder hofften. Die Zukunft hielt stets Überraschungen bereit.

Marco schwieg. Dann stand er auf und begann, in der Küche hin- und herzugehen, die Arme hinter dem Rücken verschränkt. Sie konnte sehen, wie es in ihm arbeitete.

Unvermittelt blieb er dicht vor ihr stehen und blickte auf sie herab. »Du bist ein sehr eigenartiger Mensch, Marianna«, sagte er. »Vor ein paar Tagen habe ich dich noch zu hassen versucht. Dann hast du meine Nichte gerettet. Und jetzt ...«, er lachte hilflos, »jetzt erklärst du mir neue Sinngebungen im Leben.«

Und das Seltsamste war, sie hatte völlig recht. Wahrscheinlich war es eine echte *coincidenza*, ein überhaupt nicht zufälliges oder sinnloses Zusammentreffen von Ereignissen, das schließlich dazu geführt hatte, daß sie einander kennenlernten. Und jetzt genau in dieser Küche, im Wasserhaus, miteinander redeten, als seien sie schon jahrelang eng befreundet.

Solche Gespräche, die an das Innerste der Dinge und Gefühle rührten, hatte er bislang höchstens mit seinem Freund Luigi geführt. Doch noch nie mit einer Frau, mit der er eine Beziehung hatte. Oder für sein Leben gern angefangen hätte.

Marco wurde schwindlig. Die Welt, in der er sich bislang zurechtgefunden hatte, drehte sich um ihn. Er schloß einen Moment die Augen, um sich zu fangen; dann spürte er, wie vertraute Fluchtimpulse in seinem Körper zuckten.

»Ich ... ich muß über all das nachdenken, was du gesagt hast«, brachte er hervor und griff nach der Wildlederjacke, die er über die Stuhllehne gehängt hatte. »Es ist spät geworden. Ich glaube, ich gehe jetzt besser. Ich, äh, ich übernachte drüben bei Carlo. Wenn ich darf, schaue ich morgen noch einmal bei dir herein.«

Da war er wieder, der Krebs, der sich in seine Schale verkroch und den Rückzug antrat. Marianne erhob sich. Ihre goldbraunen Augen sahen ihn durchdringend an, bis er das Gefühl hatte, in flüssigem Bernstein zu versinken. Als sie nahe an ihn herantrat und ihre Lippen auf seinen Mund drückte, zappelte ein winziger Impuls, sich ihr zu entwinden, noch einen Moment in seinem Hinterkopf. Dann gab er dem unwiderstehlichen Duft nach, der ihrem Haar und ihrer Haut entstieg, dem süßen Geschmack ihrer Zunge. Ihre Hände liebkosten seinen Rücken, seinen Hals. Er fühlte ihren Körper an seinem wie eine anbrandende Flutwelle, die ihn mit sich riß.

Sie küßten sich, als hinge ihr Leben davon ab, heftig und rückhaltlos. Als der Kuß eine Ewigkeit später endete, rangen sie beide nach Luft.

»Ich glaube, Carlo wird auf deine Gesellschaft heute verzichten müssen«, sagte Marianne. Ihre Stimme klang heiser.

Die Tür zum Schlafzimmer schloß Mezzanotte aus und zwei Menschen ein, die es kaum erwarten konnten, einander mit allen Sinnen zu entdecken.

24.

»He, macht mal ein bißchen schneller da oben! In zwei Stunden fängt die Party an!«

Tonio Venticello, noch in zementverschmutzter Arbeitskleidung, trieb seine Männer lautstark zur Eile an. »Wenn ihr nicht bald fertig seid mit Streichen, ist der Wein alle, bevor ihr vom Umziehen wiederkommt!«

»Keine Sorge, *capo*«, tönte es zweistimmig aus der Loggia hoch über dem Garten. Zwei blonde Schöpfe beugten sich über die schiefergedeckte Brüstung. Selbst vom Garten aus konnte man erkennen, daß Mimmo und Mario, farbverkleistert wie sie waren, dringend eine Dusche nötig hatten. »Wir sind schon beim Zusammenpacken.«

»Wird auch Zeit«, brummte Tonio und sprang zur Seite, um die Bauherrin durchzulassen, die mit einem großen Korb voll Geschirr und Besteck am Arm die Gartentreppe herunterkam. »Kommen Sie, Marianna, ich nehme Ihnen das ab!«

»Danke sehr!« Marianne strahlte den Maurermeister an. Er und seine Leute hatten wirklich ihr Bestes gegeben, den Ausbau des Wasserhauses im vorgesehenen Zeitraum zu schaffen. Zum Glück hatte das Wetter mitgespielt – keine Regengüsse, keine orkanartigen Stürme, die längere Ausfalltage erzwungen hätten. Im Gegenteil, es war viel zu trocken geblieben für die Jahreszeit. Die *campagna* braucht Wasser, hatten die Dorfbewohner Anfang Dezember gemurrt, als die Tage immer noch sonnig blieben, die Nächte kühl und still. Erdbebenwetter, hatten die Alten gemurmelt. Aber auch diese Unkenrufe hatten sich nicht bewahrheitet.

Marianne war mit den Baufortschritten sehr zufrieden. Auch die anderen Handwerker – Elektriker, Klempner und der Schmied aus dem nahen Caramagna, der ihr ein schön geschwungenes Geländer für die neue Treppe angefertigt hatte – waren, o Wunder, mit nur einer Woche Verzögerung fertig geworden. Vor ein paar Tagen war die Westmauer mit dem Kaminzug neu verputzt, das Baugerüst nach langen Monaten wieder abgebaut worden.

Glücklich sah Marianne an der in ligurischem Sandgelb gestrichenen Wand empor, in der nun auch das Badezimmerfenster prangte. Ein bißchen kleiner, als sie gehofft hatte, aber immerhin. Dahinter erstreckte sich ihr Badesaal, ein anheimelnd zartgelb gekachelter, zur Decke hin weißgekalkter Raum, in dem nicht nur eine breite *jacuzzi*, sondern auch eine Duschkabine, ein WC, ein Bidet und die Waschmaschine Platz gefunden hatten. Das Prunkstück des Bads aber war eine fast anderthalb Meter breite, von einem gemauerten Unterschrank abgestützte Platte aus gelbem Carrara-Marmor, in deren Mitte das halbrunde Waschbecken eingelassen war. Fünf Halogenleuchten im riesigen Spiegel darüber spendeten indirekte Beleuchtung. Ein Traum von Waschtisch. Und eine nicht unbeträchtliche Zusatzausgabe. Marianne hatte sie sich kurzentschlossen gegönnt, nachdem es ihr gelungen war, bei ihrem jüngsten Übersetzungsvertrag einen größeren Vorschuß als üblich herauszuhandeln. Und es hatte sich wirklich gelohnt, einmal so über den eigenen Schatten zu springen. Jedesmal, wenn sie ins Badezimmer kam, freute sie sich an dem wunderschönen Stück.

Der alte Gewölbekeller, den sie früher nur mit Herzklopfen und zugehaltener Nase betreten hatte, war nun nicht mehr wiederzuerkennen. Die Fledermäuse hatten sich unters Dachgestühl verzogen, wo sie niemanden störten; Marianne sah sie nachts vom Garten aus manchmal aus ihrem Schlupfloch fliegen, auf der Suche nach den letzten Insekten des Jahres. Und auch die Ölmühle war wie verwandelt. Über dem neuen Fundament – von Roberto noch einmal metikulös berechnet und an einigen kritischen Stellen über der Zisterne zusätzlich verstärkt – breiteten sich jetzt hellrostbraune, wie handgebrannt wirkende Terracotta-Kacheln von Wand zu Wand, wie man sie nur in Italien herstellte. Marianne war lange von Baugeschäft zu Baugeschäft gelaufen, bis sie genau diese Partie gefunden hatte – ein Restposten, eben ausreichend für diesen Raum und im Preis entsprechend heruntergesetzt. An der Westwand erhob sich der glastürverschlossene Heizkamin, von Fliesenleger Maurizio und dem *capo* selbst sorgfältig in ein breites Steinregal eingemauert, dessen schwarze Schieferplatten den Wandnischen folgten und die frisch gekalkten Gewölbeformen vorteilhaft zur Geltung brachten. Es sieht aus, als sei der Kamin immer schon dagewesen, dachte Marianne stolz. Das gelbflackernde Olivenholzfeuer darin, vor einer Stunde erst entzündet, erwärmte den Raum bereits und lud zum Verweilen ein.

Morgen wollte sie beginnen, ihre Bücherregale hier aufzubauen, die sich im Augenblick noch im Zimmer neben der Loggia stapelten. Dem Abstellzimmer, wie sie es nannte, in dem Jutta vor ein paar Monaten provisorisch untergekommen war. Jetzt stand es voller Kleinmöbel, Bücherkisten, Spiegel, Koffer, Bilder und allerhand Krimskrams, den Marianne im Lauf des Ausbaus von einer Hausecke zur anderen geschleppt und schließlich dort übereinandergetürmt hatte, bis der Moment gekommen sein würde, an dem alles endlich fertig und zur Einrichtung bereit war.

»Hoffentlich reichen meine Stühle«, dachte sie und warf einen sorgenvollen Blick auf die große, weißgedeckte Tafel, die sie inmitten der Ölmühle – nein, ab heute: der Bibliothek! – aus zwei von Montegrazies Festkomitee entliehenen, langen Gartentischen aufgebaut hatte. Wenn alle Gäste, die ihr Kommen zugesagt hatten, wirklich erschienen, konnte es knapp werden.

»Mal sehen: hier Flavia und Tommaso, daneben Carlo, die kleine Lucia, Pina und ihr Mann, Nachbarin Rosa, deren Ehemann Nicola …« Reimanns hatte sie nicht erreichen können; sie würden kaum vor Weihnachten wieder in Dolcedo sein. Elio Bocconcino, der Makler, war nicht verheiratet, er erschien wahrscheinlich ohne Begleitung. Ihn setzte sie am besten neben Sandra Belotti, Del Misteros Frau, den Architekten zu Tonio …

Laretta würde nicht kommen. Marianne hatte sie natürlich hinzugebeten, aber es war ihr klar gewesen, daß die erst so kurz Verwitwete noch lange zu keinem Fest erscheinen würde. Laretta hatte ihr dennoch sehr herzlich für die Einladung gedankt. Und heute früh war ein Korb voller *sott'aceti* vor der Tür gestanden, mit einem Glückwunschkärtchen am Henkel. In Weinessig eingelegte *peperoni,* schwarze Oliven *in salamoia,* Gläser voll eingemachter Artischockenherzen, Karotten, Zucchini, Tomaten, all der Früchte ihres Gartens, den Laretta nun allein bestellen mußte. Marianne hatte die Geschenke wehmütig ausgepackt. Ach, Geraldo würde bei ihrem Fest fehlen, mit seinem Frohsinn, seinen mitreißenden Liedern ...

»Marianna, brauchen Sie mich noch?« Tonio steckte den Kopf zur Tür herein. Draußen wurde es bereits dunkel, der wolkenlos warme Dezembertag ging in einen kühlen Abend über. »Nein, Tonio, *grazie mille* – sehen Sie nur zu, daß Sie nach Hause kommen, sonst müssen wir nachher alle mit dem Anstoßen auf Sie warten!«

»Bin schon weg! Bis später dann, *a dopo*!«

Marianne eilte wieder die Gartentreppe hinauf, in die Küche. Auf allen freien Flächen türmten sich dort die Anrichteplatten mit belegten *panini,* Salaten und *antipasti* aller Art, die sie noch in die Ölmühle – nein, Bibliothek – schaffen mußte, bevor die ersten Gäste eintrafen. Dem Ofen entströmte ein verlockender Duft nach fast fertig gebackener, mit Rosmarin bestreuter *focaccia,* nach einem Rezept, das sie von Carlo erhalten hatte. Ach, wenn nur Flavia endlich käme! Sie hatte versprochen, ihr bei den Vorbereitungen zur Hand zu gehen. Der *secondo* war auch noch nicht hergerichtet – das Fleischgericht, das nach den Nudeln gereicht werden sollte ... Marianne hatte sich für ein feuriges Gulasch entschieden, *lo spezzatino,* gut abgehangenes, zartes Rindfleisch aus dem Piemont, das sie schon am Vortag gekauft und heute morgen, zusammen mit sehr viel Zwiebeln und Knoblauch, geschnetzelt und kurz vorgeschmort hatte. Wo war bloß die Flasche mit dem Rotwein, den sie für die Sauce brauchte? Und wo hatte sie gleich wieder die Mineralwasserflaschen gelassen – *senza gas* für Tommaso mit seinen Magenproblemen und die figurbewußte Sandra, die nur stille Wasser trank, *frizzante* für sie selbst und ihre Maurer, denen ein bißchen natürliche Kohlensäure auf der Zunge lieber war?

Ah, da ging ja endlich die Glocke, die der Elektriker gestern als letztes angeschlossen hatte. Das mußte Flavia sein. Sie fuhr sich mit den Händen durchs Haar, das auch noch nicht gekämmt und aufgesteckt war, und eilte zur Tür. »Schön, daß ...«

Die Worte blieben ihr im Mund stecken. Ein riesiger Stock roter Rosen erschien vor ihr, kunstvoll in durchsichtiges Zellophan verpackt, mit drei knallroten Schleifen obenauf und einer großen grünen, golddurchwirkten Papierschärpe, die sich um die Stiele wand und fast bis auf den Boden reichte. Weiß der Himmel, welche teure Gärtnerei die Pflanze zu dieser Jahreszeit hervorgezaubert hatte! Eine Männerhand hielt ihr den Topf wie eine Trophäe entgegen. Dahinter erklang die Stimme, auf die sie den ganzen Tag mit flatterndem Herzen und Kribbeln im Unterleib gewartet hatte. »*Ciao, amore mio, sole del mio cuore,* darf ich eintreten?«

Die Sonne seines Herzens trat einen Schritt zurück, um das Rosenungetüm samt Überbringer vorbeizulassen. Marco stellte den Stock behutsam neben der Eingangstür ab, drehte sich zu Marianne um und schloß sie stürmisch in die Arme. »Schon fünf Tage, daß ich dich nicht gesehen habe«, murmelte er und biß sie zärtlich ins linke Ohrläppchen, »ich konnte es einfach nicht mehr abwarten. Bin ich zu früh dran?«

»Nein, nie ... aber ich sehe noch ganz schrecklich aus, bin überhaupt noch nicht umgezogen! Und es ist noch so viel zu tun!«

»Ach, die Leute kommen sowieso nicht vor neun. Keine Angst, ich helfe dir. Am liebsten beim Umziehen ... wenn du willst.« Auch ihr rechtes Ohrläppchen erhielt einen Biß. Lachend riß sie sich los und floh in die Küche. »Dafür haben wir später noch Zeit! Falls ich dich nicht vorher noch wegen Insubordination rauswerfe, du … *maggiordomo*, du sexbesessener!«

Die Tatsache, daß sie ihn an jenem denkwürdigen Abend so leidenschaftlich vor die Tür gesetzt hatte, war inzwischen ein stehender Witz zwischen ihnen geworden, eine *battuta* ohne jeglichen Rest von Bitterkeit.

Marco war gerade dabei, Körbe voller Gläser und Weinflaschen in den Partysaal – die Bibliothek – zu schaffen, als es zum zweiten Mal läutete. Flavia erschien auf der Schwelle, hinter ihr Tommaso und Lucia. »*Mamma mia*, was siehst du erwachsen aus«, staunte Marianne. Lucia lächelte scheu und drehte sich einmal um sich selbst. »Hat mir *zia* Flavia neulich in Albenga besorgt, in dem tollen Laden in der Altstadt.« Das engsitzende, minikurze, nachtblaue Kleid mit dem paillettenbesetzten Ausschnitt hätte in jeder teuren Diskothek Furore gemacht. Lucia wirkte darin fast wie eine kecke Fünfzehnjährige »Und dein Vater?«

»Carlo kommt gleich nach. Und bringt eine Überraschung mit«, sagte Flavia mit geheimnisvoll gesenkter Stimme und zwinkerte Marianne zu. In ihrem grauschimmernden Hosenanzug sah sie elegant und fraulich zugleich aus. »Hier, nimm erst mal den *spumante*. Passen die Flaschen noch in deinen Kühlschrank? Tommaso«, wandte sie sich an ihren Mann, der hinter ihr unbeholfen von einem Bein aufs andere trat, »kümmere du dich doch um die Getränke. Und du, Marianna, tust am besten so, als wären wir gar nicht da, und gehst dich jetzt in aller Ruhe umziehen. Mit der Küchenschürze um die Taille siehst du zwar aus wie eine phantastische Köchin, aber nicht wie die Gastgeberin.«

Mit diesen energischen Worten schob sie Tommaso in die eine, ihre Freundin in die andere Richtung. Marianne lächelte ihr erleichtert zu und verschwand im Badezimmer. Das Duschwasser lief bereits, als sie noch einmal den Kopf herausstreckte. »Flavia – bitte schau doch nach dem *spezzatino* auf dem Herd, es darf auf keinen Fall anbrennen – und könntest du noch ein paar Kerzen mit nach unten nehmen? Sie sind in der Anrichte. Und sieh bitte nach, ob genügend Aschenbecher …«

Flavia, ein Glas *spumante* in der Hand, schob sie ins Bad zurück und schloß nachdrücklich die Tür. »*Non ti preoccupare, ragazza!* Keine Sorge, wird alles erledigt. Kümmere du dich nur um dich. Alles andere machen wir schon.«

Die Kirchturmuhr hatte gerade halb elf geschlagen, als Marianne sich von ihrem Sitz erhob und mit einem Mokkalöffel ihr Weinglas zum Klingen brachte. Das angeregte Gespräch rund um die Tafel verstummte nach und nach; alle Augenpaare richteten sich auf sie.

»Liebe Gäste«, begann sie, »liebe Nachbarn, Freundinnen und Freunde.« Beifall klang auf, versickerte jedoch wieder, als sie die Hand hob, um abzuwinken. »Lieber *capo* Tonio, verehrter *architetto.*« Roberto verneigte sich geschmeichelt nach allen Seiten hin; Tonio ergriff sein Glas und lächelte breit in die Runde. »Liebe Bekannte und noch Unbekannte.«

Ihr Blick glitt von Carlo zu Carlotta, die neben ihm saß und jetzt ein wenig verlegen ihr hennarotes Haar zurechtzupfte. Sie war die Überraschung, die Carlo mitgebracht hatte: seine neue Sekretärin, seit ein paar Wochen auch seine – noch inoffizielle – *fidanzata*. Nur Flavia hatte davon gewußt, und Lucia natürlich, vor der ihr Vater nichts verheimlichen konnte. Soweit Marianne heute abend mitbekommen hatte, verstanden sich Lucia und Carlotta ziemlich gut. Wie schön für Carlo und den Familienfrieden! Über die Tatsache, daß sein Schwager Marco sich so intensiv – und erfolgreich – für Marianne interessierte, war Carlo auf diese Weise rasch hinweggekommen.

»Ich möchte euch allen danken, daß ihr zu meiner *inaugurazione casa* gekommen seid.« »*Brava, brava!*« rief Maurizio dazwischen, der schon beim fünften oder sechsten Glas Rotwein angelangt war. Seine Frau brachte ihn mit einer knappen

Handbewegung zum Schweigen. »Ohne Roberto Del Misteros furiose Statikberechnungen schwämmen wir jetzt womöglich alle in einem See.« Gelächter klang auf; die Geschichte von der unterirdischen Zisterne, in die Marianne so wagemutig hinabgetaucht war, hatte allenthalben die Runde gemacht. »Und ohne Tonio Venticello und sein hervorragendes Team« – Marianne nickte jedem einzelnen der Maurertruppe zu – »flögen in meinem Bad noch die Fledermäuse ein und aus, und wir hätten hier unten keine funktionierende Heizung.« Wie zur Bestätigung rollte im Heizkamin hinter ihr ein glühendes Olivenscheit zur Seite und schlug gegen das Sichtglas, daß die Funken stoben. »Und es gäbe auch keine Ölmühle, ich meine, keine Bibliothek, in der es sich so schön feiern ließe. Und keinen aufgeräumten Garten für meine Kräuter. Keinen neu eingefaßten Brunnen. Und keine elegante Treppe zur Küche hinauf. Die Küche sähe noch immer aus wie nach einem Großfeuer. Und die Wände hier drin« – sie wies auf die weißen Gewölbe, in deren Bögen zarte Schatten spielten – »wären weiterhin nichts als rohe, unverputzte Steine. *Insomma*, das Wasserhaus und ich haben euch allen sehr viel zu verdanken.«

»*Brava, bravissima*«, rief Maurizio erneut und schenkte sich ein weiteres Glas Rotwein ein, ohne die funkelnden Blicke seiner Angetrauten im mindesten zu beachten. Nun gut, dann würde sie eben später den Wagen nach Hause fahren. Na und? Bis dahin war er ohnehin nicht mehr nüchtern. Und sie konnte Kurven schneiden und die Bremsen abnutzen, soviel sie nur wollte. Er würde kein Wort dagegen sagen.

Marco, vom anderen Tischende her, sah Marianne schweigend an, während sie eloquent ihre Dankesrede hielt. Kaum zu glauben, daß sie eine Deutsche ist, dachte er, und schalt sich im nächsten Moment wegen dieses Gedankens. Wie viele Deutsche kannte er schon, daß er solche Verallgemeinerungen wagen durfte? Ihre Wortwahl war perfekt, ihre Aussprache ebenso – von diesem ganz leichten Akzent, diesem fast unmerklichen Zögern vor schwierigen Wörtern abgesehen, das ohne weiteres auch Einheimischen unterlaufen konnte, wenn sie aufgeregt oder müde waren. Marianne, er wußte es gut, war beides, auch wenn das Lampenfieber im Augenblick die Oberhand hatte. Und sie machte ihre Sache trotzdem wunderbar.

Marco war so stolz auf sie, als wäre sie ein historisches Kleinod, das er eigenhändig ausgegraben hatte. *Seine* Marianne. Die Sonne seines Herzens. Er betrachtete sie, in ihrem schwarzen Samtgewand, das die immer noch sanft gebräunte Haut im V-Ausschnitt hervorhob, das kupferne Haar, das sich im Lauf des Abends aus ihrer Hochsteckfrisur gelöst hatte und nun wie ein wirrer Heiligenschein um ihre Ohren stand, die lockenden Formen der Brüste unter ihrem Kleid, die athletisch-kräftige Taille. *Il mio dolce amore,* dachte er. Später ...

Ein dumpfes Rumoren ließ ihn zusammenfahren. Die Tischgesellschaft, die eben zum Glas hatte greifen wollen, um in Mariannes Toast auf den Ausbau des Wasserhauses einzustimmen, erstarrte.

Aus dem Bauch der Erde drang ein unheilvolles Grollen. Das Haus schien die Schultern zu heben und sie zu schütteln – eine, zwei, drei unendlich scheinende Sekunden lang. Von draußen klang ein Ächzen, als böge sich der Feigenbaum im Garten zu seinen Wurzeln hinab. Einen Moment herrschte absolute Stille; dann durchlief die Mauern ein neuerliches Beben wie ein Fieberschauer. Über dem Heizkamin öffnete sich knirschend ein Riß. Kalk rieselte von der Decke und fiel in die purpurfunkelnde Weinkaraffe auf dem Tisch.

Marco starrte Marianne an. Ihre Augen waren schreckgeweitet. »Nichts wie raus hier«, schrie er im Aufspringen, »ein Erdbeben, raus, in den Garten, schnell!«

Die Erde wankte unter ihren Füßen, noch bevor sie die Tür erreichten. Ein Seufzer lief durch die Bodenkacheln. Lucia stolperte, wurde von Mimmo – oder Mario – aufgefangen und in Windeseile zum Ausgang geschleift. Die schmiedeeiserne Tür mit dem Sicherheitsglas gab einen hohen Ton von sich, als sei sie zutiefst verwundet. Dann erzitterte sie, zerbrach jedoch nicht. Hinter der Scheibe des Kamins loderten die Flammen auf.

»Raus hier, beeilt euch!«

Marco hatte Marianne am Arm ergriffen und mit sich in den Garten gezerrt. Carlo beugte sich schützend über Carlotta. Tommaso schlang die Arme um Flavia, als wäre das Weltende nahe. Elio Bocconcino hielt sich am Gartenzaun fest. Die Maurer drängten sich um ihre Frauen wie Hirtenhunde um ihre Herde. Alle starrten zur Loggia empor, aus deren Brüstung sich knirschend ein Schieferstück löste – dann noch eines – und noch eines – und knapp vor ihren Füßen zerschellte.

Noch einmal hob das Haus die Schultern und schüttelte sich, als wollte es eine schwere Last abwerfen. Dann war es still.

Roberto Del Mistero fing sich als erster. »*Porca miseria,* das war verdammt knapp. Ist jemand verletzt?«

Niemand antwortete. Aus den Häusern ober- und unterhalb des Wasserhauses drangen Stimmen, ein Baby weinte, ein paar Männer riefen sich über die Gasse Unverständliches zu. Irgendwo hatte eine Sirene zu heulen begonnen, hörte aber kurz danach wieder auf.

»Na, größerer Schaden scheint ja nicht entstanden zu sein«, sagte Del Mistero erleichtert. »Wenn mich nicht alles täuscht, lag das Epizentrum dieses Bebens viele Kilometer weit weg.«

»Ja, ich glaube auch, wir haben hier nur ein paar Ausläufer abbekommen«, bestätigte Marco. Er drückte Marianne fest an sich. »Trotzdem … irgend etwas ist auf der Loggia zu Bruch gegangen. Am besten sehen wir gleich mal nach, was passiert ist.«

»Meinst du – meinst du nicht, daß es noch ein Nachbeben geben könnte? Sollten wir nicht lieber etwas warten?« Flavia war die Sache nicht geheuer.

»Ja, davor ist man natürlich nie gefeit«, mischte sich Tonio ein. »Andererseits, meiner Erfahrung nach geht es bei uns nach zwei, drei Erdstößen meistens ohne weitere Beben ab. Und wenn, sind sie eher noch schwächer. Ich glaube, wir können einen Kontrollgang durchs Haus riskieren.«

Beherzt stieg er die Außentreppe hoch und verschwand in der Küche, gefolgt von Del Mistero, Marco und Marianne, die immer noch bleich war wie ein Gespenst. Schweigend kamen die Maurer nach; die Frauen zogen es vor, im Garten zu bleiben. Lucia faßte nach der Hand ihres Vaters. »Papa, sollten wir nicht auch mal bei uns gucken, ob etwas kaputtgegangen ist?«

»Lucia hat recht.« Auch Tommaso hatte seine Stimme wiedergefunden. »Gehen wir mal nachsehen. Die Party ist ohnehin vorbei.«

»Geht ihr nur; ich bleibe hier und helfe Marianne beim Aufräumen.« Flavia dachte fast immer zuerst an andere und dann an ihre eigenen Belange. Sie hoffte sehr für ihre Freundin, daß nichts Größeres zu Bruch gegangen war. Soviel sie wußte, hatte Marianne zwar gleich nach dem Brand schon eine Rundum-Versicherung für das Haus abgeschlossen, doch das würde ihr in diesem Fall wenig helfen. Gegen alles mögliche konnte man ein Haus hier versichern lassen – Sturm, Feuer, Wasser, Einbruch, vom Himmel fallende Satelliten und Weltraummüll. Aber nicht gegen Erdbebenschäden.

Von der Loggia schallten Männerstimmen herunter. »Die Brüstung ist abgebröckelt ... und ein großer Teil des alten Dachs ist eingestürzt. Ziemliches Durcheinander hier oben.«

Sie hörten, wie die Maurer ein paar Ziegel und zerborstene Balken beiseite räumten. Dann stapfte der Trupp mit schweren Schritten wieder die Treppen herunter.

»Nichts Beängstigendes«, beruhigte Del Mistero die Gäste, die ihm fragend entgegenblickten. »In den Zimmern ist ein bißchen Verputz von der Decke gebröselt. Am schlimmsten hat es das alte Dach erwischt. Ich fürchte ...« Er sah Marianne an, die niedergeschlagen neben Marco stand und die Hände rang. »Na, na«, meinte der Architekt begütigend, »so schlimm ist es nun auch wieder nicht. Da wird Tonio eben noch ein paar Sonderschichten einlegen müssen, nicht wahr, alter Freund?«

Er sah den Maurermeister durchdringend an, als wollte er ihm mit seinem Blick befehlen, jetzt aber besonders freundlich mit seiner deprimierten Klientin umzugehen. Tonio kratzte sich verlegen am Kopf.

»Eigentlich sind wir ja ab Montag bei der nächsten Baustelle angesagt ...«, begann er. Marianne starrte ihn erschrocken an. »Aber«, fuhr Tonio mit einem Seitenblick auf Del Mistero fort, »wie ich unseren Herrn Architekten kenne, wird ihm schon eine passende Entschuldigung für uns einfallen. Schließlich können wir Sie nicht einfach hier sitzenlassen, in all dem Schlamassel.«

»Jetzt trinken wir erst einmal alle eine kleine Grappa auf den Schreck«, bestimmte Del Mistero und ging den anderen voraus in die Bibliothek zurück, die beinahe unbeschädigt geblieben war. Die neuen Fundamente hatten gut gehalten, die alten, starken Kreuzgewölbe ebenfalls. Den Deckenverputz auszubessern, wäre für Tonio eine Kleinigkeit.

Im Kamin war das Feuer fast heruntergebrannt. Der Rosenstock, den Marianne als Festschmuck in die Nische zwischen zwei Gewölbestützen gestellt hatte, warf seine glühendroten Farben vor die kalkweiße Wand. Trotz der Erschütterungen hatte die Tafel keinen Schaden genommen; Gläser und Flaschen waren noch heil, nur ein paar Kerzen waren von den hohen Leuchtern gestürzt und dabei zum Glück erloschen. Blaue Wachstropfen sprenkelten das Tischtuch mit einem zartverschlungenen Muster.

»Hier, Marianne, trinken Sie, das wird Ihnen guttun!« Del Mistero reichte ihr ein randvolles Grappa-Glas und schenkte dann den anderen Gästen ein, die nach und nach aus dem Garten hereinströmten.

Die Spannung löste sich; ein paar der Frauen hatten bereits wieder am Tisch Platz genommen und redeten mit lauten, erleichterten Stimmen aufeinander ein. Enrico hatte sein Handy hervorgezogen und rief seine Eltern an, die im Haus neben seinem wohnten, um sich zu vergewissern, daß dort alles in Ordnung war. »In Chiusavecchia hat man von dem Beben nichts mitgekriegt«, gab er bekannt. »Gut, dann wird bei uns auch nichts passiert sein«, meinte Tonio erleichtert, der im Nachbardorf wohnte. »Reich mal die Weinflasche rüber – danke!«

Flavia, die schon den Tisch hatte abräumen wollen, besann sich eines Besseren und ging zur Stereoanlage, die in einer Nische der Ostwand aufgebaut war. Wenn die Gäste auf den Schreck hin lieber noch ein bißchen zusammensitzen wollten, anstatt gleich aufzubrechen, konnte ein bißchen Musik nicht schaden. Sie zog eine Kassette aus dem Stapel und drückte auf *Play.* Eine fröhliche Polka schallte durch den Raum.

Marco nahm Marianne in den Arm, die sich erschöpft an ihn lehnte. »*Sole del mio cuore*«, flüsterte er, »hast du dich sehr erschrocken?«

Sie blickte zu ihm auf. Ihre goldbraunen Augen standen voller Tränen.

»Es ist nicht der Schreck«, sagte sie. »Auch wenn das hier das erste Erdbeben meines Lebens war – und ganz schön unheimlich.«

»Was ist es dann? Sag es mir, *tesoro.*«

Es tat gut, zärtliche Worte zu hören. Und nicht mehr mit allen Katastrophen allein zu sein.

»Ich … ich bin ganz einfach restlos pleite.« Marianne schluckte. »Mein letztes Geld ist für den Ausbau draufgegangen. Und jetzt habe ich keine Ersparnisse mehr, die ich für ein neues Dach ausgeben könnte.«

Sein Gesicht verdunkelte sich. Sie hatte recht. Ein neues Loggiadach würde ganz schön teuer kommen. Auch wenn der Rest der Schäden wohl vom Architekten und dem Maurermeister ohne große *fattura* beseitigt werden würde – das Dach, das ohne Beben noch Jahrzehnte hätte halten sollen, fiel unter keine Garantie.

Einen Moment überlegte er, dann hellten sich seine Züge auf. Er schob Marianne von sich weg, um sie besser ansehen zu können.

»Sag mal, *amore mio* ... Du weißt doch, daß ich dir das Haus wieder abjagen wollte.«

»Ja, und?«

»Ich habe dich ganz schön Nerven gekostet, mit meinen Bemühungen.«

»Wohl wahr.« Marianne entrang sich ein Lächeln. »Aber worauf willst du hinaus?«

»Wenn du mich vor den Kadi zerren wolltest, könntest du sicher einiges an Schmerzensgeld einklagen, so zerrüttet, wie dein Gemütszustand seitdem ist.«

»Na hör mal!« Marianne entwand sich protestierend seinem Griff. »Willst du etwa andeuten, ich sei nicht mehr ganz zurechnungsfähig?! – Naja, wenn man bedenkt, daß ich mich ausgerechnet in dich verliebt habe ...«

»Siehst du?« Er blickte zufrieden auf sie herunter. »Das ist der beste Beweis. – Du könntest dir teure Anwälte sparen und das Geld gleich von mir persönlich ...«

»Was? Kommt überhaupt nicht in Frage!« Marianne sah ihn entgeistert an und tippte sich an die Stirn. Von Marco Geld anzunehmen – das fehlte noch! Sie war bislang allein zurechtgekommen, und das sollte auch weiterhin so bleiben. Liebhaber hin, Liebhaber her. Nur wegen ein paar tausend Mark für ein Dach gab sie doch ihre Unabhängigkeit nicht auf! Geld anzunehmen, schaffte Verpflichtungen. Nein nein, das konnte sich ihr Liebster gleich aus dem Kopf schlagen.

»Ich denke ja gar nicht daran! Ein Rosenstock – na gut, den nehme ich gern von dir. Im Frühling pflanze ich ihn an die Hauswand; dann können wir darunter sitzen wie ein altes Ehepaar und romantische Sonnenuntergänge betrachten. Aber wehe, du mischst dich in meine Finanzen ein.«

»Aber ...« Mit einer solchen Abfuhr hatte Marco nicht gerechnet. Offenbar kannte er die empfindlichen Stellen in den

Ehrbegriffen seiner deutschen Freundin immer noch nicht gut genug.

»Nichts aber! Ich will nicht, daß du mir das Dach bezahlst, und *basta*!« Sie wischte sich eine übriggebliebene Träne von der Wange. Ihre Augen glitzerten zornig. »Irgendwie werde ich das schon selber schaffen!«

Aha, daher wehte also der Wind. Die unabhängige Tigerin zeigte ihre Krallen. Marco fühlte sich ein bißchen gekränkt. Bedeutete es ihr so wenig, daß sie jetzt doch zu zweit waren? Durfte er ihr denn gar nicht in schwierigen Zeiten zur Seite stehen? Auch sein italienischer Männerstolz hob drohend den Kopf.

»Also, wenn du so gern alles alleine machst, wozu sind wir dann überhaupt zusammen?«

Bevor sie die scharfe Erwiderung geben konnte, die ihr auf der Zunge lag – ach, Marco hatte recht, sie war wirklich ein Nervenbündel! –, zog Roberto Del Mistero die beiden auseinander. »Wie wär's mit einem Tänzchen, Frau Bauherrin?« fragte er. Seine flinken Augen hatten den Zweikampf, der sich hier anbahnte, vom Tisch aus wahrgenommen. Jetzt warf er sich in die Bresche; der Abend war für seinen Geschmack schon aufregend genug gewesen. »Kommen Sie, wir räumen mal eben die Tafel beiseite. Und dann wird weitergefeiert. Ihr Haus hat sich schließlich insgesamt tapfer gehalten!«

Noch immer zornerhitzt, ließ Marianne sich von ihm fortziehen. Marco sah ihr nach und grinste. O je, das konnte ja heiter werden. Schon wieder eine Beziehung, in der die Fetzen flogen ... Aber, seufzte er innerlich, mit fügsamen Frauen hatte er nie etwas anfangen können. Elisa war das völlig klar gewesen: Sein Frauenbild war von ihrem Charakter geprägt.

»Na, Schwesterchen, was würdest du mir nun raten?«

Seine Augen wanderten zum Feuer im Kamin, in dem irgend jemand wieder Holz nachgelegt hatte. Die Flammen tanzten hinter dem Glas und warfen rötliche Schatten über die Wände. Die Kerzen in den Leuchtern waren eine nach der anderen herabgebrannt. Ein paar Gäste hatten ihre Stühle vor den Kamin gerückt, schauten ins Feuer und unterhielten sich halblaut miteinander. Auf dem Kaminsims saß Mezzanotte und putzte ausgiebig ihr schwarzweißes Fell.

Von draußen schlug die Kirchturmuhr zwölf. Es war Geisterstunde.

Ohne euch …

Vielen Menschen und Zu-Fällen ist es zu danken, daß dieser Roman zustandekam. Ohne das Anwesen von Renate Brosch, Sopranistin, und Karl-Friedrich Schäfer, Pianist und Akkordeonspieler, das im Dialekt von Montegrazie sinnigerweise *Ca' du tron* (Donnerhaus) heißt und dem *Ca' dell' aiga* in so vieler Weise ähnelt, wäre ich nicht auf den Gedanken gekommen, ligurische Natursteinhäuser könnten auf Wasser gebaut sein. Ohne Marita Heinz, Ebba Drolshagen, Ute Nordhoff, Tobias Pfülb und meine Mutter Anni Kraus, die das Entstehen des Romans mit Enthusiasmus wie auch kritischem Blick begleiteten, wäre es vielleicht beim bloßen Entwurf geblieben. Meinem Mann Gianni Scorzelli, viele Jahre lang erster Tenor im Coro Mongioje von Imperia, verdanke ich die Texte wunderschöner italienischer Lieder. Und von seinem Sohn, meinem »Stief«-Sohn Manuel, diplomierter Koch und Krimi-Experte, erhielt ich so manchen guten Hinweis, der dem *plot* wie auch den im Roman erwähnten Kochrezepten weiterhalf.

Kristina Arnold, meine einsatzbereite Lektorin im Deutschen Taschenbuch Verlag, half mir per e-mail mit aufmunternden Worten und wertvollen Ratschlägen durch den Schreibprozeß und strich Überflüssiges gnadenlos zusammen. Ohne die EinwohnerInnen von Montegrazie schließlich, die mich vor beinahe zwanzig Jahren als Ausländerin in ihrer Mitte aufnahmen, wäre ich um viele schöne, aufregende, spannende, traurige, mich und diesen Roman bereichernde Erfahrungen ärmer. Unvergessen bleibt vor allem Gerolamo Giribaldi (1938–1999), genannt Gerò, Weinbauer, Sänger und Dialekt-Experte von Montegrazie, dessen Stimme noch heute oft über dem Tal zu schweben scheint.

Trotz mancher nicht zu verhindernder Ähnlichkeiten mit lebenden und nicht mehr lebenden Personen sind alle Figuren dieses Romans frei erfunden. Die genannten Orte jedoch existieren. Ligurien ist Wirklichkeit.

Montegrazie, im Juni 2000 Margaret Minker

Isabella Nadolny im dtv

»Isabella Nadolny ist eine Moralistin der Lebensweisheit, eine Herzdame der Literatur.«
Albert von Schirnding

Ein Baum wächst übers Dach
Roman · dtv 1531

Ein Sommerhaus an einem der oberbayrischen Seen zu besitzen – dieser Traum wurde für die Familie der jungen Isabella in den dreißiger Jahren wahr. Wer hätte damals gedacht, daß dieses kleine Holzhäuschen eines Tages eine schicksalhafte Rolle im Leben seiner Besitzer spielen würde?

Seehamer Tagebuch
dtv großdruck 2580

Providence und zurück
Roman · dtv 11392

»Zuhause ist kein Ort, zuhause ist ein Mensch, sagt der Spruch, und es ist wahr. Hier in diesem Sommerhaus war kein Zuhause mehr seit Michaels Tod...« In ihrer Verzweiflung folgt Isabella Nadolny einer Einladung in die Staaten. Von New York über Boston bis Florida führt sie diese Reise zurück zu sich selbst.

Vergangen wie ein Rauch
Geschichte einer Familie
dtv großdruck 25167

Als einfacher Handwerker aus dem Rheinland ist er einst zu Fuß nach Rußland gewandert und hat es dort zum Tuchfabrikanten gebracht, in dessen Haus Großfürsten, Handelsherren und der deutsche Kaiser zu Gast waren: Napoleon Peltzer, der Urgroßvater des Kindes, das ahnungslos die Porträts und Fotografien betrachtet, die in der Wohnung in München hängen.